CW01646882

CHRONIQUES DU PAYS DES GENS LES PLUS HEUREUX DU MONDE

Wole Soyinka
Prix Nobel de littérature

CHRONIQUES DU PAYS DES GENS LES PLUS HEUREUX DU MONDE

Traduit de l'anglais (Nigéria)
par David Fauquemberg et Fabienne Kanor

Éditions du Seuil

TITRE ORIGINAL
Chronicles from the Land of the Happiest People on Earth

ÉDITEUR ORIGINAL
Nigéria : Bookcraft Limited, Ibadan, 2020
États-Unis : Pantheon Books, une division de Penguin Random House LLC, New York, 2021

Cette traduction est publiée en accord avec Melanie Jackson Agency, LLC et Anna Jarota Agency

© Wole Soyinka, 2020

ISBN 979-10-414-1439-0

© Éditions du Seuil, 2023, pour l'édition en langue française

Le Code de la propriété intellectuelle interdit les copies ou reproductions destinées à une utilisation collective. Toute représentation ou reproduction intégrale ou partielle faite par quelque procédé que ce soit, sans le consentement de l'auteur ou de ses ayants cause, est illicite et constitue une contrefaçon sanctionnée par les articles L. 335-2 et suivants du Code de la propriété intellectuelle.

À la mémoire de Dele Giwa, journaliste d'investigation,
et de Bola Ige, homme politique sans pareil*[1],
tous deux assassinés par des tueurs nigérians.

Et à Femi Johnson, être humain absolument complet,
et spécimen rare de joie de vivre* *créatrice.*

1. Les mots suivis d'un astérisque sont en français dans le texte.

PREMIÈRE PARTIE

1

Oke Konran-Imoran

Papa Davina, également connu sous le nom de Teribogo, aimait à forger ses propres formules de sagesse. Tel, par exemple, son fameux :

– Tout est perspective.

La Chercheuse matinale, sa première et unique cliente de la journée, qui avait droit à une session absolument spéciale et on ne peut plus dédiée, leva la tête et acquiesça d'un hochement. Papa D pointa du doigt :

– Approchez-vous de cette fenêtre. Ouvrez les rideaux et regardez dehors.

La salle d'audience était plongée dans la pénombre, et il fallut un moment à la Chercheuse pour se diriger à tâtons le long des larges plis et trouver la jointure des deux pans. Elle empoigna à deux mains les lourds rideaux, et attendit. Papa Davina lui fit signe d'achever le geste, en poursuivant de son ton apaisant, méditatif presque :

– À l'heure de pénétrer dans cette enceinte, il est essentiel d'oublier qui vous êtes, qui vous avez été. Ne soyez plus que la Chercheuse. Je vous servirai de guide. Je ne fais pas partie de ces hommes vulgaires qui font commerce de la mission prophétique. Le temps des grands prophètes est révolu. Je ne suis ici avec vous qu'en qualité de Prescience. Seul le Dieu Tout-Puissant, l'Insondable Allah, est la Présence Même, et qui oserait se glisser dans la Présence du Seul et Unique ? Impossible ! Mais certains, dont je fais partie, peuvent entrer dans Sa Prescience. Nous sommes peu nombreux. Nous sommes les élus. Nous œuvrons à déchiffrer ses plans. Vous êtes la Chercheuse. Je suis le Guide. Nos pensées ne peuvent mener qu'à la Révélation. Je vous en prie : ouvrez les rideaux. En grand.

La Chercheuse s'exécuta. La lumière du jour inonda la pièce. La voix de Papa D poursuivait la Chercheuse :

– Oui, regardez dehors et dites-moi ce que vous voyez.

La Chercheuse était montée par l'autre versant de la colline, qui n'était que misère totale et sans trêve. Mais sur ce flanc-là, ce qui lui sauta immédiatement aux yeux fut un fouillis autrement plus éclectique. Au bas du mont, on apercevait des corniches désordonnées de toits de tôles rouillées, de tuiles en terre cuite et de plaques d'acier, entrecoupées néanmoins çà et là de rangées de tours modernes, aussi isolées qu'immaculées. Des lignes grondantes de véhicules motorisés de toutes fabrications se faufilaient entre ces zones de contrastes. La ville commençait à peine à adopter son rythme du matin, de sorte qu'il y avait de vibrantes ruches d'humanité, des travailleurs perchés à l'arrière des mototaxis serpentant entre les mares laissées par les pluies de la nuit et le débordement des caniveaux. Un pan du lagon scintillait au loin. La Chercheuse se retourna et décrivit ses trouvailles à l'apôtre.

– À présent, j'aimerais que votre regard se resserre davantage sur le niveau où nous nous trouvons, ici, dans cette pièce. Laissez-le s'élever au-dessus de cette ville où il suppure, et se rapprocher de notre niveau. Entre l'endroit où vous êtes et ce spectacle de frénésie, qu'y a-t-il d'autre ?

La Chercheuse n'hésita pas un seul instant.

– Des ordures. Des monticules de déchets. Comme

sur l'autre versant – me frayer un chemin jusqu'ici a été un vrai parcours d'obstacles. Les immondices de la ville, entassées partout.

Davina parut satisfait.

– Oui, un tas d'ordures. Vous l'avez bel et bien traversé en venant. Mais vous êtes ici maintenant : diriez-vous que vous vous trouvez au milieu d'un tas d'ordures ?

La femme fit non de la tête.

– Pas le moins du monde, Papa D.

L'apôtre hocha la tête, tout aussi satisfait.

– Refermez les rideaux, s'il vous plaît.

La Chercheuse obéit. L'intérieur de la pièce aurait dû se retrouver plongé dans la pénombre de tout à l'heure, et la femme s'attendait à devoir rebrousser chemin à tâtons, mais non. Des flèches multicolores, qui ressemblaient assez aux signaux lumineux indiquant les issucs de secours sur le plancher des avions, guidèrent ses pas vers une autre section de la salle. Nul besoin du récital de sécurité d'une hôtesse de l'air pour l'informer de leur fonction – elle suivit les lumières. Celles-ci s'arrêtaient devant un tabouret délicatement ciselé. Il lui rappela ce tabouret royal ashanti dont elle avait vu des photos.

– Asseyez-vous. Je vais vous emmener en voyage, mettez-vous donc à l'aise.

Ce fut au tour du prédicateur de se lever.

– Ils sont nombreux, y compris chez nos propres concitoyens, à décrire ainsi cette nation : comme un vaste tas d'immondices. Mais voyez-vous, ceux qui l'affirment le font pour dénigrer. Moi, en revanche, j'y trouve du bonheur. À partir du moment où le monde produit des immondices, il faut bien qu'elles aillent s'entasser quelque part. Donc si notre nation est le tas d'immondices du monde, cela signifie que nous rendons service à l'humanité. Ça, c'est… une perspective. Puis-je en pointer une autre encore ?

La Chercheure acquiesça.

– Je suis tout ouïe, Papa D.

– Bien. Dès l'instant où vous m'avez parlé au téléphone, j'ai su que vous n'étiez pas une Chercheuse comme les autres. Votre voix m'a frappé comme étant celle d'une personne avide d'apprendre. J'offre mes conseils à toutes sortes de gens. Tous les brins de l'humanité franchissent cette porte. Vous seriez surprise d'apprendre quelles âmes contrastées sont venues s'asseoir sur ce même tabouret, si je décidais de vous le dire.

La Chercheuse eut un sourire entendu, repoussant d'un geste la proposition.

– Papa Davina, c'est cette raison qui m'amène. Votre réputation dépasse les frontières, non seulement de la nation, mais du continent tout entier.

– Oui, peut-être.

– Et même au-delà.

– Ah ? Dites-moi donc ce que vous avez entendu. Ceux qui ont guidé vos pas jusqu'ici, que disent-ils de Papa Davina ?

– Par où commencer ? soupira la femme. Eh bien, prenons le dernier en date, le candidat des Seychelles… Vous avez prié pour lui et le monde sait avec quel résultat.

Davina minimisa d'un geste l'importance de sa personne, faisant de ses mains deux vaisseaux flasques qui achevèrent leur course paumes vers le ciel, comme qui attribuerait ailleurs le crédit – et la gloire.

– Pour vous, j'ai élaboré… une perspective spéciale.

Comme il prononçait ces mots, Papa D parut se dissoudre dans la pénombre périphérique, mais la pièce, où la femme avait eu de la peine tout à l'heure à localiser la jointure des rideaux, s'emplit peu à peu de lumière, comme en remplacement de celle du jour, qu'elle venait d'éclipser. Ce n'était que le début. Sous les yeux de la

Chercheuse, l'austère salle d'audience se changea peu à peu en un monde enchanté. Elle en eut le souffle coupé. Son hôte, bras tendu, semblait tournoyer lentement. Il tenait dans sa main un petit objet argenté entraîné lui aussi dans ce mouvement circulaire de plus en plus large. À l'évidence, l'apôtre avait pris place sur un plateau tournant ménagé dans le sol. Papa D pointa sa télécommande sur le plafond et… la lumière fut. Nouveau cliquetis à peine audible et un gargouillis d'eau vint rompre le silence, son origine se dévoilant peu à peu – une fissure dans un rocher qui s'était élevé par magie, source dont les eaux scintillantes tombaient en cascade comme une apaisante caresse, puis serpentaient jusqu'à une grotte où elles disparaissaient à tout jamais. Un paysage ondulé de collines et de vallées, de plaines et de plateaux, se déployait vers l'horizon lointain, tandis que des tubes jaillis du sol, irradiant une douce lumière, fusaient en direction du plafond, baignant la pièce d'un éclat psychédélique. Progressivement, une alcôve se dessina, tremblante, puis une autre juste en face, puis une troisième à la perpendiculaire et, enfin, une quatrième qui vint parachever cette installation en trois dimensions. Équidistantes les unes des autres, les alcôves hébergeaient symboliquement les quatre points cardinaux. Incrustée dans les dalles de bois poli du plancher, une vaste carte du Zodiaque entama sa propre illumination graduelle. Un pot-pourri d'encens enveloppa la Chercheuse.

La voix de Papa Davina résonna alors :

– J'évoquais d'autres perspectives. Voyez-vous, on peut habiter un tas d'immondices et tout de même faire en sorte d'être au sommet de celui-ci. Telle est l'autre perspective. Elle est ce qui sépare les élus du commun des mortels. Elle est au cœur même du désir humain.

La Chercheuse laissa échapper un soupir. Elle avait fait un long voyage jusqu'à cet instant, un voyage fait de révélations, de contrastes frappants, tant physiques que mentaux. Initiée aux stricts protocoles du prophésite, elle les avait respectés en pleine conformité, jusqu'au contenu de l'enveloppe rose qu'elle avait apportée et solennellement déposée sur le petit autel dressé près de l'entrée du bâtiment. Ce qui était en jeu interdisait toute entorse aux rites de passage préalables à la rédemption, dont une bonne partie lui auraient, en temps normal, paru dégradants pour son statut social. Après tout, il avait fallu du temps, près d'une année entière, pour obtenir cette audience – ce n'était pas le moment de mettre son salut en péril. En chemin, elle avait vu des fouilleurs de détritus lui jeter des regards en douce, leurs yeux dérivant fugacement des tas d'ordures de la colline vers le nid d'aigle de Papa Davina, comme pour dire : *Oh oui, un de ces jours, nous aussi nous aurons le droit de gravir ces ultimes marches pavées et on nous laissera entrer dans la Prescience.* Ils avaient entendu tout ce qui circulait sur ce lieu, ces histoires d'intérieur magique qui incarnait la Transformation, démentant les murs fissurés et le béton effrité de l'extérieur. Des échos filtraient à travers et s'en allaient toucher ces vies de désir, insinuant la possibilité d'un changement de destinée. Certains pariaient religieusement sur les matchs de football, d'autres tentaient leur chance à la Loterie nationale et ailleurs encore, mais tous désiraient ardemment cet ultime coup de baguette : la bénédiction de Papa Davina. Ils rêvaient du jour où eux-mêmes graviraient les quatorze marches pavées et luisantes de l'approche finale, et seraient introduits dans sa Prescience. Pendant leurs heures d'activité ou bien en rêve, ils amassaient les images de splendeur du reclus, ce magicien connu sous le nom de Papa Davina.

La Chercheuse était reconnaissante à sa sœur d'avoir fidèlement versé ses deniers au culte de Papa Davina. Nul ne méritait une audience privée avec Papa D sans avoir assisté pendant au moins une année révolue aux cérémonies auxquelles il présidait en bas de la colline, ouvertes à tous et toutes, et sans avoir réglé sa « dîme » de manière ininterrompue. Sa sœur lui avait même transféré ses « coupons de rédemption ». Il y avait bien sûr des exceptions en cas de force majeure. Pour surmonter de tels imprévus, les Chercheurs devaient d'abord s'acquitter des arriérés de l'année – entre autres pénalités – en versant double denier. Ces cas de force majeure incluaient des vicissitudes telles qu'un procès au tribunal, où l'intervention divine était nécessaire pour adoucir l'âme sadique du juge afin qu'il prononce un acquittement total, voire cite à comparaître l'accusation pour abus de procédure et outrage à la cour.

Ses malheurs à elle n'avaient rien d'aussi grave et, comme certains ont tendance à le faire lorsqu'ils se rendent chez le médecin, elle n'était pas venue sans avoir déjà établi son propre diagnostic. Son cas était une simple histoire de choix malencontreux dans ses affaires, trois années de malchance successives qui avaient mené à des pertes. Il y avait en outre le fléau des taxes douanières sur des marchandises qui survivaient déjà à peine aux déprédations des pirates des mers sévissant désormais massivement dans les criques de l'est du pays. Rien qui ne puisse être compensé par l'attribution d'une seule concession pétrolière. C'était ce qui avait motivé ce recours à Papa D.

Et voilà qu'enfin, elle se retrouvait face à face avec la Destinée, l'accomplissement de sa quête reposant désormais sur l'unique gardien du prophésite. Le Jardinier des Âmes – l'un des nombreux titres de Davina – se tenait là, bras tendu comme s'il brandissait le bâton de Moïse, son gadget électronique pareil à une baguette capable d'arracher à la roche nue son secret vital, procréateur, le plus précieux. Mais l'ère où Moïse ne pouvait produire que de l'eau était un âge primitif – la baguette du Moïse des temps modernes était accordée aux flots du pétrole. L'or noir, niché entre les terres agricoles et les étangs de pêche ancestraux. La modernité changeait les perspectives.

Comme si on avait lu dans les pensées de la Chercheuse, le dispositif visuel était à présent augmenté d'un complément sonore, les tuyaux d'un orgue sifflant la tonitruante ouverture d'une composition exaltante. Celle-ci la transporta sur des terres encore jamais rêvées, visions du possible. La voix de Papa D rassembla les émotions qui avaient surgi dans l'esprit troublé et frustré de la femme et, à l'instant où il le décida, les ramena sur terre :

– Il y a un tiroir ménagé dans votre tabouret – sur le côté droit. Ouvrez-le. Vous y trouverez une chemise et un stylo-plume. Une plume à l'ancienne, pas un stylo-bille. Ouvrez la chemise et sortez-en une feuille.

La Chercheuse obéit. Ses mains se posèrent sur la chemise et ce premier contact lui suffit pour sentir le luxe du vélin le plus fin.

– Je les importe directement de Jérusalem, lui révéla Papa Davina comme si ce n'était pas grand-chose.

La Chercheuse était déjà convaincue qu'il s'agissait du papyrus sur lequel les anges écrivaient le Livre de la Vie.

– Notez dessus ce que vous cherchez, l'invita-t-il.

Le temps qu'elle achève cette tâche et relève la tête, Papa Davina se dressait tout près d'elle. Il tenait dans une main une petite flasque délicate remplie d'un liquide clair et dans l'autre un plat peu profond, de taille moyenne. La Chercheuse offrit son script à Papa Davina, mais la Prescience le rejeta d'un signe de tête.

– Non. Je sais déjà. Vous n'avez aucune révélation à me faire. Déposez le vélin dans ce plat.

Davina versa le liquide sur les mots écrits, agita doucement le plat, et l'esprit de la Chercheuse voyagea jusqu'à son enfance, ces temps anciens de la photographie où l'image était capturée sur un papier traité, puis développée dans des bacs pareils à ce plateau. On plaçait la feuille vierge en apparence, mais sur laquelle une image était en réalité imprimée, au fond du petit bac rempli d'une solution chimique, on la secouait légèrement et, progressivement, l'image se formait, humide comme un nouveau-né. La perspective, ici, était inversée. Le processus commençait par le visible et s'achevait par l'invisible. Les mots chancelèrent jusqu'à se dissoudre, le vélin retrouvant son état immaculé. Mais le liquide d'abord translucide était à présent marbré d'encre.

– Buvez, ordonna Papa D.

La Chercheuse n'hésita qu'un bref instant, se reprenant aussitôt. Hésiter, c'était trahir un manque de foi et mettre en péril sa mission. Elle sourit joyeusement. Elle avait parcouru tant de chemin jusqu'ici – elle but. La tête lui tourna, elle se sentait flottante. Papa Davina lui offrit un petit linge parfumé avec lequel se tamponner les lèvres. Un immense poids se détacha de ses épaules, s'envolant dans les airs. Soudain, le futur se déploya devant elle, telle une feuille de calcul étincelante aux infinis possibles. Déjà, elle se sentait comblée. Elle tendit la serviette à l'apôtre, mais celui-ci la refusa d'un geste.

– Gardez-la. À partir de ce soir, conservez-la sous votre oreiller. Pendant les deux prochaines semaines, ne laissez personne entrer dans votre chambre.

La Chercheuse hocha rapidement la tête, de plus en plus grisée.

Une voix la coupa dans son euphorie :

– La fête de cette année, qui arrive, avez-vous prévu d'y assister ?

La femme hésita.

– Je n'y avais pas réfléchi, père Davina.

– C'est une fête de la Joie – participez. Une nouvelle importante vous est promise lors de cet événement, et vous y recevrez des signes relatifs à votre quête d'accomplissement.

– Bien sûr, père Davina. Si tels sont vos ordres.

Davina posa une main sur le front de la Chercheuse.

– Cherchez, et vous trouverez. Allez en paix. Sur l'arche de la prochaine fête de la Joie, je lis votre nom écrit en grandes lettres d'or. Le bonheur est à l'horizon.

La Chercheuse tomba à genoux, rendant gloire, les yeux clos d'extase. Initiée aux protocoles des audiences Eukuménika, elle ne prolongea pas indûment ses prières. Des flèches brillantes – simples traits lumineux cette fois, pas en technicolor – lui indiquèrent à nouveau la direction de la sortie.

À peine la Chercheuse avait-elle franchi le portail d'Eukuménika et posé le pied sur le sommet du pic connu sous le nom d'*Oke Konran-Imoran* – la Colline du savoir et de l'éveil spirituel – que Papa Davina, également connu sous le nom de Teribogo, sortit son portable et composa un numéro. La voix à l'autre bout du fil traîna :

– Ouuuui ?

Papa Davina répondit :

– Elle vient juste de partir. À vous de jouer maintenant, Sir Goddie.

2

L'Évangile selon le bonheur

Nul n'ignorait plus que cette nation qu'on surnommait le Géant de l'Afrique avait été désignée comme abritant les Gens les plus heureux du monde. Ce qui n'était pas clair, en revanche, c'est comment elle s'était vu attribuer une telle reconnaissance et comment, par consensus universel, elle avait pu la mériter. Il fallait aider les autres nations ambitionnant ce titre à sortir de la jalousie qui les étreignait, malaise qui entraînait de leur part des efforts voués à l'échec pour lui arracher sa couronne. La sagesse des anciens souffle qu'il est plus digne de reconnaître un champion dès lors qu'il est indiscutable, et de marcher dans les pas de ce leader, plutôt que de se lamenter en se tortillant de colère. Comme les Yoruba ont coutume de le sermonner : *Ti a ba ri erin igbo k'a gba wipe a ri ajanaku, ka ye so wipe a ri nka nto lo firi*. Quand tu croises un éléphant, admets que tu as vu le seigneur de la forêt, au lieu de prétendre avec désinvolture que quelque chose a vaguement traversé ton champ de vision.

Peu de nations, par exemple, pouvaient se targuer de posséder un ministère du Bonheur. Cette innovation émanait pourtant d'un des États les plus démunis de cette nation fédérale. Sa ministre pionnière, ou plutôt sa *commissaire*, était l'épouse de l'imaginatif gouverneur de cet État, tandis que d'autres membres de la famille et proches occupaient les divers postes créés par l'instauration de ce ministère unique en son genre. Mais pour ne pas qu'on s'imagine que cette Première famille était seule responsable du prodige d'une telle décision unanime à l'échelle du monde entier, il convient de préciser qu'entre autres références à faire valoir, l'amour des titres et leur généreuse distribution dans le pays avaient joué leur rôle. Les gens avaient tendance à oublier que la célébration d'un seul de ces titres par le peuple aurait souvent suffi à financer les plans budgétaires annuels d'autres nations. Il y avait d'autres fondements, négligés quoique monumentaux. Est-il besoin de citer, par exemple, la multiplication constante et exponentielle des lignées de chefs traditionnels, d'un simple trait de plume tiré sur des histoires et des cultures entières par les gouverneurs des différentes provinces ?

Une ancienne cité yoruba connue sous le nom d'Ibadan, qui avait jadis formé un domaine monarchique autosuffisant, et ne présentait pourtant aucun signe évident de grossesse, avait accouché un beau jour de vingt-quatre nouveaux royaumes, en pleine époque d'affirmation forcenée de la démocratie. Cet exploit ne resta pas incontesté. Il fut bientôt égalé – ou peu s'en faut – à l'autre extrémité de l'axe national avec l'enfantement de quatorze émirats par une autre entité historique baptisée Kano. Les nouveaux rois/émirs furent présentés, avec force bâtons de commandement et autres parchemins de nomination royale, par leurs gouverneurs en exercice, ce qui généra des cérémonies de masse flamboyantes, dans une immense liesse populaire. Des couronnes/turbans individuels, évidemment confectionnés sur mesure pour convenir à chacun des crânes royaux, furent posés et enroulés autour des têtes et des bajoues des nouveaux monarques – qui n'avaient été jusqu'ici que de simples chefs de village, de petits seigneurs sans importance. Et ainsi de suite : les rabat-joie professionnels de ce monde avaient l'imagination trop courte pour visualiser les immenses festivités qui submergeraient naturellement l'ensemble d'un pays si prodigue en élévations, la garantie de carnavals quasiment quotidiens, favorisant la croissance du tourisme et l'essor de cette industrie associée qu'était le kidnapping avec demande de rançon.

Nombre de facteurs essentiels étaient généralement sous-estimés par les nations concurrentes, ce qui était en grande partie dû au souci de leurs intérêts propres et à leur désir obsessionnel d'arracher la couronne du bonheur du crâne de la nation qui la méritait amplement. Malheureusement, ce genre d'attitudes partisanes et intéressées ne faisait que semer la confusion, même au sujet des fêtes annuelles les plus habituelles – religieuses, séculaires, commémoratives, etc. – auxquelles avait droit toute nation souveraine ayant le minimum de respect traditionnel pour le monde des vivants, celui des ancêtres et le monde de ceux qui viendraient après.

La tendance à confondre réjouissances politiques et fiestas populaires était typique de ces malentendus dont se rendaient coupables les touristes en quête de divertissement – mais également, d'ailleurs, certains citoyens négligents. Le fardeau de cette confusion sur la nature des célébrations pesait au plus haut point sur la fête du Choix du Peuple. Certes, fêtes politiques et fêtes culturelles présentaient quelques similitudes, dont la plus notable était leur tendance commune à s'étendre indéfiniment, année après année, bien que des dates spécifiques leur eussent été allouées, clairement indiquées sur le calendrier national. Pourtant, il s'agissait de deux entités bien distinctes. Surnommée la Bringue de l'Année, la Concorde du Peuple, la Nuit des Nuits, etc., la fête du Choix du Peuple, cette célébration populaire unique en son genre, aurait dû, dans le strict respect des règles, se dérouler le week-end suivant la fête de l'Indépendance. Laquelle était, sans la moindre ambiguïté, un événement politique. Cette proximité était source d'une autre confusion, mineure celle-ci et sans grande conséquence, car quasiment plus personne ne se souvenait de ce que signifiait l'indépendance. Un défilé militaire, un apathique discours adressé à la nation, des appels au patriotisme, la récitation d'une insipide liste de décorations, et la vie de la nation reprenait aussitôt son cours, dans l'attente de ce qui était le véritable événement de l'année, en termes de popularité : la fête du Choix du Peuple et sa grande remise de prix.

Certains cyniques et autres révisionnistes insinuaient volontiers que cette célébration était une invention du People on the Move Party – le parti du Peuple en mouvement. Là encore, c'était très éloigné de la réalité. Bien sûr, ce parti se targuait lui aussi d'être un modèle de pratique démocratique, mais l'analogie des concepts n'allait pas plus loin. L'unique mérite que s'attribuait le POMP – acronyme évident du parti – était son libéralisme, qui permettait à un tel événement festif, œcuménique, non partisan non seulement de s'enraciner et de prospérer, mais de s'étendre progressivement de part et d'autre de ses dates officielles au point de couvrir toute l'année et de même déborder parfois sur celle d'après, ses célébrations se prolongeant jusqu'au commencement de l'édition suivante. Nulle autre réjouissance au monde ne pouvait se vanter d'une expansion aussi constante. C'était devenu une fête sans fin, qui accumulait en outre les arriérés de cérémonies – les résidus étant reportés à l'année suivante.

Le Choix du Peuple faisait bien davantage que polir l'image du gouvernement ou du parti au pouvoir : il améliorait grandement la représentation cabossée que le reste du monde se faisait des citoyens de la nation. La fête, riche déjà de nombreuses éditions, prouvait, contrairement à ce que semblaient suggérer les élections dans ce pays, que les Nigérians, quand on leur en donnait l'occasion, avaient deux ou trois choses à enseigner au monde sur cette culture politique si injustement attribuée aux Athéniens. Si le gouvernement se rendait coupable d'une quelconque intervention, celle-ci s'était jusqu'ici limitée à déclarer patrimoine national la Fiesta de la Nuit des Nuits, point d'orgue des célébrations, dont l'intensité culminait avec la remise des Yeomen of the Year, qui faisaient désormais partie du patrimoine national. Le gouvernement avait pris l'initiative sans précédent de transmettre officiellement à l'UNESCO cette résolution – avec pas moins de vingt-cinq millions de signatures vérifiées, prouesse que trois éditions successives du Recensement national n'avaient su accomplir ! *Si nous avions échoué à le faire, nous aurions failli à notre devoir, et bien évidemment aurions été accusés d'indifférence à l'égard du patriotisme, de l'art et de la créativité. Et maintenant que nous avons accompli notre devoir, voilà qu'on nous cloue au pilori en nous reprochant de promouvoir je ne sais quel sinistre agenda gouvernemental. Notre peuple est tout bonnement impossible à satisfaire !*

La fête du Choix du Peuple était systématiquement programmée le week-end qui suivait celle de l'Indépendance, célébrant ce jour historique où les anciens maîtres impériaux avaient été paisiblement destitués par les électeurs, sans qu'une goutte de sang soit versée – l'indépendance sur un plateau d'or, comme l'avait alors claironné un nationaliste très en vue, qui allait plus tard devenir le président de la nation. Le fait que celle-ci ait ensuite amplement rattrapé cet écart de conduite en plongeant dans une guerre civile qui avait duré plus de deux années ne pouvait être imputé au POMP, qui n'existait pas encore à l'époque de l'indépendance, et encore moins au moment de ce conflit qu'on appelait communément la guerre de sécession du Biafra. Ce qui comptait aux yeux du peuple, c'était le phénix de la splendeur, renaissant des cendres de la colonisation.

Cette fête était décidément unique. Elle s'achevait par une pléthore de récompenses, qui catapultaient au firmament de la reconnaissance publique une nouvelle classe de citoyens connus sous le nom de Yeomen of the Year – « serviteurs de l'année », ou YoY –, honneur qui exprimait la reconnaissance d'un peuple envers ceux qui œuvraient pour l'intérêt public bien au-delà de ce que leur dictaient leur devoir, l'appât du gain ou de la gloire. Quel contraste avec la liste annuelle des Honneurs Nationaux remis à l'occasion de la fête de l'Indépendance – un peu comme les Oscars alternatifs. La liste des Honneurs Nationaux était établie dans le plus grand secret par une Commission nationale de la grâce dont quasiment personne ne connaissait l'existence ni la composition. Nul homme, nulle femme, nul enfant n'apportait sa contribution aux conspirations derrière les portes closes de cette cabale secrète. Les YoY, au contraire, s'étaient imposés comme l'unique vote véritablement démocratique, transparent et authentifié que la nation avait connu depuis qu'elle s'était lancée dans la grande aventure de l'indépendance. Les YoY avaient fini par devenir le baromètre du peuple, mesurant son pouls. Ils imprimaient sur le front de leurs lauréats le stigmate rare et indélébile de l'humanité primordiale, celle d'avant la Chute, neutralisant toute concurrence, ils étaient désormais reconnus comme *LE* reality show du XXIe siècle. Ils avaient même terrassé « Big Brother Africa » et toutes les émissions les plus populaires fondées sur le voyeurisme et une participation virtuelle du public.

Chez ce peuple si épris de musique, dont l'allégeance oscillait pour l'essentiel entre les deux pôles du football et de la chanson, même la cérémonie des Grammy Awards et le Concours de chanson mondial de la Biennale de Venise étaient éclipsés par les YoY. Le télé-crochet chorégraphique « Africa Can Dance » semblait désormais avoir deux pieds gauches patauds. Le fameux défilé de mode, de glamour et de prétendants du Festival de Cannes avait perdu une partie de sa vaste palette de couleurs avec la disparition du contingent nigérian – les représentants de cette industrie baptisée, avec une stupéfiante originalité, Nollywood –, qui avait jadis imposé sa texture exotique sur les plages cannoises. Les YoY avaient provoqué une hémorragie massive, et rendu pâle et anémiée la scène de cette grande fête du cinéma. Seules les maisons de paris avaient survécu, et même proliféré : qui allait donc s'imposer dans les différentes catégories des YoY ?, prononcés *Ouaille o Ouaille* ou simplement *Yoy*, comme un *Joy* (« Joie ») un peu zozoté, les deux n'ayant pas tardé à devenir des quasi-synonymes ! Nulle starlette du cinéma ou des clips vidéo, nul compétiteur de danse hip-hop ne pouvait se permettre de manquer cette fête somptueuse qui surpassait désormais toutes les autres au niveau national – les Yeomen of the Year. Une tentative de caresser dans le sens du poil les partisans de l'égalité entre les sexes en créant la cérémonie rivale de la Yeo*woman* of the Year avait, comme on pouvait s'y attendre, tourné court – les femmes faisant savoir aux promoteurs de l'événement que les YoY étaient bel et bien inclusifs, et exigeant une compétition transparente et directe qui garantissait l'égalité des chances, pas une concession symbolique qui n'aurait fait qu'humilier encore davantage la gent féminine. Tel était le degré d'unanimité dont jouissaient les YoY.

La montée en puissance du grand gala de remise des prix débutait par les appels à candidature, quatre mois au moins avant la Nuit des Nuits. Les plateformes en ligne changeaient alors de propriétaires du jour au lendemain. Elles étaient rachetées ou louées sous pseudonyme, sous l'égide de l'entité internationale Be The First to Comment (« Soyez le premier à faire un commentaire »), cette plateforme en accès libre aux abonnés issus des franges marginalisées – certains préféraient les qualifier de « marginales » – de l'humanité. Les plus chanceux de ces abonnés devenaient des quasi-millionnaires en un rien de temps. Des agences créatrices d'image au bord de la faillite redevenaient subitement solvables ; nombre d'entre elles empochant leurs bénéfices pour se reconvertir dans le domaine connexe du consulting, se spécialisant dans les manipulations et autres décontextualisations qui avaient gagné en ampleur et en hardiesse jusqu'à être célébrées sous le nom de Fake News. La formulation des opinions se faisait synthétique, pour pouvoir être distillée et digérée en un clin d'œil. Les YoY avaient avalé les sondages et autres indicateurs des tendances et préférences humaines. On les consultait désormais avant l'ouverture des marchés des changes, ils étaient cotés en Bourse, échangeaient leurs données avec deux tiers au moins des ministres des Finances, de la Culture et du Développement du continent. Ils déployaient les ailes de leur influence sur plus d'un membre de l'Union européenne et plus d'une nation asiatique. Pourtant, tout était parti d'une simple compréhension perspicace des valeurs sociales de cette nation, ce bien immobilier décidément incomparable, unanimement célébré comme le Géant de l'Afrique.

L'initiateur, sponsor, organisateur et unique juge des YoY (malgré l'existence officielle d'un jury de treize membres qui se réunissaient, dînaient, buvaient du vin et empochaient leurs honoraires le soir de la cérémonie) était Chief Modu Udensi Oromotaya, propriétaire du grand quotidien *The National Inquest* (« L'Enquête nationale »), homme d'affaires avisé qui avait identifié avec précision la valeur marchande de la vanité et des feux de la rampe, focalisant ses investissements dessus et faisant en sorte de les rendre accessibles à tous les gens dont la situation financière correspondait peu ou prou aux standards moyens du pays. Son prénom Udensi avait été ajusté en U*benz*y, ingérant l'appendice de *Mercedes-Benz*, symbole de prestige par excellence du temps de l'indépendance, avant que la berline ne soit supplantée par le jet privé. Cette initiative du secteur privé était consacrée par un événement ritualisé mais gargantuesque, les prix des Yeomen of the Year, concept d'une brillante élasticité. Il pouvait s'appliquer à toute activité humaine – du démantèlement d'un cercle pédophile au bras tendu à une vieille dame pour l'aider à traverser la rue –, à condition de s'assurer que l'événement soit immortalisé par une caméra. Chaque année, de nouvelles catégories venaient s'ajouter à la liste des YoY Awards – au dernier décompte, il en existait trente-sept. Tout dépendait de qui, à peine débarqué dans l'arène publique, s'était fait repérer, épingler et attraper dans ce filet.

Chief Oromotaya était un visionnaire particulièrement inventif. Quand le public – c'est-à-dire, tous ceux qui ambitionnaient d'accéder à l'élite – pensait avoir atteint le summum en termes de désir de titres, il faisait encore « monter les enchères », créant ainsi un pic sans cesse croissant d'ambition – un peu comme cela était le cas avec les Honneurs Nationaux remis à l'occasion de la fête de l'Indépendance, autre source de confusion ! Les plus sagaces notaient cependant entre les deux une différence cruciale : ces derniers étaient gravés dans le marbre. Quant à la rare confusion qui pouvait exister avec les distinctions honorifiques traditionnelles, même l'observateur lambda pouvait voir que celles-ci étaient pour l'essentiel distribuées à la va-vite, limitées au niveau local, sans réelle discrimination, horizontales. Les créations de Chief Ubenzy, elles, étaient verticales et autogènes. Par conséquent, il avait engendré un esprit de compétition qui débouchait même parfois sur un retour dans les starting-blocks de candidats déjà honorés. Cette attitude était devenue un trait culturel merveilleusement résumé par le titre d'un ouvrage écrit – naturellement – par un enfant du pays, Nkem Nwankwo : *Ma Mercedes est plus grosse que la tienne*. Tout cela donnait lieu à un état émotionnel pas si différent de l'extase ressentie par les possédés religieux. Toutefois, de cette liste sans cesse en expansion de catégories – dont chacune développait logiquement des cercles concentriques de rubriques subsidiaires –, aucune ne parvenait jamais, loin s'en faut, à déloger la *crème de la crème** qui s'élevait toujours, de l'avis général – du moins, à l'heure d'écrire ces chroniques –, vers la place qui lui revenait, celle d'ultime crescendo de la cérémonie annuelle : le People's Award for Common Touch, le « Prix populaire de la simplicité » ou PACT. (Il fallait s'y attendre, la devise du *National Inquest* étant : « Nous faisons un pacte avec les gens ordinaires. ») Nul ne s'attendait à ce que ce paroxysme soit atteint avant que les premières lueurs de l'aube ne filtrent à travers les persiennes argentées de l'enceinte des célébrations, mais pas un siège de cette immense salle ne restait longtemps inoccupé. La queue qui se formait dans la section des places debout relâchait aussitôt un spectateur avide, déjà muni de son carton numéroté. Les gens gardaient le cap, leur excitation atteignant l'intensité d'une poussée de fièvre à l'approche du prix ultime. Un petit déjeuner offert, traditionnel ou international, venait en outre les récompenser de leur endurance – autre source de confusion avec les célébrations politiques qui se chargeaient de nourrir des milliers de gens avant, pendant et après les joutes électorales en échange respectivement d'une promesse de vote, du vote proprement dit, et d'une preuve d'accomplissement.

Sans surprise, pour les professionnels de la politique, le prestige de ce prix et ses retours électoraux étaient palpables – surestimés, peut-être, mais le PACT était une couronne à porter, ou plus précisément une auréole de saint dont les vainqueurs avaient la sensation qu'elle était visible en toutes circonstances, prête à être invoquée comme témoin de moralité quand, comme cela arrivait parfois, ils se retrouvaient sur le banc des accusés pour des pratiques peu vertueuses. Le simple fait d'inscrire YoY en face de votre nom sur une carte de visite – *Chief Dr Sunmole, Master en Science, Diplôme en Éducation, YoY* – conférait déjà un statut qui vous ouvrait des portes, mais pouvoir y ajouter la mention PACT, ce prix qui n'était décerné qu'à une seule personne chaque année, c'était entrer dans le panthéon des immortels de la nation, avec commande de votre portrait par la National Gallery, où il venait s'afficher à côté des membres du Conseil des États et d'une rangée de pères fondateurs triés sur le volet. Et cela autorisait chacun des vainqueurs, avec l'aval du peuple, à négocier avantageusement sa peine pour l'alléger au maximum en amont du procès ou, dans le pire des cas, lui permettait de bénéficier automatiquement du droit de grâce des autorités, tout cela étant même parfois arrangé dès avant l'énoncé du verdict. La proposition de leur attribuer une immunité à vie, quels que soient les crimes commis, suscitait toujours une controverse au sein du public.

Tout concourait donc pour que cette catégorie soit âprement disputée. Nulle approbation populaire n'était trop insignifiante pour être courtisée, nulle entachée au point d'être méprisée. Chaque sous-catégorie générait et maximisait sa propre importance, son potentiel, la zone où s'appliquait la reconnaissance qu'elle assurait à celui qui la remportait, qu'il s'agisse de sa carrière, de sa réussite commerciale ou simplement de sa famille élargie. Des voix s'élevaient certes pour exprimer leurs doutes sur les effets intrinsèques de cette multiplication à l'infini et de l'ampleur croissante des privilèges associés, tout particulièrement ce glissement vers une immunité totale pour des gagnants dénués de mérites, mais la doctrine de l'approbation populaire permettait de balayer aisément ces protestations. Les précédents ne manquaient guère, ni les parallèles, comme le règne des pédophiles et autres escrocs dans les deux chambres du Parlement et les cabinets des gouverneurs, immunisés par leurs attributions religieuses. N'étaient-ils pas en train d'étendre le boum du bonheur jusque chez les mineurs ?

Le protocole de cette remise de prix connaissait en outre d'ingénieuses variantes. Il y avait les cas où les vainqueurs ne pouvaient y assister en personne, pour des myriades de raisons. Un chef traditionnel, un magnat des affaires ou un gouverneur pouvait ainsi estimer – c'était rare, mais pas inédit – qu'il était *lèse-majesté** d'être aperçu en compagnie de créatures inférieures du monde du spectacle, de syndicalistes, de vulgaires agitateurs, des membres aussi célèbres qu'antipatriotiques du Syndicat du personnel des universités ou de simples conseillers locaux sans la moindre envergure. Un juge sourcilleux pouvait avoir le sentiment que la dignité de sa fonction s'accommodait mal de l'ambiance tape-à-l'œil de la nuit du gala, un évêque ou un mollah craindre de perdre des fidèles parmi les franges les plus puritaines de sa congrégation, et par conséquent une portion non négligeable du denier du culte ou de la zakât. Il fallait aussi reconnaître et saluer l'existence d'un autre motif : le désir des vainqueurs d'exercer eux-mêmes leur hospitalité. Le raisonnement était limpide : toute absence justifiait la tenue d'une cérémonie distincte, organisée tout spécialement. Chief Ubenzy Oromotaya était d'une nature conciliante. Le soir du gala proprement dit, le vainqueur se faisait donc représenter par tel ou tel ministre, commissaire, secrétaire permanent, Première dame, fils ou fille disponible ce jour-là. Plus tard, le lauréat donnerait une réception sur ses terres, dispensant du bonheur dans des recoins habituellement négligés, voire inconnus de la nation.

La supercatégorie si convoitée du Common Touch Award formait évidemment une classe à part. Ce prix de la Simplicité était présenté par un fermier, une femme du marché, un ouvrier d'usine ou un vendeur de rue, une personne du commun ramassée pour l'occasion sur le trottoir ou derrière son étal, lavée, habillée et parée de bijoux de pacotille pour cette intervention publique. En cas d'absence du lauréat, le représentant hébété du peuple serait de nouveau convié en tant qu'invité d'honneur dans la salle de réception ou de spectacle où le glorieux absent donnerait sa cérémonie, et porterait un toast aux vingt-quatre heures de bonheur à venir. Inutile de dire que l'insigne honneur de remettre physiquement ce symbole de l'approbation populaire revenait exclusivement à notre magnat des médias, l'effervescent Ubenzy Oromotaya.

Il convient peut-être de remarquer ici qu'à l'origine, cette variante *in absentia* n'était pas autorisée – vous étiez soit présent et honoré, soit absent et dépossédé – même si cela ne vous privait pas du droit d'ajouter une rubrique à votre CV, du style « Deux/Trois nominations aux YoY/au PACT ». Pour l'homme des médias et organisateur, un tel absentéisme offrait en outre l'avantage, à l'époque, de pouvoir octroyer deux prix dans cette catégorie orpheline l'année suivante. Si tout cela avait changé, c'était en raison du comportement quelque peu radical d'un vainqueur particulièrement susceptible, gouverneur de son état. À la suite de quoi Oromotaya s'en était voulu de ne pas avoir, dès le début, perçu les avantages d'un prix *in absentia* distinct – *Ne bougez pas, nous vous l'apporterons chez vous !*

Les avantages étaient délicieusement évidents ! Pour commencer, d'un point de vue structurel, cela transformait les YoY en une fiesta itinérante étendue à toute l'année et à toute la nation, car les lauréats avaient pris l'habitude de célébrer chacun leur victoire au moment, à l'endroit et à la manière de leur choix, et, pour ceux qui étaient investis de fonctions officielles, aux frais des contribuables ou de l'entreprise. Combien avaient donc les moyens logistiques de transporter une vache, ou même un mouton, un bélier, une chèvre ou un bébé chameau pour le faire sacrifier et rôtir à la broche sur le lieu de l'événement, à savoir le National Theatre, dans les quasi-faubourgs de Lagos ? Bien sûr, un certain nombre de vainqueurs se faisaient un plaisir d'avoir le beurre et l'argent du beurre – ils profitaient pleinement du faste et des paillettes du gala de la Nuit des Nuits, puis rentraient chez eux pour y donner leur propre minifiesta – bonheur inaccessible aux moins privilégiés qui n'avaient pas le temps ni l'argent nécessaires pour se rendre à Lagos. Toutefois, au moment décisif qui avait provoqué cette évolution protocolaire – laquelle avait d'ailleurs abouti depuis à un enchevêtrement de variantes tout à fait extravagant, économiquement redoutable –, rien ne laissait entrevoir de telles perspectives. À vrai dire, on avait même frôlé la tragédie.

Il s'était en effet trouvé que ce lauréat présomptif, un gouverneur des régions situées au nord de la rivière Bénoué, Usman Bedu, avait débarqué avec un convoi de trente « autocars de luxe » et autres autocaravanes. Lesquels transportaient l'intégralité des vingt-sept femmes de son harem, ainsi que leurs familles élargies – trois cent quatre-vingt-cinq personnes au total –, la Troupe culturelle de l'État incluant un groupe de voltigeurs à cheval aux lances étincelantes et aux habits tout droit sortis des *Mille et Une Nuits*. Ces derniers avaient formé une haie d'honneur aux abords de l'immense rotonde qu'était le National Theater – un *Palais des sports** bulgare importé jusqu'au dernier boulon, chevron et carré de béton – pour souhaiter la bienvenue aux invités. C'était une contribution personnelle dudit gouverneur – une marque de sa reconnaissance, que nul n'avait sollicitée. Mais le prix en question avait en fait été vendu le matin même au plus offrant lors d'enchères démocratiques, à bulletin secret, et pas pour la première fois. Le gouverneur n'était pas attendu. En réalité, le jeune lauréat enthousiaste avait délibérément caché ses véritables intentions. Tout avait été conçu pour qu'il s'agisse d'une apparition surprise, spectaculaire, inoubliable. Officiellement, on avait envoyé cette cavalerie se poster à l'entrée pour compenser la supposée absence du vainqueur. Le script se déroulait comme suit : les cavaliers rejoindraient au petit galop l'aéroport pour aller réceptionner leur gouverneur, puis escorteraient en grande pompe sa Rolls-Royce Silver Cloud jusqu'au National Theatre. Le facteur des embouteillages notoires de Lagos n'avait absolument pas traversé l'esprit de l'impétrant, tant était puissant l'effet narcotique de la Nuit des Nuits du peuple. L'arrivée d'Usman Bedu avait bel et bien constitué un événement spectaculaire, que n'oublieraient jamais les automobilistes de ce samedi de triste mémoire. Le jeune héritier, qui passait fréquemment ses vacances d'été à Londres et avait assisté à la cérémonie du Salut aux couleurs à Buckingham Palace, avait résolu de célébrer sa victoire d'une manière non moins fastueuse.

Ce n'est qu'en entendant les sabots des chevaux cliqueter sur l'allée de ciment menant à l'entrée A de la rotonde que Chief Oromotaya avait eu vent de la présence du gouverneur à Lagos. Habitué à « régulariser » après coup, à sa manière, de tels accrocs sans importance, le sponsor ne s'attendait pas à la réaction fort peu fair-play du lauréat déchu. Mais là d'où venait notre gouverneur, « perdre la face » n'était pas considéré comme une broutille. Quand Chief Ubenzy avait tenté d'expliquer cette « malencontreuse méprise » à Son Excellence Usman Bedu dans la loge VIP, l'atmosphère conviviale avait soudainement basculé. Le magnat des médias avait vu la main du gouverneur disparaître sous les plis de sa *babanriga* et en ressortir avec une dague à lame courbe sertie de pierres précieuses, comme il n'en avait vu jusqu'ici que dans les films de Bollywood. Ubenzy avait laissé échapper un cri et ses jambes l'avaient lâché. Il s'était effondré sur le tapis, portant la main à sa poitrine. Ce fut au tour du gouverneur d'être horrifié, persuadé que son hôte si sociable avait succombé à une crise cardiaque ou autre malaise comparable. Il avait fui le National Theater, filant se réfugier dans son jet privé stationné à l'aéroport d'Ikeja, ordonnant en chemin à ses aides de rassembler toute sa caravane et de ramener comme ils pourraient ses gens, sains et saufs, sur l'autre rive du fleuve Niger. Ubenzy, remis sur pied par l'administration de premiers soins qui avaient pris la forme d'une rasade de Johnny Walker, balbutiant et profondément secoué, avait été conduit d'urgence dans une clinique privée pour un check-up. Là-bas, il avait pris la décision de se faire « évacuer à Dubaï » pour des examens et une convalescence plus poussés.

Le gala de la Nuit des Nuits s'était ensuite déroulé paisiblement, Oromotaya supervisant et dirigeant tout depuis sa suite réservée à l'année à l'Intercontinental Hotel, dans l'opulent quartier de Victoria Island, à Lagos, tandis que le gouverneur terrifié se voyait communiquer les derniers rapports sur l'état de santé de son hôte foudroyé, soi-disant placé en soins intensifs à Dubaï, sa vie ne tenant qu'au plus ténu des fils. Le temps qu'Ubenzy regagne officiellement sa base, la paix, comme toujours, avait été rétablie. Le gouverneur n'avait pas eu le choix. Des intercesseurs s'étaient arrangés pour qu'il prenne connaissance d'informations « sensibles » le concernant que le Chief avait en sa possession ; susceptibles d'intéresser le public, elles étaient prêtes à être imprimées dans le *National Inquest*. Cette révélation avait aidé le gouverneur à accepter le fait que, dans le cadre de la Constitution nigériane, toute vendetta avait ses limites, et que l'intérêt commun devait être le facteur déterminant des relations d'affaires. Les duellistes avaient donc renoué des relations diplomatiques normalisées, se jurant une amitié éternelle. Le gouverneur Bedu avait été récompensé d'une édition spéciale, individuelle, des YoY, lors de laquelle il avait accepté de recevoir un prix nouvellement créé et personnalisé : le Cimeterre du Peuple. Les deux hommes avaient tour à tour été honorés comme des chefs, Ubenzy dans la ville natale de Bedu, ce dernier dans celle d'Oromotaya. Bedu avait donné un festin où l'on avait servi, pour la première fois dans l'histoire du Nigéria, un bébé chameau farci tout entier – une spécialité, semblait-il, d'Arabie saoudite. En outre, Bedu était devenu le Parrain à Vie des YoY. Oromotaya était célèbre pour sa manière créative d'utiliser la vaseline pour apaiser ce que la plupart des gens auraient considéré comme une tumeur incurable. Telle était du moins la version authentifiée de ces événements, donnée par Ubenzy Oromotaya en personne – mais seulement dans la sécurité de son cercle rapproché.

La quête de cette toison d'or qu'étaient les YoY ne convenait manifestement pas aux âmes sensibles. Les actes de sabotage et de ternissement de l'image des candidats, du plus grossier au plus sophistiqué, étaient monnaie courante. Les Fake News se multipliaient à l'infini, entraînant la ruine de moult mariages et amitiés, des faillites d'entreprises. Des morts soudaines, inexpliquées, avaient lieu. Des hordes d'étudiants étaient recrutées et lâchées sur les domaines, virtuels et réels, des candidats. Néanmoins, la majeure partie du public estimait que le concours des YoY, et encore plus celui du PACT, mettait en valeur l'esprit créatif et égalitaire des Nigérians, universellement partagé. Telles les vidéos d'un gouverneur dégustant une boule d'*amala*, l'incontournable pâte gluante à base de farine d'igname des Yoruba, dans la cabane de bord de route d'un paysan, la sauce gombo dégoulinant dans sa barbe filandreuse, tandis qu'il se léchait les doigts de sa langue démesurée et rotait devant la caméra – les couverts en inox propres aux élites, non merci, très peu pour lui. Et il ne buvait que du vin de palme – dans une calebasse, pas dans un verre ou un gobelet en plastique. Ou encore celles mettant en scène un sénateur en train d'aider une vieille dame à monter dans son SUV BMW, qu'il conduisait lui-même, ses assistants chargeant le bois de chauffage de la dame à l'arrière, avec la légende : « Donner un coup de main ». Autre contribution notable : la vidéo d'un gouverneur bêchant un carré d'ignames à l'unisson avec ses ouvriers agricoles, mêlant aux leurs sa voix puissante, rompue aux chants de travail ancestraux, anticipant et encourageant l'arrivée précoce des pluies tant attendues – légende : « Politique du ventre ». Les politiciens les plus aventureux se faisaient filmer dans le public d'un concours de breakdance au célèbre Federal Palace Hotel de Victoria Island – légende digne d'Ali : « *Rumble of the Humble* », la « Bataille des humbles ». Et ainsi de suite, les followers postant des commentaires à la fois sous forme verbale, et dans le lexique abrégé des émoticônes.

Des critiques s'étaient élevées, comme on pouvait s'y attendre. Que devenait la gouvernance dans cette incessante hystérie de fiesta cyclique ? Ces voix-là étaient aisément réduites au silence. La gouvernance, comme l'attestait une avalanche de communiqués publiés par les ministères et autres agences gouvernementales, n'en souffrait pas le moins du monde. À vrai dire, les affaires prospéraient, tout particulièrement dans ce qu'on appelait le « secteur informel ». Un trajet qui durait normalement quatre-vingt-dix minutes entre deux villes prenait à présent quatre, six, neuf, douze heures, et débordait parfois sur le jour suivant, surtout pendant la saison des pluies, quand des lacs jaillissaient au milieu de l'autoroute, engloutissant en leur sein jusqu'aux camions-citernes. De telles stagnations entraînaient la création instantanée de marchés routiers – ou plutôt, amphibies –, faisant grimper le PNB à des hauteurs astronomiques. Ces embouteillages donnaient chair à la diversification économique. La culture elle-même en profitait, dans la mesure où le registre des prénoms nigérians s'enrichissait de nouvelles entrées, dans une nation qui était célèbre, à juste titre, pour son inventivité en la matière – Tonade, Bisona, Bolekaja, Toyota, Aderupoko[1], etc. –, célébration nomenclaturale d'enfants nés dans les transports publics ou privés alors que la circulation était totalement à l'arrêt, les conducteurs se changeant aussitôt en sages-femmes. La chasse aux milliards disparus s'était intensifiée, menée par le Premier ministre en personne, qui n'hésitait pas à prendre l'avion pour assurer le rapatriement de patrimoines cachés nouvellement découverts, annoncés en fanfare – îles Caïmans, Dubaï, États-Unis, Suisse… Ces contre-offensives faisaient taire les voix dissonantes, maintenaient au plus haut le niveau d'adrénaline de la nation et l'espoir sans cesse renaissant. Une poignée de cadres du parti ayant déraisonnablement puisé dans la

1. Arrivé en chemin ; Né sur la route ; (Né dans un) Camion de passagers ; (Né dans une) Toyota ; Poids excédentaire.

caisse furent sacrifiés en gages d'équité dans l'administration de la justice. Ce cycle redynamisant – disparition, poursuite, lanceurs d'alerte, agences, avocats et témoins hyperactifs, quand bien même ils se révélaient être absents le jour de leur convocation au tribunal – était venu grossir une liste d'accomplissements louables. Les coups sur la poitrine de ces *mea-culpa* couvraient jusqu'aux battements du Festival des tambours annuel venus d'un des États censément heureux du pays.

Ce fut donc un rude choc pour les membres de l'exécutif, les législateurs et les citoyens d'apprendre que la nation avait reçu de la part d'une ancien fonctionnaire colonial le titre honorifique inattendu – et immérité – de « Nation la plus Extraordinairement Corrompue au Monde » ! Cet éloge, apparemment prononcé de manière spontanée, avait suscité des dénonciations autrement plus intenses et prolongées que la disparition continuelle de pans entiers du trésor national. Les affaires courantes avaient été mises en suspens dans les deux assemblées législatives afin de débattre de cette déclaration et de la condamner. Qu'avait donc de si extraordinaire l'existence d'une norme culturelle ? avaient plaidé les orateurs. Il s'agissait là d'un abus de langage caractérisé – le fait que cette langue appartienne aux Britanniques était-il une raison valable de s'en servir à tort et à travers ? Pensaient-ils vraiment que le Géant de l'Afrique se laisserait intimider par d'aussi grands mots ? Les deux chambres du Parlement avaient donc déposé une motion exigeant un boycott strict des marchandises en provenance du Royaume-Uni, la saisie de tous les actifs britanniques, ou, autre solution, l'expulsion de tous les ressortissants de ce pays, suivie d'une rupture totale des relations diplomatiques avec une puissance étrangère – oui, étrangère ! – aussi impertinente. Ces gens croyaient-ils donc que la nation se trouvait encore sous le joug colonial, pour tolérer de telles insultes ?

Il était temps pour le Premier ministre, Sir Godfrey Danfere, de se lancer dans un nouveau tour du monde, cette fois pour dialoguer avec les nations étrangères partageant la même conviction, et restaurer au passage l'image d'un pays humilié. Accompagné d'une suite qui éclipsait même la grande caravane d'Usman Bedu, le gouverneur dont l'affront avait mené à la quasi-débâcle des YoY, Sir Goddie se lança donc dans une campagne-éclair sans précédent. L'offensive de charme s'acheva juste à temps pour les nominations à la prochaine édition des YoY. Ce fut un retour triomphal. Sir Goddie avait hâte de présenter son rapport d'abord au président, puis au peuple, lors de son discours sur l'état de la nation : les professionnels du dénigrement, ceux qui souffraient du fameux syndrome DG (Démolir les Gens), n'étaient que de vulgaires braillards, des nullités internationales. Des saboteurs économiques sapant la diversification d'une économie monomaniaque fondée sur le pétrole. Sir Goddie appellerait les provinces qui n'avaient pas encore rejoint le mouvement à instaurer d'autres ministères du Bonheur.

– Je suis allé partout, annonça-t-il aux représentants des médias assemblés, la réussite scintillant en lettres de néon sur toute son impressionnante carcasse, qui lui avait valu son surnom préféré : la Présence. J'aurai l'immense plaisir d'annoncer demain au président, en lui faisant mon rapport, que nulle part je n'ai entendu la moindre voix dissidente. La nation n'est pas en danger. Nous conservons notre position de Numéro Un – de Peuple le plus heureux du monde.

Assis dans le confort de la longue limousine qui le conduisait vers la base d'où il exerçait son pouvoir, la Villa Potencia, il assena une tape sur l'épaule de son chef de cabinet, assis à côté du chauffeur.

– Contactez-moi Teribogo. Dites-lui de s'arranger pour qu'un peu de bonheur m'attende à la Villa.

Le visage du chef de cabinet demeura de marbre.

– Elle est déjà sur place, Sir Goddie.

3

Le voyage du pèlerin

Rudes furent les commencements, les épreuves et tribulations, interminable le voyage, quoique entrecoupé de lucratives périodes de répit, de l'homme dont les origines faisaient toujours l'objet de spéculations sans fin. Au moment de l'émission de son deuxième passeport, il fut toutefois enregistré sous le nom de Dennis Tibidje. Le document original avait terminé dans un feu allumé au milieu de la nuit dans le jardin de son premier contact au pays, juste après son retour précipité à Home Sweet Home. Ce jeune aux multiples talents avait subitement abandonné ses études à l'étranger. Il avait décampé du Royaume-Uni dans un élan d'indignation légitime, après avoir été invité par le doyen de sa faculté à venir défendre son honneur suite à une accusation de tentative de viol lancée par une condisciple. Même ses plus proches copains de l'université n'avaient pas été prévenus de son départ, ni la propriétaire de son logement à laquelle il devait encore plusieurs mois de loyer, sans compter le remboursement de quelques emprunts d'urgence en « attendant le versement de sa bourse d'études ».

À son retour, Tibidje ne tarda pas à se caser comme acteur dans des petits rôles à Callywood, dans le sud-est du pays – la version locale (Calabar) du porte-étendard du cinéma national, Nollywood. Dans ce même État de

Cross River, un tout nouveau village de cinéma avait été aménagé sur un site rustique, au bord de l'eau, nommé Tinapa, avec des studios ultramodernes, entièrement équipés. C'était l'œuvre d'un gouverneur fasciné par le septième art, cultivant en outre une passion pour la nature et les impératifs de sa protection. Le complexe de Tinapa était utilisé, mais les gens du métier rechignaient à étiqueter leurs produits sous un nom aussi rétrograde. Ils préféraient être vus comme un enfant trouvé de plus, tombé de cet arbre généalogique tortueux enraciné dans un lointain État côtier des États-Unis, baptisé Hollywood.

Le nouvel arrivé à Tinapa avait bientôt amélioré le quotidien précaire de ses confrères acteurs grâce à un emploi décroché dans une agence de publicité et de marketing. Il possédait également d'autres talents artistiques qui lui permettaient de garder la tête hors de l'eau dans les périodes de vaches maigres entre deux tournages, que tous les acteurs professionnels traversent fréquemment. Ces talents incluaient, dans son cas, une facilité naturelle à copier l'écriture et la signature d'autrui, et donc à pouvoir fournir des documents cruciaux en cas de besoin. Une compétence qui, hélas, fut également à l'origine de la brièveté de son emploi au sein de l'agence publicitaire. Faute d'avoir pu produire l'original promis de son diplôme universitaire, une condition de son embauche provisoire, il avait finalement présenté un document à l'authenticité malheureusement douteuse – non pas à cause du travail graphique, impeccable, mais d'une contradiction dans les dates générées par ordinateur. L'avenir, dans un cas précis, semblait précéder le passé. Détail insignifiant, mais qui avait attiré l'attention d'un employé administratif trop zélé et féru d'informatique. Ses employeurs l'avaient donc convoqué, et lui avaient conseillé de changer de métier. Reconnaissant leur tristesse de devoir se priver d'un tel talent, ils lui avaient même payé le voyage en bus jusqu'à son prétendu lieu d'origine, dans l'État de Lagos. L'explication qu'il donnait de cette affirmation, c'était qu'il avait été conçu dans une maisonnée de Lagos. Mais les coupables étaient de purs gens du Delta, de lignée itsekiri. Tibidje n'avait qu'une ambition dévorante, quoique réprimée, qu'il ne reconnaissait pas toujours ouvertement : réoccuper ses racines ancestrales préférées, implantées à Lagos. Non pas pour des raisons sentimentales, mais comme l'évident moyen de faciliter le destin professionnel qu'il rêvait d'embrasser.

Pendant quelque temps, notre aventureux jeune homme demeura dans la ville animée de Port Harcourt, à méditer ce qu'il allait faire. Une décision ne tarda pas à tomber. Ses trois mois dans l'agence, ainsi que des incursions dans la soi-disant communauté du cinéma, avaient été plus que suffisants pour lui apporter nombre de contacts utiles. Il lui fut donc aisé d'entrer dans le monde virtuel de l'entreprenariat en ligne, en concentrant ses efforts sur les comptes de ses anciens associés. Après avoir échappé de peu à une descente de police dans la base opérationnelle d'un café fréquenté par la confrérie des Yahoo-Yahoo, comme se faisaient appeler ces escrocs en ligne, Tibidje se dit que c'était le moment de changer d'environnement et, même, de personnage. L'interception d'une avance destinée à son ancien employeur pour un projet publicitaire ne lui avait demandé qu'une matinée de travail intensif, avant qu'il ne redirige ces fonds vers les coffres d'une agence de voyage. Son exploit d'adieu, destiné à un billet d'avion aller-retour pour Houston, aux États-Unis, via New York, et à un passeport susceptible de passer les contrôles de douane. Auquel il manquait, cependant, un visa. Confiant dans sa capacité à convaincre les fonctionnaires de l'immigration qu'il était victime de persécutions politiques, il s'envola, atterrit et fut effectivement admis sur le sol américain, mais pour être dirigé tout droit vers un bus fédéral en attente, qui le déposa, avec tout un assortiment de voyageurs internationaux, dans une station-relais destinée aux immigrés illégaux à Newark, dans le New Jersey.

Neuf mois plus tard, après avoir bataillé contre le département américain de la Sécurité intérieure jusqu'à se retrouver dans une irrémédiable impasse, il était de retour sur le sol africain, ayant passé l'intervalle dans un centre de détention pour visiteurs indésirables. Ce séjour lui avait cependant permis d'attraper de nouvelles connaissances dans ses filets, à la fois à l'intérieur du centre et au-dehors, grâce à des appels téléphoniques et même une correspondance avec des défenseurs des droits de l'homme, des organisations caritatives et des dames esseulées. Mais les plus précieux de ces contacts étaient ceux de l'intérieur – les aumôniers chrétiens qui rendaient visite aux détenus, de confession indéterminée mais ayant des liens avec une mission d'Afrique de l'Ouest, au Libéria. Un temps, les représentants dépêchés par la Nation of Islam avaient été dans le collimateur du détenu. Ces émissaires du bureau des Affaires carcérales de Louis Farrakhan étaient éminemment intéressés par ce prisonnier de conscience nigérian, et leur section déversait généreusement sur ce réfugié martyr l'abondante zakât dont ils étaient les mandataires, bien au-delà des prescriptions du Coran. Il les avait embobinés, empochant les dividendes produits par cette bataille entre les deux camps rivaux pour gagner son âme. Cette empoignade dura aussi longtemps que son séjour, tandis qu'il soupesait ses différentes options, tranchant finalement en faveur de la confrérie chrétienne, plus propice à ses projets de salut personnel. Le moment venu, quand le bus fédéral revint chercher son groupe pour le reconduire à l'aéroport, contrairement à la majorité des autres déportés, cet immigré illégal qu'on renvoyait vers son continent natal ne montrait aucun signe de déprime.

Toutefois, il ne revint pas exactement à son point de départ. Tibidje parvint en effet à persuader ses ravisseurs de le renvoyer non pas au Nigéria, mais au Libéria, le pays de la liberté. Il avait découvert, à travers des échanges avec ses codétenus et quelques rapides lectures, que le Libéria jouissait d'un statut spécial, quasi colonial, vis-à-vis des États-Unis, et que cela l'avantagerait. À un moment donné de cette trajectoire, notre futur pasteur des âmes annonça qu'il avait découvert sa véritable vocation – l'évangélisme. Cette détention s'était révélée des plus formatrices, disait-il, un changement radical dans sa vie. Le centre, à l'époque, n'était pas totalement inhumain. La nourriture était mangeable et en quantité suffisante. Une petite poignée de livres et de revues, dons de leurs visiteurs, tenait lieu de bibliothèque, de nature religieuse pour l'essentiel. Ils incluaient, comme l'on pouvait s'y attendre, les saintes écritures des fois chrétienne et musulmane, mais également *La Ballade de la geôle de Reading* d'Oscar Wilde, *Le Voyage du pèlerin* de John Bunyan, *Le Prophète* de Khalil Gibran, les textes du moine Thomas Merton et d'autres ouvrages centrés sur la quête spirituelle et l'élévation.

La présence du *Kamasutra* était intrigante. Selon la version la plus populaire, il avait été donné par un détenu, lequel avait réussi à convaincre le surveillant de permanence que c'était la bible d'une secte hindoue reconnue par les Nations unies. Par conséquent, l'exclure aurait constitué une violation des lois de l'ONU, dont les États-Unis étaient un pays signataire. En repartant, Tibidje avait soulagé le centre de son embarrassante présence. Les détenus pouvaient également regarder la télévision autant qu'ils le souhaitaient, et même mener des consultations juridiques auprès d'avocats bénévoles.

Tout cela gardait son esprit occupé, et il bénéficiait de la solidarité du prélat qu'il assistait même, désormais, dans les messes improvisées qu'il donnait lors de ses visites. À son arrivée à Monrovia, les confrères de l'aumônier l'accueillirent donc à bras ouverts et le prirent sous leurs ailes.

Ce séjour au centre se révéla fort instructif. Entre autres compétences acquises durant sa réclusion à Newark, Tibidje était maintenant en mesure d'affirmer – en toute honnêteté – qu'il s'était rendu aux États-Unis et avait effectivement passé plusieurs mois sous le mentorat d'un serviteur du Christ. Son accent le prouvait, puisqu'il était capable de nasaliser ses syllabes de manière aussi convaincante que n'importe quel Américain de souche – à vrai dire, le registre vocal de Dennis Tibidje était méconnaissable, même pour ses anciens acolytes Yahoo-Yahoo. Le voyageur errant avait entamé la longue odyssée qui devait le ramener au pays.

Mais l'infortune s'acharna sur lui. À peine avait-il posé le pied sur le sol libérien que la guerre civile éclata, grâce à un ex-sergent-major nommé Samuel Doe. Notre immigré accidentel n'était pas un jeune téméraire. Il détala vers la Gambie voisine puis enjamba le pays jusqu'au Sénégal. Une décision purement instinctive, ce qui était son point fort. Tibidje obéissait toujours à son inspiration quand elle lui dictait de partir.

Le Sénégal étant un pays francophone, le séjour de Tibidje dans cette nation essentiellement musulmane, mais d'un tempérament éminemment cosmopolite, fut donc bref. Ce qu'il regretta, tant il avait trouvé l'environnement propice, entouré qu'il était d'une population chrétienne minoritaire mais socialement privilégiée et très accommodante. Il ne tarda pas à poursuivre son périple vers la Sierra Leone, avec l'appui d'un réseau évangéliste dont les multiples fois impériales quadrillaient toute la côte d'Afrique de l'Ouest. L'apôtre itinérant gagna alors décemment sa vie en exerçant le métier de prédicateur « invité » ou « remplaçant ». Il apparaissait même à l'occasion dans des marathons évangélistes télévisés, en tant que chauffeur de foule pour la star religieuse locale. Mais son Nigéria natal demeurait sa destination ultime – que ce soit dans le Delta ou à Lagos, sa terre l'appelait. C'était là qu'il était résolu à poser pour de bon ses valises plutôt que d'aller chercher fortune ailleurs, et c'est là qu'il trouverait son royaume apostolique. Chaque jour, mois, année qui passait n'était qu'une étape de son apprentissage, et Tibidje était un élève consciencieux. Surtout, c'était un bâtisseur de réseau et un prêcheur impressionnant. Même en Côte d'Ivoire, dont la langue officielle était là encore le français, le dynamisme de son message – et de sa manière de le délivrer – était tel que les interprètes manquèrent déclencher une guerre civile dans leur bataille pour le servir.

La guerre, bien réelle celle-ci, semblait le suivre partout – la période voulait cela –, mais ce désagrément ne faisait que fournir un matériau bienvenu à son voyage du pèlerin, nourrissant ses récits émaillés d'épreuves du feu. Ce qui donnait lieu à des sermons narrant des délivrances miraculeuses des mains de telle ou telle faction belligérante, juste avant une mort certaine, litanie d'horreurs saupoudrée d'une dose de salut. Il envoûtait ses congrégations qui le couvraient d'alléluias, prêtes à tout pour assurer la protection d'un homme manifestement destiné à propager la parole divine. Son seul regret était de n'avoir pu décrocher un créneau dans la chaire de la fameuse réplique de la basilique Saint-Pierre à Yamoussoukro, la *grande folie** du président d'alors, Houphouët-Boigny. Échec dû à une soudaine déflagration dans la vie politique de la Côte d'Ivoire, une escalade des conflits qui ne tarda pas à se faire une place de choix parmi les bains de sang intestins qui caractérisaient désormais les États jadis pacifiques d'Afrique de l'Ouest. Mais, là encore, ces sombres vicissitudes ne firent qu'apporter d'autres éléments bouleversants à ses homélies de libérations *in extremis*. Comment ne pas s'identifier à cet apôtre itinérant sur le point d'être dévoré par les crocodiles de compagnie du défunt leader, dans les douves duquel les commandants drogués d'une faction assiégée l'avaient jeté juste pour s'amuser. Hélas, seule une minorité de congrégations ivoiriennes eut droit à ces réminiscences, l'apôtre Tibidje étant sans cesse en mouvement. Prochain arrêt, la république du Ghana.

C'est d'ailleurs au Ghana, une zone de relative stabilité, qu'il déclarerait plus tard avoir connu sa Première Épiphanie. Celle-ci eut lieu dans les réverbérations d'un sermon prononcé au cœur d'un stade de football à Kumasi, cohue évangéliste de dizaines de milliers de gens où il avait été appelé une fois de plus à la dernière minute, en prédicateur remplaçant. Là, il s'était soudain interrompu au beau milieu d'une harangue extatique. Ce qu'il venait de dire, quelques mots tout juste jaillis de sa gorge, avait provoqué sous son crâne un rembobinage immédiat. Lequel l'avait ramené au début de son énoncé, la racine de la résonance, moment équivalent à l'illumination d'un éclair dans un ciel dégagé. Cela l'avait laissé aveuglé et sans voix devant ces milliers d'auditeurs tout aussi éberlués. *Par conséquent, affluez vers le site de la prophétie, où qu'il se trouve, cherchez le site du prophète où réside l'esprit du Seigneur*... et il s'interrompit, frappé par la clarté de ce message qui abattait le poing de l'inspiration sur son exhortation standard – prophétie, site du prophète. *Prophésite !*

Il regarda nerveusement autour de lui, espérant que personne d'autre n'avait saisi cet entrechoquement de mots, du moins personne ayant des ambitions apostoliques. Cet éclair le désarçonna un instant, introduisant de profonds doutes dans son esprit – se pouvait-il qu'il fût, après tout, le produit authentique ? Qu'il eût en fait répondu à un véritable appel prophétique ? *Prophésite !* Comment tous ses prédécesseurs avaient-ils pu passer à côté d'un nom si délicieux, si doux à l'oreille, pour désigner un lieu dédié à la quête spirituelle ? Se pouvait-il qu'il fût, sans l'avoir compris jusqu'alors, un élu ? Il avait fallu des jours entiers d'angoisse et de doute avant qu'il ne se rassure : non, il n'avait pas dévié de sa vocation véritable – celle d'être un trafiquant spirituel doué et créatif. À l'issue de cette illumination, il fit ses bagages et reprit la route. Il était désormais l'heureux propriétaire d'un combi Volkswagen équipé d'appareils d'enregistrement et d'un mégaphone alimenté par le moteur, toujours prêt pour une session évangélique improvisée. Accompagné de trois fidèles, dont l'un ferait office de chauffeur remplaçant, il mit le cap vers l'est. Il était temps !

Mais il ne rentra pas à Port Harcourt cependant, pas immédiatement, se tenant à l'écart du Sud où il s'était fait des amis et des connaissances parmi les célébrités venues côtoyer les stars de ciné. Il fallait d'abord s'assurer qu'assez de temps s'était écoulé, que personne ne se souviendrait de lui dans cette précédente incarnation nigériane. Il fit son retour au pays des gens heureux en pouvant compter sur une poignée de confrères avec lesquels il avait correspondu, le long de la côte ouest, et même au-delà, en Afrique du Sud, dont certains étaient bien connus pour leurs remèdes spirituels incluant l'ingestion de serpents ou de souris vivants pour tenir à distance le démon. Au pays, il reprit contact avec une légion volontaire d'éclaireurs, de facilitateurs et d'exécuteurs – dont certains étaient devenus entretemps des clients réguliers des forces de sécurité et des cours de prison.

Les hommes – et, de plus en plus, les femmes – de Dieu jouissent d'un statut remarquable au pays du bonheur, même aux yeux des religions adverses. Il semble y avoir, à la base, une volonté de collaborer par souci de solidarité. À peine Tibidje avait-il achevé son premier sermon dans un entrepôt de marchandises reconverti, que les cercles de la classe moyenne supérieure se l'arrachèrent. Il fallait bien lui reconnaître, aussi, un talent certain pour créer autour de sa personne une atmosphère mystérieuse qui intriguait les hommes et les femmes de foi et facilita son accession aux échelons moyens, puis supérieurs du pouvoir. Tibidje n'eut quasiment pas besoin de promouvoir ses débuts, en tant que nouveau venu dans l'arène des largesses spirituelles potentielles. Avant son départ du Ghana, ses éclaireurs s'étaient déployés en amont de son retour triomphal et lui avaient fait part de leurs conclusions : leur recommandation était la ville de Kaduna, dont la population était notoirement divisée, de manière quasi égale, entre deux fois conflictuelles. Notre apôtre désormais accompli arriva donc le crâne rasé et luisant d'huile. Il s'était laissé pousser une barbe rapprochant son apparence d'un croquis au fusain de Nostradamus qu'il avait conservé. Chaque environnement avait ses besoins propres, les gens leurs faims, leurs soifs particulières. Il se sentait « appelé » à prêcher l'évangile de la paix à Kaduna, cette ville qui se changeait progressivement en un microcosme du Libéria, de la Sierra Leone ou de la Côte d'Ivoire. Mais Kaduna n'avait rien à voir avec ces endroits-là. On ne pouvait même pas la comparer à Maiduguri, la capitale en état de siège permanent de ce nord-est nigérian devenu un foyer de fondamentalisme religieux. Malgré ses troubles, c'était une ville relativement pacifique. Pour un revenant en quête d'un cadre serein, mais chargé aux hormones spirituelles, Kaduna était à la fois un lieu sûr et plein de promesses. Il ne lui fallut pas longtemps pour établir le contact avec le gouverneur, cet homme jeune, inexpérimenté, prêt à embrasser toute perspective de réconciliation de cette ville divisée. Un fonctionnaire de haut rang avait facilité cette rencontre.

– Si seulement nous pouvions trouver un moyen de maîtriser ces assassins, se lamenta le gouverneur le jour où Tibidje lui rendit une visite de courtoisie.

Le visiteur ne laissa pas passer cette occasion :

– Avez-vous essayé d'entrer en contact avec eux et de les acheter ? Jetez de l'argent parmi eux et laissez-les se battre.

Ses références de vétéran des guerres d'Afrique de l'Ouest lui conféraient une réelle autorité. Au Nigéria – Tibidje connaissait cette histoire –, un gouverneur de l'État de Kano, surnommé le Charmant Conciliateur, avait fait exactement cela : payer les gens de la secte de Maitatsine, prédécesseurs sans doute pas reconnus à leur juste valeur de Boko Haram. S'en prenant principalement aux musulmans orthodoxes – c'étaient eux, les vrais ennemis des hommes et de Dieu, qui déshonoraient la race noire en s'agenouillant devant de faux prophètes, ces apôtres esclavagistes d'origine arabe ! –, les Maitatsine étaient révoltés par tous ceux qui avaient recours à des moyens de transport mécaniques. Le châtiment réservé à de tels infidèles était la strangulation avec la chaîne du deux-roues sur lequel ils pédalaient jusqu'au travail et se déplaçaient dans le marché. Les Maitatsine arrêtaient les travailleurs, stoppaient les trains, capturaient les hommes et réduisaient leurs femmes en esclavage ; ils avaient fortifié des enclaves, créé un État dans l'État. La solution imaginée par le gouverneur consista à dîner avec le démon, et même pas avec la longue-longue cuillère préconisée par la sagesse populaire, mais en tête à tête, de part et d'autre d'une table festive sur laquelle étaient disposés des paquets à emporter, plusieurs dizaines de millions.

Pendant ces sept années d'exil, cette région avait beaucoup évolué. Le fruit défendu n'était plus les voitures ni les motocyclettes mais les livres. L'écrit. Désormais, des soldats en armes jaillissaient partout, des barrages routiers imposant à tous les véhicules des rites de passage à zigzags : les passagers étaient forcés de descendre et de traverser un *cordon sanitaire** avec sacs et bagages, tandis que les véhicules vidés étaient admis de l'autre côté après une fouille scrupuleuse. Le martyre avait acquis une nouvelle signification et, surcroît d'horreur, ne se limitait plus à une soumission volontaire à la persécution et à la mort, ni même à une immolation pour la cause, mais exigeait le sacrifice d'adultes et d'enfants non consentants, n'importe où, n'importe quand, sur des parkings, des marchés, dans des écoles ou des institutions d'enseignement, des lieux de loisirs ou de travail. Les églises s'étaient d'abord imposées comme les cibles les plus provocantes, avant d'être rejointes beaucoup plus tard par les indécis spirituels, considérés pires encore que les véritables *kafri*, les païens. La prudence souffla à Tibidje d'établir son futur temple sur la rive sud du pont de démarcation. Le symbole était là, visible, palpable, prêt à l'emploi pour qui en cherchait consciemment un : le pont physique, construit par l'homme, incarnait forcément une séparation. Lui-même serait le pont spirituel, un messager de paix et de réconciliation. Le fait que ces deux vertus problématiques, la paix et l'unité, fussent également intégrées à l'hymne national tombait à point nommé. Tibidje reprenait ce passage, ainsi que la bribe de mélodie dont on l'avait paré, dans son sermon inaugural, chaque dimanche, puis comme chant de louange final pour prendre congé des fidèles. Le gouverneur était impressionné. Tibidje tirait parti de son stage à

Newark, près d'un an passé dans la promiscuité avec ces deux courants religieux. Un intermédiaire véritablement tombé du ciel, confiait le gouverneur à ses conseillers, et un tapis roulant naturel pour convoyer les fonds d'apaisement. Des millions changèrent de mains, dont une bonne portion disparut sans doute en chemin. Cela éveilla des soupçons.

– Nous avons payé d'avance les sommes convenues, se lamenta le gouverneur. Voici mes témoins, et j'ai même gardé les reçus.

Tibidje eut un sourire complaisant.

– Il s'est passé exactement ce que j'avais prévu : l'argent les a divisés. Ils se trompent entre eux, ne se font plus confiance. À présent, laissez Dieu s'occuper du reste – il les fera se battre jusqu'à la mort.

Les problèmes de cette nature semblaient décidément poursuivre partout Tibidje. Il n'aurait pu élire moment plus inopportun. Boko Haram avait en effet choisi cette même période pour activer ses agents dormants, déployant son propre agenda d'unification à travers le pont de la division. D'autres voix, moins religieuses, clamèrent qu'il ne s'agissait absolument pas de Boko Haram, mais de racketteurs frustrés qui avaient fini par perdre patience à force d'attendre la manne promise par leur gouverneur nouvellement élu. Seules importaient les conséquences. Trop sûres d'elles, les barrières militaires furent enfoncées par une nuit fatale. Les insurgés s'y faufilèrent en douce, se déployèrent et libérèrent leur férocité prosélyte longtemps refoulée. Le quartier général de Tibidje, à moitié construit seulement mais déjà en fonctionnement une fois par semaine, se consuma dans un baptême du feu. Le gouverneur hésita, toujours perturbé par ces fonds qui avaient inexplicablement disparu. Mais au bout du compte, décidant de s'en remettre à Allah, il ordonna à son assistant d'envoyer un message compatissant – *mais sans en rajouter*, précisa-t-il.

Néanmoins, tout cela joua en faveur de Tibidje, qui disposait d'un atout – des partisans fidèles, un noyau dur, soigneusement cultivé, jamais plus de quatre ou six à la fois. Tibidje veillait généreusement à leur bien-être et, en retour, ils s'occupaient de ses affaires. Sa capacité à déchiffrer les signes avant-coureurs et son instinct de survie s'étaient aiguisés au gré des situations adverses. Grâce à ses expériences dans les pays de la CEDEAO – autre projet d'unification –, il ne fut pas totalement pris de court quand son église non encore consacrée – du moins, rituellement – fut rasée par cet incendie, et deux de ses proches lieutenants assassinés. C'était un horrible revers, un violent acte de dissuasion. Tibidje était humain, ne prétendait pas être autre chose. Par conséquent, il envisagea l'abandon. Il alla même jusqu'à projeter une seconde incursion aux États-Unis, avec cette fois un aller simple. Un nouveau nom. Une nouvelle histoire. Un nouveau commencement. Une nouvelle vie. Mais tandis que les émotions se bousculaient dans l'âme de l'enfant du pays rapatrié, il se retourna sur son passé et y aperçut un spectre qui le fit réfléchir : une mission non accomplie ! Une vie suspendue. Tout au fond de lui, quelque chose se rebella. Il repensa aux promesses de son jeune âge, faites à lui-même et à ses pairs.

Jamais le stoïcisme avec lequel le prédicateur se conforma à cette adversité ne se manifesta de manière plus éclatante que le jour, peu après la profanation, où, debout au milieu des pans de charpente effondrés et des piliers branlants qui avaient jadis abrité son ministère, foulant les cendres et les braises encore fumantes, il prononça son sermon d'adieu. Ce fut un spectacle inoubliable. Son crâne nu reflétant les dernières lueurs du crépuscule, et sa barbe tremblante semblant invoquer le courroux de la terre, il rappela à ses fidèles que la destruction ne touchait plus seulement les lieux de culte chrétiens, désormais, mais embrassait jusqu'aux mosquées. Les fanatiques musulmans infligeaient à présent une brutalité encore plus grande à leurs coreligionnaires. Il n'y avait qu'une réponse possible : l'unité des assaillis. La baguette de la foi était tombée entre des mains diaboliques, elle devait être secourue, purifiée et rendue aux hommes et aux femmes de bonne volonté, qu'ils soient chrétiens ou musulmans. Cette détermination commune mettrait en déroute ceux qui se complaisaient dans le chaos spirituel, ce fléau sans discernement qui faisait de tous et de chacun des victimes potentielles. C'est à ce moment-là que frère Tibidje chercha, et reçut, son propre conseil : du mal naît toujours le bien. La solution, telle une naissance structurée et durable, lui sauta au visage de manière si éblouissante qu'il en eut le souffle coupé. Il tomba à genoux – alors même qu'il portait son plus beau pantalon de prêcheur, un pantalon noir à rayures gris foncé tout juste revenu du pressing Souls for God Drycleaners Ltd., sur la grand-rue de Kaduna –, et, aussitôt, se dédia à nouveau à ce qui était désormais sa mission première : la quête œcuménique. Ce ne fut pas tout à fait une épiphanie, mais pas loin.

Le labeur de Tibidje prit un tout nouveau sens, une nouvelle urgence. Son séjour d'un an dans le camp de détention du New Jersey lui avait montré la voie, mais il n'avait pas su la voir à l'époque. Et jusqu'à ce moment, dressé parmi les cendres de son évangélisme mutilé, il avait toujours conçu Kaduna comme une ville divisée à laquelle manquait le patronage d'un pieux tempérament. Non, cela ne suffisait plus. Ce dont le monde – et pas seulement la nation heureuse – avait besoin, c'était une nouvelle religion embrassant toutes les autres. Dans ses mains, offertes sur un plateau de piété, il avait à sa disposition deux principales religions antagonistes unies par leur statut de victimes. Tous appelaient de leurs vœux une religion de paix – une paix véritable et pas celle, purement rhétorique, des grands discours spirituels, non ! –, qui ne demandait qu'à naître, concrètement. Des esquisses suivirent aussitôt. Un espace unique pour toutes les fois, un site destiné aux prophètes révérés s'adressant aux fidèles des deux religions, dans un langage commun, unifié, dépassant toute controverse, neutre et accommodant. Les deux camps se vantaient de posséder une surabondance de prophètes – les marketisaient, à vrai dire. Quand Tibidje expérimenta cette nouvelle direction sur les trois membres survivants de son Conseil des anciens, ce fut un triomphe immédiat. Inspirés, ceux-ci s'écrièrent : *Vous êtes décidément l'Élu, apôtre Tibidje !*

L'un des ingrédients dont notre prêcheur saisit très tôt l'importance fut… l'audace ! Son œil intérieur revit soudain les amphithéâtres bondés où il avait remplacé au pied levé les nouvelles stars de l'évangélisme télévisuel. Étaient-ils de meilleurs orateurs, des gens plus cultivés ou futés que lui ? *Le problème avec toi*, reprocha-t-il à son reflet dans le miroir de la salle de bains, *c'est la défiance, cet enfant illégitime de la mémoire. Opte pour l'audace !* Autour de lui se bousculaient des gouverneurs, des sénateurs, des secrétaires permanents et des banquiers inculpés, dont certains étaient même des fugitifs rentrés au pays, se pavanant intrépidement avec une splendeur forgée par l'habitude, manipulant le système judiciaire, honorés et distribuant les honneurs comme si le monde leur appartenait et qu'on ne pouvait leur demander de comptes jusqu'à ce que les juges se retirent, soient promus ou démis de l'affaire, que les témoins meurent ou que les dossiers soient finalement enterrés. Ils soutiraient aux tribunaux libertés sous caution et ajournements pour raisons de santé, rivaux dans l'art du spectacle puisqu'ils entraient souvent dans la salle d'audience à moitié asphyxiés, allongés sur des civières ou appuyés sur des béquilles, bandés de la tête aux pieds telles des momies égyptiennes, pour s'ébattre le lendemain sur les plages de Floride, joviaux et en pleine forme. Sans même se soucier de ménager un intervalle décent, ni s'inquiéter pour les magistrats conciliants avant de montrer leur visage en public. Bon nombre d'entre eux étaient déjà en train de recruter pour leur prochaine candidature aux élections, distribuant les pots-de-vin, faisant ouvertement campagne pour une nomination aux YoY. Mais alors, qui se souciait encore des menues peccadilles qui l'avaient jeté dans une odyssée d'autodidactisme, quand ces moins talentueux que lui ne possédaient même pas une fraction de sa puissance oratoire ? Quant aux Saintes Écritures, il connaissait les yeux fermés la Bible, le Coran, les *Upanishad* et la *Bhagavad-Gita* – enfin, des bribes. Tout ce qui comptait, c'est qu'il était capable de battre au jeu des citations n'importe quel aspirant-prélat en décochant des passages pertinents. Ou de manipuler le récit pour pouvoir s'appuyer sur ce qu'il avait retenu du Coran ou de la Bible. Il avait fait bon usage de la minibibliothèque de Newark, mémorisé les puissantes déclarations de prédicateurs aussi originaux que Father Divine, le légendaire leader religieux afro-américain.

Ça – et de nouveau, pour la centième fois peut-être, Tibidje secoua la tête d'émerveillement admiratif –, c'était quelqu'un ! Father Divine avait appelé le Seigneur à abattre son courroux sur le juge qui avait eu la témérité de le condamner pour un obscur crime connu sous le nom de « fraude postale ». Pourtant, le monde entier savait que le seul crime de Divine était d'avoir mobilisé ses frères descendants d'esclaves de cette nation, pour qu'ils exigent d'être rapatriés sur leur continent, et que le gouvernement des maîtres d'esclaves blancs finance ce voyage retour et leur verse même des compensations pour ces générations de servitude. Cette vérité, nul ne pouvait la dissimuler. Si bien qu'après l'énoncé de sa sentence, Father Divine prononça à son tour celle du juge : « Vous ne vivrez pas assez longtemps pour me voir franchir le portail de cette prison en homme libre ! »

Waouh ! Caramba ! Bonté divine ! Et voilà que ce juge avait expiré pendant que Divine se livrait à ses méditations matinales dans sa cellule. La horde journalistique vint l'y trouver, pressée de voir sa réaction. Bien qu'apprenant de leurs bouches que le juge avait quitté le royaume des mortels, le charismatique enfant du pays des Noirs leur répondit du tac au tac : « J'ai détesté faire ça », avant de reprendre ses oraisons.

Ô gbeleticos ! Tibidje décréta que c'était là l'alpha et l'omega de l'entreprise prophétique, et cet éclat d'histoire se planta dans son esprit comme le bâton fourchu d'un sourcier. S'il parvenait un jour à s'approcher ne serait-ce qu'un peu de cette capacité à mettre dans le mille, cela serait plus que suffisant pour le faire figurer au rang des immortels du sacerdoce. Tout juge qui commettrait l'erreur de ressortir de vieux dossiers et d'annuler la prescription dont ils bénéficiaient se verrait garantir le même sort – Tibidje savait avec quelle grandeur il embrasserait l'insignifiant martyre d'une peine de prison en échange de cet accomplissement. Ce fut l'instant testamentaire de la renaissance officielle de Tibidje. Il se voyait comme le fils spirituel de ce fils d'esclaves qu'on avait emmenés de force de ces terres que lui-même, Tibidje, était revenu, comme Father Divine, réclamer. Cette décision était suspendue depuis quelque temps déjà au-dessus des horizons spirituels, mais tout à coup, sa résolution fut définitivement prise : il allait adopter une version légèrement remaniée du nom de son héros. S'il se retrouvait au tribunal pour quelque raison que ce soit, et qu'un magistrat malavisé commettait une semblable erreur de jugement, il prononcerait contre celui-ci une version locale du contre-verdict de Father Divine. L'Apôtre Davina – oui, Tibidje avait finalement tranché, optant pour ce changement de nom : Apôtre, Prophète, ou peut-être Papa Davina – délivrerait une sentence tout aussi puissante que celle de son père adopté à l'encontre du juge. Le reste suivrait naturellement.

Les moyens ? Il serait bien temps de franchir ce pont-là le moment venu. Tibidje n'avait pas le moindre doute sur le fait que Father Divine avait organisé l'assassinat de cet instrument de l'injustice aussi présomptueux que raciste. Il considérait donc comme une mission préparatoire nécessaire d'acquérir la capacité d'actionner une telle riposte et même depuis l'intérieur d'une prison, si la prophétie tardait trop à s'accomplir d'elle-même. Ce n'était pas en vain qu'il avait gardé d'étroits contacts avec les compagnons de ses modestes débuts – les Yahoo-Yahoo, ces gangs d'enfants qu'on appelait les Area Boys, sans oublier cette prolifération cultuelle de contre-ministères aux noms excentriques reliant des mondes aussi éloignés que les mythologies scandinaves et la culture des guerriers des bidonvilles de sa propre nation heureuse – certains se faisant appeler les Islandais, d'autres les Konudi, les Essieux Noirs, les Dagunro, entre autres prédateurs qui avaient créé des gouvernements parallèles de Zamfara à Lagos, de Bayelsa à Birnin Kebbi. L'Apôtre Davina se sentait prêt à passer à l'action. Papa Davina était arrivé, que la piété règne.

Au nom de la justice, près de onze années pleines s'étaient écoulées depuis les débuts infortunés de Tibidje à Port Harcourt. Le caractère national était désormais résumé par l'exhortation *m'enukuo*, contraction de l'expression *mu enu ku'ro* – Garde ta bouche à l'écart de ça ! Il ne faut pas réveiller le chat qui dort, etc. Même ceux qui savaient et le reconnaîtraient se contenteraient de secouer la tête et… *M'enukuo*. Il était temps de passer à autre chose. Mais avec style. Avec audace. Sans regarder en arrière. À l'image de ce gouverneur éhonté qui avait réussi à échapper à vingt-quatre chefs d'accusation pour diverses manigances financières, s'était envolé pour Dubaï et avait ensuite vécu heureux pour le restant de ses jours, enfin, presque – cette issue idyllique n'avait été tronquée qu'à cause d'un conflit d'ambitions sans précédent avec les hautes sphères du pouvoir, fable morale d'un règlement de comptes entre voleurs. Il était temps, estimait notre évangéliste, de partir à la conquête d'une gloire plus grande. Il allait se mettre en mouvement, oui, partir plus loin dans le sud pour plus de sécurité. Mais cette fois, chacun de ses actes se caractériserait par un panache spirituel encore jamais vu. Aller de l'avant. Attaquer de front le démon selon ses termes à lui, Papa Davina. Le déménagement à venir refléterait le dilemme actuel de la nation : il était temps d'annoncer l'avènement d'un ministère de la Tolérance.

Ministère ? Non, non, non, cela n'irait pas. La confusion entre le séculier et le spirituel serait insurmontable. Qui, à l'intérieur de cette nation, n'avait pas entendu parler du ministère du Bonheur ? Lui, l'apôtre Tibidje, désormais Papa Davina, héritier de la tradition du grand Father Divine, allait-il vraiment s'alourdir de telles banalités ? *Il faut penser différemment*, assena Davina à Tibidje. *Il faut penser nouveauté ! Il faut penser grandeur !*

Davina s'isola quelque temps et se débattit avec un foisonnement de projections, chacune contenant au moins une douzaine d'options. Il jeûna, s'interdisant du moins tout déjeuner. Son fil vital ne tenait que grâce aux quatre boules d'*akara* et au bol d'*akamu* qu'il prenait de bon matin, avec quelques fruits du cru, puis plus rien jusqu'à l'heure du dîner, où il s'attaquait à un plat de *tuwo* et/ou de bananes plantains frites, accompagné de *kilishi*. Par chance, il était sobre par habitude et ne buvait jamais d'alcool en public – ses petits plaisirs étaient ailleurs. Au bout de trois jours vint l'illumination ; Tibidje était extraordinairement enclin à en avoir. Celle-ci eut lieu sur l'Expressway Lagos-Ibadan, qu'il n'avait pas empruntée depuis plus d'une décennie.

Cette artère reliait la ville la plus densément peuplée du continent africain, Ibadan, au reste du pays. C'était une voie rapide de plus en plus criblée d'ornières, censée posséder deux voies dans chaque sens, trois à certains endroits. Ou quatre. Parfois cinq. La dernière fois que Tibidje l'avait parcourue, toutes ces années en arrière, il était en fait impossible d'en compter le nombre exact. Il s'en souvenait seulement comme d'une série de pièges mortels dont prenaient peu à peu possession – des deux côtés ! – les spiritualités rivales. On aurait dit qu'un coup de pistolet avait été tiré un jour, marquant le départ d'une course à l'étranglement de la circulation les jours de fêtes religieuses – Pâques, Noël, ramadan, Aïd après Aïd, anniversaires des prophètes et de leurs avatars, ou simples cérémonies évangéliques organisées au gré des caprices de leurs prédicateurs ou lorsqu'un jour de Prière national était décrété contre la sècheresse, les inondations, les maladies, la corruption, les invasions de sauterelles, les épidémies, l'effondrement des immeubles, les incendies, les explosions de camions-citernes, les kidnappings, les pédophiles, le carnage routier, les assassinats rituels, etc. Tibidje repensa à la dernière fois qu'il avait traversé les deux ronds-points/ponts routiers qui transformaient cette voie express en une rocade contournant la ville d'Ibadan. C'était cette section finale – le deuxième rond-point et sa voie d'accès de quatre cents mètres depuis Lagos, où se mélangeaient tous les véhicules motorisés et les vendeurs de rue désorientés qu'on pût imaginer – qui occupait désormais l'esprit calculateur de l'Apôtre

Davina. Il n'y avait jamais vraiment réfléchi, n'étant qu'un usager occasionnel de cette route, mais celle-ci le frappait à présent comme constituant une ligne de partage transcendantale : d'un côté, elle se dirigeait vers l'ancienne cité guerrière et commerciale d'Oyo ; de l'autre, vers la source spirituelle des Yoruba, Ile-Ife, patrie des Orisha.

Cette idée, comprit-il soudain, lui avait été inspirée par la longue et profonde contemplation d'un bâtiment de deux étages bleu poussière, dont la rambarde du balcon, au premier, était barrée d'une longue planche. Sur celle-ci, on pouvait lire trois mots tracés en lettres colorées : *Bienvenue à Chrislam*. Stratégiquement positionnée au niveau de cette jonction, cette pancarte donnait l'impression que ses créateurs déclaraient ce lieu comme le point à la fois de rencontre et de départ de la spiritualité et de la sagesse. Tibidje repensa à la controverse que cela avait déclenchée à l'époque – était-ce au moment du lancement ? Ou bien quelques années plus tard, à l'instigation d'un religieux puriste et obsessionnel ? Cela n'avait d'ailleurs aucune espèce d'importance. Dans cet instant d'illumination, Papa en résuma l'histoire en un seul mot : timidité ! Défaitisme. Un plaidoyer œcuménique louable, et même inspiré, mais au-delà ? Pure stagnation. Chrislam était un appel, mais où se trouvait sa demeure ? C'était le gouffre béant, qui demandait à être comblé ! Mais où ? Où ? Âme d'un pragmatisme invétéré, Tibidje savait qu'il n'était pas tout à fait prêt à s'attaquer à Lagos. Il avait encore besoin de faire quelques recherches et, surtout, d'accumuler des capitaux ! Les miracles, c'était très bien, mais pour que l'eau jaillisse de la pierre, il fallait d'abord se procurer la pierre, ce qui supposait… de l'argent !

Papa Davina ordonna à ses lieutenants de passer à l'action.

Les résultats vinrent confirmer ses souvenirs. Après

des décennies d'existence, Chrislam était encore confiné à son petit lieu riquiqui. Pas un seul mètre carré d'expansion, à peine une malheureuse couche de peinture fraîche depuis que le bâtiment avait été construit, de plus en plus tassé au milieu des immeubles qui avaient poussé alentour. Il avait été éclipsé par de nouveaux venus pourtant postérieurs, sectes et branches mineures de mouvements spirituels moins connus. Il ne s'était même pas laissé influencer par un exemple édifiant dont seuls deux kilomètres le séparaient. Celui-ci était installé juste avant le premier des deux ronds-points, c'est-à-dire en périphérie sud d'Ibadan. C'était la propriété vaste et tentaculaire, en constante expansion, d'un Dieu vivant autoproclamé, le gourou Mahara Ji. Cet immense domaine surplombant l'autoroute occupait une pente herbeuse parfaitement entretenue, sur laquelle le nom et l'ordre divin du gourou avaient été floralement sculptés par des horticulteurs inspirés, des coiffeurs-paysagistes. Sur le plateau qui dominait la pente, le début d'un verger, puis les bâtiments de vie et de méditation du complexe, cachés aux yeux profanes. Par comparaison, le site de Chrislam était – ne mâchons pas nos mots – un bidonville !

Cette projection de contrastes, attelés ensemble dans une conception unifiée – encore un flash d'inspiration ! – convainquit Tibidje dans sa quête d'un motif structurel englobant, d'un deux-en-un qui parlerait à tous : un lieu magique implanté en plein bidonville, les deux se nourrissant réciproquement, réconciliant les fois ennemies en une entente cordiale. Il envoya ses éclaireurs explorer les banlieues de Mushin, Oshodi, Ajegunle, Alimosho, toutes situées dans les limites de la métropole agitée de Lagos mais ne lui appartenant pas. L'exaltation gagna Papa Davina. Il se sentait déjà remis d'aplomb. Le schéma commençait à se concrétiser. Il n'attendait plus que le plein accomplissement.

Rendre à César ce qui est à César... Tibidje dépêcha ses assistants dans les locaux désœuvrés du cadastre et du registre des sociétés : voilà que l'Esprit, de nouveau, l'inspirait, car tout était exactement comme il l'avait prédit. Chrislam avait bien été enregistré en tant que religion, mais pas comme bien immobilier, ni société. Fin des atermoiements, le gourou Mahara Ji avait trouvé son maître. Pas un compétiteur, non : Tibidje abhorrait la grossièreté d'une telle concurrence, préférant poser ses cartes conformément à la dynamique naturelle du prosélytisme. Il fit une demande d'enregistrement, déposa le nom. Son choix naquit tout droit de la Divine Prescience, un ajustement sur mesure qui constitua sans aucun doute sa Seconde Épiphanie. La première ville œcuménique allait voir le jour – Chrislamabad !

La vision était désormais complète. Maintenant commençait la partie la plus difficile – la Mission !

Le voyage de Tibidje à travers les contrées d'Afrique de l'Ouest l'avait adouci. L'impétuosité de sa jeunesse avait baissé de plusieurs degrés. Militant désormais solide, dans la force de l'âge, il n'était plus pressé, ni timoré. Il croyait tout simplement que si « un pas à la fois » était un conseil avisé, deux pas en tandem étaient sans doute plus méritoires encore. Même les Yahoo-Yahoo le savaient, mais ils n'avaient aucun sens de la coordination. Ils montaient des escroqueries en ligne, puis s'essayaient à côté aux enlèvements d'enfants. C'était là un manque handicapant de finesse. Aucune vision d'ensemble. Ces garçons étaient des créatures de l'instant, et resteraient à tout jamais de la chair à canon. Tibidje allait commencer par un prototype pour en faire une rampe de lancement, tout en construisant peu à peu la piste d'atterrissage – le quartier général permanent à, où d'autre ? Lagos, voici venir Papa D !

Le reste s'enchaîna selon une progression logique. Son ministère quitterait Kaduna pour se déplacer, dans un premier temps, juste un peu plus au sud, plus loin de cette frange démente que Boko Haram ne cessait de consolider. Chrislamabad était une ville dont la naissance n'avait que trop tardé. La seule question du moment était donc la suivante : où bâtir le prototype ? C'était là l'unique dilemme. Cet essai devait être mené, pendant que la fondation du quartier général prenait forme, contours et magnificence. Papa Davina sortit alors celle qui l'avait constamment accompagné au long d'une décennie d'itinérance, son instrument le plus fiable pour se repérer – la carte de l'Afrique de l'Ouest. Tandis qu'il lissait de la main ce rouleau voyageur, les yeux vagabondant autour de son pays natal, son regard saturé d'instinct, sensible aux signes et aux symboles renvoyant à la « tâche en cours », quelle qu'elle soit, tomba sur la réponse. Celle-ci se déployait à plat sur cette carte, frémissant sous ses yeux : Lokoja ! À la confluence des deux plus grands cours d'eau de la nation !

Une explosion de pure lumière déflagra dans les tréfonds de son âme. Chrétiens et musulmans, animistes aussi, se livraient à leur principale activité – le commerce – sur les berges de la rivière Bénoué depuis des siècles, dans une harmonie supérieure à la moyenne. La grande ville elle-même était blottie douillettement au creux de cette charnière, en forme de cœur, formée par la Bénoué et le fleuve Niger. Les rivières n'ont pas la réputation de prêter attention aux projets des simples mortels ; mais dans cet exemple précis, il s'agissait d'un cas flagrant de favoritisme débridé – deux fleuves historiques faisant écho à la marche impérieuse d'un duo de courants spirituels ! C'était un symbolisme implorant d'être changé en réalité – celui qui avait fui la haine vint, vit et s'en chargea. Son instinct, comme il le soulignait tranquillement dès que se présentait une occasion de sermonner, continua de le servir à la perfection. Ce qui voulait dire qu'il ne s'agissait absolument pas d'un instinct, mais d'une coordination spirituelle directe entre vision et résultats. Il installa les fondations de son église temporaire – bambou et bardage de bois, avec l'ajout de planches récupérées sur des embarcations abandonnées et de filets de pêcheurs – sur un îlot de sable assez étendu au creux de l'aisselle ouest des deux rivières, qui n'était accessible qu'en pirogue. Papa Davina avait une connaissance assez fine de la géographie de sa nation, mais il ne s'intéressait pas seulement au paysage naturel – une grande partie de l'histoire du pays était enchâssée dans cette ville, Lokoja. C'était là que les explorateurs Richard Lander et Mungo Park avaient tour à tour échoué dans leur recherche des sources de la Bénoué, l'un d'eux – ou peut-être les deux – étant fait prisonnier ou tué, il n'était plus sûr des détails, ses années d'école étant désormais un panier vieux de plusieurs décennies dont il secouait et tamisait le contenu pour en soutirer ce qu'il avait à offrir, jetant le reste. Aucun de ces deux intrus blancs n'ayant alors prétendu être en mission divine – leur unique but étant des accords commerciaux avec des chefs illettrés –, impossible pour lui de s'appuyer sur quoi que ce soit dans leur entreprise légendaire. Mais les rivières ! Elles étaient différentes, riches, prosternées, disponibles.

Le fleuve Niger et la Bénoué ! Leur solide union bifurquait nettement le Nigéria entre nord et sud, avant que le Niger ne dévale vers la côte et ne déploie ses veines à travers les marais pour créer ce delta d'où jaillissait la bénédiction de l'or noir, moelle épinière de l'économie du pays. Papa Davina estimait qu'une grande partie de cette manne lui appartenait – l'esprit impartial, il faisait preuve d'équité dans ses relations humaines, et concédait donc ce même droit à quasiment tous ses concitoyens –, et son visage, chaque fois qu'il s'adonnait à de telles réflexions, s'irradiait entièrement :

il était bien décidé non seulement à obtenir sa part, mais à la mériter. Il n'était pas très porté sur la musique, au-delà bien sûr de l'appropriation de ce médium par les gens de sa profession. Mais il avait toutefois un chanteur et une chanson préférés, et les paroles de ce morceau flottaient sous son crâne telle une volée de papillons multicolores quand commence la saison des pluies, après la longue sécheresse de l'harmattan, que les chrysalides se brisent et que toutes sortes de créatures aériennes prennent soudain vie :

La manne pleuvra, n'ayez pas peur des cieux
Ces ténèbres, plus d'un les connaîtra
Mais elles n'annoncent pas la fureur du Déluge
Tout voyage connaît sa fin
Demandez aux enfants de Sion
Alors vient la moisson, douce manne du ciel
Manne du ciel, yeah, *manne du ciel,*
Oh mamma, yeah mamma, *douce manne du ciel*

Tout se mettait en place progressivement. Il n'avait qu'un produit à offrir : la spiritualité. Et celui-ci n'avait besoin que d'un emballage créatif, ce qui était son point fort. Rien ne se perdait jamais. Son apprentissage, quoique bref, dans le domaine de la publicité et du marketing attendait depuis si longtemps cet appel.

Telles furent les premières pierres sur lesquelles s'éleva la rampe de lancement de Chrislamabad. Ce choix, Lokoja, offrait un cadre pittoresque et candide de simples pêcheurs et de piroguiers, mais constituait également une intersection très fréquentée par les voyageurs terrestres. Davina loua une salle, tout en commençant à bâtir son propre édifice. La bannière au-dessus de l'entrée proclamait : *Eukuménika*, pour faciliter la prononciation, calligraphie qui avait en outre l'avantage de contenir en elle un parfum de grec ancien, ce qui ajoutait au mystère de cet implant soudain. Il baptisa Premier Exode son départ de Kaduna, engagea une flotte entière de pirogues pour transporter les fidèles jusqu'à son île-église. Ce service fut d'abord offert gratuitement, ce qui ne tarda pas à attirer les croyants des églises implantées sur la terre ferme. Papa Davina instaura ensuite un tarif modéré. Bientôt, il posséda les pirogues, qui ne cessèrent de se multiplier. Elles n'étaient plus limitées à l'acheminement des fidèles jusqu'au prophésite d'Eukuménika, mais constituaient un réseau de transport commercial contrôlé par le site. Il convoyait hommes et femmes, écoliers et travailleurs. Peu à peu, le site forma sa propre équipe de football. La flotte, ornée des couleurs de l'arc-en-ciel, véhiculait cette équipe bénie de match en match sur le continent. Du football, on passa aux festivités : une course de pirogues qui se changea en minifiesta, avec la promesse d'un soutien annuel par les gouverneurs des États riverains du fleuve. Un petit filet de touristes se mit à affluer, qui ne tarda pas à enfler en rivière de bon gabarit, puis en torrent. Tibidje avait trouvé son créneau. Il avait fait la moitié du chemin qui menait au hub national du bonheur.

La ville qu'il avait choisie était décidément taillée sur mesure. Elle possédait des monuments plusieurs fois centenaires qui suppliaient qu'on les exploite, mais selon une perspective spirituelle moderne : la véritable cité de Dieu et d'Allah, arrachée à l'entrepreneur sans imagination de l'Expressway Lagos-Ibadan. Lagos attendait la Venue. Pour l'instant, Lokoja était le récipient chargé d'accueillir l'esprit œcuménique. Tibidje étendit peu à peu son domaine, consacrant chaque empiètement sur la surface immobilière de l'île, chassant d'une discrète pichenette les cabanes des « squatteurs illégaux ». Il rendit concret ce qui, jusqu'alors, n'avait été que pur esprit. Son ministère se développa prestement, miraculeusement presque, au-delà de la simple spéculation. Chrislamabad couvrait tous les terrains, le spirituel comme le temporel, éclipsant la concurrence – essentiellement des prophètes de la forêt, solitaires, avec cloche et croix – ou l'absorbant. Il jouissait du patronage de l'État de Kogi, de ses classes moyennes et aisées, des fonctionnaires du gouvernement, du milieu des affaires et des politiciens. En un rien de temps, le scénario de Kaduna se répéta, mais dans une version grandement améliorée, et sans la menace de ce fléau universel nommé Boko Haram. Cela était inévitable : le gouverneur en personne se retrouva à accepter gracieusement d'être l'invité d'honneur d'un événement culturel, sa campagne de réélection entrant dans une phase décisive. Captivé par ce qu'il avait vu, au moment de quitter le site, il ramassa dans sa main un peu des eaux du Niger et de la Bénoué, s'en aspergea le visage et invita les membres de sa garde rapprochée à faire de même. La plupart d'entre eux n'avaient pas attendu son ordre, ils se penchaient déjà pour l'imiter. Alors qu'il montait à bord de son yacht, le gouverneur annonça qu'il faisait présent d'une embarcation motorisée – pas une simple pirogue équipée d'un moteur hors-bord, non, mais un canot huit places couvert qui serait livré gratis à Eukuménika.

Cet imprimatur officiel fut l'ultime propulseur. L'île se spécialisa dans l'organisation de « retraites ». Des contrats commerciaux étaient négociés dans son aura spirituelle. Des universitaires et autres cerveaux enfiévrés venaient profiter de son calme avant de s'embarquer dans des recherches ou de les conclure. Les artistes l'aimaient pour sa sérénité, et plus d'un chevalet de peintre se dressait le soir et en fin de semaine sur les berges du fleuve pour puiser dans son paysage de riches images. Les politiciens savaient où aller pour se réunir en secret, sous le regard de Dieu. Les puissants en entendirent parler par-delà les frontières de l'État de Kogi et firent leur discret pèlerinage pour permettre à des rendez-vous particulièrement sensibles d'échapper aux regards encombrants. C'est d'ailleurs ainsi que le Premier ministre Godfrey Danfere, Sir Goddie, officiellement le deuxième dirigeant le plus puissant d'une puissante nation, mais en réalité son homme fort, eut vent de son existence et envoya ses assistants les plus dignes de confiance pour « juger sur pièces ». Ils revinrent avec des rapports élogieux. Lors de sa visite, toute l'île fut vidée – mais avec une discrétion absolument professionnelle. Personne n'entendit rien, même après qu'il fut reparti. La banderole suffisait : *ESPACE FERMÉ POUR RÉNOVATION SPIRITUELLE.*

Une fois sa base de Lokoja entièrement consolidée, Papa D se lança à l'assaut de sa véritable destination, le foyer national d'Eukuménika : Lagos. Le secteur choisi fut celui de Mushin/Ipaja, sur la route menant à Otta et à Abeokuta, cette dernière ville ayant jadis accueilli les premiers missionnaires venus implanter l'Évangile chrétien dans les cœurs des païens yoruba, mais étant désormais une sorte de melting-pot où se côtoyaient toutes les formes d'affirmation religieuse, y compris le culte marginalisé des Orisha dont Papa Davina avait depuis longtemps décrété qu'il constituait un désastre d'un point de vue financier. Quelque chose ne va pas avec cette religion traditionnelle, avait-il regretté lors d'une réunion de son conseil d'administration. C'est comme ce Chrislam au bord de l'Expressway : un appel sans domicile. Il faut que ces gens se reprennent. Les Orisha ne méritaient même pas d'être cotés en Bourse, fût-ce sur un marché virtuel. Une certaine valeur touristique pour les accros à l'exotisme – mais à part cela, il n'aurait pas investi un seul kobo dans cette antiquité. Néanmoins, Davina fit preuve d'ouverture d'esprit. Il invita les prêtres du culte des Orisha à la fête culturelle d'Eukuménika et les hébergea même gratuitement dans l'un des bungalows du prophésite.

En vue de la venue finale, Papa Davina avait pris possession d'un « secteur sinistré » de Mushin/Ipaja, où un étrange promontoire faisait office de décharge publique informelle. Des gangs de rue et des voyous à la solde des politiciens régnaient alors sur les lieux, déchargeant leur excès d'énergie en incendiant les locaux de petites entreprises. Ils rackettaient les vendeurs des marchés, démolissaient les étals des récalcitrants et organisaient des accidents touchant des membres de leurs familles. Papa D noyauta leurs rangs avec des successeurs modernisés de ces brutes, les Yahoo-Yahoo, et des assassins du culte, auxquels il assigna des fonctions productives. Le prophésite et ses environs servirent alors de cadre à des scènes inhabituelles : un prélat en chef qui changeait de tenue, passant de la soutane et du surplis, accompagné d'un bâton d'évêque porté lors d'une messe, à son « look touareg » – turban recouvrant entre la moitié et les deux tiers du visage, avec une boucle un peu lâche au niveau des mâchoires. Papa Davina enchaînait la semaine suivante avec la tunique safran et les clochettes des Hare Krishna, mais interrompait la semaine, tous les vendredis, en adoptant le cafetan dépouillé, la chéchia et le chapelet d'ivoire des musulmans. Des assemblées présidées par ses assistants célébraient toutefois en simultané d'autres divinités. Des dieux et leurs avatars, des saints et des démiurges de toutes les origines étaient réunis sous un même toit, sous forme d'images ou se manifestant simplement à travers des chants et des nuées d'encens, à l'air libre. N'attribuait-on pas – sa mémoire lui jouait des tours – au djihadiste Ousman dan Fodio la fanfaronnade selon laquelle il marcherait des collines du Fouta-Djalon, en Sierra Leone, jusqu'à l'Atlantique, pour y jeter le Coran ? Lui, Papa Davina, ferait mieux encore. Il jetterait son carnet de chèques dans le lagon de Lagos, et l'en ressortirait dégoulinant des bénéfices du flot de pétrole qui inondait la nation.

Le présent récit fait autorité – il est celui du pèlerin en personne, composé à partir de nombreux sermons, confidences et rapports de police. C'est donc ainsi que l'homme jadis connu sous le nom de Dennis Tibidje voyagea de la ville orientale de Port Harcourt à Lagos, dans le même pays, en passant par Newark, Monrovia, Dakar, Kumasi, Kaduna et Lokoja jusqu'à ce que le moment vienne – onze ans plus tard – de déplacer Lokoja à Lagos dans un flamboiement technologique ultramoderne. Un étranger que personne n'attendait venait de débarquer dans cette métropole avec une seule et unique mission : s'y installer et battre les gens établis à leur propre jeu. Lagos était fertile, réceptif. Il avait pour lui l'expérience et la résistance. Et il arrivait préparé, avec une formule gagnante, une marque qu'il pouvait incurver dans toutes les directions : le Fleuve Œcuménique. Que tous les envieux, les obsédés d'un purisme stérile, les gens sans imagination viennent donc railler ou défier le modèle ! À des centaines de kilomètres de là, deux impétueuses rivières attestaient la puissance de la vision œcuménique. Que ceux qui chantaient des hymnes en l'honneur du Jourdain, et ceux qui entonnaient les louanges des eaux du puits de Zamzam, à La Mecque, fassent mieux s'ils en étaient capables ! Il existait un fleuve qui l'emportait sur tous les autres, haut la main – le fleuve de pétrole qui se déversait d'une fontaine ne connaissant nulle division : *EUKUMÉNIKA !*

4
L'ascension du Railleur

Que cette coupe s'éloigne…

Cela avait été un long siège, soutenu par bon nombre de gens dont l'otage lui-même n'avait pas ou peu connaissance. Mais au bout du compte, oui, c'était là une douce victoire à savourer par l'épouse bataillant de longue date, Mrs Jaiyesola Badetona. C'était la cerise sur le gâteau de cette victoire qui avait déjà été célébrée par de multiples événements, tous présentés sous le jour de la dévotion, jusqu'aux somptueux festins et autres souvenirs offerts avec gratitude par l'épouse, après l'essor soudain qu'avait pris la carrière de son compagnon de vie. Cet époux jusqu'alors si intransigeant, héritier d'une maison royale, avait fini par céder à ses supplications – et sans même protester. Le jour dit, il s'acquitterait de sa rançon dans les moindres détails, tels qu'on les lui avait appris et avec précision. Il avait accepté de rendre visite à l'apôtre, Papa Davina, pour une consultation spirituelle.

La soudaine élévation du prince Badetona, de son propre aveu, avait été rien moins que sismique. Il n'avait donc pas hésité à sacrifier la vache engraissée – il se targuait lui-même, après tout, d'être un traditionnaliste, tout à fait autre chose que l'héritier d'une maison royale –, de sorte qu'une telle offrande était attendue, et il n'avait jamais rechigné à répartir le gras entre ses amis, ses collègues et ceux qui lui voulaient du bien. Il avait forcément été influencé par ses années d'association avec le maître ambianceur de son cercle rapproché – Duyole Pitan-Payne, ingénieur et leader reconnu de leur exubérant Gong des Quatre –, cet esprit facétieux demeurant néanmoins unique en son genre. Le prince concéda même qu'une action de grâce soit célébrée – cela libérait leur foyer d'une tension récurrente entre mari et femme. Cette sensation de persécution domestique était cependant le fruit d'une série de mésaventures, d'étranges incidents allant bien au-delà des limites élastiques de la simple coïncidence, et d'une telle persistance que même le prince avait commencé à perdre confiance et à laisser se fissurer sa carapace de cynisme. Pour ne rien arranger, des contretemps tout aussi fâcheux avaient suivi la bonne nouvelle quasiment comme dans un enchaînement structuré de cause à effet, si peu de temps après sa promotion qu'il commençait à se demander s'il n'existait pas un lien malveillant entre tous ces événements. La chance attirant la malchance, que ce soit en vertu d'une loi bizarre de l'équilibre naturel, qu'on l'appelle karma, yin/yang ou comme on voudra, ou simplement – comme son épouse et les membres de sa famille élargie en avaient aussitôt conclu – d'une action de l'ennemi !

As-tu sollicité l'intervention divine ? Au début, il s'était montré fidèle à son surnom – le Railleur. Il préférait s'atteler aux préparatifs en vue de la tâche à réaliser, et de son nouveau statut social. Il était disposé à dépenser de l'argent en cérémonies, mais rechignait à s'en remettre à des fouineurs divins dans ses échecs terrestres, ses succès, ou les deux, ou leur absence. Après tout, il avait réussi à maintenir à distance les divinités tout au long d'une carrière sans relief – ou plutôt, de son point de vue, qui avait manqué d'une reconnaissance spectaculaire. Il préférait voir les choses ainsi. Cela lui permettait de s'adonner à son hobby préféré, qui était tout simplement la résolution des problèmes, surtout ceux de nature statistique. Il avait toujours été, et demeurait encore, un génie malgré lui des mathématiques. Ce qui avait ses compensations, ses avantages matériels. Un contrôleur de gestion interne, dont les revenus n'étaient pas contrôlés. Il ne voyait aucune raison de se plaindre ni de jubiler. Tout cela était purement professionnel et Badetona possédait un tempérament effacé. Si cela n'avait tenu qu'à lui, il aurait même volontiers abandonné son titre princier, mais celui-ci faisait désormais partie de son existence, et présentait certains avantages.

Jaiyesola, elle, voyait cela d'un tout autre œil. Ce poste manquait de reconnaissance publique. Un prince sans trône – le tour de sa lignée royale ne viendrait pas avant un siècle encore. Et donc, malgré le génie dont il avait fait preuve depuis l'école et au long de sa carrière de fonctionnaire, tout cela, pour citer l'expression de Jaiyesola, ne lui avait absolument rien rapporté. En observant le cercle rapproché de son époux, dont certains membres appartenaient au prestigieux Motor Boat Club de Ikoyi, ou au Lagos Island Indigenes Club, étaient francs-maçons ou Rose-Croix, elle trouvait que Badetona avait été floué en termes d'acquis sociaux. Le titre de contrôleur interne avait à ses yeux l'allure d'une condamnation à perpétuité à l'isolement, avec un régime à base de *gari* et d'eau. Elle avait donc porté son cas devant Dieu, à l'insu de son mari. Qui aurait eu l'audace de lui dire que le devoir d'une femme n'était pas de propulser son époux vers de plus hauts sommets ?

Une série de présages s'étaient alors succédé. Ses prières exaucées, et de manière si généreuse, le prince

Badetona s'était retrouvé confronté à une avalanche de contretemps qui allaient, de son point de vue à elle, bien au-delà de la simple coïncidence. D'abord, l'ordinateur customisé de son mari avait planté. C'était un fait sans précédent. Ensuite, il s'était cogné l'orteil – le gros orteil gauche ! – dans un pied de table protubérant, l'un de ces meubles au design ultramoderne qui privilégiait l'apparence à la raison. Le fait qu'elle avait eu des rêves atroces cette nuit-là était-il une coïncidence ? Il n'avait pas fallu longtemps alors pour que le directeur général fraîchement nommé s'enferme dehors, ayant laissé son porte-clés dans son bureau. Jaiyesola, de son côté, était partie faire son pèlerinage chrétien, entrepris deux semaines après son retour d'Arabie saoudite, où elle avait accompagné son amie musulmane venue faire son *umra* – toutes deux étaient des disciples de l'Eukuménika de Papa Davina. La batterie du portable de son époux avait également choisi ce soir-là pour tomber en panne – ah, oui, l'appel longue distance de Jaiyesola depuis Hébron, qui avait donné lieu à une discussion prolongée pour lui expliquer pourquoi elle ne devait pas remplir sa valise d'eau sacrée du fleuve Jourdain, sur les berges duquel son voyage spirituel l'avait menée ensuite.

Le Railleur avait passé cette nuit-là sur la banquette arrière de son SUV, enfermé dans le garage. Il était rentré tard d'une énième fête en son honneur, et son état légèrement groggy – il buvait avec modération – n'avait pas tardé à le faire sombrer dans un profond sommeil. En ouvrant la porte du garage pour faire entrer un peu d'air frais, le lendemain matin, il avait entendu des grattements sur le montant supérieur de la porte. Avant qu'il ait pu lever la tête pour voir de quoi il s'agissait, une créature écailleuse était tombée, s'écrasant sur la partie centrale dégarnie de son crâne, ses fines griffes aussitôt prises au piège dans les touffes de feuillage alentour.

La première pensée de Bade avait été : *Un serpent !* Puis : *Un scorpion !* Il bondit dehors, au bord de la crise cardiaque, ne sachant comment réagir face à ce qu'il ne pouvait voir, percuta la femme de ménage qui arrivait tout juste pour sa journée de travail. Elle avait pris ses jambes à son cou en criant à l'aide contre cet intrus, avant de réaliser de qui il s'agissait. Le mystérieux squatteur profita de la confusion pour s'échapper, finalement identifié pour ce qu'il était – un lézard. La bonne raconterait plus tard « le moment le plus terrifiant de [sa] vie » à Mrs Badetona, lorsque celle-ci fut rentrée de son pèlerinage. Écoutant ce rapport, elle rugit de délice et l'ajouta à sa liste d'augures. La dernière contribution de son mari, une semaine plus tôt à peine, était le chat noir qu'il avait trouvé assis sur le capot de sa voiture en sortant du supermarché. Il avait savouré la succession rapide d'expressions sur les traits de son épouse, surtout lorsqu'il lui avait raconté en détail cette confrontation à sens unique. Le chat avait refusé de bouger, même après qu'il avait démarré le moteur, et commencé à rouler lentement. *Ma chérie, ce chat, je te le jure, n'arrêtait pas de me fixer à travers le pare-brise, comme pour se plaindre qu'il avait tellement envie de faire un tour. J'ai dû m'arrêter et demander à l'agent de sécurité de m'aider à le chasser de là, pour pouvoir repartir.*

Tous ces incidents n'étaient-ils qu'une petite montée en puissance avant la *pièce de résistance** qui restait à venir ? Ce jour capital avait eu l'amabilité d'attendre que sa femme rentre de pèlerinage, de sorte que la nouvelle avait atteint celle-ci dans les vingt minutes qui avaient suivi les faits. Pour citer Badetona : *Là, ça m'a secoué jusqu'au bout des talons !* Alors que Jaiyesola se frottait les mains, tournée vers les cieux, en apprenant la nouvelle, se réjouissant de nouveau d'avoir pris la peine de faire du pèlerinage de cette année un voyage de dévotion double usage – action de grâces et protection –, le prince fut contraint de reconnaître que les choses ne tournaient visiblement pas rond depuis sa promotion. Toute l'euphorie de cet avancement s'évapora pour de bon devant la scène d'horreur qui se déroula à l'arrêt de bus au bord d'Ikorodu Road, juste avant le pont routier de Maryland. Et le prince ne s'était retrouvé pris dans cet incident que parce que, récemment muté d'un banal bureau à la direction d'un tout nouvel organisme semi-public, en tant que directeur général de niveau 17 – un (rare) échelon connu dans tout le pays comme celui de « supersecrétaire permanent » –, il avait décidé de faire la queue à cet arrêt comme un travailleur lambda, attendant le bus qui devait le ramener à son lotissement. Il aurait pu téléphoner à une compagnie de taxis ou arrêter l'un de ces *keke napep* omniprésents, tricycles à moteur importés d'Inde. Il avait préféré les transports en commun. Badetona, l'un des humains les plus capables de s'adapter, les plus adeptes d'une philosophie du « vivre et laisser vivre » qu'on pût espérer croiser dans un domaine aussi sujet aux revirements, se réjouissait d'avance de cette idée : lui, prince et supersecrétaire, s'encanaillant un peu avec ces travailleurs vivant près de chez lui et pourtant si lointains, qu'il apercevait généralement à travers les vitres teintées de son SUV climatisé, quoique fatigué. Jamais il n'aurait pu imaginer les conséquences qu'allait avoir cette décision démente, alors qu'il faisait la queue comme les autres. Pour une fois, ce Railleur invétéré avait été forcé de revoir ses calculs sur la loi des probabilités.

Badetona restait fidèle à un mode d'existence pragmatique qui le rendait très attaché à son SUV ancien, démodé mais toujours en état de marche. Deux jours à peine après le retour d'Arabie saoudite de sa femme – il avait perdu cette dispute, les bagages excédentaires de son épouse étant pleins à craquer d'immenses pochettes d'eau sacrée certifiée du fleuve Jourdain, entre autres objets de vénération rapportés du circuit touristique des sites sacrés –, son véhicule depuis longtemps souffrant tomba en panne sur Ikorodu Road juste avant la sortie Gbagada, qui permettait de gagner Oworonshoki. Cette avarie prit la forme d'un cliquetis de porcelaine fêlée venu de toutes parts, qu'il n'avait jamais entendu, comme si l'on était en train de trier des rebuts domestiques en vue d'un vide-grenier. Il soupira, irrité que cela arrive alors qu'il se trouvait être lui-même au volant, ayant accordé trois jours de congé à son chauffeur qui devait se rendre au village pour les cérémonies préalables à des fiançailles. Son chauffeur allait prendre une toute nouvelle épouse.

Bade poussa la voiture dans la bretelle de sortie – par chance, la circulation n'était pas trop dense. Les jeunes qui traînaient dans le coin débarquèrent de nulle part, comme toujours, pour lui donner un coup de main. L'esprit de Badetona s'appliqua, en vertu d'une longue habitude, à prédire comment son épouse allait interpréter cette nouvelle interruption de la routine, et il sourit de l'intelligence d'une réponse déjà en cours de formulation : *Eh bien, tu rentres tout juste de Jérusalem avec un sac plein de pochettes porte-bonheur, de talismans et de reliquaires. Tu as reçu des prédictions et des prescriptions du marabout sénégalais qui vous a débarrassées, ton amie musulmane et toi, de près de la moitié de votre budget shopping en Arabie saoudite. Comment se fait-il qu'il n'y ait eu aucune prédiction de la panne imminente du moteur de mon véhicule ?* Le premier round serait pour lui, sans aucune contestation possible ! Et il savait déjà ce qu'elle répliquerait : *Pourquoi faudrait-il qu'un marabout répète ce que je crie depuis toutes ces années ? Laisse tomber cette épave et trouve-toi quelque chose d'approprié à ta position.* C'est à ce moment-là qu'il donnerait son *coup* *de grâce**. Avant qu'elle puisse arborer l'air suffisant et légitimé de l'épouse qui supportait tout cela depuis longtemps, il abattrait sa main sur sa propre cuisse et la ferait taire avec cette surprise bienvenue : *Tu as tout à fait raison, ma chérie – allons-y. J'attendais juste ton retour pour que tu m'aides à choisir notre nouvelle voiture. Tu es prête ?* Malheureusement, ce véhicule d'un nouveau standing avait décidé de ne pas attendre. Pire, ce qui suivit éclipsa totalement tout badinage soigneusement préparé, traits d'esprit et taquineries idiotes inclus, tous ces ingrédients d'une vie maritale non dépourvue d'un lien et d'une affection authentiques. Bade se considérait sincèrement comme un mari fortuné.

Il ne s'écoula pas longtemps avant qu'un mécanicien itinérant se présente – les gens de sa tribu semblaient savoir exactement quand les désastres frappaient, à moins qu'ils s'appuient sur un réseau errant, une sorte de télégraphe de brousse urbanisé. Car ils arrivaient toujours avant la dépanneuse de l'État sur les lieux de l'obstruction involontaire de la circulation. Après une rapide inspection, l'expert confirma ce que Bade avait déjà pressenti : le moteur était « grillé », son mal sans remède. Le camion de dépannage, fabriqué localement, de cette compagnie privée était déjà en place avant que ce verdict professionnel ne soit prononcé. Bade vida la voiture de sa mallette et des autres effets qu'elle contenait, remit les clés du SUV, traversa la route jusqu'à l'arrêt de bus aux lignes épurées, l'un des nombreux implants récents dont l'apparition commençait déjà à faire remonter le tonus corporel et le moral des travailleurs de banlieue. Bade prit place au bout de la queue, savourant en silence cette brève rétrogradation volontaire en termes de statut social.

Son soupir exsudait le soulagement qu'il s'agît de sa dernière semaine dans son ancien bureau. Son état d'esprit était détendu et accommodant quand un événement se déroula soudain devant lui, qui allait réduire à néant toutes les répétitions mentales d'un interlude domestique et ludique dans le fonctionnement compulsif de son esprit de statisticien. Alors qu'il prenait position à l'arrière de cette longue file d'attente, un homme s'approcha avec un objet plat sous le bras et grommela « Pardon » en le poussant de côté. Il retira brusquement l'emballage de papier brun, dévoilant une machette. Badetona l'entendit proférer un violent juron dans une langue inconnue, puis un bruissement d'air, et cet unique coup suffit à trancher la tête du voyageur qui faisait la queue devant lui. Celle-ci tomba contre l'auvent antipluie incurvé, en plastique renforcé, qui dépassait du toit de l'abribus. La tête rebondit sur le sol tandis que le tronc l'aspergeait, dans sa chute, d'un liquide rouge, épais, visqueux, tel un arroseur de pelouse incontrôlé. Ignorant la panique qui s'ensuivit, l'assaillant essuya méticuleusement la lame de sa machette sur les vêtements du tronc effondré, avant de la ranger sans hâte dans son fourreau de papier improvisé. Une voiture s'approcha, là encore comme répondant à un signal, et la portière arrière s'ouvrit brusquement. Dans ce que des témoins abasourdis décriraient ensuite comme un mouvement coordonné qui semblait à la fois se dérouler au ralenti et en accéléré, le véhicule avala l'assassin, repartit sur les chapeaux de roue en se faufilant avec fluidité dans la circulation d'Ikorodu Road, et fila plein est en direction de la ville éponyme.

Quelques instants furent nécessaires au prince pour absorber la scène à laquelle il venait d'assister puis, sans même réfléchir, comme les autres voyageurs de banlieue, il se secoua pour chasser cette paralysie et prit ses jambes à son cou de manière irrationnelle, ne s'arrêtant qu'après avoir tourné au coin de la rue, quand il se sentit à l'abri du carnage indiscriminé qui, tous les témoins involontaires en étaient persuadés, allait logiquement suivre. Un coup de folie aussi éhonté ne semblait pas destiné à rester un acte isolé. Même ceux qui n'avaient pas la moindre idée de ce qui venait de se passer n'attendirent pas qu'on les éclaire – les hurlements transmettaient un message sans équivoque : *Sauve-qui-peut !* Ils galvanisèrent jusqu'aux lents d'esprit dans une même réaction concertée : suivre la piste de la panique où qu'elle mène, avec quelques variantes pour semer l'odeur contagieuse du sang. Badetona courut à perdre haleine, sans but précis ni direction, aussi loin que ses jambes raisonnablement athlétiques pourraient le porter – il était un joggeur occasionnel, le week-end, et jamais la campagne « Courez pour votre vie » financée par le gouvernement n'avait été plus patriotiquement appliquée, et sur un rythme frénétique. Il s'arrêta finalement devant l'entrée du nouveau supermarché, juste après le domaine de Charley Boy, et regarda derrière lui pour la deuxième fois seulement ce matin-là. Ne sachant toujours pas ce qu'il convenait de faire, il se précipita à l'intérieur, sauta par-dessus le tourniquet de la sortie et s'engouffra dans une pièce dont la porte à moitié ouverte claironnait : *RÉSERVÉ AU PERSONNEL*. Il inspira, expira et inspira sur un tempo dicté par Dieu sait quel instinct.

Confortablement installé dans la sécurité de sa maison, ce soir-là, à partager avec son épouse et ses voisins, d'une voix encore tremblante, l'événement dans ses moindres détails sanglants, la conclusion se révéla inéluctable, fondée sur cette question sans réponse : *Pourquoi toi ? Pose-toi la question : pourquoi toi ? De tous les millions d'habitants de Lagos, pourquoi toi ? Pourquoi a-t-il fallu que ce soit toi qui te tiennes juste derrière cette victime, un parfait inconnu ! Normalement, tu aurais dû être avec ton chauffeur – comment se fait-il que tu te sois retrouvé à prendre toi-même le volant, justement aujourd'hui ? Pourquoi as-tu choisi de prendre le bus alors que tu aurais pu te payer un taxi ? Qu'est-ce qui t'a conduit là-bas, juste au moment de cette décapitation – tu crois que c'est juste arrivé par hasard ?* Cela sautait aux yeux. Les événements fâcheux étaient devenus trop fréquents ces derniers temps. Tous lui conseillèrent une visite aux ministères de guérison – n'importe lequel ferait l'affaire, mais la clameur penchait presque unanimement pour l'Apôtre Davina. Quand Jaiyesola fit venir la femme de ménage pour qu'elle raconte aux visiteurs compatissants – pour la dixième fois au moins – l'épisode du lézard, toutes les théories alternatives ou contraires volèrent en éclats, tant la logique séquentielle était irréfutable. Le lézard du garage ! Il était tombé sur sa tête princière. Une tête avait été tranchée juste devant lui. Quelle tête, selon lui, allait forcément suivre ? Non, non, non, pourquoi fallait-il qu'il se montre aussi littéral ? Personne ne suggérait que c'était là le signe que lui aussi allait perdre sa tête ! Mais oui, sans aucun doute, quelqu'un en avait après la *sienne*, de tête, d'une manière ou d'une autre. Tel était le message. S'il n'arrivait pas à le voir, à saisir les mises en garde que lui adressait généreusement la Providence, c'était à cause de son orgueil, un orgueil mal placé – or, n'était-ce pas toujours, à en croire le dicton, ce qui précédait la chute ? Et qui était donc l'orgueilleux ? Réponse : cet obstiné de Railleur.

S'il y avait eu une invasion du clan et de branches depuis longtemps oubliées de sa famille après sa promotion, la nouvelle de son « échappée belle » déclencha des vagues encore plus puissantes de contre-attaque par les prières. Le palais envoya une délégation, emmenée par un *babalawo*. Les parents distants qui avaient récemment refait surface pour toucher leur part du butin de son avancement revinrent en force, apportant avec eux un cantique supplémentaire : *C'est arrivé parce que tu as refusé de voir l'intervention divine dans ta vie ! Pire encore : comment peux-tu être sûr qu'un avenir encore plus glorieux ne t'attend pas, un avenir qui exige que tu fasses ci et ça pour consolider la promotion actuelle ? Il y a des délais à respecter dans ces affaires. Si on les dépasse, tout s'inverse – à partir de là, c'est la dégringolade. Seuls quelques rares élus sont capables de percer le voile mystique et de te révéler tout cela.* Si les nerfs de Badetona avaient été mis à rude épreuve par l'incident lui-même, provoquant des cauchemars qui avaient d'abord terrifié son épouse, puis l'avaient contaminée à un tel point qu'elle-même en fit à son tour, cette nuée d'intercesseurs vint parachever la déroute. N'y avait-il pas un fond de vérité dans ce qu'ils prêchaient ? En reconsidérant des expériences similaires qu'il avait, sur le moment, écartées d'un revers de main comme autant d'incidents comiques, il sentit l'idée d'une relation de cause à effet le mordiller – ou, pire : celle d'une réaction en chaîne.

Il y avait autre chose aussi, que même son épouse ignorait : il récoltait maintenant ce qu'il avait semé. Derrière la façade calme et rassurante de Badetona se cachait en fait un homme éminemment troublé. De vagues signes d'orages à venir s'étaient accumulés ces derniers temps, et ce n'étaient pas des tourmentes psychologiques. Son esprit pragmatique continuait de ficeler ensemble ces pièces apparemment dépareillées – tout cela semblait extravagant, mais il commençait à envisager une sinistre possibilité, au sujet de cette décapitation. Le moment, l'endroit, sa présence, la victime – il ne s'agissait peut-être pas d'un accident.

Peu importait finalement d'où cela venait, finit par admettre le prince, il avait besoin d'aide. Ce dicton populaire lui vint à l'esprit : *Que l'homme soit le premier à voir le serpent mais que la femme le tue – qu'importe, du moment que le serpent est tué !* Qui était donc cet homme, déjà ? Quels pouvoirs possédait-il pour avoir tant de gens sous sa coupe ? Pas un désastre, pas un événement exceptionnel ou routinier ne se passait sans qu'il l'ait « prédit » dans sa prophétie de fin d'année – rituel égrenant toutes les vicissitudes préméditées par le divin qui étaient destinées à se réaliser au cours de l'année à venir. Tout ce qui n'advenait pas avait une explication rationnelle – y compris celle d'un avènement, mais pas de la manière littérale que les non-initiés étaient capables de comprendre.

Les pressions extérieures pouvaient être esquivées, ignorées. Mais quand s'y ajoutaient les protestations silencieuses et les soupirs étouffés d'une épouse de l'autre côté de la table du petit déjeuner, du déjeuner ou du dîner, tout cela devenait un fardeau. Chaque soupir durement éprouvé était comme un reproche poignardé – des forces malignes, diaboliques, étaient à l'œuvre, et il était plus que temps de s'en remettre à une délivrance spirituelle. *Je sais que tu n'as rien contre les psys – pourquoi ne pas voir ça comme une thérapie de ce genre ? Chaque jour, partout dans le monde, des millions de tes pairs se réveillent et regardent leur calendrier pour voir quand ils sont censés retourner sur le divan – même quand ils ont l'impression d'être les rois du monde. Alors, saute le pas ! Considère cette visite comme un simple tournant dans ta carrière – où est le problème là-dedans ?* Tout s'articulait parfaitement, comme un signe de ponctuation statistique sur cette feuille de calcul bancale. Finalement, l'homme assiégé décréta qu'il avait vraiment besoin d'être délivré de la délivrance. Si faire appel à ce diable dans sa noble tanière lui garantissait cela, peut-être était-il temps d'enfiler la cape de la vénération. Il leva ses bras au ciel en signe de capitulation. *Très bien, ma chérie, j'irai. Cet homme m'intrigue.*

Le prince Badetona était peut-être le magicien des mathématiques qu'il avait la réputation d'être, mais, d'un certain point de vue, la logique de Jaiyesola faisait concurrence à la sienne, ou venait la compléter. Par conséquent, lorsqu'elle l'accompagna à Oke-Konran, le promontoire du prophète, le jour de la consultation tant attendue, ce ne fut pas par méfiance, non, mais parce qu'elle tenait à l'envelopper de son aura jusqu'au tout dernier moment, pour s'assurer que l'encens spirituel qui émanait d'elle l'accompagnerait jusqu'au bout.

Les règles étaient strictes. Seul le suppliant lui-même pouvait gravir la colline. Si bien qu'elle le chaperonna jusqu'au pied de celle-ci, son abondante présence comblant les carences du mari. Avec un peu de chance, cela tiendrait jusqu'à ce qu'il parvienne aux portes du temple d'Eukuménika où, bien évidemment, les émanations du saint homme le submergeraient, l'envelopperaient et le porteraient jusqu'à lui, et dans sa présence Badetona serait de nouveau rempli, comme le réservoir d'une voiture, pour le voyage retour et les jours, semaines et mois qui suivraient. Elle redoubla de prières en le suivant des yeux jusqu'au sommet de la colline, même quand il disparaissait derrière un bosquet d'arbres. Elle continua de le draper dans cette puissance de manière aussi palpable qu'elle avait expérimenté la force de cet « Alléluia, sang de Jésus » entonné en chœur, une force qu'elle savait transmise par les bras dressés et tremblants lors de ces sessions avec ses guerriers de la prière où même le toit de l'église semblait se soulever d'extase, même si cela demeurait invisible aux esprits dont le réservoir de foi était vide. Et un authentique partenariat la liait à son époux : dès qu'un des deux manquait de quelque chose, où que ce soit, de quelque manière que ce soit, l'autre le lui apportait. Son mari, elle n'en doutait pas, avait été bien préparé pour sa rencontre avec l'apôtre – malgré lui. Personne ne pourrait dire qu'il s'était défilé. Elle l'avait suivi des yeux et de l'esprit, son âme était en paix. Il jouait son rôle, suivant consciencieusement les instructions jusqu'aux marches du temple d'Eukuménika, ce palais de piété juché sur le pic d'Oke Konran-Imoran. Elle ne fit demi-tour qu'après l'avoir vu exécuter les mouvements prescrits à chaque étape du chemin, lorsqu'il s'arrêta sous l'arche encadrée de néon du prophésite et, sans se retourner, leva le bras dans un geste plein d'amour, qui disait : *Nous y sommes, ma chérie.*

À mi-pente d'Oke Konran-Imoran – bien que quelques riverains irrévérencieux, infidèles éhontés appartenant à la même caste d'esprits pragmatiques que le prince, se fussent empressés de le rebaptiser Gethsémané – se trouvait un rebord cimenté où l'on devait déposer ses chaussures. C'était à cet endroit que commençaient les marches pavées. Depuis la base – où Jaiyesola avait pris congé de son époux – jusqu'à cet arrêt intermédiaire, les chercheurs se frayaient juste un chemin vers le sommet, du mieux qu'ils pouvaient, en rampant par endroits, sur les cailloux et les pavés, dans des détritus incluant parfois des excréments d'animaux et d'humains. Plus d'un personnage éminent se donnait toutes les ingénieuses peines du monde pour ne pas être reconnu par les fouilleurs de poubelle occasionnels ou résidents – lesquels auraient bientôt droit à leur propre gouvernement local, grâce à leur nombre sans cesse croissant et à leur résilience. Après avoir franchi cette périlleuse moitié inférieure de la colline, et laissé derrière lui les fourmis soldats humaines qui piquaient et retournaient les monticules d'ordures et fourraient leurs trouvailles dans des sacs passés sur leurs épaules, le directeur général d'un organisme pétrolier semi-public nouvellement créé – et dont la rumeur affirmait qu'il avait été tout spécialement fondé pour le récompenser de son passé et s'attacher sa « coopération » à l'avenir – atteignit le rebord cimenté entouré d'un grillage de pacotille. Il avait donc été installé là pour servir de dépôt de chaussures – des sandales jetables étaient même à disposition pour les gens tatillons, ou ceux qui avaient tout simplement la voûte plantaire sensible.

Il n'était pas inhabituel pour un suppliant ou une suppliante, à l'issue de sa consultation, de se voir prescrire la consommation partielle de celles-ci en rentrant à la maison. Il fallait alors plonger la sandale dans une gourde de vin de palme ou une jarre de bière de mil, en faire une infusion – une cuillerée trois fois par jour en guise de traitement spirituel préventif, ou bien un « petit déjeuner liquide » unique – avalé d'un trait – après sept jours et sept nuits de jeûne. Cette variante gastronomique était réservée aux cas où il s'agissait de guérir définitivement des maux physiques particulièrement graves ou les symptômes provoqués par des forces spirituelles malveillantes. Certains estimaient qu'il s'agissait là d'un simple dérivé de l'émerveillement superstitieux qu'avaient provoqué jadis, chez les deux générations précédentes, les seringues utilisées dans les établissements alors rudimentaires où l'on pratiquait la médecine occidentale. Ces patients des anciennes générations se présentaient à leur dispensaire rural puis, plus tard, leurs hôpitaux universitaires ultramodernes, sans exprimer clairement où étaient localisés leurs soucis de santé, mais bien décidés à recevoir leur remède préféré : une piqûre. Comprimés ou agents liquides n'étaient que de simples placebos – ou procrastinations. L'injection était la clé, quelle que soit la pathologie. Badetona se souvenait encore des déclarations dédaigneuses de certains proches âgés, des deux côtés de sa famille : *Oh, ce docteur-là, c'est un inutile, il ne fait pas de piqûres*. Ils en tiraient les conséquences en allant consulter ailleurs. Ou abandonnaient même pour de bon les cliniques modernes pour confier leur santé au « préparateur » local. Il pouvait s'agir d'une infirmière travaillant au noir, d'une sage-femme ou du gérant de la « boutique de médicaments brevetés » la plus proche, à l'enseigne tape-à-l'œil – du moment que ces alternatives étaient dotées d'une seringue complaisante, remplie d'un liquide coloré. L'« injection » de l'Apôtre Davina – réservée aux cas les plus sérieux – était cette infusion à base de sandales en plastique, mais seulement après que celles-ci avaient absorbé le pouvoir curatif spirituel venant d'avoir foulé les vingt et une marches pavées menant au temple. Nombre de suppliants étaient renvoyés chez eux dépités, parce que le prophète leur avait refusé cette prescription. Cette seule pensée manqua provoquer un haut-le-cœur chez notre directeur général – toutes les richesses du monde n'auraient pu le pousser à siroter ne serait-ce qu'une gorgée de ce breuvage. Tout proche obsédé par ce plastique, sa chère épouse en tête, était libre de le boire à sa place – lui, jamais ! Se soumettre à ce chantage émotionnel flagrant, soit. Mais il y avait une limite au-delà de laquelle le prince n'irait pas.

Sans autre fin de non-recevoir que celle-ci, modeste, le fugitif secoua la tête pour la vider de ses pensées et en revenir à ses obligations. Il ôta ses souliers, le visage de nouveau tordu en une grimace réfractaire tandis qu'il les échangeait contre une paire de sandales jetables, comme si cette moue même défiait nouvellement l'apôtre de lui prescrire le moindre rebut plastique ou une thérapie de la piqûre sous forme liquéfiée. Puis il changea totalement d'approche. S'il n'arrivait pas avec ces choses jetables aux pieds, l'apôtre ne pourrait pas les lui prescrire. Il poursuivit donc son chemin pieds nus. Quand il réapparut, les yeux perçants de Jaiyesola furent prompts à repérer les pieds déchaussés de l'époux – ce qui ajouta encore à son sentiment de triomphe. C'était le signe d'une humilité allant bien au-delà du seul devoir spirituel ! Cela augmenterait à coup sûr les réserves de bons de rédemption qu'elle avait accumulées au nom de son mari. La bataille était aux trois quarts remportée.

Elle accompagna du regard chacun de ses derniers pas en entonnant des chants de louange muets – cette autohumiliation supplémentaire ne pouvait que contribuer à la déroute des envieux malintentionnés qui priaient chaque jour pour la chute de son époux. Au bout de quatre ou cinq pas, le pèlerin lui-même, ignorant tout de l'exaltation intérieure de sa femme, commença à regretter son choix, découvrant que les plantes de ses pieds s'étaient grandement attendries après toutes ces années d'addiction standard aux chaussures. Il était trop tard pour retourner chercher ces protections – il se rappela juste à temps qu'il n'avait pas le droit de faire demi-tour ni de regarder en arrière. Il se réjouit en silence de ne pas avoir récompensé sa femme, après une campagne aussi acharnée, d'une journée de lamentations sur ses efforts gâchés. Après être allé aussi loin, il ne se le serait jamais pardonné. Il gravit les seize marches restantes, dont les pavés avaient été lustrés par une myriade de pieds en quête de guérison, d'accomplissement, venus quémander ou célébrer une promotion, un simple remède contre l'un des innombrables maux, désirs ou faiblesses figurant au catalogue de l'humanité. Ou contre une menace.

Et l'épouse pouvait à présent se détendre. Elle avait eu un peu peur, juste un peu, qu'il se retourne pour la saluer mais, non, il n'avait même pas regardé en arrière, n'avait pas pris le risque de se retrouver changé en statue de sel. Il fut un temps où, oui, le Railleur aurait délibérément jeté un regard par-dessus son épaule, juste pour lui montrer qu'aucune force sur cette terre ou aux cieux ne pouvait le changer en une statue de quoi que ce soit, et surtout pas de sel. Le visage de Jaiyesola s'éclaira à la pensée que, jusqu'à ce moment final où, étant donné son tempérament, la tentation avait dû être grande de tourner la tête dans sa direction, Bade avait respecté leur accord et résisté à cette envie. Cela lui réchauffa le cœur et provoqua en elle un nouvel élan d'affection. Elle lui adressa un salut, laissa son bras en l'air le temps d'une brève prière, tandis que le portail s'ouvrait brusquement et que la cour intérieure engloutissait son époux. Les traits de Jaiyesola s'illuminèrent de contentement. Elle pria muettement pendant quelques instants encore, puis, à contrecœur, tourna le dos à Oke Konran-Imoran.

Pieds nus, et à peine essoufflé, le prince avait achevé son ascension et atteint sa destination. Perché sur la pointe d'Oke Konran-Imoran, ce nid d'aigle semblait, de l'extérieur, totalement insignifiant. Badetona était à la fois résigné et dans l'expectative. Il resta planté là un moment à contempler la lourde porte cloutée de cuivre, surmontée d'une arche de néon éteinte, où l'on pouvait lire :

Bienvenue au Seul et Unique Prophésite
MINISTÈRE DE LA GUÉRISON EUKUMÉNIKA
Oke Konran-Imoran
(Rien sur Notre Terre Vivante n'est au-delà de la Foi)

Il s'autorisa une profonde inspiration puis recracha lentement l'air, arc-bouta ses épaules, empoigna le pesant anneau de cuivre et l'abattit sur la porte. Des mouvements à l'intérieur enfantèrent presque aussitôt deux agents de sécurité solidement charpentés, engoncés dans ce qui semblait être une armure de protection noire. Leur apparence aurait sans doute suffi à intimider n'importe quel être humain, si ce n'est les mercenaires des guerres civiles africaines. À l'évidence, le prince était attendu. Les deux hommes se contentèrent pour la forme d'un regard de haut en bas de son corps, puis au-delà, comme pour s'assurer qu'il n'avait pas été escorté, dans son ascension, par une force d'invasion cachée n'attendant que l'ouverture du portail pour se ruer à l'intérieur et investir le sanctuaire de l'apôtre. Satisfaits, ils le guidèrent à travers une pelouse tondue de frais, composition géométrique qui propulsa immédiatement son esprit vers la dernière fois qu'il avait vu un jardin paysager dans le pays avec ce même motif, miniaturisé ici – oui, bien sûr, la Hilltop Mansion, cette ancienne résidence coloniale britannique doublée d'un club-house, sur le plateau de Jos. Son vieil ami, Kighare Menka, membre d'un quatuor très soudé, qui la dernière fois qu'on avait entendu parler de lui découpait des corps à Jos, l'avait un jour invité à dîner et à boire du vin dans cette salle à manger guindée aux murs lambrissés de chêne – tant d'années oubliées en arrière. Il se demanda sombrement ce que le chirurgien aurait dit de cette décapitation nette dont les effets l'avaient conduit à Oke Konran-Imoran, pour solliciter l'aide de cet homme qui se faisait appeler Papa Davina.

Avant d'avoir eu le temps de faire remonter tel ou tel épisode de l'excentrique histoire de leur quatuor loufoque, Badetona fut introduit dans une salle d'audience spéciale réservée aux rares personnes, comme lui, dont la trajectoire de vie avait atteint les limites du possible, étiré le tapis de l'espoir jusqu'à accueillir les pieds les plus calleux qui, souvent, ne le méritaient pas. À droite de l'entrée, il aperçut une petite table-autel. Il déposa son enveloppe bien garnie dessus en grommelant des mots inaudibles, mais pleins d'un ressentiment évident.

Ceux qui avaient été admis, fût-ce brièvement, dans la Prescience – qui était d'un autre ordre que la Présence Inviolée – colportaient la nouvelle. Sincèrement abasourdis, ils racontaient ce qu'ils avaient vu ou imaginé, la transformation dont ils avaient été témoins ou que leur esprit avait inventée, les révélations profondes jaillies d'un discours divin et de la sagesse des anciens, transmises d'une manière moderne par le biais d'ingénieuses formulations. Ces récits parvenaient à tous et à chacun, mais seuls de rares élus avaient le droit d'entamer l'ascension. Les grands défilés de témoins lors des cérémonies ouvertes à tous que donnait Davina dans tous les stades du pays faisaient déjà beaucoup pour générer de nouveaux disciples ; en y ajoutant les merveilles décrites par ceux qui avaient eu le privilège de mettre les pieds dans l'enceinte couronnant le pic d'Eukuménika, les effectifs recrutés pouvaient se révéler phénoménaux. C'était devenu une ruée vers l'or qui abandonnait au bord du chemin des multitudes de déçus. Badetona commençait à comprendre pourquoi. Il se retrouva entouré d'une splendeur qui ramena brusquement son esprit au temps où, à l'école primaire, on l'avait introduit aux *Mille et Une Nuits*, aux prodiges d'Aladin et de sa lampe merveilleuse. Mais une sensation désagréable s'empara peu à peu de sa jambe, et il éprouva un grand froid entre ses omoplates – des yeux cachés guettaient sa réaction, il le sentait.

Un homme pénétra dans la salle si discrètement qu'il était presque déjà assis quand le Railleur remarqua sa présence. La calvitie luisante d'huile sur un cône émoussé – que l'on entrapercevait au centre de son turban ouvert sur le dessus – était amplement compensée par une barbe flottante qui s'achevait en boucles également graissées. Entre les deux, une bande de chair visible de deux centimètres tout au plus. Les yeux étaient dissimulés derrière de grosses lunettes de soleil aux verres réfléchissants. Le reste du visage disparaissait sous un camouflage qui aurait pu appartenir à n'importe laquelle des cultures nées parmi les dunes de sable, ou, tout simplement, à un prédicateur itinérant de l'islam. La silhouette de l'homme était cependant aussi affûtée que celle d'un mannequin, dans un costume trois-pièces noir à rayures grises, mais avec un gilet brodé étincelant de pierres précieuses. Il tenait à la main une canne couronnée d'or qui semblait avoir été créée pour accompagner son costume, et le globe du pommeau était orné de dentelures bien nettes, comme les panneaux d'un ballon de football.

– Asseyez-vous, prince, je vous en prie. J'espère que l'ascension n'a pas été trop ardue. Vous êtes venu le jour d'Arjunava, ce dieu indien fort peu connu même sur ses propres terres. Ici, nous honorons toutes les religions. Nous joignons nos cœurs dans une étreinte spirituelle pour fêter les jours saints des autres. Notre mission est de célébrer l'esprit œcuménique.

Badetona émit ce qu'il pensait être les sons adéquats, un peu sonné encore par le contraste entre cette salle et la saleté miséreuse qu'il lui avait fallu traverser en gravissant la colline dite d'Oke Konran-Imoran. Son épouse ne l'avait pas préparé à quoi que ce fût d'approchant. La seule chose dont il avait entendu parler, comme des milliers de gens, c'était le site en plein air au pied de la colline, ce lieu œcuménique sans prétention, toujours noir de monde, accueillant tout ce qui se présentait sur deux jambes, et même parfois quatre – y compris les poules et les chèvres du quartier qui s'y aventuraient.

Le prince prit place sur le siège que désignait son hôte affable. Ce dernier s'installa sur celui d'en face, imitation d'un fauteuil de consul romain, que Bade eut l'impression d'avoir vu dans la bande-annonce des *Dix Commandements* de Cecil B. DeMille – ou bien s'agissait-il de celle de *Gladiator* ? Ou de *La Chute de l'Empire romain* ? Enfin, peu importe, l'une de ces fastueuses versions cinématographiques des classiques de l'Antiquité, Saintes Écritures ou simples récits historiques.

– Il va sans dire…

L'homme parlait tout bas, sa voix adoptant un timbre

quasiment spectral, fruit, à l'évidence, d'un long processus de tâtonnements, d'essais et de répétitions, mais sans jamais perdre l'arôme élémentaire que lui conférait son léger accent américain.

– … que le but de votre visite m'a été révélé. Mais j'aimerais que vous l'exprimiez avec vos propres mots. Soyez aussi détaillé que vous le souhaitez. Ma mission est d'écouter, de prier et de conseiller. Mais également de transmettre d'éventuels messages, s'il y en a, maintenant ou plus tard, de notre Parfait Écouteur, dont je ne suis qu'un simple intermédiaire.

Badetona n'eut pas besoin de plus d'encouragements. Il n'était pas du genre à perdre son temps avec des éléments annexes. Les faits. Les chiffres. En outre, les contrastes frappants de l'itinéraire du jour l'avaient mis à cran. Il regrettait déjà cette visite, se disant que l'essentiel de ces heures aurait pu être consacré de manière autrement plus utile à l'organisation de son nouveau bureau. Ces chutes de lézard, ces pannes d'ordinateur et même de voiture, il laisserait sa femme s'en occuper s'il parvenait à survivre à cette session. Toutefois, ce qui s'était passé à l'arrêt de bus d'Ikorodu Road l'avait ébranlé jusqu'au cœur de son être sceptique. Cette agression avait même réussi à accaparer les unes des médias nationaux avant de se fondre dans le potage de base quotidien dont se nourrissait le pays. Il mit un point d'honneur à le notifier à l'apôtre – intérieurement, bien sûr. Les efforts herculéens consentis par sa femme pour l'amener jusqu'à cette rencontre non désirée avaient intérêt à en valoir la peine – de quelle manière, il n'en avait pas la moindre idée.

Il se lança dans son récit, d'un ton sec, retirant à l'avance des détails cruciaux. Papa Davina l'écouta avec attention, hochant la tête de temps à autre comme un homme qui savait déjà tout cela. Ikorodu avait certes poussé à sa limite la capacité d'absorption de Badetona, mais rien, absolument rien dans la gamme tout entière de ses projections ne l'avait conduit à anticiper l'effet que son récit avait maintenant sur l'apôtre, cette élégante silhouette à mi-chemin de l'Afrique, de l'Asie et des tailleurs de Savile Row qui se trouvait en face de lui, les deux mains posées sur l'orbe de sa canne. Bade était abasourdi. Il n'arrivait pas à croire ce que ses oreilles entendaient avec tant de clarté. Malheureusement, il n'y avait pas moyen d'en avoir confirmation par les expressions faciales de l'orateur, dont tout le crâne était enveloppé dans son accoutrement religieux du jour. Malgré tout, le prince aurait juré que, derrière l'écran neutralisant de ce turban et de ces lunettes de soleil, la voix vibrait… d'extase. Une irradiation de joie calme mais on ne peut plus emphatique. Un frisson parcourut l'échine de Badetona. Il sentit le visage de l'apôtre se métamorphoser de manière irréelle – peut-être à cause de la lente rotation de son crâne momifié, tel un hibou réagissant à un bruissement nocturne. Puis cette lente voix traînante, qui déclarait sans équivoque :

– C'était un signe, bien sûr. Un signe des cieux. Vous n'auriez pu rêver meilleur augure venu de l'au-delà. Je vous envierais presque, prince Badetona.

Bade cligna des paupières, avala sa salive, secoua la tête pour en chasser l'improbabilité que les célébrations qui s'étaient succédé pendant toute une semaine lui embrument encore l'esprit. De toute manière, c'était le matin, et même la veille, il n'avait pris qu'un verre de vin blanc tiède au dîner. Il fixa les lunettes de l'apôtre, se pencha en avant pour s'assurer que ses paroles seraient bien claires, interdisant tout malentendu.

– Je crois que vous ne m'avez pas compris, Papa Davina. J'ai dit que j'avais vu un homme en décapiter un autre sous mes yeux à l'arrêt de bus d'Ikorodu Road, juste avant Maryland.

Mais l'attitude de l'homme demeura inchangée, et il

soutint le regard perforant de Bade avec le plus grand calme. Les paroles que ce dernier venait de prononcer avaient résonné clairement, sans aucune possibilité de distorsion dans cette salle quasi silencieuse. Badetona secoua la tête et reprit la parole en choisissant ses mots encore plus distinctement :

– Monsieur l'Apôtre Davina, je crois que vous n'avez toujours pas compris ce que je viens de raconter. Je vous ai dit que je faisais la queue à un arrêt de bus. Un homme s'est glissé entre moi et le voyageur qui me précédait – il m'a poussé de côté, pour être plus exact. Il a brusquement sorti une machette et, sous mes yeux, a tranché la tête de cet inconnu. J'ai failli en perdre la raison.

Davina se rassit au fond de son fauteuil, en hochant doucement la tête.

– Oui, je vous ai bien entendu. Je le répète, il s'agit là d'un bon augure. Un cadeau divin que vous a accordé le seul et l'unique, le Parfait Écouteur. Vous êtes béni entre les hommes.

Une pause s'ensuivit, durant laquelle l'Apôtre Davina rejeta sa tête en arrière, les yeux clos – c'était tout ce que Badetona pouvait voir à travers ses verres réfléchissants –, comme s'il communiait avec quelque présence absente. Les deux hommes gardèrent ces postures pendant ce qui sembla durer de longues minutes, puis Davina parut soudain reprendre vie, se leva et lui adressa un signe de la main.

– Suivez-moi, monsieur Badetona. J'ai quelque chose à vous montrer. Rien que vous n'ayez déjà vu, vous l'avez même traversé lors de votre ascension – oui, ne l'oubliez pas : votre *ascension*. À partir de maintenant, tout ira vers le haut. Mais j'aimerais que vous envisagiez le présent avec un regard tout à fait neuf. Voyez-vous, estimé Chercheur, tout est question de perspective…

Moins de deux minutes plus tard, un homme entre deux âges, les yeux encore distendus par l'effort d'avoir chassé les présences démoniaques, fut aperçu en train de ressortir précipitamment du temple d'Eukuménika et de dévaler ces marches qu'il avait tout à l'heure escaladées si laborieusement. Comme il franchissait la grande porte, la même qu'il avait empruntée pour entrer, son regard se posa sur l'enveloppe qu'il avait laissée sur l'autel des offrandes. La ramassant au passage, il s'enfuit d'Eukuménika. Rentré chez lui, il jeta l'enveloppe sur la table, se servit un verre. Le buvant d'un trait, il annonça au vide :

– J'ai rempli ma part du contrat. J'ai ramené les honoraires de la consultation. Il y a assez d'argent dans cette enveloppe pour engager une paire des meilleurs avocats du pays, et/ou corrompre l'ensemble du système judiciaire. Plutôt ces gens que ce démon d'Eukuménika !

Quand les agents de la brigade vinrent le chercher le lendemain matin, ils le trouvèrent dans son plus beau trois-pièces, résigné, qui les attendait.

5
Villa Potencia

Duyole Pitan-Payne, ingénieur et entrepreneur, glouton compulsif de « petits secrets », regrettait que sa convocation à la Villa Potencia n'ait pas été programmée la veille. Ce qui, bien sûr, aurait été absolument impossible. À présent, la Villa avait retrouvé sa placidité habituelle, tandis qu'il était reçu avec effusion dès le premier contrôle de sécurité par un jeune et sémillant assistant parlementaire qui se présenta ainsi : Shekere Garuba, « votre équivalent à la présidence ». Un début de fort mauvais augure, et Pitan l'affubla sans même réfléchir du surnom Uriah Heep, le commis mielleux et hypocrite de *David Copperfield*, l'un des personnages de Dickens pour lesquels il avait la plus grande affection, perverse. Garuba était un grand enfant qui se rêvait acteur, et qui avait un jour qualifié les funérailles collectives de fermiers assassinés par des gardiens de troupeau déchaînés de son clan fulani de « mise en scène médiatique » orchestrée par le gouverneur de l'État endeuillé. Il s'était moqué de l'épidémie d'Ebola en la présentant comme une opportunité créative pour les sitcoms bas de gamme de Nollywood, alors qu'un de ses collègues assistants tentait de l'éclipser en se demandant tout haut pourquoi veuves, veufs et orphelins ne se contentaient pas de lécher leurs plaies et d'adopter une attitude apaisante à l'égard de leurs agresseurs, puisqu'ils avaient eu le privilège de rester en vie. Ils ne pouvaient s'en prendre qu'à eux-mêmes, avait proclamé le duo. Leur intransigeance puérile était la cause de toutes les violations de leur état de bonheur, provoquant de nouvelles attaques contre les survivants et faisant prospérer cette culture naissante de l'infanticide de masse.

L'assistant ministériel – son titre officiel, *CONSEILLER SPÉCIAL AUX ÉNERGIES ALTERNATIVES*, était inscrit de manière tape-à-l'œil sur sa carte de visite – l'escorta au milieu des paons en patrouille dont les cris rauques et abrupts juraient avec leur plumage floral. Ils traversèrent au pas de course une enfilade d'arches censées représenter le soi-disant duo de confessions professées par une nation saturée de religion. Pitan allait à l'église par habitude et en vertu d'une conviction imprécise mais, pestait-il, en regrettant que les gouvernements ne s'occupent pas de leurs véritables affaires et laissent les religions tranquilles. Pourtant, ses yeux d'ingénieur analysèrent d'instinct les tourniquets de sécurité, les scanners et autres sentinelles stratégiquement positionnées des rites préliminaires aux audiences, incluant des caméras camouflées dernier cri. Pitan se demanda vaguement qui supervisait tout cela. D'autres agents de sécurité scrupuleux ? Ou bien Sir Goddie en personne, connu en outre sous le nom de la Présence, évaluait-il chaque visiteur en approche avant leur entretien ? Les cris des paons le poursuivirent jusqu'à la salle d'attente, des cris brefs et tranchants qui heurtaient ses goûts musicaux, assez semblables aux braiements abrégés d'ânesses en chaleur. Il s'étonna – ce n'était pas la première fois – que la nature ait pu se montrer assez cynique pour imposer à l'humanité des créatures aussi disparates que l'âne et le paon pour une égale nuisance sonore, et que personne n'ait manifestement songé à inventer un modulateur. Accroché au cou du paon – l'objet se devrait d'être décoratif, bien sûr, sous peine d'être rejeté par cette créature vaniteuse –, il étoufferait au moins un peu les émissions atroces de ses cordes vocales. Hum, cela méritait qu'on s'y intéresse.

Le conseiller spécial parlait sans discontinuer mais, occupé à se demander comment il aurait pu améliorer l'approche des quartiers du Premier ministre si quelqu'un avait été assez inconscient pour le laisser aménager à sa guise ce complexe tentaculaire, Pitan-Payne n'eut même pas besoin de faire un effort pour ne pas écouter les courbettes de bienvenue, les félicitations pour sa récente nomination aux Nations unies, une enfilade de questions sur la santé de son épouse, de ses enfants et des autres membres de sa famille élargie. Les réparties de Pitan jaillirent de ce qu'il appelait lui-même son « distributeur automatique », d'un bout à l'autre de la cour, des couloirs et d'immenses espaces pleins de vide, de conciliabules et de complots. En chemin, une silhouette en combinaison blanche et portant un masque de protection braqua le pistolet d'un thermomètre infrarouge sur son front, puis désigna le lavabo où attendait le gel hydroalcoolique prescrit par le règlement. Il s'exécuta sans broncher. Une autre porte coulissa automatiquement à leur approche ; Garuba fit un pas de côté pour le laisser passer et l'invita à s'installer sur le siège de son choix. C'est alors, seulement, que Pitan-Payne intégra la première communication intelligible de l'obséquieux conseiller. Ce dernier se pencha vers lui et le gratifia d'un clin d'œil comme pour sceller entre eux un pacte secret, avant de déclarer :

– Ce ne sera pas long. L'Intendant du Peuple va vous recevoir sans tarder.

Pitan-Payne avait entendu parler de ce Garuba – fils d'un chef de village des environs, il avait la réputation d'engranger plus de privilèges que ceux auxquels il avait droit, et il se disait qu'on était en train de le préparer à un glorieux avenir. Il faisait partie d'une fratrie de vingt-trois enfants, et son père l'avait simplement confié à Sir Goddie à l'occasion d'un meeting politique – *C'est le gosse futé dont je vous ai parlé, faites ce que vous voulez de lui, je vous le donne.* On lui avait assigné la mission de s'assurer que le bol de noix de cola du Premier ministre soit toujours plein de ces stimulants récoltés dans une plantation spéciale, non loin d'Abuja. À en croire le peu charitable moulin à rumeurs national, qui avait tenté en vain de trouver dans le parcours du jeune homme une quelconque formation dans le domaine énergétique, ou le moindre début de connaissance de ces sujets, il s'agissait là du véritable domaine de compétence de son poste de conseiller : s'assurer que le bol décoratif posé sur le bureau de l'Intendant du Peuple contenait en permanence cette source d'énergie en quantité suffisante.

Mais quelles que soient les incompétences que tout un chacun lui reprochait, l'incapacité à jauger d'instinct l'état d'esprit d'autrui, et plus particulièrement de son maître, n'en faisait pas partie. Garuba n'avait pas son pareil pour identifier « le bon moment pour aborder cette question, sir, si je puis me permettre », ayant appris à évaluer les humeurs volatiles de Sir Goddie avec une précision quasi parfaite. Talent qui avait poussé ses collègues et supérieurs à lui confier une mission délicate, en lien avec la visite de Pitan-Payne. Comme par enchantement, une silhouette léthargique et blasée entra dans la salle, que l'on présenta à l'ingénieur comme étant le chef de cabinet. Le nouvel arrivant semblait avoir pour unique intérêt de jeter un coup d'œil nonchalant au visiteur. Il se matérialisa dans la pièce, une pile de dossiers sous le bras, gratifia Pitan-Payne d'un hochement de tête que l'on pouvait interpréter comme une prise en compte de son existence, s'adossa au mur et resta là à l'observer sans un mot. Le regard habituellement acéré de Duyole n'aperçut pas le bref coup d'œil échangé entre le chef de cabinet et le conseiller agité : il y avait une fenêtre, là, maintenant, juste avant l'invasion d'autres gros bonnets du parti. Comme s'il n'en pouvait plus d'attendre que son invité s'assoie, le conseiller fit semblant d'être aux petits soins pendant quelques secondes encore, puis balbutia son intention d'aller prévenir la Présence de l'arrivée du visiteur, promit de revenir tout de suite et se rua hors de la salle. Son message silencieux ayant été suivi d'effet, l'indolent fonctionnaire fit volte-face, se fondit dans le cadre obscur de la porte et disparut. L'ingénieur se retrouva seul, enveloppé d'un silence qui bruissait cependant de pouvoir, de murmures et d'intrigues.

Le conseiller spécial, remarquablement leste malgré les sandales en cuir traditionnelles qui jaillissaient par intermittence de sous son long caftan, remonta au pas de course le long couloir qui menait à la porte à deux battants, massive et capitonnée, du bureau du Premier ministre, devant laquelle il actionna d'invisibles freins pour stopper net sa progression. Il hésita, la main déjà pliée pour frapper doucement puis, de manière assez curieuse, son attitude changea du tout au tout. Il venait de repenser à la monographie couronnée de succès dont il s'était fendu dernièrement : *La Genèse d'un Intendant du Peuple*. Le lancement en interne de ce texte érudit – distribué aux chefs de service, aux ministres, aux piliers du parti et à une poignée de fonctionnaires des services diplomatiques – lui avait valu le droit tacite de débusquer le Premier ministre où qu'il se trouvât, fût-ce le siège de ses toilettes, d'où l'Intendant avait en tout cas répondu à une douzaine de questions afin de valider le récit du conseiller lors de la compilation de cette *Genèse*. Une suite – *Derrière l'énigme* – était promise d'ici quelques mois. Se rappelant soudain qu'il était le chroniqueur attitré, quoique officieux, de Sir Goddie, vingt-cinq autres pour cent de son hésitation s'évaporèrent. Finalement, il se souvint qu'aujourd'hui était aujourd'hui, et pas hier, où tous avaient vaqué avec précaution à leurs activités, priant pour ne pas être convoqués par la Présence, même pour les tâches les plus routinières. C'était la veille qu'il aurait fallu être un brave parmi les braves pour contrarier l'Intendant par des pensées et, a fortiori, des paroles quelles qu'elles soient. La journée avait débuté de manière chaotique mais s'était achevée sur une impression de totale maîtrise d'un champ politique bouleversé. Une nouvelle dénomination, brièvement dérobée, avait été efficacement désactivée par une solide substitution, présentement mise à l'essai dans toute la Villa. Le chef de cabinet avait eu raison de l'envoyer ici. Cette question devait être posée, et les réponses transmises à ses collègues déconcertés, pleins de ressentiment. Ce que ses supérieurs plus expérimentés, plus balafrés par les batailles, n'osaient pas faire, lui le ferait. Son petit coup méfiant interrompu de tout à l'heure se transforma en une tape assurée.

– Qui est-ce ! rugit l'incomparable voix de la Présence.

– *Ranka dede*, répondit l'Équivalent avant d'entrer, coupant court au protocole.

Il trottina plein de confiance vers le gigantesque bureau aux formes arrondies. Un ancien titulaire du poste, ayant entendu parler du mondialement connu Bureau ovale, avait ordonné que tous les meubles et décorations intérieures soient conçus de manière à respecter, autant que possible, ce motif ovoïde.

Garuba exécuta un plongeon mille fois répété pour poser un genou à terre, le front courbé, le poing droit levé, coude en appui sur la paume gauche – une marque de salut traditionnelle en vigueur dans cette région du monde –, puis répéta les deux mots égrenant la formule d'hommage ancestrale :

– *Ranka dede*. L'homme est ici, Votre Intendance.

– Allez donc l'occuper pour moi. Nous sommes encore en gestion de crise, j'espère que vous êtes au courant. Il reste pas mal de nettoyage à faire.

– Votre Intendance, si je puis me permettre…

– Quoi ?

– Il s'agit d'une affaire nécessitant une attention immédiate, IP, sir. La sécurité nationale est en jeu.

Sir Goddie se redressa, referma lentement le dossier ouvert devant lui et se rassit au fond de son fauteuil.

– Je vous écoute…

– Cela concerne précisément l'homme que vous avez demandé à voir.

Deux heures plus tard, sa citation à comparaître ne venant toujours pas, Duyole sentit sa patience approcher de cette phase « grincement de dents » que connaissent tous ceux qui attendent et espèrent. Il songea, un peu tard – cette audience avait quand même été casée entre des affaires plus urgentes –, que les primaires pour désigner les futurs candidats au poste de Premier ministre se tiendraient dans cinq jours à peine, ce qui signifiait que le pays tout entier était en passe d'être bouclé. Pitan-Payne se rappela soudain n'avoir prêté qu'une attention distraite à la vision fugitive du propriétaire grassouillet du *National Inquest*, Chief Ubenzy Oromotaya, le cerveau reconnu des YoY, menant une harde d'*agbada*, de *babanriga*, de turbans, de calottes rouges de chef et de coiffes féminines éclatantes – on rameutait les troupes. Les consultations pouvaient très bien se prolonger encore tard dans la nuit – le temps de se positionner pour les derniers portefeuilles réservés aux membres du parti après ces élections courues d'avance. Le visiteur commençait à se sentir contrit d'affubler sans cesse de surnoms puisés dans le monde fictionnel – auxquels s'ajoutaient des inventions propres – ses relations professionnelles, sociales ou même de passage.

Il en éprouvait une certaine culpabilité – limitée, il est vrai. Il s'en voulait d'avoir ainsi détourné de sa cause véritable le dépit croissant qui le tourmentait, en passant son spleen sur tous les occupants licites du complexe gouvernemental, de l'infortuné conseiller au paon, avec sa démarche mesurée de propriétaire, l'un comme l'autre émettant des cris étranglés, incongrus. Le véritable Uriah Heep n'était aucun de ceux-là – cet endroit dégoulinait en soi de simagrées mielleuses et écœurantes. Cela tenait à la nature même du pouvoir. Il s'excusa intérieurement auprès des ânesses en chaleur. Et de l'architecte inconnu de cette œuvre de propagande hypocrite censée symboliser une cohabitation sans heurt entre deux religions qui, à un ou deux kilomètres à peine de ce lieu, se tenaient réciproquement par la gorge, prêtes à étrangler ou trancher celle de l'autre à la moindre provocation réelle ou imaginaire. Son problème, décréta-t-il, était mineur et personnel, et requérait simplement un peu d'entraînement – apprendre à articuler la formule choisie par le Premier ministre pour s'adresser à lui auquel son équivalent, le conseiller spécial aux Énergies alternatives, l'avait initié sans tarder, et assez inutilement, en venant l'accueillir au tout premier contrôle de sécurité.

– N'oubliez pas : il faut l'appeler Votre Excellence l'Intendant du Peuple. Avec ou sans « Votre Excellence ». Ou simplement IP – avec ou sans « Sir ». Ce n'est pas encore officiel mais… la formule est déjà en usage limité à la présidence, depuis hier soir. Vous êtes un privilégié – aujourd'hui, c'est la première journée complète de ce changement. Quand il l'entendra dans votre bouche, vous, une personne de l'extérieur… vous verrez, il vous mangera dans la main.

Alors, tout prit sens – c'était l'aboutissement de longs mois de mobilisation secrète des hommes et des ressources matérielles, en vue de la double confrontation à venir. Le développement d'une image avait commencé. Mais quand même, de tous les choix possibles ! Duyole se laissa aller à une légère moue. *L'Intendant du Peuple* ! Que n'aurait-il donné pour obtenir ne serait-ce qu'une petite bribe de la saga qui avait mené à une telle adoption, culminant dans les frénétiques sessions de la veille ! Mais, après avoir choisi de ne pas se surcharger le cerveau de vaines spéculations, il ne tarda pas à somnoler, sur l'accompagnement instantané de ses ronflements, malgré son intérêt pour ces articles censés y mettre un terme, dont les publicités semblaient monopoliser sa boîte mail. C'était là l'unique fléau de son existence, l'ingénieur avait fini par l'admettre, depuis longtemps : une carrière d'émissions de stentor, quelquefois même au beau milieu d'une représentation au théâtre, ou à l'opéra, art auquel il reconnaissait également une légère addiction. Le fracas de sa petite sieste atteignit la réceptionniste, de l'autre côté du mur. Il fut réveillé par le claquement de ses talons hauts. Elle paraissait choquée.

– Voulez-vous que je vous apporte les journaux de ce matin ?

– Non, je vous remercie. Je les ai parcourus en attendant mon vol.

Alors, l'idée lui vint de s'enquérir de son temps d'attente probable.

– Est-ce encore une de ces journées pour le, hem… Premier ministre…

Souriante, la femme le corrigea aussitôt :

– Intendant. L'Intendant du Peuple. C'est censé être à usage interne pour le moment, mais… cela lui ferait plaisir que ses invités respectent eux aussi le nouveau protocole.

– Je ne suis pas membre du parti, lui rappela-t-il.

– Encore mieux. Cela rend la chose encore plus excitante pour Sir Goddie. Nous n'en sommes qu'à la phase d'essai, vous savez. Les visiteurs d'aujourd'hui sont nos cobayes, en quelque sorte.

– Le jeune Garuba m'a déjà prévenu – cela ne me pose aucun problème. Donc… Son Excellence l'Intendant du Peuple – c'est bien ça ? Dois-je l'appeler « Votre Intendance » ? Non, ne vous inquiétez pas, laissez-moi deviner tout seul. J'allais vous demander… Cela va-t-il encore être une journée très chargée ? En arrivant, il m'a semblé reconnaître quelques huiles devant moi…

Elle baissa la tête.

– C'est toujours difficile à dire. Vous avez de la chance que votre rendez-vous n'ait pas eu lieu hier – franchement, je ne vous aurais pas encouragé à attendre. Aujourd'hui, ça s'est un peu calmé, et je sais qu'il a vraiment envie de vous voir. Très envie, même. C'est juste que… enfin, vous savez… les affaires du parti. Et quand on croit qu'une crise a été résolue…

Elle lança ses mains vers le ciel.

Duyole soupira.

– Dommage que je ne l'aie pas su.

– Avec les primaires du parti qui font rage dans tout le pays ? Même ici, ça ressemble plus à un ministère de la Guerre depuis quelques jours. Mais il a insisté pour qu'on vous fasse venir aujourd'hui – il a dit que vous aviez la réputation de réagir vite et brusquement, et que vous risquiez de partir sans prévenir. Aujourd'hui… Eh bien, il reste juste à apporter les dernières touches au programme. C'est le principal ordre du jour. D'agréables surprises attendent nos concitoyens.

Duyole faisait de son mieux pour avoir l'air intéressé.

– Je brûle d'impatience, mais je ne vais pas vous encourager à trahir des secrets d'État. Donc maintenant, la question est la suivante : à quel point cela affecte-t-il ma convocation ? Puis-je toujours compter sur un retour à Lagos aujourd'hui même, ou dois-je réserver une chambre d'hôtel en attendant ? Cela fait déjà deux heures que je suis là.

La femme se cabra.

– Son Excellence l'Intendant du Peuple *va* vous recevoir. C'est un rendez-vous qu'il a fixé lui-même. Il sait que vous êtes là. Je lui ai déjà donné un petit coup de coude administratif.

– Qu'entendez-vous par là ?

Son innocente curiosité sembla avoir sur la femme un effet apaisant. Elle s'efforça de retrouver son sourire.

– Secret professionnel. Tâchez de vous montrer patient, je sais qu'il va vous recevoir. Vous êtes sûr que vous ne voulez pas un rafraîchissement ? Nous pouvons aussi vous offrir un thé, ou un café.

Pitan-Paye secoua la tête.

– Non, merci. Ne vous en faites pas, j'avais juste l'impression que l'attente risquait d'être longue – le marathon d'hier est dans tous les journaux de ce matin. Mais, comme d'habitude, pas la moindre allusion au contenu de ces sessions…

La femme soupira, le souvenir de cette journée semblant la désarmer encore davantage.

– Oui, hier était un jour de crise, jusqu'au bout de la nuit, mais tout est réglé maintenant. Je jetterai un coup d'œil à la liste de temps en temps, et je vous dirai où nous en sommes.

Elle désigna d'un geste la table basse.

– Il y a quelques publications récentes de la Villa dans cette pile. Pas encore officiellement sorties. Pour tout dire, celle-ci, sur le dessus, est encore chaude de l'imprimerie. Vous avez droit à une avant-première, et gratuite en plus, monsieur Pitan-Payne. Vous ne pourrez pas vous plaindre qu'on ne vous traite pas comme un roi…

– Merci, je vais tirer parti au mieux de ce privilège.

La réceptionniste s'éclipsa, regagnant son bureau, et

Pitan-Payne ne la revit plus de toute la journée. Tous semblaient se relayer, apparaissant et disparaissant tour à tour, y compris une femme de ménage qui se présenta avec un plumeau sophistiqué, fit voler d'inexistantes poussières dans la pièce, le gratifia d'un sourire et s'évapora. Il commençait à se sentir comme Alice au pays des merveilles.

Il haussa les épaules. Il s'était engagé, et il allait surmonter patiemment ce délai, aussi long soit-il. Personne d'autre que son épouse Bisoye n'aurait pu lui arracher une telle concession – et encore, pas toute seule. Il était sincèrement déconcerté par la soudaine volonté du gouvernement d'adopter, clairement, une posture de propriétaire enthousiaste vis-à-vis de sa nomination aux Nations unies. Il était suffisamment immodeste pour savoir qu'il l'avait gagnée au mérite – il était plus que qualifié pour se voir offrir une place à la table des spécialistes d'élite de l'ONU, en tant que consultant auprès de la Commission à l'énergie. La bénédiction du gouvernement était tout à fait inattendue, suspecte, mais pas répréhensible. Sir Godfrey O. Danfere – alias la Présence, Sir Goddie, le Chef, Leader, Mentor ou Godfather (parfois Godfadda) et, désormais, Intendant – avait donné un coup de pouce tardif, superflu mais néanmoins déterminé. L'ordre avait été délivré directement de la bouche de l'intéressé au chef de la mission permanente du Nigéria auprès des Nations unies, le chef en personne tonnant dans son portable :

– Je ne veux pas entendre parler d'un accroc de dernière minute, et surtout pas créé par ces soi-disant nations sœurs foireuses qui n'ont toujours rien pigé. Elles ne sont même pas capables d'équilibrer leur budget, et pourtant elles exigent un vote égal à l'Assemblée générale. Ou un quota de postes à l'ONU. Certaines nous disputent encore le fauteuil africain au Conseil de sécurité. Remettez-les à leur place – me suis-je bien fait comprendre ?

– Ne vous inquiétez pas, Votre Excellence.

Le jour historique du changement de nom officiel n'aurait lieu que des mois plus tard.

– Bottez des culs ou fourrez-les, l'un ou l'autre ou les deux à la fois, c'est compris ?

– Les enveloppes brunes sont déjà pleines, prêtes à être distribuées…

Une brusque inspiration s'était ensuivie. Son Excellence Sir Goddie était un homme frugal, et l'acquiescement immédiat de son émissaire avait été un peu trop enthousiaste à son goût.

– N'en faites pas trop. Il faut surtout botter des culs. La plupart ne méritent même pas un seul *cent*.

– Vous pouvez faire confiance aux membres de ce bureau, Votre Excellence. Nous ajustons en permanence la règle à calcul. Et bien sûr, nous faisons signer des reçus à leurs secrétaires.

L'émissaire avait été récompensé d'un soupir de soulagement familier. Sir Goddie avait de fait approuvé – à bon droit – une portion conséquente du budget « offensive diplomatique » de la nation, mais il détestait l'idée que celui-ci puisse être gaspillé, ou même légèrement entamé, étant donné que ces fonds étaient principalement destinés à couvrir les frais personnels de ses voyages à l'étranger. Il était crucial que cette nomination ne capote pas au tout dernier moment, que ce soit à cause de lobbys rivaux ou de ces intrigues politiques mesquines dont la tortueuse bureaucratie des Nations unies avait le secret. Les États membres avaient une propension notoire à vous mettre des bâtons dans les roues au tout dernier instant, faute d'accomplissements substantiels à rapporter à leurs gouvernements respectifs, et parfois même par simple ennui, de purs stratagèmes hargneux pour retarder l'inévitable. Dans le cas de Pitan-Payne, l'intervention de son gouvernement avait été – pour emprunter une expression colorée du demi-Dieu de la Villa lui-même – comme pisser dans la rivière sous une grosse averse. De ce point de vue, Pitan-Payne avait totalement à son insu bénéficié du robuste soutien des conseillers du Premier ministre pour les Affaires étrangères. Ces derniers n'en avaient pas démordu : hors de question de laisser passer ce que, dans le jargon diplomatique, on appelait une « belle aubaine ».

Entre deux petits sommes, la lecture distraite des revues posées sur la table basse et les appels réguliers de son épouse Bisoye, qui voulait s'assurer qu'il n'avait pas quitté son poste dans un soudain accès de colère, et le rassurait en lui disant que l'hôtel réservé pour lui offrait un room-service vingt-quatre heures sur vingt-quatre, avec la garantie de pouvoir lui servir à n'importe quelle heure sa soupe de pieds de bœuf aux piments préférée, Duyole fit de son mieux pour résister à l'impatience.

Il était au milieu d'un de ces intermèdes somnolents quand le chef de cabinet refit son apparition. À part le jauger du regard une nouvelle fois, sans même chercher à dissimuler sa mission d'inspection, il n'offrit rien en termes de formules de politesse, de signes témoignant de la reconnaissance ou même de la simple prise en compte d'un visiteur en train de patienter. Il regarda théâtralement autour de lui, quoique pour la forme, comme s'il s'attendait à trouver la salle d'attente déserte, ou hébergeant un autre invité. Il disparut tout aussi silencieusement.

L'intrusion, quel qu'ait pu être son objectif, ne fit que redoubler le ressentiment de Duyole. Il était furieux de se retrouver ainsi coincé dans ce bout du monde d'Abuja, à attendre un entretien qui ne venait jamais, alors qu'il aurait pu être déjà à Badagry en train d'organiser sa soirée de départ du tonnerre, s'activant parmi les marmites et les fûts de bière, les bouchons de champagne volants et l'agneau sur sa broche, peut-être même du gibier frais acheté au marché des chasseurs… Les yeux de Duyole Pitan-Payne s'illuminèrent, il salivait d'avance. L'ingénieur tenait absolument à ce que le monde entier connaisse la devise de sa famille : « L'amour de la nourriture est le commencement de la sagesse. » Le patriarche, l'Otunba, Pitan-Payne l'Ancien, faisait remarquer qu'il n'y avait pas trace d'une semblable sagesse dans l'histoire familiale, mais son fils répliquait qu'il l'avait lue dans ses gènes qui, peut-être, avaient sauté la génération du patriarche. Quoi qu'il en soit, il apprécierait que l'Ancien se rappelle que cette affirmation n'engageait que sa propre progéniture, et pas la famille de l'Otunba – et si son aîné venait à le contredire de nouveau, il ferait sécession et fonderait sa propre dynastie.

Initialement intitulé « Grande Ripaille de Partance », le carton d'invitation était encore sujet à des révisions qui dureraient, comme toujours, jusqu'à ce que l'imprimeur, à bout, finisse par piquer la crise de trop. Même dans la salle d'attente de la Villa Potencia, une monographie consacrée à l'art Nok posée sur la table à café avait fait naître l'idée d'un ajustement qui désignerait Eshu, le dieu de la chance aux cent visages des Yoruba, comme invité d'honneur. Après tout, c'était la chance, et rien d'autre, qui l'avait poussé à adopter un logo qui avait à son tour incité un Grec amateur d'art à venir visiter son usine, voyage qui avait conduit, de manière si fortuite, à son propre départ imminent pour les Nations unies. L'idée n'était pas si mauvaise, et il porta la main à sa poche en quête de son portable. Non. Gare au faux pas. Il rejeta l'inspiration. Même s'il aurait adoré irriter à la fois les bigots chrétiens et musulmans, il craignait que certains estomacs ne s'en retrouvent noués – personne ne voulait cela ! À quoi bon étourdir ses invités par l'inventivité de ses prouesses culinaires, si c'était pour perturber ainsi leur appétit gastronomique ? Autant leur servir une portion de *gari* sans sauce et les renvoyer chez eux ! Non, le logo de sa société occuperait sa place habituelle sur ce carton. Rien ne devait venir gâcher un événement destiné à célébrer, non pas simplement son entrée dans un club de penseurs scientifiques venus du monde entier mais, ce qui était plus crucial, la cessation définitive de ses activités de consultant auprès du gouvernement. *Je ne reviendrai pas avant cinq ans – tâche de ne pas l'oublier ! Ce n'est pas pour rien que* Pitan *a été accolé au nom colonial que je porte. Pitan – tu sais ce que cela signifie ?* Légende ! *Alors fais en sorte que ce festin d'adieu soit de ceux qui se transmettent de génération en génération. Je n'ai pas demandé cette nomination, que je ne suis pas sûr de mériter, mais ne pas mériter ne veut pas dire démériter – autre devise familiale, évidemment –, alors faisons en sorte que cette fête soit digne du Livre Guinness des records.* L'éthique festive de ce touche-à-tout autoproclamé consistait à mettre la main à la pâte en bon factotum aussi créatif qu'infatigable. Il l'appliquait aussi bien à la conception de ses appareils électroniques qu'à l'approvisionnement et au micromanagement du buffet d'amuse-bouches du moindre petit cocktail d'entreprise.

– Monsieur l'ingénieur Duyole ! avait un jour explosé Bisoye. Je peux m'occuper moi-même de la cuisine.

– Évidemment, évidemment. Mais cuisine et mise en place sont deux choses différentes. Je veux juste aider avec la mise en place.

– Il s'agit d'une petite fête privée. Il n'y a rien à mettre en place.

– Là tu te trompes, ma fille. Je ne voudrais pas que tes invitées aient une mauvaise image de ton mari.

– Oui. Je suis contente que tu t'en souviennes : *mes* invitées. Pas les tiennes. Juste une petite réunion, avec mes anciennes camarades de classe ! Va donc mettre en place ta chère mascotte à quatre têtes, toi qui dis toujours que c'est une véritable galerie d'art à elle toute seule !

– N'est-ce pas le cas ? Elle est responsable du business familial.

– Mais pas de ma fête privée !

– Mascotte. Porte-bonheur. Logo de la société. Marque Pays – allons, ma fille, ça fait déjà quatre galeries en une…

– Tu as de la chance que je n'aie pas entendu ma soirée privée dans cette liste.

– C'est elle qui nous a réunis, toi et moi. Donc ta réunion mérite que je…

– Je t'arrête tout de suite : c'est une soirée réservée aux *filles*.

– OK, OK. Offre non appréciée, offre retirée. Si tu as besoin de quoi que ce soit…

– Je n'ai besoin de rien. Va-t'en. Et tu n'es pas invité.

– Quoi ? Je ne peux même pas passer dire bonsoir ?

– Non !

– Oh, je vois… Je vais appeler le Railleur, pour voir s'il est libre et partant.

– Il l'est. Je n'ai même pas eu à vérifier, car Jaiyesola sera des nôtres. Il va t'emmener en ville, je vous ai réservé une table. C'est une nouvelle adresse, tu pourras me dire ce que tu en penses.

– Oh, tu aurais dû me le dire tout de suite ! Qui aurait envie de traîner avec les vieilles sorcières que vous êtes, de toute manière ? Où se trouve cet endroit ?

Elle s'éloigna, théâtralement.

– Je vais te chercher le nom et l'adresse. Ne bouge pas.

Miracle d'endurance héroïque, Bisoye avait hâte de l'expédier aux Nations unies. D'abord, cela lui offrirait moins d'occasions de se tuer à organiser ses grands gueuletons mondains. Ensuite, il n'avait pas fallu longtemps à Bisoye pour comprendre – et s'en réjouir – que New York constituerait un environnement plus sûr pour le tempérament de son mari – moins propice aux jérémiades, ou à se retrouver entraîné dans des intrigues politiques ou autres, tout à fait incompréhensibles, sans même s'en rendre compte ! C'était cela qui effrayait le plus son épouse. Alors qu'ils étaient assis au salon à regarder le délégué auprès des Nations unies lire à haute voix la nouvelle de cette nomination unique devant les caméras, dans la salle de presse du ministère des Affaires étrangères, à la Villa Potencia, Bisoye avait commis l'erreur fatale de lui demander ce qu'il ressentait. Duyole ne l'avait pas déçue :

– J'ai la drôle d'impression que… Je ne sais pas vraiment comment la décrire… C'est comme une douce agitation, enivrante, comme si je m'imaginais en train d'organiser une fête pour tous les membres des Nations unies.

Bisoye avait laissé échapper un soupir déchirant, furieuse après elle-même.

Sa femme savait quand il fallait le laisser seul avec son esprit en effervescence permanente, toujours à tout organiser. Elle voyait bien qu'il s'était déjà mis en branle, déployant toutes les implications de ce déménagement. Elle savait en outre comme personne choisir le bon moment pour glisser un grain de sable dans l'engrenage.

– J'espère que tu sais qu'il va falloir faire une petite visite à notre Premier ministre…

La réponse de Duyole avait été automatique :

– Pour quoi faire ?

– Pour la forme, mon cher.

– Je ne vois pas pourquoi. Il n'a rien à voir avec ça.

– Pour la forme, j'ai dit. Pour soigner la forme. Oh, et puis… pour réduire ton quota naturel d'ennemis. Il reste encore quelques semaines avant notre départ – le mien, en tout cas –, et nous devrons bien revenir au pays, tôt ou tard.

– Qui te dit qu'il sera encore au pouvoir quand nous reviendrons ? Même sans tenir compte des rumeurs sur une brouille entre le président et lui…

– Duyo, ces gens-là ne s'en vont jamais. Ils se remplacent entre eux, c'est tout.

– Eh bien, le consultant que tu as devant toi est parti, lui. Il a rempli la mission qu'on lui avait confiée, avec vingt et un mois d'avance, il y a presque deux ans déjà. Je suis allé au fond de cette affaire et lui ai laissé un dossier brûlant. Il n'a jamais demandé à me voir. Pas un seul commentaire. Alors pourquoi irais-je le voir maintenant ?

Bisoye avait jeté les bras au ciel.

– La forme, Duyo. Ou le protocole, si tu préfères. C'est comme ça que les choses se font. Rien de plus. Tu as fait ton travail…

– Je n'ai même pas touché le solde de mes honoraires !

– Eh bien, imagine qu'il veuille te voir pour ça. Quelqu'un lui a peut-être rappelé que tu allais bientôt quitter le pays et que le gouvernement te devait encore de l'argent. Ce n'est peut-être pas sa faute.

– C'est la faute de quelqu'un.

– Personne ne te demande d'aller saluer ce quelqu'un, et de toute manière tu ne sais pas de qui il s'agit. Replace ça dans le contexte – je veux dire, c'est toi-même qui m'as montré ce rapport sur les employés qui n'ont pas touché leurs salaires depuis dix mois. C'est le même système. Pense juste à ce qui arrive à ces gens, et à leurs familles. Comment font-ils pour s'en sortir ?

En guise de récompense, elle eut droit à un grognement. L'ingénieur sentit que cette dispute était en train de lui échapper.

– Je l'ai bien mérité, de toute façon. J'aurais dû m'en tenir à mon principe de départ : ne jamais travailler pour aucun gouvernement.

– Ou te faire payer d'avance. Sauf que cet homme déteste juste lâcher le moindre sou, de toute manière. Avant, après, ça ne change rien.

– Pile tu perds, face il gagne. Je devrais peut-être lui envoyer mon vieux Pop. Ils sont Rose-Croix tous les deux, après tout. La honte le forcerait sans doute à me payer.

Bisoye resta figée.

– Pourquoi n'y avons-nous pas pensé plus tôt ? Tu veux que je lui demande ?

– Certainement pas ! C'est ce qu'on appelle une blague chèrement payée. N'y pense même pas. Pour emprunter son expression préférée : je partirai sans faire de vagues.

Au début – oui, ça, il pouvait l'affirmer –, il s'était tenu à ce principe de rester à l'écart des gouvernants, se limitant à une clientèle privée, commerciale et institutionnelle. Sage décision ? Celle-ci s'était révélée trop limitée, pire : injuste pour ses employés et ses associés. Au bout du compte, bien qu'avec méfiance, et toujours avec un plan de sortie prêt à être déclenché à tout moment, il avait succombé à la tentation de « tâter le terrain ». D'abord des gouvernements provinciaux puis enfin, inévitablement, l'hydre centrale à mille ministères et autres organismes semi-publics, ces entités indéfinissables qui n'étaient jamais ni viande, ni poisson. Ni légumes. Mais voracement omnivores. Le but était simplement de générer du pouvoir, et de le répartir. Zones rurales ou urbaines, cela ne faisait aucune différence. Pourtant, les milliards alloués s'évaporaient continuellement, pour être réinjectés chaque année au moment du budget, sans oublier les enveloppes complémentaires. Des usines fermaient, de petites entreprises mettaient la clé sous la porte. Chaque nouveau gouvernement blâmait le précédent, puis faisait main basse sur des fonds encore plus conséquents. Les associés de Duyole se faisaient du souci. Finalement, c'était devenu un défi personnel – il était temps pour la Marque Pays de faire une proposition à ces gens, avait-il décrété en espérant à moitié, de manière coupable, qu'ils perdraient l'appel d'offres. Ils avaient gagné. Abuja, nous voilà. Il n'avait pas fallu longtemps pour qu'ils découvrent – avec un certain chagrin, révèlerait-il ensuite à son « jumeau », le chirurgien Kighare Menka – qu'une solide éthique de travail régnait en ces lieux de pouvoir, une volonté généralisée de mettre la main à la pâte, presque identique à celle qui les caractérisait tous les deux, mais d'une manière involontairement littérale, légèrement décalée – c'était la main du Premier ministre qui se servait un peu partout !

Il ne restait plus que la question à vingt millions de dollars : combien de temps resterait-il ? D'où le pacte signé avec Bisoye : les trois premiers mois, je tiendrai bon quoi qu'il arrive. D'accord ? Ensuite, le single malt de son choix, chaque fois une marque différente, pour chaque mois survécu, plus une soirée en ville suivie d'une session au lit où toutes les prises seraient permises. La nation n'avait jamais su combien elle était redevable aux bienheureux exploits athlétiques du couple. Duyole ne fut pas loin de gagner une caisse entière d'Islay Malt, Collector's Reserve – il ne lui manquait qu'une bouteille. Dans la vitrine, il avait ostensiblement laissé un trou au milieu de la rangée de douze, accusation muette contre la pingrerie de Bisoye. Était-ce sa faute s'il avait rempli sa mission avec tellement d'avance ?

– Donc, dans ce rapport… Question idiote, mais… as-tu cité des noms ? lui avait-elle demandé un jour.

– Bien sûr.

– Hauts dans la hiérarchie ?

Duyole avait gloussé de rire.

– Le problème avec toi, ma fille, c'est que tu me crois suicidaire. Les déductions sont là, très claires. L'argent s'arrête quelque part – je m'en suis tenu là. Qu'aurais-je pu faire de plus ? À part m'en aller discrètement, bien sûr !

– Discrètement ? Une fête en pleine rue, pendant toute une journée ?

– Il fallait que je fasse quelque chose de cet excès de talent. Une mission de trente-six mois bouclée en quatorze ! Cela fait une sacrée quantité de talent refoulé, non utilisé. Dangereux. Si je n'avais pas actionné cette soupape de sécurité, tu m'aurais fait placer dans une institution.

– Et tu croyais qu'ils allaient en penser quoi, à la Villa ?

Jamais séparation ne s'était faite d'un si commun accord. Pitan-Payne avait poussé un soupir de satisfaction en se retirant pour de bon dans sa zone de confort, celle de l'industrie privée. Sa tension artérielle, attestée par son médecin, était aussitôt retombée à un niveau de survie, et son visage creusé avait repris de l'épaisseur. Bisoye ne perdait pas une occasion de répéter que cela n'avait rien à voir avec sa cuisine, à laquelle – toute la maisonnée pouvait en témoigner – l'ingénieur s'intéressait de manière plus que superficielle, devenant plus insupportable encore après son départ d'Abuja. Il avait soudain plus de temps à disposition, ce temps jusqu'alors passé à aller et venir entre son domicile et la capitale, restant de plus en plus souvent le soir à Abuja pour massacrer des dragons insaisissables, invisibles et pourtant incendiaires, et à troubler le sommeil de bureaucrates souriants, respectueux et pleins de regrets. Ils avaient tellement été formés à la stagnation procédurale, ces Uriah Heep avec leurs courbettes, leurs ronds de jambe et leur déférence – « avec tout le respect que je vous dois », « Si je puis me permettre, monsieur », « mais vous préférez peut-être vous entretenir personnellement sur ce point avec monsieur le Premier ministre », *ad infinitum*. Uriah était partout, faisant mystérieusement disparaître des dossiers cruciaux, s'évaporer certaines pages des contrats et, souvent, s'absenter de manière prolongée voire permanente des facilitateurs-clés – lesquels envoyaient simplement des certificats médicaux prescrivant un « congé maladie » pour réduire au silence les sans-cœur dénonçant cette situation. *Ont-ils jamais prétendu être autre chose qu'humains, monsieur Pitan-Payne ? Ils tombent malades, comme vous et moi. Aujourd'hui, c'est leur tour ; demain, ce sera peut-être le mien. Ou le vôtre, monsieur Payne. Aucun d'entre nous n'est surhumain ! Je vous en prie, faites preuve de patience.*

Toutes les bonnes choses ont une fin, et celle-ci n'avait pas fait exception. L'ingénieur avait notifié la fin de son association en accrochant une banderole proclamant la rupture : *QUATORZE MOIS, UNE SEMAINE, NEUF JOURS ET SEPT HEURES – TOUJOURS EN VIE !* Ne retenant comme à son habitude que les bons côtés de l'expérience, sa voix d'opéra avait décanté sa gratitude pour l'opportunité que ce départ lui offrait d'atteindre de nouveaux sommets dans les rites de séparation : une mini-Oktoberfest – il avait étudié en Autriche mais passé l'essentiel de son temps à faire ribote de l'autre côté de la frontière, en Bavière, et ne laissait jamais passer une occasion d'évoquer ces péripéties. La vérité, c'est qu'il avait manqué la fête de la Bière de cette année, avec son agenda démentiel, préférant ne pas sortir du pays tant que sa mission ne serait pas achevée. Cela aurait été une perte de temps et d'argent, avait-il juré, puisque son esprit aurait été ailleurs, une seule journée d'absence pouvant suffire à détricoter tous les résultats qu'il avait obtenus, et à ramener l'horloge des années en arrière. De sorte que, pour se récompenser de cette abstinence, l'ingénieur Duyole avait organisé une fête en pleine rue avec cuisiniers, serveurs et placeuses en tenue bavaroise, ainsi que des barils de bière fabriqués à la hâte que l'on avait fait rouler jusqu'à Badagry depuis les locaux de l'Union des étudiants de l'université de Lagos, situés à mi-chemin de Lagos et de Badagry, escortés par le Club des buveurs de vin de palme de l'Union en tenue d'apparat, et les danseurs androgynes et maniérés des mascarades gélédè de Badagry. La fête de rupture avait engendré au moins deux ajouts musicaux au répertoire des compositions d'éloges publics locales – qui n'étaient malheureusement pas passés à la postérité sous forme enregistrée. Ayant eu vent de ce projet, Duyole s'était empressé d'acheter les masters et de les détruire. Cet art des louanges personnelles contredisait les « conditions de divertissement » synthétisées dans une autre devise familiale : « Mangez, buvez, mais restez sur vos gardes ! »

Cette superproduction de la rupture aurait dû marquer la fin de son implication, mais la séparation était destinée à subir une légère extension, dont l'acte final – une simple visite de courtoisie – prenait à présent tout un après-midi, et promettait de déborder sur sa soirée. Le Premier ministre n'avait joué aucun rôle dans cette nomination – donc, pourquoi cette visite de courtoisie ? À l'insu de Sir Goddie comme de l'ingénieur, un « compte-rendu d'investigation » avait été déposé sur le bureau du sous-secrétaire aux Sciences par un parfait inconnu de l'UNESCO, deux ans plus tôt. Ce collectionneur revenait alors d'une chasse aux objets anciens à Badagry et au Bénin, qui l'avait mené jusqu'à l'usine de Pitan-Payne. Deux ans plus tard, les Nations unies étaient en train de recruter, de nominer des candidats issus de divers États membres, de faire du lobbying et d'échanger des coups de poignard dans le dos. La note avait refait surface. On avait contacté Pitan-Payne. C'est alors que le plus amusant avait commencé. Sa propre ambassade avait d'autres idées en tête. D'autres préférences. Des candidats avides de nomination. Et alors surprise, venue – horreur des horreurs pour certains ! – de là où l'on s'y attendait le moins, l'Intendant du Peuple en personne ! Sir Goddie soutenait bec et ongles son recrutement !

L'amère pilule avait été passée de bouche en bouche et avalée. Le fautif avait consenti à une visite réduite au strict minimum protocolaire. Il reviendrait dans la tanière du lion le jour dit, après quoi, tous étaient d'accord là-dessus, il se dévouerait corps et âme au clan international – il deviendrait son serviteur, au sens où il serait au service de cet agenda-là et d'aucun autre, sans la moindre obligation envers aucun gouvernement nigérian, quel qu'il soit. Il ferait le nécessaire pour pouvoir s'en aller en paix – après tout, il allait devoir travailler régulièrement avec l'ambassade, et son épouse avait raison : inutile de se faire des ennemis. Il lui avait juré qu'il remercierait la Présence de ce privilège qui lui était accordé de servir la nation sur la scène internationale. Maintenant qu'il était ici, il ne savait plus très bien s'il se trouvait dans la Villa Potencia, au Nigéria, ou au pays des merveilles – ses hôtes intermédiaires n'arrêtaient pas d'apparaître et de s'évaporer, y compris son équivalent du domaine de l'énergie. Il avait promis de revenir très vite, et cette courte absence s'éternisait déjà depuis une heure et quarante-sept minutes.

Où dans le monde d'Uriah Heep se trouvait donc celui-ci, d'ailleurs ?

6

C'est vous, mon père ?

Uriah Heep Jr ? Eh bien, il était en train de s'attaquer à l'affaire même qui avait mené l'ingénieur à Abuja pour s'entretenir avec le Premier ministre en personne. Assis en face de la Présence, l'Équivalent s'apprêtait à accomplir la mission collective dont on l'avait chargé. Celle-ci entrait bel et bien dans ses compétences de conseiller à l'Énergie, et l'idée de prouver que sa position lui conférait désormais un « rôle influent » n'était pas pour lui déplaire – un nouveau venu, certes, mais qui avait réussi à capturer l'attention de l'*oga patapata*[1].

– Votre Intendance, sir, oui, nous pensons qu'il en va de la sécurité nationale. Et, en toute humilité, j'aimerais formuler la chose par le biais d'une question. Une question, sir, qui, dans les rangs de vos loyalistes, agite bien des esprits.

L'Intendant releva la tête en entendant le mot *loyalistes*. Le tandem que ce dernier formait avec la *sécurité nationale* évoquée plus tôt n'invitait pas à précipiter cet entretien.

– Vous êtes sûr que vous n'avez pas besoin d'un peu plus de temps ? Si vous préférez, nous pouvons remettre cela à plus tard, quand j'en aurai terminé avec d'autres affaires. Cette journée est moins chargée qu'hier mais…

1. Le grand chef de tout en haut.

par exemple, je dois encore m'entretenir avec votre homme – l'ingénieur.

– Exactement, Votre Intendance ! C'est bien pour cette raison que l'affaire ne peut pas attendre. Elle le concerne directement. Il est sans doute déjà trop tard mais au moins, sir, avant de le recevoir, ce qui constituera en quelque sorte la marque ultime de votre soutien…

– Et en quoi ce soutien poserait-il problème ?

– *Ranka dede*, sir, comment dire ? Nous savons que vous avez forcément vos raisons, mais nous n'arrivons pas à les saisir. La question qui nous taraude est la suivante : Pourquoi lui ? Pourquoi cet homme ? Voilà la question, IP. Un saboteur notoire. Tout le monde ici a célébré son départ, et bien nous en a pris, Votre Intendance. Car ce qu'il a fait à Badagry, ç'a été de le fêter lui-même, bruyamment et de manière désobligeante pour les services du Premier ministre. Cet homme est une insulte ambulante à votre gouvernement.

Insulte qui leur serait restée encore plus profond en travers de la gorge s'ils avaient su que Pitan-Payne avait refusé de considérer cette offre des Nations unies jusqu'à avoir l'assurance, sous la forme d'une lettre signée de la main du secrétaire général, qu'on l'avait choisi au mérite, après une enquête approfondie sur sa société et ses activités, et que cela ne devait rien à une quelconque nomination ou intervention de la part du gouvernement. Toutefois – expliquait par ailleurs prudemment la réponse de l'institution –, dans l'intérêt des bonnes relations internationales, un protocole de consentement était toujours préférable, renforcé, si possible, par l'approbation des autorités nationales. L'ONU avait donc sollicité, comme à son habitude, l'agrément du gouvernement et – ô miracle ! – celui-ci avait donné son aval, avec un empressement et une chaleur qui avaient déconcerté le cabinet du secrétaire général.

En temps normal, des querelles intestines dans le pays des nominés retardaient toujours le processus. Parfois, elles aboutissaient même à la perte, par la nation, d'un poste prestigieux. Mais en fin de compte, la nomination de Pitan n'avait donc pas fait exception : au pays, des têtes s'étaient secouées, des mentons cabrés devant tant d'attentes déçues, et l'on avait intensément débattu du raisonnement qui avait pu mener à cette approbation incongrue de la part des autorités. Le parti, à l'évidence, était particulièrement furieux.

L'Intendant du Peuple dévisagea son pupille pendant un long moment.

– Attendez une minute… Êtes-vous en train de suggérer que le parti a d'autres candidats en tête ?

Le pouls de l'Équivalent s'emballa d'optimisme. D'autres candidats en tête ? Quelle question ! Sa main se referma sur la liasse de documents – plusieurs CV et lettres de recommandation – qui brûlaient de l'intérieur la poche de son caftan.

– Nous avons réuni une petite compilation, Votre Intendance. Peut-être voulez-vous regarder…

Garuba n'eut pas besoin de préciser à Goddie que la plupart de ces candidats, qui ne pouvaient se targuer d'un quelconque lien avec le monde de la science, ainsi que ceux qui proposaient leur nomination, étaient disposés à participer généreusement aux finances du parti. À faire exploser leurs concurrents et à engager des herboristes locaux, des marabouts musulmans, des fakirs indiens, des pèlerins de Jérusalem, etc., afin d'obtenir l'appui d'instances surnaturelles. Ainsi donc, pourquoi le gouvernement irait-il soutenir un oiseau de passage plus ou moins désintéressé, ingrat, marginal, purement professionnel – aucune obligation à l'égard du parti, ni d'ailleurs de personne, hormis son ego surdimensionné – avec lequel il s'était avéré impossible de « collaborer », qui avait fourré son nez là où d'autres avaient déclaré sous serment que tout se faisait dans les règles, un fouineur qui avait insisté pour que l'on déterre des dossiers tombés dans l'oubli ? La satisfaction des besoins énergétiques de la nation avait donné lieu à plusieurs dizaines au moins de plans directeurs, et offert le pouvoir à deux générations de producteurs milliardaires. N'avait-elle pas en outre incité les consommateurs à basculer dans l'ère du solaire, et, quel que soit le caractère inégal et épars de cette minorité, fait entrer la nation dans le monde de l'approvisionnement énergétique moderne et propre ? La dernière atrocité commise par cet outsider, protestaient-ils, avait été sa tentative de rouvrir des affaires classées, comme la mystérieuse explosion qui avait frappé la plus grande centrale électrique du pays, plongeant dans une obscurité totale, trois jours durant, les cinq sixièmes au moins de la nation. Sans précédent, certes, mais était-ce pire que ce qui s'était passé à New York – la Ville des Lumières – quelques années plus tôt ? Des centaines de personnes s'étaient retrouvées coincées dans des ascenseurs, des blocs opératoires paralysés au beau milieu d'interventions chirurgicales. Ils n'étaient pas préparés à cette coupure de courant, n'en ayant jamais connu de pareille. Qui s'en était le mieux tiré ? Ils n'ont pas su quoi faire ; nous, nous disposions de générateurs de secours. Des gens affirment que l'explosion a emporté une poignée d'employés – trois, précisément, des ingénieurs de haut niveau. Qui pour le confirmer ? Que dit le rapport de cet homme sur ce point ? Nous connaissons ce passage-là : l'existence d'un sabotage n'est pas simplement soupçonnée, elle réduit à néant toute autre théorie – les analyses médico-légales ont identifié d'évidentes empreintes coupables, non seulement digitales mais manuelles, plantaires, faciales, fécales et ainsi de suite. Comment le savons-nous ? Une partie du rapport a fuité. Pourquoi ? Dans quel but ? Qui a transmis ces informations ? Je vous pose la question à vous, l'Intendant du Peuple : quelle est votre opinion sincère ? Pourquoi a-t-il envoyé une copie de ce rapport au président ? Exactement : pour être sûr que ces informations fuiteraient. Est-ce le président qui avait commandé ce rapport à sa société ? Non. Son seul but était de faire en sorte que cela fuite dans la presse. Nous avons remonté la piste. L'homme de Badagry affirme avoir découvert des turbines, des transformateurs et des distributeurs à plusieurs millions de dollars abandonnés sur les quais, remisés sous des bâches depuis plus de trois ans, certains même vandalisés, alors que des factures avaient été émises pour un autre lot d'équipements, expédié par bateau mais détourné en haute mer – et pas par des pirates somaliens ou bakassi armés jusqu'aux dents – vers un partenaire de la CEDEAO, la nation qui avait financé cet envoi. Personne n'attendait ces turbines, donc personne ne s'est plaint. Leur destination finale ne semblait exister dans les plans d'aucune installation de ce type – en quoi cela nous regardait-il ? La Banque centrale du Nigéria n'a pas montré le moindre intérêt pour le sort de ces achats – la CBN, autorité suprême en la matière, avait authentifié les reçus. Ceux-ci avaient fait l'objet d'un appel d'offres, d'un audit, avant d'être approuvés. Ce compte avait ensuite été clôturé en toute légalité – donc, quelle mouche a piqué l'ingénieur Pitan-Payne ? Nous l'avions fait venir pour résoudre le problème d'un approvisionnement électrique souffrant d'épilepsie chronique, pas pour ressortir des histoires qui ne présentaient aucun intérêt pratique pour les vivants. Et voilà que cet individu, providentiellement exclu de la « famille régnante » pourtant extensible, cet asocial qui a célébré publiquement cette dissociation par une fête en pleine rue avec des voyous et les membres d'une secte étudiante, a réussi, au prix d'un lobbying acharné – non, d'une entreprise de corruption, cela ne fait aucun doute, nous connaissons tous la richesse et les relations de sa famille, qui lui ont permis d'acheter un poste qui fait de lui l'ambassadeur à l'Énergie de la nation – à se faire nommer émissaire au sein du prestigieux club d'experts de la Commission à l'énergie de l'ONU ! La nation ne disposait que d'un seul poste, et il fallait qu'il tombe dans l'escarcelle de ce Pitan-Payne-à-jouir ? Sir, les nôtres s'interrogent.

Les primaires approchaient, bientôt suivies des élections. Un substitut issu de la bonne circonscription – il suffisait juste d'estimer les marges bénéficiaires en termes de votes escomptés... Ce n'était pas comme si tous n'étaient pas versés dans ce genre d'« ajustements administratifs », comme on les appelait d'un ton badin. Sous son caftan, l'Équivalent continuait de caresser les feuilles de papier repliées, prêt à faire son exposé à l'Intendant dès lors que celui-ci montrerait une propension suffisante à reconsidérer la chose. Il aimait que les gens connaissent bien leurs dossiers. Ce qui était le cas, peut-être même à l'excès. Le chef de cabinet lui avait fourni tous les éléments, qu'il avait pour l'essentiel régurgités sans peine – il avait, après tout, hérité de ses années d'études à l'école coranique une mémoire performante. L'affaire devait être réglée ce soir même, et ce fichu ingénieur renvoyé chez lui les mains vides...

– Votre Intendance, le consensus est que la nomination de cet homme, dès le départ, était une erreur. Il n'est jamais trop tard pour revenir en arrière, sir.

L'humeur de Sir Goddie changea du tout au tout. Il bondit de son fauteuil, poussant un grognement :

– Qui vous a dit que je l'avais nommé ?

Le conseiller spécial s'empressa de reformuler, se levant à son tour en signe de respect.

– Non, sir, *ranka dede*, absolument, je n'ai jamais dit que cette nomination était de votre fait. Nous les connaissons bien, ces gens de l'ONU, qui aiment tant dicter leur loi. Mais pourquoi avez-vous laissé la chose se faire, IP, sir ? C'est cela qui est préoccupant. Nous avons des gens plus qualifiés que lui, et sur lesquels on peut compter…

De nouveau, il passa son doigt sur la liste – était-ce le moment de la sortir ?

Le Premier ministre aboya :

– Asseyez-vous !

Le conseiller se laissa lourdement retomber sur sa chaise. Était-il allé trop loin ? L'Intendant du Peuple l'étudia de haut en bas, son dédain s'accentuant à chaque mot.

– Vous savez, je me demande parfois quel rapport faire à votre père, vous concernant. Car vous êtes parfois si stupide. Vraiment, vraiment stupide. Vous ne savez même pas quand agir dans votre propre intérêt. Tout ce que vous savez faire, c'est gémir et vous plaindre sans cesse, gémir, vous plaindre, gémir et vous plaindre.

Le conseiller rapetissa encore sous son caftan, regrettant d'avoir accepté la mission confiée par ses collègues.

– IP, sir, nous ne possédons pas votre sagesse. Il faut vous montrer patient avec vos enfants.

– Vous n'apprenez vraiment pas vite, tous autant que vous êtes ! C'est votre problème. Je dois tout faire moi-même, m'occuper sans arrêt de vous. Y compris les Sait-Tout du parti. Ceux qui croient tout connaître. Par moments, ça ne me laisse même plus le temps de gérer mes propres intérêts. Ni même de gouverner ce pays.

– Ah, Allah m'en préserve, Intendant du Peuple. Allah garde quiconque, ici, d'être responsable d'un tel crime contre la nation, sir !

– Allah par-ci, Dieu par-là. Personne ne vous a jamais raconté l'histoire du « C'est vous, mon père ? » ?

– Jamais, sir. Je ne la connais pas.

– Vraiment ? L'histoire du révérend, du sacristain et du vin de communion ?

Shekere Garuba se fendit d'un sourire. Un large sourire qui célébrait sa rédemption, le soulagement de ne pas avoir été méjugé. L'Intendant du Peuple était décidément en mode postcrise, synonyme de générosité, ce qui voulait dire qu'il y avait même de la place pour d'autres affaires sur sa liste de courses privée, qu'il y avait une histoire non seulement pour instruire mais pour divertir autrui, preuve d'une intimité toute particulière. La posture d'écoute avide du *protégé** était du pain bénit pour Sir Goddie, qui se jeta de nouveau au fond de son fauteuil et laissa les manches de son *agbada* retomber sur les accoudoirs. Il gloussa, avec le visage radieux d'un père aimant se délectant de la soif d'apprendre de son fils adoptif.

– Très bien. Faites preuve d'attention. Passez-moi ce bol de noix de cola.

Le conseiller se pencha prestement pour soulever le saladier de cristal qui contenait un assortiment de noix de cola, d'*orogbo* et de piment alligator, ainsi que des caramels mous emballés et des minicookies, témoignant tous de la sollicitude du Premier ministre pour la diversité des goûts et préférences culturelles de ses visiteurs. Ses doigts hésitèrent un instant entre une noix de cola et un *orogbo*, opta pour la première, s'en empara, la brisa net au niveau de sa ligne de fracture, enfonça l'ongle de son index dans l'une des moitiés pour en retirer un morceau. D'un geste savant du poignet, il le lança dans les airs tout en inclinant la tête vers l'arrière, l'attrapa dans sa bouche et se mit à mâcher lentement, avec nonchalance. Le jeune conseiller ne se tenait plus de joie. Cet entretien allait s'éterniser, et il renvoya aussitôt à Dieu sait quand son équivalent coincé en salle d'attente. Le *per diem* qui lui avait été alloué couvrirait la facture de l'hôtel, si nécessaire.

– Bien, écoutez attentivement. Il y avait ce prêtre, qui avait remarqué que chaque fois qu'il s'apprêtait à célébrer la communion, le niveau du vin dans la bouteille avait baissé depuis la dernière messe. Il avait tout essayé pour résoudre ce mystère, mais cela n'avait rien donné. Il soupçonnait fortement l'un des enfants de chœur – il était même persuadé que l'un d'eux était le coupable, mais pas moyen de le confondre. Il décida donc de faire appel à une aide extérieure/intérieure. Quelqu'un de l'extérieur, mais qui connaissait l'intérieur. C'était essentiel.

« Pour cette mission, il arrêta son choix sur le sacristain. L'homme vivait tout près de l'église, ce qui était pratique. Si bien que le révérend père le chargea de passer jeter un coup d'œil dans la sacristie pendant et en dehors de ses heures de travail, en particulier les soirs où le chœur répétait. Il supposait légitimement que c'était pendant ces répétitions que le potentiel enfant de chœur soûlard se faufilait dans la sacristie pour se rincer le gosier. Ce qui paraissait logique, n'est-ce pas ?

– Oh oui, IP, sir. Absolument.

– Et il avait vu juste. Le coupable ne tarda pas à se faire prendre en flagrant délit. En fait, il s'agissait tout bonnement de l'aîné des enfants de chœur. Vous connaissez cet âge – un adolescent, sur le point d'entrer dans l'âge adulte. Le sacristain suivit les instructions du révérend père. Dès qu'il verrait quelqu'un se glisser en douce dans la sacristie, il devait allumer la lumière et pousser un cri, afin d'empêcher toute fuite, toute dissimulation. C'est de cette manière qu'ils attrapèrent l'enfant de chœur, pris la main dans le sac et déshonoré. Vous me suivez toujours ?

– Oh oui, Votre Intendance. Tout à fait.

– Le jeune homme fut puni, bien sûr, et l'affaire en resta là. Tout retourna à la normale. Tout le monde oublia cette histoire, sauf une personne. Le sacristain. En ce qui le concernait, c'était une mission à vie. Donc, dès qu'il n'avait rien de mieux à faire, il retournait se cacher dans la sacristie dans l'espoir de confondre un autre coupable. C'était devenu une addiction. Les autres ignoraient qu'ils avaient un type accro sur les bras – pas si différent d'un junkie. Parfois, le sacristain s'endormait même dans la sacristie, et son épouse le cherchait partout. Parfois, il ne se réveillait que le lendemain matin quand les femmes de ménage arrivaient. C'était grave à ce point.

« Eh bien, il se trouve que lui aussi avait vu juste, au bout du compte. Cet enfant de chœur n'était pas le seul à avoir pris goût au vin de communion – il y en avait d'autres. Donc, un soir, ce sacristain trop zélé se faufila une fois de plus dans la sacristie pendant la répétition du chœur, pour avoir sa dose. Il alla se poster à l'endroit habituel, à côté de l'interrupteur, et guetta. Il entendit des pas. Conformément aux instructions, il attendit que l'intrus empoigne la bouteille, en avale une bonne gorgée et fasse le geste de la reposer. *Gbaram !* Le sacristain alluma la lumière et poussa un grand cri. Le chœur se tut brusquement au beau milieu d'une cantate et se précipita dans la sacristie. Le pauvre sacristain était pétrifié, consterné. Tout ce qu'il put faire, c'est s'étrangler : "C'est vous, mon père ?"

« Vous imaginez la scène : dans cette sacristie, le brouhaha retomba d'un seul coup. Personne ne savait dans quelle direction regarder. Oui, le père était bien là, bouteille et gobelet d'argent en main, le vin ayant laissé une éclaboussure rouge sur le devant de sa chasuble tandis que le sacristain restait planté dans son coin, le doigt pointé, incapable d'articuler le moindre mot.

L'Intendant du Peuple croqua un autre bout de noix de cola, prit tout son temps pour doser la pause lourde de sens qui faisait de lui un conteur si recherché.

– Mais vous savez, finit-il par reprendre, ces gens-là ne deviennent pas révérends pères par hasard. Vous savez que j'appartiens moi-même à l'Église, et je peux vous dire une chose : ne cherchez pas des noises à nos révérends, ils vous battront à tous les coups ! Ils sont formés pour se sortir en vitesse des pires situations. Bref, le père se redressa, furieux, et prononça quelques mots en latin, une malédiction peut-être. En tout cas, il poursuivit aussitôt dans la langue que tout le monde comprenait : « Bien sûr que c'est moi, espèce d'idiot ! Et tu t'es attiré le courroux du Seigneur en renversant le sang du Christ ! »

– *Wayo man !*

– Ça, vous pouvez le dire. Notre homme était *wayo*, pas de doute. Ces révérends pères ? Ils réfléchissent vite. Ils réagissent au quart de tour. Le père lâcha quelques mots de latin encore, fit le signe de croix, les réprimanda tous d'avoir ainsi profané l'instant le plus solennel de ses devoirs de prêtre, où il devait finir le reste de vin et avaler les dernières hosties avec le Christ pour seul témoin ! En avaient-ils conscience ? Pensaient-ils être dignes de partager avec lui ce moment ? S'étaient-ils confessés au cours des dernières vingt-quatre heures ? Hum... Je le vois planté là, avec cette tache rouge encore mouillée sur sa tunique, en train d'intimider son monde à coups de formules latines. Évidemment, tous les jeunes choristes se laissèrent berner mais pas les adultes, comme le maître de chœur et l'organiste. Vous imaginez le fardeau qu'a dû porter ce prêtre pendant le restant de ses jours ?

– Oui, IP. C'est un terrible poids sur la conscience.

Perdant son sang-froid, la Présence abattit son poing sur la table.

– J'en étais sûr ! Qui a parlé de conscience ?

Le pupille se frotta la tête, la secoua violemment mais cet appareil-là ne lui fut d'aucune aide. L'Intendant du Peuple le contempla, traits plissés de mépris.

– J'ai rendu service à votre père en vous trouvant un poste à occuper ici, mais Dieu merci, je n'ai jamais attendu de vous le moindre conseil dans quelque domaine que ce soit. Je ne vous garde ici que pour avoir un œil sur vous. Que vient donc faire la conscience là-dedans ? Maintenant, écoutez-moi bien. Posez-vous cette question : le prêtre ne fait-il pas la tournée de ses paroissiens ? Ne va-t-il pas frapper aux portes pour s'assurer du bien-être de ses ouailles ? Ne débarque-t-il pas à l'improviste dans les rassemblements ? Et les gens ne le croisent-ils pas sans cesse dans la rue ? Maintenant, imaginez que vous êtes chez vous, quelqu'un frappe à la porte et crie : « Il y a quelqu'un ? » Vous reconnaissez la voix, et vous voulez répondre. Que criez-vous en retour ? Réfléchissez bien.

Le conseiller plissa le front, se creusa les méninges et, soudain, l'illumination. Il eut un sourire penaud et articula :

– « C'est vous, mon père ? »

– Exactement !

Le conseiller se tordit en deux de rire.

– Ah, Intendant du Peuple, sir, vous êtes trop.

– Non, pas moi. C'est le père qui, à tout jamais, trouva que tout cela était trop. À compter de ce jour, il ne connut plus jamais la paix de l'esprit. La conscience, qu'est-ce que c'est que ça ? Ce qui compte, c'est d'avoir l'esprit en paix. La question qu'il se posait, chaque fois que les gens le saluaient ainsi, était la suivante : S'agit-il d'un vrai salut ? Ou se moquent-ils de moi ? Les gens prenaient un air sérieux, ou décoraient leur visage d'un sourire flagorneur, et lançaient : « C'est vous, mon père ? » Et notre malheureux ne savait quoi penser.

– Il aurait dû muter ce sacristain ailleurs…

– Sans attendre ! Voilà, vous vous servez de votre tête maintenant. Mission terminée, présence écartée. Ne jamais les laisser traîner dans le coin. Les promouvoir hors de votre vue, ou les envoyer suivre une formation quelque part. Ils ne peuvent pas y résister.

Ils collectionnent les indemnités de déplacement. Ce départ définitif nous a été offert sur un plateau, et vous osez vous plaindre ? Vous pouvez transmettre le message à tous ceux qui vous ont poussé à venir me poser cette question idiote – vous croyez que je ne le sais pas ? Vous êtes tous si stupides. Dites-leur de ma part que vous devriez tous être reconnaissants d'avoir quelqu'un qui connaît les ficelles et veille sur vos intérêts. Maintenant, allez occuper cet homme. Quand je serai prêt, vous me l'amènerez pour que je puisse lui souhaiter bon voyage et bon débarras. Allez-y, ne traînez pas. Il est imprévisible – comme son père. Je connais sa famille. Donc faites en sorte qu'il ne quitte pas les lieux. Donnez-lui tout ce qu'il demande !

Le conseiller s'étrangla, puis prit un air radieux. Un sourire reconnaissant rôda autour de ses lèvres et une vigoureuse poussée sur ses jambes déclencha son départ. Mais à cause de ses sandales flottantes, il manqua trébucher en ouvrant les portes du Saint des saints, parcourut au petit trot les quelques mètres de couloir qui le séparaient de la salle d'attente et ramena brusquement l'ingénieur des confins où il ruminait. Cette fois, il s'assit à côté de lui et prit ses aises.

– Tout est arrangé. L'Intendant du Peuple va vous recevoir sous peu, je vous le promets. Si nécessaire, je l'interromprai personnellement, quoi qu'il fasse.

– C'est à quelle heure exactement, sous peu ? Nous avions rendez-vous à…

– Il le sait, monsieur Pitan-Payne, il le sait. Il vous prie de l'excuser. Il se dépêtre aussi vite qu'il le peut. En vérité, cela ne saurait tarder maintenant.

Il était temps, décréta Duyole, de faire son difficile.

– J'ai besoin d'un verre. Un verre digne de ce nom. Y a-t-il un endroit où je pourrais prendre une bière ?

Uriah paniqua, mais juste l'espace d'un instant. Il avait reçu l'ordre de le garder ici, et cette requête lui apparaissait – déjà – comme une première épreuve. Il redressa ses épaules.

– Une marque en particulier, sir ? Je crois savoir où nous pourrions vous en trouver.

– N'importe laquelle, du moment qu'elle est bien fraîche. Glacée. Je suis déshydraté. Cela a tendance à vous rendre moins performant. Et vous savez qu'on a besoin de toute sa vivacité d'esprit quand on rencontre le pouvoir. N'importe quelle forme de pouvoir. Et a fortiori Sir Goddie en personne.

– Ce doit être la climatisation, suggéra Garuba, d'un ton immensément soulagé. Parfois, même moi je me sens vidé de toute humidité. Et alors j'ai l'impression de ne plus penser droit.

Duyole étouffa un ricanement.

– À vrai dire, tout à fait entre nous, je crois que c'est à cause de mes ronflements. J'en suis même certain. Le gourou qui fait la réclame de mon remède acheté en ligne est catégorique. Le saviez-vous ? Les ronflements accentuent la déshydratation.

Le conseiller le dévisageait, bouche bée.

– Vous voulez dire qu'il existe des remèdes ? Chez les miens, on pense qu'ils viennent à la discrétion d'Allah. Comme les rots. Personne ne devrait essayer de les arrêter.

– Vraiment ?

Et pour la première fois, Duyole regarda *vraiment* son équivalent, avec un réel intérêt humain.

– Vous ne venez pas de l'inventer ?

– Absolument pas, lui assura Garuba. Vous devriez entendre les ronflements, la nuit, dans le complexe familial. Je crois que certaines personnes ronflent délibérément pour que les autres pensent qu'ils ont été touchés par la baguette d'Allah.

– Intéressant.

Duyole parut méditer la chose. Après quatre heures

d'attente, il sentait la témérité le gagner, se délectant même de la quasi-certitude que cette salle était sur écoute. Il se pencha en avant et, de sa voix la plus confidentielle, s'enquit :

– Et les pets, alors ? Sont-ils également considérés comme une intervention divine ?

Comme s'il exposait simplement les possibles universels, le conseiller à l'Énergie répondit :

– Ça dépend. Par exemple, si l'Intendant du Peuple venait à péter…

Duyole, qui n'avait vraiment pas envie de savoir, battit aussitôt en retraite.

– Non, non, n'allons pas fourrer notre nez là-dedans. Et cette bière, alors ?

– Accordez-moi juste un instant. Je vais faire un saut dans les quartiers résidentiels. Son Excellence l'Intendant m'a dit que vous n'aviez qu'à demander, et que je devais m'exécuter.

Il sourit. L'instant d'après, il avait disparu.

7

Un braquage de propriété intellectuelle

Les dessous de l'histoire

Pitan-Payne se rassit au fond de sa chaise trop rembourrée, se pencha pour attraper un magazine et retira brusquement sa main. Là, tout en haut de la pile, la publication indiquée par la réceptionniste : *La Genèse d'un Intendant du Peuple* ! Il l'empoigna par la tranche – de fait, elle semblait encore tiède. La femme n'avait peut-être pas exagéré, après tout. Les yeux de Duyole parcoururent les pages en diagonale – des photos brillantes, pour l'essentiel – et il grogna de rire. Eh bien, certains sont tellement faciles à contenter ! Lui ne se laissait pas avoir par ces trucs expurgés, édulcorés. Éhontément avide de détails « révélateurs » et « bien juteux », il se faisait fort de pomper dans les sources les plus marginales jusqu'à pouvoir assembler une version tapageuse de l'anecdote la plus insipide, qui rejoignait alors son répertoire privé – la base factuelle et les détails demeuraient intacts, mais la chose prenait l'aspect d'une version originale quasiment méconnaissable lorsqu'il la reracontait. La parturition de l'*Intendant du Peuple* n'échapperait pas à la règle : un drame occasionné par l'un des braquages les plus audacieux de l'histoire en termes de propriété intellectuelle, soutiendrait-il, pour lequel le coupable méritait soit de recevoir les honneurs nationaux, soit que la victime lui colle un « contrat sur la tête ». À en juger par tous les signes qu'il avait observés depuis son arrivée ici, cela ne ferait aucune différence. Ces gens-là pouvaient bien se livrer à une destruction mutuelle assurée, cela lui était bien égal. L'adoption d'*Intendant du Peuple* comme nouvelle identité officielle du Premier ministre semblait avoir scellé cette crise sans précédent. Mais qu'avait-il donc bien pu se passer en coulisse ?

Quasiment inconnu du grand public, le scélérat politique avait fait défection à son parti, alors dans l'opposition au niveau fédéral mais au pouvoir dans son État d'origine. Son ambition ultime était de devenir gouverneur. S'étant vu refuser la nomination à ce poste par son parti, il avait quitté celui-ci – rien de plus normal –, rejoint le parti au pouvoir. *J'ai entendu les désirs de mon peuple, comme il convient à un véritable leader, j'ai obéi à son appel et appartiens désormais à ma véritable famille politique.* Immédiatement récompensé par une nomination officielle de celle-ci en vue des élections provinciales, il allait affronter le candidat de son ancien parti. *Tartufe, scrutin truqué, traître à la nation !* vociféraient les perdants. Enlèvements de militants du parti en plein jour et en présence d'observateurs internationaux, décapitations, urnes envolées et retombées dans le lit des rivières, pluie acide s'abattant par les fentes de leurs remplaçantes solidement arrimées, preuve d'un manque de respect total fût-ce pour les vertus de l'originalité – même scénario, mêmes auteurs aisément identifiables –, seul comptait finalement le résultat placardé et diffusé. Les observateurs internationaux avaient fait leurs remarques, puis étaient rentrés chez eux pour consigner leurs conclusions. Qu'est-ce que cela pouvait bien changer ? raillaient les vainqueurs et se lamentaient les perdants. Soixante-quinze pour cent des élections de cette année avaient de toute manière donné lieu à des procès au tribunal. L'État en question avait lui-même battu le record absolu des assassinats électoraux, proclamant quelque cent quatre-vingt-cinq victimes, la plupart liquidées en plein jour.

Jusqu'ici, rien que de très normal. Tout ceci appartenait au domaine public, mais combien de personnes pouvaient-elles se targuer d'avoir eu accès, de près ou de loin, aux « dessous de l'histoire » ? C'était cela, fanfaronnait toujours Pitan-Payne, qui différenciait les hommes des simples garçons ! Et voilà qu'il se trouvait à la source même. Au pire, il soutirerait à ce crétin d'Équivalent le véritable *fabu* – le gros mensonge originel.

En entendant le *slap-slap* vif et cadencé des sandales en cuir à semelles plates entre les talons de leur propriétaire et le parquet, il sentit sa langue glisser sur ses lèvres desséchées – l'attente avait été longue, et il mourait de boire cette bière ! Si le dieu du succès s'était bel et bien assis sur les épaules exploratrices de Garuba, il promettait de ne plus jamais l'appeler Uriah Heep. Les pas se rapprochèrent et la porte s'ouvrit. L'invité du Premier ministre ne tenta même pas de dissimuler son empressement, ses yeux se posant aussitôt sur les formes aisément reconnaissables, même sous leur enveloppe de papier brun – et pas seulement une, mais deux ! De petites cannettes, mais il avait hâte d'en savourer le contenu liquide.

– Merci. Vous n'étiez pas obligé de vous donner tout ce mal pour les maintenir fraîches, lança d'un ton reconnaissant Pitan-Payne à leur porteur.

Shekere Garuba parut déconcerté. Il souleva l'une des enveloppes de papier brun et la fixa comme s'il voulait percer un trou dedans.

– Elles sortent tout juste du réfrigérateur.

– Oui, j'apprécie l'attention. Laissez-moi la toucher…

Pitan-Payne toucha, puis défit l'emballage et posa la paume de sa main contre la cannette et eut un sourire satisfait.

– Merci, monsieur Garuba. L'enveloppe l'a maintenue à la température du réfrigérateur. Longue vie à vous, plus longue même que celle de la Villa Potencia.

Alors, tout s'éclaira pour Garuba.

– Oh non, le papier n'était pas fait pour les garder au frais. Juste pour que les gens n'aient pas une mauvaise image de la présidence.

– Image ? Quel genre d'image ?

– Il ne s'agirait pas que les gens croient que nous passons nos journées à boire, ici.

– Oh non, bien sûr. J'oublie toujours. Cet endroit a servi d'arène à une grande bataille d'images, n'est-ce pas ?

Il tapota du doigt la monographie.

– J'aurais bien aimé être là hier.

Il tira sur le petit levier en fer-blanc de la cannette, but une longue gorgée, puis demanda :

– Le Dr Goddie est-il un adepte de l'abstinence ?

Garuba ricana.

– Qui ? L'Intendant du Peuple ?

– C'est bien ce que je pensais. Et cet endroit n'est pas une mosquée ?

L'aide de camp fut aussitôt sur la défensive. Le Dr Goddie avait raison : cet homme n'était qu'un fauteur de troubles. Il le dévisagea avec circonspection.

– Ces boissons viennent du réfrigérateur personnel de la Première dame – je me suis rendu directement dans ses quartiers. Pour tout vous dire, elle avait appris que vous étiez ici. Je ne savais pas que vous étiez des amis de la famille.

– Nous ne le sommes pas, le corrigea fermement Duyole.

– Ah bon ? C'est ce qu'il m'a semblé, à l'entendre.

L'ingénieur secoua catégoriquement la tête.

– Pas du tout.

L'émissaire restait planté là, confus.

– Elle m'a même demandé de vous dire que vous étiez le bienvenu pour dîner, au cas où l'entretien se poursuivrait jusque tard dans la soirée.

Duyole fit non de la tête tout en s'autorisant une deuxième gorgée.

– C'est le chemin que ça prend, n'est-ce pas ? Nous ne nous verrons peut-être même pas aujourd'hui, finalement. J'espère juste que vous vous rappelez tous que je prends l'avion pour quitter le pays dans quelques jours. Et une fois rentré à Badagry, je ne reviendrai pas ici.

– Évidemment, évidemment, c'est pour cette raison que l'Intendant a précipité ce rendez-vous – vous savez qu'il n'est rentré que depuis une semaine. Écoutez, monsieur Pitan, il va vous recevoir sans faute. C'est pour ça que je suis ici. Il m'a demandé de vous tenir compagnie.

L'ingénieur se rassit plus confortablement sur sa chaise. La clé de cette chambre verrouillée qu'était l'histoire complète se trouvait dans cette publication, si bien qu'il se remit à la feuilleter, de manière ostentatoire. L'émissaire ne put se contenir.

– C'est ma dernière production. La toute dernière. À vrai dire, elle sort tout juste de l'imprimerie. Qu'en pensez-vous ?

– Je n'avais pas encore vraiment commencé à la lire.

– Le titre originel était *La Genèse d'un Serviteur de la Nation*. Je suis sûr que vous connaissez déjà cette histoire. Tout le monde la connaît. Mais pas les soucis qu'elle nous a tous causés, ici. Il a fallu que je me précipite pour stopper l'impression, le lendemain du meeting fatidique. Cette nouvelle couverture – vous n'imaginez pas… L'imprimerie est restée ouverte toute la nuit, juste pour la changer. Plus les quelques pages où figurait le *serviteur* originel. La Villa a vraiment de la chance d'avoir un personnel aussi dévoué.

– Pourquoi tant de hâte ? Les gouvernants ont sans

arrêt recours au pilon. Pilon et broyeuse à papier, ça fait partie du job.

– Il n'y avait pas de temps à perdre. Les célébrations de l'indépendance approchent. Les élections. Et, inutile de le préciser, la fête du Choix du Peuple aussi. Heureusement, la Villa possède sa propre imprimerie – capable de fournir des milliers d'exemplaires complets du Coran sans aucune aide extérieure, si nous le souhaitions.

Duyole laissa échapper un sifflement.

– Impressionnant. Ou de la Bible ?

– Ou de la Bible. Du livre que vous voulez.

– Vraiment ? Je suis impressionné. Je peux garder cet exemplaire ?

Le jeune homme se leva d'un bond.

– Je vais aller vous en chercher d'autres. Vous aurez peut-être envie d'en offrir à vos amis – vos confrères scientifiques et tous les autres, aux États-Unis. Pour tout vous dire, nous en expédions des cartons vers nos ambassades. Heureusement, la première version n'avait pas été distribuée – même si ça n'aurait pas été si grave. Il y a toujours moyen de les rappeler.

Pitan-Payne se fendit de son plus beau sourire séduisant de fureteur.

– Il y a tout là-dedans ? Toute l'histoire ?

– Pas encore, mais bientôt. Tout. L'Intendant du Peuple est un dirigeant honnête et transparent, vous savez. Dire les choses comme elles sont, telle est sa philosophie.

– Alors ça devrait être une lecture passionnante. Je vous remercie. Mais ne vous embêtez pas pour les autres exemplaires. Je prêterai le mien, si besoin.

– Ça ne m'embête pas. Absolument pas. Je vais m'en occuper. Je suis ravi que cette publication vous intéresse.

– M'intéresse ? Je meurs d'envie de la dévorer – dès

que j'en aurai terminé avec cet entretien. Un *magnum opus* pareil exige de la concentration, ce n'est pas le genre de chose auquel on s'attaque dans une salle d'attente. En parlant d'attente…

– Cela ne saurait tarder, monsieur Payne, croyez-moi. Laissez-nous encore quelques minutes, c'est tout.

– Quelques minutes ? Pourquoi pas ? Je ne suis pas pressé. J'ai quitté ma maison direction l'aéroport à cinq heures du matin. Pour être sûr d'attraper le premier vol de la journée – c'est toujours le plus fiable. Je ne suis à Abuja que depuis…

Il souleva d'un geste théâtral son poignet ceint d'une montre.

– … plus de quatre heures. Je peux bien patienter quatre heures encore.

N'ayant pas saisi le sarcasme, l'Équivalent était simplement fou de joie.

– C'est la bonne attitude, voilà ! L'Intendant du Peuple l'apprécie particulièrement. Je vais vous chercher ces exemplaires.

– Non, non, rien ne presse. J'en prendrai un carton en partant. Nous avons tout le temps.

Il lissa la fine publication contre sa cuisse, se pencha confidentiellement et offrit à l'émissaire son propre sourire de lèche-bottes vintage à la Uriah Heep.

– Ça a dû vous demander pas mal de travail. Chercher les éléments. Les analyser. Puis réunir tout ça, et se dire : *Ah, c'est du bon travail…* Et alors, tout recommencer à zéro, en une nuit ? Je parie que vous êtes déjà en train de réfléchir à la suite.

– Comment ça ?

– La suite. Le tome deux. Quelque chose comme : *L'Intendant comme vous ne l'avez jamais vu.*

L'excitation de Shekere Garuba était à son comble.

– Comment avez-vous deviné ? Pour tout vous dire, j'ai choisi de l'intituler *L'Énigme. L'Énigme de ci ou ça*, ou bien : *L'Énigmatique Ci ou Ça*. Car c'est ce qu'il est : une énigme.

Prenant son air le plus solennel, Pitan-Payne acquiesça gravement.

– On ne saurait mieux dire : une énigme. C'est ce que n'avait pas saisi ce traître de gouverneur. Il n'avait pas compris à qui il avait affaire. Je suis sûr que cette œuvre est une révélation.

Il tapota une nouvelle fois la brochure.

– Ça ne fait même pas partie de mes attributions, à vrai dire, répliqua l'émissaire, mais je sentais que cette histoire devait être racontée. Les gens ne se rendent pas compte de la chance qu'ils ont. L'Intendant est un cadeau du ciel. Un génie. Il est tout à la fois notre père, notre mentor et notre prophète. Les gens se méprennent sur lui.

– Je sais, je sais.

Tout à sa quête, Duyole adopta de nouveau un ton confidentiel.

– Asseyez-vous donc – enfin, si aucune urgence nationale n'attend sur votre bureau. Cet homme étrange, ce candidat au poste de gouverneur… sacré personnage, hein ? Vous le connaissiez personnellement ?

Un air satisfait, de qui aurait accompli des prodiges, s'empara des traits de Shekere.

– Eh bien, voyez-vous, je n'y suis pas pour grand-chose. Cet homme s'est sabordé tout seul. Comme un serpent qui a fini par avaler une pomme trop grosse pour son gosier – pour citer les mots de l'Intendant lui-même.

Le rugissement de plaisir de Duyole fit soudain apparaître le chef de cabinet. Une porte se fondant dans le mur, dont il n'avait pas remarqué l'existence, s'ouvrit et un visage en occupa brièvement l'entrebâillure. C'est avec soulagement que Pitan-Payne entendit finalement une voix en jaillir.

– Tout va bien ?

L'ingénieur le chassa d'un geste de la main avec une gaîté surjouée – la bière l'avait mis de bonne humeur mais, surtout, il était sur une piste prometteuse et commençait à s'accorder au tempo de cet environnement restreint.

– Laissez-nous. Mon équivalent et moi venons juste de découvrir que nous avions beaucoup de choses en commun. Merci, mais nous nous débrouillons très bien tous les deux.

Les sourcils froncés du chef de cabinet indiquèrent sa désapprobation d'une violation aussi effrontée de l'ambiance solennelle régnant en ces lieux de pouvoir, mais il se retira. Duyole fit signe au conseiller de s'approcher davantage.

– Briefez-moi. Je vais m'absenter pas mal de temps, si bien que je manquerai toute l'action. Quelques détails auxquels je pourrai repenser et qui me consoleront quand j'aurai le mal du pays, là-bas. Vous avez dû récolter pas mal d'éléments.

Le jeune homme hésita.

– Eh bien, ce n'est pas comme si j'avais fait quoi que ce soit d'extraordinaire. Cet homme était incontrôlable. Quand il a quitté le navire et qu'il est venu nous trouver, dans notre grand parti, l'Intendant m'a demandé de le surveiller de près. De le faire entrer dans le cercle rapproché du parti, tout en gardant un œil sur lui – telles étaient ses instructions. Vous savez, notre leader est très rusé, très très rusé. Il ne prend jamais personne pour argent comptant. Je peux vous citer ses paroles exactes : « Je n'ai pas confiance en ceux qui retournent leur veste, donc surveillez-le, au cas où il se révélerait être une brebis galeuse. »

Un rictus d'autosatisfaction, puis l'émissaire reprit.

– *Oga* souriait en me disant cela, vous savez. Il m'a fait un grand sourire et m'a donné une tape dans le dos, comme à un égal. Il m'a dit : « Vous apprenez vite – je vais le dire à votre père, il sera fier de vous. C'est bien. Vous serez le ver mortel dans la pomme. Quand il mordra dedans, je veux voir ses dents pourrir. »

Cette fois, Pitan-Payne étouffa l'éclat de joie qui menaçait d'exploser.

– J'aime ça. J'aime beaucoup ça ! Vous savez, vu ce que j'ai entendu les gens dire sur l'ascension soudaine de ce gouverneur, je crois que c'est l'histoire proverbiale du type que toute la communauté veut faire rôtir. Alors qu'est-ce qu'il fait ? C'est la saison de l'harmattan, et une soirée très fraîche. Il s'enduit donc tout le corps d'huile de palme, enroule des couvertures autour de lui et s'assoit à côté d'un grand feu.

– Exactement. Notre homme n'a pas perdu de temps pour tenir sa promesse de campagne, s'il était élu, de démarrer sur les chapeaux de roue. Il n'a même pas attendu son élection pour se mettre à courir, il pédalait déjà dans les airs comme ces artistes de cirque chinois ! Il a rempli des chèques du Trésor postdatés – à encaisser une fois qu'il aurait pris ses fonctions ! Je veux dire, il n'a pas encore fait son entrée en fonction, il n'a pas encore prêté serment, mais il s'est arrangé avec le gouverneur sortant, celui qui occupe toujours le pouvoir aujourd'hui. Difficile de faire mieux, n'est-ce pas ? Ou même de l'égaler !

– Mais il est très riche. Il a beaucoup d'argent.

– Les élections coûtent cher. Les élections mangent l'argent. Et puis, les politiciens aiment jouer gros. Depuis quatre ans que je travaille aux côtés de Sir Goddie, j'en ai été le témoin. Donc, voilà ce que je vous dis. Répétez-le partout où vous voudrez en disant que vous le tenez de moi. Je vous le dis : ce personnage, Akpanga, le gouverneur élu, a déjà effectué des paiements postdatés avec des chéquiers gouvernementaux. *Wallah !* Écrivez que je vous l'ai dit, moi, Shekere Garuba !

– Pourquoi ne pas engager des poursuites en bonne et due forme ?

Garuba partit d'un rire franc.

– Qui témoignera à la barre ? Son complice de l'opposition ? Qu'on soit sortant ou entrant, ces choses-là transcendent les partis. Qui acceptera de témoigner ?

– Dommage qu'il bénéficie de l'immunité. Cela veut dire qu'il aura quatre ans pour effacer les traces. Les dossiers s'égarent. Les témoins disparaissent.

– Bien. Maintenant, vous comprenez toute l'affaire. Tant que vous ne dépassez pas certaines limites, vous pouvez faire ce que vous voulez. Personne ne s'en offusquait vraiment. Mais ce que cet homme a commis le jour du meeting – ça, c'était vraiment du sabotage. Sir Goddie ne lui pardonnera jamais. Hier, toute la journée, nous étions encore là-dessus. Et presque toute la nuit.

Pitan-Payne se redressa sur sa chaise et se pencha en avant, avide.

– Un truc encore plus sérieux ?

– Du lourd, oui. Toute la journée d'hier. Une session brûlante après l'autre. Rien que des membres haut placés du parti, seule la crème de la crème était admise. Même moi, je n'étais pas invité. Jusqu'à ce qu'ils en aient tous terminé, et alors on m'a fait venir pour mettre à exécution ce qu'ils avaient décidé. Vous imaginez un peu ? Ce n'est pas juste.

Garuba était soudain devenu amer, larmoyant presque. Pitan-Payne le consola du *tss-tss* solidaire le plus mielleux qu'il put trouver, lui tapotant le genou avec une gentillesse compatissante. Garuba éprouva une chaleur sincère pour celui qui avait été tout à l'heure une maudite épine dans le doigt – il ne semblait pas être un sale type après tout, mais une oreille pleine de compassion, un confident bienveillant. Ses yeux errèrent prudemment autour de la pièce, s'attardèrent sur le mur d'où avait surgi le chef de cabinet avant de disparaître. Rassuré, il tira sa chaise plus près encore de Duyole Pitan-Payne, dont l'impatience après cette longue attente avait changé de texture, passant d'une résignation furieuse à une soif insatiable d'histoires. Il s'entendait déjà raconter la réunion de crise du conseil du POMP « vue de l'intérieur », en lardant son récit d'imitations vocales et de variantes tirées de sa propre boîte d'« effets spéciaux ». Il entendit alors son équivalent commenter :

– Mais je peux vous dire une chose : l'Intendant du Peuple est sorti gagnant de ces négociations. Comme toujours.

À ce moment précis, arrachant à l'ingénieur un tonitruant juron de frustration, son téléphone portable sonna. Il tendit la main pour le réduire au silence, pensant qu'il s'agissait encore d'un « appel de contrôle » de son épouse Bisoye, s'assurant qu'il était toujours à son poste. Mais alors, il aperçut le nom de l'appelant – Kighare Menka, son jumeau acquis. L'ingénieur bascula aussitôt sur un mode enjoué-indulgent en faisant coulisser le bouton « Répondre », leva la main pour s'excuser auprès de Garuba et déroula son patronyme de son plus théâtral accent traînant de Lord-du-Manoir :

– Aduyole Muyomi Pitan-Payne, ingénieur, patriarche de la dynastie Pitan-Payne à l'appareil. Puis-je savoir qui vous êtes, bon Dieu ?

Qu'il comptait faire suivre d'une requête : pouvait-il le rappeler d'ici une demi-heure environ ? Il ne laisserait personne, pas même son inséparable compagnon d'école, le chirurgien Kighare Menka, mettre en péril le délicieux flot de confidences qui vacillait, sur le point d'être délivré – à moins qu'il ne s'agisse d'une question de vie ou de mort.

Pitan-Payne s'interrompit en plein élan, sa frivolité de tout à l'heure ayant laissé place à une moue pesante. Kighare Menka venait de lui parler dans un langage qu'il n'avait pas entendu depuis des années. Celui-ci était strictement réservé aux situations d'urgence, SOS à usage interne connu de leur seul quatuor, dont les frasques étudiantes avaient donné naissance à la fameuse Marque Pays. Sans même prendre la peine de bredouiller une excuse polie, il se leva et s'éloigna lentement de cet homme qu'il travaillait depuis tout à l'heure de manière si peu subtile pour satisfaire son besoin d'accéder aux « dessous de l'histoire ».

« Four déjà attisé », crut entendre Garuba dans la bouche de l'ingénieur, en réponse à son mystérieux interlocuteur. Son ouïe ne l'avait pas trompé.

8
Jos

Quiconque s'aventurant dans l'enceinte de la Hilltop Mansion, vaste demeure dominant Jos, dans l'État de Plateau au Nigéria, aurait trouvé prématurée l'affirmation que le soleil avait fini par se coucher sur l'Empire britannique.

Pour le moment, pas un des habitués – des gens du cru pour l'essentiel, avec un saupoudrage cependant non négligeable d'étrangers – présents dans le salon réservé aux membres du prestigieux Hilltop Club n'avait la moindre prémonition du fait que ce coucher de soleil était le dernier qu'ils célébreraient ensemble dans ce robuste vestige de l'occupation coloniale. Un implant dans l'arrière-pays qui invitait en effet à la nostalgie, majestueuse demeure de granit entourée de vastes jardins symétriques, impeccablement entretenus, et bercée par un climat tempéré que les dieux semblaient avoir commandé pour plaire aux anciens seigneurs britanniques. Cet oasis tout entier avait été baptisé « le Plateau », nom qui fut plus tard adopté pour désigner cette région des confins septentrionaux de la nation, lorsque celle-ci avait été divisée en plusieurs morceaux par l'une des dictatures postindépendance.

Les conversations, ce soir-là, alors que la nation se préparait à célébrer sa fête de l'Indépendance, s'échauffèrent certes plus que de coutume, et les braises résiduelles, une fois tous les membres rentrés chez eux, couvèrent peut-être sous les cendres tout au long de la nuit, avant de s'enflammer aux premières lueurs de l'aube. Plusieurs représentants de la communauté expatriée, réveillés par des explosions et s'approchant prudemment de leurs fenêtres tropicales, sur la pointe des pieds, pour jeter un coup d'œil à travers les persiennes, avoueraient plus tard qu'en voyant les flammes lointaines danser dans la brume du petit jour, ils avaient pris à tort cet éclat pour une répétition des feux d'artifice qui auraient lieu dans tout l'État au soir de la fête de l'Indépendance. Cela aurait pu être une journée de cérémonies comme les autres, si le gouverneur n'avait également juré de montrer aux membres de Boko Haram, ces guerriers psychopathes d'un Islam fondamentaliste, que rien ne pourrait empêcher les citoyens du Plateau de profiter ensemble des « dividendes de la démocratie ». Ces célébrations avaient été conçues comme un geste de défi, une offensive contre la peur. Certains craignirent donc que ces explosions ne soient le fait des gens de Boko Haram, envoyant leur propre signal pour faire savoir qu'ils avaient des objectifs tout à fait différents pour cette fête de l'Indépendance. Ces pessimistes se trompaient.

Les préparatifs battaient effectivement leur plein, et l'armée semblait avoir repris la main contre les insurgés. Des infiltrations ennemies avaient certes lieu – pas plus tard que ce matin-là, une kamikaze s'était fait exploser –, mais elles étaient devenues moins fréquentes et leur létalité tendait à s'émousser. Si la Hilltop Mansion, ce sanctuaire perché hors de la réalité, était effectivement en flammes – des rumeurs n'avaient pas tardé à circuler –, les dégâts seraient limités à un détritus sans importance du passé – qu'on ne regretterait certainement pas, soupiraient certains dans un haussement d'épaules –, et une flambée aussi futile ne tarderait pas à être maîtrisée. La sentinelle de pierre survivrait, intacte, les cris d'extase des adorateurs du soleil expatriés, chaque fois que l'astre, tout simplement, ouvrait ou fermait boutique pour la journée, se poursuivraient comme l'un de ces traits idiosyncratiques que les habitants de la région trouvaient déconcertants. C'était également l'un des sujets de prédilection des élites, les Britanniques semblant particulièrement sujets à cette affliction-là. Qu'auraient pensé ces mêmes habitants s'ils avaient su que de telles nouvelles extasiées avaient figuré en bonne place, jusqu'aux années 1960, dans les dépêches spéciales adressées par l'officier de district local au Home Office – c'est-à-dire, le service colonial du ministère de l'Intérieur britannique ? Cela dépasse certainement toutes les spéculations. Les exceptions – telles que le chirurgien local Kighare Menka, quelques hauts fonctionnaires, technocrates, directeurs d'école, et une poignée d'autres personnes sophistiquées – étaient ceux dont les années d'école avaient été ponctuées de concerts où l'on jouait tout un répertoire de chansons priant pour que le soleil ne se couche jamais sur l'Empire britannique. De tels cyniques se demandaient sans doute si cette obsession des autorités pour la vie privée du soleil ne trahissait pas une certaine nervosité au sujet de cette présomptueuse prédiction. Après tout, n'était-ce pas là ce même soleil qu'ils avaient vu se coucher petit à petit sur ces possessions, dès avant 1960 ? Les uns après les autres, les membres de l'Empire en question s'étaient manifestement fait une joie de sauter du chariot ardent.

Bien des choses avaient changé dans cette redoute coloniale, mais pas au point de permettre à ses membres de reconnaître, par exemple, l'existence d'aberrations telles que le concours des Yeomen of the Year ou le joyau de cette couronne – le fameux PACT, le *Prix populaire de la simplicité*. Garder les pieds sur terre était une chose, mais s'encanailler de manière aussi scandaleuse transgressait les limites de la tolérance. Les enclaves de présence coloniale nécessitaient tout au plus de petits ajustements ici et là, pas une substitution générale par des bannières nationalistes. Le climat tempéré était un baume qui semblait également destiné aux successeurs des autorités sortantes. Il était frais, tout particulièrement le soir. Dans l'ensemble, le soleil leur épargnait ses frasques.

Jadis, ce climat avait apporté aux administrateurs d'alors un semblant de consolation après le sommeil agité venant clore chaque laborieuse journée passée à gérer les affaires d'une populace festive, avec la perspective de recommencer encore le lendemain, un jour de plus – *soupir !* – parmi ces chapardeurs ingrats et fourbes – *soupir, soupir !* Mais plus maintenant. Les expatriés fortunés dont les fenêtres de la chambre ouvraient sur l'est pouvaient profiter pleinement de ces feux d'artifice dont ils devaient bien reconnaître la générosité, et qui compensaient leur réveil imposé, quotidiennement, par l'entrée muette de l'intendant. Dans son uniforme d'un blanc immaculé, celui-ci approchait d'un pas traînant et désolé, avec le plateau d'un petit déjeuner servi au lit – sauf, bien sûr, s'il avait vu son « maître » rentrer en titubant après minuit d'une longue soirée avec ses copains au club-house, ou dans les adresses plus malfamées de l'arrière-pays, ce Sabon Gari concédé aux étrangers et autres infidèles avides d'alcool. Il avait appris avec le temps à anticiper une gueule de bois le lendemain matin, auquel cas le fidèle intendant ouvrait les rideaux avec une sollicitude plus marquée encore, laissant progressivement entrer la vue et un peu d'air pur, désormais libre de moustiques. On assistait alors à l'Éveil de la Beauté qui, à l'agonie, mettait la main devant ses yeux pour se protéger de cette agression lumineuse, les ouvrant tour à tour avec précaution derrière ses doigts écartés, clignant rapidement des paupières, avant de bâiller solennellement la consolation rituelle :

– Regardez-moi les couleurs de ce ciel, Gabriel.

– Oui missié. Je regarde par là maintenant.

– Ne les trouvez-vous pas tout bonnement exquises ?

– Oui missié, juste comme tous les jours.

Pourtant, maîtres et vassaux avaient brusquement été ramenés sur terre par cet événement retentissant dont le souvenir persisterait longtemps sous la forme de monticules de maçonnerie calcinée, d'objets en porcelaine craquelés, noircis et brisés et de tiges métalliques tordues qui défigureraient le paysage pendant des années. C'était tout ce qui restait de cet imposant vestige de la relation d'amour-haine qui avait prévalu sous l'ère coloniale dans ces confins septentrionaux de la nation, ce promontoire fier et majestueux qui avait dominé la région pendant près de deux siècles. Aux yeux de la population locale, essentiellement des commerçants et des petits employés qui paraient simplement aux urgences du moment, le visage résolument tourné vers l'est, le fait qu'ils aient été les premiers, eux qui vivaient loin de la Hilltop Mansion dans un quartier connu sous le nom de ZRG – Zone réservée gouvernementale –, à remarquer la soudaine disparition de ce squatteur impérial n'était pas vraiment étonnant. Ces premiers témoins étaient des lève-tôt, la plupart marchant d'un pas traînant vers la gare routière, se rendant au travail à vélo ou attendant un taxi libre – moto-taxi ou *keke napep*.

Même quand la colline en porte-à-faux – qui faisait partie d'un vaste massif s'étendant, abrupt, ponctué de longues interruptions, sur cent quatre-vingts kilomètres en direction de la capitale, Abuja – était enveloppée de brume durant la saison de l'harmattan, elle offrait toujours une vue – non, des vues ! – méritant ce réveil aux aurores de l'amateur de peinture, comme en témoignaient les Constable et autres Turner du pauvre encadrés sur les murs de la salle de lecture, du bar et des immenses couloirs de la Hilltop Mansion : les différentes faces d'un plateau masqué par les brumes, un soleil qui s'acharnait courageusement à les percer, des lambeaux de voiles indistincts, comme si les centaines de moustiquaires de la ZRG s'étaient balancées à l'extérieur des larges fenêtres jusqu'à être progressivement déchiquetées en filaments de gaze.

Des phénomènes alors saisonniers, quasiment prévisibles au jour près. Mais comme tout le reste, une transformation avait d'abord couvé en douce, avant de s'accélérer et d'être baptisée *changement climatique*. D'autres changements avaient eu lieu, inaperçus, dont certains étaient beaucoup plus invasifs et sournois que la désertification, laquelle était elle-même un phénoménal exercice de déni à long terme. Parfois, le chirurgien résident, le Dr Menka, craignait que le changement n'affecte les collines elles-mêmes – il se réveillerait un jour et la brume se serait dissoute, mais en emportant ces collines avec elle. Jusqu'à présent, cependant, elles semblaient avoir échappé à de telles perspectives. Menka détestait l'idée de perdre l'unique consolation fantasmée que lui apportait la contemplation de ce paysage – qu'il n'avait qu'à faire un petit tour le long du rebord, puis se laisser glisser au bas du toboggan naturel, sur l'autre flanc, et il se retrouverait dans son village natal, Gumchi, niché dans un vallon mais s'enorgueillissant de ses amoncellements de granit pur qui s'élevaient si haut que les collines environnantes paraissaient minuscules. Il avait beau savoir qu'il aurait fallu conduire pendant six heures sur une route sinueuse pour arriver dans ce village où il n'avait pas mis les pieds depuis autant d'années et plus, cela n'y changeait rien.

Mais plus frappante encore – à cause, sans doute, de

son caractère quelque peu incongru – que les Constable et les Turner copiés par des amateurs, une maxime occupait une place de choix dans la gloire ouvragée de ses lettres au crochet, laissée là par les premiers occupants de cette demeure, puis leurs successeurs pendant des générations. Cette survivance du passé qui trônait au-dessus de la vaste cheminée du salon principal, décoration murale de cinquante centimètres sur quarante, portait l'inscription : *LES MANIÈRES FONT L'HOMME*, souvent évoquée jovialement par les membres comme le « manifeste MFH ». Bien que donnant lieu à d'innombrables variantes irrévérencieuses, en fonction de qui parlait et de l'état d'ébriété dans lequel il se trouvait, c'était la pierre angulaire inviolée de la conduite au sein du club, à laquelle la structure physique même des lieux semblait servir de prélude. Monument à la gloire d'un temps suspendu, maintenu dans un état quasi immaculé, cette demeure historique démontrait, corrélativement, la validité du principe selon lequel l'environnement conditionnait les manières. L'intérieur, un rêve de bibliothécaire avec ses panneaux de bois vernis, sa moquette absorbante, ses revues spécialisées britanniques aux feuilles jaunies, sans âge, ses lustres ouvragés, prenait le relais d'une approche tout en haies aux configurations géométriques, complotait avec la façade couverte de lichen et les vitraux de l'architrave pour insuffler aux membres – et aux simples invités – une attitude que la maxime MFH ne faisait que résumer, de manière superflue, et qui déterminait les déplacements des domestiques, le positionnement des objets, le niveau sonore des échanges vocaux et jusqu'aux gestes dont ils s'accompagnaient.

Tout cela vola en éclats, hélas, alors que s'égrenait le compte à rebours menant à ce mémorable anniversaire de l'indépendance. Le décor et le décorum britanniques régnèrent une dernière fois sur ce monument au sommet de la colline, avant cette déflagration sans précédent dont l'incendie proprement dit ne serait ensuite qu'une simple affirmation spectaculaire.

Entre ses murs, tout s'était jusque-là déroulé comme toujours – de manière sûre, mesurée et prévisible. Les membres ne s'autorisaient rien de plus qu'une dédaigneuse reconnaissance de la folie dans laquelle demeuraient plongés des pans entiers du nord de la nation, et plus notoirement ses confins nord-est. Certes, ce furent bien ces événements entachant une nation partiellement en proie à des convulsions qui enflammèrent la soirée mais, au bout du compte, c'est la conduite de celui-là même que l'on célébrait, le Dr Kighare Menka – une grossière violation de la règle du MFH –, et rien d'autre, qui provoqua chez tous les membres une fascination angoissée, confondant leurs oreilles incrédules, tourmentant les esprits sur ce qu'il fallait faire de – et sans doute même à – cet oiseau de mauvais augure. *Les Manières Font l'Homme* ? Le contraire, et la face intolérable de cela, c'était l'incorrection. On ne devait sous aucun prétexte mettre membres et invités mal à l'aise dans l'enceinte du club. Et le vecteur de cette incorrection, ironie de l'histoire, était justement l'homme qu'ils étaient venus honorer. Ce n'était pas un événement officiel – la notification habituelle avait été envoyée aux membres : *Faites un détour en revenant du travail. L'un de nous – originaire qui plus est d'un petit recoin méconnu de l'État qui nous accueille, celui de Plateau – a contribué au rayonnement de notre club en décrochant la plus haute distinction nationale, devenant le tout premier membre du club à ne serait-ce qu'apparaître sur la liste des Honneurs Nationaux, tous grades confondus. Consommations offertes par la maison de 18 heures à 19 h 30, à moitié prix ensuite jusqu'à 21 heures, après quoi les tarifs membres s'appliqueront de nouveau.*

Cette réception avait été organisée à l'impromptu, mais selon un schéma sans âge – avec quelques variantes insignifiantes, histoire de rendre hommage aux traditions locales : briser la noix de cola, offrir des libations aux ancêtres assoiffés ; ces variantes ayant elles-mêmes fusionné, au fil du temps, avec les rituels hérités. Bref, rien qui sorte vraiment de l'ordinaire. Un discours de bienvenue prononcé par le secrétaire social du club, une poignée de souvenirs, d'éloges funèbres et de plaisanteries décousues. Une motion de remerciements. La soirée vit se succéder ces observances familières, ritualisées, que leurs prédécesseurs britanniques n'auraient pas reniées. Puis ce fut au lauréat, l'éminent chirurgien Kighare Menka, de prendre la parole. Pas de surprise attendue, rien d'exceptionnel, rien de pesant ni de provocateur, rien de polémique. Un *Merci pour cet honneur que vous me faites en m'accordant la reconnaissance de mes pairs, etc.*, tout en retenue, qui revêtait une importance toute particulière en cette période de réjouissance nationale. L'espoir que la suivante marquerait la fin ultime des fanatismes religieux, et autres pensées pieuses exprimées, selon toute apparence, avec sincérité. La cérémonie fut bientôt terminée, et le club retrouva son ambiance toute britannique, cordiale et distinguée.

L'invité d'honneur avait même repris sa place préférée au comptoir, chope de bière à la main. Quand l'éruption eut lieu, même à ses propres oreilles, sa voix parut étrange, comme extérieure à lui-même. Ce n'est qu'après qu'il reconnut là une catharsis longtemps refoulée, attendant l'explosion. Mais il s'avoua cependant que celle-ci avait malgré tout produit un semblant de lumière, à peine entraperçu. Tout n'était pas perdu. Ce que ses collègues – et ces inconnus – avaient reconnu malgré leur malaise, leur ressentiment, leur révolte même, ou plutôt à cause de ceux-ci, c'était que, MFH à part, certains actes dépassaient jusqu'à l'indignation morale, que l'émotion gardait en soi une certaine validité, qu'elle impliquait clairement un certain sens moral – possession que Menka avait fini par considérer comme purement présomptueuse.

Rien de tout cela n'atténuait l'aspect totalement inattendu de cet emportement, ni son impact. Menka ne l'avait pas senti monter. Il n'avait aucune explication, et se gardait d'en offrir une. Tout ce qu'il savait, c'est que quelque chose avait sauté en lui, comme si l'explosion de ce matin-là au marché avait eu lieu tout au fond, dans les recoins cachés de ses propres entrailles, qui avaient alors involontairement recraché tout leur contenu, éclaboussant Turner, Constable, Ruskin et dictats du club de leur effervescence trop longtemps réprimée. Il pouvait seulement en conclure que lui, Kighare Menka, le fameux Dr Attentionné, avait « perdu son sang-froid » et enfreint le principe fondateur *Les Manières Font l'Homme*, le remplaçant par une incorrection sans précédent et des révélations qui auraient retourné l'estomac des pères du Hilltop Mansion Club.

Mais plus tard, en dressant le bilan, le digne chirurgien eut le sentiment d'avoir été injustement malmené. Après tout, il n'avait pas été l'initiateur. Il avait joué son rôle, acceptant avec grâce les louanges de ses pairs, puis leur cadeau qu'il avait refusé d'ouvrir sur-le-champ, et il était en train de préparer gentiment son moi physique à rejoindre ses pensées, qui l'avaient précédé depuis longtemps, dans son appartement de vieux garçon sur ces mêmes collines. Kufeji, le trésorier du club, avec lequel il entretenait des relations tout à fait quelconques mais cordiales, s'était alors approché. Il tenait dans sa main le quotidien du jour, les yeux rivés à son contenu.

– Visez-moi ça, docteur, gloussa-t-il. La concurrence est rude, on dirait !

Relevant les yeux des bouteilles alignées sur le bar, Menka demanda d'une voix calme :

– Que voulez-vous dire ?

– Le pays est rempli de chirurgiens en herbe. Regardez donc.

Menka chassa l'information d'un geste de la main.

– Rien de nouveau sous le soleil ?

– Non, non, non, il faut que vous regardiez ça. Écoutez…

Et il se mit à lire :

– « Treize – notez bien ce chiffre, d'une ampleur sans précédent – *treize* membres supposés d'un gang rituel et leurs clients, dont des herboristes, un pasteur de l'Église, plusieurs de ces religieux musulmans appelés alfas, ont été arrêtés par des agents de l'IRT, l'équipe d'intervention des services de renseignement placés sous l'autorité de l'inspecteur général de la police de… » – Hé, attendez un peu, je n'avais même pas remarqué : ça s'est passé dans mon État d'origine ! Ah, par mes fichus ancêtres ! Dans mon propre foutu État ! Pourquoi irais-je moi-même colporter cette histoire ?

– Allons, pas de censure. Lisez jusqu'au bout – sans rien omettre !

Le lecteur n'avait pas eu conscience de la distance à laquelle sa voix portait, permettant aux occupants d'une table voisine de l'entendre distinctement lire le gros titre : « Un gang rituel de treize membres démantelé, révèle l'inspecteur général de la police ». D'autres membres, curieux, s'approchèrent, avides de détails macabres. Les effectifs du gang étaient, à n'en pas douter, anormalement fournis. La plupart de ces groupuscules agissaient en petit comité. C'était un record, dans le genre.

– Hors de question ! protesta Kufeji. Pourquoi exposerais-je mon État d'origine à votre tribunal bidon ? Qu'est-ce qui me dit qu'il ne s'agit pas d'une Fake News ?

Ce qui, on pouvait s'y attendre, provoqua de gros rires moqueurs.

– Ah ouais ? Jusqu'à présent, il n'était pas question de Fake News… Continuez. Lisez-le jusqu'au bout.

Kufeji les ignora, bloqua les efforts de ces voyeurs en calant son dos contre le comptoir et en dressant son journal devant cet attroupement pressant.

– Je m'adressais au docteur, pas à vous, bande de factieux… C'est bon, d'accord, je vais le lire : « Treize personnes arrêtées pour le meurtre d'une femme au foyer de 30 ans, Mrs Abosede Adeyemi Iyanda. Les suspects sont Segun Olaniyi, 42 ans, Adewole Oluwafemi, alias Pastor, 41 ans, Mustapha Iliya, alias Alfa… » Les treize noms sont cités, voyons voir – trente-sept ans, cinquante-six ans, quarante-huit ans… Tous semblent avoir entre trente-cinq et soixante ans…

Il baissa le journal et balaya l'assistance du regard.

– Imaginez, à peu près l'âge moyen de nos éminents membres. Qui sait, vous pourriez tous faire partie de ceux qui sont encore dans la nature…

Il secoua la tête avec un air faussement affligé, les gratifia d'un *tss-tss* sonore, puis reprit :

– « Huit autres membres ont été identifiés mais sont toujours en fuite, et l'inspecteur général de la police a menacé de les inscrire sur sa liste des Personnes les plus recherchées. La fille de la victime aurait écrit directement à l'inspecteur général après que sa mère a disparu sur le chemin de sa maison. L'herboriste a avoué… »

Un nombre sans cesse croissant d'auditeurs affluaient devant le lecteur. Menka voulut changer de siège, mais on l'empêcha de bouger.

– Non, non, plaida Kufeji. J'arrive au passage qui avait attiré mon attention, et qui vous concerne. Écoutez… oui, c'est là. Écoutez-moi ça : « … d'après la déposition du ritualiste, la victime avait jadis été sa maîtresse mais elle était désormais mariée à un autre homme. Certains clients l'ayant sollicité pour un rituel assurant leur fortune, il l'a attirée par la ruse en lui affirmant qu'il avait eu la vision d'une menace pesant sur elle et qu'elle avait besoin d'en être délivrée. Alors, il a contacté Ayo Adeleye pour qu'il vienne se charger du sacrifice. Après avoir commandé à manger pour la femme, Segun a mis de la drogue dans ses aliments pour qu'elle commence à somnoler. On lui a alors dit d'aller se laver dans la rivière, en guise de purification rituelle. Elle s'est exécutée, après avoir enlevé ses habits jusqu'à la nudité complète. Pendant qu'Abosede se lavait les cheveux, Ayo a enfoncé sa tête sous l'eau de la rivière, a sorti un canif et l'a tuée. Segun et lui ont ensuite sorti son corps de l'eau… » – Attendez la suite, docteur, écoutez un peu *ça* ! – « … Ayo a démembré le cadavre et l'a dépecé, suivant les instructions de Segun. Certains membres du gang auraient alors fait rôtir la viande et l'auraient mangée, accompagnée de boissons chaudes. Parmi les éléments retrouvés sur place par les agents de l'IRT figuraient des seins humains en décomposition, des morceaux de chair humaine calcinés mélangés à une substance liquide dans une bouteille et une calebasse, un pied humain complet, les éclats d'un crâne humain séché. Un SUV Laura immatriculé… »

À présent, le petit groupe avait enflé jusqu'à former un véritable attroupement, les témoins parvenant à jeter des coups d'œil par-dessus les épaules du lecteur, saisissant eux-mêmes des bribes de l'article qu'ils ponctuaient d'exclamations incrédules, d'imprécations et d'appels à l'exécution sommaire des personnes inculpées ou simplement impliquées. Pour Dieu sait quelle raison, la police s'était montrée inhabituellement généreuse en détails – à l'évidence, l'un de ces numéros de fanfaronnade à l'issue d'une enquête particulièrement fructueuse dans une affaire à sensation. Des photographies des individus interpellés ornaient la page du journal, accroupis pour la plupart et forcés de tenir des pancartes portant leurs noms, d'autres exhibant des instruments ayant servi à leur macabre opération. Même les numéros d'immatriculation des véhicules saisis lors du raid figuraient dans l'article, ainsi que nombre d'informations personnelles – adresses, métiers, relations locales et au-delà, avec une foule de détails, comme pour dissiper toute incrédulité, affirmer que ces gens n'étaient que de simples humains d'à côté. Ces éléments avaient été fournis par les suspects, avec tant de précision qu'on en venait à se demander si les policiers ne leur avaient pas administré le fameux « sérum de vérité », dont la rumeur disait qu'il avait été utilisé récemment durant l'interrogatoire d'un des auteurs du coup d'État raté au Nigéria, le tristement célèbre colonel Dimka, auquel on avait tendu un piège dans un bordel d'Asaba, après sa fuite consécutive à cette tentative avortée de renversement du régime. Les journaux l'avaient tous décrit chantant comme un canari, dans un état proche de l'euphorie.

Il fallait bien reconnaître que la journée avait été anormalement stressante pour le Dr Menka, avec tous ces va-et-vient entre les urgences de l'hôpital et le bloc opératoire – un afflux légèrement au-dessus de la moyenne de formes humaines, certaines méconnaissables. Le quota de femmes avait été particulièrement troublant – la bombe ayant été déposée au fond d'un panier d'oignons, dans la section du grand marché de Jos réservée aux légumes. Au total, dix heures sans une pause depuis son assignation à sortir du lit ce matin-là, les victimes se succédant, vague après vague – apportées sur des bicyclettes, des chariots de courses, des charrettes à bras et des motos –, avant qu'il ne parvienne enfin à confier à ses assistants blessures légères et simples états de choc, et à quitter son poste.

Il s'était douché et changé à l'hôpital, puis s'était rendu en voiture à la réception du club – un détour bienvenu. Il avait besoin de décompresser avant d'enfin rentrer chez lui. Le club remplissait cette fonction, il semblait même avoir été créé sur mesure pour ce genre de journée de crise, comme si les carnages humains avaient été pris en compte dans la conception de la Hilltop Mansion par ses anciens propriétaires. Ce lieu à mi-chemin constituait une thérapie efficace, à faire suivre d'un repas tranquille, et bien mérité, absolument tout seul. Après les grognements des blessés et les râles d'agonie des morts, il avait besoin de ce moment de solitude, du silence réparateur des collines. Avant de sombrer ensuite lourdement, avec un peu de chance, dans un sommeil insondable et ininterrompu. Le lendemain matin, solidement revigoré mais jamais totalement remis, retour à l'hôpital pour faire la tournée des patients. Cette routine lui avait valu le surnom, conféré par des patients reconnaissants et ses collègues, de Dr Attentionné. Quelque temps s'écoulait forcément avant qu'un nouvel attentat ne le renvoie au bloc opératoire. Lorsque cela se produisait, il rassemblait simplement son courage et se déplaçait parmi les défunts et les mutilés en homme né pour cette occupation et aucune autre. Menka avait atteint un degré de détachement qui lui donnait parfois l'impression de n'être pas si différent de ces voyeurs des médias qui se vautraient dans les bilans de victimes et les gros titres à sensation, sans oublier ces badauds récoltant des images de désastres, leur portable assoiffé de voyeurisme en ligne poursuivant les survivants hébétés errant à l'aveuglette à travers les débris, propulsés par Dieu sait quelle destination interne, inconscients de leur environnement, voire de leurs propres blessures mortelles, se laissant simplement tirer vers l'avant, emportés par leur élan, jusqu'à ce que cette corde effilochée, invisible, se brise, alors ils s'effondraient dans un quartier non affecté, morts à leur arrivée.

Au milieu de cette brutalité imprévisible, mais attendue en permanence, c'étaient toutefois les plaies domestiques, sans lien avec l'insurrection, qui sapaient le plus ses réserves. Quelque chose semblait déséquilibré de manière irréversible, transformant le terrain humain qu'il croyait connaître si intimement en un champ de macération. Cela demeurait l'empiétement le plus déstabilisant qui fût sur sa latitude professionnelle. Les victimes de cette guerre non déclarée, intestine, à sens unique pour l'essentiel, issues des franges les plus vulnérables et innocentes de la société, jouaient souvent des coudes pour s'imposer, leur condition exigeant qu'on les fasse passer avant l'urgence des carnages terroristes. Les images l'assaillaient sans prévenir – la « bonne » de huit ans amenée aux urgences ce matin-là, après un voyage à moto de plus d'une heure sur des routes défoncées. Elle était arrivée tassée entre le pilote et une tante hystérique. La fillette était déjà à moitié morte. Pas un instant d'hésitation, ou presque, car son peignoir trop grand avait glissé et Menka avait aperçu l'atroce bouillie entre ses cuisses. Priorité absolue sur la roulette chirurgicale. Elle était morte tout de même, entre ses mains – miséricordieuse fin d'une longue série de viols par un homme d'affaires et son fils de dix-neuf ans. Chacun de ces actes de maltraitance ne faisait qu'inhiber toute réaction émotionnelle, sauf une : la rage, une rage assassine. Elle s'accumulait derrière le masque chirurgical neutralisant et sous les mains habiles et interventionnistes, sans cesse confrontées à des décisions de vie ou de mort où le désespéré le disputait à l'incertain, l'incertain au pressant – ses mains ayant été formées à ces paramètres de désignation, malheureux mais cruciaux.

C'était la partie la plus dure, concédait-il volontiers

– s’immuniser contre des horreurs qui n’émanaient pas brusquement et violemment du comportement démoniaque de fanatiques religieux ou de millénaristes illuminés, mais de celui de simples civils. Lequel semblait encore plus déterminé à remporter le sinistre concours de la profanation des humains, physique et mentale. Tandis qu’il menait ses assistants tout aussi encroûtés de sang que lui à travers cette humanité dévastée, son instinct affûté prenant les commandes, son esprit trouvait un certain soulagement à tenter de donner un sens aux croyances qui justifiaient de telles scènes, à configurer des visions de cet avenir que certains pouvaient tout juste entrapercevoir dans ces frères humains déchiquetés.

Il y avait aussi la pompeuse autocomplaisance des concurrents participant à cette grande course au paradis… Cela faisait longtemps que leur identité avait cessé d’avoir une quelconque importance – qu’il s’agisse de pasteurs nomades assoiffés de sang ou des derniers aspirants à la cape de l’Élu, apparemment surgis des régions voisines du Burkina Faso, ils se faisaient appeler l’État islamique en Afrique de l’Ouest. Ou encore d’agents dormants insoupçonnés, restés au pays, soudain galvanisés par quelque télégraphe mystique les jetant dans l’action, grisés par les fumets d’extase religieuse que l’harmattan portait par-dessus le Sahel et le long du Niger et de la Bénoué, étendant aux villages endormis le règne d’une morbidité indiscriminée ! Qu’importait le nom qu’on leur donnait ou qu’ils se donnaient, leur vocation demeurait la même : la mort. Les médecins étaient formés pour soigner l’onchocercose ou cécité des rivières, mais ils n’avaient jamais étudié la folie des rivières – aucun mal de ce type ne figurait parmi les maladies répertoriées depuis les tous premiers chamanes, *sangoma*, *babalawo*. Mais alors, à quoi devait-on attribuer cette affliction qui semblait avoir été transportée par les fleuves depuis les collines du Fouta-Djalon ? Comment la diagnostiquer, puis prescrire un remède efficace ?

La folie de la société civile était cependant unique en son genre, et elle le rendait malade. Le tourmentait. Comme l'accusation muette, yeux écarquillés, de cet enfant de trois ans violé par un grand-père de soixante-seize ans. Si seulement cela était resté – comme c'était le cas pour des millions de gens – une simple matière pour les pages sanglantes de la presse, facilement exorcisée par l'immersion dans des activités, quelles qu'elles soient, pourvu qu'elles apportent un remède ! Mais hélas, il n'en était rien. Le nombre de victimes de ces guerres tout aussi acharnées à démolir l'humain était peut-être plus limité, mais leurs ravages internes excédaient ceux des bombes furtives et des Kalachnikov balayant joyeusement les foules. Toutes n'avaient-elles pas un point commun où elles se rejoignaient : la négation de l'humanité, ou du moins la perspective de sa fin ?

Cela faisait un moment déjà qu'il avait commencé à s'interroger sur cette différence, avant de trancher : il n'y en avait aucune. Quand les déviants étaient arrêtés, interrogés et exhibés devant les caméras de télévision, le public avait pris l'habitude de les entendre invoquer la circonstance atténuante habituelle – *Le Diable ! S'il vous plaît, je suis vraiment désolé, le Diable m'a forcé à faire ça. Je ne sais pas ce qui m'a pris, je sais juste que le Démon était derrière tout ça.* Puis, pour couronner le tout, l'appel insolent à une détestation atténuée – *Si les gens peuvent juste me pardonner, je promets de ne plus jamais le refaire. Je vouerai le reste de ma vie à Jésus, à Allah, à Jésusallah.* Le duo de violeurs, père et fils, avaient répondu aux attentes. *Le Démon m'a forcé,* s'était lamenté Violeur Senior. *Interrogez mon prêtre, il peut en témoigner. Demandez-lui combien de fois je suis venu le voir pour être délivré.* Et votre fils, Chief ? Quid de l'héritier désigné ? *Il m'a surpris en plein acte, si bien qu'il s'est joint à moi. Le Diable se soucie peu de l'âge.*

D'ailleurs, de nombreux autres, investis d'une autorité plus haute encore, n'étaient-ils pas eux aussi versés dans ces subtilités théologiques – au premier rang desquels le gouverneur pédophile témoignant de la culpabilité de l'universel tentateur et prônant, conséquence logique, l'exonération des responsables humains, devant être considérés comme de simples agents par procuration des machinations du Malin ? Mais quelle brillante variante de l'argument démonologique, prononcée depuis la chaire de gouverneur – il s'agissait en effet du Diable, affirmait Sa Pieuse Excellence, mais opérant par son absence. Jamais autocongratulation n'avait été plus tonitruante – acquittement pour absence démoniaque, à un pas seulement de la béatification du Diable ! Étalon de mineures en série, trafiquant en outre les membres de cette classe vulnérable par-delà les frontières, il contemplait la foule, l'air suffisant, inattaquable, du haut du minaret sacré ! *Le Coran n'interdit pas la copulation avec les petites filles, on ne trouve nulle part une telle interdiction, donc qui êtes-vous pour lancer ces accusations ! Ce que le Coran n'interdit pas, je suis libre de l'accomplir.* Puis, pour faire bonne mesure : *Le Prophète lui-même…* – Sa Pointilleuse Excellence n'allait certes pas oublier l'incontournable « Que la paix soit avec lui », tombé des lèvres lascives de l'immunité –*… n'a-t-il pas épousé la mineure Aisha ?* Fin du discours. Fin de l'innocence. Début de la fistule vaginale.

Et c'est là, fulminait en silence Menka, qu'on nous appelle pour réparer les dégâts d'un appétit pour des fruits qui auraient dû être repoussants !

Sans oublier les fantômes de ceux qu'il n'avait jamais rencontrés – les dossiers de patients glissés parmi les notes de ses prédécesseurs dans le classeur à tiroirs portant l'inscription *STRICTEMENT CONFIDENTIEL*, mise en garde codée signifiant « manier avec précaution », œuvre des Intouchables. Les photos révoltantes. Les précédents sont de bons professeurs. Rendus à la vie, brusquement tirés de leur sommeil, ces dossiers brisaient le rideau de gaze du temps quelle que soit l'efficacité avec laquelle le paysage charmant s'interposait entre le spectateur et les vibrantes répliques gravissant cette chaîne de collines isolante – levers ou couchers de soleil, brumes, clubs sociaux ou autres – dans lesquelles tant de gens cherchaient toujours à s'évader. Images s'empilant sur d'autres images, combien en embrassait-on en une semaine d'imbécillités rituelles, sur lesquelles s'extasiaient à présent ces collègues se prélassant dans un refuge colonial ? Les murs anciens de celui-ci, ses cheminées aux briques noircies et ses homélies ne faisaient que répliquer l'autel d'une lointaine église, où présidait un prêtre en tenue de cérémonie, ses mains dévotes dressées pour cueillir la bénédiction de Dieu, mais dans ces mains, il y avait une hache d'argent dressée au-dessus d'une tête pieuse qui se courbait, suppliante, ses morceaux non désirés destinés à être enterrés près de l'autel dans un rituel censé – sans surprise, la même illusion – rendre millionnaires le gardien des agneaux de Dieu et ses comparses consacrés, les portions vitales servies à ceux-là telle une communion.

Images poursuivant des images de la petite de dix ans – sauf que ce n'était pas une image, mais une patiente de chair et d'os – à la jambe amputée pour être rentrée en courant à la maison afin d'échapper à son mari de quatre-vingts ans auquel on l'avait promise pour régler une dette. Et qui avait réalisé cette amputation ? Son père furieux, dont la maison était censée être un sanctuaire la protégeant de ces noces honnies.

Elle m'a déshonoré, se lamentait le papa indigné, qui l'avait rendue, avec une jambe en moins, à l'octogénaire épris d'amour. Elle s'était de nouveau retrouvée à l'hôpital quelques semaines plus tard, sans l'autre jambe. L'ingrate s'était encore enfuie, cette fois sans but, clopinant juste aussi loin qu'elle avait pu sur ses béquilles de fortune, en faisant l'aumône, mais pas assez loin pour échapper à un père désormais fou de rage, prenant Allah pour témoin de son châtiment. Là, sur cette piste en terre, il avait tranché l'autre membre pour l'avoir humilié devant les hommes et Dieu.

Et puis – Menka secoua la tête par habitude, non pas que cela lui apportât soulagement ou remords –, son propre passé le tourmentait, il se sentait forcé de le reconnaître. Encore et encore, il se dressait, accusateur. C'était à travers ce prisme-là que Menka regardait sa propre petite communauté de pairs qualifiés, possédant toute une série de compétences convoitées – pouvaient-ils postuler au rôle d'hôtes angéliques capables de soulager ce traumatisme que s'auto-infligeait le monde où il vivait ? Non, pas même cette microcommunauté au sein de laquelle ils se pavanaient, en privilégiés du troupeau. C'était, après tout, de ces mêmes pépinières implantées censées diffuser les lumières de la connaissance que de nouvelles obscénités, jamais vues jusqu'alors, avaient surgi, de ces pépinières qui n'en avaient pas moins fait naître des rêves de transformation. Année après année, l'un après l'autre, ces rêves s'étaient évaporés, affaissés ou décomposés. Année après année, Menka avait différé son modeste – bon, il n'était pas dénué d'ambition, mais enfin… – rêve accessible pour Gumchi, simple retour de privilège, rien de plus. Comment ces jeunes prétendants à la carrière médicale pouvaient-ils se mettre à l'unisson des cultes suprémacistes qui gangrenaient ces sanctuaires du savoir – n'étaient-ils pas le produit de ces mêmes rites de passage anoblissants ? Était-ce vraiment trop attendre d'eux – non, non, pas même un rêve futuriste, plausible, juste éviter de dévorer les rêves des autres ? Voilà qu'ils plastronnaient dans l'allée sombre de l'obsession pour le pouvoir – ou bien était-ce simplement l'excitation, le pur frisson de donner la mort ? Oh oui, encore des parodies de chirurgiens, l'élite de ces élites en fait, qui exerçaient en quelque sorte une forme abrégée de neurochirurgie, simple point d'arrivée de ces procédures médiévales : *Tranchez-leur la tête !* Ils pouvaient se vanter en outre d'appartenir à un corps d'élite d'innovateurs, qui arpentaient des chemins dorés menant à la reconnaissance. Tout cela vous valait une sorte de réputation, l'entérinement du fait que l'innocence était une impasse !

Son esprit s'efforçait de dialoguer avec celui – s'ils en avaient un – de ces footballeurs nocturnes dont la créativité avait captivé et indigné la nation. Quatre têtes fraîchement tranchées plantées sur des piques ; elles avaient appartenu, tout récemment encore, à des membres d'une secte rivale. Les joueurs avaient à leur disposition leur irrésistible démon à eux – dont la dénomination commerciale était, quoi, la Tradition ? La Tradition universelle. La tradition des fraternités étudiantes avec une touche culturelle locale pour relever l'esprit sportif agressif, soudain réveillé, d'un continent ? De sorte qu'ils avaient planté les têtes de leurs victimes sur des piques et joué au football entre ces poteaux totémiques, les phares de leurs voitures hors de prix, offertes par des parents complaisants, éclairant le terrain. Les cris d'outrage et de condamnation étaient prévisibles, mais Menka avait haussé les épaules : tout cela sonnait creux, insincère. Tout cela était finalement en phase avec les pédophiles transfrontaliers, les promoteurs des fistules vaginales, la mortalité infantile et la prolifération de petites mendiantes dans les rues. Car c'était là qu'elles terminaient, chassées de la demeure maritale quand leurs émissions malodorantes devenaient insupportables au mari jadis triomphant qui jouissait de l'adulation de ses pairs, de ses confrères législateurs, pour ce travail bien fait – oui, cette tradition-là était farouchement maintenue.

Cloué au pilori par l'opinion publique, notre législateur n'avait-il pas eu droit à une standing ovation en revenant siéger au Sénat ? Il n'y avait qu'à voir le campus universitaire, vivier financé par l'État de futurs dirigeants de ce type. L'université partageait des frontières communes avec la chaire d'église, le minaret et le Sénat. Ses étudiants méritaient d'avoir leurs lieux d'initiation, un peu comme ce gang de kidnappeurs sévissant non loin de l'État du fameux gouverneur, des stylistes qui enfermaient leurs victimes dans des cages design en attendant la rançon, parfois plus d'un an. La plainte de leur chef sadique – dont la folie des grandeurs avait fini par causer la capture – était un cas d'école d'inversion de la culpabilité : *Leurs proches n'ont pas assuré avec la rançon. J'ai dû en tuer certains pour pouvoir boire leur sang frais.* Pourquoi cette indignation générale, d'ailleurs ? La tradition par cooptation, quoique tacite, écho de l'histoire qui résonne dans le présent, depuis les plantations de palmiers à huile voisines transformées en royaumes esclavagistes. Les aïeux de ces anciens temps de commerce et de gloire avaient aujourd'hui leurs fiers descendants, adeptes du libre-service de gros. Trop heureux d'impressionner les officiers de marine en visite en leur démontrant le contrôle absolu qu'il exerçait sur son territoire, le roi ne décapitait-il pas tout simplement quelques esclaves pour jouer au polo avec leurs têtes, embrochées et lancées d'une pointe de lance à l'autre ? Donc, pourquoi tant de rage ? *Pourquoi les nations s'unissent-elles dans une telle furie, et pourquoi les gens imaginent-ils une chose aussi vaine ?* Tout aussi vainement, il tenta de se rappeler la dernière fois qu'il avait entendu l'hymne, avant de renoncer. L'indignation était purement émotionnelle. Ces footballeurs démoniaques ne faisaient rien de pire que jouer une version moderne d'un vieux morceau. Une nouvelle génération, née sous l'ère du numérique, de la démocratie, de l'information. Ces étudiants auraient dû être célébrés pour avoir ainsi offert à la Coupe du monde une idée originale, en termes de culture totémique – ces poteaux de but auraient dû être adoptés comme emblème national. C'étaient eux, pas lui, qui auraient dû recevoir les honneurs nationaux le jour de la fête de l'Indépendance.

Dans tous les Hilltop Club, proliférant sous divers noms, sur les campus ou en dehors, lieux de débats ou simples attroupements autour des kiosques à journaux pour profiter de la lecture gratuite du matin, le consensus était le même : ratissez le désert, donnez un grand coup de balai en Méditerranée, ramenez les hordes migratoires, entassez-les dans des capsules et expédiez-les dans l'espace, qu'elles découvrent et colonisent de nouveaux lieux habitables où, peut-être, les attendait la rédemption. Elles captiveraient les indigènes galactiques et accompliraient d'audacieux exploits, tels les explorateurs coloniaux d'autrefois, reproduisant l'ancien transfèrement européen de personnes en faillite, de bandits de grand chemin, de charlatans, de prostituées, d'athées, de suicidaires en sursis, de dissidents anti-establishment chroniques, de vagabonds enrôlés de force, de soldats de fortune nomades. D'autres proposaient la mise en place de champs de la mort – peut-être les premiers dans le genre –, lieux pensés dans le but délibéré de soulager la société et entièrement financés par ceux qui désiraient tuer ou être tués. Après tout, cela existait déjà, avait dépassé la simple rhétorique et les solutions palliatives. Toute journée sans une surenchère de nouvelles concernant une énième atroce déprédation humaine semblait désormais vide, incomplète et même irréelle.

Il y avait tant de choses que Menka mourait d'envoyer aux visages qui se pressaient autour de lui dans ce club. Il apercevait son propre visage au milieu des siens – et les clones épars de celui-ci, chaque fois qu'il tombait par hasard sur de tels noyaux de suffisance, mais il avait toujours éprouvé une sensation d'inhibition, d'étrangeté même. Et il y avait la peur que le cauchemar fusionne avec la réalité – la Hilltop Mansion avec le National Hospital, service de chirurgie. Où était le cauchemar, où était la réalité vérifiable ? Même le prix qu'il avait reçu glissait entre les deux, insaisissable anguille, se transformant en parties anatomiques humaines – tout cela appartenait-il au cauchemar ? Le jury délibérait, mais connaissait-il son histoire personnelle, et l'approuvait-il ? L'excusait-il ? L'écartait-il de ses réflexions ? La rationalisait-il comme lui-même l'avait fait ? Paradoxalement, les honneurs reçus ce soir-là avaient fait remonter tout ça à la surface, eau de cale longtemps contenue qu'il sentit inonder sa gorge. Le problème, avait-il envie de hurler, c'est que cela arrive toujours ailleurs, loin de ces observatoires en haut de la colline, anciens ou d'une modernité élégante à couper le souffle, éparpillés dans tout le pays. Cela n'arrive qu'ailleurs, même quand ça se passe à côté, même tout près, au pied de ces collines, dans les plaines urbanisées, cela arrive macabrement, explosivement, tout le temps, là où mon personnel surmené peut témoigner de son immédiateté palpable – voilà la différence. Cela n'en reste pas moins distant, même si les bruits parviennent occasionnellement jusqu'en haut de la colline depuis le coin nord-est de la nation, progressant d'État en État – Borno, Yobe, Taraba, Adamawa, Benue –, s'emparant de sections entières de Kaduna et d'autres villes semblables, jadis épargnées par la folie, désormais quasiment à portée de notre petit rassemblement joliment huilé, dans cette cathédrale séculaire. La conversation demeure mesurée, prévisible, détachée, fidèle au décorum hérité qui semble s'accrocher à ces portraits victoriens, au décor contraignant et aux MFH, comme les plantes grimpantes à demi centenaires qui s'agrippent aux façades, dispensant le baume soporifique des campagnes britanniques, dont le peuple est l'inventeur originel mythique et le gardien du *sang-froid**. Et bien sûr, nous ne sommes que trop reconnaissants de ces interjections relevant d'une savante rhétorique du détachement, de l'évasion même, transformation disculpatoire d'une sombre réalité en paraphrases idéologiques – toutes ces manières bien pratiques de subsumer jusqu'aux atrocités les plus accusatrices, de les dispenser sous forme de capsules bien lisses qui, une fois gobées, nous font sentir comme justifiés dans notre noble indifférence et notre arrogante impuissance. Mais nous avons beau expliquer cette réalité autant que nous voulons, nous ne pouvons pas la faire disparaître pour autant.

Tout cela jaillit soudain au grand jour. Cette *bouillabaisse** aux ingrédients multiples, ce potage du Diable vint sceller la débâcle et l'estomac d'enfant de Gumchi du Dr Kighare Menka se rebella. Sa seule présence dans cet environnement lui fit tout à coup l'effet d'une auto-inculpation, voire d'une flagrante hypocrisie. Jouissait-il d'un avantage inéquitable du fait qu'étant médecin, il était confronté directement aux conséquences de plusieurs décennies d'une affreuse négligence ? Il était trop tard pour se poser cette question, pour se rappeler lui-même à l'ordre et à un certain équilibre. Alors, quelque chose lâcha en lui. Sa mémoire pointa un doigt accusateur sur son propre moi. Soudain, sa fameuse prévenance, couverte de tant d'éloges durant la cérémonie de remise du prix de la Prééminence nationale, retransmise en mondiovision, céda sous les assauts outrés d'une vision idyllique de Gumchi, enfouie au fond de lui, et ses débris se retrouvèrent projetés à travers les arches de pierre et le treillis de bois des fenêtres anglaises. Ses innocents persécuteurs furent pris au dépourvu au beau milieu d'une nouvelle tournée de badinages portant sur ces membres informels et bricoleurs de l'ordre des Petits Couteaux, qui disséquaient leurs patients au bord du fleuve après les avoir anesthésiés avec une puissante dose d'*ogogoro*, faute de chloroforme. Sans oublier le reste de cette fraternité hétéroclite, ces gens qui n'avaient eux aussi de docteurs que le nom – les *spin doctors* du gouvernement, chirurgiens esthétiques de l'image nationale, les spécialistes retaillant les registres comptables, l'emprise des découpeurs et transplanteurs de fragments de réalité, eux qui s'appropriaient les organes vitaux de la survie sociale et qui se retiraient, cédant la place à d'autres. Comme lui, quoique en théorie non, ils exerçaient un pouvoir de vie ou de mort, même s'il étaient généralement plus disposés à faire des choix qui les définissaient essentiellement, quelle que soit leur profession, comme des fossoyeurs sociaux.

C'était l'une de ces journées où Menka regrettait, après coup, de ne pas pouvoir inverser le sens du temps, ce qui lui aurait permis de trouver un moyen de réconcilier les mœurs inculquées dans l'enfance avec le pragmatisme si nécessaire aux ajustements de l'âge adulte – il fallait bien vivre, après tout, parmi d'autres membres de l'espèce. N'y parvenant pas, il aurait voulu n'avoir jamais quitté les collines de Gumchi, se lamentant presque d'être descendu un jour de la sévérité de ces roches éternelles et autosuffisantes, d'avoir rencontré son meilleur ami, l'irrépressible Duyole Pitan-Payne et leur Gong des Quatre, d'avoir franchi la porte de l'école de médecine. En général, ces humeurs sombres ne duraient guère, le devoir et le besoin d'autrui étant toujours prêts à remédier à ce sentiment d'impuissance.

Mais voilà qu'assis à ce bar, le dos tourné au grand salon, il se rendit soudain compte que sa chope de bière s'était visiblement brisée sur le comptoir, éclaboussant de son contenu les intrus et trempant le journal dont le gros titre avait déclenché cette nouvelle vague d'autodestruction. Il pivota sur son tabouret pour faire face aux voix qui s'étaient unies pour chanter ses louanges à peine une heure plus tôt et savouraient encore cette reconnaissance officielle de leur pair, en partie rejaillie sur eux. Une expérience extracorporelle ? Pas de doute, il avait bel et bien conscience de se regarder lui-même de l'extérieur, de loin même. Tout cela relevait de la pure théorie ou – pour reprendre la manière dont ses semblables qualifiaient la chose – d'une médecine d'après la mort. Même lui n'aurait su l'expliquer mais, oui, on distinguait une fissure dans ce visage essentiellement inexpressif, une marque venant amplifier la cicatrice qui parvenait, étrangement, à ne pas le défigurer. Il n'entendait plus que sa propre voix, suraiguë :

– Coupez-le ! Oui, fermez-le tout de suite – ce robinet ! Ça suffit maintenant. Qu'est-ce que vous savez ? Tous autant que vous êtes, qu'avez-vous vu ? Je vous le demande : où vivez-vous ? Hypocrites !

Au commencement de cette crise, nul n'en avait saisi la nature – du genre enragé. Tous pensaient que l'homme se prenait simplement au jeu. Puis ils virent son visage et alors, tous les bavardages se figèrent. Regards échangés, plis creusés sur les fronts, quelques verres suspendus dans les airs à mi-chemin de leur destination. Comme rien d'autre ne suivait pour le moment, ils en étaient réduits à ces pivotements de corps et de visages, en quête d'explications. Une poignée d'entre eux, dont Muktar, le secrétaire du club – il avait personnellement présidé à l'admission de

Menka –, tâchaient déjà de se rappeler qui l'avait recommandé au départ. Peut-être ce référent pourrait-il les éclairer, et présenter des excuses en son nom. Dans le cas contraire, le statut de membre des deux hommes serait sûrement réévalué. Le silence qui s'ensuivit n'aurait pas été plus fiévreux si le Dr Menka avait tout bonnement annoncé : « Ne serait-il pas temps d'accorder automatiquement aux lauréats des YoY une adhésion au Hilltop Club ? »

Finalement, une voix traînante s'éleva, pleine d'une sincère inquiétude. Elle appartenait à Costello, l'Italo-Nigérian, l'un des vétérans de l'endroit. Il était assis depuis tout à l'heure à proximité du comptoir, savourant cette session quelque peu houleuse.

– Qu'est-ce qui ne va pas, docteur ?

La réponse de Menka jaillit sans attendre. Il balaya la salle d'un grand geste du bras, sa voix chevrotant de mépris :

– Vous. Tous autant que vous êtes ! Je ne crois aucun de vous. Vous êtes tous soit des hypocrites, soit des… ignorants ! Dans un cas comme dans l'autre, vous faites partie du cauchemar et je vous le dis : je ne vous crois pas, un point c'est tout. J'en ai assez d'écouter ces babillages futiles.

Le ton de Costello se fit plus prévenant encore, tâtant le terrain avec anxiété. Il considérait Menka comme son ami.

– Dites, ne nous emballons pas. Ils vous taquinaient, rien de plus. Quelqu'un a-t-il eu des paroles déplacées ?

Froncements de sourcils et gestes stupéfaits dans l'assemblée.

– Menka, nous sommes là pour vous honorer. Que s'est-il passé, mon ami ?

Le lauréat n'était pas un membre récent, mais peu de personnes avaient eu le désir ou l'occasion de se rapprocher de lui – lui-même ne semblant pas en demande d'amitié ou d'acceptation. Il ne faisait pas partie des habitués. Un médecin se devait d'être disponible à toute heure, de sorte que personne n'attendait de lui qu'il participe à tous les événements du club. Tant qu'il payait sa cotisation et réglait ses factures mensuelles de consommations.

Mais voilà qu'il était acculé contre le bar, et le mépris sur ses traits était inébranlable, se durcissant même au fil des secondes, comme s'il se préparait à l'explosion finale. Qui ne tarda pas à venir :

– J'ignore ce qui est pire, reprit-il, hurlant presque. Ces plaisanteries morbides ou les leçons de morale. C'est un être humain qui s'est fait massacrer, le centième peut-être rien que cette année – enfin, identifié, et signalé –, et vous trouvez ça hilarant. Et maintenant, ces sermons – je ne sais pas lequel de ces deux cauchemars est le pire. Un jour, nous serons soulagés de voir un cauchemar – ne serait-ce qu'un seul – qui dise son nom. Mais nous n'en sommes pas là. Pas encore. Donc, tout ce que je demande à chacun d'entre vous, pour l'instant, c'est : que savez-vous ? Même les mieux informés : que savez-vous *vraiment* ?

Une autre voix, toujours dénuée d'hostilité, pour l'instant du moins, tenta de le contenir sans brusquerie. Il existait forcément une explication. Tout ceci était inhabituel, sans précédent.

– Très bien, cher docteur Attentionné, le cajola la voix. Cela ne vous ressemble guère. Dites-nous donc ce que nous ne savons pas. Qu'est-ce qui vous tourmente ainsi ? Je ne sais pas pour les autres, mais moi, je suis abasourdi. N'a-t-on plus le droit de plaisanter, maintenant ? Comment croyez-vous que les gens font pour rester sains d'esprit dans ce pays ? On appelle cela l'humour noir, au cas où vous n'en auriez jamais entendu parler. En tant que médecin, vous devriez le prescrire. Humour noir, bon pour la digestion.

Un autre membre fit une suggestion, depuis l'autre bout du salon :

– Peut-être s'est-il passé quelque chose de terrible à l'hôpital, dont nous n'avons pas eu connaissance. À part l'attentat, je veux dire…

– Est-ce de cela qu'il s'agit, Kighare ? interrogea Costello. Vous auriez dû le dire. Nous aurions pu reporter cette fête.

Ce fut comme si l'on avait soudain braqué une lampe à souder, réglée au maximum de son intensité, sur le visage de Menka.

– Ne mangez-vous pas de viande, tous autant que vous êtes ? hurla-t-il. Qui d'entre vous est allé au magasin de viande, dernièrement ? À moins que vous prétendiez n'y avoir jamais mis les pieds ?

– Mais de quoi parle-t-il ?

– Vous. Moi. Nous tous, qui sommes là à jacasser tout ce qui nous passe par la tête dans ce palais de l'auto-illusion. Voilà de quoi je parle !

Kufeji ramassa le journal imbibé de bière, le froissa et le jeta sous le comptoir avant de regagner sa table.

– Oh, désolé. J'ai l'impression que certains se sont levés du mauvais pied ce matin.

Des murmures atterrés se propagèrent à travers la salle, chargés d'une inquiétude croissante. Leur docteur maison, décoré par l'État, avait-il finalement pété un plomb ? Çà et là, quelques ricanements commençaient à se faire entendre. Ce fut le secrétaire en personne, Muktar, qui releva le gant, haussant peu à peu la voix, frissonnant de ressentiment :

– De quoi parlez-vous, monsieur le chirurgien ? Vous n'avez pas gagné le droit de venir donner des leçons aux membres de ce club. Bon nombre d'entre nous avons plus d'ancienneté que vous ! Nous évitons la politique, ici, et les postures des messieurs la morale. Nous sommes tous nigérians – enfin, nous comptons certes dans nos rangs quelques expatriés mais n'y pensons même plus, ils sont des nôtres désormais. Nos membres viennent des quatre coins du pays. Non, attendez, laissez-moi lui rafraîchir la mémoire, s'emporta-t-il en repoussant brusquement la main de son voisin assis, qui tentait de l'interrompre. J'en ai assez, maintenant ! Les autres pourront s'exprimer en leur nom, mais les règles sont les règles.

Il leva le bras et le pointa sur le manteau de la cheminée.

– *MFH* – tout est là. Je regrette d'avoir à le rappeler. Je n'ai jamais eu à le faire depuis qu'on m'a nommé secrétaire, mais si c'est la seule façon…

Menka se tourna vers le dernier intervenant, puis se mit en marche vers lui, écartant des deux mains la petite foule qui l'encerclait toujours. Arrivé à la table de Muktar, il se planta fermement devant lui.

– Et vous, alors ? Vous êtes d'ici. N'êtes-vous jamais allé au magasin de viande ?

– Qu'est-ce que ça vient faire là-dedans ? Mon épouse fait les courses pour la maison. Mais je peux vous confirmer que je ne suis pas végétarien.

– Être végétarien n'a rien à voir avec tout ça.

– Alors dites-moi : qu'est-ce qui a à voir avec quoi, au juste ? Pourquoi vous emportez-vous pour un rien ? Crachez le morceau, mon vieux ! Ne tournez pas autour du pot.

Un nouvel entrant s'exclama, brillamment :

– Oh, j'ai compris. Le porc ! C'est ça, le problème ? Quelqu'un a-t-il suggéré d'abandonner la politique « Pas de porc le vendredi » de notre club ?

Menka ne broncha pas.

– Pas que je sache, non. Mais je parle affaires, là. Les affaires et rien d'autre, vous comprenez ? C'est dire à quel point les choses ont dégénéré. Et ce n'est pas parce que je viens du Nord que je suis musulman. Je mange du porc.

– Alors dites les choses clairement ! répliqua Muktar. D'abord la viande. Maintenant les affaires. Quelles affaires ?

– Vous n'avez pas répondu à ma question, rétorqua Menka. Êtes-vous entré dans un magasin de viande, dernièrement ? Propre, désinfecté, obéissant à toutes les normes – avec des codes-barres, peut-être ? À la hauteur des standards internationaux – avec ses produits étiquetés, fraîchement emballés. Oui, c'est de cela que *moi*, je parle. Des produits spécialisés. Pas du porc. Ni du mouton, d'ailleurs. Ni même du bœuf ou du poulet.

Cela ne fit qu'empirer la situation. Les reniflements le disputèrent aux ricanements. L'homme avait manifestement perdu le nord. Il avait dû se passer quelque chose à l'hôpital. Une partie de ces raclements de gorge tenaient peut-être à la compassion ou à l'embarras, mais ils faisaient flotter dans le salon comme un malaise, la prémonition d'un désastre imminent. Chudi, propriétaire de la voix cajoleuse, parut avoir mal entendu. Il secoua sombrement la tête et se dirigea vers le secrétaire du club, qui était resté debout.

– Menka, si vous avez viré végétarien, dites-le clairement et fichez-nous la paix. Nul ne vous empêche de lancer une campagne vegan. Mettez des affiches, ou ce que vous voulez.

Cette intervention fit l'effet d'un signal de ralliement. La plupart des membres regagnèrent leurs tables, mais une poignée d'entre eux gravitèrent en direction de Muktar, essentiellement les dirigeants du club, Kufeji en tête, sans doute mus par le sentiment de plus en plus marqué que l'incident constituait une attaque à peine voilée contre la compétence de leur dirigeant. Ce qui exigeait à la fois une solidarité et des contre-mesures, une suspension peut-être. Une amende, au minimum. Kufeji se pencha à l'oreille de ses collègues pour y murmurer quelques mots, mais il s'agissait à l'évidence d'un chuchotement théâtral, destiné à être entendu de tous.

– Je crois que le prix de la Prééminence a chamboulé sa tête d'enfant de Gumchi.

L'ambiance devenait clairement hostile.

– Peut-être aurait-il préféré un YoY populiste ? Si vous voulez changer de camp, changez de camp. Le club vous parrainera pour un Yeoman of the Year, dans la catégorie de votre choix. Même le PACT, si vous voulez. Nous ferons campagne pour vous. Ne passez pas votre frustration sur nous.

S'esclaffant bruyamment, Muktar saisit la perche :

– Est-ce donc vrai, docteur ? Tous ces grands airs, soudain, pour un simple prix national ? Qu'est-ce que ce sera quand on vous remettra le prix Nobel de médecine !

– *Wissai ?* Celui de quel village ? Il n'existe pas de système de quotas en Suède !

Impassible, mais avec une emphase calculée, comme qui éduquerait des élèves retardés, Menka persista :

– Écoutez-moi, je ne vous parle pas de viande de bœuf. Ni de chèvre. Ni de gibier. Je ne parle pas de romsteck, de *veal cacciatore* ou de côtelettes de porc dans un restaurant chic. N'empêche, l'établissement dont je parle est soumis aux mêmes contrôles méticuleux. Les inspecteurs de la région visitent locaux et réserves pour vérifier la qualité, s'assurer que les mouches n'ont pas pondu d'œufs dans la viande et que le plancher ne grouille pas de cafards. Dans ce magasin, vous n'entendrez pas bourdonner le moindre insecte. Les normes sont drastiques. Tout est officiel. Et impressionnant.

Muktar fit volte-face et alla se rasseoir sur sa chaise.

– Je ne sais pas pour les autres, mais moi, j'en ai assez de cette comédie. S'il s'agit d'une campagne visant à impliquer le club dans je ne sais quel nouveau projet que vous auriez, vous connaissez le protocole. La boîte des missions se trouve là-bas. Notez ce que vous avez en tête sur un papier et glissez-le dedans. Nous le mettrons à l'ordre du jour pour la prochaine réunion. Mais ce n'est pas le moment pour ça. Nous étions rassemblés pour fêter votre prix et je m'excuse auprès des autres pour cette erreur. Cela ne se reproduira plus.

Les grognements désapprobateurs restèrent cependant prudents, incertains. Même ceux qui se désintéressaient jusqu'ici de cette histoire s'étaient redressés et scrutaient ardemment leur invité d'honneur devenu super enquiquineur – mais à propos de quoi ? Quelle que soit la réponse, cet incident pouvait prétendre au statut de violation la plus grossière de la MFH dont les représentants passés et présents du club pouvaient se souvenir durant tous leurs mandats combinés. Une sinistre démonstration de mauvaises manières. Le chirurgien semblait inarrêtable. Quelque chose d'inhabituel, d'anormal même, se déroulait dans ce qui était, de fait, leur deuxième maison. L'appréhension sur les visages se changeait rapidement en un rejet pur et simple. Le chirurgien se sentit douché dans son ardeur, redescendu de ses hauteurs, vidé. Sa spontanéité naissante soudain désamorcée, il se laissa retomber dans une posture plus calme.

Alors qu'il balayait du regard le salon, identifiant des individus comme pour la première fois, ses yeux repérèrent, à travers l'entrebâillure d'un rideau, une silhouette dans la petite alcôve jouxtant les portes battantes des cuisines. L'un de ces flashes de reconnaissance, en présence d'un inconnu, qui pouvait être une erreur ou un demi-souvenir lancinant. Il n'aurait certes pu prétendre avoir rencontré tous les membres du club, mais cette silhouette lui semblait clairement ne pas être à sa place ; pourtant, il avait l'impression d'avoir déjà vu l'homme quelque part, qu'il existait un lien. L'inconnu se tenait tranquillement debout, en train de passer du bleu sur l'embout d'une queue de billard tout en évaluant les positions relatives des boules sur la table pesante, sans doute aussi ancienne que cette villa mais dans un parfait état de conservation, son tapis de feutrine vert ayant été à l'évidence régulièrement changé. D'instinct, Menka leva les yeux vers les murs pour voir si l'alcôve abritait aussi une cible de fléchettes – il n'avait jamais vraiment exploré les locaux du club, se rappela-t-il pour la trentième fois au moins. Il sentit, étrangement, que la silhouette, dont il distinguait à peine les traits, prêtait bien davantage attention aux échanges dans le salon, depuis tout à l'heure, qu'à sa table de billard. À bien y repenser, il n'avait pas entendu la moindre percussion de l'embout contre une boule, nul fracas de carambolage, aucun bruit indiquant la chute d'une boule dans un filet. La présence d'un étranger suspect avait peut-être contribué au fait qu'il se sente ainsi vulnérable, voire légèrement idiot. Du statut de vedette de la soirée, il était passé en moins d'une heure à celui de paria. La présence d'un inconnu suspect, en train d'écouter aux portes, éroda encore davantage son sentiment qu'un rappel à l'ordre s'imposait et qu'il avait même trop tardé, ne laissant à la place qu'un profond embarras. Il était temps de rentrer chez lui. La thérapie ultime contre le stress et l'excitation de la journée, un dîner avec son moi désormais totalement isolé, l'appelait.

Comme il se retournait lentement vers le comptoir pour prendre son cadeau et s'en aller, son regard inversant dans le même temps sa ligne de visée, la silhouette disparut soudain, sans plus de bruit qu'elle n'en avait fait tout à l'heure dans l'alcôve en préparant, soi-disant, son coup suivant. Côté salon, ses interlocuteurs avaient peu à peu regagné leurs échanges par petits groupes, interrompus par l'incident, mais pas totalement. Les murmures étaient de diverses natures. Certains le disqualifiaient comme un pauvre râleur, ou un bipolaire cachant son jeu depuis longtemps ; les autres restaient tout simplement abasourdis par l'anormalité de tout cela, cette accusation pleine d'hostilité au sujet d'une chose qu'ils n'arrivaient toujours pas à saisir. Menka décida de passer par la salle de billard, de rassembler peut-être devant la cible de fléchettes, *in absentia*, quelques silhouettes viles ayant contribué à la tempête qui s'était emparée de son cerveau, puis de les cribler de trous – l'une de ses techniques secrètes pour soulager le stress. Il commanda une autre bière, la vida d'un trait et pivota sur ses talons pour partir. Et alors, tout aussi brusquement, il se ravisa. Aussi irrationnel que cela pût lui paraître, c'est la disparition de cette personne – présumée – extérieure qui le fit changer d'avis. Rien de plus qu'un flash intuitif. Cette silhouette qui rôdait… pouvait-il s'agir de l'homme qui n'avait pas délivré le message, plongeant dans l'embarras ces gens venus le trouver à son hôpital ? Cette visite avait eu lieu quelques jours plus tôt à peine. Quelqu'un était censé le prévenir de leur venue – d'ailleurs, n'avaient-ils pas précisé qu'il s'agissait d'un membre du club ?

Cette visite avait eu lieu dans la foulée de l'annonce publique de la liste des Honneurs Nationaux, trois jours à peine après la cérémonie de remise. Peut-être même ses visiteurs avaient-ils suivi l'événement à la télévision, puis s'étaient réunis et avaient décidé de frapper avant que d'autres n'aient la même idée et n'attrapent cette prise de choix. Improbable, mais pourquoi courir ce risque ? En tout cas, ils n'avaient vraiment pas traîné.

En se repassant la journée de cette tentative de cooptation, le docteur Kighare Menka ne put que s'émerveiller de l'aspect incongru, et pourtant logique, de son déroulement. Elle avait débuté de manière si tranquille, presque trompeuse dans ses promesses. L'emploi du temps s'annonçait dégagé : deux malheureuses opérations mineures, et Menka se réjouissait à l'avance de terminer, pour une fois, de bonne heure, son habituelle tournée des patients, avant un détour par le club. C'était son heure préférée, désirée chaque jour mais accordée à contrecœur – celle qui suivait le départ de la foule des déjeuners d'affaires et précédait le lancement de la soirée par les fidèles assoiffés. Ces derniers s'y rendaient en voiture – où s'y faisaient conduire – en sortant du bureau, desserrant leurs cravates et abandonnant leurs vestes dès qu'ils avaient franchi les portes en chêne du manoir. Ce jour-là, il ferait partie de ces premiers arrivants.

Trois hommes étaient assis dans le couloir devant sa salle de consultation, à l'hôpital, attendant manifestement son retour. Cela l'irrita aussitôt. Ce n'était pas son jour de consultations externes et il avait fait en sorte de ne prendre aucun rendez-vous. Son intuition lui souffla que ces hommes n'étaient pas des patients. Cette évaluation n'avait rien à voir avec les complets impeccables portés par deux d'entre eux, ni l'impressionnante mallette au cuir poli que le plus jeune de ce duo tenait à la main. Les yeux vifs de Menka estimèrent à plus de deux centimètres l'épaisseur de ce cuir, comme si l'attaché-case était conçu pour résister à un attentat à la bombe, et son impressionnante série de serrures à combinaison semblait prête à frustrer tous les briseurs de code – sauf peut-être les plus aguerris, s'ils disposaient pour ce faire d'un jour et d'une nuit entiers. Pas plus que la splendeur de la longue *babanriga* du troisième homme, cette tunique d'apparat aux riches broderies propre au nord du pays, ne joua le moindre rôle dans sa rapide conclusion – celle-ci était juste le fruit de son intuition coutumière. Ce qui les amenait dans cet hôpital n'avait rien à voir avec leur santé ni, a fortiori, la moindre urgence médicale. En même temps, le long de cette ligne de partage qu'on appelle colonne vertébrale, Menka sentit un désagréable frisson le parcourir, dont l'interprétation était que cette visite avait tout à voir avec le sien, de bien-être. Là encore, une pure intuition, expliquerait-il ensuite à son ami et confident, Duyole Pitan-Payne. *J'ai senti un frisson le long de ma colonne. Alors j'ai grimacé intérieurement, j'ai haussé puis arc-bouté les épaules et je me suis dit : « Hé Gumchi Kid, voilà que c'est reparti, voyons ce que tout ça nous réserve. »*

De leur côté, les visiteurs décochèrent un sourire affable en le voyant arriver, ruinant tous ses efforts pour qu'ils perçoivent au moins un peu de sa contrariété. Si tel était le cas, cela ne parut pas les décontenancer le moins du monde. Un rayonnant sourire fendit leurs visages, en simultané, comme s'ils étaient les porteurs de nouvelles inattendues, mais néanmoins bonnes.

– Vous m'attendiez ? interrogea Menka, bien que les hommes se fussent placés de manière à ce qu'il soit forcé de se faufiler entre eux pour accéder à son bureau.

Le plus jeune s'avança un peu, sa main libre brandissant une carte de visite jusqu'alors invisible. Sa voix jaillit, avec l'élocution savamment travaillée d'un cadre supérieur, professionnelle mais prévenante :

– Voici ma carte, docteur Menka. Oui, en effet, c'est vous que nous sommes venus voir.

Avec une moue méfiante, Menka effleura du regard la carte.

– Ma secrétaire vous a-t-elle fixé un rendez-vous ? Ce n'est pas mon jour de consultations externes.

Le sourire du porte-parole s'amplifia.

– Nous le savons, docteur Menka. C'est votre jour d'opérations chirurgicales. Nous comptions sur votre indulgence. Mais nous avons également pris soin de vérifier, et avons constaté que votre programme était peu chargé aujourd'hui.

Il désigna d'un geste les deux autres.

– Puis-je vous présenter mes collègues ?

Cet aveu ne fit que redoubler l'agacement du chirurgien.

– Eh bien, puisque vous connaissez si bien ma routine, vous savez que c'est l'heure où je fais ma tournée des patients hospitalisés. J'allais justement commencer.

– Bien sûr, docteur. Nous nous attendions à devoir patienter. C'est une affaire de la plus haute importance, dont nous pensons qu'elle parlera à l'amour que vous avez pour votre profession. Mais, docteur, puis-je d'abord vous présenter – il tendit de nouveau le bras pour désigner ses deux compagnons – mes supérieurs. Tout d'abord, mon supérieur direct et responsable de nos opérations dans le Nord.

Le supérieur en question courba le front, sa carte élégamment tendue.

– Docteur Menka… Nous avons beaucoup entendu parler de vous – bien avant les honneurs récents que vous a décernés l'État. C'est l'occasion pour moi de vous féliciter, docteur. Tout ce travail effectué auprès de nos blessés… nous n'oublierons jamais.

Menka traîna des pieds, embarrassé comme toujours par ce genre d'éloges, prit la carte, serra les mains qu'on lui tendait. Le jeune maître de cérémonie se tourna vers la silhouette en *babanriga*, dont la carte de visite était également sortie des replis de sa tunique.

– Vous ne vous souvenez pas de moi, docteur Menka, déclara-t-il d'une voix languide, mais nous nous sommes déjà rencontrés. Il y a très longtemps de cela, quand nous étions jeunes et… passionnés. Idéalistes aussi, si vous préférez. Nous avons fait notre service civil ensemble, dans cet État. Déjà, à l'époque, vous étiez au-dessus du lot. Nous autres – eh bien, nous faisions juste partie du troupeau.

Menka ne fouilla pas outre mesure dans sa mémoire

– le groupe dont il faisait partie le jour de l'intégration comptait plus de deux cent cinquante jeunes appelés, et il avait purgé l'essentiel de sa peine à l'hôpital, n'interagissant qu'avec une petite douzaine environ de ses compagnons engagés. Ceux-ci, venus des quatre coins de la nation, avaient été semblablement dispersés après ce premier rassemblement. Menka lut le nom sur la carte – Larinwa Odumade –, qui ne lui dit rien.

– Pour être honnête, je ne me rappelle pas... marmonna-t-il, puis, sèchement : Bon, ne ferions-nous pas mieux de passer dans mon bureau ?

D'un geste de la main, il désigna l'entrée, bloquée. Les trois hommes se poussèrent de côté tandis qu'il extirpait la clé de sa blouse, puis il ouvrit la porte et leur fit signe de rentrer, attendit qu'ils soient assis et alla se planter à côté de son bureau, debout.

Ils se déployèrent selon ce qui devait être un ordre hiérarchique instinctif – Odumade dans l'unique fauteuil, rembourré, dans lequel se laissait généralement tomber Menka après de longues heures au bloc opératoire. Une chaise droite et un tabouret haut accueillirent les deux autres. Alors, Menka s'assit, les fesses à demi posées sur le bureau, une jambe se balançant dans le vide. Celui qui était visiblement l'aîné du duo en costume se chargea d'énoncer l'ordre du jour.

– Docteur, nous savons que vous êtes un homme fort occupé – nous vous prions d'accepter à nouveau nos excuses pour cette intrusion. Nous ne sommes pas venus ici pour vous faire perdre votre temps. Ni pour perdre le nôtre. Mais d'abord, permettez-moi d'ajouter mes félicitations à celles déjà exprimées par notre jeune directeur. Nous sommes venus vous proposer de rejoindre notre conseil d'administration. Voilà, monsieur. Cette décision est prise depuis un bon moment déjà, mais nous attentions que notre président revienne au pays. Il vient d'effectuer un tour du monde et l'a abrégé afin de pouvoir se joindre à nous dans cette démarche. Nous avons signé des partenariats dans le monde entier…

Menka dressa la main devant lui.

– Attendez, attendez, attendez, monsieur…

Il fit rapidement glisser les cartes dans son autre main pour se rafraîchir la mémoire. Son invité lui souffla :

– Rakuniwe. Dr Rakuniwe. Professeur.

Il se fendit d'un sourire d'autodérision.

– Pas un vrai docteur comme vous, j'en ai peur, simplement titulaire d'un banal doctorat d'État. Mon domaine de départ est l'agronomie. Ma spécialité est l'agroéconomie.

– Très bien, professeur. J'allais vous dire que je ne sais toujours pas de quel partenariat il s'agit, ni dans quel domaine. Je n'ai toujours pas la moindre idée de ce qui vous amène, messieurs.

L'exclamation stupéfaite de Rakuniwe fut suivie d'un long silence. Stoppé en plein élan, contrarié, le trio échangea des regards, puis se tourna comme un seul homme vers son hôte tout aussi perplexe, les plis taillés dans leurs visages se dessinant aussi nettement que les grands sourires confiants arborés tout à l'heure. Le premier interlocuteur, le jeune cadre, se leva lentement, sa mallette brillante basculant sur le plancher – il avait oublié qu'elle était posée sur ses genoux.

– Docteur Menka, vous voulez dire que vous n'avez aucune idée, absolument pas connaissance de ce qui nous amène ici ?

Menka fit non de la tête. Fermement.

– Pas la moindre idée.

Un pot-pourri de profonds soupirs s'ensuivit. Le trio se serra en une masse d'où finit par émerger une voix outrée, celle du jeune cadre.

– Mais docteur, notre intermédiaire nous a assuré s'être entretenu avec vous. Pas pour vous faire une offre

– ce n'était pas sa mission. C'est pour cela que nous sommes ici. Mais la nature de nos activités, sûrement…

– Je ne suis au courant de rien. Tout cela est très étrange.

Il brandit l'une des cartes de visite.

– C'est la première indication que j'ai, concernant ce dont il pourrait s'agir – « Gestion des Ressources primaires » ? Je n'ai jamais entendu parler de ça.

– « Unis contre le gaspillage », récita le professeur d'un ton quasi solennel, en tapotant le bas de la carte.

– Oui, j'ai vu. C'est votre énoncé de mission ?

– Tout à fait, répondit le jeune cadre, soulagé et enthousiaste, comme si, après ce petit contretemps, ils se retrouvaient enfin sur un terrain d'entente. C'est ce que nous faisons, docteur. Empêcher le gaspillage. Nous nous occupons de maximiser les ressources. Les ressources humaines.

Après quoi les trois hommes restèrent silencieux, comme si aucune autre explication n'était nécessaire. Le Dr Menka jeta un coup d'œil à sa montre et, relevant la tête, trouva leurs trois paires d'yeux braquées sur lui, le perçant comme si la garantie de leur raison d'exister était cachée en lui, quelque part. Mais Menka, lui, attendait qu'ils développent un peu. Pas un ne semblait décidé à le faire. Il décida donc de briser le silence.

– Désolé, mais je vais vraiment devoir rendre visite à mes patients, maintenant. Si vous voulez bien m'expliquer comment vous accomplissez cela – votre initiative de lutte contre le gaspillage – et ce que vous attendez de moi, au juste…

Le directeur des projets se tourna vers son président. D'un hochement de tête, ce dernier l'engagea à se lancer.

– Docteur, tout ceci est très embarrassant. Voyez-vous, on nous a assuré que vous aviez été briefé comme convenu. Quelqu'un devait venir vous voir, un membre de votre club qui vous connaît très bien – du moins, c'est ce qu'il prétend. Il était censé jeter les bases de cet entretien. Nous nous retrouvons à présent dans une situation inconfortable. Nous ne savons pas très bien comment procéder, et nous nous demandions si…

Le président décida de prendre les choses en main.

– Pourquoi ne pas venir avec nous, docteur Menka ? Je veux dire, venir voir nos activités de vos propres yeux. Ensuite, vous pourrez décider. Il ne s'agit pas d'une entreprise ordinaire, ni de celles qu'on voit tous les jours, mais elle gagne du terrain. Elle se répand. Elle ne cesse de se développer et est extrêmement profitable. Comme vous l'aurez sûrement remarqué sur ma carte, je suis économiste – je sais donc de quoi je parle. Et je peux déjà prédire qu'elle sera bientôt cotée en Bourse – ce n'est qu'une question de temps.

Menka tenta de l'interrompre, mais Odumade poursuivit :

– Je sais, je sais. Nous vous emmènerons faire le tour complet de nos opérations pour que vous voyiez par vous-même. Tout cela s'inscrit parfaitement dans votre profession. Ce qui nous intéresse, c'est simplement votre… expertise professionnelle. Votre prestige. Et le poste que vous occupez. Notre mission va bien au-delà de la gestion des déchets – on pourrait même parler de prévention des déchets. À l'heure où je vous parle, nous pourrions donner l'impression d'aller trop vite pour notre époque, mais, croyez-moi, nous avons analysé les grandes tendances de la société et nous savons qu'il s'agit là du domaine du futur. Nous nous sommes positionnés à l'avant-garde de ce futur.

Cette fois, le chirurgien en eut assez.

– Messieurs, mes assistants m'attendent.

– Oui, bien sûr, soupira Odumade. Nous allons vous libérer. Combien de temps dure votre tournée, en général ?

Menka ne put contenir son tempérament impatient.

– Je vous demande pardon ?

– Votre tournée : combien de temps prend-elle ?

– Désolé, mais je ne vois pas pourquoi je devrais livrer une telle estimation à de parfaits inconnus.

– Je ne vous suis pas inconnu, docteur Menka. Et ce n'est pas en inconnu que je vous aborde.

Menka fut pris au dépourvu, puis irrité, par ce brusque changement de ton. N'y décelait-on pas un semblant de menace ? D'instinct, il adopta le même :

– Vous êtes un inconnu. Je ne me rappelle pas vous avoir rencontré où que ce soit, ni à quelque moment que ce soit et, franchement, je préfère qu'il en soit ainsi.

Il se leva.

– Maintenant, si vous voulez bien m'excuser…

– Asseyez-vous, asseyez-vous, docteur Attentionné, répliqua sèchement l'homme et il balaya l'air de sa large manche, signalant sans ambiguïté son intention de ne pas bouger. Ou alors, si vous préférez, pourquoi ne pas aller faire le tour de vos patients ? Nous attendrons simplement que vous en ayez terminé et, ensuite, nous reprendrons les choses là où nous les avons laissées.

Menka resta planté là quelques instants, sidéré. Atterré. Puis il cracha :

– Vous ferez quoi ? !

– Nous vous attendrons. Nous sommes venus avec une offre. De partenariat.

– Je ne suis pas intéressé. Quand bien même vous m'offririez la présidence.

L'homme gloussa de rire.

– Non… Quelque chose d'un peu plus modeste. Mais qui devrait vous intéresser, j'en suis sûr. Je vous en prie, faites votre tournée. Un long après-midi nous attend. Nous allons vous promener – oh, pardon, mauvais choix de vocabulaire. Pas vous mener en bateau, non. Je veux dire, une promenade *physique*. Et du genre cabossée, mais seulement pendant une petite partie du trajet, et même cet aspect-là, nous nous en occupons. Je vous promets, docteur Menka, que vous ne regretterez pas ce voyage.

Le chirurgien, connu pour s'emporter si fort que ses connaissances en venaient à se demander comment il avait pu mériter son surnom de Dr Attentionné, retrouva enfin sa voix :

– C'est vous qui allez le regretter si vous ne sortez pas de mon bureau – immédiatement ! Tous les trois, dehors !

Odumade se rassit encore plus confortablement au fond de son fauteuil.

– Regretter ? J'aime ce mot. Repensez-vous parfois à des choses que vous regrettez, docteur ? N'avez-vous donc aucun regret ? Rien, dans toute votre existence, dont vous vous repentez ? Réfléchissez bien, docteur, réfléchissez. Prenez votre temps. Rien ne presse.

Cette fois, Menka se retrouva privé de mots. Chantage ? Était-ce de cela qu'il s'agissait ? Son esprit remonta les années, se demandant quel crime immense il avait bien pu oublier, d'un poids tel qu'il pût armer ses visiteurs indésirables d'une confiance aussi pleine. Mais malgré ses efforts, rien ne lui revint. Alors, il vit celui que sa carte présentait comme le directeur des opérations s'avancer, en s'adressant à lui d'un ton apaisant.

– Permettez-moi d'intervenir, docteur Menka. Je vous présente mes excuses. Je suis sincèrement désolé que les choses aient pris cette, hem… tournure assez hostile. Ce n'était pas notre intention. C'est même tout à fait à l'opposé de ce que nous avions prévu. Je crois que tout cela est dû, évidemment, au chaînon manquant. Nous pensions que vous seriez déjà informé à notre arrivée. Ce qui n'est manifestement pas le cas. Le Chief rentre tout juste d'une longue tournée à l'étranger, ce qui, si je puis me permettre, Chief, vous a rendu quelque peu irritable. Ai-je raison, professeur ?

Le professeur marmonna des paroles incompréhensibles mais parut se calmer. Menka, de son côté, ne se sentait pas le moins du monde apaisé.

– Vous êtes entrés dans mon bureau pour me faire chanter ? Avec quoi ? Allez-y, lâchez le morceau !

– Non, non, non, insista le conciliateur. S'il vous plaît, docteur Menka, croyez-moi : le professeur a eu des paroles déplacées. Procédons autrement. Nous allons prendre congé et vous laisser en paix. Je vous téléphonerai, docteur, puis reviendrai vous voir en personne. Sans le Chief. Il repart en voyage demain, donc c'est juste à nous, les gens du coin, que vous aurez affaire. Nous connaissons la chanson. Je vous emmènerai faire le tour de nos activités, et vous verrez par vous-même.

Le troisième homme s'était levé à son tour.

– Oui, procédons de cette manière, docteur. S'il vous plaît. J'ajoute mes excuses aux siennes. Il y a eu un malentendu. Mais nous pouvons encore nous mettre d'accord – c'est une question d'intérêt mutuel. En attendant, nous allons aussi devoir nous entretenir avec notre intermédiaire défaillant. Cet associé nous doit des explications. Et il nous faut fixer une nouvelle date pour cette petite promenade. Nous clarifierons tout.

– Le plus tôt sera le mieux, acquiesça Menka. J'aimerais savoir de quoi il retourne.

– Dès demain, cela vous irait ? C'est un samedi.

Menka haussa les épaules. Le dirigeant ramassa sa mallette.

– Je passe vous prendre ici, demain matin ? À la même heure ? ajouta-t-il en consultant sa montre. Onze heures ?

Visage de marbre, Menka acquiesça.

Se repassant en boucle cette visite et la matinée qui avait suivi, Menka se sentait totalement en phase avec sa décision – il allait achever ce qu'il avait commencé, tirer sa révérence et ne plus jamais remettre les pieds au club. Cette certitude le déstabilisait quelque peu – une étape de sa vie venait de prendre fin. C'était sa dernière soirée au Hilltop Mansion Club, la dernière fois qu'il prenait part à cette confrérie ambiguë. Comme il se levait, il entendit le cliquetis d'une pièce tombant dans le conduit métallique du juke-box, dans l'alcôve récemment abandonnée. Cette relique quasiment oubliée, que l'on avait gardée comme une curiosité d'un autre temps, se trouvait soudain ressuscitée et mise à contribution – pour prévenir, peut-être, toute reprise des hostilités de la part de l'invité d'honneur ? Ou bien pour restaurer l'ambiance rompue du club. Cet objet semblait déplacé dans un tel cadre, et on le tolérait à l'évidence, justement, pour son étrangeté ; moderne au temps de son acquisition, il avait subsisté pour ajouter au vernis que conféraient déjà au club la table de billard et la cible de fléchettes. Il ne servait jamais ou presque. Ayant soudain l'occasion de se faire entendre, le juke-box négligé vociféra, contestant la routine du Hilltop Mansion Club pour la seconde fois ce soir-là. Menka se figea, son paquet cadeau à la main, puis se mit lentement en marche vers le secrétaire, faisant clairement comprendre que c'était là, de nouveau, sa destination, tout à fait impassible. Arrivé à côté du secrétaire, il attendit les quelques minutes qui restaient avant la fin du morceau. C'était une mélodie apaisante, nostalgique, éraillée juste comme il fallait. Elle parlait d'un vallon quelque part dans la patrie rustique du donateur et propriétaire originel de l'appareil. Sur le fond ondulant des collines de Jos, cet exilé avait peut-être cherché à projeter l'évocation consolante d'un endroit nommé Derry Vale dans son esprit en proie au mal du pays. Son étrangeté fit temporairement retomber la chaleur générée, et rassembla les éclats éparpillés de la cordialité coutumière. Menka s'approcha de la table du secrétaire et vint se planter à ses côtés, seule manière de s'assurer qu'on lui accorderait l'attention nécessaire ; il posa même une main sur son épaule et le plaqua sur son siège d'une pression qui était tout sauf hostile.

En sentant approcher l'ultime complainte du violon, Menka dressa la main en direction de l'alcôve pour prévenir toute répétition. Si nécessaire, il était déterminé à élever la voix assez haut pour couvrir la sérénade renouvelée et engendrer un conflit de décibels. Sa seule détermination, il en était certain, suffirait à terrasser un juke-box manufacturé au XIXe siècle. Néanmoins, sa voix resta sous contrôle, mesurée même, conciliante, mais avec une cadence rapide pour empêcher l'insertion d'un autre disque ou tout effort dissident pour le faire taire.

– Un moment, s'il vous plaît, juste un moment. Je vous dois des excuses.

Cela fonctionna. En entendant le mot *excuses*, le DJ putatif – Chudi, en l'occurrence – resta figé, de nouvelles têtes se tournèrent vers Menka et les oreilles se tendirent. Il les tranquillisa encore davantage en secouant timidement la tête, mains levées à hauteur d'épaules dans un geste de paix.

– Je suis d'accord. J'aurais dû passer par la boîte des missions. Je ne me rappelais même plus qu'elle existait.

Il laissa échapper un léger grognement.

– La boîte des missions ! C'est tout à fait approprié. Certains d'entre nous ont été piqués par la mouche missionnaire, à l'excès – et je parle là des deux principales vagues d'exportateurs religieux… Oui, ces missionnaires-*là*. En tout cas, c'est comme ça. Nous savons tous dans quelle société nous vivons. Il se trouve que je fais partie de ceux qui baignent littéralement dans ses abats. Jour après jour. Enfants violés. Enfants sodomisés. Mutilations. Je suis médecin. Je traite des cas. J'ai étudié victimes et violeurs. Mais pour l'essentiel, tout cela est dû à une maladie. Ces gens sont les malades. Les pervers. Plus un quota de crétins qui ont simplement renoncé à leur conscience. Ils croient que coucher avec un gamin de trois ans changera leur vie, en mieux. Leur permettra de gagner le gros lot de la loterie américaine. Ou les élections locales. Ou que saupoudrer leur nourriture avec un rein humain fumé et réduit en poudre les fera vivre plus longtemps. Nous avons dépassé l'Afrique du Sud en termes de fréquence des viols.

Il marqua une pause. Libre à eux de le suspendre pour avoir enfreint le règlement du club – c'était son discours d'adieu, son cadeau de départ à ramener à leur femme et à leur famille.

– Oui, je devrais utiliser la boîte des suggestions – pardon, des missions. Mais je viens de me rappeler, aussi, que cette soirée est la mienne, ajouta-t-il avec un sourire plein d'autodérision. J'en suis l'invité d'honneur, n'est-ce pas ? Les règles du club m'accordent certains privilèges. J'en ai presque terminé, il me reste une dernière question à vous poser, ensuite je rentrerai chez moi et vous laisserai tranquilles.

De nouveau, il s'interrompit, s'éclaircit la gorge.

– Vous êtes-vous déjà demandé pourquoi il a été si difficile, jusqu'ici, de mettre un terme au braconnage des rhinocéros ?

Nouveau silence abasourdi. Menka choisit de ne pas le prolonger, offrant lui-même la réponse.

– La réponse est évidente : la corne. Pour l'obtenir, vous devez d'abord abattre l'animal. Vous aurez beau voter toutes les résolutions de l'ONU que vous voudrez, les Japonais paieront toujours des sommes astronomiques pour une pincée de poudre de rhinocéros. Et vous savez tous pourquoi, n'est-ce pas ?

L'atmosphère changea brusquement, se défaisant d'une bonne partie de son hostilité, la tension retomba et les rires se firent salaces. Des plaisanteries et des gestes virils passèrent de bouche en bouche, de ricanement en ricanement, puis se tarirent lorsqu'une voix reconnut tout bas – une voix qui s'élevait enfin :

– Je dois être un peu lent, je sais, mais je ne vois toujours pas le rapport. Qu'est-ce ce que les cornes de rhinocéros viennent faire là-dedans ?

– Un mythe. Un simple mythe, soupira Menka. D'un point de vue médical, c'est totalement absurde. L'ivoire ne figure pas dans les composants du Viagra, ni d'aucun de ses prédécesseurs ou successeurs efficaces. C'est un mythe. De même que le cœur, le scrotum ou le pubis d'un être humain haché ou mélangé à un potage, dans cette furieuse obsession de devenir riche. Mais des centaines, des milliers de gens y croient. Et une poignée d'entre eux prennent cela suffisamment au sérieux pour abandonner tout scrupule.

– Et donc… ? En quoi cela nous concerne-t-il, docteur, s'il vous plaît ?

C'était Kufeji, celui qui avait déclenché tout cela.

– Et cette fois, venez-en au fait.

– L'offre et la demande. La loi de l'offre et de la demande entre en jeu. Et c'est justement ce que la plupart d'entre nous, de manière si frustrante, refusons de voir. Que ce soit l'État, ou les citoyens ordinaires comme vous et moi. Nous parlons toujours des détraqués, qui tueraient de toute manière. Mais qu'en est-il des gens sains d'esprit, du moins ceux que nous jugeons tels. Regardez autour de vous. Regardez bien. N'avons-nous pas tous l'air sains d'esprit ? Nous nous enivrons mais nous finissons toujours par dessoûler, nous retrouvons la raison – n'est-ce pas ? Mais qui sait où certains d'entre nous vont faire leurs courses ?

Menka attendit. Il semblait paradoxalement décidé à

assurer son isolement complet, et, de ce point de vue, c'était un franc succès. La réponse ne tarda pas à venir. C'était Muktar.

– Vous avez quelque chose d'urgent à nous communiquer, docteur, non ? Eh bien, allez-y : dites-le. Vous êtes notre invité d'honneur. La parole est à vous, mais n'en faites pas trop.

La voix de Menka se fit presque implorante :

– Oui, j'ai quelque chose sur le cœur. Qui grandit en moi depuis longtemps. Appelez ça un cauchemar, si vous voulez. Au-delà des tumeurs que je dois examiner, avant de prendre une décision – les laisser tranquilles, ou bien les enlever. Parfois, j'ai l'impression que tout ce que je lis dans les médias m'est adressé. Personnellement. Oui, c'est la vérité. L'hypocrisie dans laquelle nous vivons tous. Et les cauchemars. Non, non, non, ce n'est pas une accusation lancée contre l'un d'entre vous en particulier, pas du tout. Je n'ai aucune raison de le faire. Mais voyez-vous, ce club n'est pas le monde entier. Il n'est même pas le monde réel. Je regarde autour de moi et, oui, nous avons tous l'air tellement en sécurité. Cela nous rend complaisants, et nous sous-estimons ce qui se passe là, *dehors* !

Menka leva la main pour étouffer les murmures de protestation qui recommençaient à monter.

– Quelques minutes encore et j'en aurai fini. Il est temps que vous appreniez quelque chose, par-delà vos palissades professionnelles. Je veux que vous sachiez qu'il existe certains endroits dont la plupart d'entre nous ignorons tout. Peut-être le club peut-il jouer un rôle, peut-être pas… Je ne sais pas, mais je dois faire en sorte que vous ne puissiez plus clamer votre ignorance après cette soirée – disons que c'est le missionnaire en moi qui parle. Si j'échoue à vous impliquer là-dedans… eh bien, disons que je ne pourrai plus me supporter. Après tout, cet endroit n'est pas censé être un club d'autruches – s'il vous plaît, faites preuve de patience. Voyez-vous, vous autres les hommes de pouvoir, les leaders de communautés aseptisées, qui donnez vos leçons de morale du coin de la rue à la chaire puis au minaret, et vice-versa, vous devriez essayer de mieux connaître ces gens. Il vous arrive peut-être de les rencontrer sortant d'endroits étranges, des endroits dont vous préférez ne pas entendre parler. Les endroits où ils font leurs courses. Mais quel genre de viande achètent-ils ? Kufeji, vous qui avez déclenché tout ça – c'est de ça que je parle. Tout est là, dans cet article de presse. Je suis allé là-bas. On m'y a emmené. Et dans ces moments-là, j'aimerais croire en un Dieu, pour avoir au moins une entité à laquelle reprocher d'avoir abandonné l'humanité. Le reste du temps, j'aimerais avoir choisi une autre profession.

– Oh, voyons, protesta Costello.

– Je le jure devant Dieu, déclara le Dr Menka d'un ton factuel. Non pas que je croie en lui. Ou elle. Bref, c'est la fin de mon baratin. Je tiens à vous remercier encore de l'honneur que vous m'avez fait. Maintenant, je vais rentrer chez moi ouvrir mon cadeau.

Menka s'éloigna dans le silence, traversant à nouveau la salle de billard, dans l'espoir sans doute que la silhouette furtive réapparaîtrait. Il était de plus en plus persuadé qu'il s'agissait de l'émissaire disparu. Il n'y avait que le « DJ », Chudi, lequel se hâta de rejoindre le salon principal, ne sachant trop comment réagir si cette crise sur laquelle il n'arrivait pas à poser un diagnostic venait à reprendre. Le chirurgien inspira profondément, sortit son téléphone portable et composa le numéro de son « jumeau », Duyole Pitan-Payne. Ses épaules parurent se délier lorsqu'il entendit la voix à l'autre bout du fil, son visage s'affaissant de soulagement pour la première fois de la soirée, au premier son de ce grondement familier. Toute personne qui aurait entendu par hasard l'échange crypté qui suivit aurait été déconcertée, car il paraissait tout de même véhiculer un sens entre les deux hommes. Il fut manifestement responsable d'un changement d'humeur chez le chirurgien, du côté de la Hilltop Mansion, changement contrastant fortement avec celui qui toucha son interlocuteur à la Villa Potencia, là-bas, à Abuja.

– Four déjà attisé.

On aurait dit un signal d'identification.

– Allumette et petit bois.

– Gumchi Kid, c'est bien toi ?

– Gong des Quatre.

Se rappelant où il se trouvait, Pitan-Payne jeta un rapide coup d'œil autour de lui. Rien d'anormal ne semblait s'être mis en branle. Il n'y avait là que Mr Garuba, son équivalent. Pitan-Payne poursuivit sur un registre plus sobre.

– C'est vraiment toi, Gumchi ?

– Qui veux-tu que ce soit d'autre ?

– Cauchemar, ou quoi ?

– Pas marrant. Fêlure dans le moule. Tenez-vous prêts.

Ces mots provoquèrent une inspiration brusque à l'autre bout du fil.

– Peau, ou en profondeur ?

– Peau.

– Dense ou fluide ?

– Les deux. Mais pas désespéré.

– Ni os, ni moelle ? Sois franc !

– Os, légèrement. Juste sous les cheveux. Usure du métal. Rien qu'un four refroidi ne saura réparer. Voir quelques vieux visages familiers au lieu de parfaits inconnus. Souvent sans visage. Parfois mieux sans, d'ailleurs. Ça laisse des traces, au bout d'un moment.

– Tu ne devineras jamais où je me trouve – je te raconterai tout ça plus tard. Mais j'ai vu le téléscripteur à la télé. Les nouvelles avaient l'air mauvaises, aujourd'hui – l'explosion au marché. C'est ça ?

– Jamais rien en particulier. Mais ça laisse des traces. Ça s'ajoute au reste. Rien de visible, mais ça marque.

– D'accord. Heure d'allumage ?

– Ce week-end. Je réserve mon vol demain et je t'appelle.

– Préchauffage ?

– Non, pas de ton côté. Du mien, peut-être. Je pense faire signe à l'un des nôtres – Bade. Le quatuor de cadors qui reprend du service – est-ce que ça ne serait pas formidable ? Tu l'as vu, récemment ?

– Hmmm… Sujet sensible. Lui aussi, il semble avoir pris goût à l'isolement. Comme Farodion.

– Faro est un cas à part. Je crois que nous l'avons perdu pour de bon. Il a émigré – pas définitivement, espérons-le. Pas vers le Grand Four de Coulée. La compagnie se réduit, j'en ai bien peur.

– Bade est dans les parages mais… il a des problèmes d'allumage. Il a eu des ennuis. Ce qui a quelque chose d'ironique, pas vrai ? C'est plutôt de Faro qu'on aurait attendu ça.

– C'est triste.

– Je sais. Il est en train de se remettre. Tout doucement. Il reste dans son coin ces derniers temps, c'est tout. Peut-être qu'il a l'impression d'avoir laissé tomber l'équipe. Ne répond pas au téléphone.

– Le Gumchi Kid ne se décourage pas si facilement.

Cette remarque déclencha un gloussement à l'autre extrémité du fil.

– Ça, le monde l'a compris ! Bravo, et bonne chance. Une grande réunion autour d'un dîner. Je vais prévenir Bisoye – ou peut-être que je vais lui faire la surprise. Non, autant tout reprendre à zéro. Faire de ce Gueuleton de Révérence quelque chose de plus grand encore – mais quoi ? Il faut que j'y réfléchisse. Tu vois ce que t'as fait ?

– C'est donc si compliqué ? Je vais annuler.

– Écris tes dernières volontés.

– J'y vais de ce pas.

– Dans un sens comme dans l'autre – guerre ou paix. Mort ou vif. Ne rate pas cet avion.
– À vol d'oiseau. Qui gazouille.
– Four attisé.
– Croisez mes os.
– Gong des Quatre !
– Tout feu tout flamme !
– Quatre pour un…
– … et un pour quatre !

Le célèbre chirurgien jeta un rapide coup d'œil dans l'alcôve pour s'assurer que personne n'avait écouté. Un sourire puéril, malicieux mais satisfait fendait à présent son visage. Il remit le portable au fond de sa poche, bomba le torse, s'autofélicita d'une tape dans la main et se remit en marche pour regagner son domicile, sa démarche se transformant en un roulement de mécaniques à la Richard Roundtree dans *Shaft*, c'est-à-dire… un pas lourd. Écartant les rideaux, il surprit un petit groupe d'hommes rassemblés de l'autre côté, qui attendaient visiblement sa sortie. Tous remarquèrent aussitôt le changement d'humeur chez cet homme qui, dix minutes plus tôt à peine, les avait harangués et implorés. Tout à la fois tourmentés et tourmenteurs, ils le contemplaient, incrédules. Menka, d'abord pris au dépourvu par ce comité d'accueil, se reprit avant eux, les gratifia d'un clin d'œil et poursuivit vers la sortie.

Mais le Vieil Homme du Désert lui bloquait le passage, flanqué de Costello. Avisant le paquet cadeau sous le bras de Menka, il en conclut pertinemment que l'homme prenait congé. Il secoua la tête.

– Vous ne pouvez pas nous quitter comme ça, docteur. Certains d'entre nous ont des questions auxquelles il faut répondre.

Il fit un pas de côté.

– Venez donc à notre table. À l'écart des autres. Là, nous pourrons parler sérieusement.

Tout là-bas, à la Villa Potencia d'Abuja, Pitan-Payne rangea lentement son portable. Relevant la tête, il vit que l'Équivalent le dévisageait avec un mélange de surprise et de suspicion.

– N'est-ce pas là le langage secret d'une secte ? interrogea-t-il.

D'un ton jovial, Pitan-Payne le rassura :

– Bien sûr. Nous ne sommes que quatre, sur la terre entière, à le parler. Cela fait un moment que nous nous sommes perdus de vue. Mais enfin, parlez-moi donc de ce chef-d'œuvre que vous avez écrit. Donnez-moi donc les morceaux croustillants qui n'y figurent pas. Je suis affamé – votre boss a fait preuve d'un manque de considération total à l'égard de mon temps, mais pas de quoi couper ma faim d'informations. Comment vous y êtes-vous pris avec ce broussard ?

Le conseiller spécial eut l'air décontenancé.

– Comment on s'y est pris ? Je ne sais pas. Je vous l'ai déjà dit – ils ne m'ont pas laissé entrer. Réservé aux grands parasites du parti, ajouta-t-il, le ressentiment faisant grimper sa voix dans les aigus. On ne m'a fait venir qu'après, pour m'entendre dire par le Dr Merutali – la plume officielle de l'Intendant, pour ses discours – que j'allais devoir apporter quelques modifications à mon ouvrage. On m'a laissé deux heures à peine, je n'ai même pas pu rentrer dîner chez moi. Ce n'est pas une manière de traiter un auteur. Écrire un livre, ce n'est pas la même chose que rédiger des discours. J'ai travaillé jusqu'à minuit pour intégrer ces changements. Mais ce n'est pas grave. Si l'Intendant lui-même n'a pas quitté son poste, qui peut se croire assez important pour aller se coucher ! J'aime sa manière de montrer l'exemple. Mais ce gouverneur aura des comptes à rendre !

9

Rumble of the Humble

Qui aurait pu imaginer, dans ses rêves les plus fous, qu'un politicien débutant, récemment recruté par le parti du Peuple en mouvement au pouvoir, serait capable de provoquer une journée aussi stressante pour le résident officiel Numéro Deux de la Villa Potencia ! Le titulaire assailli n'était autre que Sir Godfrey Danfere, chevalier de l'ordre du Temple. Pitan-Payne ne s'était pas trompé – il avait effectivement surpris un groupe de piliers du parti, ainsi que le non-conformiste propriétaire du *National Inquest*, en train de passer le contrôle de sécurité n° 3. Mais la crise était terminée. Ce qu'il avait repéré à son arrivée, c'était l'équipe des médecins légistes du parti venus recevoir des ordres sur la meilleure manière de minimiser les dégâts en termes d'image, avant de les faire suivre aux membres de leurs sections locales respectives et de remettre la machine en marche pour la dernière ligne droite des primaires, armés de slogans officiels nouvellement ciselés. Chief Benzy avait été convoqué pour asseoir le rôle de l'Intendant dans ce paysage renouvelé – via le prix le plus convoité de la Nuit des Nuits et son attraction principale, le Prix populaire de la simplicité ou PACT.

D'ordinaire imperturbable, Sir Goddie avait été sévèrement secoué, sa carapace d'invincibilité fissurée – en terrain découvert, et sous le regard du public. Un simple néophyte de la politique, et un déserteur qui plus est, lui avait volé son identifiant officiel, et de la manière la plus effrontée, nonchalante, comme si le coupable n'avait absolument pas conscience de commettre un quelconque crime, ni des conséquences d'un tel affront.

Difficile à croire, mais quand on lui avait demandé de rendre des comptes, l'homme était dit-on tombé des nues. Il n'avait pas nié la chose, ayant appris l'adoption de ce *nom de guerre** de la bouche du Templier en personne, ce qui ne l'avait pas empêché de se l'approprier allégrement, comme s'il s'agissait d'une vulgaire pièce abandonnée dans une casse. Et l'homme avait continué de crier à la persécution jusqu'à son village, à qui voulait l'entendre.

Sauf que les conseillers de Sir Goddie avaient omis de s'enquérir des raisons pour lesquelles, malgré la popularité dont le transfuge jouissait dans sa circonscription, le parti d'opposition avait refusé de lui accorder son investiture pour l'élection au poste de gouverneur. Le parti au pouvoir n'était que trop heureux de le récupérer, et d'accéder à ses désirs en vertu de sa politique de l'IAS – « Investiture automatique spéciale ». Comme un jeune membre du parti avait coutume de l'expliquer, cette démarche consistait à partir du principe que vous aviez passé – et réussi – tous les tests requis, et que vous étiez donc qualifié pour briguer le poste, quel qu'il soit, en cours de négociation. Le leader du Peuple en mouvement, Sir Goddie, lui-même candidat à un nouveau mandat, l'avait personnellement accueilli dans son parti au pouvoir, à l'occasion d'un des meetings les plus intimidants jamais organisés dans la circonscription de cet ingrat. L'affaire était donc un accroc toujours ouvert, impossible à nier et à faire disparaître de la réalité ni de la mémoire, des millions de participants et plusieurs millions de téléspectateurs en ayant été témoins. Sir Goddie avait subi l'humiliation – seul, alors qu'une poignée à peine de ses conseillers en image était dans la confidence – de remettre personnellement la bannière du parti à ce vaurien pour faire de lui le porteur officiel de ce drapeau et, inéluctablement, le vainqueur des prochaines élections au poste de gouverneur. Sur l'estrade de ce meeting, Goddie s'était détaché de son fauteuil surélevé et avait symboliquement confié le contrôle du parti et de l'État à cet arriviste dans sa province, avait hissé le bras en signe de victoire, agité avec lui l'énorme bannière de haut en bas et d'est en ouest, puis entonné en chœur le nom du parti doublé d'un slogan, « Le peuple en mouvement ». Puis il avait été contraint d'écouter le discours de remerciement le plus fourbe de toute sa carrière. Il avait vu la foule en extase applaudir cette fripouille, sans se douter le moins du monde que ce fils désigné était sur le point de voler son identité, son image de marque politique, en sa présence, sans le moindre scrupule. Après lui avoir remis le drapeau, il était retourné s'asseoir sur son siège, déjà las de ce rituel familier, et avait suivi l'esprit un peu absent la fin du protocole. D'un seul coup, ses pensées errantes avaient été ramenées sur la plaine grouillante de la réalité par une rhétorique d'une perfidie sans précédent :

... une fois élu, je jetterai par-dessus bord le titre élitiste de gouverneur et tous ses dérivés, ses connotations, ses présupposés, ses circonlocutions et autres éléments concomitants. Je me présente à ces élections non pour gouverner, mais pour servir. Je déclare donc, chers concitoyens de notre État bien-aimé, que j'interagirai avec vous comme votre serviteur, et non pas votre chef. Dès mon entrée en fonction, je demanderai à tous de m'appeler Camarade Serviteur de l'État – CSE, pour faire plus court –, et pas Votre Excellence le Gouverneur.

Même l'accroche de cette annonce était une contrefaçon, volée presque mot pour mot par cette canaille, dénonçait l'équipe de Sir Goddie, bien que cela fût quelque peu injuste. Chief Akpanga n'avait jamais eu sous les yeux le texte en question, jalousement gardé par le principal conseiller en image de Goddie et sa plume officielle, le Dr Merutali, parfois surnommé Dr Solutions. Lequel affirmait que ce discours n'avait rien d'une reproduction de celui qu'il était en train de préparer – sans l'avoir même encore finalisé – pour son employeur. Néanmoins, se lamentait Sir Goddie, c'était un coup de poignard dans le dos, tout à fait le genre de conduite sinueuse à laquelle on pouvait s'attendre de la part d'un serpent vert dans l'herbe verte. Akpanga était aussi visqueux que l'huile de palme qui avait fait sa fortune – un opportuniste sans scrupule, pas étonnant qu'il n'arrête pas de sauter d'un parti à l'autre, enrageait le roi pillé. *Je l'ignorais alors, mais j'avais mis un serpent dans ma maison ! Ce Jézabel au masculin m'a volé mon image !*

Les primaires en vue des élections provinciales avaient traditionnellement lieu avant la désignation du candidat au poste de Premier ministre – le scrutin présidentiel étant organisé en décalé, n'ayant lieu que tous les six ans. Mais il était peut-être temps de refondre ce processus, avec une validation préalable des discours de remerciement de tous les candidats. Ça, c'était pour l'avenir. Dans l'immédiat, il s'agissait là d'une frappe préventive gagnante, d'un coup d'État en termes de relations publiques, et le camp du Premier ministre était légitimement contrarié et désorienté. Ce n'était ni plus ni moins qu'un vol d'identité. Sous la forme d'une proclamation publique, symboliquement soutenue par l'autorité la plus élevée du parti. Les droits d'auteur appartenaient désormais, et de manière irréversible, au premier utilisateur public de cet identifiant. Son supérieur ne pouvait donc rien faire d'autre que sourire audehors et grimacer dedans, commencer à machiner des plans pour faire mourir Akpanga d'un millier d'entailles minuscules, tout en se creusant les méninges sur le moyen de faire descendre ce fichu minus d'un ou deux barreaux sur l'échelle de l'humilité. L'état d'urgence fut décrété en interne. Une retraite d'une journée fut sonnée, à l'issue de laquelle… ! Ou alors !

Le groupe de travail Image fut de nouveau réuni. Les débats commencèrent au petit matin, le lendemain de ce meeting historique – sous la présidence du leader lésé en personne. Ce fut un brainstorming d'une intensité extrême, où les écervelés qui se contentaient de remplir les postes alloués aux membres du parti dans son gouvernement n'avaient pas leur place. Quand Shekere Garuba était entré, persuadé d'avoir évidemment sa place dans cette session en tant qu'auteur d'une biographie de vingt-cinq pages, dont une moitié de portraits pleine page et de photos de terrain légendées, Sir Goddie l'envoya chercher son bol de noix de cola, puis chargea sa secrétaire d'aller récupérer elle-même les stimulants et de lui annoncer que ce n'était pas la peine de revenir. Adepte convaincu de la délégation, Goddie ne faisait cependant confiance qu'à lui-même dans les affaires d'État les plus sensibles – il stimulait alors la réflexion et coupait court aux balivernes. Le choix avait été difficile : il aurait préféré présider une autre réunion d'urgence qui avait lieu simultanément dans ce même complexe gouvernemental, pour remuer lui-même le couteau dans la plaie et regarder le coupable se tordre de douleur. Il s'agissait bien sûr du procès du candidat Akpanga pour actes antiparti, vol d'identité, etc. Cependant, c'était une occasion en or de faire de nécessité vertu. Il avait donc invoqué le principe *Nemo Judex in Causa sua* – nul ne peut être à la fois juge et partie. Il avait confié l'affaire à un pilier fiable du parti, qui se trouvait par ailleurs être l'un de ses plus fervents inconditionnels, pendant qu'il s'occuperait de la gestion plus créative de la minimisation des dégâts. Le rapporteur du procès n'était autre que l'intellectuel et Solutionneur général du parti, le polyvalent Dr Merutali. Il assurait en outre la liaison entre le tribunal des actes antiparti et le Premier ministre.

Le procès-verbal de l'audience allait devenir un classique de la littérature politique. Une véritable invitation à l'examen de conscience, non seulement pour le Peuple en mouvement, mais en tant que document de référence mettant en garde les autres partis avides d'attirer dans leurs rangs, à l'heure des élections, des « valeurs sûres ». De précieux extraits, notamment ceux qui mettaient en valeur les talents d'orateur politique sous-estimés d'Akpanga, avaient échappé à la censure du parti – une fuite organisée selon certains – et se retrouvèrent sur les fameux réseaux sociaux. Même s'il existait indubitablement des soupçons de falsification, çà et là, on s'accordait généralement à considérer comme authentiques les principaux extraits, sur la base du récit qu'Akpanga lui-même avait donné de ce supplice lorsqu'il avait été accueilli en héros dans son village, et officiellement célébré par le président du conseil municipal.

Il en ressort qu'Akpanga était jugé pour deux chefs d'accusation.

Procès-verbal de l'instruction de Chief Akpanga, gouverneur élu, pour activités et conduite antiparti ayant provoqué conflit, indiscipline et discrédit au détriment du parti : chef d'accusation n° 1. PLAGIAT ET USURPATION D'IDENTITÉ.

– Chief Akpanga, vous savez pourquoi nous vous avons convoqué devant ce tribunal, n'est-ce pas ?

– Non, je l'ignore. Vous dites que j'ai commis un crime contre le parti. Je ne sais toujours pas quel crime.

– Vous avez causé un tort considérable au parti qui

vous a accueilli en son sein. Aux bras ouverts de ce parti, vous avez répondu par la malice et l'ingratitude.

– C'est de la persécution. Vous savez combien je suis populaire. Je suis le seul capable de remporter ce siège dans ma circonscription. Pourquoi me persécutez-vous ?

– Avec tout le respect que je vous dois, monsieur Akpanga, c'est nous qui posons les questions.

– Très bien, je suis là pour vous écouter. Posez votre question.

– Parfait. Nous irons droit au but : tout d'abord, niez-vous avoir rendu visite au chef, Sir Goddie, pour le remercier formellement d'avoir approuvé votre admission dans notre grand parti ?

– Oui, je l'ai fait : n'est-ce pas la coutume ? N'est-ce pas ce que notre culture nous dicte de faire, en tant qu'Africains ? Je suis venu avec tout mon entourage. Et je lui ai apporté quatre paniers d'ignames, deux béliers, un poulailler entier de pintades. Allez donc demander aux gens du poste de contrôle, qui se sont occupés de tout.

– Tout cela a été dûment transmis – s'il vous plaît, évitons les digressions. Venons-en sans tarder au fond de l'affaire.

– Très bien, continuez.

– Quand vous avez rencontré le chef, Sir Goddie, que vous a-t-il dit ?

– Il m'a accueilli comme son propre fils. Il m'a offert une noix de cola et j'ai prêté serment autour d'un verre de schnaps. Il m'a donné son numéro de téléphone spécial et m'a dit que je pouvais l'appeler nuit et jour. Chaque fois que j'aurais besoin de lui parler, m'a-t-il assuré, je n'avais qu'à l'appeler.

– D'accord, poursuivez…

– Je l'ai remercié. Je lui ai dit que j'étais prêt à servir corps et âme le Peuple en mouvement. Je lui ai dit que ma loyauté allait désormais totalement au Peuple en mouvement, et pas à ces autres inutiles…

– Très bien, monsieur Akpanga. Parfait. Vous rappelez-vous en quels termes vous vous êtes adressé à lui ?

– Oui. Je me suis adressé à lui avec respect. Je lui ai dit : Votre Excellence, je suis venu ici pour...

– Je vous arrête tout de suite, monsieur Akpanga. Vous l'avez appelé Votre Excellence – c'est bien cela ?

– Oui.

– Et alors, qu'a-t-il répondu ?

– Il m'a arrêté, comme vous venez de le faire à l'instant. Il m'a dit : Non, non. Je veux que vous m'appeliez Serviteur National. C'est ainsi que je veux être appelé. Je veux en finir avec Votre Excellence. Plus de Votre Excellence ceci, Votre Excellence cela...

– Et donc... ?

– Donc, je l'ai appelé Serviteur National, sir. J'ai dit : Serviteur National, sir, je suis venu ici vous remercier. J'ai ajouté « sir » parce que tout le monde sait qu'il possède ce titre, et aussi parce qu'il était mon supérieur.

Les membres du jury se regardèrent, les yeux brillants de soulagement – et de surprise. Ils s'attendaient à un démenti catégorique. Cela leur facilitait le travail. Le procureur jeta ses bras au ciel.

– Donc, vous reconnaissez les faits ?

– Bien sûr. Qu'y aurait-il à démentir ? À partir de ce moment-là, je l'ai appelé Serviteur National, sir. Chez moi, depuis le meeting, je l'appelle même Notre Serviteur National.

Le procureur du parti entreprit alors de conférer à chacun de ses mots une extrême gravité, poignardant l'air en direction de l'accusé.

– Pourtant, ayant connaissance de ce fait, la semaine suivant les primaires du parti, dans votre discours de remerciement, pleinement conscient que cette désignation était déjà prise par le chef, vous n'avez pas hésité à vous l'approprier...

Akpanga dévisagea tour à tour ses persécuteurs, de plus en plus incrédule.

– *Qu'y a-t-il de mal à cela ? Je voulais lui témoigner ma loyauté. N'est-il pas notre chef ? J'aime cette idée, alors j'ai suivi son exemple. Ne sommes-nous pas tous du même parti ? Où est le problème ? Il dirige l'État central et nous les provinces, donc il n'y a pas de confusion. Je crois que tout le monde devrait faire la même chose.*

Un silence se fit dans la salle d'audience. Au bout d'un moment :

– *Chief Akpanga, avez-vous déjà entendu parler de l'usurpation d'identité ? Connaissez-vous la notion de propriété intellectuelle ? Juridique ou morale, peu importe. Quand une copie enfreint la propriété intellectuelle, elle enfreint la propriété intellectuelle. Êtes-vous familier de cette notion ?*

– *Oh, vous voulez dire que je n'ai pas copié mon discours proprement ? C'est ça que vous appelez un acte antiparti ? Eh bien, ça peut toujours se corriger. Si c'est une histoire de grammaire ou d'orthographe, tout le monde fait des fautes...*

À ce moment-là, rapporte-t-on, le président du tribunal demanda une suspension d'audience. Les membres du jury se réunirent dans un coin pour évoquer la tournure déconcertante qu'avait prise ce procès. Au moment de reprendre les débats, le président se récusa de toute participation à un quelconque procès impliquant Chief Akpanga, pour raisons de santé.

Dans une autre salle, située dans la même aile du complexe présidentiel, autour d'une imposante table de conférence, la réunion autrement plus ardue d'un point de vue cérébral atteignait son paroxysme – la quête d'un substitut à cet identifiant désormais compromis. Toute la machinerie était prête, les graphistes n'attendant plus que le logo pour s'attaquer aux visuels. L'imprimerie piaffait, guettant son fourrage – le temps était compté, la patience de Sir Goddie à bout. Il se félicitait d'avoir choisi de présider cette session, car à peine avait-il ouvert celle-ci aux suggestions qu'une voix jeune et trop empressée proposa :

– Le Serf de la Nation ?

Un seul coup d'œil sur le visage de Sir Goddie suffit. Le larbin tenta de refondre, raffiner, etc. Mais il était trop tard. Le rugissant « Dehors, cervelle de potage d'igname ! » lui parvint alors qu'il franchissait déjà le seuil, absolument désolé, avant d'être officiellement banni et confiné dans son bureau jusqu'après la ré-investiture du Premier ministre. La proposition « Esclave » – « Esclave de l'État » – se révéla à peine moins suicidaire. Son proposeur se hâta de la disposer dans un cadre rhétorique – « Je me présente aujourd'hui devant vous en Esclave de l'État... », etc. Cette proposition semblait de fait moins répugnante que Serf de la Nation, mais Sir Goddie en personne décréta qu'elle glissait trop visqueusement sur le toboggan de l'abaissement de soi – ce qu'on ne pouvait attendre que des pharisiens et des sadducéens. L'instigateur connut le même sort que son prédécesseur, hormis de menus raffinements du châtiment administratif.

Vint ensuite « Valet du Peuple » – qui obtint une cote élevée, tant les connotations se révélaient riches, avec une petite touche exotique et, après tout, les promesses de campagne du parti n'incluaient-elle pas un grand nettoyage ? Associée au slogan « Pomponner la nation pour le XXIe siècle », la trouvaille devenait même plus acceptable encore.

Le membre du groupe de travail Image formé aux États-Unis plissa toutefois le nez – cela ne sentait pas très bon. Chez les Américains, rappela-t-il à ses collègues, le terme *valet* désignait ces laquais de parking qui débarrassaient les clients de leurs limousines, filaient parquer celles-ci puis rappliquaient avec dès que les propriétaires en avaient terminé avec leurs déjeuners d'affaires, leurs dîners en amoureux, leur spectacle du soir ou leur shopping forcené. Fallait-il vraiment associer le Premier ministre de la nation noire la plus peuplée au monde à un pauvre voiturier qui gagnait sa vie grâce aux pourboires des gens ? Et peu importait, après tout, que le gratin de cette profession fût snob au point de refuser les pièces – même si leur somme excédait le tarif de rigueur –, affichant une préférence pour le « froissement des billets d'un dollar ». Froissement qui aurait paru étrange à la puissante caste corrompue des Big Men, ses compatriotes – les billets ne bruissaient ainsi que pris séparément, les opérateurs locaux étant pour leur part plus habitués au claquement sourd de liasses atterrissant sur leur table, rien que des grosses coupures, fraîchement imprimées, se comptant toujours par centaines. C'est alors, seulement, que les compter avait un sens – sinon, c'était perdre son temps. Et ainsi de suite, les arguments oscillant d'un côté puis de l'autre. En interne, nombre de professeurs ayant vu du pays furent convoqués pour se joindre au débat. Ils affluèrent des ministères de la Culture, de l'Éducation, des Communications de masse, du Commerce, etc. – Laissez tomber ce que vous êtes en train de faire pour vous rendre immédiatement à la présidence ! Autour d'un café et de beignets *akara*, de *chin-chin* croustillantes, de piments alligator, de noix de cola et autres produits instantanément énergisants, ils se creusèrent la tête pour trouver la formule parfaite – combinant, comme cela avait été validé, les notions de service et de loyauté. *Factotum Général, Superviseur National, Contremaître, Travailleur de Terrain, Chef d'Équipe, Gardien du Pays*...

Finalement, à la tombée du jour, une voix timorée appartenant à un stagiaire des Jeunesses du parti, fraîchement diplômé de l'Institut d'études théologiques, souffla :

– *Intendant*, sir ? Que penseriez-vous d'*Intendant* ?

Silence dans la salle de conférence. Les yeux du Premier ministre s'illuminèrent telles deux lucioles. « L'Intendant de la Nation », développa la voix timide. Le brainstorming cessa brusquement. Chacun des experts dévisagea les autres pour en avoir le cœur net – cette proposition semblait pertinente –, avant de scruter les traits de Sir Goddie dans l'attente du verdict.

Indépendamment de la recherche désespérée de restes après ce larcin intellectuel, Sir Goddie décela une signification à deux, voire trois étages dans ce titre de consolation – l'Intendant de la Nation. Il convenait à une source gouvernementale d'où émanaient les ordres, tout en insistant sur la volonté d'agir comme un subordonné, mais avec une dignité plausible. *Intendant* sous-entendait discrètement que l'on était aux commandes, contrairement à *Serviteur*, dont le bénéficiaire initialement prévu, Sir Goddie lui-même, détestait viscéralement la fonction, même s'il n'avait pas trouvé cette appellation intenable avant qu'elle ne lui soit volée. Mais cela allait au-delà de la simple rancœur. Ses réserves étaient liées à son statut de chevalier – le « sir » auquel il avait droit contredisait en soi les fonctions du serviteur. La notion même de servir réveillait les aspects les plus irritables de son caractère, mais aussi ses déclamations les plus hautes en couleur et les plus mémorables, la plus abondamment citée étant sans doute : « Je préfère leur en faire baver que leur lécher les bottes », qui avait donné lieu à la plus joyeuse des retransmissions de bureau en bureau parmi le personnel de la Villa. « Ne vous ai-je pas ordonné de leur botter le cul ? » venait juste derrière en termes de popularité, attestant la familiarité de Sir Goddie, et son identification avec la fameuse sortie d'un ancien président des

États-Unis pendant un débat télévisé, grand rituel de cette nation – *On leur a bien botté le cul, hein ?* –, sans savoir que le microphone était toujours allumé.

Sir Goddie enroula muettement ses lèvres autour de l'identifiant proposé, le mâchouilla quelques instants et le trouva – pas de doute – tout à fait savoureux. Créature aux profondes convictions religieuses, il le jugeait immensément évocateur. La notion d'intendance avait une dimension théologique qu'il avait d'ores et déjà commencé à explorer mentalement – *Souvenons-nous qu'un jour, nous devrons rendre compte de notre intendance sur cette terre...* –, et qui évoquait une implication de tous les instants dans la gestion des biens et des affaires terrestres, ici et maintenant. Le leader était perdu dans ses rêveries, un défilé d'images de ces intendants décrits dans les Écritures, qui se voyaient parfois confier totalement le contrôle et la gestion de maisonnées, de royaumes et d'empires commerciaux. La cerise sur le gâteau, cependant, était résumée par le sens courant, non spécialisé, de ce terme – l'intendance comme pouvoir camouflé sous la livrée du serviteur. Cette dissimulation implicite lui plaisait plus que tout. Et séduirait aussi, il le savait, son directeur de campagne, le comité électoral du parti, etc. Ses conseillers en communication s'extasieraient. Le gâteau parfait, à dévorer les yeux fermés – pâte, garniture, saupoudrage et cerise compris. Bien sûr, Sir Goddie hocherait timidement la tête quand tous viendraient le féliciter pour son choix – *Un coup de génie, Sir Goddie, un vrai coup de génie.*

– La vérité sort de la bouche des enfants… déclara-t-il, levant aussitôt la main pour réfréner celles des autres, déjà prêtes à applaudir de soulagement. Mais ce n'est pas encore tout à fait ça. Près, tout près, mais pas dans le mille. Le Peuple. Remplaçons Nation par Peuple, qu'est-ce qu'on obtient ?

Un chœur s'éleva dans la salle, scellant la chose :

– L'Intendant du Peuple !

Le domestique nouvellement embauché rayonna.

– Nation ? État ? Laissez donc ça aux internationalistes. Au pays, donnez toujours la priorité au Peuple. On ne fait pas plus proche de la base !

Le soir même, l'étudiant en théologie vit son stage se transformer en un poste permanent au sein du cabinet de Sir Goddie. Ce qui contribua au mécontentement général de Shekere Garuba.

L'affaire la plus pressante du jour s'était achevée en triomphe, mettant échec et mat un dangereux outsider. Le problème de la redésignation étant réglé, on allait pouvoir s'atteler pour de bon à la recherche d'images pour l'illustrer. Il y avait pas mal de retard à rattraper – un tournoi différent, quoique lié au précédent, commençait à présent, et les autres concurrents avaient eu tout loisir, jusqu'ici, de faire leurs preuves sans affronter le moindre obstacle. L'esprit de Sir Goddie avait déjà basculé sur autre chose – il était capable d'évoluer sur cinquante plans à la fois. Voilà qu'il gagnait maintenant un niveau d'aspiration plus élevé encore – le PACT ! Le Prix populaire de la simplicité, remis annuellement. Hélas, le même rôdeur traînait dans ces parages-là, l'omniprésent Chief Akpanga, désormais gouverneur élu. Habitué à être dans le camp de ceux qui distribuaient les coups, Goddie commençait à se demander s'il n'était pas lui-même devenu la victime d'une persécution sournoise. Akpanga avait-il vraiment fait défection à son parti ? Ou bien cela relevait-il d'une vaste ruse ? Cet homme était forcément un infiltré ! Il n'avait pas simplement quitté son parti – celui-ci l'avait envoyé en mission ! Laquelle était de saper les efforts du parti au pouvoir, par le biais d'une attaque en règle contre le statut coutumier du leader, consistant à être aux commandes.

Conçu comme la réponse du peuple à l'« élitisme » des Honneurs Nationaux de la fête de l'Indépendance, cet événement alternatif représentait un atout quasi décisif en vue des élections. Qu'il puisse tomber entre de mauvaises mains aussi près du scrutin n'était pas une perspective enviable. Cela allait bien au-delà du prix de la Simplicité. Le magnat des médias, ce franc-tireur, exerçait une telle influence qu'il était assidûment courtisé par les gouvernements en place, de tous bords. Son journal, le *National Inquest*, était une arme de subjugation redoutable qui poussait même parfois les puissants à hésiter quelques instants avant de se lancer dans un pari risqué. La Nuit des Nuits de Chief Oromotaya était, sans aucun doute, l'événement à battre. Dans la stratégie de campagne mise en place par Sir Goddie, on pouvait raisonnablement s'attendre à ce que sa nouvelle identité d'Intendant du Peuple lui offre un avantage décisif en vue d'une nomination au prix le plus convoité de la fête du Choix du Peuple – le Dr Merutali n'avait d'ailleurs pas manqué d'en souligner l'importance lors des réunions stratégiques. Ce n'était pas, s'était-il empressé de nuancer, une question de vie ou de mort. Néanmoins, ignorer la capacité du *National Inquest* à faire basculer les intentions de vote avant une élection se ferait aux risques et périls du candidat, et l'obtention d'un YoY était la preuve la plus visible que cette institution vous accordait son soutien. Le parti avait fait ses calculs « arithmétiques, cashrithmétiques et gangrithmétiques » – autre trouvaille de Sir Goddie –, et estimait qu'il gagnerait même sans ce prix. Cependant, c'était là une plume qui méritait d'orner le casque de chevalier – en l'occurrence, le long chapeau en forme de gondole – d'un Templier. Le premier pas, et le plus décisif, consistait à décrocher une nomination émanant d'une source prestigieuse. Après, tout le reste serait facile.

Le gouverneur élu Akpanga, en toute innocence, était loin d'imaginer à quel point son coup de la servitude avait empiété sur les platebandes de Sir Goddie. Pas plus qu'il n'était conscient d'avoir été repéré et désormais présélectionné pour ce même prix ultime. Akpanga était simplement l'un de ces produits de la nature sur lesquels se pose la baguette de la reconnaissance, sans le moindre effort de leur part. Producteur et marchand d'huile – l'huile de palme destinée à la consommation humaine, pas à celle des machines –, Akpanga était habitué à travailler bras et bas des jambes enfoncés dans ce produit visqueux saturé de cholestérol, reconnaissable à son intense couleur rouge violacé. Il travaillait aux côtés de ses employés depuis qu'il avait appris, alors qu'il n'était qu'un gamin se promenant pieds nus et à peine vêtu, à extraire le précieux colloïde, de loin l'huile de cuisine la plus dense que l'humanité eût jamais pressée, tirée en l'occurrence des grappes de graines hérissées de piquants qui encerclaient le haut du tronc des palmiers. Même les écureuils, dont c'était l'en-cas préféré, trouvaient parfois que faufiler leur museau entre ces pointes pour pouvoir le plonger dans les graines était un exercice ingrat, et que la moisson n'en valait vraiment pas la peine. Une telle parabole naturelle assurait des images promotionnelles et des slogans de campagne absolument irrésistibles – de « D'un nid d'épines germent les graines de la vie » à « D'un nid d'épines germent les graines de la sagesse », il n'y avait qu'un prévisible pas. Des mots que son parti allait finir par regretter, chaque apparition publique devenant la source d'un embarras sans cesse croissant chaque fois qu'Akpanga quittait sa zone de confort. Mais au moment de sa découverte, cet homme avait été la meilleure prise politique de tous les temps ! Un don du ciel. Le marchand d'huile était un politicien-né et bientôt, on avait attribué à ce businessman à succès des aphorismes parés des atours du parler populaire, avec parfois sa tête émergeant d'une pénombre de graines en grappe. Son intervention dans les campagnes électorales garantissait à celles-ci une dimension terre à terre, un réel dividende en termes de relations publiques, avec peu d'efforts investis. La trajectoire électorale d'Akpanga avait été jalonnée de victoires courues d'avance – d'abord comme conseiller municipal, incontesté dans son milieu d'origine, une circonscription longtemps négligée. À partir de là, tout s'était enchaîné selon l'ordre de la nature. L'huile de palme lui avait fourni toute la richesse requise pour franchir les étapes successives. Akpanga était devenu un point de ralliement pour les autres. On ne tarda pas à le surnommer Godfadda Junior – le statut de Godfather ou Parrain universel appartenant de l'avis général, par-delà les allégeances politiques, à Godfrey Danfere. De cet avant-goût du pouvoir, et des intérêts qu'on pouvait en extrapoler, était née l'addiction. De membre du conseil municipal à président de celui-ci, puis élu à la Chambre des représentants… Finalement, à l'approche des nouvelles élections, Akpanga avait joué son va-tout : *Gouverneur ou rien !*

Le parti régnant du Peuple en mouvement – fièrement abrégé en POMP – *Nous sommes les garants de la pompe et de la majesté, Gardiens de la souveraineté du peuple, etc.*, chantait l'hymne du parti –, cherchant désespérément à mettre un pied dans cette circonscription alléchante qui contrôlait une bonne partie des autres gisements de pétrole du pays, plus riches encore que ceux du Delta, lui offrit son investiture sans la moindre contrepartie. Pas totalement mécontents de son départ, ses anciens parrains souhaitèrent bon courage aux dirigeants de son nouveau parti. *Ils comprendront leur douleur en temps voulu*, songeaient-ils en souriant derrière leurs mains, mais bien sûr condamnés à supporter les huées et les railleries de ceux qui les accusaient de discréditer le déserteur sous le coup de l'amertume. Comme ils avaient raison, en fait, se lamentait à présent Sir Goddie – cet homme n'avait rien que de l'huile de palme coagulée dans le crâne. N'empêche, gouverneur ou pas, son châtiment l'attendait – s'il prenait la peine de lever la tête, son cou se raidirait à la vue de ce menaçant objet qu'on appelle épée de Damoclès. Pour l'instant, il fallait se concentrer sur la principale cible – la fête du Choix du Peuple, et ses très convoités prix des Yeomen of the Year. Sir Goddie avait dans son viseur le plus prisé de tous, et si le magnat de l'huile de palme décidait de jouer les pillards une fois de plus, alors… !

L'ingénieur Pitan-Payne ! Dans le tohu-bohu de cette journée, Sir Goddie avait même oublié sa présence. Sincèrement contrit, il tendait déjà le bras pour appuyer sur un bouton caché sous son bureau quand on frappa à la porte.

– Oui ?

C'était le Dr Merutali, le faiseur d'image, de retour du tribunal de l'Inquisition chargé de sanctionner la mauvaise conduite de Chief Akpanga. Il avait une expression sournoise au visage, comme qui tente de contenir un sourire satisfait, et Goddie se hérissa aussitôt. Seule une poignée d'individus – du calibre de Teribogo et du Dr Merutali – jouissait du privilège de pouvoir se présenter au bureau du Premier ministre sans passer au préalable par son chef de cabinet.

– Qu'est-ce qui vous fait donc rire ?

Ce professionnel calme, que rien ne déstabilisait, habitué qu'il était à gérer des clients allant du monarque bilieux aux vedettes capricieuses du show-business, s'approcha de l'Intendant et posa sur son bureau deux feuilles de papier dactylographiées avec soin. Puis il s'assit en face de lui et se servit dans le bol de noix de cola.

– Je crois que c'en est fini de la concurrence. Nous allons pouvoir procéder aux élections.

L'Intendant du Peuple tira les deux feuilles vers lui, se pencha dessus.

– J'espère que ça en vaut la peine.

Procès-verbal de l'instruction de Chief Akpanga, gouverneur élu, pour actes et conduite antiparti ayant provoqué conflit, indiscipline et discrédit au détriment du parti : chef d'accusation n° 2.

Le président par intérim : Veuillez consigner le fait que cette audience devant le panel spécial a repris à 16 h 30 sous la direction d'un nouveau président – mon nom est Ogusuigbe. L'ancien président a demandé à être relevé en raison d'une migraine. Pour le reste, tout demeure inchangé. Chief Akpanga, sommes-nous prêts à poursuivre ?

L'accusé, Chief Akpanga, ayant répondu par l'affirmative, le président par Intérim continua :

– Chief Akpanga, nous sommes également chargés d'examiner un incident qui s'est déroulé à votre domicile il y a deux jours, pour lequel la police a dû être appelée et des interpellations réalisées...

– Très bien, je suis content que le parti ait remarqué la persécution dont, en tant que citoyen numéro un de mon État, je fais l'objet.

– Vous n'êtes pas encore citoyen numéro un, Chief Akpanga.

– Par la grâce de Dieu, je le serai bientôt. Plus que quelques semaines avant mon entrée en fonction. Dieu en a décidé ainsi. La promesse de Dieu est un serment qu'on ne saurait briser.

– En fidèles membres du parti que nous sommes, nous partageons vos espoirs et vos prières. Mais pour le moment, nous sommes là pour vous interroger sur la sincérité de votre allégeance au parti, surtout dans la mesure où son image publique est en jeu.

– Je vous écoute. S'il s'agit d'un problème d'image, testez ma loyauté – vous verrez bien.

– Vous considérez-vous comme loyal envers notre leader, Sir Godfrey Danfere ?

– Si je ne suis pas loyal envers lui, envers qui d'autre le serai-je ?

– Reconnaissez-vous que vous avez le devoir de ne pas ternir son image, ni celle du parti ?

– Dans ma vision des choses, un leader est un leader. Nous devons tous nous aligner derrière lui.

– Bien. À présent revenons à vendredi dernier : avez-vous reçu des visiteurs dans votre village d'origine ?

– Oh oui, de nombreuses personnes sont venues. Ils avaient des caméras et ont fait des vidéos un peu partout.

– Vous ont-elles expliqué pourquoi elles filmaient ainsi ?

– Ça avait un rapport avec la fête du Choix du Peuple. Ces gens m'ont dit qu'ils voulaient proposer mon nom pour une récompense. Un prix qu'ils voulaient me remettre le soir de leur gala. C'étaient des menteurs : ils sont juste venus me créer des ennuis.

– Ils sont venus vous créer des ennuis ? N'est-il pas vrai qu'ils sont venus vous filmer chez vous et au travail ?

– C'est ce qu'ils prétendaient. Et je les ai laissés faire tout ce qu'ils voulaient. Ils ont filmé des vidéos partout – de moi, et de mes proches. Mes employés, mes voisins et tout le reste. Puis ils sont entrés dans ma maison et se sont mis à poser des questions. C'est là que les ennuis ont commencé.

– Quel genre d'ennuis, Chief Akpanga ?

– Ils m'ont insulté, alors je leur ai demandé de sortir de ma maison.

– Ils vous ont insulté... Et pour quelle raison ?

– Ils ont pris leurs photos, sont entrés chez moi, puis

se sont mis à m'insulter. Ils m'ont dit qu'ils voulaient me récompenser parce que j'étais un homme simple.

– Vous voulez parler, bien sûr, des YoY. Les prix des Yeomen of the Year, dont l'apogée est le Prix populaire de la simplicité.

– Oui, c'est celui qu'ils ont mentionné. Celui-là est une insulte. Je vais devenir gouverneur. Et juste parce que je viens d'un village, ils ont le droit de venir me voir pour me donner le prix de l'homme ordinaire ? Je leur ai dit de ramasser leurs affaires et de s'en aller. J'ai dit à mes gens de les chasser de mes terres, et qu'ils n'y remettent jamais les pieds.

– Monsieur Akpanga, c'étaient des gens du National Inquest. *Ils venaient vous annoncer votre nomination à...*

– Vous n'étiez pas là. Moi si. Ils n'avaient pas à venir chez moi pour me parler de ma soi-disant simplicité. Vous accepteriez ce genre de bêtises, vous ?

– Mais étiez-vous obligé de vous montrer violent ?

– Qui a été violent ? C'est ma maison. Je n'accepte déjà pas ce genre de bêtises où que ce soit, et encore moins dans ma maison. Juste parce que je suis mon leader et que je me fais appeler Serviteur de l'État, les gens auraient le droit d'oublier que je vais devenir gouverneur ? Est-ce un rang ordinaire ? Pourquoi pas un prix spécial – voilà ce que j'attends, un prix spécial. Qu'est-ce j'ai à voir avec leur simplicité ?

Danfere releva la tête, lentement, et enveloppa son visiteur d'un regard ardent.

– Vous avez conscience de ce que je vous ferai si cette histoire se révèle être une Fake News…

Merutali haussa les épaules.

– J'étais dans la salle. J'ai fait taper ce document rapidement, à partir du procès-verbal, pour que vous puissiez le lire vous-même.

Goddie poussa un gloussement.

– Là, c'est vraiment donner de la confiture politique à des cochons de la campagne… Vous êtes en train de me dire qu'il n'avait jamais entendu parler des YoY ?

– Eh bien… On pourrait dire que, hem, plus ou moins.

– Comment ça, plus ou moins ?

– J'ai fait en sorte qu'il en entende parler. Modu est un romantique.

Sir Goddie laissa échapper une exclamation de désaccord outré, mais Merutali leva aussitôt la main pour exiger de la patience.

– Oui sir, croyez-moi, c'est clairement un romantique. Bien sûr, il n'y a que les affaires qui l'intéressent, c'est un combinard – mais un combinard romantique. Il croit vraiment à certains de ces prix. Ne sous-estimez pas la chose. Donc quand il découvre quelqu'un comme Akpanga, il est tout excité. Cela donne à ses combines une touche d'authenticité. Il adore injecter des exceptions dans tout ce processus. En retour, celles-ci en légitiment les aspects les plus cyniques.

– Surtout quand elles ont de l'argent ?

– Exactement. J'ai toujours un œil sur la concurrence, donc, pas de souci. J'ai appris qu'il prévoyait de décerner le Prix suprême à notre homme. Alors je suis allé le trouver. Je lui ai dit : « Écoutez, mon job consiste à prendre soin de l'image du parti. Ce qui signifie que, désormais, il est de ma responsabilité de veiller sur vous. Certaines personnes essaient de vous traîner dans la poussière, de vous réduire au rang d'homme simple, tout ça parce que vous venez d'un village et que vous ne faites pas de grandes phrases… » Voyez-vous, il faut toujours chercher la corde sensible d'un homme comme Akpanga. C'est ce que j'ai fait. Donc je lui ai dit : « Si des gens viennent vous parler d'un prix de la Simplicité, refusez-le. Ne les laissez même pas insister. Jetez-les dehors. »

Sir Goddie laissa échapper un long sifflement grave.

– Vous êtes un démon, Merutali !

– Non sir, la politique est le démon tapi en chacun de nous. Y compris vous, mon ami. Pour tout dire, j'aime ce rôle. Ça réveille mon côté créatif.

Il se leva.

– Maintenant, à vous de jouer.

– Vous voulez dire… ?

– C'est entre vous et Oromotaya. J'ai fait ma part. Je lui ai dit que vous auriez peut-être besoin de le voir aujourd'hui. Il patiente dans l'une des salles d'attente.

– Ce type est un vulgaire boutiquier. Combien pensez-vous qu'il voudra ?

– Faut-il que ce soit une histoire d'argent ?

– Avec Modu, oui, je pense bien.

– C'est là que vous vous trompez. Je viens de vous le dire : c'est un romantique.

– Dans ce cas, que dois-je faire ? Lui trouver une petite amie ?

Merutali partit d'un grand rire.

– Vous pouvez toujours essayer : vous n'arriverez pas à battre Akpanga à ce jeu-là ! C'est lui-même qui me l'a dit, tel quel ! Non, essayez plutôt les Honneurs Nationaux. La fête de l'Indépendance arrive bientôt. Faites le troc. Il n'hésitera pas un instant.

Sir Goddie secoua la tête en souriant, dans un geste d'admiration habituellement réservé à son miroir.

– Je n'y aurais jamais pensé, vous savez.

– Les deux Prix suprêmes réunis dans sa petite personne ? Les YoY de cette année resteront dans l'histoire, vous verrez.

Sir Goddie soupira, poussa le bol de cristal vers son interlocuteur.

– Je crois que vous avez mérité une autre noix de cola.

10

L'audience

Cette fois, ce fut le chef de cabinet muet qui vint à sa rencontre. À demi assoupi, Pitan sentit une présence et se réveilla brusquement. L'homme était planté devant lui, à l'étudier sans dire un mot. Pitan reprit conscience de l'endroit où il se trouvait.

– L'Intendant du Peuple va vous recevoir maintenant.

Pitan jeta un coup d'œil à sa montre – presque dix-neuf heures. Il lança un regard noir à son escorte taciturne, puis la suivit sans faire de commentaire. La Présence l'attendait bel et bien, devant les doubles portes ouvertes, capitonnées de cuir.

– Entrez, entrez.

Sir Goddie l'accueillit en lui tendant la main puis le dirigea vers son bureau.

– Asseyez-vous, monsieur Payne.

Il gagna son propre fauteuil à grandes enjambées et poussa le bol d'en-cas éclectiques vers son invité.

– Donc vous abandonnez le pays tout entier, cette fois, et pas seulement notre gouvernement inadéquat.

– Votre Excellence… pardon, je veux dire : Intendant du Peuple, sir…

– Non, ne vous tracassez pas avec ça. Nous voulons juste donner l'exemple, c'est tout. Appelez-moi comme vous voulez. C'est ce que font les gens, de toute manière, et pas toujours en des termes flatteurs.

Incertain, Pitan trouva une formule qui – espérait-il – semblait compatissante.

– Oh non, sir, n'allez pas croire ça.

– Si, c'est la vérité. Mais quelle importance ? Une fois qu'on accède à ce poste, il faut s'attendre à tout. Donc, en partance pour les Nations unies, hein ?

– Oui, Sir Goddie. Et je sais les efforts que vous avez consentis pour que cela arrive. C'est un honneur. Ma famille et moi sommes extrêmement reconnaissants de ce soutien.

– Non, non, tout est l'œuvre de Dieu. Remercions le Seigneur de m'avoir mis dans la position de pouvoir apporter ma pierre. C'est un portefeuille éminemment convoité. Je n'aurais pas aimé que nous le perdions au profit d'une autre nation.

S'efforçant de démêler ses idées pour accéder au discours qu'il avait répété, Duyole se rendit compte que celui-ci s'était perdu parmi les souvenirs du passé rappelés pour tuer le temps dans la salle d'attente. Il n'eut d'autre choix que de se laisser guider par son hôte, et de répondre à ce qui viendrait.

– J'étais sans doute l'individu le plus étonné sur terre en l'apprenant. Je ne savais même pas que quiconque s'intéressait à mon profil, jusqu'à ce que je reçoive une lettre du secrétaire général de l'ONU.

– Eh bien, je sais que la Bible n'a pas de secret pour vous – « As-tu vu un homme diligent dans son ouvrage ? Il se tiendra auprès des rois, pas des gens de basse condition. »

Le sourire de Duyole s'étiola. Même son discours vaguement composé, quelle que soit la direction qu'il avait prise, ne l'avait pas préparé à un tel panégyrique. Il remercia de nouveau la figure enthousiaste, cette fois pour s'être forgé une si haute opinion de lui durant son audit. Il espérait que les modestes résultats auxquels il avait pu contribuer seraient utiles, et permettraient d'assurer à terme un approvisionnement en énergie constant, répondant à la fois aux besoins domestiques et industriels. L'Intendant du Peuple lui assura qu'aucun effort ne serait vain, aucune ressource ménagée – ou gaspillée. L'électrification rurale était au cœur du programme énergétique de son administration, et ils étaient déterminés à la mener à bien, à l'échelle de tout le pays. Sir Goddie abattit sa paume ouverte sur le bureau.

– … avec ou sans l'aide de la Banque mondiale et du FMI.

Duyole resta figé, tâchant de saisir ce que ces deux institutions pouvaient bien avoir à faire avec le projet qui le liait au ministère de l'Énergie. Absolument rien. Son rapport détaillé avait même plutôt insisté sur le fait que la nation n'avait besoin d'aucun de ces organismes, puisqu'il lui suffisait de maximiser le recours aux ressources locales et de faire appel au secteur privé, de ressusciter aussi les équipements et les sous-stations électriques mis à l'arrêt depuis si longtemps, et en train de rouiller aux quatre coins de la nation. Quatorze mois de travail perdus, soupira Pitan.

Comme s'il lisait dans ses pensées, Sir Goddie s'exclama :

– D'ailleurs, j'y pense…

Il ouvrit un tiroir et en sortit un dossier rouge, autour duquel était noué un impeccable ruban noir. La mention *SECRET* était tamponnée dessus en diagonale. L'Intendant du Peuple le tapota avec une délicatesse touchante puis se pencha en avant, comme pour souligner l'aspect confidentiel de la chose.

– Je tiens à vous remercier pour ce travail. Je sais que vous avez dû vous demander pourquoi je ne vous avais pas fait venir depuis tout ce temps…

Il leva sa main devant lui pour devancer les protestations qui, il en était certain, n'allaient pas manquer de s'élever.

– Non, non, à votre place, je ressentirais la même chose. C'est tout à fait compréhensible. Je voulais juste que vous le sachiez : ceci – il gratifia le dossier d'une nouvelle tape affectueuse – est ce que nous appelons un dossier actif. Actif. Voilà, il a peut-être l'air innocent et immobile mais, croyez-moi monsieur Pitan, c'est un dossier on ne peut plus actif.

– Je suis vraiment soulagé de l'apprendre, sir.

– Merci. Je n'ai pas besoin d'en dire davantage. Vous sentirez vous-même l'impact de ce rapport, même d'aussi loin, depuis les Nations unies. Croyez-moi sur parole.

Pitan-Payne eut un sourire reconnaissant.

– Vous n'avez pas idée, vraiment, de ce que vous avez fait pour moi au sein de ce ministère, reprit Sir Goddie. Je m'en occupe personnellement. Les premières mesures de suivi ont été prises, et ce n'est pas joli. Des têtes vont tomber – non, des têtes ont déjà commencé à tomber. Jusqu'à votre intervention, personne n'avait encore réussi à aller au fond de la gangrène qui pourrit ce secteur. Et bien sûr, les solutions que vous proposez ! Personne n'est allé aussi loin, depuis toutes ces années. La critique est facile, cette nation est pleine de râleurs. Ce sont des professionnels. Mais quand il s'agit de trouver des solutions, là, ils sont soudain... portés disparus !

– Je suis heureux d'avoir pu apporter ma contribution, monsieur le Premier ministre.

– Vous êtes modeste. Ce que je n'ai pas compris, en revanche, c'est que vous ayez choisi de nous quitter aussi abruptement. Vous n'en étiez même pas à la moitié de votre contrat. Pourquoi tant de hâte ?

– Mission accomplie, sir. Il ne me restait plus rien à faire.

– Ne dites pas ça. Ne dites jamais une chose pareille. Votre aide m'aurait été bien utile pour la phase suivante.

Ce n'est qu'un début. Si vous n'étiez pas parti, nous serions déjà passé à la phase II – non, nous en aurions terminé avec la phase II et en serions à la phase III.

L'ingénieur eut un sourire timide.

– Je commence à me sentir coupable.

– Non, non, non, ce n'était pas mon intention. Vous aviez atteint le but que vous vous étiez fixé, et votre professionnalisme était irréprochable. Je sais les difficultés rencontrées. Je sais quels pièges on vous a tendus. Ces imbéciles ne savaient pas à qui ils avaient affaire. Ils ignorent tout de la lignée des Pitan-Payne. D'ailleurs, j'y pense : comment se porte votre père ? Trouve-t-il encore le temps de pratiquer ses chères danses de salon ?

– Il pratique le plus souvent seul ces temps-ci, Sir Goddie. Il danse même sur des cantiques !

Sir Goddie éclata de rire.

– Sur « Roc éternel », par exemple ?

– Vous connaissez son surnom, sir ?

– Bien sûr. Nous appartenons à la même loge.

– Il se porte bien. Très bien. Et il est très actif. J'ai même essayé de l'attirer dans ma société.

– C'est bien. Parfait. Certains préfèrent laisser leur grand âge se perdre. Quel dommage.

Duyole s'esclaffa.

– Je peux vous assurer, sir, qu'il n'est pas du genre à perdre son temps. Il trouve toujours quelque chose à faire.

L'Intendant sourit.

– Mais il est toujours préférable d'impliquer la famille – chaque fois que cela est possible. C'est une chose que j'approuve. La prochaine fois que je le vois, je lui ferai savoir tout ce que vous avez accompli pour la nation. Maintenant, c'est à nous de reprendre là où vous vous êtes arrêté. Ce processus est d'ores et déjà lancé. Vous pouvez sans crainte nous laisser prendre la suite. Complètement. Soyez assuré que vous avez laissé cette affaire entre de bonnes mains.

Duyole courba le front pour exprimer humilité et reconnaissance.

Comme il rangeait le dossier dans son tiroir, Goddie redressa brusquement la tête.

– Oh, j'allais oublier. Je vous dois d'autres excuses encore. Le gouvernement vous doit des excuses. Nous vous devons de l'argent. C'est en demandant qu'on m'apporte vos dossiers que j'ai découvert cette regrettable erreur. Vous imaginez ? Honte à nous. J'ai donné des instructions : cet oubli inacceptable appartiendra bientôt au passé. Je m'en suis personnellement assuré.

– C'est très gentil à vous, Sir Goddie. J'allais bien sûr vous en faire part.

– Vous ne seriez pas le fils de votre père si vous étiez reparti sans le mentionner. Tout est réglé.

Sir Goddie poussa vers lui le bol de cristal.

– Prenez une noix de cola. Elles sont très spéciales. Je les fais venir d'une minuscule plantation, non loin d'ici. Leur goût est unique. La plupart des gens ne connaissent pas vraiment les noix de cola. Ils ignorent qu'elles peuvent avoir des dizaines de goûts différents, qui n'ont rien à voir entre eux. Cette variété-là est absolument exceptionnelle. J'aime faire une analogie avec le café – ce que le café Blue Mountain est par rapport à la plupart des autres cafés, eh bien, cette variété-là, par rapport à la majorité des noix de cola, c'est pareil. Où que ce soit sur ce continent, je veux dire.

– Merci, sir.

Duyole tendit la main vers la friandise.

– Le propriétaire de la plantation vient les livrer à la Villa toutes les deux semaines, de ses propres mains, des noix de cola non décortiquées. C'était son idée. Ma gouvernante les appelle les « cosses du Premier ministre ». Elles viennent d'un petit village tout près d'ici, qui s'appelle Gumchi. Allez-y, prenez-en plusieurs. Ramenez-en chez vous.

La main tendue de Duyole s'immobilisa à mi-geste, pétrifiée. Il enveloppa son hôte d'un regard interrogateur. Le Dr Goddie prit un air perplexe.

– Que se passe-t-il ?

– Vous avez dit Gumchi, sir ?

– Oui. Vous connaissez cet endroit ?

– J'espère bien, Votre Excellence. Mon meilleur ami vient de ce village. Un chirurgien. Qui vit maintenant à Jos.

De nouveau, le Premier ministre se rassit au fond de son fauteuil, s'émerveillant.

– Ah, vraiment ?

– Oui, sir. Nous étions si proches dans le temps qu'un jour, nous avons imaginé bâtir une petite clinique pour lui, là-bas. Notre groupe de quatre.

– Ah bon ? Dieu, que le monde est petit. Et dans un village plus petit encore, à ce qu'on raconte. Où comptiez-vous l'installer, cette clinique ? Il n'y a quasiment pas d'espace, là-bas. Des rochers, et rien d'autre. À part cette petite parcelle de colatiers, quelques citronniers et pas grand-chose d'autre. J'ai envoyé le ministre de l'Agriculture jeter un coup d'œil, pour voir si nous pourrions développer ce produit. Il a rapporté des photos : des rochers, rien que des rochers.

– C'était justement le défi, Sir Goddie. En tant qu'ingénieur…

– Bien sûr, bien sûr. Si quelqu'un en était capable, c'était bien vous. Mais ne touchez pas à mes noix de cola, sinon vous aurez affaire à moi, hein !

Duyole rit avec lui.

– Je suis sûr qu'elles seront préservées, sir. Enfin, si nous parvenons un jour à mener à bien ce projet. C'est un de ces rêves de jeunesse, vieux de deux décennies déjà… Nous avions signé une sorte de traité d'assistance mutuelle. Mais nous avons pris des chemins différents.

– Oui, ainsi va la vie. L'humanité se déplace. Mais les roches demeurent.

– Les colatiers aussi, j'espère, Votre Excellence.

– Espérons-le. Nous l'espérons tous. Le changement, c'est très bien. Et le développement. Mais certaines choses devraient rester telles qu'elles sont. Nous avons tous besoin d'une forme de permanence.

– Je suis tout à fait d'accord.

– Oh, cela me fait penser… Eh bien, je n'ai pas besoin de vous le dire. Vous, votre société, avez acquis un sacré poids à l'échelle nationale. Ce nom – mon Dieu ! –, la *Marque Pays*, cela résonne profondément. C'est un nom qui a du poids. Et avec cette reconnaissance des Nations unies… Eh bien, cela ne fait aucun doute : votre nom est de ceux qui comptent dans ce pays. Je sais que vous l'utiliserez toujours à bon escient – dans l'intérêt de la nation.

Duyole se tendit : *Voilà, nous y sommes !* Sir Goddie ne manqua pas de remarquer cette méfiance soudaine, avec ses années d'expérience à guetter ce genre de réaction dangereuse chez les « volontaires » contraints à accomplir des missions non voulues. N'ayant aucun goût pour les refus, Goddie rétropédala en douceur.

– Hmmm… Voyons voir. Votre paternel ne vous a pas parlé ?

– De quoi, Votre Excellence ?

Alors, Goddie partit d'un rire sonore.

– Celui-là, toujours à faire des mystères… Je pensais qu'il vous en aurait touché un mot avant notre entrevue. Donc, laissez-moi vous dire quelle est, selon moi, la meilleure manière de procéder. Enfin, je vais vous donner un indice : nous pensons que la nation a le devoir de promouvoir la Marque Pays. De se l'approprier. D'en faire un patrimoine national. Un simple indice. En rentrant chez vous, parlez à votre paternel. Il s'agit juste d'un petit service, associé, que vous pourriez nous rendre avant de partir – mais je le laisse vous l'expliquer.

Il abattit sa main sur le bureau.

– Oui, restons-en là. Votre père a un sujet à aborder avec vous.

– Comme vous voudrez, sir. Mais si vous préférez…

– Non, non, rien ne presse. Il vous expliquera. Lui et moi parlons le même langage. Oh, les ennuis arrivent…

La porte s'ouvrit lentement et le Premier ministre releva la tête. C'était le chef de cabinet. Duyole braqua ses yeux sur l'homme et le regarda fixement, lui rendant la pareille du malaise qu'il avait éprouvé tout à l'heure dans la salle d'attente.

– Désolé de vous interrompre, Votre Excellence…

Son Excellence l'Intendant du Peuple leva les yeux, surpris, sur l'horloge de son bureau.

– Bonté divine, ils sont déjà là ?

– Je les ai fait patienter dans la grande salle d'attente, IP.

– Quel dommage…

Et il semblait sincèrement le regretter.

– Notre conversation commençait à être vraiment intéressante. Très bien, je suis là dans une minute.

Le fameux « coup de coude administratif » de la réceptionniste – audience terminée.

– J'y pense, monsieur le chef de cabinet.

– Oui, Intendant du Peuple ?

– L'équipe de protection rapprochée de Mr Pitan-Payne… j'imagine qu'elle lui a été retirée lorsqu'il nous a quittés ?

– C'est la procédure habituelle, IP.

– Eh bien, veillez à ce qu'elle soit immédiatement rétablie et ne le quitte pas d'une semelle jusqu'à son départ.

Pitan-Payne se lança aussitôt dans des protestations mais fut arrêté par un geste ferme, sans appel, de son hôte.

– Je m'en occupe, acquiesça le chef de cabinet.

– Sa sécurité est encore plus cruciale que lorsqu'il était consultant pour un unique gouvernement. Il est devenu une acquisition mondiale désormais, pas juste la nôtre – ce pays a beau être grand, nous ne pouvons pas lutter. Nous ne voudrions pas nous exposer à une infamie planétaire, s'il lui arrivait quoi que ce soit.

– Compris, Votre Excellence.

– Et bien sûr, chaque fois que vous reviendrez au pays, Pitan – ça ne vous dérange pas que je vous appelle ainsi, au lieu d'utiliser votre nom composé ?

– C'est un honneur, IP.

– Parfait. Donc, n'oubliez pas de prévenir à l'avance le chef de cabinet. Je ne plaisante pas avec la sécurité – demandez-lui donc, il me connaît bien.

Duyole secoua la tête, visiblement contrarié par la tournure que prenaient les événements. Sa rupture avec le système se voulait définitive. Il fit un dernier effort.

– Votre Excellence, ce n'est vraiment pas nécessaire, je vous assure.

Son hôte se figea et le fixa droit dans les yeux.

– Si, monsieur Pitan-Payne, c'est nécessaire. Absolument nécessaire. Nous ne devons prendre aucun risque. La situation sécuritaire étant malheureusement ce qu'elle est, c'est une responsabilité qu'il nous faut assumer.

– Vous pouvez compter sur moi, sir, le rassura son chef de cabinet. Je ferai tout le nécessaire.

L'Intendant du Peuple rajusta son *agbada*, contourna son vaste bureau et enroula son bras largement emmanché autour des épaules de Duyole.

– Il faudra me rendre visite chaque fois que vous reviendrez en vacances ou pour toute autre raison.

– C'est très gentil à vous, Intendant du Peuple. Je n'y manquerai pas.

– Nous sommes tristes de vous perdre mais enfin,

vous savez ce que dit le Livre saint : le Nigéria vous aime, mais les Nations unies vous aiment plus encore. Dieu merci, vous êtes endurant. Votre séjour chez nous l'a amplement démontré. Vous n'imaginez pas à quel point leur fonctionnement est tortueux, là-bas ; un miracle que la moindre décision puisse être appliquée ou même simplement prise. Je n'aime pas dire ça, et ne le répétez pas, mais… l'ONU est un asile de dingues. Elle aurait besoin d'un grand chambardement. Si vous voulez vraiment obtenir des résultats, vous devrez vous y consacrer à plein temps.

Sur le seuil, il lui tendit de nouveau la main.

– Au risque de me répéter, la nation vous aime, oui, mais d'autres, les Nations unies en particulier, non seulement vous aiment plus, mais ont davantage *besoin* de vous.

Le conseiller spécial attendait derrière la porte, le visage étrangement désemparé, la voix confuse.

– Oui ?

– Votre Excellence, je suis vraiment désolé, mais mon assistant n'a pas terminé de préparer le paquet.

– Quoi ? !

– Il ignorait que nous avions décalé à cet après-midi le rendez-vous de Mr Payne. Nous l'avions reporté à cause du marathon d'hier.

– Ce doit être un idiot. Il croit peut-être que les gens de l'ONU sont des traînards, comme vous tous autour de moi, bande d'inutiles ?

Il se tourna vers Duyole.

– Je suis désolé. Je leur avais dit de vous préparer un petit cadeau – comme preuve de la reconnaissance de ce gouvernement et, bien sûr, de notre fierté. Un geste symbolique, rien de plus.

– Si Mr Pitan-Payne veut bien patienter quelques instants… commença Garuba.

– Si Mr Quoi veut bien quoi quoi quoi ? Vous le

lui enverrez. Notez son adresse et veillez à ce qu'il lui soit remis en mains propres avant qu'il s'envole pour New York !

– Mes excuses, Votre Intendance. Ce sera fait.

– Maintenant, accompagnez Mr Payne jusqu'au dernier contrôle de sécurité, et revenez aussitôt. La nuit est loin d'être finie, donc ne disparaissez pas avec lui.

– Je vais prendre soin de Mr Payne, Votre Intendance.

Ingénieur et Équivalent se mirent en marche, laissant Sir Goddie seul – du moins, le croyait-il. Alors qu'il refermait sans bruit la lourde porte derrière lui en pivotant simplement sur lui-même avant de s'y adosser, il enveloppa d'un regard noir son fauteuil inclinable, où se tenait le fantôme de son prédécesseur. Il gratifia cet occupant délogé d'un nouveau grognement, pour lui avoir légué un scientifique possédé répondant au nom de Duyole Pitan-Payne – oui, talentueux et tout et tout, personne ne le niait mais, bon sang ! Pourquoi fallait-il qu'il passe son temps à causer des problèmes aux gens ? Eh bien, bon débarras. Il lâcha un soupir qui résonna dans les corridors labyrinthiques du pouvoir. Puis il joignit les mains, les frotta l'une contre l'autre, entrelaça ses dix doigts pour soutenir son menton tout en fermant les yeux de toutes ses forces et en poussant sa mâchoire inférieure vers l'avant – c'était chez lui le signe ultime de la satisfaction. Si l'ingénieur débarquait aux Nations unies avec la même mentalité et qu'on le renvoyait au pays, cela n'importerait plus guère. Son impact, à partir de là, diminuerait considérablement. Ce poste revenait de droit au Nigéria, et ils n'auraient aucun mal à l'attribuer à une personne plus méritante. La nation ne manquait pas d'experts dans tous les domaines, et nul n'accuserait le gouvernement de mettre sur la touche ou d'étouffer un tel talent – à chaque étape, ils avaient fait tout leur possible pour le mettre à profit. Tout était là, dans les dossiers.

Il avait oublié la présence de son chef de cabinet, qui s'était poussé de côté pour laisser partir les deux autres. Celui-ci toussa discrètement pour signaler sa présence. Le Dr Goddie sursauta.

– Oh, vous êtes encore là ?

– Sir, vous avez dit que vous alliez donner des instructions concernant le solde de ses honoraires.

– Quels honoraires ? Il sait ce qu'il a à faire, sinon tout cela sera caduc. J'attends des nouvelles de son Paternel demain soir au plus tard. Lui, au moins, il n'encourage pas les gens à jeter au visage du gouvernement l'argent qu'il pourrait leur verser.

– Très bien, sir.

– Et l'un de ses proches copains est tombé dans nos griffes. Réseau de corruption. Nous avons vérifié, ce type n'appartient pas vraiment à sa société commerciale, mais ils sont proches. Non seulement ils sont proches, mais ce criminel est l'un des membres fondateurs de cette envahissante Marque Pays. Tout ce que nous avons à faire, c'est les étiqueter comme une secte clandestine – ce qui correspond à la réalité des membres fondateurs, et de ce que l'un d'entre eux trafique ces derniers temps. Une bande d'ivrognes, pour commencer – vous imaginez un peu ? J'ai toutes les infos. Les réseaux sociaux feront le reste. Il ne peut pas se permettre un scandale – pas maintenant. Les Nations unies ne le toléreraient pas.

– Votre Intendance a tout à fait raison.

– Je laisse son père s'en occuper. Que rien ne vienne directement de moi – je me méfie des types dans son genre. Il m'a l'air capable de tout.

– Nous connaissons ces gens-là, Votre Intendance. Vous pouvez compter sur nous pour faire le nécessaire, sir.

– Oui, faites. Oromotaya est-il encore en train d'attendre ?

– Non, il est parti, Votre Intendance. Avec le Dr Merutali. Ils m'ont dit de vous prévenir qu'ils allaient dîner avec la Première dame.

– Je les rejoindrai plus tard. J'espérais que l'ingénieur serait des nôtres aussi, raison pour laquelle je n'ai pas arrêté de repousser notre entretien. Mais sa tête de mule lui jouera des tours. Si son Paternel ne le ramène pas à la raison, faites en sorte que son dossier se perde dans le système. De mon côté, je m'occupe du rapport inutile qu'il m'a envoyé avant de démissionner – comme si la nation n'avait pas déjà assez de pain sur la planche…

– Très bien, sir.

– Le seul problème, c'est qu'il a réussi à en faire parvenir un exemplaire au président. Ce qui est fâcheux. Notre président oublie souvent qu'il est membre du parti. Toutes ces foutaises de neutralité une fois que vous êtes assis dans le fauteuil présidentiel – eh bien, il les prend au pied de la lettre ! Bien. Si besoin est, nous aurons juste à lui rappeler que si toutes les merdes ont des odeurs différentes, elles n'en sentent pas moins mauvais. Mais il est en bons termes avec Oromotaya. Gardez bien cela à l'esprit. Ça signifie que notre ami Chief Ubenzy en a forcément une copie. Et depuis des années.

Il prit sa tête entre ses mains.

– Je ne sais pas comment je suis censé gérer toutes ces fichues variables.

– Nous sommes en train d'éliminer tous les exemplaires, IP. Et nous pourrons toujours les discréditer en disant qu'il s'agit de faux. Le Dr Merutali sait y faire. Le président n'a pas oublié comment il a été élu, sir, donc je ne m'inquiéterais pas outre mesure de lui, Votre Intendance. Les gens savent tous comment ils sont arrivés là où ils sont.

– J'espère pour eux. Ce sera tout. Oh, et puis :

envoyez-moi ce demeuré dès qu'il sera revenu. Personne d'autre n'attend ?

– Juste l'Indien, IP.

L'Intendant du Peuple se gifla le front.

– Le géologue, c'est ça ?

– Oui, sir.

– Je ne peux pas le recevoir. Pas aujourd'hui. Il a eu une mauvaise expérience à Zamfara, et je ne crois pas avoir envie de m'occuper de ça maintenant. Quand l'or – le vrai métal ou le gel noir, peu importe – se retrouve mélangé avec la religion, les prospecteurs doivent s'attendre au pire. Dites-lui que je ne peux pas le recevoir aujourd'hui.

– Si vous me permettez une humble suggestion, Votre Intendance, peut-être juste une poignée de main ? Il a attendu plus longtemps encore que l'ingénieur et il a effectivement vécu une expérience fort malheureuse. Mais cela ne l'a pas découragé, et il veut retourner là-bas. Tous les rapports indiquent qu'il a un véritable génie pour découvrir les gisements d'or. Je crois qu'il vaut la peine d'être connu, IP, sir.

Goddie se fit soudain pensif.

– D'accord, d'accord. Amenez-le-moi, que je voie sa tête. Quelques secondes, pas plus.

– Très bien, sir.

Goddie alla attendre à la porte, impatient. L'instant d'après, il fit volte-face et rebondit à l'intérieur, fonçant droit sur son bureau. Il empoigna deux noix de cola et retourna se poster près de la porte au moment où son chef de cabinet revenait, avec dans son sillage le prospecteur indien.

– Sir Goddie, c'est très gentil à vous, Votre Excellence, tellement gentil.

– Je suis désolé que cette journée ait été si compliquée à la Villa. Et j'ai appris que vous aviez connu un moment pire encore à Zamfara. Mais il faudra revenir.

Mes propres experts ont des sites à vous recommander. Nous avons bien besoin de vous ici.

– Vous êtes trop bon, monsieur le Premier ministre. Je dois reprendre l'avion demain, mais je reviendrai. Je reviendrai car je sais que votre sous-sol contient d'abondantes ressources, et nous aimerions travailler avec votre pays.

– Vous serez doublement le bienvenu. Mon chef de cabinet vous communiquera les numéros à appeler. Et, tenez… ajouta-t-il en fourrant les noix de cola dans les mains déroutées. Vous connaissez les noix de cola, n'est-ce pas ?

– Tout à fait, sir, tout à fait. J'en vois souvent sur les marchés. Il y en avait partout à Zamfara.

– C'est un symbole d'amitié, entre autres choses. Prenez-les avec vous. Bon voyage et revenez-nous vite.

Se courbant, plein d'une sincère exaltation, le Dr Murkajee fut raccompagné vers la sortie, débarrassé de la terreur des jours passés à Zamfara, comme si cette expérience n'avait jamais eu lieu. Il avait été brièvement kidnappé, avant d'être secouru par une milice citoyenne. « Une expérience impressionnante, déclarait-il encore des semaines plus tard. Mais les gisements d'or sont plus impressionnants encore. »

Le duo fut presque aussitôt remplacé par le conseiller spécial, essoufflé par le petit trot qui l'avait ramené jusqu'à son patron.

– Ce prêcheur est toujours dans les parages ? interrogea Sir Goddie. Comment se fait-il appeler, ces jours-ci ?

– Teribogo, Votre Excellence.

– Ah oui, Teribogo. Envoyez-le-moi.

Il s'autorisa son sourire le plus large, et sans aucun doute le plus gratifiant, de la journée.

– Il n'y a rien de mal à solliciter également une, hem,

intervention divine dans cette affaire. Je crois que le cas de Mr Pitan-Payne exige de multiples assurances.

Shekere Garuba se détendit, sentant que cette journée s'était extrêmement bien passée pour son patron. Il s'enhardit au point de prendre une dernière liberté :

– Évêque Teribogo ? C'est vous, mon père ?

L'espace d'un instant, l'Intendant du Peuple hésita – n'était-il pas en train de laisser ce jeune vaurien devenir trop familier ? Non, décréta-t-il. Avec l'éducation qu'il avait reçue, Garuba savait forcément quelle était sa place. Sir Goddie lui adressa donc un clin d'œil de conspirateur, qu'il fit suivre d'une noix de cola. Le jeune homme prit cette dernière puis se prosterna de tout son long en signe de gratitude. C'était indéniablement la marque ultime de son acceptation. Uriah Heep se sentit enfin pleinement adopté dans la famille.

11

La main de Dieu

Teribogo, connu plus affectueusement sous le nom de Papa Davina, était désormais identifié dans la conscience des gens comme n'étant pas un simple prêcheur comme les autres. Il était la différence et l'innovation incarnées. D'ailleurs, les journaux les plus prestigieux, dans leurs pages consacrées aux questions spirituelles – publiées le vendredi et le dimanche –, ne tarissaient pas d'éloges à son sujet et le présentaient comme l'avenir de l'Appel, si Dieu Lui-même devait survivre et Satan être renvoyé au fond de son trou primordial. Satan est un broussard, prêchait volontiers Papa D, et ensemble, par la force de nos prières, nous allons le chasser dans sa tanière de la forêt, tout honteux ! Aux yeux de certains disciples, ces imprécations exaltées pouvaient sembler insensibles et grossières, mais combativité et controverse étaient la marque de fabrique de Papa D. Il réservait ces envolées rhétoriques à ses services ouverts à tous au pied de sa colline opérationnelle, Oke Konran-Imoran, ce qui, traduit dans le plus pur esprit de la licence canonique – jumelle de la poétique –, signifiait Montagne de la foi, du conseil. En vertu d'une alternance œcuménique encouragée, et même exhortée comme un attendu de la part de tous les vrais croyants, il existait une version tout aussi vénérée, Oke Ariran, la Montagne de la vision. Vantées comme formant un seul et unique tout, elles s'unissaient à la confluence spirituelle du ministère qui les chapeautait, enregistré auprès de la Commission des affaires commerciales (CAC) sous le nom d'Eukuménika S.A. Papa D prêchait par l'exemple. Dans la tradition des nations officiellement bilingues, comme le Canada, Papa D était connu pour ne jamais achever fût-ce le plus minuscule fragment de phrase tant soit peu mordant ou mystérieux sans l'avoir énoncé dans au moins deux langues.

Les célébrations au pied de la montagne se déroulaient dans un vaste espace en forme de Y, dont le pied était ouvert de tous côtés au vent, à la pluie, aux mendiants, aux chèvres et aux poules, ainsi qu'aux vendeurs ambulants d'en-cas et de gadgets internationaux, incluant des pièces détachées automobiles. Par contraste, à l'extrémité d'un des bras du Y se dressait un « bunker » quasiment insonorisé. Celui-ci faisait office de sacristie, de lieu de méditation et abritait des cabines de prière individuelles. L'autre bras s'achevait en un « confessionnal » isolé du vacarme ambiant et réservé aux fameuses salles de SLI – Soins de libération intensifs – où Papa D délivrait les cas les plus extrêmes du démon et de toutes ses œuvres. Cette délivrance pouvait impliquer la prescription de remèdes tels que l'autoflagellation ou d'autres formes d'automortification incluant, sans s'y limiter, des sessions de bain froid dans les grands fonts baptismaux/rédempteurs en forme de baignoire sabot. Le rebord de pierre sur lequel les fidèles descendaient s'asseoir depuis le niveau du sol était un bloc de marbre de Jérusalem, qui provenait, disait-on, de la carrière qui avait fourni la dalle recouvrant le Saint-Sépulcre de Jérusalem. Il avait remplacé le précédent, plus fin, qui avait fidèlement servi jusqu'à être brisé par la descente d'une femme faisant partie des disciples les plus corpulents de Papa Davina, ses fameux « guerriers de la prière ».

La dame s'était noyée, au vu de tous. Le poids de ses transgressions avait à l'évidence eu raison de cette dalle fragile, malgré la flottabilité que l'eau était scientifiquement censée apporter. Ce même oppressant fardeau des péchés non expiés avait empêché la disciple de relever la tête hors de ces malheureux quatre-vingt-dix centimètres d'une eau importée – certificat à l'appui – du lac de Tibériade. Elle avait basculé sous l'eau et s'était étouffée, se débattant dans ce que le petit noyau de fidèles avait pris pour des mouvements d'extase. Teribogo avait donné plusieurs interviews dans les médias sur la cause et l'effet de cet incident, dressant une comparaison avantageuse avec la mort de plus de trois cents pèlerins de l'Église des Bienheureux Saints venus de tout le continent, dans l'effondrement d'un bâtiment encore en construction – sans permis. Le bloc de marbre de remplacement, manifestement capable de résister à la charge des péchés futurs, aussi pesants soient-ils, avait été volontiers financé par sa congrégation reconnaissante en une seule session de promesses de dons, toutes honorées dès le jour ouvrable suivant.

C'est depuis cette salle des machines, comme l'appelaient la plupart des gens, qu'étaient dirigées les affaires du ministère. Le reste du site se composait d'un espace à l'air libre ouvert à tous, abrité sous des bâches et des plaques de tôle ondulée, et délimité de-ci de-là par des tiges de bambou et de raphia. Cet espace pouvait accueillir plusieurs milliers de personnes, public qui doublait, triplait, voire quadruplait de taille à l'occasion des grandes fêtes religieuses. Les offices avaient lieu nuit et jour, parfois dirigés par des subordonnés formés comme il se doit. Mais pour l'essentiel, l'apôtre en personne présidait aux cérémonies, prêchant et apportant son aide à toute l'humanité sans discrimination de genre, d'âge, de classe sociale, de profession, d'ethnie, de nationalité ou d'*erratisme spirituel* – terme que

Papa D appliquait respectueusement à tous ceux qui avaient commencé par embrasser une autre foi, mais qui avaient réalisé, ou étaient sur le point d'admettre, qu'ils s'étaient fourvoyés, et se frayaient désormais un chemin à tâtons vers la seule et unique vérité – l'œcuménisme.

Ce n'était un secret pour personne : le lointain modèle de Papa Davina était le charismatique Father Divine, fondateur afro-américain du Mouvement de la mission internationale pour la paix au début du XXe siècle qui, Papa D en était convaincu, portait à sa mort les stigmates du martyre sur les paumes de ses mains et ses deux pieds. S'il avait adopté une version légèrement modifiée de son nom, il ne s'était pas pour autant débarrassé du sien, Teribogo, qui, de toute manière, n'était pas nécessairement son véritable nom. Peut-être même ne se souvenait-il plus du nom qu'on lui avait donné à sa naissance, ou bien avait-il connu tant d'incarnations successives que cela n'importait plus guère, et qu'il s'en fichait complètement. Certains affirmaient que Teribogo, le sobriquet qui figurait sur sa carte de visite, et qui lui procurait un lien identitaire assez ténu avec les régions d'Afrique de l'Ouest où l'on parlait le yoruba, n'était sans doute pas le sien, mais lui avait été malicieusement octroyé dans l'une de ses bases évangéliques antérieures, ailleurs en Afrique de l'Ouest – on évoquait la Côte d'Ivoire.

L'un des talents les plus convoités de Papa D était sa capacité à convertir l'événement le plus négatif ou la moindre allégation contraire en de véritables atouts. Ainsi, ce sobriquet qui à en croire la rumeur provenait d'un scandaleux passé était devenu un trésor et une source d'émulation lorsqu'il avait migré vers un nouveau lieu et réinventé son ministère. Tout prêcheur digne de ce nom possède sa chanson fétiche, clip sonore ou déclencheur d'extase. Teribogo était celui qui avait fini par être unanimement associé à Papa Davina : *Courbez le front dans la gloire.* Son attachement plein d'assurance à ce nom faisait mentir les versions malveillantes colportées sur ses origines – quel homme saint d'esprit ferait étalage, jusque sur sa carte de visite, d'un patronyme aux prémices aussi douteuses, et particulièrement salaces ? Ce nom conférait donc une puissance supplémentaire à sa parole, et plus encore durant les séances de « délivrance ». Néanmoins, ces irrévérencieux récits originels persistaient, propagés par des sceptiques, des révisionnistes lubriques. Papa D répondait par l'indifférence. Que ces gens continuent de mettre en péril leurs âmes en ternissant ainsi le produit d'une inspiration divine. Papa Davina, qui s'était autorapatrié à Mushin, faubourg malfamé de Lagos, était également connu sous le nom de Teribogo, qui n'avait pas tardé à se répandre dans toutes les maisonnées, triomphant de la profane prolifération de fables apocryphes émises par des langues pécheresses.

La chose avait eu lieu – disait-on – durant l'une des séances d'exorcisme de Papa D, c'est-à-dire en présence d'une congrégation de plus de cinq mille personnes. L'événement crucial se déroula hors de leur vue, dans la section spéciale, réservée à quelques privilégiés, mais pas hors de portée d'oreille de cette assemblée qui avait elle-même atteint ce paroxysme de l'adoration auquel, comme en toutes choses, chacun peut prendre part, mais où peu sont élus. La cause la plus courante des interventions spirituelles opérées par Papa D était, dans une société obsédée par la reproduction, l'absence d'enfants, condition qui stigmatisait les femmes, très souvent sans raison valable. Peu à peu, sans que le scepticisme s'envole tout à fait, on avait laissé des explications scientifiques se répandre dans la société, notamment cette théorie blasphématoire selon laquelle la raison de cette condition pouvait émaner d'une déficience masculine.

L'histoire de la femme altérée suivit le chemin habituel. Lequel aboutit à son intégration dans le portfolio de la possession démoniaque – son utérus avait manifestement était réquisitionné par le Diable, pressé et asséché jusqu'à empêcher toute germination. Le Diable avait lui-même été engagé, sans aucun doute possible, par un ennemi proche. Papa D, raconteur hors pair, avait acquis une grande renommée – ou du moins la notoriété – grâce à sa connaissance sans faille de ce mal, connaissance qu'il communiquait par le biais de fables révélatrices, aussi désopilantes que désarmantes, satisfaisant ainsi chez son public le profond besoin d'une explication rationnelle aux mystères des afflictions. Le malheur de cette femme était donc devenu le véhicule anecdotique qui transporta les fidèles de Papa D vers des terres lointaines et les en ramena, tandis que le remède lui-même reposait dans le sanctuaire du prophésite de Teribogo, à Mushin. Papa D emmenait ses spectateurs dans un voyage allant du réel à la réalité virtuelle, avant de les ramener dans le monde sensible, les laissant palpitants tels des papillons dans le vent. Un masque pince-sans-rire sur ses traits, dénué d'émotions, il plongeait dans le lagon de Lagos, refaisait surface dans la diaspora africaine des Antilles – en Jamaïque plus précisément –, dispensant rires et gaieté au passage, jusqu'au moment de faire exploser toute présomption de causalité.

Ceci me rappelle, chers disciples de la Foi, cet expatrié originaire de Jamaïque qui, des jours durant, avait éprouvé une douleur aiguë au niveau de l'urètre. Un diagnostic fut établi, et on lui ordonna de boire des litres et des litres d'eau. Pour notre malheureux souffrant, c'était pire encore que la maladie, car il éprouvait une aversion profonde pour tout traitement à base d'eau, excepté sous la douche. Gloussements. *Ce qui fit alors regretter à sa femme que son aversion à l'égard de l'eau ne soit pas totale, et sans exception. Pourquoi donc, me demanderez-vous ? Je vais vous le dire : une fois sous la douche, par ce climat notoirement chaud et humide qui est le nôtre, il devenait impossible de l'en faire sortir !* Rires. *Et c'était pire encore lorsqu'il optait pour le bain : le temps que la baignoire soit à moitié remplie, les réserves en eau, qui dépassaient généralement à peine le contenu d'une tasse pour chaque maisonnée, étaient totalement asséchées. Ce qui donna lieu à des pétitions réclamant qu'on lui assigne une heure spéciale – après que tous les appartements de l'immeuble auraient été servis. [Ne le savons-nous pas tous ? Dis-le, Papa. Que la Corporation de l'eau l'entende !]*

Teribogo marqua une pause. Il sourit. Il ratissa le prophésite tout entier d'un sourire indulgent. Seuls ceux qui n'avaient jamais entendu parler de Papa D commirent l'erreur de penser qu'il pouvait se contenter d'extraire d'une histoire une unique leçon de morale. Le sermon était encore loin d'être terminé.

Malgré tout, Mack – tel était le nom de ce gentleman – finit par se plier à la prescription du docteur et but sans relâche. Son estomac enfla, mais il sentit finalement le commencement d'un écoulement salvateur. Nouveaux rires. Tonnerre d'applaudissements. *Le processus fut douloureux. Si vous avez un jour le choix entre expulser des calculs biliaires par la voie naturelle et le faire au moyen d'une pseudo-césarienne, laissez votre courage de côté, dites-leur juste : Faites venir le chirurgien.* À ce point du récit, les yeux des fidèles ruisselaient de larmes de rire. *Son épouse était présente. Elle lui tenait la main en l'encourageant à persévérer. Mack fit de son mieux pour se montrer vaillant. Mais au plus fort de ses souffrances, il hurla, serra la main de sa femme jusqu'à la faire saigner et lança des accusations contre la malheureuse : « Betty, pourquoi me fais-tu ça ? Pourquoi veux-tu m'assassiner ? Je t'avais dit de toujours retirer tous les cailloux du riz avant de le faire cuire. Vois comment tu vas émasculer ton mari innocent, maintenant ! »*

Alors, tandis que les rires et les commentaires agitaient la congrégation, la voix de l'Honorable Évêque Teribogo, suprême calculateur de ses effets devant l'Éternel, tonna au-dessus de l'arène et effaça soudain l'air suffisant de ses auditrices, se concentrant, comme sa longue expérience lui avait appris à le faire, sur deux ou trois femmes assises côte à côte, sélectionnées au préalable. Teribogo tenait l'assistance dans le creux de sa main. Changeant de registre vocal, ce magistral showman rugit : *Vous trouvez cela amusant, mais réfléchissez un instant. Plutôt un million de particules de pierre dans la vésicule biliaire qu'une seule pierre du démon dans l'utérus d'une femme. On peut expulser le calcul biliaire, mais où trouverez-vous le génial héritier d'Asclépios capable de vous délivrer de la pierre démoniaque fichée au creux de l'utérus ? Où ? Non, vous, dites-moi... Si vous le connaissez, pointez-le du doigt maintenant ! Ainsi donc, j'entends ces incroyants affirmer que la stérilité est une condition médicale ? Aucun péché n'est pire que l'ignorance. L'ignorance de ce malheureux esclave affranchi, par-delà l'océan, qui accuse les cailloux mêlés aux grains de riz d'avoir créé la pierre dans sa vésicule. Entre cette agonie et les souffrances de la pierre du démon au creux de l'utérus, existe-t-il une différence ?*

D'une voix concertée qui manqua faire tomber les bâches recouvrant l'assistance : *Noooo-o-on !*

Je vous le demande : n'est-ce pas la même ignorance ?

Teribogo jeta alors sa tête en arrière et partit d'un grand rire convulsif, avant de s'interrompre brusquement pour reprendre la voix du patient professeur :

Immergez-vous dans l'histoire de Sarah. Quel péché Sarah a-t-elle commis pour mériter d'être stérile ? Avez-vous lu dans votre Livre saint qu'elle était indisciplinée ? Avez-vous lu qu'il s'agissait d'un châtiment pour sa conduite inconvenante ? A-t-elle désobéi ? Non ! A-t-elle tourné le dos à Dieu ? Non. Mais elle s'est rendue coupable de convoitise. Ah, ah... Vous croyez connaître cette histoire ? Vous pensez mieux la connaître que Papa D ? Oui, elle était coupable de convoitise. Elle avait suscité la convoitise chez d'autres, et ces autres sont devenus des ennemis. Ils voulaient se venger. Ils lui enviaient son statut. Enviaient son succès. Enviaient sa pudeur. Son humilité. Sa diligence. Sa famille. Ils enviaient jusqu'à son existence. Et alors, qu'ont-ils fait pour se venger ? Ils ont placé la pierre du démon dans l'utérus de notre sœur.

Une pierre du démon dans l'utérus exigeait une intervention profonde et pénétrante, administrée par le médecin des âmes, avec l'aide de la congrégation tout entière dans le rôle de l'équipe de soutien et du chœur, involontairement peut-être, mais avec une ferveur ardente. Tandis que l'extase montait, Papa D conduisit sa suppliante affamée d'enfant jusqu'au chœur latéral polyvalent qui accueillait les offertoires privés, le paiement de la dîme, les prières de « délivrance » privées, les séances de bénédiction personnalisées et autres consultations, ainsi que parfois des veillées de prière éminemment intimes, où le suppliant ou la suppliante pouvait recevoir l'instruction de s'étendre bras et jambes en croix, dans la nudité la plus totale, devant le mini-autel, sur le sol de ciment froid, toute une nuit, parfois trois ou plus de suite, en subissant dans l'obscurité de mystérieuses flagellations de la main d'esprits malveillants. À l'occasion, ces séances étaient soulagées par de brèves communions avec le toucher angélique de gants blancs comme le lait. Ceux-ci s'approchaient, chatoyants, relevaient la tête du Chercheur, administraient une gorgée d'« eau de Jérusalem » sur ses lèvres desséchées, qu'ils nettoyaient alors délicatement, avant de disparaître.

En ce jour mémorable, au son des prières et des chants fervents de la congrégation, Papa D conduisit ce cas très spécial au sanctuaire des miracles et des délivrances. La femme s'agenouilla sur le tabouret rembourré, front courbé. Papa Davina exécuta la liturgie, psalmodia des prières et maudit littéralement les ennemis qui avaient infligé de telles souffrances à sa cliente. Dans l'espace commun, orgue, chœur et congrégation se faisaient de plus en plus extatiques. Papa D posa sa main sur la tête baissée de la femme, idéalement placée à hauteur du réservoir des énergies procréatrices masculines.

C'était une journée d'accomplissements miraculeux. La ferveur du prêcheur, même ses plus farouches ennemis furent forcés de le reconnaître, était encore plus chargée et contagieuse qu'à l'accoutumée. S'il ne s'agissait pas là d'un éveil spirituel, estima un fidèle, alors il n'y en avait jamais eu et il n'y en aurait jamais. Ce jour-là, le prélat connut les affres de la possession. La baguette de la bénédiction se montra à la hauteur de l'occasion. En baissant la tête, la suppliante sentit qu'elle avait rencontré un obstacle en pleine ascension, et eut un mouvement de recul. Cela ne fut pas du goût de Papa D, qui plaça sa main sur la nuque de sa cliente et la poussa vers la zone énergisée. Plus la femme tentait de s'écarter, plus il était déterminé, l'exhortant à *T'eri b'ogo !* Encore et encore – *T'eri b'ogo, T'eri b'ogo !* Un concours avait lieu entre orgue et organes, l'artiste de la pompe musicale tout aussi possédé, sans doute par empathie mystique, tandis que la bacchanale spirituelle d'un « Loué soit le Seigneur ! » entonné par des milliers de voix continuait de déchirer l'air sanctifié. L'organiste, accoutumé à ces crises de possession et d'exorcisme, accentua encore ses coups de pédales en actionnant tous les tirants de registre, ses yeux lui sortant de la tête, qui oscillait sans cesse entre la porte de la sacristie et l'assemblée. Il savait ce qui était peut-être en train de se passer, car même le souffle lourd se faisait audible sous les laborieux *T'eri b'ogo !* qui jaillissaient, sonores, du Saint des saints. Alors, emporté par l'inspiration, et même la possession, il continua de pomper jusqu'à ce que, soudain, la porte s'ouvre brusquement et que la suppliante, toute débraillée, en jaillisse précipitamment au moment exact où l'instruction du prêtre, urgente et saccadée, se métamorphosait en un cri ininterrompu, extatique, que n'oublierait jamais cette congrégation, puisque tous les fidèles se figèrent subitement devant l'apparition qui bondit sous leurs yeux à l'instant précis où la voix de Teribogo atteignait l'ardent paroxysme : *T'eri b'ogo-go-go-go-go-go-go-go-o-o-o-o-oooooo !*

Tous s'en souviendraient comme d'un jour de délivrance miraculeuse. Papa D fit une entrée digne d'un Oscar, microphone en main, avec ce qui semblait être des griffures, une entaille assez profonde sur le visage et un œil enflé, titubant juste un peu mais dans l'ensemble triomphant, comme qui l'a emporté au prix d'une lutte acharnée, combat qu'il résuma aussitôt d'une voix retentissante : *Le Diable était fort, mais Dieu s'est montré plus puissant ! Alléluia !*

Une frénésie s'empara des fidèles. La Révélation était imminente.

Loué soit le Seigneur ! Alléluia, loué soit le Seigneur ! Gloire à Lui pour les siècles des siècles !

Ce jour entra dans la légende, salué comme ce jour béni où tous les sceptiques furent réduits au silence. Des milliers de témoins ne pouvaient-ils pas attester avoir vu le Diable, après avoir pris possession de cette femme, s'en prendre au prédicateur dans l'intimité de la sacristie, le rouer de coups avec sa propre crosse d'évêque et le réduire en bouillie ! Mais Papa D s'était défendu, en vaillant vétéran de la prière qu'il était. Voyant à qui il avait affaire, le Diable était retourné se cacher dans la suppliante, et ce qu'ils avaient vu alors n'était pas du tout cette femme mais le Diable qui avait pris sa forme et sa voix pour tenter de prendre la fuite. En ressortant de la sacristie, elle tituba, trébucha et s'effondra bientôt, prise d'un malaise. La preuve était incontestable : le Diable avait été chassé de ses entrailles et la congrégation passa instantanément en mode triomphe. La femme se débattit sous leurs mains qui tentaient de la retenir, voulant désespérément dire quelque chose et tentant de pointer du doigt le prêcheur, mais qui s'intéressait à ce que le Diable voulait exprimer ? Plus elle se débattait, plus la présence du démon devenait évidente. Son époux se montra plus fervent et inflexible encore que tous les autres. Il lui assena un énorme coup de poing dans la poitrine, qui coupa le peu de souffle qui transitait encore par son sternum. Elle devint toute flasque et la garde en uniforme de Teribogo la transporta dans la salle de récupération. Le Diable avait été vaincu et – à en croire cette version – Teribogo était né.

Sir Goddie était affable comme jamais. C'était sa dernière obligation de la journée, et, dans la mesure du possible, il aimait terminer sur une note spirituelle. Il avait son propre chapelain et sa chapelle privée – cela venait avec le poste –, mais puisque le propriétaire d'Eukuménika était disponible, son choix s'était porté sur ce prélat aux si nombreuses aptitudes pour dire les vêpres ce soir-là. Tout le personnel avait été renvoyé chez lui. Les deux hommes allaient pouvoir partager la communion à l'abri d'oreilles, ou de voix, profanes.

– Entrez, entrez, Votre Éminence. J'espère que vous

nous pardonnerez cette longue attente, mais c'était l'une de ces journées sans fin…

– Je comprends parfaitement, Votre Excellence. Je comprends. Les temps sont durs.

– Asseyez-vous, Papa D. Détendez-vous un peu.

Il poussa le bol en cristal dans sa direction.

Teribogo eut un mouvement de recul.

– Si tard dans la soirée ? La caféine m'empêchera de dormir.

L'Intendant du Peuple sourit.

– Elles viennent de la réserve particulière du Premier ministre.

– Eh bien, pour vous faire plaisir. J'en garderai une pour demain matin.

Et Teribogo prit une noix dans le bol.

Sir Goddie alla droit au but.

– Cher évêque, nous avons peut-être un problème.

– Notre mission, Votre Excellence l'Intendant du Peuple, est de résoudre vos problèmes.

Sir Goddie se redressa sur son fauteuil.

– Êtes-vous sûr que, ce faisant, vous ne m'en créez pas d'autres ?

Teribogo prit une mine choquée.

– Impossible. Vos intérêts et ceux du ministère du Seigneur sont trop profondément entrelacés.

– Cela inclut-il ce qui s'est passé sur Ikorodu Road ?

Teribogo hocha la tête, compatissant.

– Oh, ça. J'avais effectivement le sentiment que cela risquait de vous alarmer. Dès que je l'ai appris, ma première pensée a été pour vous. Pour tout dire, j'ai confié mon inquiétude à Dieu, je lui ai adressé ma prière : *Ne laisse pas notre Premier ministre s'alarmer sans raison.*

– Ce n'est pas sans raison ! De quoi croyez-vous que je sois fait ? Une atrocité pareille ! En plein jour ? Eh bien, au moins vous ne niez pas l'implication de la main divine ?

– Implication dans quoi, docteur Goddie ? Mes faibles mains, vous voulez dire ?

Teribogo les tendit devant lui et se pencha en avant, confidentiel.

– Sir Goddie, je sais que vous n'êtes pas amateur de football. Mais il vous arrive au moins de suivre certains matchs…

– Le football ? Que vient faire le football là-dedans ?

– Laissez-moi vous rafraîchir la mémoire. Mais d'abord, gardez une chose à l'esprit : le travail apostolique, quelle que soit la religion, s'efforce de rapprocher tous les êtres humains de Dieu. D'Allah. Si nous y parvenons, nous avons accompli l'œuvre de Dieu. Au cours de ce processus, nous réalisons quelquefois d'autres choses, mais, pour l'essentiel, la mission de notre vie consiste à ramener l'esprit égaré plus près du Tout-Puissant. Parfois, cela demande des efforts. Une planification. L'important, c'est d'atteindre ce but. Nous ne devons jamais décevoir notre Créateur.

– Allez-vous enfin en venir au fait ? Je suis ici depuis sept heures ce matin ! Et hier, c'était encore pire !

– Je sais, Sir Goddie. Cela fait presque aussi longtemps que je suis arrivé. Bref, j'évoquais le football. Voyez-vous, Sir Goddie, ce qui s'est passé sur Ikorodu Road – j'ai effectivement entendu parler de cet horrible incident, qui n'est pas au courant ? Eh bien, ce que j'en retiens, c'est que, d'une part, un pécheur a été ramené plus près de Dieu. Dans le même temps, cela a servi de leçon à ceux qui croient pouvoir entraver l'œuvre de Dieu. Une leçon visible. Pas cachée. Deux événements qui se rejoignent, le principe de la confluence – vous saisissez le sens de mes paroles, Sir Goddie ? Mais pour obtenir cette confluence, il en fallait une autre encore. La confluence de temps et de lieu. Réunir deux choses pour n'en former qu'une seule. La théorie de la police est que la victime avait été suivie toute la journée, voire toute la semaine, jusqu'à ce que ce que le moment et le lieu soient réunis. La confluence des confluences. Cela a demandé un travail minutieux. Dites-moi, Sir Goddie, vous souvenez-vous du match entre le Royaume-Uni et l'Argentine ? Vous souvenez-vous de ce but controversé ?

– Non, je ne m'en souviens pas. Comme vous l'avez fait remarquer, je n'ai pas de temps à consacrer au football.

– Il y a eu ce but. Certains ont crié à la faute. Et cela semblait effectivement en être une. L'instant a été filmé par les caméras, passé et repassé après coup. Comment se fait-il que l'arbitre et ses assistants aient été positionnés de telle manière qu'ils n'ont pas vu la faute ? Ce ballon avait bel et bien été poussé de la main. Le but a pourtant été validé. Et comment Maradona l'a-t-il baptisé ?

Une nouvelle fois, Goddie reconnut son ignorance.

– La main de Dieu.

12

Boriga ou rien !

Ils l'attendaient devant la salle de billard quand il en ressortit. Muktar ; Costello ; Baba Baftau, celui que tout le monde appelait le Vieil Homme du Désert ; le trésorier Kufeji. Pendant qu'il était au téléphone avec Duyole, une vague idée, pas totalement à côté de la plaque, avait commencé à se diffuser à travers le salon. Pas tous, mais au moins quelques-uns d'entre eux avaient entendu des rumeurs, difficiles à croire d'abord, mais de plus en plus attestées. Ils étaient venus l'inviter à se joindre à eux autour d'une autre table, dans un coin à l'écart, où une demi-douzaine d'autres membres étaient déjà rassemblés.

– Nous avons besoin d'en savoir plus, plaida Baba Baftau.

Jusqu'ici, il n'avait pas pris part aux discussions, mais avait écouté chaque mot depuis son coin de prière.

– J'ai besoin de dormir, protesta Menka. Laissez-moi prendre mes affaires et aller me coucher.

– Quelques minutes encore, c'est tout, insista Baba Baftau. Pas plus d'une demi-heure, je vous le promets. Considérez cela comme une urgence à l'hôpital. Nous sommes vos patients. Nous avons besoin d'être rassurés.

Menka inspira profondément, capitula. Il aimait bien Baftau. Après son appel téléphonique, il se sentait plein d'entrain, libéré, comme un homme qui avait enfin pris une décision désormais irréversible. Plus rien d'autre ne comptait. Il s'affala sur la chaise que Baba avait tirée pour lui. Tous l'assaillirent aussitôt de questions. Ses réponses furent données cliniquement, sans émotion ni commentaire. Il leur raconta la visite du trio d'hommes d'affaires, et où cela l'avait ensuite mené le lendemain matin. Dans un faubourg appelé Boriga.

– Oui, je l'ai vu de mes propres yeux. J'ai eu droit à une visite guidée, très professionnelle. Les articles étaient en exposition, des rayons entiers d'organes et de membres – cuisses, chevilles, cous, seins et doigts, tissus de bossus, parfaitement conservés. Des fœtus et des organes reproducteurs. Des cages thoraciques entières pendues à des crochets – ce qui m'a d'abord paru étrange. Mais apparemment, si vous emprisonnez un bébé à l'intérieur de la cage thoracique et que vous le laissez mourir naturellement – oui, c'est le mot qu'ils ont employé, naturellement, c'est-à-dire de faim –, ses organes vitaux produisent un effet deux ou trois fois plus puissant – je ne sais plus pour quoi exactement, mais c'était lié à la longévité. Oui, toutes ces parties du corps parfaitement présentées dans des vitrines réfrigérées. Conservées dans de l'alcool. Parfois dans de l'huile de coco. Avec des étiquettes professionnelles. Ils ont même une chambre souterraine. Accès limité à une clientèle triée sur le volet.

– Une chambre souterraine ?

Muktar manqua s'étouffer avec sa boisson. Une douloureuse quinte de toux, tandis que son rire concurrençait les mots, jusqu'à ce qu'il parvienne enfin à cracher sa contribution.

– Une chambre souterraine ! Vous entendez ça ? Une chambre souterraine. Je vous avais prévenus, vous autres, que c'était une perte de temps. Cet homme a fait le tour des lieux de pèlerinage, visité tous les caveaux, les catacombes d'Europe et de Jérusalem. Une chambre souterraine ? Et puis quoi encore ?

Baba Baftau le gratifia d'un regard mauvais et montra du doigt le salon derrière lui.

– Je croyais que nous étions d'accord pour avoir une conversation raisonnable, ici. Posez vos questions. Si vous êtes juste venu vous amuser…

– Non, qu'il reste, intervint Menka, tout sourire. Une chambre souterraine, oui. Comme la chambre forte d'une banque, où l'on conserve ces boîtes privées contenant des documents importants et les bijoux les plus précieux. Avec d'énormes portes blindées. Réfrigérée en permanence. C'est là qu'ils conservent les têtes. Fraîches, ou à différents degrés de dessiccation. Lors de ma visite, j'ai compté quatorze crânes frais. Tous humains.

– Leur avez-vous demandé où ils les avaient trouvés ? interrogea Kufeji.

– Non. Je n'ai pas eu besoin de le faire. Ils m'ont fourni d'eux-mêmes cette information. Vous vous souvenez de l'accident de ce bus de luxe à Lokoja, et du scandale médiatique autour d'un enterrement secret, dans une fosse commune ? Allez donc vérifier sur place, pour voir si vous trouvez le moindre corps à l'endroit où la terre a été retournée…

De nouveau, ce fut trop pour Muktar. Notre homme était hors de lui ! Pas un d'entre eux n'aurait nié que les médias étaient une source intarissable de sensationnalisme, se délectant du premier pilleur de tombe venu qui, à l'occasion, était arrêté, exhibé et poursuivi, mais de là à en faire un commerce organisé ? Son gros rire exubérant menaçant de refaire surface, il quitta le groupe sans rien dire, en secouant la tête. Il était parvenu à sa propre conclusion, concernant l'insanité manifeste de Menka – le docteur avait un besoin effréné d'attention. Les Honneurs Nationaux n'avaient fait que redoubler sa faim. Trop avide de publicité, il voulait faire son intéressant pour alimenter encore davantage sa célébrité nouvelle.

Kufeji décida d'en avoir le cœur net.

– Très bien. La solution est facile. Vous dites que c'est une affaire commerciale ? Je suis le trésorier – je vous accompagnerai la prochaine fois que vous irez faire vos courses. Nous ferons tous deux notre rapport aux membres du club. D'accord ?

Muktar s'arrêta brusquement, tendant l'oreille. Mais une réponse tranquille fendit l'air dans son dos. Il se retourna, incrédule.

– Si vous voulez. Demain ?

Muktar recula d'un pas.

– Cet homme est sérieux ?

– Après le carnage de ce matin au marché de Sabo, poursuivit Menka, nous aurons sans doute quelques semaines de répit. Donc, autant le faire maintenant, avant que je me retrouve accaparé par la prochaine situation d'urgence. Allons-y demain. Au lever du jour. Disons six heures ? C'est à deux heures de route, et ils ouvrent à sept heures, avant les autres magasins.

– Je crois que j'aimerais me joindre à vous.

C'était la voix de Costello.

Alors que d'autres marmonnaient déjà pour se porter volontaires, le chirurgien les fit taire.

– Un de plus, peut-être. Deux maximum. Ils n'aiment pas avoir trop de monde.

Kufeji le dévisagea intensément.

– Si ce que vous dites est vrai, ne faut-il pas que nous soyons membres – je veux dire, comme un club d'acheteurs ?

– Non. Évidemment, il faut être présenté par un membre existant. Et prêter le serment du secret. On est obligé de le faire. Et chacun doit acheter un article, aussi modeste soit-il. Même un bout de doigt peut coûter très cher – tout dépend de combien vous en avez besoin, de ce que vous a prescrit votre ritualiste, du timing et de tout le reste. De l'âge. Le doigt d'un nourrisson peut être plus onéreux que celui d'une vieille dame aujourd'hui, et demain l'inverse – ainsi de suite. L'achat sert à vous impliquer, à faire de vous un membre actif.

Une voix s'éleva à l'autre bout de la table.

– Alors, qu'avez-vous acheté, Menka ? Ou peut-être, dans votre cas, qu'avez-vous fourni ? Je veux dire, étant donné votre profession…

– Exactement. C'est pour ça qu'ils m'ont approché. Je vous l'ai dit – mais sans doute n'écoutiez-vous pas ! Ils m'ont proposé un partenariat commercial. Tout simplement.

Il n'était plus un homme en quête d'attention. Un élan de curiosité avait pris le dessus, teinté d'un soupçon de peur. Il y avait une détermination collective à ne pas perdre un mot de plus. Les hommes réunis à part autour de cette table se penchèrent en avant, forant de leurs regards le visage de Menka, de toutes les directions.

– Ils sont venus vous trouver. Mais pourquoi ? Parce que vous faisiez les gros titres ? Ce prix de la Prééminence ? C'est récent ?

– Il est chirurgien.

Une voix pensive, qui réfléchissait visiblement à la question depuis un moment, consciencieusement.

– Ça paraît logique. Une source d'approvisionnement régulière. Ces parties qu'ils découpent dans les corps des patients. C'est évident.

Menka soupira et parcourut du regard le salon, les idées de plus en plus claires. Il massa le dessus de sa main gauche avec la paume de sa main droite, légèrement courbée, commençant par les ongles, puis les jointures avant de remonter le long de l'avant-bras jusqu'au coude, et de redescendre, s'attardant pour tirer sur le bout de ses doigts, un par un, comme s'il se préparait à défaire un gant remontant jusqu'au coude.

– Oui, finit-il par répondre, d'une voix réfléchie. Parce que j'étais chirurgien. J'*étais*. Cette carrière-là est terminée. J'ai décidé d'arrêter. Quand les choses en arrivent à ce stade…

Tous parurent secoués, l'incrédulité se lisant sur les visages. Kufeji brisa le silence.

– Comment ça, arrêter ?

– Arrêter ce boulot, répondit calmement Menka. Quitter l'hôpital. Et même la profession. J'ai besoin de changement.

Il s'autorisa un sourire.

– Après tout, vous l'avez dit vous-même. Il y a trop de concurrence. Je n'ai jamais supporté la compétition.

Costello semblait être le plus choqué.

– Mais pourquoi ? Au nom du ciel, pourquoi ? À cause de cette entreprise ? Est-ce votre faute ? Qu'avez-vous à voir avec ça ?

– C'est le moment d'arrêter, c'est tout. De quitter Jos. De quitter l'État de Plateau, même. Pour commencer, j'ai besoin de changer d'environnement. Cela fait un moment que ça couve.

– Où comptez-vous aller ? protesta Kufeji, sa légèreté de tout à l'heure s'évaporant soudain, remplacée par une sincère inquiétude. Vous croyez qu'ailleurs, c'est différent ? Vous vous laissez abattre par un truc pareil ?

– Non, non, non. Vous ne pouvez pas comprendre. C'est une longue histoire. Mais j'ai vraiment besoin de changement. Il est temps de m'en aller. Je n'ai pas encore décidé où, mais je crois que c'est le moment de prendre une sorte de semi-retraite. De retourner dans mon village, peut-être. De faire le point.

Costello s'approcha et vint se planter devant lui.

– Arrêtez-moi si j'ai l'air de mener un interrogatoire, mais y avait-il autre chose, dans ce magasin ? Une chose que vous pourriez peut-être partager avec nous ?

Menka hésita.

– No-o-on. À moins de prendre en compte ma fierté

professionnelle blessée. Ces visiteurs n'ont pas perdu de temps pour étaler leurs cartes sur la table. Ils m'ont même laissé un catalogue avec les prix, en précisant que les tarifs étaient tous négociables. Voyez-vous, ils étaient persuadés que je dirais oui – c'est ça qui est mal passé, et qui passe toujours mal si vous voulez savoir la vérité. Je crois qu'ils ne seraient pas allés voir un autre médecin – du moins, pas avec autant d'assurance. Comme si j'étais déjà l'un des leurs ! Et vous savez, je ne pouvais pas leur en vouloir. J'ai beaucoup appris.

– Quoi, par exemple ? interrogea Kufeji. Qu'est-ce que vous avez appris d'autre ?

– Eh bien, par exemple, le prix des ongles d'orteil coupés, surtout si le patient a fini par mourir. Ou des cheveux rasés avant une opération. Ou des poils pubiens, surtout ceux des femmes. Ou des serviettes hygiéniques – vous seriez stupéfaits par le nombre d'agents de nettoyage et mêmes d'infirmiers qui récupèrent ces trucs dans les poubelles et les vendent au plus offrant ! Mes visiteurs pensaient que j'étais au courant de tout cela, ils étaient même persuadés que je touchais ma part. Leur conviction était si totale, si inconditionnelle, que j'ai décidé de changer de ton et de leur faire croire que je me faisais juste désirer, pour être en position de force au moment de négocier. Vous comprenez ? Mon personnel, mes propres employés, vendaient des restes humains depuis toutes ces années, là, sous mon nez. Ils vendaient même le sang épongé sur le sol des urgences – en pleine épidémie de sida ! Réfléchissez-y, juste un instant ! J'ai découvert que j'étais compromis depuis des années sans même le savoir. C'est cette prise de conscience soudaine, choquante, qui m'a poussé à faire ça. J'ai décidé de jouer le jeu. Au supermarché, j'ai fait semblant d'être intéressé. Posé des questions, comme un associé potentiel. Mais déjà, je savais que c'était terminé pour moi.

Costello secoua la tête, irrité.

– Donc ils sont venus vous trouver ? Qui d'autre auraient-ils pu contacter ? Combien de chirurgiens avons-nous dans les parages ? Essentiellement les derniers Pakistanais qui restent de la première vague de recrutement à l'international.

– Et ceux-là, est-ce que ce n'étaient pas des assassins patentés !

La voix appartenait à Baba Baftau. Il avait jadis servi de chaperon à des héritiers d'hommes de pouvoir – des émirs, principalement – partis étudier dans de prestigieuses écoles privées britanniques – Eton et Harrow en tête –, avant même les prémices de l'indépendance. Et il avait supervisé la sélection d'apprentis destinés à la bureaucratie post-britannique dans le nord du pays. Tous les regards étaient braqués sur lui.

– Eh bien, ne me regardez pas tous comme si vous ne le saviez pas. C'est de notoriété publique, nous ne l'avons jamais caché. Avec l'indépendance qui pointait à l'horizon, nous étions tellement pressés de nous débarrasser des gens du Sud que nous avons recruté des spécialistes venus de partout, même ceux de nos anciens maîtres, les Britanniques.

Il s'esclaffa.

– Ces Britanniques, alors ! Ils sont sortis par la porte de devant, et revenus par celle de derrière. Qui les a ramenés ? Nos propres dirigeants. Et on leur a offert des contrats spéciaux. Ça a failli mettre en faillite les finances régionales. Encore aujourd'hui, certains continuent de toucher ces émoluments !

– Voyons, voyons, Baba, pas de politique… le taquina Costello.

– Ce n'est pas de la politique. C'est de l'histoire.

Il se tourna vers Kufeji.

– Vous autres, les gens du Sud, étiez dangereux, nous avait-on mis en garde. Il était plus sûr de recruter chez les

Britanniques – et dans d'autres pays du Commonwealth, comme l'Inde et le Pakistan. Et pas seulement les services médicaux. Nous préférions importer les expertises de toutes sortes – ingénieurs ferroviaires, enseignants, géomètres… Les expatriés étaient plus fiables que ceux du Sud. Des gens dangereux, ceux-là. Bien trop malins. Et n'oubliez pas l'aspect économique des choses. On pouvait se débarrasser des expatriés à l'expiration de leurs contrats. Mais imaginez un peu si nous nous étions retrouvés coincés avec des gens comme Menka…

– Pourquoi dites-vous ça ? Je ne suis plus du Nord, maintenant ?

Le Vieil Homme rugit de rire.

– Du pire genre qui soit ! Mieux vaut encore un Sudiste franc du collier. Les types comme vous, on les appelle des Nordistes expatriés. Prenons par exemple ce que vous venez de mettre au jour. Pourquoi vous ? Je suis un pur fils de cette terre, j'y suis né et j'ai vécu ici toute ma vie, et pourtant je n'avais encore jamais entendu parler de cette viande-là. Je connaissais l'histoire des Pakistanais, mais celle-ci ? Jamais entendu parler !

Chudi le rappela à l'ordre, prenant son air le plus sévère.

– Pourquoi ramener ces Pakistanais sur le tapis, Baba ? Pourquoi les traitez-vous d'assassins ? Ce ne sont pas eux qui nous ont tués au moment du pogrom.

Muktar, qui avait rejoint leur tablée, se dressa d'un bond.

– Non, non. Pas de ça, gentlemen, s'il vous plaît !

– Merci, secrétaire. Et je ne parlais pas de *tous* les Pakistanais, bien sûr. Je parlais juste des charlatans ! Les pseudo-médecins. Qui réalisaient des opérations. L'un d'entre eux était un simple aide-soignant. Il n'avait jamais fait autre chose que nettoyer par terre et porter des civières. Mais il a débarqué ici comme médecin certifié. Rappelez-vous, je dirigeais le service civil à l'époque. J'étais au cœur de tout ça et, hmmm, que n'avons-nous pas découvert ! Il nous a fallu trop longtemps, beaucoup trop longtemps, pour nous rendre compte que des tas de gens mouraient sous leurs scalpels. C'était comme si nous étions touchés par une épidémie d'Ebola.

Le Dr Menka hocha la tête.

– On m'a emmené à l'endroit où l'hôpital avait enterré la plupart des victimes de ces charlatans. C'est douloureux d'y repenser, mais, ici, les gouvernants ont fait ce qu'ils voulaient. Les accusations de fautes professionnelles ne débouchaient sur rien, tant qu'elles ne contrevenaient pas aux lois de la charia. C'était ça, la réalité.

– Une commission d'enquête avait été mise en place, docteur. Vous n'avez qu'à consulter le rapport. J'étais le secrétaire de cette commission. D'ailleurs, maintenant que j'y pense, je vous apporterai mon exemplaire personnel ici, si cela vous intéresse. Je le déposerai dans la salle de lecture.

Chudi se mêla à la conversation.

– Je vous le rappellerai, Baba. J'aimerais beaucoup voir ce rapport.

– Moi aussi, mais la véritable question est celle-ci : des mesures ont-elles été prises ? Le faux médecin a-t-il été poursuivi ?

– Non, il a simplement été expulsé du pays. Et vous n'aurez pas besoin de me le rappeler, monsieur le bibliothécaire. Il est temps que je transfère certains de ces dossiers dans cette forteresse, pour qu'ils soient en sécurité.

Il haussa soudain la voix, pointant son doigt sur Menka :

– Quant à vous, *touranchi* ! Oui, vous. Vous ne partirez nulle part. Laissez-moi vous dire quelque chose, une chose que vous ne savez pas, pour une fois. À moins que vous sachiez pourquoi vous avez été nominé ? Cet honneur national, savez-vous d'où il sort ?

Menka haussa les épaules.

– Aucune idée. De nulle part. J'ignorais que des gens avaient pu remarquer ce que nous essayons de faire, ici. Sauf bien sûr quand Boko Haram nous rend des visites meurtrières…

– Vous avez raison – et c'est justement pour ça que vous êtes entré en scène. L'État a eu vent de votre travail. Le temps et les mauvaises herbes ont peut-être recouvert la fosse commune où ces malheureuses victimes ont été enterrées, mais les dossiers sont toujours là. Votre dossier aussi, tout ce que vous avez fait. Nous vous sommes redevables. Vous avez effacé le souvenir d'un temps où nous légitimions la boucherie. Le pouvoir en place à Abuja nous a enfin écoutés. Donc, vous me devez un verre. D'ailleurs, à bien y réfléchir, vous nous devez un verre à tous, pour avoir plombé de la sorte l'ambiance de cette célébration. N'auriez-vous pas pu choisir un autre moment pour ces révélations macabres ?

Le peu de tension qui restait s'envola. Baba Baftau était l'un des clients les plus assidus de ce bar, ce qui ne l'empêchait pas de s'interrompre quand sonnait l'heure de l'une de ses cinq prières quotidiennes réglementaires. Baftau se figeait soudain en pleine conversation ou au milieu d'une gorgée – c'était pareil –, rejoignait le coin dédié à cet effet, dépliait son tapis de prière et effectuait ses oraisons. Puis il enroulait le tapis, le rangeait dans le placard et reprenait l'activité en cours. En outre, il ne manquait jamais son pèlerinage annuel – ni le petit hajj, ni le grand.

Menka dévisagea Baba, en secouant tristement la tête. Baftau était l'un des deux ou trois membres du club qui lui manqueraient vraiment.

– Je vous le répète : vous n'irez nulle part ! tonna le vétéran. Cet État ne le permettra pas. Vous oubliez aussi nos États voisins qui viennent vous emprunter quand ils doivent faire face à ce genre de cas compliqués. Si vous songez à vous échapper à Dubaï, oubliez ça tout de suite. J'ai des contacts haut placés là-bas, et je ferai en sorte qu'aucun visa ne vous soit jamais accordé !

Une immense acclamation s'éleva de la table, qui fit se demander aux exclus du salon quel nouvel événement était en train de se mettre en branle. On aurait dit qu'un voile sombre venait d'être soulevé et qu'un esprit nouveau soufflait sur la soirée. Tous entreprirent de vider leurs chopes et leurs verres, se faufilant entre chaises et tables pour se masser devant le bar et demander qu'on les remplisse. Seule une personne demeura immobile. L'ambiance s'était faite joviale, la camaraderie hilare et tapageuse, mais elles ne semblaient pas avoir fait escale à l'endroit où Menka était assis, secouant la tête, incrédule.

Un Muktar métamorphosé se leva et lui assena une tape dans le dos.

– Ne faites pas cette tête ! Vous avez entendu ce qu'a dit le Vieil Homme.

L'espace d'un instant, Menka fut désarçonné. Reprenant contenance, il se força à sourire.

– J'aimerais que ce soit aussi simple. Mais bref, demain ?

Le secrétaire acquiesça.

– Rendez-vous ici. Six heures.

Menka le mit en garde :

– Rien que vous, le trésorier – il était le premier à se porter volontaire – et Costello.

La soirée s'écoula, bascula furtivement dans la nuit. L'assemblée s'éclaircit peu à peu, flottant pour l'essentiel dans un brouillard d'euphorie. L'harmonie coutumière avait été restaurée et l'apparente folie de leur illustre membre à peu près pardonnée, à défaut d'être oubliée. L'invité d'honneur qui, tout à l'heure, mourait de se retirer pour aller prendre son dîner en solitaire, était encore vissé sur son tabouret devant le bar, étrangement réticent à quitter son recoin habituel, incapable de s'arracher à un lancinant dialogue avec le passé.

Les débats s'essoufflèrent. Ils connurent un ultime sursaut, provoqué par Baba Baftau en personne. D'abord, le vétéran insista sur le fait qu'il devait accompagner le trio convenu au grand magasin de viande. Il éprouvait une certaine culpabilité personnelle à l'idée qu'un tel commerce puisse exister à deux pas de chez lui, depuis pas moins de cinq années – même si les calculs de Menka n'étaient qu'approximatifs –, sans qu'il en ait rien su. Il devait absolument participer à la fumigation de cette puanteur, sinon cela serait à tout jamais porté à son discrédit. Le débat fut féroce. Baftau promit d'avoir recours à ses « relations haut placées » pour traquer leurs déplacements, les suivre, et débarquer dans ce lieu isolé avec un convoi qui inclurait un bus entier d'*almajiri* ramassés dans les rues. Finalement, Costello, cédant devant « le privilège combiné de l'âge et de l'injuste priorité accordée aux Nigérians de souche », se désista au profit de son aîné. Ce qui retarda de nouveau le départ des uns et des autres, puisque Baba, en retour, dut payer un verre à tous ceux qui étaient intervenus en sa faveur. La tâche la plus ardue consista à détourner l'esprit du Vieil Homme d'un autre manquement synonyme d'échec personnel. Comment avait-il pu, lui, membre le plus âgé de ce club et « enfant du pays » profondément enraciné, ayant accès aux branches les plus élevées de l'arbre du pouvoir, ne pas réussir à retenir ce fils agité d'un obscur petit village nommé Gumchi ? À l'insu des autres, il avait même inclus cette cause à sa dernière session de prières.

– Que vais-je dire au conseil ? se lamenta-t-il. Ils ont tous travaillé si dur pour ramener cet honneur au club. Ils ont insisté pour que je sois présent pour le célébrer en leur nom – comme si j'avais besoin qu'on m'en persuade ? Et maintenant, c'est un pauvre hôpital paresseux, loin d'ici, qui va récolter toute la gloire !

– Baba, je ne sais même pas encore où je vais aller, tenta de le rassurer Menka.

– Épargnez-moi ça ! Avec votre célébrité nouvelle, ils vont vous tourner autour comme des mouches s'abattant sur un *kilishi* avarié. Dubaï, l'Amérique, l'Angleterre, l'Allemagne et tous ces pays *touranchi*.

Inconsolable, il rappela à l'assemblée taquine qu'il avait vécu tant d'années entouré de contrefaçons qu'il savait reconnaître un article authentique lorsqu'il en voyait un, et ne supportait pas l'idée de se faire voler une telle prise par d'autres, surtout maintenant qu'il avait œuvré pour en faire un patrimoine national. C'était comme un braquage personnel et il ne savait pas trop comment le prendre ; et que personne ne vienne lui dire que c'était la volonté d'Allah, car il lui écraserait sur le crâne une pleine bouteille de Guinness et l'enverrait rejoindre avant l'heure le Très-Haut. Il implora, amadoua, promit de nouvelles conditions de travail, créées tout spécialement pour Menka – il irait trouver le gouverneur dès le lendemain et obtiendrait de lui une lettre signée de sa main et scellée, avec un nouveau contrat et une structure de rémunération exceptionnelle.

Finalement, Menka prit la parole :

– Laissez-moi vous expliquer mon point de vue, Baba, et suivez bien mon raisonnement. Apprendre qu'un membre, un organe, une chose que vous avez enlevée ou amputée dans le cadre d'une procédure médicale, puisse devenir pour d'autres un article prisé, avec une valeur commerciale négociable ! Et pas pour le greffer sur le corps d'un quelconque bénéficiaire – la victime d'un accident de voiture ou d'usine, selon la pratique désormais courante, partout, du don d'organe. Voyez-vous, on ne peut jamais savoir quand la réalité finira par nous ouvrir les yeux. Cette visite pour s'attacher mes services, puis ma découverte du magasin de viande – j'en avais besoin, bien sûr. Il n'a pas fallu de grands efforts de persuasion pour que j'aille visiter le dépôt et me faire ma propre idée – et alors, toutes ces questions ont atteint leur cible. Déroulez cet incident jusqu'à ses conclusions logiques, en considérant toutes ses ramifications. Placez-vous simplement dans une société – la région qui est la nôtre – où l'on ampute la main, le bras ou la jambe des gens pour les punir d'une infraction. N'est-on pas dangereusement proche d'une généralisation et d'une application stricte de telles sentences ? Ni amendes, ni peines d'emprisonnement – juste l'amputation ! Sans que l'ordre des médecins puisse rien y changer. Défigurés à vie. Comment mettre un terme à l'imposition délibérée de châtiments aussi extrêmes, tant que la demande excédera l'offre ? Telle est ma question, Baba. Dans quelle direction peut-on prédire que nous mènera la loi de l'offre et de la demande ?

Baftau haussa la voix et se perdit dans les aigus, scandalisé :

– *Haba*, docteur. Ne seriez-vous pas en train d'exagérer ? L'islam n'autorise pas de telles abominations.

– Pas l'islam, non. Les humains. Nous ne vivons plus dans le monde que vous avez connu jadis, Baba. Regardez donc les actualités. Ce qui se passe tous les jours dans les tribunaux. Nous sommes encerclés par de nouvelles atrocités, jour après jour, des actes que vous n'auriez jamais pu imaginer dans votre jeunesse, et qui sont devenus monnaie courante.

Finalement, l'occupation des lieux se réduisit aux seuls oiseaux de nuit, dont même l'endurance légendaire était désormais épuisée. La révélation inattendue, terminus d'un soudain emportement, semblait elle-même avoir dit son dernier mot. Ils burent, se tournèrent vers d'autres sujets, posèrent leurs chopes et leurs verres de vin, vidèrent leur dernier shot de whisky soda ou de gin tonic, écrasèrent leur cigarette ou en allumèrent une dernière pour la route. L'un après l'autre, ils commencèrent à se disperser, certains jetant un dernier regard plein d'incertitude, de stupéfaction ou même de protestation ambiguë à l'initiateur de tout cela. Baba Baftau s'éloigna tant bien que mal, maugréant de moroses imprécations. Le silence retomba peu à peu.

Le serveur du soir clôtura la caisse et ferma les fenêtres, laissant les derniers attardés remballer quand ils le souhaiteraient. Menka sentit que la soirée s'était enfin guérie – ou du moins, lui offrait la satisfaction résiduelle d'une décision prise. Il avait déjà hâte de passer quelque temps avec sa famille de Badagry. Relevant brusquement la tête, il découvrit qu'il était le dernier occupant – enfin, d'une certaine manière. Il en restait encore deux ou trois de-ci de-là, mais ils ne comptaient pas. Ils ne prêtaient plus aucune attention à ce qui se passait autour d'eux, étant à moitié effondrés dans leur fauteuil ou sur les tables couvertes de verres et de bouteilles. Malgré lui, Menka s'attarda encore. Un regret insidieux – cet endroit allait lui manquer, la compagnie, la cheminée avec ses fausses braises rougeoyantes par les froides soirées de l'harmattan et même le manteau de celle-ci, au-dessus duquel était accrochée l'injonction encadrée : *Les Manières Font l'Homme*. À bien y penser, *tout* lui manquerait.

Le chirurgien s'éternisa jusqu'à ce que le club se soit vidé de ses membres, quasiment jusqu'au dernier – il tenta de se convaincre que cela était dû à la volonté de s'épargner l'épreuve d'adieux ambigus, ou des accusations sentimentales, avinées, de désertion. Au bout d'un moment, le silence se changea en un néant quasi absolu. Il termina son verre, empoigna de nouveau le cadeau du club, toujours emballé. Il mourut soudain d'envie de voir ce qu'il y avait dedans. Alors, il déchira maladroitement une partie du papier. Ce qu'il découvrit lui tira un sourire. Il aurait dû s'en douter : une réplique miniature de la Hilltop Mansion. Il signa le reçu de ses consommations, à ajouter sur son compte, et se leva pour partir.

Le Dr Menka allait franchir la porte quand il entendit le claquement étouffé d'un applaudissement dans l'alcôve de tout à l'heure, qu'il croyait elle aussi déserte. Il se figea net, alarmé. Pendant la demi-heure au moins qui avait suivi le dernier éclat de voix embrouillé, le dernier mouvement saccadé ou ronflement grincheux, il s'était faussement convaincu qu'il était seul ici avec ses pensées, et ce silence hypnotique. En outre, ces pensées, pour l'essentiel des réminiscences du bon vieux temps de l'innocence et des promesses, l'avaient plongé dans un état d'esprit d'une absolue tranquillité. Si bien qu'il en éprouva comme un choc. L'auteur de ces applaudissements se détachait dans l'encadrement d'une fenêtre, les traits indistincts puisqu'il tournait le dos à la vitre à travers laquelle une lampe extérieure projetait son puissant faisceau, réduisant son visage à un ovale flou. Sa barbe créait une pénombre qui parait celui-ci d'un mystère plus grand encore, et pas de ceux qui mettaient à l'aise Menka. Dans un coin, quasiment invisible, une autre silhouette était avachie au fond d'un fauteuil – à l'évidence, l'un des membres désormais hors d'état d'agir. La paranoïa naissante de Menka s'intensifia au point qu'il eut soudain l'impression que la silhouette était non seulement éveillée, mais liée d'une certaine manière à celle de la fenêtre. L'idée d'un garde du corps lui traversa l'esprit. Les applaudissements de l'autre ralentirent puis se turent, remplacés par une voix :

– Exposé très impressionnant, si vous voulez mon avis. Mais puis-je vous poser une question ?

Menka hésita, plissant les yeux pour essayer de discerner ses traits.

– Quel exposé ? Et d'abord, qui êtes-vous ?

– Tout, depuis le début. Je vous ai écouté toute la soirée. Mais surtout votre allocution finale adressée au vieil homme – vous m'avez tenu en haleine. Docteur, croyez-moi sur parole – nous nous connaissons. Je veux parler de votre révélation, au supermarché. Le magasin de viande humaine, pour reprendre votre expression. Cette soirée s'est révélée fort instructive. Et, je me répète, votre échange final avec le Vieux Baftau. L'idée d'une commercialisation des fruits des extractions punitives. Les amputations, par exemple. J'admire votre style, docteur.

Instinctivement, Menka eut envie de s'éloigner de cet intrus – cet homme, il en était certain, ne faisait pas partie du club. Mais un mélange d'irritation et de curiosité le poussa à rester. Il décida de se confronter à lui.

– Vous ne me faites pas l'effet d'appartenir au club…

L'homme écarta les bras en guise de confirmation.

– C'est tout à fait juste, docteur. Je ne suis pas membre. Considérez-moi cependant comme un sympathisant du club. Je fais partie de ceux qui traînent dans ce genre d'endroits, où tous les problèmes du monde sont résolus. Et j'aimerais vraiment vous poser une question. D'intérêt public, si cela peut rendre les choses plus faciles. D'intérêt éminemment public. Je sais que votre réponse intéresserait beaucoup les médias, et surtout les réseaux sociaux.

Kaghire sentit une nausée le gagner, comme une prémonition, mais son visage n'en trahit rien.

– Posez votre question.

– Elle est on ne peut plus simple, docteur : qu'est-ce que ça fait de couper le bras d'un homme ?

Si un silence régnait tout à l'heure, le salon donnait à présent l'impression de s'être changé en tombeau. Pendant la minute la plus longue qu'il eût jamais vécue, même aux moments les plus critiques d'une intervention chirurgicale sur une forme humaine gisant, impuissante, sur la table d'opération, Menka sentit sa langue se changer en plomb, pétrifié comme dans ce cauchemar dont il craignait toujours qu'il ne lui paralyse les mains au moment d'une incision vitale. Puis il sentit monter en lui une lente vague de colère, diffuse, mais la repoussa brusquement, et se ressaisit. Le calvaire de cette journée n'était manifestement pas terminé, loin de là. Il pouvait le sentir, ce nuage de ressentiment qui l'enveloppait. Pourquoi cette persécution ? Où que cela puisse le mener, il allait au moins remettre cet intrus à sa place.

Il adopta sa voix la plus clinique :

– À vrai dire, c'est une opération très simple.

Il s'exprimait clairement, sur ce ton égal et didactique qui avait contribué à son surnom de Dr Attentionné.

– Ce que ça fait ? Aucun sentiment n'intervient lorsque nous opérons. Un chirurgien est formé pour ne pas les autoriser. C'est uniquement technique. Vous avez déjà mangé des pieds de chèvre grillés ou en ragoût, n'est-ce pas ? Ou des pieds de porc, si vous n'êtes pas musulman. Nos frères aux États-Unis appellent cela *soul food*. C'est considéré comme de la grande gastronomie, même dans certains restaurants européens. Les Chinois, bien sûr, s'en sont fait une spécialité. C'est le même processus : séparer les os des tissus et des cartilages. La seule différence, c'est que dans un cas, on se sert de ses dents et de ses doigts, et dans l'autre des forceps, du scalpel, etc.

La silhouette parut sourire. On aurait pu prendre son

visage pour un masque mortuaire, s'il n'y avait eu le menton allongé, l'effet créé par la barbe.

– Asseyez-vous, offrit la voix. Prenons un dernier verre.

– Le bar est fermé, fit remarquer Menka, pragmatique.

– Effectivement. Vous avez tout à fait raison. Eh bien, juste pour un échange de quelques minutes. Je sais que vous avez épuisé tout le monde avec vos révélations – sauf que, bien sûr, vous avez choisi de ne pas faire intervenir votre expérience personnelle. Pure objectivité. Une fois ou deux, vous étiez à deux doigts de le faire. Je me suis dit : *Ah, enfin*, mais non, vous vous êtes esquivé. Malgré tout, ils semblent avoir tous été pleinement satisfaits. Enfin, pour la plupart. Plus ou moins.

– Mais pas vous. Vous avez une question à poser.

– Pour tout vous dire, certains membres me connaissent fort bien.

Il tira une chaise et la désigna d'un geste.

– Vous êtes sûr ? Cela pourrait être une conversation éclairante.

Menka hésita.

– Quel est votre intérêt dans cette histoire ? Vous êtes médecin ? Ou bien militant des droits de l'homme ?

Menka crut déceler une nouvelle grimace de masque mortuaire à l'intérieur de l'ovale sombre.

– Non – mon métier n'est pas sans lien avec celui-ci, mais mon nom n'est pas précédé du titre de docteur. Et je ne fais pas partie de ces gens qui s'agitent et vocifèrent autour des droits de l'homme.

Il poussa la chaise devant lui, tournant de nouveau sa paume vers le ciel.

Menka refusa.

– Non, merci, je crois avoir dit tout ce que j'avais à dire pour ce soir.

– En sommes-nous vraiment sûrs, docteur Menka ? J'ai lu tout ce qui est sorti sur cette affaire à l'époque – comme le temps passe ! Cela fait plus de vingt ans, me semble-t-il. Je suis resté en suspens, intrigué par bien des aspects, encore aujourd'hui. Je n'arrêtais pas de me demander non seulement ce que ressentait le patient, mais j'essayais de me glisser dans les pensées, l'état d'esprit du chirurgien lui-même, celui qui avait coupé ce bras. C'est une chance, d'être là ce soir. De pouvoir vous rencontrer. D'écouter votre toast porté à la nation. Mais s'il vous plaît…

De nouveau, il désigna la chaise, et de nouveau Menka déclina l'offre d'un geste sec de la tête. L'ombre capitula.

– Évidemment. C'est sans doute très indélicat de ma part. Vous avez eu une rude journée – l'attentat suicide. Vous mourez certainement d'envie de rentrer chez vous. Oh, j'y pense : au moins votre travail a été reconnu par tous, et je n'ai pas encore ajouté mes félicitations aux leurs. Je vous prie d'accepter ma modeste contribution.

Menka le remercia d'un hochement de tête, se tourna pour partir. Sans se départir de sa politesse, la voix se cramponna :

– Ceci dit, j'aurais quand même aimé que vous m'accordiez ce moment. C'était comment ? Je n'ai pas arrêté de me poser la question. Le serment d'Hippocrate, tout ça – après tout, n'importe quel écolier connaît Hippocrate.

Pour la première fois ce soir-là, Menka sourit vraiment. Les hostilités étaient déclenchées, et cela lui convenait mieux.

– Eh bien, déjà, le serment d'Hippocrate n'avait jamais envisagé une société où l'on trancherait le bras d'un homme pour avoir volé une chèvre, donc il ne dit rien sur ce point. Pour moi, il s'agissait juste d'une procédure médicale. Il suffisait de voir ce bras comme un membre gangreneux qui devait être enlevé. D'appliquer les techniques standard. Une opération indolore. Dénuée de cruauté.

– Je suis sûr que c'était le cas. L'homme était certainement sous anesthésie.

– Générale, oui.

Un soupir s'échappa de l'ombre.

– Totalement différent, bien plus humain que les atrocités des guerres civiles le long de notre côte ouest – manches courtes ou manches longues ? Je suis sûr que vous avez déjà entendu cette expression…

– Si je l'ai entendue ? Elle me hante. Rien que de l'entendre dans votre bouche, ça me donne des frissons.

Malgré le flou, Menka distingua presque la grimace théâtrale de l'homme.

– Pouah ! Des sadiques. Et des enfants sont impliqués. Des enfants soldats. Leurs chefs leur font commettre ces carnages, et pire encore. Ils les droguent. Imaginez un peu l'effet que ça a sur un enfant. Ils prennent un village et alors, on sort les machettes. Ils donnent le choix aux captifs – tu veux des manches courtes, longues ? Ce qui veut dire : au niveau du poignet ou du coude. Pur sadisme.

– Une partie de notre tâche, en tant que médecins, consiste à rééduquer ces enfants. C'est une tâche sans fin.

– Joseph Kony – le chef de cette soi-disant armée de résistance du Seigneur – réalisait son propre type de mutilations – il s'en chargeait lui-même, d'après tous les témoins. Nez tranchés, lèvres tailladées – il n'était visiblement jamais à court de raffinements.

– Ce type d'hommes prolifère sur tout le continent. C'est une vraie tragédie, pour nous tous en Afrique.

Tout en parlant, Menka n'arrivait pas à se décider – fallait-il s'approcher de l'homme pour l'examiner de plus près ? Ou continuer à feindre de ne pas s'intéresser à son identité ? S'approcher ne ferait que l'encourager, et Menka voulait mettre un terme à cet échange. En tout cas, il était désormais convaincu qu'il s'agissait de cette même silhouette furtive qu'il avait aperçue plus tôt dans la salle de billard – quelque chose dans la posture de l'homme – là encore, à la fois familière et étrangère. Et la voix aussi, qui lui procurait la même sensation d'avoir déjà rencontré cette personne. Par contraste avec l'aspect provocateur de ses questions, le ton semblait s'efforcer de ne pas être trop agressif, de ne contenir aucune note de désapprobation ni même de jugement. Le tout éminemment théâtral, affectant de mener une enquête clinique pleine de gravité, comme si le questionneur n'était motivé que par une curiosité ordinaire. Menka haussa les épaules – tout cela ne changeait rien pour lui. La mission de l'inconnu consistait à le mettre sur la défensive, à lui lancer un avertissement, Dieu sait dans quel but. Soudain, une idée le frappa.

– Oh. C'est vous qui manquiez à l'appel ? Celui qui était censé transmettre un message.

– Un message ?

Menka n'en était pas certain, mais il crut sentir une hésitation.

– Oui. J'ai reçu la visite de vos associés. Vous étiez censé m'apporter un message pour leur préparer le terrain. Que s'est-il passé ? Vous vous êtes défilé ?

– Docteur Menka, je vous assure que je ne sais pas de quoi vous parlez.

– Eh bien, qui que vous soyez, je ne vous crois pas. Tout me porte à croire que vous êtes cette personne.

– Eh bien, restons-en là pour le moment, répondit l'inconnu. Quand nous nous connaîtrons mieux, peut-être ?

– Je doute fort que cela arrive un jour, répliqua fermement Menka.

– Sur ce point, je ne peux qu'être en désaccord. Mais

nous verrons bien ce que l'avenir nous réserve. Puis-je vous poser une toute dernière question ?

De nouveau, Kighare Menka était en proie à un dilemme : partir ou rester ? Il était persuadé que s'il poursuivait cet échange assez longtemps, cela finirait par lui revenir. Il percerait le mystère de cette ombre et déjouerait l'avantage que l'anonymat offrait à cet inconnu. Cette conversation était trop à sens unique pour lui, et cela le faisait bouillir. Ce tiraillement fut de courte durée, résolu en faveur de la curiosité.

– Très bien. Votre question ?

– Et le voleur, alors ? Êtes-vous tout aussi réticent à parler de lui ?

– Parler de quoi ? répondit Menka d'une voix aussi égale qu'il put, mais dure.

– Eh bien, de ses sentiments ? Vous en a-t-il voulu ? Je me suis souvent posé la question. Je veux dire, qu'a-t-il bien pu ressentir ? Même les voleurs de chèvres éprouvent des sentiments, cela ne fait aucun doute. Je l'imagine se réveillant au bout d'un moment, pour découvrir que son bras n'est plus là. Qu'est-ce qu'il a ressenti, alors ?

Les bras de l'inconnu émergèrent à nouveau de l'ombre, balayant l'obscurité.

– L'homme s'endort avec deux bras, et n'en a plus qu'un au réveil.

Menka prit un air pensif, comme s'il tentait de se remémorer sa première rencontre avec le criminel, le lendemain matin.

– Étrange société que la nôtre. Je suis né dans cette région, celle du Plateau, pas loin de Jos, mais même ici, assez loin de l'équivalent coranique de ce que les Américains appellent la *Bible Belt*, il y a souvent des choses qui me paraissent étranges. Improbables, je veux dire. J'ai fait mon service civil à Kano, dans le temps – mais vous le savez déjà, j'en suis sûr –, et c'est là que c'est arrivé. Quant à votre question, je crois pouvoir y répondre. Naturellement, j'ai vu mon patient le lendemain matin, avec toute l'équipe de l'hôpital. C'est la procédure habituelle. Eh bien, cela vous étonnera peut-être… Je ne sais pas comment cela se passe avec les autres, mais quand nous avons commencé notre tournée des patients, cet homme avait déjà reçu la visite du chef du village, des notables de la communauté, le mollah et même l'émir. Ce village faisait partie de l'un des émirats mineurs, je suis sûr que vous vous en souvenez. Ils avaient apporté toutes sortes d'objets pour l'aider à recommencer une nouvelle vie avec un seul bras – des cadeaux utiles, dont de la nourriture.

– Une chèvre ? répliqua l'autre avec le rire de qui contrôle la situation.

Menka parvint à l'imiter tant bien que mal.

– Non, aucune créature vivante, ni bêlante. Des vêtements neufs. Des graines à planter. Une machette et une houe. Ce genre d'articles nécessaires. Le principe de base, c'était : il ne faut pas permettre que sa nouvelle condition de manchot l'enfonce encore davantage dans une carrière de criminel. Mais, vous savez quoi ? Laissez-moi vous raconter ce que des gens de l'extérieur – comme vous, me semble-t-il – auraient trouvé le plus déconcertant. Moi aussi, d'ailleurs, mais il faut dire que j'étais allé à l'école dans le Sud et avais terminé mes études à l'étranger. On pourrait donc dire que je m'étais… désacculturé ?

– Ce qui ne vous a pas empêché d'exécuter la sentence.

– Faut-il vous rappeler que j'effectuais mon service civil ? Mon service *obligatoire*. Le voleur avait été condamné en vertu de la charia. J'ai reçu l'ordre de l'amputer.

D'un geste, l'homme rejeta l'argument.

– Oh, arrêtez… Vous aviez reçu une formation de

médecin. Complète. Diplômé de Bristol University, au Royaume-Uni. L'ordre des médecins nigérian a pris position…

– … et s'est rendu compte qu'il n'avait d'autre choix que de classer sans suite cette affaire. Des lois différentes s'appliquent, et pas seulement sur les questions médicales.

– N'avez-vous pas été radié de l'ordre ?

L'homme ne s'était pas départi de sa voix neutre, désintéressée.

– Pourtant vous êtes toujours là à pratiquer la médecine. À recevoir des éloges nationaux.

– Radié ?

Menka partit d'un rire sonore.

– Je ne sais pas qui vous êtes, ni ce que vous cherchez. Je sais que vous n'êtes pas journaliste, car sinon votre approche serait différente. Quoi ou qui que vous représentiez, vous devriez savoir – rien de plus élémentaire – qu'il faut toujours assigner en justice celui qui commet une faute. Sinon, lorsqu'on vous envoie au tribunal, vous perdez – c'est le principe du procès équitable. Rien de plus basique. Je me suis rendu indisponible – car on m'en a donné l'ordre. J'étais prêt à me présenter devant les juges. Les choses sont différentes, ici – et pas juste parce que c'est le Nord. N'oubliez pas que nous parlons en outre du Nord de ce temps-là, d'avant l'indépendance, et encore aujourd'hui, plus d'un État n'a toujours pas franchi cette frontière régionale – ou religieuse. Vous voulez que je vous rappelle les pédophiles fiers de leurs actes, dont nous soignons sans arrêt les victimes ? Certaines sont abîmées à vie. Aucune poursuite n'est jamais engagée. Au contraire, ces criminels font la navette entre l'immunité du sénateur et celle du gouverneur. Alors, de quelle loi parlez-vous au juste ?

– De vos propres lois autorégulatrices, docteur. Voilà

de quoi je parle. Que prêche donc votre éthique, docteur Menka ? Que vous dictait votre déontologie de médecin ?

Menka demeura imperturbable.

– La loi et l'éthique entrent souvent en conflit. Cela nous arrive à tous, tôt ou tard, et plus souvent encore dans la profession médicale. Et certains se retrouvent confrontés à ce dilemme bien trop tôt, dans des circonstances injustes. Mais nous prenons des décisions – sur ce point, vous avez tout à fait raison. Et parfois, ces décisions ne nous grandissent pas. Un médecin n'est pas censé découper un élément en pleine santé, et en état de marche, de l'anatomie humaine. Et pourtant, cela arrive. C'est arrivé ici, et la loi le prescrit. L'expérience compte. Et la maturité aussi. Ce qu'on appelle le progrès humain. Revoir sans cesse ce qu'on considérait d'abord comme allant de soi. Se demander qui l'a décrété au départ. Et à quelle étape du progrès humain ? J'ose espérer que vous ne me méprisez pas au point d'imaginer que je n'y ai pas réfléchi. Des médecins ne supervisent-ils pas l'exécution des condamnés, là où la peine capitale est encore en vigueur ? Et pourtant, la peine de mort est considérée comme barbare dans d'autres pays. Aux États-Unis, ce sont des médecins qui administrent l'injection mortelle aux malheureux. Et des prêtres, aussi. Ceux qui assistent les condamnés avant l'exécution – qu'avez-vous à dire sur ceux-là ? Avez-vous abordé la chose sous cet angle-là, dans ce contexte ? Quelle différence ? Quant à la manière dont je considère tout cela aujourd'hui, ça ne regarde que moi. Je n'ai pas l'intention de partager cela avec un inconnu.

– Ayez l'obligeance de m'autoriser une toute dernière question, docteur. Vous l'avez sans doute compris, je ne suis pas ici par hasard.

– Effectivement. J'attendais juste que vous me révéliez de quoi il retourne.

– Bien sûr. Mais dites-moi, cet homme, comment a-t-il pris la chose après coup ? Vous avez raison, docteur, je n'ai rien à voir avec les médias. Ma curiosité est tout à fait sincère. Personnelle. Mais également liée à mon métier. En temps voulu, lorsque nous nous connaîtrons mieux, vous comprendrez peut-être. Pour le moment, j'imagine que je dois vous paraître bien présomptueux.

Le visage de Menka se froissa en une moue perplexe, mais il était déterminé à aller jusqu'au bout de cette affaire, où que cela puisse le mener. *J'ai ouvert cette boîte*, se rappela-t-il, *alors autant être celui qui la refermera*. Il se sentait étrangement détendu.

– Comment cet homme a-t-il pris la chose ? C'est ce qui m'a le plus dérouté. Je m'attendais à ce qu'il soit amer, en colère ou qu'il s'apitoie sur son sort. Mais pas du tout ! Pendant toutes mes années d'études, jamais je n'avais rencontré représentant plus enjoué de l'espèce humaine. Il souriait à s'en décrocher les mâchoires en engloutissant son *akamu* – c'était l'heure du petit déjeuner – et voilà qu'il faisait un festin de roi, comme s'il n'avait pas le moindre souci !

– Eh bien, peut-être qu'au milieu de tous ces présents…

– Non. Cela n'avait pas grand-chose à voir avec sa tunique de coton neuve, ses sandales grossières, sa lampe à pétrole et ses graines de sorgho, plus un peu de liquide. C'était lui, sa personne, son comportement. Il ne voyait rien de négatif dans la perte de son bras. Je me souviens de ses paroles – *Ce qui arrive est la volonté d'Allah. Je suis content qu'on m'ait coupé le bras. Cela me rappellera qu'il ne faut plus voler, et c'est ce qu'Allah veut pour moi.*

Menka secoua la tête comme pour la libérer de décennies d'incrédulité.

– C'est vrai. Il n'était pas du tout bouleversé. Je parierais mon métier là-dessus.

– Incroyable.

– N'est-ce pas ? Eh bien, bonne nuit.

Mais alors, comme s'il avait soudain l'impression d'avoir été floué dans cet échange, Menka se tourna de nouveau vers son interlocuteur et agita la main dans sa direction.

– À mon tour d'être curieux. Vous ne m'avez pas dit ce que vous faites dans la vie. Vous n'êtes pas membre du club. Vous ne travaillez pas pour les médias. Votre curiosité – permettez-moi de vous le dire – tranche avec le ton des échanges que j'ai eus jusqu'ici. Je crois que j'ai gagné le droit de vous interroger, non ?

Le visage flou parut hésiter, puis répondit d'une voix traînante :

– Il me semble vous avoir fourni une sorte d'indice. On pourrait dire que je suis moi aussi docteur – mais de l'esprit, seulement.

– Oh, un homme d'Église ? Un prêcheur ?

– Plus ou moins. Même domaine d'activité. Peut-être suis-je plus proche du fermier, mais d'un genre bien particulier. Je me situe à l'extrémité parasite de ce métier. Je récolte. Je récolte des âmes. D'autres s'occupent de planter. Moi, je récolte. Je m'efforce d'être honnête.

Une pause. Puis l'inconnu reprit :

– Bonne nuit, docteur.

Il s'écarta de la fenêtre et se dirigea vers la porte de service. Il n'essaya même pas de dissimuler le fait qu'il longeait le mur, évitant les poches de lumière pour déjouer toute reconnaissance. Puis il disparut dans la nuit. Menka resta planté là un petit moment, ses yeux vagabondant parmi les silhouettes avachies qui jonchaient encore le salon. Pas une d'entre elles ne semblait avoir bougé ni avoir été consciente, à aucun moment, de l'étrange rencontre. Le docteur secoua à nouveau sa tête pour la nettoyer, ou peut-être simplement pour forcer cet échange à entrer dans une case rationnelle de son cerveau.

Toute euphorie se dissipa lorsqu'il eut finalement atteint le siège familier de son Nissan Patrol garé sur le parking. Il resta immobile quelques instants, se repassant l'étrange coda d'une soirée déjà fort bizarre. Tout cela n'avait ni queue ni tête. Le plus troublant, c'est qu'il ne parvenait pas à saisir le moindre trait remarquable de cet inconnu, tout en étant à peu près certain qu'il connaissait cette personne et l'avait déjà rencontrée. De vagues contours, oui. Mais au-delà, pas un seul trait distinctif. Impossible de déterminer si l'homme était sombre ou clair de peau, chauve, s'il marchait le dos bien droit ou voûté, s'il était grand, de taille moyenne ou petit. Il semblait se réduire à une silhouette qui parlait, marchait, posait des questions et les évitait. Eh bien, Menka se renseignerait auprès de Baba Baftau lorsqu'ils se retrouveraient le lendemain matin – il semblait connaître comme sa poche tous ceux qui fréquentaient le Hilltop Mansion Club. Ayant reporté à plus tard l'examen du problème, il tourna la clé dans le contact.

Alors, ô surprise, Mr Silhouette réapparut, se positionnant comme par enchantement du côté conducteur, penché au-dessus de sa portière. Cette fois, Menka n'essaya même pas de cacher son irritation – l'apparition était si soudaine, dans ce parking obscur, qu'il fut pris au dépourvu, voire effrayé. Même si la Hilltop Mansion avait la réputation d'être un endroit très sûr, la cour était déserte. Sa propre réaction l'agaça plus que l'intrusion – il détestait céder à la peur, quelles que soient les circonstances. Les rites de passage auxquels on l'avait soumis avant son tout premier départ de la maison, pour aller étudier dans un pensionnat, avaient d'ailleurs été plus ou moins conçus pour tester la capacité à contrôler jusqu'aux réactions les plus instinctives au soudain ou à l'inattendu, et voilà que pourtant, il avait failli à cette discipline à deux reprises déjà au cours d'une même soirée, et à cause du même mystérieux intrus. Il sentit donc une vague d'agressivité monter dans sa gorge.

– Encore vous ? Que me voulez-vous, cette fois ? J'ai besoin de dormir.

– Désolé de vous avoir fait peur. J'ai oublié une chose importante – je m'en serais souvenu si nous nous étions tranquillement assis à une table, mais il faut dire aussi que notre conversation s'est révélée très instructive, d'une manière à laquelle je ne m'attendais pas. Alors j'ai oublié.

Menka attendit la suite. La voix était pleine d'assurance :

– Il ne sera pas nécessaire de maintenir ce rendez-vous, disait-elle.

Menka était un peu perdu.

– Quel rendez-vous ?

– Demain matin. La visite au magasin de viande.

– Et pourquoi donc ? répliqua sèchement Menka. Qu'est-ce que ça peut vous faire ?

– Il ne se trouve plus à cet endroit. Ce supermarché a été déplacé.

– Quoi ? Quand ? Où ?

– Son emplacement, ici, n'était plus viable. Économiquement. Des problèmes de sécurité sont en outre apparus. Le conseil d'administration a décidé qu'il était temps de déménager.

Menka resta assis là sans bouger, privé de mots. La plus assourdissante des alarmes sous son crâne était celle de la peur que, maintenant, plus personne ne le croirait. Absolument personne. L'inconnu lut dans ses pensées.

– Ne vous en faites pas non plus au sujet des mécréants de votre club. Je vous assure, vous devriez les ignorer.

– Les ignorer ! Et comment suis-je censé m'y prendre ? Vous me croiriez, *vous*, si vous aviez participé à ces conversations ?

– Non. Évidemment que non. Nous sommes tous nés avec ce gène de saint Thomas. N'empêche, je peux vous l'assurer, vous n'avez pas à vous soucier de cela. Demain, les membres de votre club seront trop préoccupés par des questions plus pressantes.

L'impatience de Menka avait atteint son zénith. Il enclencha la première et la voiture démarra brusquement. La léthargie de l'homme s'envola, il fit un bond en arrière, avec une impressionnante athléticité qui consola un peu Menka – au moins, il avait fini par le forcer à faire quelque chose d'imprévu. Les derniers mots de l'inconnu résonneraient néanmoins ensuite aux oreilles de Menka pendant des jours :

– Faites-moi confiance !

En l'espace de quelques minutes, quelle saisissante extension d'une soirée d'ores et déjà surchargée et porteuse de révélations sans précédent ! Mais alors, quelle surprise pour le rappel ? Peut-être l'effondrement des blocs rocheux accrochés aux pentes de la colline du Plateau ! Menka redressa ses épaules et roula vers sa maison, tout à la fois pensif et plein de colère. Certes, il avait perdu son sang-froid, mais était-ce une raison suffisante pour susciter cette apparition spectrale ? D'ailleurs, la présence de cet homme n'était clairement pas due au hasard – mais alors, qui était-il ? Malgré ses efforts théâtraux pour s'effacer, quelque chose chez lui évoquait tout de même de vagues souvenirs à Menka. C'était là, insaisissable, lui échappant sans cesse, mais il n'avait aucun doute sur l'existence d'un lien, quelque part dans le passé. Au début, il avait pensé : Bien sûr, un maître-chanteur venant faire pression sur lui avec la menace d'une dénonciation, après son prix amplement médiatisé. Une connexion, quelque part, avec cette opération, l'amputation du bras qui avait volé ? Il tenta de se remémorer les divers participants de cet événement vieux de vingt ans, aussi mineur que fût leur rôle – les juges, les témoins convoqués à la barre, les infirmières qui l'avaient assisté, le personnel en charge de la rééducation du patient. Il se repassait les images en boucle – le commandant du Corps de la Jeunesse, ce soldat qui lui avait confié cette mission à la clinique, donnant ses instructions d'un ton détaché, comme s'il s'agissait d'une opération sans conséquence. Rien qu'un petit geste de la main – *Votre patient vous attend au bloc opératoire, conscrit Menka. Prévenez-moi quand vous en aurez terminé.* Aucun des portraits esquissés ne correspondait tout à fait à l'intrus de la Hilltop Mansion. Celui-ci donnait l'impression d'être une force malveillante propulsant, déviant les événements dans des canaux prédéterminés, mais qui menaient tous – où, au juste ? Pour une fois, Menka eut l'impression de saisir enfin tout l'impact du mot *vortex*. C'était là qu'il se trouvait, oui, au cœur d'un vortex. À peine s'était-il libéré d'un courant traître qu'un autre surgissait, et menaçait de l'aspirer dans les profondeurs.

Une deuxième douche, puis le dîner tardif en solitaire, prolongé, toujours revigorant, sa table posée contre la fenêtre qui offrait une vue en diagonale sur les collines, en contrebas. Là-bas, pas très loin, il distinguait, comme toujours, les contours de la Hilltop Mansion, les quelques lumières intérieures allumées toute la nuit, le lampadaire esseulé du parking qui conférait maintenant à cette cour mal éclairée une ambiance sinistre – la première impression de ce genre depuis qu'il s'était installé sur ces hauteurs. Il se surprit à observer plus intensément que d'habitude son intendant, pendant qu'il lavait les assiettes, puis fermait la porte de la cuisine, comme si chaque geste, chaque déplacement recelait un indice sur les événements de la journée – mais tout particulièrement sur cette ultime rencontre. La soirée semblait s'être décomposée en deux mouvements distincts. Ils étaient clairement séparés l'un de l'autre – son échange téléphonique avec Duyole constituant peut-être l'interlude de clarté dont il avait tant besoin entre sa dispute avec les membres déroutés de son club et l'intrusion de Mr Silhouette. De la clarté, car il lui avait permis d'affirmer une décision déjà prise – celle de quitter au moins pour un temps l'atmosphère troublée de Jos. Il était soulagé de n'avoir pas partagé un détail avec son « jumeau » – sa lettre de démission, remise la veille. Il ne lui en parlerait qu'après son arrivée à Lagos, sans doute après le somptueux dîner qui l'attendait forcément – cela allait de soi –, et Duyole se mettrait aussitôt à élaborer des plans pour lui, dans Dieu sait quelle direction. En débarquant à Lagos, des offres de cliniques ou d'entreprises privées l'attendraient, pour des missions de consulting. De l'hôpital universitaire à coup sûr. Il y avait aussi cette visite programmée au magasin de viande – dans quelle mesure celle-ci affecterait-elle les options toujours en balance ? L'inconnu avait voulu le dissuader d'y aller – dans quel but ? Il allait tout de même s'y rendre, et ne dirait rien aux autres de cette tentative de l'en empêcher. Reculer maintenant était hors de question. Même si, en arrivant sur place, ils devaient découvrir que l'endroit avait été rasé, il resterait toujours les traces d'un bâtiment. Et ensuite ? Poursuivre ? Ou abandonner ? La matinée en déciderait.

Le sommeil ne fit preuve d'aucun esprit de coopération en lui apportant le répit dont il avait tant besoin. Il tenta de se consoler en pensant à ses retrouvailles prochaines avec Pitan-Payne – peut-être même parviendraient-ils à réveiller d'autres membres encore vivants de leur confrérie comateuse, riche de quatre prodigieux membres, pas un de moins ! Son sourire, mélange d'autodérision et de nostalgie, ne suffit pas tout à fait à éclairer la pénombre grandissante née de cette conclusion inattendue d'une soirée où des monstruosités longtemps contenues avaient fini par être libérées. Eh bien, Lagos/Badagry l'attendait, et jamais la perspective d'un tel intermède ne lui avait paru si attirante.

Cela promettait d'être plus qu'un simple intermède : une avalanche de transitions chargées, entre de multiples phases. Bien des choses avaient changé, reconnaissait désormais consciemment Menka, depuis cette lointaine époque d'idéalisme étudiant, avec toutes ses excentricités. Même son propre quatuor exclusif de rêveurs, qui portaient des T-shirts arborant agressivement *Le Gong des Quatre* sur l'image d'un gong royal béninois, cloche de cérémonie ornée de quatre têtes – même eux, concédait-il à contrecœur, avaient subi des changements irréversibles. Ce groupe s'était formé autour de Duyole, l'ingénieur survolté, l'ami, le parent adoptif depuis les tout premiers jours de cet idéalisme assiégé. À présent, chacun des membres du Gong avait suivi son propre chemin, dicté par ou s'opposant à des obligations – et des choix – de survie pure et simple qui enflaient de jour en jour, d'heure en heure. Et maintenant, il se retrouvait lui-même pris dans un puissant vortex de changement, à cinquante-sept ans, célébré et pourtant confronté à un avenir incertain.

Sa situation, craignait-il, avait quelque chose de surréaliste. Un jour, médecin surmené et pour l'essentiel ignoré, pratiquement inconnu en dehors de son milieu professionnel immédiat, esclave parmi tant d'autres de son engagement. Et le lendemain, voilà qu'il était devenu un point de référence national, honoré par le prix de la Prééminence, décerné par ses pairs à l'occasion de la fête de l'Indépendance. Et voilà qu'au bout d'une semaine à peine dans ce rôle, il s'était changé en fugitif – même si ce n'était pas la justice qu'il fuyait.

Mais cela revenait au même : l'urgence de s'échapper aussi loin que possible de l'endroit où il se trouvait. Il se sentait pourchassé comme le premier criminel venu, ayant déjà perdu sa sensation habituelle de Jos comme étant un espace bienveillant, contemplatif, une ville évoquant l'espace et le tempo de son Gumchi natal – avec bien sûr, tout de même, d'énormes différences. Somme toute, Menka découvrait le goût d'une vie dans les limbes.

Aussi robustes que leur environnement, les gens de Gumchi tiraient leur subsistance rudimentaire des maigres carrés d'humidité et de verdure qui ponctuaient leurs roches vertigineuses. Les travailleurs de banlieue qui passaient au petit matin ne prêtaient aucune attention à ces files de femmes de Gumchi, légèrement voûtées, qui attendaient pour traverser l'autoroute. Elles quittaient leurs huttes sommaires pour se frayer un chemin au milieu du trafic surchargé, sur la route du marché, tout à fait semblables à des fourmis ouvrières avec leurs gamelles d'eau, leurs fagots de petit bois, leurs ignames et autres produits de la ferme posés en équilibre sur des coussins d'épaules surchargés, des colliers de perles passés autour de leurs crânes rasés, une formation humaine qui semblait reproduire l'enfilade précaire des blocs rocheux accrochés sur les crêtes. Cette vision contrastait avec celle de leurs alter ego de la frange tropicale du Sud, les vendeuses de la ville et d'autres éléments de la chaîne logistique urbaine qui se servaient de leurs têtes – littéralement – pour porter leurs fardeaux. Récapitulatif des actifs : une école primaire calée au pied des rochers sur la plaine avare ; une propriété produisant du charbon de bois ; une fonderie produisant des perles, à peine plus grande qu'une cheminée domestique ; et les rares parcelles agricoles incluant une microplantation de colatiers dont la saveur des noix avait trouvé grâce aux yeux du palais exigeant du chef de l'État. Il n'y avait rien là, en fin de compte, pour un médecin fraîchement diplômé – spécialité, la chirurgie. Et de toute manière, il fallait honorer les conditions de sa bourse d'études : cinq années au service de l'État. Le Plateau l'appelait. L'amitié le retenait. Le premier avait remporté ce bras de fer – mais cela lui avait également permis d'avoir le beurre, et l'argent du beurre. Son inséparable ami Duyole, premier chaînon d'une famille de substitution, était lui aussi retourné sur ses terres d'origine – en l'occurrence, le Sud, Lagos et Badagry. Survivant orphelin d'un village orphelin – qui, concrètement, s'apparentait à un logement occupé contourné par le reste de la société –, Menka se délectait de cette amitié acquise qui avait rendu plus doux les rites de passage de ses années étudiantes. Elle n'avait fait que se renforcer pendant son expérience stressante de naufragé sur une île peu clémente nommée Royaume-Uni, leur lien demeurant intact tandis que chacun d'eux se faisait peu à peu à ces nouveaux points de départ qui étaient, néanmoins, son chez-lui.

Lorsqu'on l'envoya à Jos à la fin de son année de service civil obligatoire dans la ville de Kano, Jos était une affectation enviée, un lieu indolent – du moins pour ceux qui arrivaient à vivre sans cette frénésie nommée Lagos, ou de plus en plus Kano, Kaduna, Calabar, Enugu et une poignée d'autres capitales provinciales. Puis, tout à coup, il y avait eu des attentats-suicides partout, des bombes s'aventurant dans les marchés portées par des jambes humaines, souvent celles d'enfants innocents vendant de la nourriture à la criée sur les places des villages ou faisant la queue pour une place dans un garage, des bombes généreusement distribuées jusque dans les écoles maternelles. Églises et mosquées avaient perdu leur sainteté présumée – difficile de décider laquelle des deux sectes rivales s'attirait le plus le venin des rédempteurs au drapeau noir. Et le vol à longueur de jours et de semaines des balles, les traçantes et les invisibles, tout un carnaval de projectiles – audibles, mais encore distants de l'oasis de la Hilltop Mansion, se rapprochant sans cesse insidieusement avant d'être repoussés, le précieux soulagement d'un silence relatif puis la reprise des sifflements de mauvais augure et des claquements sourds de ces cosses mortelles. Les gens de la ville avaient même appris à distinguer les fatales nuances de ces sons. Quant aux assaillants – cela était devenu pour lui une lancinante question –, que voulaient-ils ? Quel Dieu vénéraient-ils ? Finalement, sa rencontre avec les commercialisateurs du désastre humain, investissant sa clinique avec une audace insolente – enfin, après une prospection préalable – pour lui proposer des parts dans leur entreprise macabre. Il était temps de s'en aller. C'était forcément la Destinée ! Menka se targuait de n'être pas superstitieux – il avait besoin d'être sans cesse rassuré sur ce point –, mais cette fois, on aurait vraiment dit qu'une force semblable au destin était intervenue. Mais d'abord, partir, fût-ce pour quelques jours à peine. Et ensuite ?

La descente dans l'épaisse brume de la malformation humaine, dans laquelle Menka se sentait pris au piège, le renvoyait d'instinct à des promesses et autres projets du passé où la vie s'affirmait, ne serait-ce que pour préserver sa santé mentale, à moins qu'ils ne remontent à la surface que comme de simples objets de nostalgie. Cela réveillait les souvenirs de contributions apportées à des projets communs qui appartenaient à un temps où la vision de la jeunesse était si simple. Contournant dédaigneusement l'expression médiatique désuète *dream team* – toute nation sportive digne de ce nom se devait désormais de posséder son « équipe de rêve » ! –, ses compères gladiateurs et lui s'étaient mis d'accord sur une adaptation : le Collectif du Grand Rêve ! L'appel de l'idyllique patrie méritait ces termes grandioses, alors qu'ils ne juraient, comme la plupart des étudiants étrangers, que par ce mantra – inscrit sur la baguette transformatrice : *Rentre au pays et fais bouger les choses !* Après toute une série d'essais et de rejets, d'ajouts, de réductions, de plagiats éhontés et de pures inventions enchaînés avec une égale ferveur, le mot déclencheur fut au bout du compte la notion générale de *marque*, de refonte complète de l'identité de celle-ci, attrapée au vol – telle est l'ironie logique du vide – dans les incessantes déclarations patriotiques de gouvernements pour lesquels le terme *rebranding* était simplement un fabuleux mot fourre-tout banalisé, utilisé à tort et à travers par des ministres de ci ou de ça voyageant aux frais de la princesse dans le monde entier, avec un entourage en inflation constante, afin soi-disant de transformer l'image de marque de la nation. Eh bien, s'il s'agit d'en transformer l'image, quelle est donc cette marque ? Que la coquille ait au moins un peu de contenu, idéalement quelque chose qui soit propre à l'entité chargée de cette opération. Le dédaigneux rejet de la première proposition venue, « la marque du rebranding », était prévisible – ce à quoi elle menait était devenu une source d'embarras et un challenge. C'est alors qu'ils avaient lancé leur riposte : *Oui, changeons l'image de marque, mais que le produit s'en charge lui-même !* Une fois ce concept approuvé, validé, jugé viable à long terme, le nom s'était imposé de lui-même. Le monde allait désormais devoir compter avec la Marque Pays !

Malgré sa modestie, l'écho de ce nom se répercuterait à travers le pays – le continent aussi, pourquoi pas ? –, laissant son empreinte sur le paysage, s'enrichissant au gré des références croisées et des résonances, sa notoriété et son taux de pénétration s'accroissant exponentiellement. Il était crucial de mener des tests de qualité. Innovation, expertise, délais de livraison, service après-vente, etc. Quel que soit le projet, le produit. C'est seulement sur un coup de tête que l'un d'entre eux – Badetona le Railleur, évidemment, ce conspirateur pragmatique doublé d'un financier avisé – avait suggéré un détour par l'office des brevets. *On ne sait jamais*, les avait-il mis en garde. *Déposons la marque avant que des vauriens s'en emparent.* Chaque innovation deviendrait le modèle de référence, par rapport auquel tous les autres produits – ou projets – seraient mesurés. Quelle que soit la diversité des produits, tous seraient réunis sous une marque globale ! Rien d'extraordinaire, une marque simplement unique qui imposerait son pedigree distinct, inimitable – la MARQUE PAYS.

Des rêves les visitaient tous, provoqués par cet insecte tenace baptisé « Rendre ce qu'on a reçu », une tique affamée sévissant parmi les jeunes diplômés des champs plus productifs de l'aventure universitaire. Le jour de la fête de l'Indépendance, nombre d'entre eux se trouvaient toujours à l'intérieur des frontières de la patrie colonisatrice – le Royaume-Uni –, ou juste de l'autre côté de la Manche, mais cette absence du lieu des célébrations (des célébrations *potentielles*, si seulement ils l'avaient su…) ne faisait qu'attiser l'enthousiasme de ces lointains oiseaux de passage. S'ils avaient pu, ils auraient détourné les itinéraires migratoires vers le pays natal, infléchi même l'orientation des alizés pour pouvoir rentrer directement chez eux depuis l'amphithéâtre où se tenait la remise des diplômes. La compagnie s'amenuisait – c'était prévisible ; nombre d'entre eux n'étaient là que pour la convivialité et ses produits dérivés, l'hospitalité sexuelle locale n'étant pas le moindre. Le temps d'obtenir leur diplôme, ils n'étaient plus que quatre à se tenir debout parmi un groupe naissant d'une fluctuante douzaine d'enthousiastes, déterminés à garder foi dans ce parasite qui les avait mordus profondément, jusqu'à passer dans leur système sanguin. C'était comme un signe du destin. À l'époque, la nation n'était divisée qu'en quatre provinces. Duyole s'était alors souvenu d'un objet de famille, une cloche cérémonielle en bronze du Bénin, ornée de quatre têtes – le tour était joué. Adoptée comme logo de la marque ! Cela s'était-il vraiment passé à peine trente années en arrière ? Une éternité semblait s'être écoulée depuis. Chaque coup d'État militaire paraissait durer une vie entière.

Menka était la susceptibilité incarnée. Duyole Pitan-Payne montrait déjà des signes de l'ingénieur infatigable, irrépressible et inventif qu'il allait devenir, avec une liste de clients limitée. Tous s'accordaient à dire que c'était lui qui faisait tenir le groupe – bien sûr, issu d'une famille aisée, il avait les fonds pour voyager et leur rendre visite à tous –, mais un lien spécial s'était créé dès le début entre lui et l'enfant des collines. Peut-être étaient-ce leurs différences qui les avaient attirés l'un vers l'autre – l'un d'eux étant le fils raffiné de l'aristocratie coloniale de Lagos, avec un nom de famille composé et biracial. Duyole s'était immédiatement pris d'affection pour ce pensionnaire à l'air perdu, venu d'un obscur village. Jeune homme fragile, sujet aux accidents, qui n'avait jamais mis le pied en dehors de ce promontoire où des arbres poussaient mystérieusement dans les anfractuosités des roches, cet étranger avait visiblement besoin d'être protégé contre les autres bandes d'écoliers venus de la ville, bien trop malins. Les cicatrices sur son visage le désignaient en outre comme un étranger immédiat, portant le stigmate d'une excroissance de l'intérieur des terres. Malheureusement pour ses premiers agresseurs, ces brutes par nature, son attitude effacée dissimulait un tempérament obstiné, apte à tout esquiver.

Par une matinée euphorique sous les cieux automnaux de ce bord de mer, dans les cliquetis des appareils photographiques officiels et familiaux, la veste blanche avait été rituellement enfilée sur les épaules du jeune homme venu des hauteurs centrales du Nigéria, avant la remise du coffret laqué contenant le scalpel et les forceps argentés. Sa voix tremblante mais ravie avait récité le serment d'Hippocrate, plus d'autres affirmations rituelles de son appartenance à la « confrérie des bouchers » – l'irrévérence de Pitan-Payne noyautait tous les rôles, toutes les activités –, Menka ajoutant en silence son propre « serment de Gumchicrate » secret, faisant comme toujours de son mieux pour être à la hauteur des improvisations déflationnistes de Duyole. Mais Kighare Menka était tout sauf méprisant.

Puis vint le final officieux – mais profond – de la cérémonie – *la substantifique moelle du macchabée.* Cela avait-il vraiment eu lieu ? Menka interrogea la nuit. Car s'était ensuivie la fameuse nouba du coucher au lever du soleil dans la « morgue » nocturne de sa promotion, où des bouteilles de brasseries et autres distilleries internationales avaient rendu leur dernier souffle. La structure métallique voûtée d'une cabane Nissen, destinée aux équipements sportifs à l'extrémité sud du terrain de football, était transformée par la féérie de guirlandes électriques le jour de la remise des diplômes, les noceurs affublés de tenues de supporters poussées à l'extrême, avec des écharpes couvrant quasiment la distance entre les deux poteaux des buts. Là, Menka avait articulé tout haut, entre deux hoquets, son serment de construire de ses propres mains une clinique dotée d'équipements de pointe dans le village de Gumchi. Coups d'État, dissolution ou banqueroute de la nation, sécessions d'États, mariage ou famille : rien ne l'arrêterait. Les autres membres de cette bande diminuée n'avaient pour leur part aucun projet concret – l'obtention de leur diplôme étant encore distante de quelques mois à un an, et ils étaient seulement venus pour fêter le sien avec lui –, si bien que dans un geste grave, solennel, ils posèrent leurs mains les unes par-dessus les autres et jurèrent d'aider le « Gumchi Kid » à réaliser son rêve – *Un pour Quatre et Quatre pour Un, Gong des Quatre un jour, Gong des Quatre toujours !* (Répéter quatre fois, se frapper les cuisses quatre fois, les fesses quatre fois, vider la chope en quatre gorgées et la faire tinter, retournée, quatre fois. Répéter jusqu'à ce qu'il ne reste plus qu'un seul participant debout.) Seul l'esprit sadique de Duyole avait pu imaginer tout ce protocole, même s'il prit la peine de reconnaître qu'il n'avait fait qu'adapter un rituel alcoolisé bien plus ancien, initié au IXe siècle par des Vikings en goguette. Néanmoins, celui-ci noyait les cerveaux des étudiants dans les bars des associations, précédé d'une dédicace au mystérieux cardinal Puff – *Je bois à la santé du cardinal Puff, pour la première fois de la soirée*, et ainsi de suite. Duyole avait quitté Salzbourg pour rejoindre les terres moins glacées de Bristol. Méditant le rêve de Kaghire pendant moins de temps qu'il n'en fallait pour vider une pinte de bière, il proposa aussitôt de concevoir et de construire la clinique en ce lieu où il n'avait jamais mis les pieds, dont il avait juste entendu parler – et seulement par son solennel ambassadeur à l'étranger, Kighare. Une fois qu'il aurait créé son cabinet d'ingénieur à Lagos et que celui-ci serait lancé, Gumchi, promit-il, goûterait au poids déterminé de son génie. La cérémonie s'était achevée par un engagement à se rendre à Gumchi dans l'année qui suivrait leur retour au pays.

Les deux autres membres restants, insaisissables ces derniers temps, s'étaient prononcés à leur tour, endossant les portions de ce projet qui convenaient à leurs compétences et leur tempérament. Badetona, charmant apprenti financier, lèverait les fonds, arrachant les prêts nécessaires à ces radins de banquiers. Farodion – Menka secoua de nouveau la tête, perplexe. Qu'était-il donc arrivé à notre quatrième membre ? Duyole était certes l'esprit organisateur hyper-efficace ; Faro, lui, s'était imposé comme la pile électrique, le cœur, l'âme sociable. En parlant de rêve, ça c'était un rêveur ! Même s'il avait tendance à parler par énigmes, il rêvait en grand. Ses numéros de ventriloque – d'une clarté virtuose – en faisaient l'artiste vedette des rassemblements, et lui avaient même valu une brève apparition vocale dans un dessin animé de Walt Disney. Quant à sa popularité auprès du beau sexe, ses camarades avaient coutume de dire qu'il suffisait de rester auprès de Faro car, au pire, vous consoliez ses rebuts. Étrange, comme il avait disparu du jour au lendemain ! Envolé, purement et simplement. Beau parleur, il rêvait de créer une industrie du film – bien avant cette chose qu'on appelait Nollywood. Cet homme aux multiples talents s'était juré d'équiper la clinique de Gumchi de merveilles électroniques dernier cri, numérisant tout jusqu'à la moindre seringue jetable capable de ramener à la vie, d'une seule injection virtuelle, les ancêtres de Gumchi au nom desquels il avait prêté serment d'apporter sa pierre. *Des soins de santé de l'ère spatiale ? Vous êtes au bon endroit !* Oui, c'était tout Farodion, ça – retourné en Sierra Leone, peut-être ? Il affirmait en effet que sa mère était une *Saro*, descendante des esclaves yoruba replantés dans le sol de la Sierra Leone après avoir été secourus en plein océan par des navires anti-esclavagistes britanniques en patrouille. Mais enfin, qui était jamais parvenu à corroborer l'une des innombrables affirmations de Farodion ? Elles changeaient sans arrêt, et parfois de la plus contradictoire des manières – quelle biographie occupait-il donc en ce moment ? Peut-être le brasier intestin de la Sierra Leone l'avait-il consumé ?

Avec un peu de chance, il n'était rien de pire qu'éparpillé, comme les trois autres bien sûr, comme les visions de leur jeunesse. Carrières, mariages, familles, une guerre civile, des coups d'État militaires, religieux… tout cela avait laissé des traces. Personne n'avait clairement dit : *Laissons tomber ce rêve*, non. Il s'était simplement estompé, retombant dans les brumes de l'idéalisme. Abuja, songea Menka avec un vain ressentiment, avait joué le premier rôle dans ce sabotage – quelle malchance pour Gumchi d'être collé à cette voisine qui avait fini par être choisie comme « capitale unificatrice de la nation », par décision d'une dictature militaire. Déjà, qui irait maintenant se faire diagnostiquer et soigner à Gumchi alors que la capitale du pays avait quitté Lagos pour venir s'installer à un jet de pierre du village ? Même ce dévoué fils du hameau de rocaille avait été contraint de reconnaître ce problème. Il se mordit les lèvres de déception, ravalant son orgueil d'être né en ce lieu. Pas besoin de mots – cela allait de soi : le Gong était libéré de son serment. La vie avait poursuivi son cours normal, sage, guidé par professions et opportunités. Comme si l'accomplissement de ce rêve et/ou l'engagement à s'y atteler avait besoin de contraintes supplémentaires, Boko Haram était en gestation dans les parages, prêt à tester les compétences et la résilience de Menka dans le théâtre des opérations – jeu de mots définitivement validé, avait songé Menka en hochant vigoureusement la tête.

Mais cette fois – et pour Menka, c'était vraiment la goutte d'eau –, voilà qu'il était confronté à un réveil brutal d'un autre genre, un rite de passage tout à fait différent : la visite inattendue de ce consortium pas comme les autres, et sa proposition. Cela avait déjà commencé. C'était devenu la routine sous sa direction, au nez et à la barbe de son pointillisme professionnel. Tout cela avait contribué à l'éclat de colère qui s'était emparé de l'outsider de Gumchi, en violation flagrante des normes de bienséance d'une ancienne colonie-dans-la-colonie britannique, la ville œcuménique de Jos. Alors, l'entêtement hérité de Gumchi avait fusionné avec la discipline enracinée du chirurgien jusqu'à en devenir inextricable, et tout était parti en vrille. Ce vortex menaçait de l'engloutir, il le sentait. Son instinct médical prescrivait de prendre un peu l'air…

Auquel point le corps et le cerveau ne purent en supporter davantage. Le Dr Kighare Menka finit par sombrer dans un profond sommeil.

Tôt le lendemain matin, ce ne fut pas l'alarme de son téléphone, programmée à cinq heures trente, qui le réveilla, mais un appel préventif, vingt minutes avant l'heure prévue. L'appelant : Duyole Pitan-Payne, sans la moindre trace de gouaille à la Gong des Quatre.

– Je te réveille ?

– Duyole ?

– Oui, c'est moi. Allume ta télévision…

– Pourquoi ? Qu'est-ce qui se passe ?

– Allume-la, c'est tout. Mets les infos.

– Quelle chaîne ? Que se passe-t-il ?

– N'importe quelle chaîne. Ton club est en feu. La Hilltop Mansion.

– Quoi ? Tu es où ?

– Encore à Abuja. Je me suis levé tôt, pour prendre le premier vol pour Lagos. J'allume la télé pour regarder les actualités et là, qu'est-ce que je vois ? Ce vieux club dévoré par les flammes, la colline tout entière semble être en feu.

– La colline ? Quelle colline ? bredouilla Menka, s'efforçant toujours de chasser ce sommeil inapproprié.

– La Hilltop Mansion, le Hilltop Club, je ne sais pas comment tu l'appelles. L'endroit où ton club se trouve – ou plutôt se trouvait, à ce que je vois.

Duyole l'entendit s'animer tant bien que mal, cherchant peut-être la télécommande.

– J’imagine que ça va affecter tes plans, non ?

La voix de Menka était maintenant teintée d’anxiété.

– Mais c’est là où je vis. Je suis là… où est passée cette foutue télécommande ?

– Tu vis sur la même colline ? Celle où se trouve le club-house ?

– C’est ce que je viens de te dire. Mon appartement donne sur…

Des coups ébranlèrent soudain la porte de sa chambre. Menka éleva la voix.

– Juste une minute… Hé, Duyole, il y a des gens à ma porte. Tu es toujours là ?

– Oui, je suis là. C’est quoi, ce boucan ?

Se tournant vers la porte, Menka beugla :

– Qui est là ? Vous voulez bien attendre un peu ?

La voix de Duyole se fit angoissée.

– Tu devrais peut-être aller ouvrir, Menka. Si tôt le matin… attendais-tu quelqu’un ? C’est peut-être lié à l’incendie.

Les coups s’intensifièrent, accompagnés cette fois d’une multiplicité de voix hurlant à pleins poumons, sur un mode paniqué :

– Docteur ! Docteur ! Vous êtes debout ? Nous sommes en train d’évacuer. Tout le monde dehors !

– Menka, qu’est-ce qui se passe chez toi ?

– J’arrive, j’arrive… Attends une seconde, Duyole…

D’un ton sans appel, Duyole vociféra :

– Va ouvrir cette porte, Kighare. Rappelle-moi après, mais va ouvrir. Tout de suite ! Allez !

Il éteignit son portable.

Juste devant chez lui, sur les pelouses ségréguées, des lots d’humanité apeurés se tenaient debout, des couvre-lits jetés autour du corps pour se protéger de l’air froid des montagnes, qui était toutefois sérieusement réchauffé par les rafales jaillies de feux qui donnaient l'impression de tirer sur leur laisse, mais depuis une distance prudente. Un peu au-delà des flammes, on distinguait des formes vulgairement excitées, mais se réduisant pour l'essentiel à de simples silhouettes encadrant la colline. Menka se dirigea d'instinct vers son point de vue coutumier d'où, confessait-il parfois : *Je me sens comme le seigneur de tout ce que mon regard embrasse*. Mais cette fois, il reconnaîtrait par la suite avoir vécu d'irrationnels instants où les flammes prenaient la forme de limiers déchaînés auxquels on avait déjà fait sentir l'odeur des vêtements qu'il avait enfilés à la hâte, si bien qu'ils semblaient se précipiter droit sur son bungalow, et plus spécifiquement sur sa personne. En termes de spectacle, l'incendie ne manquait de rien. Il semblait doué d'un esprit propre, mais un esprit aux intentions malicieuses et ciblées, avec quelque chose d'une force fondamentale s'autorisant des métamorphoses en série pour mieux cacher aux spectateurs ses intentions réelles. Il focalisait sans aucun doute tous les regards des habitants de la colline, délogés de leur domicile, sans compter ceux des plaines en contrebas, tirés du lit par ces craquements inhabituels qui portaient loin, comme toute agitation humaine à cette heure de la nuit. Parfois, les flammes semblaient faire la course, ramassées sur elles-mêmes, courbées en deux par le souffle de la tempête de feu qu'elles soulevaient le long des tunnels formés par les monts, comme si leur unique but était d'encercler les bâtiments et de prendre au piège l'assistance, puis de les consumer d'un seul coup de langue concerté, omnivore, pour soudain changer de tactique, se dressant de toute leur hauteur pour lécher les cuvettes de granit aux abords de l'à-pic, jusqu'à ce qu'il n'y reste plus rien. Les flamboiements se réorganisaient sans cesse, tourbillonnant telles des mascarades colorées, théâtrales, et, comme sur un signal, dévalant la pente à une vitesse destinée à hypnotiser, intimider puis submerger leur public captif rassemblé tout en bas. Le feu semblait humanisé, orchestré, malveillant. Ce qui prenait l'allure de charges de cavalerie du haut de la colline transformait les flammes en une cohorte de bannières fusionnant les unes avec les autres, se séparant puis se regroupant, avant de tournoyer à des vitesses ahurissantes le long des pentes, disparaissant dans de profonds ravins pour mieux remonter, en quasi-lévitation, sous le nez des pompiers improvisés et de leurs deux camions délabrés, qui avaient cependant formé une ligne de résistance héroïque face à leur assaut. Par malheur, ils manquaient d'eau. Inéluctablement, la résistance perdait du terrain. Alors, ces hordes démoniaques s'arrêtèrent soudain, comme pour observer la déroute, avec de grands claquements de lèvres satisfaits, puis tournèrent dédaigneusement le dos et musardèrent de-ci de-là, se réduisant à d'inoffensives flammèches vacillantes, pour mieux reprendre vie dans une tout autre direction, feinte calculée qui forçait le duo de camions à modifier leur alignement et à se replier encore – jamais le symbolisme n'avait tenté aussi héroïquement d'exercer un pouvoir puisque, faute d'eau, la différence que leur « repositionnement tactique » était censé apporter demeurait un mystère.

À un moment, Menka crut pouvoir compter trois feux distincts accrochés à leur laisse, qui œuvraient indépendamment, voracement explorateurs. Puis, alors qu'il tentait de se rappeler si des gens de sa connaissance vivaient dans ces parages, les flammes passèrent à l'action, concurrentes, s'efforçant de dévorer le plus vite possible des quartiers qui devaient être ceux des domestiques, entrecoupés de cahutes de vendeurs et d'un élevage de poulets. Il vit les cages, encerclées, se dissoudre. Puis les trois unités convergèrent, échangèrent leurs impressions, se séparèrent à nouveau et se remirent à sonder le terrain par petits bonds, rotant des vents chauds au gré de leurs avancées. Ce fut bientôt le tour des maisons des cols blancs. Pour ce secteur, les incendies semblaient avoir opté pour un mouvement en tenaille tout droit sorti d'un manuel militaire. Des squelettes métalliques sur le parking signalaient déjà l'ampleur de la dévastation, et Menka pouvait presque suivre les nervures enflammées à travers le lierre qui avait jusque-là recouvert la façade de l'auguste demeure, et le porche dominant les énormes portes d'entrée. Juste derrière, comme pour confirmer l'exécution d'une stratégie soigneusement planifiée, la cavalerie de flammes tapie dans les ravins les plus profonds de la vallée, cette même formation qui avait battu en retraite, hors de vue, embusquée au fond d'une lointaine dépression, déclencha son assaut, oriflammes au vent. Dans un rugissement triomphant, elle flotta et chargea sur les premiers contreforts, prenant de la force, puis s'abattit vers le principal réservoir d'eau, où une silhouette en uniforme se débattait avec un robinet rouillé qui semblait avoir été saboté en amont de l'invasion. Menka contempla ces flammes, et la chose lui parut soudain personnelle, comme une déclaration d'hostilités unilatérale autour d'un bien immobilier dont il ignorait qu'il faisait l'objet d'une dispute. Après tout, il n'en avait jamais revendiqué la propriété. L'endroit appartenait à l'État, et son loyer mensuel était automatiquement prélevé de son salaire.

Il regarda la file futile d'habitants se passer des seaux d'eau de main en main, se retourna vers son bungalow, et entreprit de faire ses valises comme il put.

13

Transplantation chirurgicale

La conversation téléphonique du petit jour ne reprit qu'en milieu de matinée car, entre-temps, Pitan-Payne voyagea dans les airs. Plus calme à présent, sur la lointaine toile de fond de ce charnier qui avait jadis été la Hilltop Mansion, le Dr Menka, ses réminiscences de temps anciens remontées au cours de la nuit désormais totalement oubliées, alors que les échanges de la veille au soir, dans le salon du club, résonnaient avec une absolue clarté, songea que le club servait maintenant de tombeau à bien d'autres choses encore. Comme, par exemple, une ère tout entière. L'échange qu'il avait eu avec Pitan-Payne dans la panique de l'évacuation, aux premières lueurs de l'aube, était lui aussi oublié. Dans une parfaite inversion des rôles, l'ingénieur diagnostiqua précisément le dilemme du docteur. Il enchaîna en prescrivant le seul remède qu'il connaissait. Il ne suffisait plus, désormais, de réconcilier son ami avec le caractère inévitable d'un déménagement de Jos. Il fallait amadouer l'homme de Gumchi pour qu'il adopte un état d'esprit où il se rendrait compte que la tournure des événements, tout en signalant une fin, s'alignait aussi avec le rêve qu'ils partageaient tous depuis leur jeunesse. Il fallait le convaincre que ce déménagement constituerait en fait un point de départ pour accomplir enfin leurs promesses, et faire de cette vision fondamentale qui les guidait depuis des décennies une réalité.

L'impatience le tourmenta tout au long du vol pour Lagos, qui lui parut bien sûr interminable. À peine eut-il atterri qu'il se précipita dans le salon VIP, se réfugia dans un coin et composa le numéro. Le rapport de Menka fut sans équivoque :

– Il n'y a plus rien, Duyo. La Hilltop Mansion a disparu.

– Mais toi, tu vas bien ? Ton bungalow ?

– Non, à aucun moment nous n'avons vraiment été en danger. Juste une menace, oui, mais pas grand-chose. La Mansion était la véritable cible, et elle est complètement rasée.

Un silence s'ensuivit.

– Des explications ? Des soupçons ?

– Rien pour le moment. Mais il s'agit clairement d'un incendie criminel.

Nouveau silence.

– Pas de raison de changer tes plans, n'est-ce pas ?

– Non, pas du tout. J'ai plus que jamais besoin de cette pause.

– Je songe à autre chose qu'un break temporaire, Kighare. Pendant mon vol, je n'ai pas pu m'empêcher de penser : il est peut-être temps d'envisager un départ définitif.

Encore une fois, silence.

– Tu envisages au moins la chose ?

– Tout est allé tellement vite… Je n'ai même pas eu le temps de te donner les dernières nouvelles, mais il s'est passé pas mal de trucs emmerdants ces derniers temps. J'ai peur que bientôt, tout ça nous éclabousse.

– Dans ce cas, Gumchi, il faut t'en aller. Pars. Fais une transplantation.

– Une quoi ?

– Une transplantation. Tu es chirurgien. Tu fais ça tout le temps.

Menka était désarçonné. Des transplantations ? On aurait dit que Duyole avait assisté aux échanges du Hilltop Mansion Club, quand les vagues soulevées par ces récentes histoires de transactions corporelles étaient soudain remontées à la surface dans ce débordement aussi amer qu'inattendu. L'espace d'un instant suspendu, il en vint presque à se demander si Duyole n'était pas la silhouette évanescente de l'alcôve, espionnant la dispute. L'absurdité de cette idée lui fit craindre que les événements des douze dernières heures ne lui aient détraqué l'esprit. Presque apeuré, il interrogea son ami :

– Où veux-tu en venir ?

– À toi. Ou plutôt, à Gumchi. C'est le destin. Tu crois en la destinée ? Apporte Gumchi à Lagos. Fais une transplantation. Voilà de quoi je parle.

Le soupir de Menka était lourd comme du plomb.

– Ah ça, non ! Pas Lagos.

– Où, alors ? Dis-le-moi. Où iras-tu maintenant ?

– Je n'y ai pas encore réfléchi. J'essaie encore de digérer ce qui s'est passé ici. Autour de moi.

– Eh bien, commence à réfléchir.

– Tu me connais, moi, le villageois. Ton Lagos...

– Non, pas à Lagos même. Je te parle du village d'à côté, mon Badagry.

– Qu'est-ce que ça change ?

– Un tas de choses. Écoute-moi, Kid, tu es encore mentalement prisonnier des préjugés rigides et primitifs de Gumchi. Très bien : propose un autre endroit. Tu as besoin d'un nouveau départ. D'une vraie rupture. Tu as rafistolé assez de victimes de Boko Haram pour mériter une vraie retraite. Et maintenant, ça !

– Tu penses bien que ça m'a traversé l'esprit plus d'une fois !

– Parfait, alors. Fais cette transplantation. Arrache-toi de là-bas et greffe-toi ailleurs. Je suis ingénieur. On m'a appris à m'adapter. C'est l'idée qui compte.

Ajustée en fonction du lieu et du temps. Il y a une population croissante d'amputés, de fantômes estropiés qui marchent comme des somnambules. Des enfants. Des centaines, bientôt des milliers. Sans autre perspective que de rejoindre les hordes d'*almajiri* errant dans les rues, ces épaves qui deviennent ensuite des proies de conversion faciles pour Boko Haram. Et maintenant, cet État islamique en Afrique de l'Ouest. Bref, créons un centre de rééducation modèle – le nec plus ultra en matière de prothèses. On leur offre une nouvelle vie. Une nouvelle forme d'aide psychologique. Une nouvelle direction. Ça répond à peu près aux objectifs que tu t'étais fixés depuis longtemps pour Gumchi.

– Il n'y a pas d'amputés à Gumchi. Pour commencer, il n'y a pas de guerre chez nous. Juste les maladies infligées par la nature. Boko Haram n'était même pas encore né quand nous étions à l'université.

Duyole se retint juste à temps de rappeler à son ami les prédécesseurs de Boko Haram, les Maitatsine – ceux-là mêmes qui avaient fait de lui un orphelin. Il ne se serait jamais pardonné d'avoir remué le couteau dans cette plaie-là, qui n'avait jamais cessé de suppurer – Duyole le savait pertinemment – dans ses organes les plus intimes. Manquant avaler sa langue, il changea aussitôt d'approche.

– Cesse donc d'être aussi littéral. L'idée, Gumchipoteur, l'idée ! Nous l'avons tous adoptée. Main sur la main, souviens-toi.

– Oui, *Quatre pour un*... et toutes ces bêtises d'étudiants. Nous sommes grands maintenant, ingénieur Pitan, et les temps ont changé.

– Justement ! Et tu commences à te faire vieux. Ne me dis pas qu'à ton âge, tu vas demander ta mutation dans un autre hôpital public...

La réponse fut prompte et catégorique :

– Ça, pas question !

– Bien. Alors c'est réglé. À moins, bien sûr, que tu te mettes à ton tour à courir les contrats. Même si, je dois le reconnaître, tu n'auras sans doute pas à courir beaucoup avec tes Honneurs Nationaux. Tu pourras aller où tu veux.

– C'est vrai. Je pourrais vendre cette médaille, et vivre de ce qu'elle me rapporte.

– Ne te fais pas d'illusions, elle est juste plaquée or. Dessous, c'est de l'étain.

– Et je parie que cet étain vient d'un autre endroit, même pas de nos mines du Plateau.

– L'or est ailleurs – pas loin de là où tu es, à vrai dire. Ils s'entretuent pour lui, en prétendant que ce massacre a d'autres visées. La religion, éternel bouc émissaire. Eh bien, ça fait partie des raisons, ne me fais pas dire ce que je ne dis pas – mais il y a de l'or, de l'or véritable là-haut. À Zamfara, par exemple. Et toute cette merde fondamentaliste a commencé là-bas. Cette histoire de réforme islamique – tu parles… C'est la ruée vers l'or. J'ai vu des photos clandestines.

– Des mines d'or, il y en a partout – avons-nous changé de sujet ?

– Moi, pas. Bref, c'est entendu alors. Mais bien sûr, je sais que tu as d'autres options. Il y a ce petit village au bord de la Bénoué, rongé par la cécité des rivières. Le président Carter s'y est rendu un jour. Il pourrait te trouver un job.

– Arrête avec ton ironie. Je n'y connais rien en ophtalmologie.

– Bien. Alors, dans le doute, reste dans ton domaine. Pourquoi pas Badagry ? Un centre flambant neuf. Simple changement de spécialité. C'est l'idée qui compte, l'idée, Gumchi, l'idée ! Et cette idée n'est pas seulement la tienne, ne l'oublie surtout pas. Elle appartient à tout le groupe – aux quatre membres qui continuent d'y adhérer.

– Quatre ? Je croyais que nous n'étions plus que trois. Quand as-tu entendu parler pour la dernière fois de notre homme de toutes les situations ?

Duyole s'esclaffa.

– Farodion ? Il finira bien par réapparaître. Je ne sais pas pourquoi, mais je sens qu'il exerce une activité lucrative quelque part dans le coin, et se prépare à nous faire une surprise et à la ramener devant le reste du quatuor. Les gens comme lui ne disparaissent pas comme ça.

– L'éternel optimiste…

– Pourquoi pas ? Mais j'ai toujours raison, non ? Enfin, presque.

Énorme soupir de Menka, que l'ingénieur sentit de l'autre bout du pays.

– C'est du passé tout ça, Duyole. L'époque de l'optimisme à tout crin. C'est derrière nous. Éparpillés que nous sommes aux quatre coins du pays – peut-être même à l'étranger. Fin des Grands Rêves.

– Certainement pas. Simplement, nous n'avons pas réussi à réaliser ce projet à Gumchi. Et ce n'est la faute d'aucun d'entre nous. Le pays où nous sommes rentrés n'était pas celui que nous avions laissé. Abuja n'existait pas en tant qu'Abuja, mais elle a aussi joué un rôle là-dedans. Contraire au rêve de Gumchi, pour l'essentiel. Pourquoi quiconque irait-il à Gumchi alors qu'il y a tout ce qu'il faut à Abuja ? Ils ont même baptisé le principal hôpital spécialisé du nom du chef d'État le plus brutal et corrompu que la nation ait jamais connu. Et après tout ce que ce pays a enduré avant de se débarrasser de lui. Je n'en reviens toujours pas.

– C'est peut-être là que réside l'attraction. Nos chers compatriotes ont des goûts exotiques.

– Et la principale autoroute qui mène à Abuja, la capitale moderne de la nation ? Elle aussi baptisée Sanni Abacha Avenue ?

– C'est l'attraction vedette.

– Tu es juste d'humeur à contredire. Têtu comme un rocher de Gumchi ! Bref, assez de foutues digressions. Je soulignais simplement le fait que le projet originel n'avait aucune chance d'aboutir. Mal placé. Un choix sentimental. Je suis ingénieur, mais pas à l'époque. Maintenant, j'en suis un, et je te le dis : mauvais endroit. Donc, conserve les grandes lignes du projet et change de site. C'est simple.

Un silence se fit.

– Hé, tu es encore avec moi ? Tu entends ce que je te dis ?

Péniblement, Menka confirma son existence d'auditeur.

– Nous ne pouvons pas lutter contre la réalité. Et maintenant tu es sans emploi, pas vrai ?

– Qui dit le contraire ?

– Donc, opte pour Lagos. Il faudra bosser pour gagner ta soupe, compte sur moi ! Je ne suis pas juste un ingénieur, je suis devenu businessman. J'ai développé un instinct de tueur dans les affaires. Je lèverai les fonds, tu feras tout le sale boulot. Pourquoi perdre notre temps ? Tu sais que j'ai réussi – oui, c'est une expression laide, mais juste. J'ai *vraiment* réussi. À force de travail. Sans faire de compromis. C'est mon argent, et je suis libre de l'investir comme bon me semble. Le timing est parfait. Tu saisis le côté positif de la situation ? En tout cas, ce centre sera vite rentable – tu verras. J'ai tout calculé. Je travaille là-dessus depuis ton premier appel. Je n'avais rien d'autre à faire en attendant Godot ! Tiens, d'ailleurs, maintenant que j'y repense – quelle coïncidence. Je te raconterai plus tard. Notre homme mange des noix de cola de Gumchi. Et il m'a fait attendre des heures ! Enfin, bref. Revenons à nos moutons. Nous pourrons même dégager des bénéfices – ce qui ne figurait pas au départ sur la carte idyllique.

Tout, à l'époque, était *pro bono*. Incroyable comme la jeunesse peut se montrer généreuse avec ce qu'elle ne possède pas, hein ? Eh bien, merde ! Quant à Gumchi elle-même, nous ferons un geste pour cette vieille dame grincheuse – proportionnel, bien sûr, proportionnel ! Une clinique en torchis dans ton village de brousse, perchée sur l'un des étages de vos gratte-ciel de pierre, avec leurs échelles crochetées dans des trous. Rien de très sophistiqué. Les gens de chez toi ne feront pas la différence. Alors, qu'en dis-tu ? N'est-ce pas le moment ou jamais ?

Menka n'écoutait qu'à moitié. Il ne connaissait que trop bien l'instinctive minutie de Duyole – tout avait sûrement déjà été brassé et calculé dans son esprit, jusqu'au moindre détail. C'était ce qui faisait la force de son entreprise, l'avait menée à cette éclatante réussite. La voix de Duyole s'éleva à nouveau, interrompant ses pensées :

– Tu n'as aucune objection éthique contre la chirurgie esthétique, j'espère ? Dieu sait à quels tabous primitifs vous obéissez encore, là-bas... Il y a des tas de vieux obsédés couverts de rides, hommes ou femmes, qui rêvent d'un lifting – ils voudraient ne jamais vieillir. C'est là que nous ferons de l'argent. Écoute, Badagry jouxte Lagos – je sais que tu détestes ce mot, mais c'est la vérité. Ce qui signifie que Lagos déversera sur nous son trop-plein de clientèle. Dieu merci, il y a Internet – nous travaillerons ensemble en ligne pour la conception et tout le reste. Pendant que la structure sera en construction, et que tu me diras où intégrer telle salle, tels équipements, etc., tu pourras exercer en libéral dans n'importe quel hôpital. Ou des cliniques privées. Même sans ton nouveau statut, tu n'aurais eu que l'embarras du choix ! Je veux dire, combien de chirurgiens nous reste-t-il ? Ils sont tous partis à Dubaï. L'hôpital universitaire est idéalement situé entre Badagry et Lagos

– tu pourrais faire la navette, à condition bien sûr qu'on ne te kidnappe pas en route.

La voix de Duyole acheva sur une note joyeuse.

Ou dans l'enceinte même de l'hôpital, ajouta intérieurement Menka, alors qu'il ferait sa tournée des patients, voire en plein bloc opératoire. Cet ultime stade de raffinement était encore inédit, mais tous les autres, non. Les membres de sa profession prenaient de plus en plus la place des religieux en tant qu'espèce menacée, cibles de choix dans cette nouvelle épidémie d'abattage de mythes – *Fini les sanctuaires : la prochaine fois, l'autel !* Eh bien, tôt ou tard, tout devient un autrefois. Plateau ou Lagos, Maiduguri ou Yenagoa, qui était-il pour parier sur la vulnérabilité relative de chacun de ces lieux ? La nation se jetait avidement sur les hosties du développement. Nul ne pouvait plus dire avec certitude où se trouvait la raison. Ou la sécurité. Ou la sacro-sainteté.

– Ça me fait penser, Gumchi Kid, je sais que ces choses-là ne comptent pas pour toi, mais, tu sais, il faut encore que nous arrosions ton fameux prix. Il n'y a pas grand-chose à fêter ces temps-ci, donc autant célébrer cette distinction si méritée – ah non, tais-toi ! Pas de fausse modestie ou j'organise moi-même ton enlèvement. Combien de prix de la Prééminence sont distribués chaque année – tu peux me le dire ? Un. Un seul. Et c'est quand, la dernière fois que quelqu'un en a décroché un pour… comment disais-tu que s'appelait ton village, déjà ? Donc, oui, c'est décidé. Une célébration discrète, bien sûr. Quant au centre, j'ai repéré un site au bord du lagon, magnifiquement situé. Il était destiné à accueillir l'atelier d'une de nos succursales, mais nous nous sommes finalement implantés ailleurs. Nous nous sommes développés de manière si constante que le gouvernement a menacé de révoquer mon certificat d'occupation – nous parlerons de tout cela à ton arrivée.

Une petite réunion d'affaires, rien que la famille. Oh, et puis… tu te souviens de Damien ?

– Tu deviens sénile, ou quoi ? Comment aurais-je pu l'oublier ?

– Eh bien, je voulais juste être sûr, puisque cela fait si longtemps que tu m'as aidé à résoudre ce petit problème. Il a fini par réapparaître. Il a rejoint le giron familial, son épouse et ses deux enfants. Tu vois ? Nous n'avons pas encore vraiment fêté le retour du fils prodigue, donc cela fait une autre raison de tuer le veau gras. Célébrations et célébrité vont de pair, et c'est ce que tu es devenu – une grande célébrité ! Ne fais pas ton timide. Pop Éternel se plaint que nous allons devoir prendre rendez-vous à l'avance pour pouvoir t'approcher, maintenant.

– D'accord, d'accord, j'y réfléchis.

Sentant la victoire proche, Duyole voulut consolider sa position.

– De toute façon, tu as besoin de faire un break. En tant que psychiatre de l'ombre, et non rémunéré, du Dr Menka, je prescris une pause. N'en fais pas trop. Tu n'es pas obligé de décider tout de suite, repose-toi juste un peu. Que dit la Bible, déjà ? *Médecin, soigne-toi toi-même* – pas vrai ?

Avant l'incendie, Duyole n'aurait jamais usé une seule goutte de salive pour tenter de l'attirer dans le Sud, et certainement pas pour la longue période de temps que son projet nécessitait. Un bref séjour en tant que consultant dans des cliniques, oui, le temps de superviser les travaux, mais établir sa résidence là-bas ? Le Sud, pour Menka, signifiait Lagos. Lagos était synonyme de Purgatoire. Badagry n'était qu'un euphémisme pour Lagos, un voisin contigu où Lagos déversait son trop-plein de main-d'œuvre, une soupape de sûreté pour une existence survoltée. Le natif de Gumchi avait été mentalement préparé pour un service civil d'un an où que ce soit, même à Lagos. C'était une période d'engagement universelle qu'il était prêt à affronter, quand bien même Lagos devait sortir du chapeau. Mais une fois cette période obligatoire terminée, l'engagement de cinq ans au service de l'État qui conditionnait la bourse d'études était plus flexible – là, on avait le choix de la destination, et Menka n'avait pas hésité à l'exercer : tout sauf Lagos ! Nulle incitation n'aurait pu l'obliger à purger cette peine là-bas, pas même la proximité avec son ami de toujours, Pitan-Payne. Pourtant, c'étaient les jours heureux où « trop frénétique » était le reproche le plus désobligeant qu'il pouvait faire à la grande métropole. Il avait opté pour Jos, destination la plus proche des collines escarpées de son cher Gumchi, dont les habitants vivaient tellement à l'écart du monde qu'on les appelait la tribu invisible, découverte à l'intérieur de la nation, à laquelle on attribuait arbitrairement un chiffre de population à chaque recensement venu annuler le précédent.

Pitan-Payne avait gardé pour la fin le *plat de résistance**, mais *sans résistance**. Il avait tout soupesé avec précaution. Il avait appris à jauger le lien cyclothymique qu'entretenait le Gumchi Kid avec son village, qui était de nature, parfois, à contrecarrer les incessants projets de Duyole. Il tâtait le terrain depuis tout à l'heure, cherchant à évaluer ce qui était vraiment *arrivé* à l'esprit de Menka – tout ce qu'il savait, jusqu'ici, c'était ce qui s'était passé à Jos. Ce qui justifiait déjà, en soi, ses efforts pour prendre toutes les mesures nécessaires afin de faire sortir sans délai son ami de cette zone surchauffée. Et puis, il y avait son statut nouvellement acquis, qui, à coup sûr, pouvait lui ouvrir des portes à l'extérieur du pays. N'était-ce pas un processus similaire qui l'avait projeté, lui, Pitan-Payne, sans qu'il ait rien demandé, vers les Nations unies ? Tous deux avaient cette manie troublante de toujours jouer à saute-mouton avec l'autre, ou de le rattraper dès qu'il franchissait une étape. Il laissa passer quelques secondes de silence, puis jeta l'appât décisif – après tout, les liens symboliques s'avéraient parfois plus efficaces que les liens concrets.

– Au fait, Bisoye et moi avons réfléchi à un nom, pour ce centre de rééducation…

Ils n'en avaient rien fait, n'en ayant pas eu le temps depuis les événements de la veille, mais ce n'était pas le moment de respecter trop fidèlement le principe de s'en tenir aux faits.

– Que dirais-tu de Centre de rééducation Gumchi ? CRG, pour faire concurrence à leurs ZRG ? Ou bien Institut – non, CRG est beaucoup plus proche et embêtant qu'IRG. Enfin, peu importe. C'est ton choix. À toi de décider. C'était ton idée, au départ – ton obsession, plutôt. Dans ces temps anciens qu'on appelle les « jeunes années ». Tu sais quoi ? Il y a des leçons à tirer de cette rocaille stérile de par chez toi. L'art de la survie, notamment. Tirer sa subsistance de rien ou presque, et tout le reste. Donc, ça constitue déjà un point d'attraction. Et ça attiserait même la curiosité des gens : pourquoi Gumchi ? *Qu'est-ce qu'il y a là-bas ? Allons voir sur place. Est-ce que c'est ça qui a attiré ce Grec à Badagry ? D'où venait ce logo, au fait ?* Tu vois ce que je veux dire ? D'où vient Gumchi ? Et ils iront jeter un coup d'œil. Un peu de tourisme à côté ne fait jamais de mal. Nous pourrions travailler là-dessus, tu sais. Si seulement Farodion était dans le coin… ça serait du pain bénit pour son goût de la promotion.

– Tu comptes toujours sur sa réapparition ?

– Nous le retrouverons. Je le sens au fond de moi. Tous réunis à nouveau, hein ? Ça serait une sacrée fête. Tout ça, c'est l'idée de Bisoye, tu ne peux pas lui dire non. C'est une occasion unique, pour toi, de rattraper le temps perdu. Tu en dis quoi ?

Menka médita sa situation. Il arrive que les plans

changent. Un coup de colère dément peut faire tomber un édifice, ou annihiler le rêve de toute une vie – tout dépend du timing, et du contexte. Ce qui était arrivé ce jour-là suffisait en soi pour servir de prélude à un changement de vie sismique. Comme toujours, Duyole avait aussitôt été là pour lui. L'idée de placer Gumchi au cœur de Badagry-Lagos ne lui faisait pas l'effet d'une réelle contradiction. Tout semblait encore favorable à son vieux cri de bataille, réprimé mais jamais abandonné – *Gumchi d'abord !*

Oui, Gumchi d'abord, mais d'abord, achever le boulot de Gumchi. S'installer rapidement, puis retourner à Boriga, mais mieux préparé cette fois. Comment ? Le Dr Menka n'en avait pas la moindre idée pour l'instant, si ce n'est que cela nécessiterait des recherches prudentes, discrètes, peut-être même dangereuses. Pitan était sur le départ – on ne pouvait pas compter sur les Nations unies pour lui accorder un congé sans solde avant même son entrée en fonction. Il ne restait donc que le prince, celui qu'on appelait le Railleur. Assurément, son premier arrêt à Lagos serait pour rendre visite à Badetona. Il gravitait dans les milieux d'affaires, avait des relations dont même le sociable Pitan-Payne ignorait tout. Aussi étrange que cela pût paraître, Bade était plus proche du terrain que tous les autres – hormis peut-être Farodion.

Alors, Kighare Menka se figea. Étrangement, son esprit venait de le ramener à cette nuit qui avait suivi la remise de son diplôme, tant d'années en arrière. Grâce aux chicaneries sémantiques de Farodion, celle-ci avait commencé par un serment mais s'était achevée sur un pari. Certes, l'alcool avait coulé à flots et la soirée s'était faite de plus en plus virulente. Il y a une différence, n'arrêtait pas de répéter Farodion, entre *Gumchi d'abord* et *D'abord, Gumchi*. Le premier exprimait un projet fermé sur lui-même, une pure histoire d'ego ; le second indiquait un simple point de départ, en suggérant que bien d'autres choses allaient suivre, d'autres personnes aussi. Une promesse suspendue, disait-il. *D'abord, Gumchi* préservait l'infinité du projet, sa capacité à explorer sans cesse. Cela incluait à la fois le connu et l'inconnu, de manière élastique. *D'abord, Gumchi*, et ensuite… Tu vois ?

Non, Menka ne voyait pas. Ou plus exactement, refusait de voir. Et d'entendre. Se bouchait théâtralement les oreilles et secouait la tête. Même les États-Unis reconnaissaient le bien-fondé de la discrimination positive, argumentait-il. Gumchi était la patrie d'autochtones défavorisés, indigènes noirs entourés de colons blancs aisés se faisant passer pour des Noirs et s'affublant de noms tels que Badetona, Farodion, ou encore ce moitié-moitié de Pitan-Payne – patronyme trahissant clairement l'expatrié camouflé. Ainsi donc, *Gumchi d'abord*. Avant et au-dessus de tout le reste. Simple histoire de réparations. Entendu ?

Éternelles railleries enivrées mais Badetona avait remarqué quelque chose de troublant, dont il leur fit part. Nulle trace, en effet, de badinage sur les traits ou dans la voix de Farodion lorsqu'il répliqua :

– Dans ce cas, commençons tous au même niveau. Nous verrons bien, au bout du compte, qui imposera sa marque au pays.

Ce qui, même dans cet éthylique état de conscience altérée, avait frappé Badetona comme une déclaration d'un poids peu coutumier !

14

Badetona

Il avait fallu un autre long moment de silence patient, deux heures de présence peut-être du Dr Menka dans la classieuse demeure du financier déchu du Gong des Quatre mais, enfin, quelque chose finit par percer la muraille du refuge de Badetona, cette distance jusqu'alors impénétrable qu'il avait mise entre le monde et lui. Relevant soudain les yeux, il dévisagea longuement son visiteur, comme pour rattraper ses jours, ses semaines de retrait. Il se redressa sur son fauteuil et ses épaules voûtées parurent trouver un soutien. C'étaient les épaules d'un retraité de soixante-quinze ans en surpoids, bien qu'il ne fût entré que depuis trois ans dans sa soixantaine.

– Plus on se souvient, soupira-t-il, plus les ténèbres autour de nous s'épaississent.

Si Kighare Menka ne laissa rien paraître, toutes les fibres de son corps se tendirent dans l'espoir qu'il allait poursuivre. Mais rien ne vint. Badetona avait toujours été homme de peu de mots, plus à l'aise avec les chiffres et les feuilles de calcul. Une demi-heure plus tard, son épouse entra dans la pièce, ramassa les verres vides et les posa sur un plateau, avec la soucoupe intouchée de *chin-chin* maison, ses cookies préférés. Elle n'essaya même pas de faire croire qu'elle venait juste d'arriver – il avait été convenu qu'elle resterait dans l'antichambre, oreille tendue, la porte légèrement entrouverte. Les trente minutes écoulées depuis que Badetona avait parlé avaient été une torture, mais elle était parvenue à se contenir. Elle les avait laissés tous les deux, espérant que la compagnie du vieux camarade de son époux, quoique cinq ans plus jeune, allait réveiller quelque chose dans son esprit. Elle prit tout son temps pour débarrasser, essuyant des traces inexistantes sur le plateau en verre de la table basse design, mais rien d'autre ne semblait devoir venir.

Elle s'éloigna avec son plateau, se remit à l'affût dans la pièce voisine avant, finalement, de revenir dans la salle à manger. Badetona était retombé au fond du trou noir mental d'où il avait brièvement émergé. Il ne fallait rien attendre de plus, manifestement – du moins, pas ce jour-là. Ils se parlèrent librement, comme si l'époux n'était pas présent. Ces derniers mois, elle avait fini par comprendre que ce qui se passait autour de lui n'importait guère.

– Et il est comme ça tout le temps, depuis sa libération ? interrogea Menka.

Elle fit oui de la tête.

– Demandez à Duyole. Il vous confirmera.

– A-t-il dit quoi que ce soit sur ce qu'ils lui ont fait ?

– Non, rien. Pas un mot. Comme vous le savez, ils l'ont gardé près de huit mois.

– Des signes de… torture ? Je veux dire, comment a-t-il été traité ?

– Il n'a aucune marque sur lui. Aucune trace de mauvais traitements. Si seulement il y en avait… au moins…

– Oui, je sais, soupira Menka. Parfois, on préférerait qu'il y ait… n'importe quoi, le moindre détail physique qu'on pourrait montrer du doigt… Ne serait-ce qu'un petit bleu.

– Ce qu'on sait, c'est qu'ils l'ont gardé dans un souterrain. Tout le monde connaît l'endroit. Ils appellent ça la Chambre Forte…

Elle s'interrompit tout à coup, posa l'index sur ses

lèvres. Comme Menka allait se tourner pour voir ce qui avait provoqué sa réaction, elle lui fit signe de rester immobile.

Badetona avait bel et bien bougé brusquement. Il s'était dressé de tout son long et regardait vaguement autour de lui, à la recherche peut-être de cet esprit escamoté, soudain convaincu qu'il se trouvait dans cette pièce.

L'épouse et l'ami l'observaient. Badetona arpenta le séjour comme pour le sectionner conformément à des dimensions qu'il était le seul à apercevoir. Ses yeux sillonnaient les murs lentement, sans relâche, par petites giclées brusques comme ceux d'un gecko. Son regard escaladait les murs au ralenti, redescendait puis se précipitait plus loin et s'immobilisait soudain, semblant explorer une fissure, une tache, avant de se ruer sur un autre secret emprisonné dans la cloison, puis de reprendre ses sursauts saccadés. Un soupir s'échappa de lui. Enfin, au prix d'un effort manifeste, ses yeux s'arrachèrent des murs. Il se tourna, un peu comme s'il avait soudain conscience d'être observé, mais alors il sourit, comme pour rassurer ses observateurs – cela ne le dérangeait guère.

– Du sol au plafond, dit-il. Du sol au plafond, rempli sans un espace de libre. Jour après jour. Au bout d'un moment, je ne pouvais plus compter. C'est ce que je leur ai dit.

L'épouse jeta un regard anxieux à Menka. Saisissant la question, il s'empressa d'acquiescer. Rassemblant son courage, la femme encouragea son mari :

– Oui, chéri ?

Des larmes montèrent aux yeux de Badetona, puis coulèrent sur ses joues. Comme par empathie, les mots jaillirent aussi comme un torrent, mais doucement.

– On les comptait, murmura-t-il d'un ton égal, explicatif. Non : je les comptais pendant qu'ils montaient la garde. Ils travaillaient – c'est-à-dire, ils surveillaient – à tour de rôle. Parfois, ils apportaient leurs boissons – essentiellement du café chaud, mais parfois des boissons sucrées. De la nourriture, bien sûr. Et ensuite, ils montraient mon plateau. Au début, je refusais de manger. Je leur disais que j'allais d'abord compter, et que je mangerais une fois que ce serait terminé. Ils trouvaient ça drôle, visiblement. Mais ça, c'était au début, avant que je découvre ce qu'ils avaient en tête. Tous les jours, ils me demandaient ce que je voulais pour le déjeuner. Ou le dîner. Ils étaient tellement polis. Et quand je refusais, ils essayaient de me convaincre, en disant qu'ils ne pourraient pas commencer à manger tant que je n'aurais pas pris mon repas. Je leur répondais de manger le leur sans attendre, que je suivrais à mon propre rythme. Ils se plaignaient que j'étais injuste avec eux. Ils ne faisaient qu'obéir aux ordres, étaient tout aussi prisonniers que moi. Alors je me suis remis à manger.

Une touche d'émerveillement s'empara de sa voix.

– Encore et encore et encore… Ils me demandaient : « Vous êtes sûr que vous n'avez pas mélangé les devises ? Vos chiffres diffèrent de ceux d'avant. Vous devriez peut-être recommencer. » Je regardais autour de moi et je leur demandais : « Quelle pile ? » Eux, ils se contentaient de hausser les épaules. « Comment le saurions-nous ? répondait l'un d'entre eux. C'est à vous de nous le dire. »

Cela faisait bientôt trois mois que Badetona avait été libéré, bientôt un an qu'ils avaient fini par venir l'arrêter. Il les attendait, dans son costume de bureau, quand ces hommes s'étaient présentés chez lui. Quand ils avaient frappé à la porte, Badetona n'avait d'abord pas prononcé le moindre mot. Même pour leur demander qui ils étaient. Dès qu'il avait ouvert la porte ce matin-là – « Juste après nos prières du matin », révéla l'épouse, d'une voix qui accusait presque Dieu d'être dans le coup –, il avait *su*. Il avait laissé échapper un long soupir, qui paraissait de soulagement. La voix de sa femme lui était parvenue depuis la cuisine, où elle préparait le petit déjeuner. « Qui est-ce, chéri ? » Faisant comme s'il n'avait pas entendu, il avait ouvert la porte en grand, avait fait un pas de côté et, en silence, les avait invités à franchir le seuil de sa maison.

– Oui, entrez messieurs, avait-il quasiment murmuré, tel un majordome anglais bien formé, rompu aux bonnes manières. Il s'était tout juste autorisé un bref coup d'œil aux trois silhouettes dressées devant lui, sans attendre qu'elles prennent la parole, ni même qu'elles se présentent, expliquent l'objet de leur visite ou posent des questions. Il avait juste soupiré, avant de faire volte-face et de les conduire à travers le couloir qui menait à la porte de la principale chambre d'ami. Il avait désigné d'un geste la porte close. « Il y en a une partie là. » Il s'était poussé de côté pour les laisser entrer, et les avait regardés ouvrir les armoires les unes après les autres. Après, tout s'était enchaîné presque sans mots. De la chambre d'ami, il les avait guidés jusqu'à la mezzanine carrelée de marbre – l'ancienne salle de jeux des enfants, mais bien sûr tous avaient grandi maintenant, et menaient chacun leur vie. Une fugace vision de sa propre enfance, ou ce qui en avait tenu lieu, lui avait traversé l'esprit – était-elle jamais un temps d'innocence ? s'était-il demandé. Quoi qu'il en soit, la salle de jeux de ses enfants éparpillés et prospères était maintenant remplie de cartons innocents en apparence, les manuels et autres cahiers d'exercices de primaire ayant été jetés, remplacés par un contenu autrement plus précieux – d'ailleurs, qui utilisait des cahiers d'exercices de nos jours ? Il avait repensé à la première conversion de cette pièce en un autre lieu de stockage : à chaque nouvel arrivage de cartons, ayant besoin d'espace, il empiétait sur la pièce désertée. Il ressentit alors sa première pointe de regret, ce matin-là.

Elle fut brève, sans doute l'unique moment où un éclat avait traversé son regard ; pour le reste, tout n'avait été qu'acceptation calme. Soulagement, même. C'était fini tout ça, ces années, ces décennies même de faux-semblants, d'apparences trompeuses. Il n'avait pour ainsi dire plus aucune expression. Ces gens étaient ses invités, et il leur faisait faire le tour de la maison.

Le chef avait sorti son talkie-walkie pour passer un appel. Quelques minutes plus tard, l'équipe d'évacuation avait grimpé l'escalier, d'une efficacité parfaitement huilée. Il les avait vus contempler les coffres-forts improvisés, désormais béants, qui semblaient contenir toutes les devises du monde, empilées avec soin du sol au plafond.

– Vous pouvez les compter, avait-il déclaré. Je crois que vous constaterez que le compte est bon. J'ai tout consigné dans des registres.

Bade était réputé pour cela. Il tenait des registres. Il excellait dans leur tenue – depuis ses années étudiantes à Manchester. Ses condisciples faisaient appel à lui pour créer des feuilles de calcul pour leurs clubs et leurs activités. Sa propre association étudiante l'avait nommé trésorier. Les chiffres n'avaient pas de secret pour lui. Alors que les hommes de l'équipe d'évacuation se mettaient au travail, il pivota brusquement sur ses talons et les laissa accomplir leur tâche, ignorant leur demande de rester sur place pour assister à l'opération – et au comptage.

C'était cette marche-là qu'il retraçait maintenant, de temps à autre, chaque fois qu'un déclic se produisait dans son esprit, avec généralement son épouse pour seul public. Mais sans prononcer un seul mot. Le jour de cette visite originelle, il était en effet passé devant elle sur le palier, marchant en direction de la pièce des enfants, traînant les pieds comme si on l'emmenait déjà vers un autre pays et un autre temps, où les criminels avaient des boulets d'acier enchaînés aux chevilles. Après l'avoir appelé depuis la cuisine sans recevoir de réponse, elle était montée pour lui dire de venir prendre son petit déjeuner. Elle se trouvait donc sur le palier quand son mari, conduisant les hommes vers le premier espace de stockage, était passé devant elle. Peut-être l'avait-il vue, peut-être pas. En tout cas, il était passé sans un mot.

Tout cela allait-il enfin se terminer, se prit-elle soudain à espérer, les huit mois d'absence, son incarcération, qui n'avait pris fin que pour être remplacée par une autre absence, cette fois de l'esprit ? La voix d'un vieil ami avait-elle déclenché quelque chose dans son esprit ? Mais ce qui avait provoqué la reconstitution de cette première marche inaugurant le jour du désastre semblait avoir épuisé toute sa force. Badetona rebascula simplement dans son état antérieur. Il s'avachit de nouveau au fond de son fauteuil, tenant dans ses deux mains son visage ruisselant, coudes plantés dans les accoudoirs.

L'épouse reprit la parole, à voix basse :

– J'étais à la maison quand ils sont venus. C'était… oh, oui, deux jours après que nous avions organisé un dîner d'anciennes élèves avec Bisoye. Il était sorti avec Duyole – j'étais loin de me douter que je le voyais pour la dernière fois tel qu'il était avant. Il s'est réveillé plus tôt que d'habitude, je m'en souviens. Il a fait sa toilette, s'est habillé et puis il s'est assis, comme s'il attendait des invités. C'était bizarre. Je l'ai observé depuis le palier, à l'autre bout du couloir. Ils sont passés devant moi, tous les cinq. Deux d'entre eux portaient des costumes sombres, un troisième un simple polo. Un autre était en survêtement. Je l'ai tout de suite reconnu. Je l'avais déjà vu, plusieurs fois même, qui faisait son jogging devant la maison.

Coincée sur ce palier tandis qu'ils passaient devant elle, Mrs Badetona avait donc reconnu l'un des visages, et une exclamation lui avait échappé. C'est seulement à ce moment-là qu'elle avait compris que son mari et elle étaient surveillés depuis des semaines, des mois même, que cet athlète habituel n'était pas un joggeur mais bel et bien un agent chargé de garder un œil sur leur maison jusqu'à ce qu'ils soient prêts à passer à l'action. Tout s'éclairait, à présent. Dieu seul savait combien de fois ce joggeur – et peut-être même d'autres passants à l'allure innocente – avait vu l'équipe de livraison débarquer chez eux avec ses paquets. Ceux-ci étaient de toutes tailles, parfois livrés dans des cartons qui avaient jadis contenu des cannettes de bière, des bouteilles d'eau ou de jus de fruits – sauf que ce contenu-là était plus juteux encore. Les observateurs avaient certainement pris des centaines de clichés. Oui, elle devait d'ailleurs figurer dans leur album, parmi leurs portraits de malfaiteurs, bien qu'ils ne l'eussent jamais convoquée pour l'interroger, même après l'arrestation de son mari. Ils n'en avaient guère eu besoin – la maison était littéralement jonchée de preuves. Jonchée ? Eh bien oui, en un sens, même si tout était impeccablement ordonné, les méticuleuses rangées de cartons demeurant intouchées, sauf lorsqu'il fallait les pousser plus profondément dans les placards muraux ou dans d'autres recoins, afin de faire de la place pour les nouveaux arrivages. En général, ceux-ci avaient lieu quand Badetona était à la maison, d'un commun accord selon toute apparence, si bien que c'était lui qui s'occupait du rangement. Mais parfois, pendant qu'il était au travail, il y avait eu des livraisons. Dans ces cas-là, elle ouvrait la porte, désignait l'espace libre juste derrière celle-ci ou au pied des murs du couloir, surtout pour les cartons les plus volumineux. Quand son mari rentrait – du bureau, ou d'une tournée d'audits –, il prenait les choses en main. Une main experte et efficace. Il portait les cartons jusqu'au bureau improvisé sur la mezzanine, consignait la livraison sur sa feuille de calcul, utilisant un système conçu tout spécialement. Lequel couvrait à la fois les livraisons physiques et les transferts virtuels par le biais d'une myriade d'entreprises et de comptes éparpillés aux quatre coins de la planète. Ils ne provenaient pas d'une seule et unique source. Mais les dépôts physiques lui appartenaient pleinement, et ces livraisons lucratives s'étaient étalées sur deux décennies, depuis que son talent inné avait été repéré, son génie dans l'art des manipulations comptables. L'expression *blanchiment d'argent* était considérée comme une abomination dans le vocabulaire de ce fonctionnaire aguerri et de ses associés d'affaires triés sur le volet.

Bade était frugal, discret, effacé. Rien de tape-à-l'œil, d'ostentatoire chez lui. Il n'organisait même presque jamais de fêtes. Et quand il le faisait, il ne bloquait pas les rues ni n'installait de marquises pour accueillir des foules et faire étalage de son pouvoir. Toutes ses activités restaient entre les murs du complexe. Autant de qualités qui faisaient de lui le candidat parfait à l'heure des promotions ou des recrutements. Son petit plaisir le plus extravagant était sa croisière annuelle en famille. Même les ajustements dans l'agencement de son intérieur, pour en compenser l'usurpation par ces cartons s'accumulant sans cesse, étaient modestes. Un goût irréprochable, mais tout en retenue. Il déplorait la manière dont certains collègues exhibaient leur richesse. Il ne partait pas en vacances à Dubaï ou Paris, s'en tenait à l'un de ces paquebots en « Queen » dont les itinéraires allaient de l'Amérique du Sud aux îles caribéennes, son épouse et lui restant toujours à l'écart des autres, même à bord. Un jour, ils avaient pris l'avion pour Adelaïde, aux antipodes, puis embarqué pour une croisière dans les îles du Pacifique Sud. Quand des voisins curieux les interrogeaient sur leur absence, ils répondaient : « Nous avions besoin de souffler, alors nous sommes allés voir nos gens au village. »

Il y avait une question que Menka devait poser, il le savait.

– Pendant toutes ces années, vous ne lui avez rien dit ?

– Au début, si. Les livraisons étaient irrégulières. Parfois, pendant des mois, rien ne venait. Puis soudain, un déluge. Une chose cependant était constante – les paquets se faisaient de plus en plus gros. D'abord, j'ai protesté – je ne peux pas prétendre que je ne savais pas. Bien sûr que je savais, et je savais aussi que c'était synonyme d'ennuis. Il m'a dit qu'il n'avait pas le choix. S'il ne prenait pas cet argent, ils allaient se méfier de lui et alors... se débarrasseraient même de lui d'une manière ou d'une autre. D'autres étaient morts brusquement – toujours dans des circonstances mystérieuses, non élucidées à ce jour. Peut-être à tout jamais. Des accidents de la route improbables. Finalement, l'argent n'a fait que s'empiler, a débordé dans d'autres pièces. D'abord son bureau, puis les armoires, tous les placards disponibles – il en a même fabriqué de nouveaux, et enfin la chambre à coucher. À ce stade, j'ai dû déménager dans une des petites chambres d'ami. Je ne pouvais pas vivre avec la vision de cette chose qui n'arrêtait pas de grossir, grossir, grossir. Puis il a commencé à utiliser les espaces du bas. J'ai essayé de le convaincre d'emporter tout ça dans son village, mais il n'a rien voulu entendre. Il m'a dit qu'il n'allait pas contaminer la maison familiale, qu'il devait au moins ça à ses ancêtres.

– Et depuis qu'il est rentré de leur, hem, endroit, il n'est jamais allé au-delà de ce que j'ai vu tout à l'heure ?

– Vous êtes le premier à assister à cette marche, vous savez, à l'instant. Du fait de votre présence, j'espérais qu'il irait plus loin... Il n'est jamais allé au-delà de ce que vous avez entendu. Si seulement il pouvait le faire !

Son humeur bascula avec une soudaineté qui effraya son visiteur, son visage vrillé par une rage que Menka n'avait jamais vue chez cette femme qu'il connaissait et avait côtoyée comme l'épouse d'un ami. Ses épaules agitées de spasmes comme si elle était sur le point de faire une crise d'épilepsie, elle hurla :

– Qu'est-ce que c'est ? Qu'est-ce qu'ils leur font là-dedans ? Que se passe-t-il dans cet antre du diable qu'ils appellent la Chambre Forte ?

Menka eut un mouvement de recul puis, se reprenant aussitôt, s'avança vers elle, posa les mains sur ses épaules et la secoua gentiment. Badetona semblait avoir entendu le cri car il se tourna vers eux, l'air un peu dérouté, puis continua de les dévisager comme s'il les voyait pour la première fois.

– C'est moi, Railleur. Kighare Menka. Gong des Quatre ! Quatre pour un…

Il avait déjà essayé la chose plusieurs fois. Cela n'avait aucun effet. Badetona continuait juste de le contempler. Menka se tourna de nouveau vers l'épouse.

– Ce qu'ils leur font ? En surface, rien de méchant. Je connais des gens qui sont passés par là. C'est intentionnel : torture psychologique. Ils les traitent bien, bonne nourriture, et même des boissons. À part ça, quelques minutes pour se dérouiller les jambes à heure fixe, et c'est tout. Pas de livres, rien à lire. Le reste du temps, ils leur imposent cette unique occupation : compter l'argent. Encore et encore. C'est tout ce qu'ils font. Les obliger à compter l'argent – toutes les devises, euro, dollar, yen, rouble, naira, tout ce qu'ils trouvent dans les maisons, partout, même au fond des puisards. Ils transfèrent tout dans la Chambre Forte et c'est là que le calvaire commence. Ils leur font compter l'argent, et tout noter. Une fois, puis une deuxième… Ils font comme s'il y avait une erreur, sinon dans le décompte, alors dans le taux de change des devises. Seul le Diable aurait pu imaginer une telle torture. Si ce n'est pas Sir Goddie en personne, alors c'est son clone sorti de l'enfer.

Ils observèrent encore Badetona pendant quelques instants, mais celui-ci avait retrouvé son immobilité absolue. Menka comprit que sa visite ne donnerait rien de plus. Il se leva et s'apprêta à prendre congé. Il n'y avait plus rien à dire.

– Je suis contente que vous soyez venu, dit l'épouse d'une voix soudain amère. Trois mois se sont écoulés depuis sa libération, mais personne d'autre n'a fait le déplacement. À part Duyole, bien sûr. Tous ceux qu'il appelait ses amis, ceux qu'il a aidés, à qui il a donné tous les coups de pouce qu'il pouvait, qu'il a rendus riches, certains, qui ne valaient rien au départ, sont multimillionnaires aujourd'hui… Se souviennent-ils de lui ? S'en soucient-ils ? Non, ils l'ont tous abandonné. Ils traitaient tous cette maison comme leur club-house – vous savez que nous n'aimions pas trop sortir, si bien qu'ils venaient ici la plupart du temps pour socialiser. Ils mangeaient ici, buvaient ici, échangeaient des blagues stupides et faisaient comme chez eux. Pas un n'a franchi le seuil de cette maison depuis sa libération – pas un seul ! Sauf le psychiatre. Et vous devriez voir les honoraires qu'il réclame !

– Qu'est-ce qu'il a dit ?

– Patience. De lui laisser du temps, qu'il retrouverait ses esprits. Qu'est-ce qu'il croit que j'ai fait jusqu'ici ? Quel conseil stupide, surtout avec les fortunes qu'il facture ! Je lui ai dit que ce n'était plus la peine de revenir.

Menka grimaça, se sentant hypocrite. Sa visite n'avait pas été totalement altruiste, même s'il s'était bien gardé d'en préciser le but.

– Je reviendrai, promit-il. Maintenant que j'ai déménagé à Lagos, je ferai un saut de temps en temps.

Son « merci » sortit du fond du cœur, ce qui ne fit que pousser Menka à se tortiller, coupable. L'empressement de l'épouse lui fit regretter d'avoir frappé à cette porte. Sans le vouloir, elle enfonça l'aiguille encore plus profond. Menka se demanda pourquoi Duyole ne lui avait pas dit, même vaguement, à quoi s'attendre.

– Je sais que le fait de voir des gens, d'autres personnes

avec lesquelles il a des liens passés – aussi ténus soient-ils – aidera. Cela finira par l'arracher à cet état. Un élément de son passé peut-être, quelqu'un finira tôt ou tard par dire quelque chose qui le sortira de ses ténèbres. Je le sais. Même l'unique fois où Papa Davina nous a rendu visite, j'ai décelé un changement. Infime, mais bien réel. Un genre de réaction, au fond de ses yeux. Je n'ai pas totalement confiance en cet homme, mais…

Menka l'interrompit.

– Pardon… qui est venu ?

– Papa Davina. Je suis sûr que vous avez entendu parler de lui. Tout le monde le connaît.

Menka acquiesça.

– Oui, bien sûr. Donc ils se connaissaient ?

Elle hésita.

– Je… ne sais pas vraiment, avoua-t-elle. Mais quand ces ennuis ont commencé, tout le monde, vous savez, des conseils venus de partout – des connaissances, ses collègues de bureau, des gens dont je n'avais jamais entendu parler, ils se sont tous précipités pour nous donner des conseils. C'est quand la nouvelle de son arrestation s'est répandue que, là, ils ont commencé à prendre leurs distances. Mais c'était ce nom-là qui revenait sur toutes les lèvres. Pour qu'il nous aide par ses prières, vous comprenez ? Donc, quand Bade s'est retrouvé en détention, je me suis rapproché de son ministère. J'étais désespérée.

Menka hocha pensivement la tête.

– Je connais sa réputation. Il a ouvert une branche à Jos.

– Tout le monde m'a conseillé d'adhérer à son église, alors c'est ce que j'ai fait. Je payais une dîme – pour nous deux. Je participais à toutes les veillées. Et puis évidemment, quand on l'a libéré… dans son… tel que vous le voyez maintenant, l'état dans lequel il est, j'ai redoublé d'assiduité. Le prophète a une sacrée réputation. Qui sait, sans lui, toute cette histoire aurait peut-être été pire encore. Au moins, Bade n'a jamais été jugé au tribunal. Il n'aurait pas survécu à un blâme public. J'ai cherché de l'aide partout, mais… eh bien, c'est sur Papa D que je suis finalement tombée.

– Bade s'est rendu dans son, hem… cet endroit – comment s'appelle-t-il, déjà ?

– Le prophésite. Le site sacré de la prophétie.

– Ah oui, le prophésite. Ce que j'essaie de vous dire, c'est… dans cet état ? Il s'est aventuré dehors, comme ça ?

Elle hésita puis reprit la parole par petits jets saccadés, comme si elle s'activait pour recueillir le récit d'un tiers, et pas celui de ses propres malheurs. Un malaise s'empara de Menka.

– Une fois. Une seule. Et c'était avant ce… ce calvaire. Quand nous avons eu la certitude qu'ils allaient s'en prendre à lui. Il y est allé seul, juste cette fois-là. Après, j'ai tenté de le convaincre de m'accompagner, mais… c'est comme si ce nom, Davina, ne lui disait rien. Il n'en démord pas. Vous savez comme il peut se montrer entêté ! Alors j'y suis allée seule, en son nom. Davina a semblé comprendre et, ensuite, il est venu ici en personne. Une seule fois. À ma connaissance, cela n'arrive que très rarement. Et il portait une sorte de costume religieux – il en change sans arrêt. Comme s'il ne voulait pas que les gens voient tout son visage. Des rumeurs circulent – il aurait eu un accident dans le temps, et serait défiguré. Certains racontent qu'une femme l'a agressé avec une bouteille brisée, et qu'il en a gardé des cicatrices. Même sur le site au pied de la colline, il se tient à l'écart de toute lumière forte. Les gens vont trouver Davina, ce n'est pas lui qui va trouver les gens, même si vous êtes à l'agonie. Il envoie juste ses prescriptions – les choses à faire ou à éviter. L'huile sainte pour les onctions, et des rouleaux de prière. Il a fait une exception pour Bade. Parfois, il téléphone pour vérifier si son état a évolué.

Elle remarqua que Menka semblait ailleurs.

– L'avez-vous rencontré personnellement ? À Jos ?

– Non, répondit Menka en secouant la tête. C'est juste que son nom a été mentionné – à vrai dire, on m'a souvent parlé de lui ces derniers temps.

Il désigna d'un geste son ami.

– Simplement, je suis sidéré que Bade ait accepté de lui rendre visite. Je vous tire mon chapeau. Vous savez comment on l'appelait, à l'école ?

Elle se fendit d'un demi-sourire.

– Le Railleur. C'est moi-même qui lui ai donné ce surnom. Oui, il a fallu faire preuve de persuasion.

– Ça, j'imagine. Donc, maintenant, vous êtes membre à part entière du temple, ou je ne sais quoi, du père Davina ?

– Eh bien, oui, j'imagine qu'on peut dire ça. J'ai assisté pas mal de fois à ses offices, mais je ne me considère pas vraiment comme l'une de ses disciples. Mais vous savez, quand la situation devient vraiment compliquée, on cherche de l'aide partout, n'importe où. Et Davina jouit en effet d'une certaine réputation.

– Bade aussi, avant. Le voir dans cet état… ça fait mal. Ça fait vraiment mal. À l'école, sa réputation était au-dessus de toutes les autres. Un élève brillant. Même le corps enseignant était terrorisé par lui, pour tout ce qui touchait aux mathématiques. Personne ne lui arrivait à la cheville.

– Je sais, je sais.

– Il était en avance sur tous les manuels. Surtout en trigonométrie. C'était sa matière préférée. Il aurait pu réciter toutes les formules le matin au réveil. Bade ? Il a donné un complexe d'infériorité à nos meilleurs professeurs, a massacré tous ses concurrents. Vous a-t-il raconté comment il avait gagné cet autre surnom – son *nom de guerre**, si vous préférez ? Il y avait ces concours de mathématiques inter-écoles…

L'épouse secoua la tête.

– Vous auriez entendu ces cris quand les équipes s'installaient sur la scène au début de la compétition. *Assa-sinus ! Assa-sinus – massacre-les tous !* Et lui, comme il savourait ça ! Inutile de vous dire qu'il ne s'en privait pas : il balayait littéralement ses adversaires !

Un brusque mouvement du côté de Badetona, comme un sursaut. Se tournant tous les deux, ils le virent se lever, cette fois comme dans une sorte de transe légèrement accélérée. Menka posa aussitôt l'index sur ses lèvres. L'épouse acquiesça du chef, plaquant dans un geste superflu ses deux mains sur sa bouche. Ils le regardèrent avancer d'un pas lent mais déterminé vers une pile de livres posés sur la table basse. Badetona resta planté là à les contempler, incertain, pendant quelques secondes, puis il se pencha comme pour en choisir un. Ses lèvres s'agitaient, muettes, mais les deux observateurs purent lire précisément ce qu'elles disaient : « Assa-sinus », paupières serrées de toutes ses forces comme dans un effort douloureux ou contrarié pour se souvenir. Jaiyesola désigna alors la porte d'un petit coup de tête – devait-elle s'en aller ? L'hésitation de Menka ne dura qu'un instant. Il agita la tête en un oui vigoureux. L'épouse sortit sur la pointe des pieds, referma la porte. Elle se remit à l'affût, juste derrière.

Positionnée derrière la porte de la cuisine légèrement entrebâillée, de manière à ne pas manquer la moindre parole synonyme d'espoir, son esprit traversant les années, Jaiyesola attendait avec une intensité qu'elle n'avait eu aucune raison d'exercer depuis le retour de Bade, l'esprit égaré dans cet état vaporeux. Ce qui avait certes un côté positif – cela avait provoqué sa libération anticipée, les enquêteurs apeurés ne sachant plus quoi faire de lui. Après tout, il avait fait plus que « coopérer ». Les fonds en sa possession étaient à peu près intouchés, et il ne leur était plus d'aucune utilité, fût-ce comme témoin dans le cadre des poursuites engagées contre d'autres, les durs à cuire qui résistaient, déterminés à obtenir leur acquittement grâce aux stratagèmes juridiques de leurs avocats chevronnés, et/ou leurs accointances secrètes avec le pouvoir judiciaire. Même un changement de gouvernement aboutirait sans doute à une amnistie générale, avec ou sans restitution. Il s'agissait juste de tenir bon, et d'avoir le culot d'assister à des événements publics comme pour affirmer la tranquillité de leur conscience. Et même organiser des fêtes de plus en plus extravagantes, marquant l'acquisition d'un énième titre de chef local ou de docteur *honoris causa* – il y avait jamais pénurie d'institutions champignons prêtes à s'exécuter, en échange d'une modeste contribution.

D'un autre côté – eh bien, quel soulagement pouvait-on bien éprouver en récupérant cet article endommagé, dont l'esprit si affûté tâtonnait désormais dans le vide, tentant de reprendre prise sur la réalité ? Comme cela était devenu prévisible, quasi instinctif depuis sa libération, ses pensées à elle se mettaient alors en quête de possibles erreurs ou brèches dans le régime de supplications à tout-va qui avait précédé – et à coup sûr facilité – la spectaculaire ascension de son mari au sein de la fonction publique. Quelle était donc la source de ce brusque revirement ? Des actions ennemies ? Possible, mais aussitôt écarté. Jaiyesola pouvait se targuer d'une certaine expérience en matière de spiritualité, plus que suffisante pour déjouer les complots les plus diaboliques ourdis à l'encontre de son mari. Après tout, ces ennemis n'avaient-ils pas tous échoué ? Où étaient donc leurs pouvoirs quand, sorti de nulle part, Badetona s'était vu attribuer, sans même s'y être porté candidat, l'un des postes les plus convoités et disputés auxquels pouvait aspirer un fonctionnaire – et à un âge où la mise au placard aurait déjà dû menacer ! Où étaient donc leurs fameux pouvoirs, alors ?

Cela pouvait-il venir du refus initial de Bade de reconnaître les pouvoirs d'intercession du prophète ? Sa réticence à faire appel à une telle aide n'était en effet rien de moins qu'un rejet dégoûté et catégorique de cette notion même – cela avait-il pu lui valoir un châtiment psychique, qui se manifestait à présent par cette détérioration mentale ? Défaut éminemment fatal, cette absence de foi était de nature à rendre inefficace toute protection spirituelle. Pour empirer encore son cas, ces supplications avaient été transmises par le biais d'une tierce personne, même si ce remplaçant était sa propre épouse. Peut-être avait-il fallu trop de temps pour le persuader de gravir la colline d'Oke-Konran pour aller consulter, recevoir la bénédiction et être renforcé. Cette exaction venait-elle donc punir le dédain dont il avait fait preuve ? Combien, au juste, étaient-ils condamnés à débourser ? Jusqu'à leur dernier bien ? On leur avait tout pris. Ils avaient tout vendu et hypothéqué pour s'assurer les services des meilleurs conseillers juridiques, tous parés du prestigieux statut d'avocats distingués de la nation, ce club élitiste et glamour. À présent, il ne leur restait plus que la foi et celle-ci, hélas, était partielle et inégale. Jaiyesola se lamentait d'être seule, désormais, pour susciter puis protéger leur promesse de salut. Badetona était trop enraciné dans son cynisme – n'était-ce pas le trait de caractère qui l'avait attirée chez lui ? Lui-même n'avait pas manqué de souligner ce contraste à la moindre occasion, tandis qu'il lui faisait la cour, comme étant favorable à leur union – *Les pôles semblables se repoussent et les pôles opposés s'attirent, donc tu ferais mieux de cesser de résister à ton bon sens et de m'épouser !* Et leur mariage avait de fait été aussi proche de la félicité que cela est possible pour le ménage moyen, elle la chrétienne évangélique, lui l'agnostique qui cherchait, et trouvait toujours, de manière compulsive, le point faible du refuge religieux le plus hermétiquement scellé. La maison avait été remplie de rires, les enfants élevés dans le juste équilibre entre l'hilarité et de solennels espaces de tolérance mutuelle. Maintenant, tout n'était que silence. Les enfants avaient grandi, s'étaient dispersés. Il ne restait que le silence qu'ils avaient laissé derrière eux. Mais à présent, il était davantage qu'un silence d'enfants absents, de maison vide. Il y avait un lourd voile de culpabilité, de blâme aussi peut-être, inexprimé. Il y avait également le silence de l'espoir, comme si, une fois le désastre privé de voix, confiné entre les murs de la maison et de l'esprit, le miasme se dissoudrait et l'oppressant voile s'envolerait du toit.

Y avait-il eu des brèches ? Des faiblesses dans sa mission d'intercession ? Des exigences non accomplies ? Elle secoua la tête : non ! Absolument aucune, pas même à travers lui, pas la moindre négligence. C'était là l'autre trait de caractère de l'homme qu'elle avait épousé : cela prenait parfois des jours, des semaines voire des mois, mais une fois qu'elle avait réussi à percer les remparts de son entêtement, l'obligeant à consentir aux plans qu'elle avait élaborés, aussi excentriques fussent-ils, il accomplissait sa part du marché – à la lettre. Elle s'interrompit, reconsidéra la chose. N'était-ce pas justement là le problème : *à la lettre* ? Dans les affaires spirituelles, la lettre ne suffisait tout bonnement pas. L'esprit appelait l'esprit, et l'esprit devait être sincère. Cela, elle n'y pouvait rien. Mais il fallait bien faire avec ce que l'on avait, et elle n'avait jamais été assez bête pour croire qu'elle possédait l'esprit de son mari – ce qu'elle faisait de leurs vies, c'était dédoubler la sienne pour renforcer celle de Bade. Et elle tenait toujours à ce que les choses soient claires – lorsqu'elle priait, par exemple, ou s'acquittait de la dîme, elle faisait en sorte que les puissances qui l'observaient comprennent bien qu'il s'agissait d'attributions séparées : *Et ceci pour mon époux, mon cher Bade, que, je le sais, tu ramèneras sous le bénéfice divin de la compréhension et de la foi lorsque tu le jugeras bon, Seigneur Jésus qui es aux cieux, béni sois-tu. Amen.*

Quoi qu'il en soit – et son visage se froissa en une moue –, qui étaient ces gens pour la juger ? Pourquoi aucun d'entre eux ne lui avait-il apporté son soutien ? C'était toujours pareil – chacun pour soi, et Dieu seulement pour les justes. Les justes ? Oui, les justes ! Elle osait employer ce mot. Son Bade était un homme bon, pas pire que les autres. Se battre pour récolter sa part des largesses publiques, c'était simplement du bon sens. C'était en outre éviter le péché d'orgueil, qu'aucun autre ne dépassait aux yeux du Tout-Puissant. Se sentir supérieur aux autres, c'était ça le péché véritable – cette prétention moralisatrice ! Sa vie était organisée autour de son mari, et ce lien consacré par les prières. Prier d'abord pour l'avancement de Bade. Ne savait-elle pas ce que d'autres faisaient pour obtenir des promotions ? Certains s'adonnaient à des rituels sataniques. Et même des sacrifices de nourrissons. Ils signaient des pactes avec le Diable, vendaient leur âme et signaient avec leur sang. Elle, au contraire, n'avait demandé l'aide que de l'Apôtre Davina. Le succès qui s'était ensuivi était le sien, elle, le paratonnerre qui avait surmonté l'absence de foi de son époux et fait tomber sur lui la manne providentielle. Elle avait forcé son Sauveur à pardonner l'homme qui était lui-même son pire ennemi, le plus réticent à sa propre cause. Si c'était à refaire, elle l'aurait refait un million de fois, si nécessaire. Qui a dit que Dieu était l'apôtre de l'échec !

Entendant des bruits de pas, elle ouvrit la porte avec précaution. Menka approchait. Elle aperçut son mari derrière lui, immobile, contemplant le livre qu'il tenait dans sa main. Menka secoua tristement la tête.

– Il n'y a rien eu de plus.

15
Badagry

Des semaines s'étaient écoulées depuis son départ de la ville de Jos encore fumante, dont les mines d'étain, les contours vallonnés et les forêts environnantes occupaient toujours son esprit. Ses affaires étaient enfin arrivées par transport routier, ayant survécu aux nids-de-poule larges et profonds comme des pièges à éléphant, aux marchés sauvages qui avaient pris le contrôle des autoroutes, aux check-points d'extorsion policière soutenue par l'armée, aux cortèges de véhicules déboulant de face, précédés de leurs sirènes, au bétail occupant la chaussée et aux conducteurs kamikazes shootés à mort avec toutes sortes de substances hallucinogènes bon marché – locales, introduites en contrebande ou par les voies commerciales classiques. Il avait pris les devants et s'était posé à Lagos plein de gratitude, ayant opté pour les compagnies aériennes nationales, tout aussi imprévisibles. Après s'être affairé autour du contenu du premier camion, tentant de mettre un semblant d'ordre dans ce capharnaüm de cartons éventrés, de paquets-cadeaux de dernière minute, de petites armoires et de porte-documents, l'éminent chirurgien Kighare Menka posa silencieusement son diagnostic : corps et âme fourbus, rincés jusqu'à la moelle des os et au-delà, le condamnant peut-être à une opération du cerveau à réaliser lui-même. Laissant échapper un soupir de regret devant l'improbabilité d'une telle perspective – il n'était pas neurologue, de toute manière, ne s'occupait que des muscles, des tissus et des organes –, il se fraya un chemin parmi les meubles et, répondant à l'appel de celui qui contenait ses bouteilles, il eut la sagesse de se prescrire et de s'administrer un remontant. Sa visite à Badetona avait sans doute été la goutte de trop. Il avait placé tant d'espoir en cette alliance, mais l'esprit de l'homme qu'il avait connu était désormais hors d'atteinte. Duyole Pitan-Payne était accaparé par les affres d'un départ imminent. Menka se sentait isolé, seul avec le fardeau d'une découverte qui, hélas, ne pouvait se résoudre par une simple excision chirurgicale. Rouant de coups de pied les obstacles entêtés qui refusaient de céder un pouce de terrain à son approche, le chirurgien se faufila jusqu'au fauteuil rembourré, profond et enveloppant de son logement temporaire, une unique question hantant son esprit : Combien dure le temporaire ? Duyole Pitan-Payne l'avait arraché au brasier de Jos, replanté dans la somptueuse annexe de sa maison destinée aux invités, et il savait qu'il aurait pu rester là pour toujours si tel était son choix. Nul besoin d'un devin pour le mettre en garde, alors qu'il s'autorisait à abandonner ses douleurs au confort velouté du fauteuil, contre le fait que Pitan-Payne et son épouse Bisoye étaient en train de concocter les incitations les plus extravagantes à agiter sous ses yeux dans l'intention monomaniaque de le convaincre de faire exactement cela – accepter cet endroit comme son nouveau chez-lui, *sine die*. Oublier Jos. Oublier l'État de Plateau. Oublier la Middle Belt, la « ceinture médiane » du Nigéria. Oublier même Gumchi, son village natal. Ou du moins les reléguer au rang d'étapes marginales, essentiellement préparatoires, au moment d'aborder pour de bon sa vie et sa nouvelle carrière. Simplement se réimplanter !

Cette campagne tout sauf secrète avait commencé dès que le chauffeur de Duyole était venu le chercher à l'aéroport et l'avait conduit directement jusqu'à la table du dîner, sans même envisager de lui autoriser un arrêt-rafraîchissement dans l'annexe des invités, où son bagage de soute serait déposé. Quant au dîner proprement dit, même pour Pitan-Payne, c'était de loin le gueuleton improvisé le plus exubérant auquel Menka avait jamais survécu, et la survie était la prière la plus fervente que tous les invités psalmodiaient en silence, même – ou plutôt : tout particulièrement – pour une collation aussi modeste.

Ces efforts, reconnut-il avec regret, étaient superflus – c'était prêcher un converti. Après tout, il avait lui-même initié cette opération de sauvetage, bien que sur la base strictement définie d'une simple pause, juste un moment de répit pour retrouver un semblant d'équilibre. Le patriarche en personne, ce blagueur fourbe, agilement sans âge, d'Otunba Pitan-Payne, était là pour les aider et les encourager, flanqué de sa complice muette, la plantureuse Mamma Kressy. Celle-ci l'avait accompagné un soir, sans préavis, après des années de célibat depuis la disparition de son épouse, et sans la moindre indication sur ses antécédents, à l'un des fameux dîners « impromptus » de Duyole. C'était la spécialité d'Otunba Pitan-Payne – les surprises, puis les mystères. Mamma Kressy était devenue un membre permanent de la famille, quasiment inséparable de l'Otunba, dont les ongles de pieds semblaient être devenus sa principale zone de dévotion – les proches juraient que, quelle que soit l'heure de la journée à laquelle ils se présentaient au domicile du patriarche, l'unique ministère de sa maîtresse consistait à les tailler, ou à masser simplement les phalanges de l'Otunba, tordues comme des racines de gingembre, et couronnées par ces merveilles. Elle avait même appris à faire craquer ces orteils, exploit des plus inhabituels qu'elle accomplissait parfois lors des dîners, les pieds de l'Otunba posés sur ses genoux, sous la table. C'est en entendant les premiers crépitements que la famille avait enfin compris pourquoi il tenait tant à ce qu'elle soit toujours assise en face, plutôt qu'à côté de lui. C'était aussi la seule contribution audible qu'on avait jamais entendue de la part de Mamma Kressy aux discussions autour de cette table, aussi animées fussent-elles.

Puis il y avait Frère Teesane, ainsi nommé à cause de ses médiocres performances sur le parcours de golf et de sa préférence pour le raffinement d'une tasse de thé anglais à l'issue de celui-ci, dans la salle toute proche de ce qu'on appelait le « Dix-Neuvième Trou », plutôt que les breuvages alcoolisés qui avaient les faveurs des autres. Teesane présentait les symptômes d'une affection des sinus ou d'une affectation – impossible de trancher –, dont la conséquence était une tendance à ponctuer chaque déclaration, même la plus ordinaire, d'un reniflement, surtout lorsqu'il était lancé dans des affirmations douteuses, c'est-à-dire la plupart du temps. Ce qui rendait toute conversation avec lui pour le moins décousue. *Ah, mais vous voilà, Gumchiman en personne !* Reniflement reniflement. *Pas plus tard qu'hier Pop Éternel* – reniflement reniflement – *nous disait combien il aurait aimé* – reniflement reniflement – *que le pays compte davantage de gens talentueux* – reniflement reniflement – *originaires de votre recoin du monde.* Reniflement reniflement. Reniflement. Il prétendait travailler comme représentant de commerce, mais semblait être surtout connu pour fournir ceci et cela aux gens de pouvoir. Il était dans sa forme embarrassante coutumière, enchaînant les mauvaises plaisanteries centrées sur le phallus.

Présent également, Kikanmi, le « Cerveau de Badagry », aîné de la fratrie et authentique agent immobilier à la réussite modérée. Cette profession lui avait jadis valu d'occuper un temps le poste de commissaire d'État aux Terres et au Logement sous un régime militaire, nomination qu'aucun autre commissaire d'État, avant ou après, n'avait eu le loisir d'oublier, car son mandat était devenu le point de référence de tous les commissaires, morts ou vivants, en activité ou retraités, au sein de tous les gouvernements provinciaux. *Voyez-vous, ces gens n'ont tout simplement pas su apprécier à sa juste valeur ce que vous avons fait lorsque nous étions au pouvoir.* D'après sa propre estimation, le magnat de l'immobilier réunissait entre ses deux oreilles toute l'intelligence humaine que la famille Pitan-Payne avait reçue en partage, et ce n'était pas peu dire. Un fait, pensait-il, universellement reconnu. Et qui l'encourageait à prendre toujours dix à quinze minutes pour digérer le commentaire le plus banal, avant de mettre un point d'honneur à délivrer un exposé rébarbatif sur ce point de conversation dont personne ne se souvenait. Menka ne pouvait s'empêcher de penser qu'il considérait sûrement son petit frère Duyole comme guère plus qu'un mécanicien du bord de route qui avait su, un peu malgré lui, gérer les changements de pièces détachées avec un certain sens des affaires. Comment il le voyait, lui, le Dr Menka, c'était une énigme que le chirurgien n'avait jamais cherché à résoudre.

Crachotant derrière ses doigts, mais gloussant, caquetant et grimaçant ses encouragements à cette mission familiale, il y avait là aussi la petite sœur de Duyole, Selina, dépêchée en renfort depuis sa boutique-salon de coiffure de Yaba – elle avait la réputation d'être une nymphette discrète, tout sauf idiote. De l'avis général, elle s'était un peu adoucie depuis qu'elle avait rencontré son compagnon actuel, un coureur de jupons réformé ayant découvert un peu tard qu'il avait enfin rencontré l'âme sœur.

Jappant depuis la cour, comme pour participer à cet assaut émotionnel, le berger allemand, Jiro, s'imposait à lui seul comme un formidable allié de la famille. Jiro, depuis sa mise bas au milieu d'une portée de huit chiots, s'était pris d'affection pour Kighare dès la première incursion de celui-ci, à l'adolescence, dans la demeure des Pitan-Payne – Duyole avait tout simplement traîné jusque chez lui l'orphelin pour les vacances d'été, et cette tradition s'était ensuite installée par intermittence. Les visiteurs occasionnels pensaient qu'il faisait partie de la famille, d'un côté ou de l'autre – enfin, jusqu'à ce qu'ils voient le vague trident de ses marques tribales émerger des coins de sa bouche. Le berger allemand avait par la suite été surnommé l'Infidèle, à cause de sa manie de sauter sur le siège passager ou dans le coffre du véhicule de Menka dès qu'il sentait son départ proche, et son maître devait alors l'en faire sortir *manu militari* avec l'aide de ses domestiques emmenés par Godsown, l'intendant en chef, qui s'occupait généralement de nourrir le chien et avait donc gagné un certain respect de sa part. Quand le maître et son ami avaient une raison de l'appeler en même temps, il trottinait immanquablement vers Kighare, comme si – persiflaient les domestiques, écœurés – c'était l'étranger qui gavait ses mâchoires baveuses. Depuis la réapparition de Menka après plus d'une année d'absence, il patrouillait autour de la salle à manger, émettant à intervalles réguliers ses explosions canines pour faire savoir au voisinage que son copain était de retour. Tous étaient présents et conviviaux à ce premier dîner de bienvenue qui marquait – imaginait-il avec un mélange de plaisir et d'effroi – le début d'une longue série.

Le chirurgien récemment honoré et désormais plus ou moins déraciné s'efforçait d'atténuer son délogement en s'assurant qu'il n'était embarqué que dans un projet de transformation – même idée et même contenu sur un emplacement différent, simple ajustement de format. Ce n'est pas pour rien qu'il avait acquis sa réputation de Tête Dure de Gumchi. Centre de rééducation Gumchi – oui, il pourrait s'en accommoder. Même si l'emplacement devait être Lagos, oui, cela rentrait dans le serment *Gumchi d'abord*. Il effleura des yeux les cartons, tâchant de se rappeler lequel contenait ce mantra depuis trop longtemps en souffrance, vu pour la dernière fois estampé sur un cendrier de porcelaine. Cette devise avait réussi à le suivre partout, jadis encadrée et accrochée au-dessus de son lit au pensionnat, tracée en capitales bien nettes sur la feuille libre de ses manuels, etc. C'était une réponse à la fin soudaine et cruelle qui l'avait jeté parmi les rangs des orphelins. Elle semblait l'avoir fait mûrir du jour au lendemain. Il avait emporté cette pancarte avec lui par-dessus l'Atlantique Nord après que sa situation dramatique – et ses capacités d'apprentissage – avait attiré l'attention des autorités et lui avait valu la consolation d'une bourse d'études qui lui permettrait de gravir pas à pas l'échelle socio-professionnelle, le catapultant vers une renommée nationale. Le Gumchi Kid n'avait jamais oublié. Il était resté accroché à ce mantra comme si son appréhension de la vie était tout entière contenue dans cette pancarte, miniaturisée au fil du temps puis propulsée dans l'espace virtuel par son insertion dans la signature automatique de sa messagerie électronique. Même quand les quatre amis s'étaient mobilisés et avaient adopté son projet à Gumchi comme leur joint-venture de « Rendre ce qu'on a reçu », il n'y avait pas eu de compromis, pas la moindre dilution. Ce qui avait contribué à sa réputation de « tête de coco » – même ce beau-parleur de Farodion, gourou du marketing, finissait par battre en retraite, lance brisée, lorsqu'il s'y attaquait de front.

La gaieté naissante du chirurgien, renforcée par ces réminiscences, ne dura qu'un instant, jusqu'à ce que son regard se pose à nouveau sur les cartons. Avec le déchargement de la première cargaison d'affaires en provenance de Jos, qui le privait quasiment d'espace de repos, la finalité de son rapatriement se faisait manifeste. Balayant du regard les débris, il s'arrêta en voyant son visage chiffonné, légèrement scarifié – trois lignes sur chaque joue, irradiant depuis la commissure des lèvres –, se réfléchir dans le miroir de la porte du petit meuble qui contenait bouteilles et livres. Un sifflement lui échappa, il enveloppa son reflet d'un regard noir puis le gratifia d'une harangue lapidaire :

– Gumchipoteur !… – ce surnom avait traversé les années de pensionnat, d'université, puis les deux décennies de sa carrière professionnelle – Toi et ta grande bouche de Gumchi ! Tu t'es surpassé, cette fois-ci !

Irrité encore davantage par le stoïque silence de son double, il reposa brusquement son verre, cala ses deux index aux coins de sa bouche et tira sur la chair douce à l'intérieur, distendant ses joues et déformant son visage jusqu'à ce que les tridents disparaissent dans les replis de peaux et que sa mâchoire lui fasse mal. C'était un geste de mortification routinier qu'il avait gardé de son enfance, où les adultes s'en servaient – les instituteurs tout particulièrement – comme d'une manière peu fatigante de punir les enfants qui faisaient des bêtises : *Va te mettre debout dans le coin, face à tes camarades, et tire sur tes joues !* S'esclaffant, Menka laissa son esprit s'attarder sur la notion d'éducation – un tel traitement, songea-t-il, aurait été considéré, de nos jours, comme de la maltraitance. Ses efforts pour articuler des réprimandes parentales/enseignantes à travers le même orifice malmené rendirent ses traits plus grotesques encore, les sons ainsi émis et déformés n'ayant aucun sens pour son auditoire inexistant :

– Oui, c'est ça, ouvre-la encore plus grand ! Autant que tu peux. Maintenant, essaie de fourrer ta nourriture dedans. Je sais que tu en es capable. Tu le fais tout le temps. Allez, personne n'est là pour t'en empêcher. Tu n'apprendras donc jamais, hein ? Ouvre plus grand, je t'ai dit. Encore plus grand, nigaud !

Le dîner de retrouvailles remonta à la surface, avec son mélange de réconforts et d'angoisses. Chaleur et exaspération : la famille. Le couple ne s'était pas trompé en décelant des signes de désorientation dès que leurs yeux s'étaient posés sur lui. Ils avaient continué de l'observer de près tout au long du repas, et s'étaient mis à échanger des hochements satisfaits en le voyant se détendre peu à peu en cette compagnie, et se glisser dans le personnage du Kighare qu'ils avaient toujours connu. Lui-même commençait à se sentir vraiment à l'aise, sa psyché se réaccordant à l'ancien temps, retrouvant une solidarité perdue, comme si la paire manquante du gang était également présente. Il pouvait presque sentir les pièces éparpillées de son moi flotter et se remettre d'elles-mêmes à leurs places habituelles.

Badetona avait constitué un sérieux revers. À peine rentré de cette sombre visite, Menka avait pris à partie l'ingénieur.

– Pourquoi ne m'as-tu rien dit ! Même pas une allusion !

– Non, il valait mieux que tu le découvres par toi-même. Que voulais-tu que je te dise ? Qu'il s'est égaré, a perdu son chemin d'abord, puis son esprit ? Je suis allé le voir des tas de fois, mais il est toujours resté... eh bien, tel que tu l'as vu. Depuis sa libération. Nous essayons de faire notre possible avec Jaiyesola, mais... elle aussi, elle a du mal à se défaire de ses vieilles habitudes.

– Ils envisagent de le traîner au tribunal ?

– C'était l'idée. Mais ils l'ont d'abord soumis à je ne sais quel traitement et voilà ce que ça a donné. Ce serait idiot et doublement cruel de l'envoyer sur le banc des accusés, et de toute manière ça ne servirait à rien. Je crois qu'ils le savent, si bien qu'ils le laissent tranquille. Et puis, Pop Éternel surveille ça de près – il est proche de Sir Goddie.

– Ah, je ne le savais pas.

– Ils appartiennent tous les deux à l'une de ces sociétés secrètes – la Rose-Croix.

– Qu'est-ce que c'est que ça ?

Duyole éclata de rire.

– Aucune idée, mais c'est ce qui donne sa vigueur au Vieil Homme. Je vais m'engager aussi ! Tu l'as vu à l'œuvre pendant le dîner.

Le patriarche s'était montré plus irrépressible que jamais, flirtant sans vergogne à l'orée de ses quatre-vingts ans. On comprenait sans peine d'où venait la fibre sociable et irrévérencieuse de Duyole, même si les autres attributs de l'ingénieur semblaient être le fruit de sa propre formule secrète. L'Otunba s'était fait une joie de participer à ce dîner de bienvenue – l'occasion parfaite d'accomplir la mission délicate que lui avait imposée son compagnon de loge. Une précédente tentative, dans laquelle il avait également échoué à faire de Bisoye son alliée, s'était heurtée à un mur de briques, mais le gène de la ténacité semblait se transmettre de génération en génération dans cette famille. Si l'Otunba espérait trouver un allié en la personne de Menka, dans cette campagne, la tâche se révélait toutefois fort ardue. Menka avait refusé de se laisser enrôler.

– Alors, docteur, qui est votre candidat ?

Le Dr Menka fut pris au dépourvu, ayant la tête à tout sauf aux questions électorales.

– Mon candidat à quoi, sir ?

– Aux élections.

Bisoye s'interposa.

– Ne l'embêtez pas, Pop. Vous savez bien qu'il n'y a pas d'élections. Tout est décidé à l'avance.

– Et puis d'abord, ajouta Duyole, quelles élections ? Les politiques, ou celles du festival ? Qu'il comprenne bien ce que tu lui demandes. Tu aimes bien tout mélanger, Pop.

Le Vieil Homme l'écarta d'un revers de main.

– Laisse donc répondre le bon docteur. Tu n'es qu'un anti-Goddie fanatique, personne ne te demande rien.

– C'est pourtant ce que tu as fait. Plus que me demander, si mes souvenirs sont bons…

– Plus maintenant. Tu ne seras même pas là pour les élections. Personne n'a besoin de ta voix.

Duyole se tourna vers Menka.

– Il nous harcèle pour que nous parrainions son ami pour les YoY. Nous lui avons dit pas question. Tu imagines un peu ? Le Gong des Quatre soutenant le POMP !

– Ça n'a rien à voir avec le parti. Le POMP et les YoY sont deux choses différentes. Les YoY sont attribués à des individus. Et des institutions. Pas aux partis politiques.

– Essaie donc de séparer Goddie du POMP : qu'est-ce qui reste ?

Bisoye soupira.

– C'est reparti… Je croyais que la question était réglée.

Pas pour la sœur, visiblement.

– Je continue de penser que la fusion aurait bien fonctionné. Que ça vous plaise ou non, Sir Goddie est la marque de la nation. Je vois d'ici les gros titres : *La Marque Pays parraine la Marque Nation*. Qu'en pensez-vous, docteur ?

Menka secoua la tête et se concentra sur son assiette. Bisoye acquiesça du chef.

– Vous avez raison, Kighare. Ne vous laissez pas entraîner là-dedans.

– Doc, vos jeunes amis ne comprennent pas comment

les choses fonctionnent. Vous savez que si vous faites équipe avec Sir Goddie, il modernisera votre village en un rien de temps. Hop, un nouveau gratte-ciel sortira de terre ! Il y en a combien pour l'instant ? J'ai oublié…

Bisoye Pitan-Payne savait où son beau-père voulait en venir. Dès que l'Otunba sentait une opposition, ou un échec, ses piques se faisaient corrosives. Elle tenta de le faire dévier.

– Pop, vous savez très bien qu'il n'y a pas de gratte-ciel à Gumchi.

Le visage du vieil homme se froissa de douleur.

– Vraiment ? Tu es sûre ? La dernière fois que j'y suis allé…

Tout en sachant qu'il perdait son temps, Duyole se joignit à la tentative de stopper la charge.

– Tu n'es jamais allé là-bas, Pop. Tu ne sais même pas où se trouve Gumchi.

– Je n'ai pas besoin d'y aller. Ces gratte-ciel, on les voit de trèèèès loin.

– Quand es-tu allé dans le Nord pour la dernière fois, Pop ? l'interrogea Selina.

– Peu importe. Les gratte-ciel de Gumchi ? Si vous cherchez le modèle original, c'est là que vous le trouverez. Bien avant que la première grande tour apparaisse à Lagos. On peut faire confiance aux gens de notre peuple, ils n'ont pas perdu de temps pour lui trouver un nom : *Ilé gogoro*, bientôt accompagné d'une chanson, *On'ilé gogoro*. Oui, bien avant toutes ces chansons et toutes ces danses, Gumchi pouvait déjà se vanter de posséder au moins deux ou trois gratte-ciel. Peut-être même avant l'Empire State Building. Les Américains ont copié sur Gumchi – comme toujours, sans le reconnaître.

Ses auditeurs haussèrent les épaules. Pas moyen de l'arrêter tant qu'il n'aurait pas terminé son parcours. Le vieil homme s'esclaffa.

– Eh bien, comment appelle-t-on ces rochers empilés les uns sur les autres ? Ceux du haut ne grattent pas seulement le ciel, ils le traversent jusqu'à l'autre côté. Demandez donc à votre ami, il a vécu dans ces grottes. Les gens là-bas creusent leurs maisons dans les rochers, comme les appartements d'un immeuble.

Le rire hystérique de Selina, toujours prêt à jaillir, emplit la salle à manger, mais le reste des convives ne s'autorisèrent que des sourires gênés. Bisoye et son époux échangèrent des regards, regrettant à présent d'avoir invité le vieil homme. Nerveusement, ils espéraient qu'il s'agissait juste d'une de ces plaisanteries primitivistes mal placées dont l'Otunba était coutumier, pas d'un signal annonçant une soirée d'irascibilité. Le patriarche aimait bien ce « supplément » à la famille, tous le reconnaissaient – Kighare le lui rendait bien, d'ailleurs –, mais ils sous-estimaient toujours la tendance de l'Otunba à se laisser aller à des blagues mettant le doigt là où cela faisait mal, qui dérivaient essentiellement de l'idée d'une sophistication particulière de l'aristocratie lagoso-coloniale, supérieure aux « indigènes » de l'arrière-pays. Il y avait eu par le passé des moments que tous préféraient oublier – en espérant que les invités qui en avaient été les victimes les avaient eux aussi pardonnés, ou généreusement minimisés comme des conséquences du grand âge et d'une déconnexion occasionnelle de la réalité.

Mais Menka se hâta d'éteindre tout début d'embarras, d'un ton sincèrement chaleureux.

– Sir, j'ai un appartement-terrasse là-bas qui vous est réservé, le jour où vous souhaiterez nous rendre visite.

Le malaise s'évapora. L'Otunba s'écria :

– Sans ascenseur digne de ce nom ? Vous voulez que je monte et descende à pied ? À mon âge ? Duyole, ton ami veut ma mort !

– D'accord, Pop. C'est mon prochain projet d'ingénierie : un ascenseur privé, rien que pour toi.

– Ah, j'aime mieux ça. Mamma Kressy !

L'intéressée releva les yeux de son élagage d'ongles, un large sourire aux lèvres, mais refusa de se retrouver impliquée.

– C'est là que nous irons aux prochaines vacances de Pâques. Nous passerons le vendredi saint au plus près du Seigneur. Nous aurons un siège au bord du ring pour assister à la Résurrection.

L'Otunba fut récompensé par le mélange habituel de choc et de rires. La soirée allait sur minuit, et n'était que convivialité. C'était une réussite. En vertu d'un accord tacite, ils feraient en sorte que le fils si longtemps absent se sente pleinement chez lui. Celui qui avait l'air d'un étranger, c'était l'autre « fils prodigue », Damien, récemment revenu dans le giron familial. Sa présence effacée passait dans l'ensemble inaperçue, et ne sapait aucunement l'allégresse générale. Lui seul paraissait un peu mal à l'aise, ne se joignant jamais à la conversation mais attentif à tout le monde, à sa manière discrète, s'assurant que les verres étaient toujours remplis, les plats dirigés vers les assiettes vides ou les regards explorateurs. Il mangeait chichement, sirotait toujours le même verre sans que le niveau de celui-ci semble évoluer. Bisoye se chargeait de faire circuler les plats. Finalement, des mouvements sous la table indiquèrent que Mamma Krassy avait entrepris de remettre les boucles des sandales de l'Otunba. Elle souleva doucement de ses genoux la jambe du vieil homme et en soutint de manière quasi obséquieuse la descente jusqu'au sol recouvert d'un tapis. C'était son signal adressé au patriarche qu'il était l'heure de rentrer.

Quand les convives se furent tous dispersés, assis dans le confort sûr d'un salon intimiste, qui semblait justement conçu pour accueillir de telles confidences, Kighare dévisagea son ami et le gratifia d'un hochement de tête admiratif. Rien ne le surprenait plus, venant de Pitan-Payne. L'ingénieur s'était mis à plancher sur une solution permanente dès qu'il avait reçu le feu vert, ne perdant pas son temps à envisager des mesures temporaires. C'était désormais évident. Kaghire s'en prit à lui avec une certaine brusquerie. Duyole se contenta de hausser les épaules.

– Après ce premier coup de fil – celui que tu as passé depuis le club –, il n'y avait plus moyen de me concentrer sur quoi que ce soit d'autre.

– Tu es un anxieux-né. Le département américain de la Sécurité intérieure aurait classé jaune cette situation. On était loin de l'alerte rouge. Je pensais avoir été clair, non ?

– Tu crois que je me souviens encore des détails de ce code évasif ? Quand avons-nous eu à l'utiliser pour la dernière fois ?

– Eh bien, tu devrais. C'est ton œuvre, pour l'essentiel. Voyons voir… Farodion – oui, c'est ça. Il est le dernier à y avoir eu recours. Et ça fait vingt ans, maintenant.

– Ah, oui, cette histoire de cannabis aux douanes… Stupide. Bref. Le son de ta voix m'a suffi, même si tu essayais d'avoir l'air détaché. Écoute, Gumchi, je te connais comme ma poche – ne discute pas ! Nous savions qu'il fallait te sortir de là-bas. Et de manière définitive. Pas juste pour un petit break. Même s'il fallait que j'aille moi-même mettre le feu à ce foutu endroit pour te débusquer. Bisoye était du même avis.

Menka sourit.

– Évidemment ! Tu as ruiné sa faculté de jugement.

– Eh bien, avions-nous tort ?

Menka commençait à se sentir réchauffé par le single malt préféré de Duyole, qui remplissait régulièrement leurs verres, et plus encore par l'éclat de cette amitié renouvelée et par la gratitude. Il s'enjoignit aussitôt de ne pas trahir cette dernière par des mots, des gestes, son langage corporel ou quoi que ce soit d'autre en présence du couple – surtout sous l'œil aiguisé de Bisoye.

Ils n'entendirent pas la porte s'ouvrir, juste une voix pleine de sollicitude qui demandait :

– Vous n'avez besoin de rien, Papa ?

C'était Damien.

– Oh merci, Damien. Je ne savais pas que tu étais encore en bas.

– Je voulais m'assurer que tout allait bien avant d'aller me coucher.

– Merci mais…

Duyole regarda autour de lui.

– Nous avons tout ce qu'il nous faut, je crois. À demain.

– Bonne nuit, Papa. Bonne nuit, Oncle.

– Bonne nuit, jeune homme. Ton père et moi sommes lancés pour une longue nuit.

– Je m'en doute, Oncle. Bonne nuit, sir.

Duyole partit d'un grand rire.

– Non mais, regarde-le : il tient vraiment de moi, il aime raconter des *fabu* comme c'est pas permis. Ne t'inquiète pas, je te répéterai ce que tu meurs d'envie d'entendre ces prochains jours. Laisse-moi d'abord extraire tout ça de lui.

L'air vaguement embarrassé, Damien protesta :

– Ah, Papa. Je voulais juste m'assurer que vous ne manquiez de rien.

De nouveau, Duyole libéra l'une de ses désopilantes rafales de rire.

– Menteur ! Assure-toi juste que mon vieux single malt ne disparaisse pas avec toi. J'ai travaillé dur pour gagner chacune de ces bouteilles – mais c'est un secret de famille. Sers-toi un verre, et laisse les deux vieux croûtons que nous sommes à leurs conspirations.

Cette remarque fit sourire Damien, qui leva les bras au ciel.

– Voyez comme il me traite, Oncle.

– J'ai droit à pire, Damien. Ne fais pas attention à lui.

Damien quitta le salon, refermant la porte derrière lui.

– Par où commencer ? soupira Menka.

– Comme tu veux. N'importe où. Bon, par le commencement. N'oublie aucun détail. Je veux tout savoir.

Menka donna un petit coup de tête en direction du fils reparti.

– Comment il va ?

Pour la première fois de la soirée, un voile d'incertitude recouvrit les traits de Duyole.

– Eh bien… Il trouve ses marques, petit à petit. Une chose est sûre : il est décidé à se poser. Il en a vraiment, vraiment envie. Je l'ai fait entrer dans la compagnie, donc maintenant il est totalement intégré à notre entreprise familiale. Mais il doit gravir les échelons un par un. Les autres ont participé à la construction de l'entreprise – pas lui. Ils sont ses supérieurs.

Menka hocha la tête.

– Gong des Quatre jusqu'au bout des doigts. Je n'en attendais pas moins de toi. Et lui, qu'est-ce qu'il en pense ?

Le visage de Duyole se froissa, pensif.

– Je ne sais pas trop. Mais il n'a pas le choix. C'est une question de principes.

Il s'interrompit brusquement.

– Attends une seconde, dit-il, puis il haussa la voix : Damien !

– J'arrive, Papa.

– J'ai failli oublier, dit Duyole à Menka. J'ai quelque chose pour toi. Quelqu'un est venu déposer un colis à ton nom. Il m'a dit que tu ne leur avais donné que cette adresse.

– Ah bon ?

– Ça vient du Hilltop Club. Ils m'ont dit que c'était de la part d'un certain Baba Baftau.

Le visage de Menka s'illumina.

– Le Vieil Homme du Désert ! C'est l'un des seuls cœurs véritables de cet endroit. Je me rappelle, maintenant. Il devait m'envoyer du *kilishi*.

– Tu manges ce truc-là ?

– Ça empêche les creux à l'estomac quand on n'a pas le temps de faire une pause déjeuner. Mais celui-ci a une histoire spéciale. Ne t'inquiète pas : ça fait partie de la grande saga.

Damien entra dans le salon.

– Si ce n'est pas trop te demander, Damien, pourrais-tu aller me chercher quelque chose dans le coin bureau de mon atelier ? C'est un paquet en papier kraft, assez plat. Il y a un ruban autour, il est quelque part sur mon plan de travail. Tu le trouveras facilement.

– Je vous apporte ça tout de suite. Vous voyez ? J'avais raison, finalement.

Et Damien pivota sur ses talons pour accomplir sa mission.

– Il tient toujours parole, ce vieil homme, se réjouit Menka. Il m'avait promis de m'envoyer du *kilishi* tous les mois, ne serait-ce que pour faire en sorte que je ne les oublie pas. Comme si je pouvais les oublier !

– Ni moi non plus, d'ailleurs. Depuis que j'ai allumé la télévision et que j'ai vu ce brasier infernal…

– Oui, infernal, c'est le mot. Je n'aurais jamais cru que ce bâtiment ancien brûlerait si vite. Tu crois qu'il s'agit d'un acte criminel ?

– Que veux-tu que ce soit d'autre ? Soit tu essayais de débusquer quelqu'un, soit quelqu'un a décidé de te débusquer, toi. Cette deuxième hypothèse semble la plus probable. Ce que le pyromane ignorait, c'est que c'était le meilleur moyen de te pousser à creuser encore plus profond. Il aurait dû se renseigner auprès de ceux qui connaissent tant soit peu la Tête Dure de Gumchi !

– Tu sais, Duyo, c'est juste maintenant, ce que tu viens de dire – oui –, c'est seulement maintenant que l'idée m'a traversé l'esprit que, peut-être, tu avais raison. Peut-être que c'est moi qui ai mis le feu à cet endroit. En un sens, on pourrait dire ça. Une sorte de réaction en chaîne – je ne sais pas encore vraiment comment elle s'est déclenchée mais, oui, c'est tout à fait possible.

Pitan leva les mains au ciel.

– D'accord, je vais te laisser raconter ça à ta manière. Mais je tiens quand même à ce que tu saches – pour en revenir à ce que je disais tout à l'heure – que le seul problème que je voyais était le même que toujours : comment faire en sorte que tu agisses dans ton propre intérêt. Bisoye et moi y avons réfléchi ensemble et – bingo ! –, elle a trouvé la réponse : Pourquoi pas ce projet, à Gumchi ? Cela faisait si longtemps que je n'ai pas cliqué tout de suite. Brillante, hein ? Alors, bien sûr, elle n'a pas pu s'empêcher de remuer le couteau dans la plaie. Tu l'aurais entendue persifler – *Ah, vous les hommes ! Vous êtes si différents. Nous, on n'oublie pas ces choses-là. Tu m'as raconté ça à l'époque où tu me faisais la cour, la veille du jour où tu m'as enfin demandée en mariage.* C'est la vérité. Apparemment, c'était le jour même où je suis revenu de ta cérémonie de remise de diplôme. D'après elle, je n'arrêtais pas de parler de te rejoindre dans ton village perdu des montagnes pour construire une clinique à même la roche – une exagération, évidemment, jamais je n'aurais proposé une chose aussi impossible. Ça, elle l'a inventé.

Menka rit.

– Tu en es bien sûr ? Tu parles quand même du lendemain matin de…

– Oh, arrête… Es-tu en train de suggérer que je n'avais pas encore dessoûlé après le long voyage retour en train à travers la Manche ? T'es vraiment un mauvais perdant, à prendre son parti parce que j'ai fait tomber sous la table tous mes concurrents – y compris vous trois.

– D'accord, je suis mauvais perdant. Ça ne veut pas dire que tu ne t'es pas vanté de pouvoir le faire.

– Non mais, écoutez-moi ce charlatan de chirurgien. Je lui ai demandé pourquoi j'aurais dit une chose pareille – et tu sais ce qu'elle a répondu ? Elle m'a dit qu'elle avait cru que j'essayais de l'impressionner ! C'est bien les femmes, ça…

Leurs rires furent interrompus par un petit coup sur la porte, et Damien entra de nouveau.

– Il n'y a rien dans votre atelier, Papa. Pas de paquet, plat ou fin. Et encore moins en papier kraft.

Duyole fit la moue.

– Tu es certain ? Impossible de le rater.

Le jeune homme semblait sûr de lui.

– Absolument rien qui ressemble à un paquet. J'ai cherché partout.

Duyole se mâchouilla les lèvres.

– C'est étrange. J'aurais juré l'avoir laissé là-bas. Sur ce bureau. Je l'ai aperçu, encore ce soir.

Il agita la main, anticipant l'objection.

– Je sais, le truc habituel. Je l'ai ramassé et puis je l'ai posé dans un endroit où j'étais sûr de ne pas l'oublier. Enfin bref, merci. Je le retrouverai tout à l'heure. Ne t'en fais pas, Menka. On te l'apportera demain matin.

– L'après-midi, plutôt. Je sais que je vais dormir comme une souche quand nous en aurons terminé.

– Moi, je vais dormir jusqu'à la fin des temps. Merci, Damien. Je ne t'embêterai plus, maintenant.

Damien protesta de sa voix haut perchée.

– Pas de problème, Papa. Réveillez-moi si vous repensez à autre chose.

Il laissa les deux hommes. Duyole se frotta le crâne.

– Je ne me rappelle pas l'avoir vu ou posé ailleurs.

– Laisse tomber. Le *kilishi* ne tourne pas.

Duyole haussa les épaules.

– Je sais. J'ai passé ma journée à faire le tour de la maison pour chercher tout ce dont tu pourrais avoir besoin dans l'annexe. J'ai dû le laisser dans un placard ou je ne sais où. Je finirai par le retrouver. À moins que tu meures d'envie de le goûter tout de suite…

– Après l'*asun* de chèvre de Bisoye ? Pas question. J'en mangerai plus tard.

– Dans ce cas, crache tout le morceau. Que s'est-il vraiment passé à Jos ? Je veux la version longue. Avec tous les détails macabres. Oignons, piments et garniture complète ! Ne lésine pas. Ne laisse rien de côté.

Kighare but une gorgée de son whisky, reposa le verre avec un soin exagéré et se rassit au fond de son fauteuil.

– Tumultueux est à peine assez fort, Duyo. Tumultueux. Et bizarre. Dieu sait pourquoi, j'ai perdu mon sang-froid. Rien de comparable depuis le jour où j'ai perdu mes deux parents.

Pitan évita son regard.

– Je veux bien le croire. T'avoir au téléphone au moment où le monde tout entier tambourinait à ta porte et te hurlait de sortir – c'était à peine moins horrible que d'être assis au bord d'un ring. Eh bien, nous avons toute la nuit. Raconte !

16

Le Codex Seraphinianus

Jos n'avait pas laissé le chirurgien de Gumchi s'en aller en paix – du moins, pas ce faubourg nouvellement découvert baptisé Boriga. Celui-ci l'avait suivi jusqu'à Lagos. L'y avait précédé, en fait, si Menka avait fait l'effort de se souvenir de ses premiers jours de télédétection. Une série de brèves incursions dans les rues de Lagos lui avait donné un sentiment trompeur de sécurité – Boriga s'était chargé du reste. Même si le Diable en personne ne s'était pas installé dans ce faubourg, certains de ses disciples, si. De son propre aveu, l'esprit de Menka n'avait jamais totalement abandonné Jos – Boriga était une tâche inachevée et, pour ce professionnel fier et chevronné, cela revenait à oublier une paire de forceps dans le ventre d'un patient, avant de le recoudre pour le renvoyer à la maison. Les honneurs étaient partagés. C'était l'éternel dicton yoruba : l'enfant qui jure de ne pas laisser dormir sa mère, qu'il se prépare lui aussi à des nuits sans sommeil. Une fois installé – selon la définition élastique de cette condition –, il rassemblerait toutes ses forces et cautériserait l'ulcéreux affront fait à sa profession. L'éthique attendrait. Sa célébrité récemment acquise allait passer son premier test – à n'en pas douter, elle lui donnerait sûrement accès aux plus hauts niveaux du pouvoir pour une intervention de grande ampleur.

S'adapter à une nouvelle culture était son principal souci, sans qu'il s'agisse cependant d'un insurmontable choc culturel. Après tout, Badagry, bien qu'étroitement entrelacé à Lagos, n'en demeurait pas moins Badagry. Pitan-Payne était à portée de main, même s'il maintenait un rythme effréné pour boucler ses affaires en cours et pouvoir prendre ses fonctions aux Nations unies à la date prévue. L'ingénieur semblait se délecter de ce double agenda et puis, de toute façon, Menka était désormais là pour régler, en son absence, les derniers problèmes en suspens. Le timing donnait l'impression d'avoir été sciemment calculé. Effectivement – et Duyole se pencha vers le chirurgien pour lui murmurer à l'oreille, durant l'un de leurs repas partagés : « J'avais des soupçons depuis le début, mais je dispose maintenant de preuves irréfutables : c'est moi qui ai mis le feu à la Hilltop Mansion, juste pour t'obliger à descendre à Badagry. » L'inattendu et le planifié semblaient s'imbriquer parfaitement, tels les pignons bien ajustés de ses prototypes mécaniques. Et si Lagos/Badagry n'offrait pas l'excitation de ces soudaines cargaisons de débris humains expédiées par les derniers efforts de Boko Haram pour dés-Allahiser Allah à leur propre image, on pouvait cependant compter sur des équivalents gratuits venus de toutes les directions. Comme par exemple l'explosion quasi quotidienne d'un camion-citerne sur l'autoroute ou en plein centre-ville. Ou d'un camion découvert rempli de bétail et d'humains perdant le contrôle au milieu d'un pont et allant s'écraser plusieurs mètres en contrebas sur un affleurement rocheux obligeant au milieu d'une rivière. Parfois, de manière plus parcimonieuse, une victime succombant à l'*amour-propre** d'un militaire – en uniforme ou en *mufti*, cela ne faisait aucune différence. Cette classe-là semblait croire en la force du nombre, et il suffisait qu'un vulgaire sergent se sente offensé par un autre conducteur, qui avait par exemple refusé de le laisser passer, ce « foutu civil », et peu importe s'il avait la priorité. Une mesure éducative était ordonnée sur-le-champ. Dans un branle-bas d'armes à feu, le détachement qui accompagnait l'officier, entraîné à obéir à la moindre torsion de sa lèvre, bondissait hors du véhicule d'escorte et arrachait du sien le malheureux conducteur, les soldats défaisaient leurs ceintures cloutées et le fouettaient jusqu'à ce qu'il perde connaissance, puis le jetaient dans le coffre ou sur le plancher du fourgon et le ramenaient à leur caserne, pour y attendre de plus amples instructions. Néanmoins, l'épave humaine causait quelquefois des problèmes en suffoquant *en route**, ce qui ne laissait d'autre choix à la société que de créer des infrastructures permettant de neutraliser ce genre d'inconvénient.

C'était la première fois que cet enchaînement logique contradictoire, non dépourvu d'ironie, sautait aux yeux de Menka. Oui, à bien y penser, les militaires ne déploraient quasiment jamais de victimes – une ou deux par mois, trois tout au plus. Oui, ce type d'accident excessif arrivait quelquefois, mais, pour l'essentiel, ces mesures d'élimination étaient le fait des policiers, dont le site d'exécution préféré demeurait le barrage routier, officiel ou clandestin. Un travailleur de banlieue récalcitrant ou un chauffeur d'autobus refusait de collaborer en versant le pot-de-vin exigé, ou insultait le grade de l'officier qui le lui réclamait en lui remettant une somme dérisoire. Ce n'était d'ailleurs pas forcément le fautif originel qui payait, mais quelque m'as-tu-vu à la bouche pleine de grandes phrases, pour s'être porté au secours de cette source potentielle d'extorsion. L'issue était prévisible – la victime ou son bon Samaritain venait aussitôt gonfler les statistiques des personnes tuées par un « tir accidentel ». L'expression demeurait courante, même si la plupart du temps, c'était on ne peut plus volontaire. Devenus moins fréquents, ces incidents étaient passés de mode. Désormais, on devait plutôt s'attendre à ce que le policier furieux, écume aux lèvres, pointe son arme calmement, délibérément, sur la tête de la statistique incrédule et appuie sur la détente. Là encore, même désagrément : faire disparaître le corps.

Mais enfin, la communauté des victimes elles-mêmes – quelle sous-espèce fascinante de l'humanité ! Les rôles, constatait-on sans cesse, étaient devenus joyeusement, compulsivement interchangeables. Ne lui laissant que quelques jours pour « reprendre [son] souffle et trouver [ses] repères », Pitan-Payne l'avait sans attendre emmené inspecter le terrain destiné au Centre de rééducation Gumchi, qui accueillerait les victimes de Boko Haram, de l'État islamique en Afrique de l'Ouest et autres rédempteurs – rien de tel que frapper le fer pendant qu'il était chaud ! En chemin, la vision familière d'une foule agitée – qu'aurait été une journée sans une forme d'éruption dans telle ou telle rue, n'importe où ? Coincé dans le ralenti-stop-ralenti de la circulation, la distraction préférée du travailleur de banlieue était d'essayer de deviner quelle en était la cause, et même de parier sur les différentes hypothèses. Ce matin-là, le premier de Menka dans le Sud depuis près d'un an, ne fit pas exception à la règle. S'il n'y avait pas eu le rempart des badauds se mêlant à l'action, ils auraient pu se targuer d'être aux premières loges. Mais cette obstruction visuelle était néanmoins compensée par la vue d'hommes et de femmes trottinant allégrement, le visage plein d'attente, vers le point d'attraction encerclé. Ils affluaient de toutes les directions, sautant par-dessus les capots des voitures, écrabouillant leurs cuisses entre les pare-chocs, jouant des coudes parmi les corps arrivés avant eux ou escaladant tout bonnement le premier poste d'observation repéré. Ils grimpaient sur les véhicules à l'arrêt, le mur de séparation en béton. Les autobus de banlieue ralentissaient puis s'arrêtaient, les *keke napeps* faisaient un écart, pilote et passager tendant le cou d'un côté puis de l'autre, ou dans la direction d'un large caniveau qui se déversait dans une buse. Le feu passa au vert et Pitan-Payne redémarra – leur dernière image partagée, celle d'une paire de bras musculeux dressés au-dessus des têtes affolées, hissant une énorme pierre avant de la jeter dans le caniveau. Très certainement un serpent, suggéra Pitan. Avec l'arrivée de la saison des pluies, plus d'un se glissait en douce hors des marécages en empruntant ces canalisations pour se faufiler dans les parkings, parfois même les bureaux.

Un fourgon de police déboula à tombeau ouvert, à contresens, gyrophares allumés et sirène hurlante, si bien que Menka se retourna, vit la foule reculer et s'écarter à contrecœur des rabat-joie en uniforme. Ce qui ouvrit une avenue par laquelle Menka aperçut fugacement un objet gisant au bord du caniveau, jadis humain, mais plus maintenant. De fait, tout ce qui lui restait de son identité humaine était sa tunique rouge iode et son pantalon noir, que l'on reconnaissait encore comme l'uniforme d'un agent de la LASMA, unité non armée dont la fonction consistait simplement à désengorger la circulation, volontiers bloquée par des conducteurs agressifs ou les marchés du bord de route, ces vendeurs d'articles venus du monde entier qui prenaient possession des rues, marchandaient, négociaient, rendaient la monnaie et délivraient les marchandises au rythme qu'ils avaient choisi. Si ces activités retardaient le mouvement des voitures pendant plus d'une douzaine de changements du rouge au vert, cela n'était vraiment pas leur problème.

Plus tard ce soir-là, le journal télévisé narra toute l'histoire. Après une futile série de mesures préventives, les autorités avaient entrepris d'arrêter les vendeurs et de confisquer leurs produits. Les agents de la LASMA, garant leur fourgon dans une rue adjacente, avaient pris en chasse plusieurs de ces malfaiteurs. Dans une tentative désespérée pour échapper à l'interpellation, l'un d'eux s'était jeté sous le capot d'une voiture déboulant à pleine vitesse, avait été projeté dans les airs et était retombé dans un choc sourd, de mauvais augure, sur le trottoir, où il était resté, immobile. En un clin d'œil, un attroupement s'était formé. Les gens avaient mis le feu au fourgon de la LASMA et leur appétit de vengeance s'était encore creusé. Les policiers sans arme avaient d'ores et déjà pris la fuite. Une chasse à l'homme avait été lancée, aboutissant à la capture d'un bouc émissaire, à bonne distance de la scène de crime. Les gens avaient procédé au tabassage rituel de leur prise. L'homme en question s'était libéré, avait couru jusqu'au caniveau et tenté de se glisser dans la buse pour leur échapper. Ils l'en avaient sorti en le tirant par les pieds, tronc et tête recouverts des saletés nauséabondes accumulées dans la conduite bouchée. Hors de question pour les passants, ignorant tout du commencement et des étapes intermédiaires de cette pagaille, de ne pas participer : empoignant la première arme d'assaut qui leur tombait sous la main, ils s'étaient joints à l'allégresse du grand frisson du jour, phénomène citoyen d'un nouveau genre. L'énorme pierre, hissée au-dessus de la foule, avait légèrement tremblé sur la toile de fond des gratte-ciel ultramodernes de Lagos, avant de s'abattre sur os et cerveau. La chose avait alors pris une dimension iconique qui s'était aussitôt déposée dans l'album de souvenirs chirurgical de Menka, emblématique d'une transfiguration galopante de la psyché collective.

– Je t'envie, déclara Menka le lendemain matin, alors qu'ils étudiaient la couverture presse de l'événement, leur café brûlant ne suffisant pas à étouffer la nausée provoquée par la photographie choquante qui s'étalait en première page. Tu t'en vas pour un temps. Tu n'auras plus à supporter de telles visions.

– Je me sens coupable, confessa Duyole. Coupable mais, oui, ce spectacle-là ne me manquera guère.

– Attention ! se hâta de le mettre en garde Menka. Ils ont leurs équivalents, là-bas. Tu n'as qu'à demander à la population noire…

– Non. Pas comme ça. De temps à autre, oui, un scénario à la Rodney King jaillit brusquement. Ou une frénésie fasciste de « Je ne peux pas respirer ». L'Amérique est un produit de la culture esclavagiste, où la prospérité récompense la cruauté raciste. Mais ça, c'est autre chose. Ça, je dois l'avouer, ça atteint jusqu'à l'âme – un mot que je préférerais éviter, mais là, c'est impossible. Ça défie la notion collective d'âme. Quelque chose est brisé. Au-delà des questions de race. Qui ne concerne pas l'histoire, ni la couleur de peau. Quelque chose s'est fissuré. Sans qu'on puisse le réassembler.

Alors, Pitan-Payne s'étrangla, s'interrompit, plia le journal et le tendit à Menka.

– Jette un coup d'œil. Non pas que ça change quoi que ce soit, mais… là, lis-le toi-même.

La chute de l'article était un rebondissement final censé faire réfléchir. Mais, effectivement, ça ne changeait rien. Le vendeur en fuite, auquel personne n'avait même eu l'idée de venir en aide, était on ne peut plus vivant. Il s'était relevé tant bien que mal, avait ramassé l'essentiel de ses articles éparpillés, et était parvenu à regagner son domicile en dépit d'une cheville foulée et de quelques ecchymoses. La plupart des badauds s'étaient éloignés à distance prudente. Ils avaient continué ce qu'ils faisaient depuis le début : filmer l'action avec leurs portables. La police avait cependant réussi à interpeller le Goliath dont la pierre fatidique avait administré le *coup de grâce**. Il était resté sur place, selon toute évidence, pour admirer son travail.

Il avait protesté avec véhémence contre l'injustice de son arrestation : *Je croyais que c'était un voleur armé.*

Ce fut Baba Baftau qui apporta Jos à Menka sous la forme de sa propre personne, accompagnée de Costello. Sans autre préavis qu'un appel téléphonique pour lui dire qu'ils se trouvaient à Lagos et qu'ils aimeraient passer lui dire bonjour. Touché et ravi, Menka leur donna l'adresse. Il les accueillit dans le bazar de son appartement, bouleversé avant tout par le Vieil Homme du Désert – à son âge, faire ce long voyage depuis Jos. Et par la route ! Baftau écarta d'un revers de main les protestations du chirurgien.

– Ce n'était pas si terrible. La société de Costello l'a envoyé à Lagos, alors je lui ai demandé s'il pouvait m'emmener.

– Vous savez que je travaille pour une entreprise du bâtiment, docteur, développa Costello. Il fallait que j'inspecte l'un de nos projets *en route**. Donc, pas d'autre choix que la voiture.

– Et moi, je suis sans emploi, rappela Baftau à Menka. Non seulement sans emploi, mais sans club. Plus de Hilltop Mansion. Comme je ne sais plus quoi faire de mon temps, j'ai infligé ma présence à notre ami Costello.

– Mais cette route est dangereuse… Oh, c'est vrai. Menka venait de se souvenir de la position que Baftau, bien que retraité, occupait dans la hiérarchie gouvernementale.

L'expression de Baftau se fit combative.

– Je reconnais que je suis vieux et en âge de me retirer, mais pas idiot ni prêt à me laisser liquider. Regardez dehors : vous verrez ce qui nous a escortés depuis Jos. Qu'un kidnappeur essaie donc de faire son malin, pour voir…

– Vous l'ignorez sans doute, docteur, mais Baftau

siège à notre conseil d'administration. Et il aime beaucoup visiter les chantiers.

– Après cinquante années derrière un bureau, est-ce vraiment surprenant ?

– Absolument pas, reconnut Menka. Pas étonnant que vous soyez encore si agile. Je croyais que tout ce que vous faisiez, c'était rester assis dans la Hilltop Mansion à vous remémorer le bon vieux temps.

– Et à échapper à mes épouses ! rugit le Vieil Homme. Demandez donc à Costello, il lui arrive de me rendre visite. À mon âge, on pourrait croire qu'elles ont forcément appris à me laisser en paix. Mais pas du tout : elles comptent toujours sur moi pour régler leurs querelles ! Mais à présent, voyez-vous, notre sanctuaire a disparu. Et en bon musulman que je suis, je ne peux pas être vu dans les bars. Donc, que voulez-vous que je fasse ?

Costello se fendit d'un clin d'œil.

– Ne faites pas attention à lui. Il s'est arrangé pour rester occupé. Très occupé. C'est ce qui l'amène ici.

– *Nous* amène ! corrigea le Vieil Homme. Oui, docteur, nous sommes très occupés ces derniers temps. Vous nous avez laissé face à un immense défi. Vous m'avez mis dans l'embarras, docteur, moi tout particulièrement. Dans mon propre recoin natal. Vous m'avez privé de sommeil. Donc, après l'incendie, j'ai appelé Costello – nous sommes de vieux amis. Je lui ai dit : Allons voir cet endroit.

Menka se redressa brusquement.

– Vous avez trouvé le magasin ? À Boriga ?

– Où voulez-vous que ce soit ? Oui, à Boriga.

– Et toujours en activité ?

Costello répondit :

– Nous l'avons trouvé mais, en même temps, nous ne l'avons pas trouvé.

Menka ne lui demanda pas de s'expliquer davantage.

Au lieu de quoi, son esprit se projeta aussitôt vers la dernière rencontre de la nuit avant l'incendie. S'adressant surtout à lui-même, il déclara :

– Ce personnage savait donc de quoi il parlait.

Ses visiteurs échangèrent un regard, leurs visages exprimant la même question. Menka inspira profondément et raconta avec soin son échange avec la silhouette qui l'avait traqué, et lui avait assuré que le magasin de viande avait mis la clé sous la porte. Mais alors, qui était cet homme ? Un membre intermittent du club ? Ou peut-être même un fantôme.

C'était un mystère qu'aucun des trois hommes ne pouvait résoudre. Le Vieil Homme du Désert leva les bras au ciel.

– C'était vous qu'il venait tourmenter. Je n'ai même pas remarqué le moindre étranger ce soir-là.

Costello réfléchit, le visage de plus en plus plissé.

– Il me semble avoir aperçu la silhouette en question. Cet homme a attiré mon attention un bref instant – oui, dans la salle de billard. Je me dirigeais vers les toilettes. Mais je l'ai vite oublié. J'étais là pour célébrer, rien d'autre. Jusqu'à ce que vous lâchiez votre bombe.

Menka eut l'air un peu gêné.

– Donc, quasiment du jour au lendemain, cet établissement si sophistiqué s'est envolé ? À moins qu'il n'ait brûlé, comme la Hilltop Mansion ? À ce propos, a-t-on retrouvé des indices ? Des incendiaires connus ont-ils été évoqués ?

– Chaque chose en son temps, docteur. Chaque chose en son temps. Bon, l'incendie… Je crois pour ma part qu'il s'agissait d'une diversion. Le but était d'occuper notre attention le temps d'évacuer le supermarché. C'était une opération parfaitement huilée. Costello est du même avis.

– Très élaborée, confirma Costello. Si élaborée que, selon moi, elle avait été soigneusement planifiée.

C'est-à-dire que ces gens disposaient d'un plan B. Au moindre signe de danger, ils avaient prévu d'évacuer. De transférer tout ça dans un entrepôt aménagé, ou un autre centre commercial. Adapté, équipé à l'avance. Prêt à être occupé en un rien de temps.

Le Vieil Homme hocha sagement la tête.

– Je partage ce point de vue. Je crois qu'ils ont simplement déménagé ailleurs.

– À Jos même ?

Costello secoua la tête.

– Non, je ne crois pas. Voyez-vous, docteur Menka, ils sont habiles dans leur domaine, mais, vous savez, ils n'ont pas pu totalement effacer leurs traces. Ils étaient pressés. Vous n'ignorez pas que je suis un constructeur. J'ai l'habitude d'inspecter des bâtiments. De toutes sortes : inachevés, abandonné, occupés, préfabriqués… Et même des terrains à peine balisés. C'est devenu une seconde nature. Donc j'ai fouiné autour du site. Et j'ai trouvé quelque chose de très intéressant…

Costello empoigna sa mallette, l'ouvrit et en sortit un carnet en partie calciné. Il le tendit à Menka.

– Connaissez-vous quelqu'un qui soit calé en cryptographie ? Jetez donc un coup d'œil au contenu. Tout cela est codé.

Le Vieil Homme du Désert s'esclaffa.

– Moi, je n'y comprends absolument rien ! Mais Allah est grand. Imaginez un peu, si je n'étais pas allé là-bas avec Costello.

Ce dernier acquiesça.

– Je suis italien. Et ce qu'ils ont fait, là, c'est adopter un truc inventé par un Italien – ça s'appelle le Codex Seraphinianus. Donc j'ai réussi à en saisir des bribes, ici ou là. Pas grand-chose. Mais j'ai reconnu des noms de parties du corps humain, et aussi de brefs commentaires. J'ai réussi à comprendre de quoi il s'agissait. Juste un tout petit peu. Et ce carnet fait partie d'une documentation plus vaste. Comme des notes de travail. Quand les gens déménagent, ils brûlent. Si vous aimez fourrer votre nez dans des endroits tout juste abandonnés, vous trouverez toujours des trucs brûlés, et pas seulement du papier. Quand les gens s'en vont, ils brûlent tout ce qui traîne. Donc, docteur Menka, laissez-moi vous dire une bonne chose : nous n'avons pas affaire à un seul magasin. Il existe un réseau. Boriga n'est qu'une section parmi d'autres. Ils sont présents à Lagos. Il y a des adresses ici, mais je n'arrive pas à les déchiffrer. Nous avons besoin d'un spécialiste pour nous éclairer, quelqu'un qui sache décoder ce langage. Ce carnet recèle une foule d'indices. Boriga n'est qu'un endroit parmi de nombreux autres. En étudiant ce diagramme, j'ai l'impression qu'il contient une liste des villes. Une chose que j'ai réussi à décrypter – attendez, je vais vous montrer –, c'est qu'ils étaient en train de développer un logiciel pour faciliter leurs opérations. Et les rendre infaillibles. Si vous regardez bien, vous verrez que certaines pages ressemblent à une ébauche de livre de comptes. Une autre a l'allure d'un bon de commande. C'est là, en italien courant. Donc, en reliant entre eux certains faits, certaines images, les diagrammes, on obtient un tableau quasi complet. Mais nous avons besoin d'un professionnel.

Menka prit le carnet à demi calciné, le fit tourner entre ses mains, étudiant les gribouillis, les dessins, et soudain, son visage s'illumina.

– Je sais qui ! Même si Duyole ne pourra pas s'en charger lui-même : il est sur le point de s'envoler pour l'ONU. Je ne vois personne qui serait plus à même de nous aider avec ça, pour le moment.

Il empoigna son téléphone, visiblement excité.

– Je vais l'appeler tout de suite.

Mais Costello retint son bras.

– Attendez, docteur. Cette personne est-elle digne de confiance ? Il ne faut pas que la chose s'ébruite.

Menka lui sourit.

– Je mettrais ma vie entre ses mains.

– Qui est-ce ? interrogea le Vieil Homme du Désert.

– Il s'appelle Pitan-Payne. C'est un ingénieur en électronique. Je ne crois pas qu'il ait jamais étudié la cryptographie à proprement parler, mais nous ne tarderons pas à en avoir le cœur net. C'est mon meilleur ami depuis l'enfance. Je suis logé chez lui : cet appartement lui appartient.

– *Al Hamdoulillah*, sourit le Vieil Homme. Si vous dites que vous lui faites une confiance absolue, cela me suffit.

– Moi aussi, renchérit Costello.

Menka composa le numéro. L'échange laissa les deux visiteurs abasourdis.

– Poste missionnaire ?

– Pistons en refroidissement.

– Délestage de Jos. Ici en chair.

– Ah.

Il y eut une pause.

– Jouable jouable ?

– Paire de labiales.

Un soulagement, une joie même se fit sentir dans la voix de Pitan.

– Gung-ho Gung ?

– Collatéraux.

– Gung-ho Gung.

– Check-in Quinze ?

– Gung-ho Gung.

Menka raccrocha, hocha la tête et annonça :

– Il est à la maison. Je lui ai dit que nous irions le retrouver dans quinze minutes. Il nous attend pour déjeuner.

Costello ne put se retenir :

– Quelle langue était-ce donc ?

– Du pitan-paynien, répondit Menka. Enfin, nous y avons tous contribué, mais surtout lui. C'est une manie qu'il a, il l'a juste imposée au reste de son gang. Je sais que ce défi lui plaira. Et s'il ne peut pas le faire, il nous trouvera des contacts. Vous voulez bien me suivre ?

Damien attendait à la porte pour les faire entrer et les conduire jusqu'au séjour, Menka le présentant comme le Pitan-Payne « de l'étranger » qui avait tout récemment décidé de rentrer à la maison. Baba Baftau lui remit sa carte de visite et l'invita à venir le voir à Jos quand il voudrait. Leur hôte apparut bientôt en tablier de cuisine, en train de s'essuyer les mains, se confondant en excuses pour l'absence de son épouse. Bisoye était occupée à l'usine, réduisant ses activités en vue de leur départ, et il n'avait pas voulu l'interrompre.

– Ne l'écoutez pas, intervint Menka. C'est l'occasion pour lui de se mettre aux fourneaux et de prouver qu'il cuisine mieux que sa femme.

Baba Baftau resta scandalisé. Il continuait de contempler Pitan-Payne, n'en croyant pas ses yeux.

– Ce bon vieux Godsown est de garde – c'est l'intendant, expliqua Duyole. Damien est là pour m'aider, alors pourquoi la déranger ? Damien, prends soin de nos invités pendant que je termine ce que j'ai à faire dans la salle des machines…

Et sur ces mots, il s'éclipsa, l'air quelque peu frustré et attristé de ne pas être en mesure, en si peu de temps, de concocter un somptueux festin pour les premiers visiteurs du Dr Menka depuis son déménagement. Et qui avaient fait le long trajet depuis Jos ! Peu importe : ils se retrouveraient pour un « dîner d'affaires » digne de ce nom avant leur retour à Jos et son propre départ pour les États-Unis. En attendant, il était en train d'improviser quelque chose avec la bonne, donc, voulaient-ils bien se détendre pendant quelques minutes ? Si seulement Menka l'avait prévenu un peu moins tard…

Menka prit une mine scandalisée.

– Écoutez-le… Ils m'ont appelé ce matin même.

Mais Duyole était déjà reparti. Ils l'entendirent donner ses instructions sur le chemin de la cuisine. Baba Baftau parut émerger d'une transe.

– Votre ami s'occupe de la cuisine ?

Costello éclata de rire.

– Mais je vous l'ai déjà dit – moi aussi, je cuisine. La plupart des Italiens savent cuisiner. Nous adorons traîner autour des fourneaux.

– Et même s'il ne cuisine pas, insista Baftau, *Wallah*, votre ami, *ko*, il est toujours comme ça ? Y a-t-il beaucoup d'hommes comme lui à Lagos ?

Menka haussa les épaules, résigné.

– Attendez de voir. Vous ne le connaissez que depuis deux minutes.

Pitan-Payne vint les rejoindre au bout de vingt minutes. Une fois assis à table, il posa le carnet à demi calciné à côté de son assiette et le feuilleta lentement. Quand il eut tourné toutes les pages, il laissa échapper un soupir et secoua fermement la tête, reconnaissant sa défaite. Trop profond. Oui, il s'était amusé avec les codes utilisés par les puissances de l'Axe pendant la guerre – cela faisait partie du programme pour tous les étudiants en électronique. Mais ça, c'était autre chose qu'improviser des jacasseries cryptées pour un quatuor de jeunes hommes à la tournure d'esprit cabalistique, dont seuls deux membres à plein temps se souvenaient encore vaguement. Il proposa d'en copier une page et de l'envoyer à des gens qu'ils avaient rencontrés à l'université, en Autriche. Il y a de brillants cryptographes là-bas, assura-t-il à ses invités, même si les Britanniques étaient parvenus à déchiffrer un fameux code pendant la Seconde Guerre mondiale. Ce qui avait sapé les plans d'invasion de l'île élaborés par Hitler.

À l'issue d'un déjeuner qui se prolongea jusqu'en

début de soirée, tous étaient convaincus que Costello avait vu juste : il y avait bel et bien matière à se creuser la tête – en l'occurrence, un solide réseau spécialisé dans le commerce des organes et autres parties du corps. Boriga n'était pas un cas isolé.

C'était la volonté d'Allah ; Baftau lui rendit gloire. Costello était effectivement tombé sur un carnet depuis longtemps abandonné, consignant de rudimentaires débuts, phase désormais surpassée qui s'était épanouie en une vie commerciale sophistiquée à l'intérieur de la vie, désormais fait accompli. Un langage clandestin était en train de s'imposer, pas très éloigné des abréviations SMS, mais intégré à des images, la nouvelle langue d'une génération connectée, signe avant-coureur du grand détraquage des esprits de l'ère spatiale, prospérant dans un monde d'émoticônes virtuellement chargés. D'ingénieux raffinements s'opéraient sans cesse. Un glossaire de termes était d'ores et déjà en circulation limitée, adapté à la fois aux besoins des vétérans et à ceux des novices, avec des symboles lourdement codés pour désigner les aspects les plus problématiques de l'extraction des parties du corps nécessaires et de l'introduction de nouvelles variantes dans l'art de tailler la viande, accordant à peu près autant de respect esthétique à cette marchandise si particulière qu'au bœuf, au mouton, au gibier, au cheval et aux autres herbivores, y compris l'autruche dont la chair était devenue tellement à la mode ces derniers temps parmi les élites soucieuses de leur taux de cholestérol.

Le succès de cette nouvelle entreprise et la fulgurance de son essor n'étaient une surprise que pour ceux qui n'accordaient pas de crédit à ces spécialistes du marketing, maîtrisant toutes les ficelles de leur métier, qui avaient réalisé leurs études de faisabilité dans une grande diversité de strates sociales, faisant même appel à cette science de pointe qu'était la modélisation du comportement des consommateurs. Les habitants du pays formant une sous-espèce humaine particulièrement suspicieuse en matière de business – non sans raison, puisque la moindre entreprise, avant même d'avoir dépassé le stade de la planche à dessin, donnait déjà naissance à une ou deux douzaines d'imitations, de faux, de copies frelatées –, un soin extrême avait été pris pour ne laisser place à aucune confusion entre l'original et même des entités suspicieusement marginales telles que Mammy Wata, *Ologomugomu*, *Ebora*, les sorcières *iwin*, la viande de singe, et toutes les autres créatures liminaires insoupçonnées qui prenaient parfois forme humaine, s'il fallait en croire les témoignages des pêcheurs et des paysans rentrant chez eux au crépuscule. Des certifications avaient été introduites pour distinguer le hallal du non-hallal.

Le secret était bien sûr l'aspect le plus onéreux de cette mise en place – la sécurité absolue des opérations devait être garantie, et par tous les moyens, étant donné l'état d'esprit encore immature d'une population qui n'était pas tout à fait prête à accepter certaines innovations, même quand celles-ci proliféraient et constituaient presque déjà la norme. D'où la complexité de ce Codex alpha-numérico-imagé – quel esprit encyclopédique avait-il fallu pour le concevoir ! – augmenté de nouveaux visuels. L'inventaire ne cessait de se développer, des pages supplémentaires étant régulièrement ajoutées en ligne à une version expurgée du Codex Seraphinianus, complété par des images tirées des anciennes mythologies – lesquelles formaient un lexique facile à mémoriser, constamment mis à jour. Le choix du Seraphinianus était un coup de génie à l'heure d'appâter le public car, de toutes les églises charismatiques, l'ordre sacré des Chérubins et des Séraphins était celle qui exerçait la fascination la plus grande et même sur les infidèles les plus invétérés, la tunique d'un blanc immaculé portée par ses membres, masculins comme féminins, flottant au-dessus du paysage, les femmes couronnées d'une coiffe soyeuse, cloches et rosaires oscillant dans les rues et les marchés pendant et en dehors des cultes de dévotion, leur attitude réservée alternant avec l'excitation musicale des grands chœurs de tambourins, de tambours et de cloches durant les offices religieux. La simple référence à un Codex Séraphin-quelque chose conférait à ce texte – et à l'entreprise au service de laquelle il avait été créé – une autorité que seuls égalaient les catéchismes plus anciens du christianisme et de l'islam, dont les prêtrises respectives maîtrisaient à merveille l'art du recrutement et de la conversion. Une fois que ce nouveau marché avait acquis une touche de religiosité, les ultimes réserves des esprits faibles s'étaient envolées. Le commerce prospérait sous l'égide de la spiritualité.

Il avait commencé modestement avant de se répandre et d'embrasser des communautés entières, mais de manière toujours étroitement contrôlée. L'expansion de ce réseau commercial était mesurée, chaque secteur cultivé avec soin et méticuleusement consolidé. Les dissidents étaient tout simplement contournés ou neutralisés par le biais d'intenses campagnes de sape en ligne qui, au bout du compte, ne leur laissaient le choix qu'entre le silence et l'internement en établissement psychiatrique, affaiblissant peu à peu leurs accusations par l'éclairage qu'elles jetaient dessus, si grotesque que ces opposants finissaient par douter de leurs propres facultés d'observation et de jugement, et même de leur santé mentale. Dans les cas les plus extrêmes, des disparitions avaient lieu – lesquelles étaient devenues monnaie courante, de toute façon. Personne ne s'étonnait plus de ces absences soudaines dans les réunions domestiques, professionnelles ou familiales, les photos de personnes disparues les plus récentes punaisées aux murs des commissariats étant déjà jaunies depuis au moins dix ans. Le recrutement était fastidieux. Chaque nouveau client devait jurer de n'en parler qu'à son cercle de confiance, en privilégiant les connaissances de longue date. Malgré tout, les candidatures de personnes de l'extérieur, en particulier les politiciens jouissant d'un électorat dévoué, jadis examinées de près par le conseil d'administration, étaient à présent volontiers approuvées.

La pénétration de ces cercles de clientèle progressait donc, en grande partie, dans l'obscurité. Il y avait cependant eu quelques faux pas ; certains de ces sites, comme celui de Boriga, avaient été fermés sans encombre. Mais il existait des centres essentiellement chargés de la formation dont la sécurité n'était pas encore hermétique. Le miracle, c'était qu'aucune arrestation n'ait encore eu lieu – étrangement, les descentes de police se déroulaient alors que ces écoles venaient tout juste de cesser leurs activités. Ou de fermer « pour les vacances » pour ne jamais rouvrir – du moins, pas au même endroit. Ce qui pliait boutique à Yenigoa refaisait simplement surface à Potiskum. Pourtant, des témoignages fiables concernant le programme de ces formations avaient pu être recueillis – comment introduire le sujet, jauger la réceptivité et les inclinations, faire du prosélytisme, à quel moment procéder à la révélation finale des faits – le point de non-retour. Les représentants et représentantes, des citadins propres sur eux, apprenaient à abandonner les clients d'abord prometteurs qui se révélaient finalement sans espoir ; ce qu'il fallait faire quand une erreur avait été commise et que la recrue hésitante devenait une menace, présentant tous les signes d'un lanceur d'alerte potentiel ou se comportant juste de manière suspicieuse. Des cellules commençaient déjà à s'autoreproduire. Chacune disposait de son propre superviseur, inconnu des autres membres. Mais il s'agissait pour l'essentiel d'un processus individuel – un individu en recrutant un autre, et ce dernier un autre encore, à l'infini. Les filières de distribution étaient sans cesse améliorées, en alternant les lieux de stockage – les emplois du temps variaient et les entrepôts se déplaçaient pour déjouer d'éventuelles enquêtes. Dès qu'un chaînon était brisé, on l'abandonnait sans le réparer, mais un nouveau circuit était aussitôt fabriqué autour de ce point de faiblesse – exactement comme un pontage coronarien sur une artère bouchée.

Le chemin était long mais balisé de manière méticuleuse. Il conduisait inexorablement à la destination prévue pour le membre errant après son excision, et à l'usage réservé à cette pièce détachée d'un genre nouveau. Ce qui menait alors à la lente et atroce découverte que, dans plusieurs supermarchés, les articles exposés dans les vitrines réfrigérées n'étaient qu'une façade – enfin, pas tout à fait, puisque les innocents venaient toujours s'y approvisionner en nourriture normale pour leur famille –, pour des variétés en vente dans les entrailles cachées des magasins et figurant durablement au catalogue, autrement plus exotiques que ce que pouvait imaginer l'acheteur moyen et bien davantage encore que les articles les plus extravagants prélevés en vertu de la loi sur des marchands de *kilishi* enjôleurs de chèvres. Pas étonnant que ces derniers professent un tel mépris pour Boko Haram et tous ceux qui prétendaient agir au nom du Tout-Puissant, en mission homicidaire jusqu'à l'au-delà.

Sans surprise, la partie qui bénéficiait du traitement le plus attentionné était la tête. Quand les kamikazes frappaient, quasiment aucune partie monnayable n'était exempte de dégradations majeures – sauf la tête. Étrangement, celle-ci s'envolait toujours dans les airs, et pas seulement les crânes vides affublés au Nigéria du surnom de « noix de coco » pour leur propension à rebondir dans tous les sens et à être ramassées par le premier venu – cela semblait tout bonnement être une loi de la nature ou, plus précisément, de la dynamite ou des produits, quels qu'ils soient, qu'on tassait dans les ceintures d'explosifs. L'histoire et l'art sont restés du côté de la tête. Depuis Salomé et la danse « des sept voiles » jusqu'à Saddam Hussein et son ultime *danse macabre** au bout de la corde du bourreau, sa tête se détachant du corps après que ce dernier eut actionné le levier, de sorte que la pendaison se révéla une rareté, une suspension fugace suivie d'une chute totale, puisque le nœud coulant avait tout simplement glissé sur le cou non ancré et le corps basculé dans l'étroit vide. Les Nigérians suivent avec avidité les grands événements de leur monde, et c'étaient peut-être ceux-là qui avaient engendré cet engouement phénoménal pour l'appendice qui couronnait l'anatomie humaine. Quoi qu'il en soit, la tête était le trophée le plus prisé, même lorsqu'elle était abîmée comme cela était parfois le cas après les attentats-suicides. Même alors, la dépréciation de sa valeur était négligeable, et il ne fallait guère de temps à un pathologiste qui se respectait pour faire d'un exemplaire même sévèrement déformé la pièce centrale de la salle d'exposition, dans le Saint des saints uniquement accessible à la *crème de la crème** des clients importants. Ce qui expliquait pourquoi la police n'arrêtait pas d'interpeller des suspects transportant des têtes humaines, parfois enveloppées de cellophane, dans un sac de courses, au milieu des haricots, du *gari*, de la poudre d'igname ou du manioc. Et même, une fois, dans un sac à dos d'étudiant, cachée sous des miches de pain et des sachets de marijuana. L'herbe se trouvait être un accessoire judicieusement choisi par les sectateurs étudiants. Au cas où on les intercepterait, ils étaient sûrs que les policiers se jetteraient sur elle en la considérant comme la part qui leur revenait – elle était plus immédiatement monnayable, et n'exigeait pas la moindre réfrigération. Mais cette fois-là, les malfaiteurs étaient tombés sur un os, en l'occurrence une patrouille extrêmement stricte et pragmatique qui avait tenu à saisir à la fois la tête et la marijuana avant de laisser partir les étudiants. Ces macabres pillards comptaient transporter la tête jusqu'à un terrain de football nocturne afin de compléter un quatuor de poteaux de but – chaque tête était plantée sur un bâton, et les équipes ne commenceraient pas le match tant que le dernier ne serait pas couronné, sinon, le rituel serait incomplet. Ce qui les avait forcés à envoyer un commando faire une descente dans le campement de la secte rivale, afin d'y récupérer cette quatrième tête si importante. Il s'agissait, ironie de l'histoire, de la même secte qui avait négocié une alliance avec Boko Haram afin de s'assurer un approvisionnement régulier en têtes, mais ce match crucial avait eu lieu au moment où était organisé l'un de ces exercices militaires désignés par le nom de code *Atari-afori*, et le chef local chapeautant l'équipe de négociation avec Boko Haram s'était fait pincer en train d'acheter des armes à l'un des officiers de terrain de l'armée.

Bien sûr, il restait toujours le marché d'Onitsha – *Vous trouverez tout au marché d'Onitsha, même des têtes humaines*. Ce qui était censé être une hyperbole, une tournure de phrase ou un chant de louange. Dans le cas du marché d'Onitsha, c'était la troisième hypothèse. Un bel exemple d'humour noir. On puise l'humour dans ces choses dont on sait qu'elles ne sont pas censées être amusantes. C'était aussi une stratégie commerciale – où envoyer les touristes avides de souvenirs, sinon là ? Les marchés d'*Okporoko* ou de vêtements d'occasion, et même les villages d'artisans et autres grottes historiques ne tardaient pas à perdre leur attrait. Peu importe : tous les touristes adoraient s'encanailler – disons, s'aventurer hors des sentiers battus, là où les *autres* touristes (surtout la variété qui voyageait en séjour organisé) n'oseraient jamais mettre les pieds. Le marché d'Onitsha avait longtemps correspondu à ce profil, mais avait-il gardé cette réputation après l'indépendance ? Il y avait toujours un incendie au marché d'Onitsha, totalement rasé avant de renaître immanquablement de ses cendres – le syndrome du Phénix. La guerre avait mis un terme à tout cela. Cette guerre de Sécession où la réalité avait dépassé l'hyperbole. Et c'était une guerre qui avait commencé par des images de veuves en état de choc rentrant à Enugu avec les têtes de leurs maris sur des plateaux posés à même leurs cuisses… La mystique de la tête avait une longue, longue histoire, bien avant qu'elle ne devienne un article si convoité par les membres des sectes et les politiciens, les blanchisseurs d'argent et les kidnappeurs, entreposé dans les chambres fortes réfrigérées de supermarchés de luxe, livrées sur commande en amont des élections, des procès et autres investissements risqués.

La tête de nourrisson demeurait une catégorie à part, valant un millier de *mea-culpa* dans l'optique d'une restauration de l'innocence invoquée et conférée par le biais du processus cyclique de l'infanticide, cette sublime ironie imposant une commission comme garantie d'immunité. Pour le reste – foie, poumons, reins, parties génitales, rate, tous les organes vitaux, les seins de la femme, les doigts, etc. –, rien ne se perdait, tout faisait l'objet de prescriptions, mais la tête, y compris le moindre fragment de crâne destiné à rejoindre la corne de rhinocéros comme garantie d'une libido masculine exacerbée, assurait un contrôle métaphysique sur le reste de l'humanité, qu'il pleuve, qu'il vente ou que vienne le jour du Jugement dernier…

Les jugements moraux sont toujours périlleux. Était-il vraiment juste de qualifier de pervers ces marchés ? Les charognards sont une part essentielle du cycle naturel, il faut bien que quelqu'un nettoie les dégâts, et les carcasses abandonnées ne font pas la différence. Certes, les morts ne parlent pas mais les possessions qu'ils laissent derrière eux, souvent, en disent long. Une paire de sneakers Nike tout neufs, un bracelet en or, voire une montre du même métal – certains de ceux qui les portaient débarquant toujours de Dubaï et rentrant chez eux en voiture. L'époque de Noël et celle du ramadan étant particulièrement marquées par ces carambolages mortels, ces tirs accidentels, cette hausse du trafic d'organes et ainsi de suite. On peut difficilement chicaner sur de tels programmes d'assainissement volontaire. La nature a horreur du gaspillage. Que cela ait conduit à une dévaluation de l'humain – *pause*, *pause*, réfléchissons juste un instant : ne s'agit-il pas d'une simple question de perspective ? Car d'un autre point de vue, tout à fait légitime, on pourrait parler de revalorisation. Une revalorisation de *l'humain*. Donc, de quoi s'agissait-il au juste ? Qui disposait du statut moral lui permettant d'en décider ? Peut-être seulement des non-humains – avec un peu de chance, venus de l'espace.

Pas un jour ou presque ne se passait sans un « tir accidentel » sur les barrages routiers, officiels comme clandestins. Ces « accidents » n'étaient-ils pas le fait des postures entêtées adoptées par ces je-sais-tout imbus de leur grammaire, qui prétendaient connaître parfaitement leurs droits, leur dignité de citoyen et la légitimité de leur action ? Et donc ? Ces pauvres abrutis refusaient de se plier à la loi tacite du délit sur commande, n'exigeant parfois guère plus d'une centaine de nairas, l'équivalent de vingt-cinq *cents* américains, à peine plus que le prix d'une cigarette à l'unité dans leur village, moins qu'un wrap de *kilishi*. Une soumission à cette simple loi de l'offre à la demande les aurait rendus libres de poursuivre sans encombre jusqu'à leur destination. En tant que porteurs scrupuleux du fardeau de la justice, ces gardiens de la sécurité d'un peuple ne niaient pas qu'il y avait dans leurs rangs quelques individus cupides, des œufs pourris dans le panier qui exigeaient cinq cents nairas – un dollar et demi, devise américaine – et interprétaient une contre-offre d'à peine deux ou trois cents nairas – quarante à soixante *cents* – comme une insulte mortelle qui ne pouvait être effacée que par un « tir accidentel » fendant en deux ce crâne d'œuf et répandant son jaune sur le bitume. Les conséquences demeuraient les mêmes – quelqu'un devait nettoyer derrière. Les charognards entraient alors en scène. Une nouvelle statistique venait grossir la tradition locale du pouvoir de transformation, tandis que cette industrie d'un nouveau genre se précipitait pour renouveler ses stocks de biens de consommation. Menka ne prenait même pas la peine d'inclure le carnage constant sur les routes, cette source d'approvisionnement volontaire qui promouvait ses dernières contributions sous des gros titres tapageurs – « Atroce accident de la route dans l'État de Kogi : soixante-treize passagers tués sur le coup » ; « Un bus de luxe se retourne et prend feu : cent treize passagers périssent carbonisés » ; « Pourquoi cet enterrement précipité ? Des marchandises portées disparues. » Ou encore les explosions de pipeline devenues une norme existentielle au cœur des grandes villes. Elles vaporisaient des quartiers entiers en un éclair sensationnel, propulsant des citoyens endormis dans l'air nocturne, leurs éclats retombant sur le pétrole en fuite qui formait de grandes mares et s'écoulait dans les caniveaux, jusqu'à ce que ces communautés éparpillées se rejoignent en un gigantesque embrasement rugissant. L'union, enfin !

Un nombre incalculable de fois, Menka s'était surpris à méditer sur la dernière moisson de torches humaines, généralement lorsqu'il rentrait tout juste, éreinté, d'un nouveau marathon de chirurgie de masse. Comment ce marché émergent avait-il pu mettre autant de temps à voir le jour et à s'embraser ? Mais tôt ou tard, la loi de l'offre et de la demande finit toujours par s'imposer. Le processus était impeccable, les sensibilités humaines étant endurcies par le langage même de la description. Être bêtement pris au piège dans un bus retourné et brûlé vif vous fait perdre des places à la soupe populaire de la compassion ; mais décrivez la chose en utilisant l'expression « restes carbonisés méconnaissables », et elle devient autrement plus savoureuse. Saignant ? À point ? Cuit au charbon de bois ou brûlé au point de perdre toute valeur calorique ? L'indifférence se change en tolérance active, la boucherie se fait indirecte, par procuration, une sorte de théâtre participatif macabre mais joyeux. Comment a-t-on pu ne pas anticiper l'aboutissement inéluctable, le terminus de la logique implacable de cet émoussement progressif des sensibilités qui sous-tend la promotion furtive d'un commerce jadis impensable. Impensable ? Jusqu'à quand, au juste, a-t-il été jugé ainsi ? À quel moment les anormalités ont-elles cessé d'être la norme ? Difficile d'identifier une date. La vente par correspondance des accessoires jetables de la morbidité – oui, cela, Menka l'avait sombrement prédit. La vente sur Internet serait forcément l'étape suivante – *Je l'ai acheté sur e-Bay ! Sang et éclats de cervelles, en l'état. Certificat d'Authenticité fourni par la Patrouille de Police XYZ, Attestation par un Selfie.* Comme dans ces fast-foods à emporter où l'on pouvait consulter un menu complet avec des descriptions rendues quasi irrésistibles par d'alléchantes photographies. Des objets précieux vendus aux enchères, trésors familiaux. Après tout, même les « objets trouvés » avaient une date d'expiration. Au bout du compte : pas réclamés, mis aux enchères. Pourtant, même les génies de la Prééminence Nationale n'avaient pas encore atteint la destination logique où, propulsé par la technologie, un nouveau marché avait dépassé les tâtonnements de ses débuts pour accéder à des transactions en ligne simplifiées. Mais c'était un fait. Un fait.

Aucun doute là-dessus. Et cela affecta les quatre hommes – jetés ensemble, par inadvertance, dans une étrange quête oscillant du subtil au flagrant. Duyole, dans l'une de ces réactions immédiates à plein régime dont il avait le secret, n'avait pas tardé à baptiser ce quatuor improvisé le Quartet des Inquiets – à ne pas confondre avec le Gong des Quatre –, lui-même étant la pointe de cette flèche en qualité de Guérillero de l'Inquiétude. C'était assez pertinent. Ils s'inquiétaient même des notifications de routine envoyées par leurs banques, des annonces de promotions en ligne, des publicités d'agences immobilières et même des habituels cookies, certainement conçus pour n'être compris que des seuls initiés du Codex. Jusqu'aux invitations sur Zoom à des réunions sociales ou professionnelles. Des mots jadis innocents prenaient des connotations suspectes. L'innovation des *drives* – d'ores et déjà courants dans d'autres pays pour les pharmacies, les McDonald's, les Kentucky Fried Chicken, etc. –, où l'on pouvait faire ses achats par la vitre de sa voiture, prenait des allures de complot – qui donc étaient ces gens assis derrière leurs vitres teintées, qui passaient commande par le biais de ces petits kiosques, à l'extrémité de sections séparées des autres, dans les centres commerciaux ? Seuls les Big Men nigérians sans complexe, poings serrés, sortaient faire du shopping seuls, ou accompagnaient leurs intendants ou leurs gouvernantes, mais certains avaient rejoint les rangs méprisés des ploutocrates prenant le volant pour aller au *drive*. Ou bien, se faisaient conduire jusqu'à ces fameuses sections, commandaient à travers leur chauffeur mais s'emparaient illico des articles réfrigérés ou à température ambiante. Les commandes avaient certainement été passées à l'avance, sous forme de chiffres, par e-mail ou par téléphone. Le chauffeur réceptionnait mais transmettait aussitôt les produits au Big Man assis dans le « coin du patron », où ils disparaissaient au fond d'une valise, ou dans les vastes poches de l'*agbada*.

Quant à Baftau, il s'était tout bonnement trouvé une nouvelle mission dans la vie. Lors du dîner d'adieu obligatoire des visiteurs de Jos, le vieil homme avait révélé qu'il avait délaissé tous les lieux de prédilection de ses rares séjours à Lagos. Au lieu de quoi, il avait demandé à ce qu'on le conduise aux marchés de viande, et avait erré entre les étals comme un acheteur lambda ou un inspecteur anonyme, seul. *Je voulais m'assurer que ces diableries n'étaient pas arrivées au point de vendre une viande pour une autre*, avait-il confessé. *On ne sait jamais avec ces gens-là.* Costello interrogeait ses collègues de Lagos pour tâter le terrain, les observant chacun avec une suspicion nouvelle, s'enquérant de leurs habitudes d'achat. Au moins, se rassurait-il, rien ne semblait encore indiquer la présence de salami ou de saucisse *made in Nigeria* dans les rayons charcuterie des épiceries gourmet. C'était chez Duyole que le changement était le plus notable. Il semblait incapable de dissimuler la colère que lui inspirait cette situation. Lui, connu pour sa capacité à résoudre tous les problèmes, avait échoué à mettre tout de suite le doigt sur la clé qui permettrait de débrouiller cette révolution commerciale manifestement bien ancrée. Pourtant, il était condamné à partir loin de tout ça d'ici quelques jours. Bisoye avait remarqué une chute brutale de l'exubérance coutumière de son irrépressible époux. Mais elle l'avait mise sur le compte de son installation prochaine aux Nations unies, changement dont il commençait à peine à saisir les implications, au fur et à mesure qu'il organisait son départ.

C'est comme un parasite, marmonna Menka. Il entre dans le corps, s'en nourrit et, dans certains cas, s'en empare totalement. Le savoir, c'est déjà terrible. Quand il se met à proliférer, par où commencer ?

L'ambiance ne s'était allégée que lorsque Bisoye était revenue dans la salle à manger, s'était plantée derrière la chaise de Duyole et avait théâtralement posé la paume de sa main sur son front, comme pour vérifier s'il ne présentait pas les premiers signes d'une poussée de fièvre. Ses invités, d'abord perplexes, se mirent ensuite à taquiner le couple pour ce geste d'affection. Bisoye avait secoué la tête.

– Je m'inquiète pour lui depuis quelques jours. Quelque chose ne va pas. Il n'est même pas venu interférer dans ma préparation de votre déjeuner d'adieu – c'est du jamais vu ! Pas une seule fois. Même quand nous avons dû renoncer à un dîner pour que Papa Baftau puisse prendre son vol retour pour Jos.

L'éclat de rires qui s'ensuivit égaya cette atmosphère sombre et les ramena tous à leur moi habituel. Plus ou moins. Les au revoir s'étaient faits beaucoup plus cordiaux qu'à l'accoutumée, particulièrement enjoués. Même Kighare Menka commençait à se réconcilier avec les implications de sa transplantation soudaine. En tout cas, il en était certain, Lagos mènerait le fil tiré depuis Boriga jusqu'à sa conclusion légitime. Lui qui pratiquait Duyole depuis si longtemps, il reconnaissait ses humeurs et aurait parié le scalpel doré reçu le jour de son diplôme que son ami était déjà en train de mijoter quelque chose. Il détectait chez lui ces absences familières, qui s'achevaient par une tentative tapageuse de dissimulation lorsqu'il rejoignait la compagnie. D'une certaine manière, c'était comme un retour à leurs années d'études et leur compagnonnage d'alors.

Repu, Kighare rejoignit son appartement après que Jos eut quitté Lagos. Il s'effondra sur le lit, tout habillé, dans l'état de béatitude d'un interlude actif où l'on est assuré qu'un problème vient d'être pris en charge par d'autres, un peu comme l'adoption d'un enfant difficile. Le chirurgien ne se sentait plus esseulé. De toute manière, il avait le ventre trop plein pour faire même semblant de s'attaquer aux débris éparpillés dans toutes les pièces. Une poignée de secondes plus tard, il dormait à poings fermés. Il se réveilla au bout de quelques heures, sans savoir où il se trouvait ni quelle heure il était, avec cette sensation extracorporelle d'être sur une planète encore inconnue. Cela ne dura guère.

Soudain, le Dr Menka comprit ce qui l'avait tiré du sommeil – le fracas d'une explosion. Il s'assit sur son lit, l'oreille aux aguets. Il n'y eut pas d'autres bruits. Pas de cris, pas de mouvements de panique, pas d'appels à l'aide ni de courses désordonnées, de jurons ni de louanges à Allah. Chez ce vétéran du front du Nord-Est assiégé par Boko Haram, quelque chose de familier filtra peu à peu, malgré l'engourdissement de son demi-sommeil. Il se leva et tendit l'oreille, se dirigeant d'un pas prudent vers la fenêtre pour jeter un coup d'œil à la maison de ses hôtes. Non, pas le moindre signe d'incendie, nulle lueur de flamme imminente. Pourtant, il était certain que ce funeste bruit avait jailli de la demeure familiale.

17

Mortelle rivalité

Envolée, cette vitalité ? Cela paraissait impossible. Dissipée, drainée, comme ça ? À l'encontre de toute son expertise professionnelle, le Dr Kighare Menka tentait de se convaincre que la silhouette gisant sur le lit d'hôpital, inerte en apparence, débordait au-dedans de toute l'énergie collective du monde, bien qu'en état d'hibernation. D'un instant à l'autre, cette désactivation préoccupante prendrait fin, son ami Duyole exploserait de nouveaux projets qui étaient pour le moment en gestation cachée, et libérerait un rire effervescent qui se moquerait puérilement : *Toi aussi, Brutus ?* Toi aussi, je t'ai bien eu ! Une telle force de vie ne pouvait être contenue, refusait toute incapacité. Ce n'était pas faute de concurrents dans cette ligue spéciale dénuée d'inhibition. Depuis l'internat, ils étaient nombreux à avoir tenté de brider cet esprit. Même Menka, reconnu comme l'ami le plus proche, et qui le supportait depuis le plus longtemps, lui assenait de temps à autre un coup de pied sous la table. La réaction de Duyole était assurée – une déconfiture frontale : *Arrête de taper dans ma cheville !* La compagnie prenait son parti, noyant le pied restrictif sous un torrent de rires. Cet être désormais gisant connaissait l'effet qu'il avait sur les autres. Il s'en délectait. Cela le poussait à outrepasser sans cesse sa dernière provocation outrancière à l'encontre du premier espace de tranquillité venu, qui se contentait simplement qu'on le laisse en paix. De n'affronter ni homme, ni bête. Il y avait eu des fois, à cette époque lointaine, où, se sentant soudain submergé, et même menacé par cette surabondance de pur enthousiasme, Menka avait senti que son salut passerait par une tentative de rivaliser avec l'ami, de démontrer que lui aussi pouvait respirer une telle joie de vivre, en toute spontanéité, qu'il l'avait en lui mais préférait la contenir et ne puisait dedans que dans les grandes occasions. Il finissait toujours par s'avouer vaincu. Et qui était alors le premier à remuer le couteau dans la plaie ? Nul autre que le *provocateur** triomphant. *Au fond,* Gumchi Kid, *tu n'es qu'un ermite du désert en congé pour quelque temps.*

Duyole Pitan-Payne – et jamais carte de visite portant un nom composé n'avait été tendue par son propriétaire avec une telle délectation, digne d'un vieux porto – *Aduyole Pitan-Payne, pour vous servir*... Oui, songea Menka en hochant tristement la tête, son ami avait raison. Pour ce chirurgien venu du méconnu village de Gumchi, le test le plus récent, et définitif, avait débuté deux mois auparavant quand son moi réticent s'était retrouvé au centre de l'attention générale, bientôt affaibli par cette notoriété soudaine. Même la poignée d'apparitions auxquelles il n'avait pas pu échapper lui faisaient l'impression de vagues de chaleur d'exposition publique, hors de saison – alors, il aurait même préféré ne jamais avoir entendu parler d'un quelconque Honneur National. Ou bien que cela se soit passé dans un autre environnement, où de tels incidents étaient acceptés sans provoquer plus de remous que la couche de peinture fraîche qu'avait reçue la seule épicerie de quartier de Gumchi – pas d'accroissement de la clientèle, pas d'extension des activités ni de diversification, pas de séance photo pour les médias, rien qu'un seul coup d'œil étonné, avant que l'établissement ne reprenne ses affaires courantes, consistant à vendre des cigarettes à l'unité, du lait concentré à la boîte, du sucre au cube, du sel à la cuillère, des minipiles de noix de cola sur des plateaux, des emballages de papier brun soigneusement pliés contenant le fameux *kilishi* à la viande de cheval séchée, entourés d'un assortiment de babioles qui ressemblaient surtout à des invendus récupérés dans la capitale toute proche, Abuja, pour conférer à Gumchi un vernis d'activité commerciale. Dans ces moments-là, Gumchi manquait cruellement au chirurgien, qui en éprouvait les pincements outrés d'une injuste privation.

Il n'avait pas protesté quand ses collègues lui avaient refusé une place dans l'équipe chirurgicale. Il les connaissait tous, avait travaillé avec eux par le passé. Il était pourtant capable de mettre ses émotions de côté, d'inciser son ami, de sonder ses entrailles et de le recoudre. Ses gestes auraient été aussi assurés que pour n'importe quel autre patient, mais les autres lui avaient opposé un « Non » ferme. Ils lui avaient attribué un tabouret à l'intérieur du bloc opératoire, et Menka avait observé les mouvements aguerris de leurs mains, parfois aussi les expressions de leurs visages masqués. Il avait suivi la communication muette entre les participants, née de décennies de pratique, en sachant exactement ce que leurs mains faisaient – sonder, couper, suturer. Tout cela, il avait été capable de le supporter. D'ailleurs, même sans manier une paire de forceps, sans palper les tissus pour en extraire une à une les matières étrangères, il s'était senti à l'unisson avec eux, convaincu que son ami était entre des mains expertes. Tout cela semblait irréel, d'être ainsi spectateur pendant que d'autres faisaient le travail, mais il lui fallait bien reconnaître que c'était mieux ainsi. Il avait compris tout de suite quand le patient était entré en état de choc, puis avait sombré dans le coma. Quand tout fut terminé, ils avaient poussé ensemble son lit roulant et l'avaient placé en soins intensifs. À présent, Menka montait simplement la garde. Le coma s'était prolongé pendant deux jours, puis trois. Tout ce qu'il pouvait faire, c'était projeter dans son esprit des bobines de distractions – tout, sauf ruminer les perspectives. Juste le garder en vie, à la fois physiquement et dans son esprit.

L'impossible tâche consistait à se détacher de ce patient pour ne garder que l'ami, ce frère de substitution surqualifié dont la liste de visiteurs était étroitement contrôlée. Et tous étaient obligés de porter des masques chirurgicaux pour limiter les risques d'infection. Infection ? Le chirurgien trouvait paradoxale une telle préoccupation – elle était orientée dans la mauvaise direction. Toute infection n'aurait été qu'un juste retour des choses. C'était cet ami qui avait contaminé tout le monde avec son furieux virus existentiel. Les autres avaient toujours trouvé cela injuste. Maintenant, l'heure de la vengeance avait sonné, quand cet espace aseptisé, retranché derrière des rideaux verts stériles, aurait dû bourdonner d'amis, de collègues et de resquilleurs, lui transmettant des vibrations de force, mais tous avaient été bannis. Après avoir résisté jusqu'au bout, même son épouse Bisoye avait été évacuée le premier jour, mais seulement vers une autre chambre, où on l'avait allongée sur un lit et mise sous sédation en attendant que des proches puissent venir la chercher et la ramener à la maison. À son arrivée chez elle, des messages de sympathie et d'indignation publique avaient supplanté la pile de cartons d'invitation sur le point d'être distribués. Le samedi de cette semaine-là avait été désigné comme celui de la multi-méga-giga fête par le patient en personne. Et ce, bien que l'événement eût été confié à la charge moins sociable de sa femme – menu, liste d'invités, orchestre, et même les souvenirs, tout ce qui définissait les bringues à la Pitan-Payne. C'était, après tout, son initiative à elle, à l'origine – une fête d'adieu pour son irrépressible époux, avant son départ pour les Nations unies.

C'était un temps jadis bel et bien disparu. La réalité en cours ne l'avait laissée qu'avec de futiles protestations, quand l'objet même de cette célébration avait pris l'affaire en main, en faisant une triple bamboche. Il y avait désormais le succès de Menka à fêter, avait-il rappelé à sa femme et à sa maisonnée, incluant sans discrimination jardiniers, visiteurs et chiens de garde. *Il pense avoir un coup d'avance sur moi, mais attendez un peu, il n'est pas au bout de ses surprises. J'ai bien l'intention de noyer son Honneur National sous cette nouba.* Et puis le retour de Damien, le fils prodigue, *donc révise un peu ton arithmétique biblique, ma chérie – tout cela exige le sacrifice de deux veaux gras, un pour Damien, un pour Menka. Tu croyais que j'avais oublié ?* Le crime de Menka, trente années au bas mot sans possibilité de remise de peine, demeurait une excuse. Le Gumchi Kid avait choisi de déserter après son retour de Bristol, diplôme en poche, prenant le chemin du Nord, sa patrie natale, au lieu de rejoindre son « jumeau » dans le Sud. Même lorsqu'il passait simplement par Lagos en route vers quelque part, ou y faisait escale au retour, la moindre apparition de Menka prenait l'allure d'un retour du fils prodigue, chaque célébration se faisant plus extravagante que la précédente.

Dans les faits – et il était toujours sage d'en vérifier l'exactitude, avec Pitan-Payne –, cette désignation se trouvait mieux correspondre à Damien, ce fils longtemps égaré qui était rentré au bercail dans des circonstances mystérieuses, bien marqué déjà du haut de ses trente-six ans, mais flanqué d'une épouse et de deux enfants. Le mystère n'en était pas un pour Menka. Il grimaçait encore chaque fois qu'il repensait aux discrètes négociations qui avaient fini par réussir à réinsérer cette pierre qui avait tant roulé dans l'âtre familial, malgré l'opposition farouche de la sœur possessive de Duyole, dont le sentiment de propriété semblait encore plus violemment enraciné que ce que quiconque avait pu ne serait-ce que vaguement déceler chez l'épouse de Pitan-Payne. C'était celle-ci, après tout, la maîtresse de maison, qui disposait à ce titre du droit de premier refus, comme interventionnistes et commentateurs de salon ne cessaient de le grommeler et de l'ébruiter avec des accents déconcertés. La sœur était en outre précédée dans la logique des droits par les deux produits du premier mariage « offshore » de Duyole avec une Canadienne noire, Katia et Debbie. Ni son épouse actuelle ni ses enfants n'avaient exprimé le moindre ressentiment à l'encontre de cet ajout à la famille – ou, plus exactement, de cette révélation. Selina avait écarté d'une gifle tous ces contre-arguments. *Pas tant que ces seins ne seront pas flétris*, avait-elle tonné en prenant ses deux seins dans ses mains pour mettre en garde les optimistes qu'ils devraient attendre longtemps. *Vous voulez les toucher pour voir comme ils sont encore fermes ? Et ce n'est pas du Botox !* Elle avait menacé de camper sur le seuil de la maison du couple jour et nuit, plutôt que de laisser un « imposteur » venir polluer la lignée vintage des Pitan-Payne – *Ce bâtard et sa deuxième génération de bâtards blancs pouilleux ? Dieu nous garde de ce désastre !* Même l'inévitable capitulation avait été des plus disgracieuses, amères et impitoyables. Elle avait boycotté la maison des Pitan-Payne pendant des mois, jusqu'à être rappelée à l'ordre par le patriarche de la famille, Pop Éternel – surnom qu'il devait à son hymne préféré « Roc éternel » – à qui tous s'en remettaient, parfois.

Le pseudo-prodigue veillant au chevet du patient sentit ses épaules s'affaisser, comme tabassé de nouveau par le simple souvenir de son intrusion dans les affaires de la famille, bien qu'elle ait eu lieu à l'invitation passionnée de Duyole lui-même, sa médiation étant accueillie avec soulagement par tous, y compris Sœur Selina. Menka était son *deus ex machina* sauveur de face tout droit parachuté des cieux. Ce qui avait eu pour effet immédiat de faire grimper le chirurgien dans le classement familial intime de Selina – toujours marginal, investi d'un statut purement honorifique, mais ayant tout de même droit, dorénavant, au titre de « médecin de famille ». Il y en avait déjà un, dont le portfolio ancien partait du patriarche en personne pour s'étendre à toute nouvelle addition à la lignée ou pièce jointe tolérée. Néanmoins, cela ne pouvait pas faire de mal de se laisser aller à une allusion en passant, de temps à autre – *Comme je le disais à l'un de nos médecins de famille, vous savez, le célèbre Dr Menka, ce grand chirurgien...*

Les deux frères avaient été parmi les premiers à se présenter, peu après que Menka et l'ambulance qu'il avait immédiatement fait venir furent partis. Menka avait refusé d'attendre l'arrivée d'une équipe de déminage, comme le lui avait ordonné le policier au bout du fil. *Faites votre devoir quand vous le pourrez*, avait-il déclaré. *Moi, je vais faire le mien, et tout de suite.* Puis il avait raccroché. Les démineurs, le bruit et le chaos, et le gémissement fou de l'ambulance filant vers l'hôpital avaient réveillé tous les voisins, dont la plupart avaient entendu l'explosion, et pensé qu'il s'agissait d'un énième camion-citerne. Ou de l'effondrement d'un nouvel immeuble implosant sur ses fondations. Ces explosions-là étaient devenues les compagnes sonores de l'existence. À partir de là, les processions s'étaient mises en branle – maison, hôpital, morgue, allées et venues dans le gratte-ciel emblématique de Duyole, les Millennium Towers. À l'hôpital, seule une poignée de proches avait le droit d'approcher le patient. Ses associés d'affaires, tous très jeunes, s'étaient dans l'ensemble montrés compréhensifs malgré leur indignation d'être ainsi tenus à l'écart. Il y avait là Ekete, le minuscule Ekete, élégant jusque dans son évidente détresse ; Runjiye, avec son éternel air perplexe, lui qui était pourtant l'inflexible colonne vertébrale de la productivité du personnel. La fidèle traiteuse et amie de la famille Sisi Sangross avait débarqué accompagnée d'une servante transportant sur sa tête une cargaison de poisson-chat frais, *eja osan*. Elle ne parvenait pas à comprendre pourquoi on lui interdisait d'entrer dans l'hôpital avec son offrande, avant d'accepter à contrecœur de rediriger ses pas vers la maison. En apprenant que Bisoye, l'épouse, avait été ramenée à leur domicile sous sédatif, tout son ressentiment s'envola et elle se précipita pour être à son chevet.

À l'hôpital, le filet s'était changé en un torrent de visiteurs déçus. Trois jours s'écouleraient encore avant que les deux filles du premier mariage de Duyole arrivent, l'une du Royaume-Uni, l'autre des États-Unis. Pour le moment, il s'agissait de clients choqués et compatissants, de fouineurs des médias, de membres de son club… Sir Goddie avait dépêché une délégation spéciale pour transmettre ses condoléances et la promesse de faire payer les coupables. Les émissaires avaient spécifiquement invité Damien, le fils, à rendre visite à l'Intendant du Peuple au plus tôt.

L'agent immobilier Kikanmi, le Cerveau de Badagry, se sentait particulièrement lésé. Il était arrivé à la maison juste après le départ de l'ambulance, et avait été aussitôt rejoint par le représentant de commerce. Ils étaient tombés sur un Godsown inconsolable, leur vieil intendant, assis sur le seuil, se tenant la tête à deux mains puis pointant un doigt tremblant dans la direction où était partie l'ambulance – *Z'ont tué oga o, Z'ont bombé oga fini. Ambulance pris corps et partir*, etc. Les deux frères unirent leurs forces, filèrent tout droit à la morgue de l'hôpital, exprimèrent leur frustration d'être redirigés vers la réception des urgences, puis le service de chirurgie. Là, ils furent encore plus estomaqués de se voir exclus du bloc opératoire, et d'être invités à revenir dans plusieurs heures ou à attendre dans l'antichambre où ils apercevraient peut-être le patient quand on l'amènerait sur son lit à roulettes. Kikanmi, le nez constamment pointé vers le ciel pour signifier qu'il prenait ombrage de tout ce qui l'entourait, déposa sa plainte auprès du responsable présumé de ce service.

– Quel pays arriéré ! Partout ailleurs, il y a une vitre à travers laquelle on peut suivre l'opération.

Il retourna à sa tournée des clients, Teesane à son club de golf.

Au bout de quelques heures, les réseaux sociaux dégoulinaient de sang : *Le nominé à la Commission à l'énergie de l'ONU démembré et défiguré, victime d'un attentat.* Pourtant, cette même bouillie méconnaissable volait vers New York pour y être soignée, à bord d'un des appareils de la flotte présidentielle, avec à ses commandes ni plus ni moins que le chef d'état-major des forces aériennes.

Mais l'OVNI en question était dans le même temps évacué sur un lit à roulettes du bloc opératoire de l'hôpital universitaire de Lagos, situé à mi-chemin de Lagos et de Badagry au sud du Nigéria, poussé par le Dr Menka en personne. Celui-ci demeurait quelque peu abasourdi par cette troublante impression de *déjà vu**, qui semblait le viser personnellement. Il suivait de nouveau une routine familière – quittant l'hôpital pour regagner son appartement six heures après l'opération, même s'il n'y avait pas physiquement participé. Il se dirigea tout droit vers la salle de bains et se détendit sous la douche. Ensuite, un café brûlant avec double dose de lait et de sucre, puis retour à l'hôpital. Il fit un détour par la maison des Pitan-Payne, pour s'enquérir de l'épouse dévastée. Godsown avait été délogé du seuil mais était maintenant assis sur le tabouret occupé en temps normal par l'agent de sécurité, le regard dans le vague. Son ancienne position était désormais occupée par un inspecteur de police armé et équipé jusqu'aux dents, qui refusa l'entrée à Menka. Godsown accourut pour expliquer qui il était. Le policier demeura inflexible. Seuls les résidents figurant sur la liste étaient admis – ordre de ses supérieurs.

Menka s'empressa d'intervenir, voyant Godsown sur le point d'exploser.

– Appelle-moi juste Damien.

Godsown secoua la tête.

– Mais m'sieur Damien l'est là-bas, hôpital.

Menka se figea. Alors, seulement, il se rendit compte qu'il n'avait pas vu Damien depuis son départ à bord de l'ambulance, ce matin-là.

Une voiture se gara devant la maison. C'était Runjaiye, du bureau. Le visage de Menka s'éclaira. Voir l'hyper-efficace Runjaiye le rassura une nouvelle fois : quelqu'un allait tenir le fort pendant que le patron serait dans l'incapacité de le faire.

– On ne me laisse pas entrer, informa-t-il le jeune associé. Nous essayons de localiser Damien. Il est au bureau ?

– Non. Il n'est pas à l'hôpital ?

– Non. J'espérais qu'il serait au bureau.

– Il est effectivement passé, aujourd'hui. Je me suis dit qu'il venait s'assurer que tout allait bien. Il est resté un moment dans son bureau, puis s'est rendu dans celui de Mr Payne. Ensuite il est parti – croyais-je – pour l'hôpital.

Menka secoua la tête.

– Je me rappelle, maintenant – il m'a dit quelque

chose, mais c'était un peu le chaos. Naturellement, tout ce que je voulais, c'était mettre Duyole dans l'ambulance et l'évacuer. Bisoye refusait de s'écarter de lui. J'ai dit au chauffeur de démarrer sans attendre.

Godsown intervint.

– Damien retourne dans la maison. Il dit pour fermer atelier du maître où la bombe saute, comme ça personne touche rien avant police est là. Après ça il prend voiture et *commot*, parti ! Je crois il dit suivre vous tous vers hôpital.

– Très bien, dis-lui que je suis passé. Je voulais juste voir si madame allait bien. À partir de maintenant, je serai à l'hôpital. Appelle-moi sans faute dès qu'elle se réveillera. On lui a donné des médicaments pour la faire dormir, tu comprends ?

– Oh oui, missié. Je vois quand infirmière ramène la Maîtresse. Ils la portent tout droit dans lit. La bonne, elle est là contre. Et Sisi Sangross vient rester près d'elle.

– Parfait.

Menka se tourna vers Runjaiye et montra du doigt l'inspecteur.

– S'il vous plaît, mettez-moi la main sur le chef de cet homme et dites-lui que les médecins ont besoin de voir leurs patients.

Menka luttait toujours pour garder les yeux ouverts et dépasser la page sur laquelle il semblait bloqué depuis sa prise de fonction dans la salle de soins intensifs. Au moins, ici, il pouvait exercer son privilège de médecin, là où d'autres avaient été refoulés. Son tour de garde commençait à être long. Il tenait absolument à être présent quand le moindre tressautement de paupière ou la plus petite contraction musculaire signalerait une volonté de retour à la vie. Chaque fois que le basculement de sa tête le réveillait en sursaut, il jetait un rapide coup d'œil en direction du lit, espérant que Duyole ne s'était pas réveillé et ne l'avait pas surpris en train de piquer du nez. Il entendait d'ici l'inébranlable réprimande du patient, la même réplique chaque fois que Menka l'enjoignait de se ménager un peu – *Médecin, soigne-toi toi-même.* Menka sentit qu'il était plus que temps de s'accorder des soins, au-delà du simple repos ; un traitement sérieux s'imposait.

Ce n'était pas seulement le fait de monter la garde au chevet de Duyole qui l'assaillait, corps et âme. Si seulement tout cela s'était limité à *Médecin, soigne-toi toi-même.* Le problème, il en avait bien peur, se résumait plutôt à : *Médecin, connais-toi toi-même* ! Il y avait l'apparente conversion de son corps en un champ de bataille pour repousser les cauchemars, retombées des sombres découvertes qui avaient sapé à tout jamais sa foi en la chirurgie. Le prix reçu n'avait fait qu'empirer les choses – l'exposition publique –, au moment même où il aspirait à, désirait plus que tout l'anonymat total, le meilleur prix imaginable, le cadeau de la disparition… et puis, soudain, un chambardement !

Menka n'en crut pas ses oreilles mais… non, vraiment, il était réveillé, pas au beau milieu d'un cauchemar ou en proie à des hallucinations. Dans cette atmosphère clinique, curative, rien de moins qu'un vent puissant, aux accents humains, s'était engouffré dans l'escalier. Il approchait de la dernière volée de marches, poursuivi par deux, puis trois paires de mains restrictives qui plaidaient frénétiquement : « Madame, madame, s'il vous plaît, madame… les patients… » Mais cet ouragan ne pouvait être contenu. Menka bondit hors de sa chaise et courut l'intercepter avant qu'il n'atteigne son étage et ne se rue à travers les rideaux délimitant l'espace de Duyole – il avait reconnu la voix, et cela n'avait fait que redoubler sa colère. Ce n'était autre que la petite sœur du patient, Selina.

– *Broda mi, broda mi, se'wo l'araiye fe se bayi*[1] ?

Sourde et aveugle à tous, elle grimpait les marches en courant, une bouteille d'eau limpide dans une main, exécutant de mystérieux mouvements autour de sa tête puis vers l'extérieur, par petits coups secs s'éloignant d'elle en direction d'invisibles ennemis, l'autre main, celle à la bouteille, repoussant toute tentative de l'arrêter. En simultané, elle déversait un flot de malédictions yoruba sur tous ceux dont la jalousie avait à coup sûr motivé l'attaque contre le patient :

– Ils ne parviendront pas à leurs fins ! Tu les vaincras tous. Tu iras aux Nations unies et tu reviendras sain et sauf. Tu remporteras des honneurs plus grands encore. Le monde entier connaîtra le nom de Pitan-Payne. Ceux qui le détestent seront assourdis par le son de ce patronyme, au nom du Christ. Les gens mesquins de ce monde, jalousant les élus, ceux qui ne veulent jamais de bien aux êtres qu'ils voient couronnés de succès, qu'ils voient prospérer, qu'ils voient œuvrer pour le bien d'autrui, faire pleuvoir le bien sur autrui, ceux pour qui la grandeur demeurera à tout jamais une denrée inconnue, au nom du Christ, puisqu'ils ne peuvent supporter de la voir chez autrui, ceux dont l'unique but dans la vie est de faucher les autres dans la fleur de l'âge, de leur tendre des embuscades sur la route de la gloire, de faire tomber les autres des hauteurs de la réussite, hauteurs qu'ils ont atteintes par la seule industrie de leurs mains – oh, nous les connaissons, nous connaissons leurs sales machinations mais ils tomberont sur leurs genoux d'échec et jamais ne se relèveront, au nom du Christ amen. Ils peuvent feindre toute l'amitié qu'ils veulent, Dieu les percera à jour. Dieu les brisera. Dieu déjouera leurs complots. Je le jure, mon frère :

1. Frère, mon frère, est-ce donc toi que ce méchant monde a maltraité ainsi ?

pas un d'entre eux ne vivra assez longtemps pour voir leurs pensées mauvaises triompher, au nom du Christ.

C'était une performance électrisante. Elle semblait possédée, comme s'il n'y avait aucun autre être humain dans cet hôpital et qu'elle venait d'émerger d'un bassin de fortification psychique dont elle devait – conformément aux instructions – décharger directement les énergies sur la silhouette gisant sur ce lit avant que leur puissance ne se dissipe avec le temps, à cause d'un sortilège ou d'un banal geste neutralisant – comme par exemple reconnaître l'existence de l'ami chirurgien qui tentait d'entraver sa charge.

– Je veux voir mon frère. Il est avec vous autres depuis deux jours maintenant, où le cachez-vous donc ? Je veux voir ce que l'ennemi lui a fait.

– Reprenez-vous, Selina.

– Qui êtes-vous ? Ne vous avisez pas de me dire ce que je dois faire avec mon frère !

– Selina, c'est moi, Kighare.

– Et alors ? Êtes-vous du même sang que lui ? J'insiste : je dois absolument voir mon frère.

– Vous le verrez. Mais il ne faut pas faire de bruit. Il se repose. Ne le dérangez pas.

– Ils l'ont tué. Je sais qu'ils l'ont tué. Vous me mentez tous.

– Du calme, j'ai dit. Il faut être calme, ou bien je vous jetterai moi-même dehors. Je vous jetterai dans cet escalier.

Cela parut l'arrêter net. Elle le contempla, non sans stupéfaction. Les visiteurs des autres patients étaient sortis des chambres pour voir d'où venait ce vacarme. Le Dr Menka la conduisit jusqu'au box de Duyole et lui fit signe d'entrer, tirant le rideau derrière elle pour boucler complètement le périmètre. Déconcerté, il vit Selina tomber à genoux, enfouir son visage dans le matelas et se mettre à sangloter. Des sanglots secs et douloureux qui ne produisaient pas une larme. Il les laissa suivre leur cours. Comme pour compenser cette sécheresse, Selina se leva et entreprit de faire le tour du lit, bouteille en main, éclaboussant le sol de son contenu. Quand ce fut fait, elle s'agenouilla de nouveau, se positionnant cette fois à proximité de la tête. Puis elle se mit à articuler des prières, qui explosaient parfois en éclats de voix. Le Dr Menka fit signe aux infirmières de se retirer.

Selina resta en communication avec des forces inconnues pendant quelques minutes encore. Lorsqu'elle en eut terminé, elle se redressa, lissa sa robe et toisa du regard Kighare Menka.

– Je vous avais bien dit de ne pas faire entrer ce bâtard dans la demeure familiale. La malchance, voilà ce que vous avez apporté à la famille.

Elle repartit. Le calme retomba dans la salle de réveil. Le Dr Menka s'approcha de son patient. Aucun changement dans son état. Il reprit sa veille. L'interruption avait chassé toute somnolence et l'avait remplacée par un sentiment d'autodérision, la rancœur d'une insuffisance dont il était seul responsable. À quoi bon tout cet apprentissage et cette réputation, s'il n'était même pas capable d'évaluer, fût-ce vaguement, la profondeur de ce coma ? Ou d'établir un lien avec Duyole, d'une manière ou d'une autre. De pouvoir affirmer, avec tant soit peu d'assurance, que l'ingénieur *pensait* quoi que ce soit, là où il se trouvait. Un effort de mémoire était certainement en cours, et les neurones de la pensée avaient forcément un moyen de se connecter. Quelque élément partagé du passé ? Rien de profond ni de spectaculaire sur commande, non, juste quelque chose, n'importe quelle futilité à laquelle se raccrocher, pour s'assurer qu'un fil au moins, même ténu, demeurait intact. Alors, la transmission pourrait commencer depuis son domaine de compétence à lui. Un contact serait établi. Progressivement, ce fil ramènerait son ami, centimètre par centimètre, jusqu'à la vie réelle, à travers ce golfe, aussi vaste et profond fût-il !

Le chirurgien d'élite, modèle de clinicalité, entreprit de remonter son filet par à-coups successifs, lesquels semblaient sans fin. Le tout-venant, il le rejetait par-dessus bord. Le sillage de Duyole était parsemé d'escapades ésotériques auxquelles il consacrait tout autant d'énergie et de temps qu'à ses inventions mécaniques si prisées – et lucratives. L'un de ces passe-temps consistait à fabriquer des gadgets inutiles mais éloquents, des reconversions pour l'essentiel. Écœuré comme des millions de concitoyens impactés par la sempiternelle faillite du réseau public d'électricité, il avait un jour proposé à l'Agence nationale de l'énergie électrique, la NEPA, un « chef-d'œuvre » de solution. Il s'agissait d'un gadget capable, affirmait-il, de générer de l'obscurité en dehors des heures solaires réglementaires de la nature. Il en avait envoyé par courrier le prototype au ministre de l'Énergie, accompagné d'une note rédigée par Menka : *Vous serez désormais libre de vous concentrer sur la production de lumière, puisque les Nigérians ont désormais la possibilité de produire leur propre obscurité en actionnant cet interrupteur*. Ni l'un ni l'autre ne voulait prendre le risque qu'un fonctionnaire haut placé ne se précipite au Bureau des brevets avec ce monstre, pour tenter de le faire passer pour son invention propre. Le jouet robotique de seconde main de la chaîne Kidz R Us, spectaculairement augmenté de capsules de bouteille argentées, d'éclats de verre et de centaines de graines de flamboyant oblongues, des rayons récupérés sur une vieille bicyclette Raleigh se déployant autour de lui en cercles étincelants, l'ensemble émettant un rugissement effrayant lorsqu'on l'actionnait, égaie encore aujourd'hui les réserves du Bureau des brevets, dans une section intitulée *SOLUTIONS ÉNERGÉTIQUES.*

À peine s'était-il lancé dans cette rêverie que Kighare Menka l'interrompit brusquement, pris d'un frisson. Le médecin n'était pas superstitieux – du moins tâchait-il de s'en convaincre –, mais ce n'était pas le moment d'invoquer les ténèbres, fût-ce pour plaisanter, alors même qu'elles usurpaient, triomphantes, la conscience de Duyole. Il tâtonna désespérément, en quête d'une solution de remplacement – quelque chose de tout aussi fou, peut-être, tout aussi chargé d'espièglerie et de rire, une foule grouillante d'humains certainement, une pluie de galets miroitants qui s'abattrait sur le crâne de Duyole et le forcerait à se réveiller dans l'endroit, quel qu'il soit, où il était présentement pris au piège. Son esprit dériva vers des fêtes de la bière partagées en Bavière, où ils s'étaient frayé un chemin à travers les terrasses bondées des tavernes. Les chants tyroliens tapageurs et haut perchés furent bientôt réduits au silence par le souvenir de la querelle familiale – car c'était le lieu d'origine de cette histoire de fils né hors mariage – et Menka s'empressa d'enchaîner sur une arène plus neutre, celle de l'opéra, à n'en pas douter l'un des lieux préférés de Duyole. Endroit beaucoup plus confortable, mais où le chirurgien ne pouvait s'immerger très longtemps avec la concentration requise, car il était notoirement dénué d'oreille musicale et se demandait parfois tout haut comment des acteurs sérieux pouvaient ainsi choisir de triller leurs répliques alors qu'ils auraient pu parler tout simplement comme des humains normaux. Il continua de fouiller l'entrepôt – n'était-ce pas un entre-deux, plutôt ? Son mélange favori – les beaux-arts, oui, mais encadrés par des visées entrepreneuriales, manger étant le premier de tous – et l'art de guérir et la culture, alors ?

Ce qui avait déclenché la phase médecine alternative – *un premier pas, bien sûr, juste le premier pas* – toujours un premier pas avec Pitan-Payne, innover en vue de quelque chose de plus grand, de plus ambitieux, de plus sophistiqué, de plus complexe. C'est là que son esprit insouciant trouvait assez d'espace pour vagabonder, cet esprit bulle géodésique qui, contrairement à la pierre qui roule, amassait une mousse des plus nutritives. *Écoute, espèce de boucher, là où il y a une maladie traditionnelle, il y a forcément un remède traditionnel. Pense au virus de Lassa – on ne peut même plus manger de la viande de brousse, maintenant. Un jour les chasseurs se rebelleront et je les soutiendrai. Ces* oyinbo-*là, les Blancs, nous ont laissé tout seuls pour régler ça – pourquoi pas ? Et Ebola ? Qu'est-ce qui nous dit que la solution n'est pas là ? Dans la médecine traditionnelle, je veux dire. D'après eux, c'est notre maladie à nous. Qu'importe ? Ce qui compte vraiment, c'est qui la soigne ! En définitive, il s'agit de choisir entre le laboratoire et le funérarium.*

Ce mot fit tressaillir Kighare, mais cette fois il refusa de reculer, secoua la tête dans une attitude de défi et força la bobine à défiler encore. Un échange irrité l'aida, né de l'intuition de Duyole que Gumchi était la clé. *Eh bien, un village préservé comme Gumchi – l'endroit idéal pour mener des recherches sur la médecine traditionnelle. Pur et authentique. Proche de la nature.* Et les réserves de Menka, hurlées : *Vas-tu te mettre ça dans le crâne ? Je ne suis qu'un chirurgien ! Ma spécialité, c'est découper les gens, après que d'autres ont recommandé cette procédure.* L'heure de la pause indignée et du choc de l'innocent, longuement pratiqué. *Mais un docteur est un docteur, tant que ce n'est pas en philosophie ou que sais-je… Attends, attends, pas si vite. Revenons un peu en arrière. Je le savais ! Tu croyais que ça passerait, pas vrai ? Je savais bien que j'avais déjà entendu ça – Mohamed Ali, c'est bien lui :* Mon gagne-pain ? Démonter les gens. *Tu lui as piqué sa réplique – honte à toi !*

Menka, oubliant cette tentative de le faire dérailler, resta emmitouflé dans cet appel FaceTime longue distance sur les ondes de Gumchi. Telle une tablette de divination, le bloc-notes de Duyole était apparu soudain, plaqué sur ses cuisses tandis que les deux hommes se disputaient dans son atelier, l'enthousiasme de son ami occultant tout le reste. Le crayon s'était mis à danser sur sa surface glacée. Une heure plus tard, ils avaient atteint le stade consistant à sceller l'affaire avec l'habituelle libation de choix, un single malt Laphroaig, cinquante ans de vieillissement en fût de chêne, offert par ce client démonstrativement satisfait – tu te rappelles ? Ce projet suspendu, ce travail en cours toujours présent dans un coin de l'esprit, abandonné, récupéré, revisité, révisé, les réprimandant et les appelant à la fois, le cerveau hyperactif de Duyole s'en souviendrait certainement, se battrait pour le réanimer, le réinvestir dans le lieu qui était le sien. Il allait forcément stopper sa flottaison dans un espace sans direction, réactiver l'éclat qui paraissait collé à ses rétines depuis la naissance, un éclat aussi d'autodérision sans complexe. Menka continua de suivre à la trace cet éclat tandis qu'il changeait d'objet et de raison, frénétiquement, son propriétaire empoignant un téléphone en sa présence pour fermer le bureau plus tôt afin d'emmener ses employés à une cérémonie de baptême, de rejoindre une réunion du clan ou la fête de départ à la retraite du jardinier ou de l'agent de sécurité, en gloussant :

– Tu sais, c'est embarrassant, mais je crois que c'est surtout nous qui y gagnons – beaucoup trop. Tu as vu leurs têtes quand nous avons débarqué ? Rien que de voir leurs visages s'illuminer, j'étais prêt à filer à l'atelier et à m'y remettre pendant au moins huit heures. C'est injuste.

Pitan-Payne, capable d'interrompre un agenda établi depuis longtemps pour donner l'instruction d'improviser une fête au bureau en l'honneur d'une employée qui venait de se fiancer. Menka était sans doute le seul à connaître la vraie motivation de celle qui avait établi un record en termes de beuveries au travail, dans le haut du panier des sociétés commerciales de Badagry. L'employée transie avait amené son fiancé – cela semblait être une tradition de la maison – pour une inspection générale. D'un rapide apéritif à l'heure du déjeuner, la fête avait enflé et débordé dans la salle de conférence voisine, puis un étage plus bas dans la salle de présentation afin de pouvoir accueillir les employés des autres bureaux qui s'étaient invités à la fin de leur journée de travail – ils savaient que des réjouissances étaient en cours quand les lumières restaient allumées après l'heure de fermeture dans le gratte-ciel emblématique de Pitan-Payne. Venu à Lagos pour une conférence médicale, Menka s'était vu désigné invité d'honneur impromptu – *Pour le soutien moral, Gumchi, pour le soutien moral. Cet homme ne me dit rien qui vaille.* Dans ce cas, pourquoi se donner tout ce mal ? À quoi bon ? *La culpabilité*, avait gaiement reconnu l'ingénieur. *La culpabilité. Je n'ai jamais rencontré cet homme, jamais entendu parler de lui, alors pourquoi devrais-je me méfier de lui ? C'est son choix à elle, et elle fait partie des meilleures. Tu vois le monde qui est venu ? C'est pour elle. Tout le monde l'adore – demande aux gens dans la rue, ou sur les marchés où elle va faire nos courses.*

C'est juste de la perversité de ta part, avait soupiré Menka. *Avoue-le, tu aimes les fêtes. Le bureau t'ennuie, contrairement à ton atelier. Je l'ai remarqué – tu n'as jamais l'idée de faire une fête quand tu travailles à l'atelier, seulement quand tu es au bureau.*

De nouveau, l'interruption soudaine, les cinq secondes de rumination. *Tu crois vraiment ?* Une vérification mentale ponctuée d'une moue – pas plus de cinq secondes. La planification avait déjà commencé pour la suivante. *Le stress finit par tuer ceux qui ont un* casus belli *; il est temps de laisser l'*estomagus belli *mener la danse !* Même préparation minutieuse pour ces inflictions au pied levé. Même attention. Même supervision personnelle. Même ardeur, même enthousiasme dément une fois les festivités lancées, l'échelle d'extravagance à l'heure de sortir le carnet de chèques dévolu aux frais de représentation étant déterminée selon un principe de proportionnalité inverse qu'il aimait formuler ainsi : *Moins le rang est élevé, mieux il faut remercier.*

Impossible d'accepter que c'était cet homme-là dont la vie était en train de décliner sous ses yeux.

Qui d'autre que lui se chargerait avec une telle résolution de dissiper les regrets qui continuaient de tourmenter l'esprit de Menka – avec ce familier mélange de logique et de loufoquerie, entrecoupé d'anecdotes distrayantes et de propositions aussi solides que créatives pour détourner son esprit de ce passé ? *Tu as fait ce que tu considérais être ton devoir, alors oublie ça maintenant. Et si tu n'y arrives vraiment pas, au moins tu agis contre ceux qui ne te laisseront pas l'oublier – ces exploiteurs de chair, ces racketteurs.* Mais l'ombre n'était pas si facile à dissiper, arrachant à Menka le soudain désir explosif de n'avoir jamais croisé le chemin du vendeur de *kilishi* doublé d'un kidnappeur de chèvre ! Il avait commis l'erreur de confier enfin la cause de son soudain accès d'abattement au beau milieu d'une réunion amicale, réservant la crudité du dénouement au moment où ils s'étaient retrouvés seuls tous les deux. Un vendeur de *kilishi* ! Parfait stimulus pour un *raconteur** compulsif et irréfrénable imitateur, même lorsqu'il n'était qu'un troisième ou septième dépositaire, pas un témoin direct. Duyole n'avait besoin que d'une phrase, parfois simplement entendue en passant et détachée de son contexte, et l'émetteur prêt à l'emploi recréait une scène et la propulsait dans une folle épopée jusqu'aux ultimes limites de la licence créatrice. *Ai-je bien entendu ? Colporteur de viande de cheval, mon œil ! Cet homme est un génie. Il a vraiment dit : « Votre Honneur, je n'ai pas volé la chèvre, elle m'a juste suivi jusque chez moi » ?*

La pause calculée de Duyole et le mouvement au ralenti d'un morceau embroché en route vers sa bouche à la table du dîner avaient redonné au sourire brisé de Menka ses pleines dimensions. Malheureusement, ils auraient certainement échoué à faire naître ne serait-ce qu'une fraction fantomatique de celui-ci au-dessus des barbiches agitées du tribunal de la Charia qui avaient prononcé le verdict. Ces juristes érudits ne trouvaient pas ça drôle. Ils étaient encore moins impressionnés par l'avocat de la défense qui avait reformulé la version des faits du vendeur dans un jargon juridique alambiqué que même l'interprète du tribunal n'avait su déchiffrer. L'accusé avait déjà plaidé coupable, et le reste n'était qu'une affaire de « grammaire ». La possession illégale était un vol – un point c'est tout. Dommage, aussi, que personne n'eût songé à inviter Duyole Pitan-Payne à témoigner en qualité d'*amicus curiae*, même sans l'appeler à la barre, limitant sa contribution à une répétition de l'argument invoqué pour sa défense par l'accusé dans son propre registre vocal afin de briser ce mur de turbans dépourvu d'humour qui faisait obstacle aux perspectives de rédemption certainement logées dans le cœur du voleur de chèvre lambda ! Des variations auraient été superflues, rien que l'imitation geignarde du bon mot – *La chèvre m'a suivi jusque chez moi, Vos Honneurs*. À la table du dîner, Duyole n'avait pas eu besoin d'autre provocation pour se lancer dans sa routine, attribuant clairement la faute à l'avocat de la défense : *Il aurait dû insister pour que l'on reformule les chefs d'accusation. En remplaçant « voler la chèvre » par « attirer la chèvre ». Question : était-ce un monsieur-chèvre ou une madame-chèvre ? S'il s'agissait d'un mâle, l'accusé a sûrement bêlé comme une chèvre en chaleur, poussant ainsi le bouc à le suivre chez lui. Les chasseurs font ce genre de chose, ils apprennent à maîtriser les cris des animaux sauvages pour attirer leur proie et la tuer. L'avocat aurait dû appeler l'accusé à la barre et le faire bêler comme une madame-chèvre. Le bouc aurait réagi amoureusement et... non-lieu immédiat ! De toute manière, n'est-il pas de notoriété publique que le verdict est toujours décidé à l'avance, par le chef du village ? Cela dépend beaucoup, aussi, de l'affiliation politique de l'accusé. Et puis, où étaient les journalistes ? On ne les a pas entendus bêler, ceux-là...*

– B-T-A...

Ramené à la réalité, lentement, un peu désorienté, mais...

– B-T-A...

Claire, aisément reconnaissable bien que faible, la voix de son « jumeau ». Une voix de baryton, quasi spectralement affaiblie, comme si elle ne pouvait supporter le poids de la conscience alors que Duyole se hissait vers les périphéries de celle-ci. Menka sursauta sur sa chaise, vaguement mécontent de lui-même – *Veiller et prier*, n'était-ce pas pour cela qu'il avait élu résidence au chevet de son ami ? Il passa le dos de sa main sur ses yeux, cligna des paupières :

– Duyo ?

Qui d'autre cela aurait-il pu être ? Il n'y avait qu'eux deux derrière les rideaux isolants de ce recoin de la salle de réveil. Et puis, de toute manière, quel moi irrévérencieux l'avait jamais qualifié de Boucher Tête en l'Air ? Encore un peu sonné, Menka tourna lentement les yeux en direction du son dont il était maintenant certain qu'il avait jailli de la tête surélevée. L'occupant du lit se tourna lui aussi légèrement vers Menka.

– Ne bouge pas.

Menka entendit sa propre voix, rauque d'émotion. Il fut récompensé par un sourire fébrile du patient. Menka le lui rendit.

– Où étais-tu parti, mon ami ?

La réplique fut du Pitan-Payne tout craché. Penché au-dessus du lit, Menka parvint à lire sur ses lèvres.

– Non, *toi*, où étais-tu parti ? Ça fait plus d'une heure que je t'observe.

Menka se fendit d'un sourire penaud, bouleversé.

Dans les faits, cinq minutes à peine, et même un peu moins, s'était écoulées depuis que Duyole était sorti de son coma, il était resté sans bouger pendant quelques secondes, avait roulé ses yeux pour trouver ses repères, aperçu Menka du coin mouillé d'un œil, et était resté fixé là, stupéfait. Mais ça, c'était tout Duyole Pitan-Payne. Quiconque ayant croisé sa route n'aurait pas eu besoin de plus pour comprendre que le fameux joyau de la dynastie Pitan-Payne avait bel et bien été ramené dans la salle d'exposition de la famille élargie, sans rien avoir perdu de son éclat. Amis, proches et associés avaient depuis longtemps abandonné toute présomption qu'un esprit technique aussi reconnu devait déconcerter les autres par sa stricte adhésion aux faits – non, l'ingénieur congédiait allégrement ces entités sèches à mourir quand elles avaient le malheur de se mettre en travers de son chemin, lequel consistait à « célébrer » les faits de manière à éliminer l'ennui de ce bas monde. Pour ce qui était d'un scénario mutuellement entrelacé, guidé le long des voies neuronales de Gumchi par la veille désespérée de Menka dans le but de le faire remonter vers ses amis et sa famille, évidemment, il n'y avait aucun moyen d'en avoir le cœur net. Pitan-Payne s'était réveillé en se demandant ce qu'il faisait dans cette section isolée derrière des rideaux de la salle d'attente, à éparpiller puis réordonner ses pensées en vue de son audience avec le Premier ministre. Ce qu'il trouva étrange, l'instant d'après, c'est qu'il était non seulement là mais allongé sur son dos, ses mouvements bizarrement contraints, et attendait pourtant d'être convoqué par Sa Présence. Il y avait un lavabo à côté du lit, avec le désinfectant pour les mains désormais incontournable, censé repousser ce virus qui faisait rage – c'était la seule image qui le reliait à une mémoire insaisissable. Il s'en souvenait comme d'un lavabo de porcelaine bleu nuage, le gel niché dans un étui souple et rembourré, orné des armoiries nationales. À présent, le lavabo était d'un blanc étincelant, légèrement fissuré à hauteur de ses yeux, le flacon de désinfectant était nu et quelconque, et une vague odeur d'antiseptique avait remplacé le parfum flottant dans l'antichambre de l'espace d'accueil. Comme son cerveau se démenait pour démêler ce mystère, un nom envahit son esprit, celui du personnage mal aimé mais irrésistible d'un lointain monde fictionnel auquel Duyole était toujours resté accro – celui de Charles Dickens. Il n'essayait même pas de l'expliquer, fût-ce à lui-même, mais ce monde avait dominé une grande partie de son existence, qui semblait avoir dès sa naissance fait dans la démesure. Il suffisait de la provocation adéquate pour que monsieur l'ingénieur Pitan-Payne se lance dans son hilarante interprétation d'Oliver Twist revisité – « J'en voudrais encore, monsieur, s'il vous plaît » –, assis sans bouger, assiette et couverts en mains, ses yeux roulant d'admiration salivante d'un bout à l'autre de l'étalage gastronomique d'une coutumière fête nigériane. Quant aux restaurants dont il trouvait les portions chiches, il en profanait tranquillement le décorum avec sa version de la supplique à l'orphelinat, sa voix de baryton délibérément haussée pour s'assurer que les autres convives entendraient et verraient, puis réagiraient d'une manière ou d'une autre – laquelle, peu lui importait –, gênés, outrés, conspirateurs ou hochant carrément la tête, pouces levés en signe de solidarité avec ce champion si longtemps attendu des droits fondamentaux de l'*estomagus belli*. La face sérieuse de ce Twist attardé ne se montrait quasiment jamais en public, mais elle était au cœur de son contrat tacite avec la société. *Gumchi Kid, partout où je vais, il y a toujours quelqu'un qui a désespérément* besoin *de plus. Qu'est-ce qu'on fait ?*

Mais l'esprit de Duyole était bien éloigné de cet orphelin naufragé. C'était une tout autre marmite de poisson dickensienne qui bouillonnait à la surface de sa conscience. Menka ne fut que légèrement surpris quand, après un silence, une immobilité quasi totale qui suivit son premier signe de vie, Duyole reprit :

– Pourquoi Uriah Heep nous fait-il attendre ainsi ?

– Qui diable est Uriah Heep ? répliqua le chirurgien en approchant l'oreille des lèvres de Duyole pour ne pas perdre le moindre son.

Mais on aurait dit que la propension notoire de Duyole à « piquer du nez » avait rejoint l'immense lac des profondeurs qu'il y a en chaque esprit. Il avait un sourire aux lèvres, comme s'il savourait la frustration de Menka, tandis qu'il plongeait, ou peut-être replongeait simplement, dans le monde de ses souvenirs les plus insistants.

L'esprit de Duyole vagabonda en tous sens. Il avait atteint ce moment de la vie où les projets jaillissaient de leurs chapeaux d'hiver pour fournir de la chaleur aux pousses tropicales déracinées comme lui, pareilles à des nuages champignonnesques mourant de décharger leur eau sur les segments desséchés du monde. Or, quelle étendue aride en avait le plus besoin ? Pour Duyole et ses compagnons de croisade – Menka toujours le plus constant de tous –, la réponse était logée dans la remontrance commune : *Charité bien ordonnée commence au pays*. Et c'est ce but-là qu'ils visaient, chacun dans son domaine. Pour Pitan-Payne, ingénieur mordu de gadgets, il s'agissait de créer une entreprise d'outils de précision, d'explorer les confins des énergies alternatives. Études, diplôme, stages pratiques à Munich, Salzbourg, Coblence, touché par la fameuse éthique de travail des Européens du Nord, tantôt attribuée aux Suisses, tantôt aux Allemands. Jusqu'à ces contacts concrets, Duyole avait toujours pensé que c'était là le monopole des Pitan-Payne et plus généralement des familles de l'aristocratie coloniale, la souche anglicane, au sein desquelles le catéchisme était martelé dès l'enfance au point de les obliger à gagner leur argent de poche en accomplissant des corvées manifestement inventées pour leur inculquer cette réalité fondamentale de la vie : l'argent était la manne du ciel qui poussait sur l'arbre de l'assiduité. En découvrant bien des années plus tard que son père et patriarche du clan, Pop Éternel, avait en fait orienté ses pas d'étudiant de troisième cycle vers l'Europe du Nord pour l'immerger encore plus profondément dans cette réputation parascolaire. Nous portons le poids de l'histoire ici, à Badagry, exhortait-il ses enfants, et les Pitan-Payne sont la ligne de front de cet appel historique. Duyole n'avait jamais très bien compris quel versant de l'histoire emplissait le vieil homme d'une telle fierté – le fait que la fortune familiale avait été bâtie sur le rôle lucratif que leurs ancêtres avaient joué dans la traite des esclaves, ou que les Pitan-Payne avaient été parmi les premiers à abjurer ce commerce quand les canonnières britanniques avaient débarqué dans les criques de Badagry pour faire respecter leur croisade abolitionniste. Le vieil homme voyait encore la réussite commerciale de Duyole – dont la mission internationale qui venait de lui être confiée marquait l'apogée – comme une continuation de la marche des

Pitan-Payne en formation historique, du tragique point de départ de Badagry jusqu'aux Nations unies ! C'était l'Histoire bouclant la boucle sur un triomphe familial. Duyole admettait volontiers qu'il y avait là quelque chose comme une symétrie. À vrai dire, il trouvait cela très gratifiant – hormis, bien sûr, ces escales protocolaires *en route**. Sur ce point, il était en désaccord filial avec Pop Éternel. Si cela avait été possible, le vieil homme l'aurait accompagné pour sa visite à Sir Goddie, attifé de son uniforme complet de l'ordre de la Rose-Croix.

Duyole avait assimilé davantage qu'un rigoureux régime germanique. Scientifique prônant l'éthique d'une éducation complète et équilibrée, il ne négligeait pas les raffinements de l'esprit. Par conséquent, l'Oktoberfest, la fête de la Bière munichoise, avait enregistré son premier habitué africain notable en la personne d'un certain Duyole Pitan-Payne, étudiant en génie électrique originaire de Badagry, Lagos, au Nigéria. L'événement se déroulait à un court trajet en autobus de Salzbourg, où l'ingénieur avait obtenu son diplôme initial, une ville célèbre pour avoir perpétué la tradition d'un autre genre de musique – la valse viennoise. Le patriarche des Payne avait dans sa jeunesse découvert cet élégant divertissement qu'on appelait alors la danse de salon, importation coloniale dont la promotion était assidûment menée par les autorités culturelles rivales de la Grande-Bretagne, la France, l'Allemagne, la Belgique, etc. Les fonctionnaires coloniaux de ces puissances donnaient des cours, transmettant la tradition au long d'une chaîne d'instituteurs locaux et de missionnaires dévoués. La valse était la farandole préférée de l'Otunba – aucun doute là-dessus. Dans ses jeunes années, Pop Éternel s'était taillé une solide réputation dans les cercles sociaux de Lagos, comme étant l'un des pratiquants les plus gracieux de cet art chorégraphique. La grande ambition de sa vie s'était réalisée lorsqu'il avait enfin eu l'occasion de visiter le centre de production de cette musique si merveilleuse, Vienne, capitale mondiale incontestée de la valse. À compter de ce jour, rien n'avait paru plus important à ses yeux que de faire en sorte que tous ses enfants prennent la direction de cette ville pour y développer leur esprit. Le pionnier de ses fils s'était révélé être un vagabond et avait atterri à Pordenone, dans le nord de l'Italie, où il était mort dans des circonstances assez mystérieuses. Duyole avait été le suivant, avec une tout autre réussite. Il n'avait pas été admis à Vienne proprement dit, mais non seulement Salzbourg était presque aussi intéressante, mais elle coiffait Vienne chaque année avec son grand festival de musique. Depuis cette base fortuite, le jeune Duyole, héritier du gène musical que son père avait transmis à ses descendants de manière assez erratique, découvrit un monde d'une variété dont son père n'aurait jamais pu deviner l'existence. Ce fils aux multiples talents avait développé cet attribut familial dans un esprit d'éclectisme. Grâce à un condisciple, il avait découvert les chorales s'appuyant grandement sur les harmonicas de l'Oktoberfest, événement éthylique que Duyole trouvait beaucoup plus proche de son tempérament, à moins de deux heures en train ou en autobus des amphithéâtres de Salzbourg. Faisant une exception pour Mozart, il assistait religieusement au Festival de musique de Salzbourg chaque fois que ce compositeur était à l'affiche. Néanmoins, Munich, c'était une impulsion différente, un climat différent, qui répondait à la définition primordiale du mot « fête » dans l'esprit de Duyole. C'était donc devenu un pèlerinage annuel – le même Hôtel Badehof, ancienne auberge de jeunesse reconvertie ; la même chambre, la 121, qu'il avait alors décrété être son numéro porte-bonheur. Malgré la sérieuse rénovation et le relooking intérieur des lieux, la chambre 121 avait réussi à garder sa position de penthouse avec un généreux balcon, d'où il pouvait contempler les toits bavarois et avoir une vue imprenable sur les parades de timbales, les pantalons de cuir, les chapeaux tyroliens avec leurs plumes battant au vent, les orchestres de cuivres et les serveuses de la fiesta aux costumes désuets.

Son mariage précipité avec une plantureuse *fraulein* n'avait pas été une surprise, essentiellement dicté par l'impératif, version yoruba, de ne jamais refuser à un enfant né hors mariage le droit de porter votre nom, aussi douteuse que puisse être la paternité. *As-tu, même une fois ? Ou bien n'as-tu jamais jamais ?* Les tests ADN étaient encore inconnus. Une cérémonie au tribunal, aussitôt suivie d'un divorce, un modèle de séparation à l'amiable. Les deux étaient restés amis pendant des années. Doté d'une voix tonitruante quoique non entraînée, dont il avait fait usage dans des opérettes depuis ses premières années d'école à Lagos, Pitan-Payne avait écouté en boucle *Le Prince étudiant*, dans la version où Mario Lanza interprétait le rôle titre, jusqu'à ce que l'aiguille transperce le sillon tracé dans la bakélite de son 33 tours. Il avait été l'amateur de musique le plus stupéfait de tous les temps en découvrant, après des années de vie adulte et de développement des goûts, que Mario Lanza n'était même pas considéré comme une voix intéressante dans le monde de l'opéra, sans parler d'être le plus grand ténor qui ait jamais existé.

L'univers de la micro-ingénierie était ce qui lui avait procuré, selon ses propres mots, des « frissonnements dans les doigts » ! Et c'était, spécifiquement, ce micromonde qu'il s'était juré d'implanter sur ses terres natales, dans cet ancien dépôt d'esclaves qu'était Badagry. En faire une marque aux produits si uniques que son sceau serait universellement reconnu – et valorisé au plus haut point –, jusqu'à devenir le synonyme de sa terre d'origine. La Silicon Valley ?

Pourquoi pas la Badagry Valley, cette ancienne Vallée des Larmes ? Ce serait sa contribution au « Collectif du Grand Rêve », cette vision parentale à laquelle il avait prêté serment avec les trois autres, leur manière à eux de se représenter « le boulot d'après le bachot » – la vie après le diplôme, dans la langue de Duyole. Tout cela semblait participer du cycle historique des transformations, mais il s'agissait juste du petit clin d'œil romantique, d'un bonus marginal. Le logo de ce qui était commercialisé à l'échelle planétaire sous le nom de Marque Pays était un gong royal du Bénin – toujours un dépôt d'esclaves, plus brutal encore. Les connexions étaient sans fin. L'histoire de la fantasque appropriation de cette cloche de cérémonie remontait à leurs années étudiantes, légende caustique restée essentiellement secrète « sauf entre amis » et dans les dernières cendres de cigarette de leurs nuits blanches, quand des réminiscences rugissantes fracassaient la paix nocturne. Vingt années s'étaient écoulées ; le gong avait fini par acquérir un statut semblable à celui du sceau gravé sur un lingot d'or, ou du certificat vert d'un site Google. Et l'emblématique gratte-ciel des Millennium Towers était en outre là pour en faire étalage aux yeux de la ville tout entière et même de la nation ! Parler d'un grand incendie aurait été d'une exubérance excessive. À coup sûr, ses braises avaient rougeoyé jusqu'au siège de l'ONU, et cela s'était produit de manière tout à fait fortuite, par le biais du bras culturel de l'organisation, l'UNESCO. Quelle voyante désespérée aurait osé prédire une trajectoire si improbable ?

Un confrère scientifique, le représentant permanent de la Grèce auprès de l'UNESCO, avait tenté de retrouver la trace de l'original en bronze de ce logo – lequel présentait des similitudes avec une divinité à quatre têtes du panthéon grec, depuis longtemps oubliée, un double Janus, à l'en croire. Chiens, griffons, chevaux, dragons, serpents et autres monstres mythologiques – des représentations de tous ceux-là existaient encore, les multiples têtes jaillissant en général des épaules, juchées sur des cous tout aussi convulsés et se mouvant d'eux-mêmes – rien à voir avec les quatre têtes humaines fusionnées en une du bronze du Bénin, chacune représentée dans sa quasi-totalité. Non, avait appris le diplomate, il n'existait aucune bête ou divinité à quatre têtes dans les mythologies africaines – certaines étant dotées d'une paire tout au plus, le cas le plus notable étant cet irrépressible seigneur des carrefours, Eshu. La curiosité de cet homme semblait insatiable. Ses recherches l'avaient tout naturellement conduit jusqu'à l'usine de Duyole, à Badagry. Lui serait-il possible au moins de voir la pièce originale qui servait de modèle au logo ? Et peut-être de rencontrer le sculpteur, s'il vivait encore ? Pitan ne pouvait pas lui garantir ce dernier point, mais l'avait emmené en voiture à Benin City, dans le quartier des fondeurs de bronze. Le voyage par la route avait été le choix du visiteur – envie de « boire l'environnement ». Ce qu'il avait fait, sortant ivre mort – selon toute apparence – du véhicule à chacun de leurs arrêts jusqu'à destination. Toutefois, le désagrément de cet interminable trajet sur une chaussée criblée de cratères lunaires avait été en grande partie compensé par de palpitants échanges sur les inventions humaines, depuis bien avant Archimède jusqu'au panneau solaire. À Benin City, il avait été fasciné par les rituels royaux et le fossé de défense historique qui entourait la « Cité du Sang ». Le sculpteur n'avait pu être identifié mais, au moins, le mythologue affamé avait eu l'occasion de commander une réplique qui atterrit comme convenu sur son bureau à Paris quelques mois plus tard. Le voyage retour jusqu'à Badagry avait été moins agité, malgré les turbulences qui perturbent les vols durant la saison des pluies – il en avait soupé, et bu, des nids-de-poule ! Finalement, l'homme était reparti avec une meilleure compréhension des origines de sa propre mythologie grecque, s'agissant en particulier de la masse désordonnée dont tous les phénomènes étaient supposés émaner : le Chaos.

Cela avait marqué le commencement de ce voyage fortuit qui le conduisait maintenant à la société mère, les Nations unies. Dix-huit mois plus tard, les premières prises de contact avaient eu lieu sans prévenir, puis une proposition officielle de rejoindre la Commission à l'énergie, tout cela grâce au poids sculptural d'un gong à quatre têtes, lequel n'avait même rien à ses yeux d'une composition particulièrement originale. Ni même d'une grande beauté, d'ailleurs. Trapue, pour tout dire, dénuée de grâce. Laide, presque. Mais c'était une quatre-en-un. Peut-être le sculpteur avait-il eu en tête les quatre éléments – terre, eau, air, feu, tous les composants de la matière, la matrice de l'ingénierie ? Et puis, bien plus tard, Duyole affirma qu'elle avait saisi l'essence de la royauté yoruba, bien qu'elle fût, sans aucune ambiguïté, de fabrication béninoise ; eh bien, même les écoliers savaient à quel point l'histoire et la culture d'Edo (Bénin) et des Yoruba étaient entremêlées, donc pourquoi chercher la petite bête ? La sérénité à quatre têtes, à en croire l'ingénieur, était née de la volonté d'embrasser le monde sous la forme d'une unique boussole spirituelle. Tout cela était venu bien plus tard, pour rationaliser un choix déjà validé, qui avait en fait débuté par un rituel alcoolisé viking modernisé – avec de la bière en guise de libation rituelle, et même pas la retsina grecque ou la sangria espagnole si prisées des touristes – à mille lieues du pays du vin de palme, de l'hydromel de sorgho, de l'incendiaire *ogogoro*…

18

Une veillée trop loin

Damien avait attendu les policiers et l'équipe de déminage à la maison, après le départ de l'ambulance. Il resta avec eux tandis qu'ils s'affairaient dans l'atelier, se frayant un chemin avec pinceau et poudre au milieu des décombres, prélevant des échantillons et posant des questions. Il les accompagna au commissariat car il tenait absolument à partager avec eux, en toute confidentialité, certaines de ses observations. Il n'avait pas voulu le faire à la maison – peur que les murs aient des oreilles – et avait insisté pour ne parler à personne en dessous du rang de commissaire. Quand il rejoignit le Dr Menka au chevet du patient, le chirurgien fut soulagé de le voir s'efforcer vaillamment de se comporter comme un homme, de montrer à tous qu'il était le genre de personne sur laquelle on pouvait s'appuyer dans les moments de crise, même s'il avait le regard trouble et la tête de qui manque cruellement de sommeil. Cela faisait un patient potentiel en moins, et Menka n'allait pas s'en plaindre. Après un bref examen de la situation, sa prescription fut qu'il pouvait maintenant commencer à se concentrer sur son patient numéro trois – le Dr Kighare Menka !

– J'ai presque l'impression d'être de nouveau à Jos, déclara-t-il. Donc autant reprendre ma routine. Je vais rentrer à l'appartement, m'efforcer de savourer mon dîner, faire un saut à la maison pour m'assurer que Bisoye va mieux, puis reprendre mon poste ici. Ils m'installeront un lit quelque part, pas loin.

Soudain, le patient remua, montrant des signes de vie pour la troisième fois ce jour-là. Son regard enregistra la présence de Damien, ce qui parut déclencher quelque chose en lui. Ses lèvres se mirent à bouger, et Menka en approcha son oreille. Il fut récompensé par quelques mots déchiffrables.

– Ma mallette… bureau… mallette… dis à Damien que je… veux.

Menka secoua la tête, d'irritation et désespoir mêlés. Sa voix était sèche.

– Je ne lui dirai rien de tel ! Veux-tu me faire le plaisir d'oublier le travail, jusqu'à nouvel ordre ? Au diable ta mallette ! Comment veux-tu récupérer si tu n'arrêtes pas de penser à tes affaires ? Laisse Runjaiye et les autres s'en occuper.

Il se tourna vers Damien.

– Ton vieux père est décidément incorrigible. Tu imagines un peu, s'inquiéter pour une mallette ? Dans un moment pareil ?

Damien haussa les épaules.

– Oncle, c'est votre ami. Vous le connaissez. Maintenant, vous voyez ce que nous devons supporter. Il croit que rien ne peut se faire sans lui. Enfin, allez-y. Prenez votre temps, je vais rester auprès de lui.

Menka s'aperçut que Duyole était de plus en plus agité. Cette fois, la fébrilité de ses gestes ne semblait pas venir d'un inconfort physique, mais d'un état psychique. Parvenant à saisir les mots articulés sans le son, Menka ne put cacher son exaspération – sur les lèvres de son ami, c'est *mallette* qu'on lisait encore. Puis il songea, Eh bien, comment savoir sur quoi il est en train de plancher, de toute façon ? Duyole gisait sur ce lit d'hôpital, physiquement immobile, incapable d'exprimer clairement ses besoins, mais qui sait dans quels lieux opérait son esprit, et sur quoi ? Il décida d'envoyer Damien au bureau, ne serait-ce que pour tranquilliser un peu le patient.

– Va chercher cette mallette, Damien. Je vais repousser ma pause jusqu'à ton retour.

La mallette de Pitan-Payne lui tenait lieu de bureau mobile – projets en cours, agenda, *aide-mémoire**, cigarettes et briquets, ainsi que d'autres menues béquilles humaines. Il y conservait ses documents les plus confidentiels, notamment son « dossier spécial » – des notes gribouillées sur des projets commerciaux et des contrats qui, pour le dire simplement, avaient besoin d'être examinés de près par ses contacts sensibles, qu'il fallait protéger. Prudence qui s'était avérée cruciale pendant sa mission de consulting au ministère de l'Énergie. La plupart de ces gribouillis étaient rédigés selon un code spécial comportant deux ou trois niveaux de spécificité supplémentaires au moins par rapport au langage bricolé du Gong des Quatre, lequel s'appuyait davantage sur les gestes, le ton et le contexte que sur le sens précis de chaque terme. La mallette proprement dite était protégée par une serrure à combinaison à sept chiffres – une chance sur plus de cinq millions pour les perceurs de coffre, fanfaronnait-il. L'ingénieur ne se séparait de ce coffre-fort miniature que lorsque son chauffeur ou un coursier le portait jusque ou depuis la voiture, juste devant lui, sans qu'il le perde jamais de vue. Après tout, le simple fait de voir cette mallette sur son casier d'hôpital, sous sa garde, l'aiderait peut-être à se détendre.

Menka adressa à Damien un nouveau hochement de tête. Le jeune homme se mit en route.

C'était douloureux de voir son ami être ainsi clairement préoccupé sans pouvoir en exprimer la cause. À son regard, on devinait que quelque chose lui tourmentait l'esprit, une chose qu'il cherchait désespérément à confier ou à demander, mais tous ces efforts ne faisaient que l'épuiser, et il ne tarda pas à s'effondrer. Ce fut un soulagement de le voir sombrer dans le sommeil. Ses périodes de répit apparent se firent de plus en plus longues, et, au bout d'un moment, son corps se détendit pour de bon et il se mit à ronfler doucement.

Peut-être était-ce cette sibilance en arrière-fond, dans le silence, mais une note discordante vint troubler l'esprit de Menka. Pas grand-chose, sans doute, considéra-t-il, mais qui le perturbait. Plusieurs fois, son esprit était retourné au matin de l'explosion, en revivant chaque seconde depuis ce premier bruit glaçant qui avait accompagné l'aube tout juste naissante – les escaliers dévalés, la course jusqu'à la maison principale, la vision de l'intendant, Godsown, peinant à sortir du sommeil, confus et hébété, l'odeur familière de cordite qui avait dissipé tous les doutes. Puis cette suite de mouvements en accéléré. Bisoye débarquant de l'étage – la lutte pour la tenir à l'écart, la forcer à regagner la chambre pendant qu'on évacuait Duyole. L'explosion avait eu lieu dans son atelier au sous-sol. Tout cela n'avait apparemment pas réussi à réveiller Damien, émergeant, Menka l'avait appris ensuite, bien après le départ de l'ambulance, dans laquelle lui-même avait accompagné l'ingénieur commotionné qui respirait à peine, couvert de sang. Puis, après l'opération, quand Menka était rentré à la maison pour s'enquérir de l'épouse, Damien demeurait introuvable – le chirurgien en avait conclu qu'il devait être à l'hôpital. Il avait manqué à l'appel pendant un bon bout de temps, même quand les derniers traînards – associés d'affaires, amis, représentants des médias – rôdaient encore à l'hôpital en quête de nouvelles, bien qu'on leur eût refusé l'accès au patient, à l'affût du moindre début d'information sur l'état de la victime. Les échanges informels qui avaient eu lieu par la suite semblaient indiquer qu'après son réveil, Damien n'avait eu qu'une unique préoccupation : sécuriser l'atelier. Il avait donc choisi de rester et d'y monter la garde jusqu'à l'arrivée des policiers. Après avoir rendu service aux forces de l'ordre, il avait fait un détour par le siège des Millennium Towers – pour sécuriser le bureau de son père, selon lui. Ce n'est que dans l'après-midi qu'il avait pris le chemin de l'hôpital. Le chirurgien tenta alors de permuter avec Damien : *Kighare, supposons que tu te retrouves dans la situation de ce jeune homme, et que ton père soit entre la vie et la mort – te viendrait-il même à l'idée de t'occuper de la scène du crime ? Quant au bureau situé à cinq kilomètres de là*... Menka se secoua pour se libérer de son malaise, et subsuma cet étrange ordre des priorités sous un seul mot dédaigneux : Lagos !

Ce qui préoccupait le patient fut bientôt clarifié par l'arrivée de nouveaux visiteurs – sa belle-mère, accompagnée du frère de Bisoye, Denrele. Ils avaient besoin d'un document que Pitan-Payne avait en sa possession, et c'était urgent.

Denrele s'expliqua :

– Voyez-vous, docteur, par une pure coïncidence, nous sommes arrivés de Kwara cet après-midi – nous n'avions même pas eu vent de l'attentat de ce matin. C'est Mr Pitan lui-même qui avait fixé ce rendez-vous. Ce n'est vraiment pas le moment de vous embêter, ni de l'embêter lui, avec ce genre de problème, mais... voyez comme tout ceci est embarrassant : il s'agit d'un document crucial pour une audience au tribunal qui se déroule après-demain.

Menka se sentit soulagé, puis tout à coup inquiet. Si Duyole conservait quoi que ce soit d'important, un document à conviction, pour ainsi dire, celui-ci se trouvait forcément dans sa mallette. Mais qui diable connaîtrait le code de la serrure ? Certainement pas Bisoye, ni aucun des enfants de Duyole, pas plus que ses associés.

Fervent partisan du principe consistant à ne communiquer que les informations strictement nécessaires, Pitan-Payne gardait tous ses secrets dans cet attaché-case. Se tournant vers le patient, comme s'il espérait trouver là une solution, Menka distingua un éclat dans son œil, suivi d'un hochement perceptible et d'un fantôme de sourire. Menka le lui rendit et le compléta du fameux geste « gung-ho » que son ami, il le savait, aurait tant voulu ajouter. Si c'était bien cela qui avait provoqué son agitation, alors son esprit fonctionnait à nouveau plus ou moins normalement. Là encore, c'est avec un émerveillement mêlé d'excitation que le chirurgien comprit que Duyole s'était souvenu du rendez-vous. Une irrépressible envie de célébrer le submergea.

Peu après, Damien émergea à son tour de l'escalier, tout essoufflé, un dossier à la main mais sans la mallette. Il découvrit les visiteurs.

– Oh, vous êtes déjà là.

Puis il agita triomphalement les affidavits.

– Tu les as trouvés ?

– Oui, j'imagine que c'est pour ça que Papa réclamait sa mallette. J'étais avec lui quand il vous a donné ce rendez-vous.

– Ah, tu connaissais son code.

– La mallette n'était pas verrouillée. Il l'avait ouverte dans son atelier. Il devait chercher quelque chose dedans quand… eh bien, quand c'est arrivé. Je l'ai repérée tout de suite sur son bureau. Grande ouverte.

Bouleversée, la mère de Bisoye serra Kighare dans ses bras. Enlaça Damien. Se pencha sur Duyole pour lui déposer un baiser sur le front.

– Je vais vous raccompagner, proposa le Dr Menka en les poussant vers la sortie. Puis je ferai une pause. Je dois avouer que j'ai de la peine à tenir debout. Et les mains qui tremblotent. J'ai besoin de manger.

– Et de dormir, intervint Damien. Oncle Kighare,

s'il vous plaît, allez vous coucher – dans votre propre lit. Je prends le relais. Il y a un médecin de garde toute la nuit, dans ce service. Je vous réveillerai en rentrant me reposer. Je passerai par votre appartement, promis.

Soudain, l'agitation de l'ingénieur parut refaire surface. Il avait quelque chose à dire, se débattait avec, mais ces efforts ne firent que l'affaiblir davantage. Il roulait des yeux, passant de Damien à Menka comme pour les associer, mais sa capacité à parler semblait avoir été épuisée par les quelques mots qu'il avait prononcés. Et cette question au sujet d'un certain Uriah Heep qui les aurait fait attendre. Où ? Finalement, le patient parut se résoudre à l'impuissance de ses efforts, ferma les yeux et s'endormit.

Menka, lui, se résigna à cette pause trop longtemps repoussée. Quatre heures plus tard, il était de retour dans la salle de réveil. Assis sur la chaise qu'il avait libérée, Damien dormait profondément. Menka le renvoya à la maison, louant la chance qu'il avait d'avoir hérité du talent de son père pour s'assoupir n'importe où. Avant de s'installer, il vérifia les annotations sur la fiche de suivi du patient puis soumit celui-ci à un examen de routine.

Aussitôt, il fit volte-face, se précipita dans le couloir à la recherche de l'infirmière de nuit. Le médecin de garde était déjà en train de monter l'escalier. À partir de cet instant, le monde parut tourbillonner sur un tempo démoniaque.

– Docteur Menka ?

– Oui.

– Je suis désolé, mais les nouvelles ne sont pas bonnes. Vous avez lu mes notes.

– Oui.

– Je suis passé le voir il y a une demi-heure. Le médicament qu'il lui faut n'est plus en stock dans notre pharmacie.

– Vous plaisantez, ou quoi ?

– J'en reviens. Il ne nous reste même plus une seule ampoule.

– Nous en trouverons bien. Appelons les autres hôpitaux.

Avant l'aube, une réunion fut organisée, rassemblant les médecins de l'hôpital ainsi que les consultants privés que l'on put tirer du sommeil. Anévrisme ! Comme si cette foutue situation n'était pas assez compliquée. Le nom d'un médicament était sur toutes les langues, mais l'établissement n'en avait pas à disposition. Appels téléphoniques à des institutions sœurs – les hôpitaux universitaires aux quatre coins de la nation, en partant bien sûr des plus proches. Partout, la même pénurie. Damien venait à peine de se mettre au lit quand il fut réveillé, réquisitionné et chargé de coordonner ces démarches. Puis les cliniques privées, là encore en élargissant peu à peu les recherches par cercles concentriques – ils avaient ouvert leur appli Google Maps. Puis l'attente-torture des horaires d'ouverture, en se réjouissant intérieurement que ce ne soit pas le week-end, suivie d'un pied de grue angoissé devant les portes des pharmacies. Là où l'on connaissait des apothicaires – Lagos et Badagry, Abeokuta, Ibadan, Benin City –, ceux-ci furent interrompus au milieu de leur petit déjeuner par une frénésie d'appels. Le siège des Millennium Towers donna l'ordre de faire le plein de toutes ses voitures et des motos de ses coursiers, et que tous les chauffeurs et pilotes se tiennent prêts à filer dans n'importe quelle direction. Mais le médicament demeurait introuvable, à Badagry comme à Lagos. L'état de Pitan-Payne empira. Il semblait avoir été encore aggravé par un AVC.

Le consensus fut total.

– Nous n'avons plus le choix, il faut l'évacuer, soupira Menka, bouleversé par l'ironie de cette situation

– Duyole, entre tous les hommes, obligé d'emprunter le chemin honni du tourisme médical !

– Même pour un transfert par avion, il faudra d'abord le stabiliser. Nous avons besoin de ce médicament.

– Je sais, répondit sèchement Menka.

C'était l'ironie de cette histoire qui avait provoqué son agacement peu coutumier. Une clinique de pointe figurait parmi les nombreux projets de Duyole pour l'aménagement des Millennium Towers ; en vérité, celui-ci remontait à près de trois décennies, thème général d'un engagement collectif dont Duyole était le pivot. Et voilà qu'ils n'arrivaient même pas à trouver un remède de base. Mais ils pouvaient au moins commencer à se mettre en quête d'une ambulance aérienne.

Menka poursuivit d'un ton plus égal :

– Nous ne pouvons pas attendre d'avoir déniché une boîte de ce médicament. La première chose trouvée attendra l'autre – non, en fait, il faut que ce soit d'abord le médicament. On ne peut pas faire attendre très longtemps les avions-ambulances. L'un de mes patients, à Jos, a des liens avec une compagnie pétrolière qui, évidemment, en possède un. Je peux les mobiliser tout de suite. Si besoin, nous ferons même appel au Premier ministre.

Damien s'empressa d'intervenir.

– J'espère que ce ne sera pas nécessaire. Papa n'aimerait pas être redevable envers…

– Envers le Diable ? Vu la situation, Damien, les états d'âme de ton père importent peu. En plus de tout le reste, il appartient à la communauté internationale. Et c'est une responsabilité nationale. Un honneur, même – s'il en reste encore un peu à la Villa Potencia !

Ils entreprirent de solliciter leurs contacts, en élargissant peu à peu les recherches vers l'est et le nord. Menka téléphona à son ancien hôpital, à Jos. Zéro résultat. Le personnel des Millennium Towers se joignit à cette quête, contactant dispensaires et petits revendeurs de médicaments brevetés de leurs villes et villages d'origine – on ne savait jamais ce qui pouvait se cacher là, à l'écart des filières normales. Même si la date d'expiration d'un lot était dépassée, ils pourraient peut-être essayer une ampoule ou deux. Ces recommandations préféraient pécher par excès de prudence, si bien qu'il restait toujours une marge sur laquelle parier. Quand les sédatifs qu'on lui avait administrés cessèrent de faire effet, Bisoye fit montre d'une volonté d'acier. Calmement mais fermement, elle appela ses anciennes camarades d'école – *Appelez tous vos contacts dans le monde médical s'il le faut, mais trouvez-moi ce médicament !* La Marque Pays mobilisa la douzaine de succursales qu'elle possédait sur le territoire national. Sans aucun résultat. Aussi incroyable que cela puisse paraître, ce produit demeurait absolument introuvable. Finalement, ce fut d'un modeste revendeur vivant dans un obscur village situé près d'Ogbomosho, retraité de quatre-vingts ans, que vint le miracle. On contacta le gouverneur de cet État ; il accepta de fournir une escorte pour acheminer en urgence le médicament jusqu'à Badagry.

Le conseil d'experts se dispersa et l'équipe logistique constituée à la hâte prit les choses en main, se répartissant les tâches en vue de l'évacuation de Pitan-Payne, avec le renfort de membres de la famille, d'employés et d'amis. Kikanmi, le frère, déclina l'offre de Menka de fournir une ambulance aérienne par le biais de ses contacts professionnels – la famille, lui assura-t-il, disposait elle aussi d'un réseau de relations, et se chargerait de cet aspect-là. Ces liens remontaient aux années étudiantes de Duyole, quand le patriarche l'avait rejoint à Salzbourg pour la première fois, à l'occasion de sa remise de diplôme. Sur sa liste d'endroits à visiter figurait une succursale du célèbre chocolatier Lindtz, située en périphérie de la ville. L'Otunba avait promptement négocié la représentation de cette société au Nigéria, partenariat qui allait finalement fonctionner dans les deux sens, notre businessman avisé servant en parallèle d'agent aux exportateurs de cacao de son pays. Sa tentative d'étendre ces activités au Ghana voisin ne connut pas le même succès. Les gens de Lindtz étaient intéressés et des contrats furent signés, mais la montée du sentiment nationaliste chez ce producteur historique de cacao s'avéra intimidante, et l'Otunba eut la sagesse de revendre son partenariat ghanéen à une entreprise locale, pour se concentrer sur l'ampleur déjà considérable du marché nigérian, et son marché d'exportation en plein essor. Les gens de Lindtz font partie de la famille, annonça Frère Kikanmi ; faisons appel à eux pour l'ambulance. Menka n'apprit que plus tard, avec une grande satisfaction, que ce service avait déjà été sollicité par le passé. Un membre de la famille avait subi des blessures atroces dans un accident de la circulation, et la société Lindtz était venue à la rescousse. Cette nouvelle mission fut confiée à Teesane. Il contacterait l'ambassade autrichienne et se chargerait de toutes les corvées administratives – permis d'atterrissage, visas d'urgence pour les membres de l'équipage, logement de ces derniers, dérogations, etc. Il écarta d'un revers de main toute proposition d'aide. Il connaissait *tout le monde* ; sa sphère d'influence dans le domaine aérien, au niveau ministériel, était considérable. Il ferait en sorte que l'équipage passe sans encombre les contrôles des services d'immigration, et puisse redécoller sans délai.

Menka ne fut que trop heureux de voir la famille se jeter dans la mêlée, surtout pour l'obtention du prérequis le plus crucial – un avion-ambulance ! Cela le libérait pour des tâches d'une importance presque aussi capitale, comme organiser l'admission de Duyole à l'hôpital universitaire dépendant de l'académie de Salzbourg où son ami avait fait ses études, et établir le lien entre Badagry et Salzbourg. Il y eut un léger raté, vite résolu, quand la fratrie de Duyole flirta un temps avec Dubaï, destination qui faisait rage, alors, pour toutes les affaires de santé. Mais elle ne faisait pas le poids contre le lien chocolatier du patriarche et sa passion pour la valse viennoise. Il ne restait plus maintenant qu'à planifier l'aspect terrestre de l'évacuation. Menka organisa une escorte par la patrouille autoroutière, depuis Badagry jusqu'à l'aéroport d'Ikeja. Son travail de chirurgien avait impliqué une interaction constante avec la police de la route – moisson garantie de victimes d'accidents ayant besoin d'être suturées ou pire –, il savait donc qui appeler à tous les échelons de la hiérarchie. Damien règlerait les derniers détails et servirait d'homme à tout faire. Menka fit en sorte que tous comprennent combien il était important, une fois l'ambulance terrestre arrivée à l'aéroport, que celle-ci puisse accéder directement au tarmac afin d'éviter toute perte de temps ou retard, qui pourrait s'avérer délétère pour leur patient. Duyole ne quitterait pas Badagry avant que l'avion soit quasiment paré au décollage – formalités administratives remplies, équipage à son poste, avion ravitaillé en carburant et autorisé à décoller.

Menka n'hésita pas à exploiter son statut nouvellement acquis, souvent abasourdi – et franchement ravi – de découvrir les portes qu'il lui ouvrait au sein de l'establishment national, jusqu'à des recoins considérés jusqu'alors comme inaccessibles. Il jura de ne plus jamais se plaindre des inconvénients de la reconnaissance publique si Duyole se sortait en un seul morceau de cette affaire. En attendant, il comptait bien l'exploiter jusqu'au bout. Il fit clairement comprendre au commandant de la patrouille des autoroutes que c'était l'occasion pour ses hommes d'exercer tous leurs instincts sadiques frustrés pour dégager le moindre ralentissement sur la route de l'aéroport, en mettant à profit leurs talents de célérité, d'intimidation et de manœuvres kamikazes pour faire en sorte que le patient atteigne l'aéroport Murtala-Muhammed d'Ikeja à une vitesse que seul le médecin accompagnateur serait habilité à limiter pour le bien-être du malade. *S'il vous dit de ralentir, rasez le bitume. S'il vous dit de foncer, transformez-moi cette ambulance en hélicoptère de combat !* Puis il fit chauffer le téléphone, vérifiant une dernière fois que les moindres détails de l'évacuation étaient réglés. Il faisait de son mieux pour s'effacer un peu de temps en temps, et faire sentir à ses collègues que Duyole était leur patient et lui une simple roue de secours, mais il y avait un gouffre entre ses intentions et sa conduite. Dans une nation comme celle-ci, quand une vie était en jeu, la logistique d'un tel départ était un fardeau extrêmement instable. Ce n'était plus un problème de compétence professionnelle, auquel cas il aurait pu en toute confiance laisser le sort de son ami entre d'autres mains. La réalité, c'était qu'il aurait préféré une journée entière d'opérations délicates ininterrompues qu'une heure à négocier ces obstacles bureaucratiques et autres délires administratifs. Il appelait. Haranguait. Revenait à la charge. S'énervait. La fanfaronne confiance de Teesane, la présomption que sa bonhomie-cravate à rayures et son réseau de représentant de commerce garantissaient un résultat dans une pareille crise, l'importunait. Le plus délicatement qu'il put, il demanda à Kikanmi, l'aîné, de garder un œil sur le cadet et de superviser l'accomplissement de ses missions. Le plus poliment, sans doute, qu'il put, Kikanmi lui rappela qu'il s'agissait avant tout d'une affaire familiale. Menka encaissa l'affront, rétracta ses antennes.

Le chirurgien était le premier à le reconnaître : il était une créature intuitive. Si tout s'était déroulé normalement, suivant des plans et des désignations précis, il aurait insisté pour qu'on lui réserve une place à bord de cet avion, en tant que patient prioritaire ayant un besoin urgent de soins psychologiques. Kikanmi annonça triomphalement l'arrivée de l'avion-ambulance, mais Menka fit le déplacement pour en avoir le cœur net, après s'être réservé une chambre d'hôtel pour la nuit près de l'aéroport. Sur place, on lui montra du doigt l'avion garé sur le tarmac. Seulement en partie rassuré, Menka s'assura cependant que les documents fournis correspondaient bien à l'appareil – modèle, marques d'identification, couleurs et description. Tout concordait. Malgré les circonstances, Menka décréta qu'il s'agissait là du plus bel objet qu'il avait vu depuis les montagnes de Jos. Il s'offrit un somptueux dîner en solo au restaurant méditerranéen de l'hôtel, dormit comme un bébé. Le lendemain matin, il se rendit au terminal pour y attendre l'ambulance terrestre. Le feu vert avait été donné et le convoi venait de quitter Badagry. Exultant, Menka descendit de sa voiture et entra dans l'aéroport pour se présenter au bureau des autorisations.

Tout était en ordre. Ils étaient attendus et l'itinéraire dégagé pour qu'ils puissent accéder directement au tarmac. L'agent chargé de superviser le départ de l'avion contacta le conducteur de l'ambulance sur sa radio pour suivre leur progression. Le Dr Menka écouta leur conversation et sortit son portable pour demander au médecin comment s'en sortait le patient. Son état était stable, rien n'avait changé. Les membres d'équipage avaient eux aussi reçu le feu vert des autorités. Bientôt, leur minibus se présenta à la porte de départ qui lui était tout spécialement réservée – c'est alors seulement, en apercevant la navette, que Menka réalisa qu'en fait, ils avaient dormi dans le même hôtel que lui. Les chanceux, ils n'avaient même pas conscience d'avoir échappé de peu au pessimisme invétéré d'un fou. Il les regarda entrer d'un pas confiant dans le terminal de l'aéroport et eut l'impression que c'était lui qui planait à quinze mille. Sans même le vouloir, il entonna un chant de victoire de sa jeunesse, qu'il pensait avoir oublié. L'équipe de l'école assurait !

Puis vinrent les moues dubitatives, les éclats de voix désespérés et les gestes d'agacement devant le comptoir. Le Solutionneur en chef était apparemment introuvable. Manquaient également les permis de vol et les documents d'accompagnement, que Menka lui-même avait en partie vérifiés puis célébrés la veille au soir. Teesane le Solutionneur avait été aperçu pour la dernière fois en train de cavaler en direction du terminal domestique. On ne l'avait plus revu depuis.

C'est alors que l'homme de Gumchi laissa libre cours aux fourmis longtemps contenues qui grouillaient au creux de ses tripes. Il en éprouva un certain soulagement – au moins, la chose avait fini par arriver, et comme cela se passait toujours au pays des gens heureux. À la dernière minute. De manière irrationnelle. Et quasiment irrémédiable. Au moins, maintenant, une chose advenait contre laquelle il était possible d'agir. C'était déjà un progrès ! Il se présenta aux membres d'équipage. Avant de rejoindre l'aéroport, ceux-ci n'avaient pas eu vent du moindre accroc. L'arrivée à Lagos, la veille, s'était déroulée sans encombre. Mais ils venaient d'apprendre qu'il y avait en fait eu un souci dans le plus crucial des rayons – la paperasse ! Au moment ultime, juste avant de quitter le sol autrichien, sur la base des dernières radios transmises depuis Badagry aux autorités de Salzbourg, il avait été décidé qu'un neurochirurgien devrait accompagner le patient depuis le Nigéria – une opération d'urgence durant le vol était hautement improbable, mais jugée possible. L'avion était d'ores et déjà équipé pour parer à ce genre d'éventualité. Mais cela voulait dire, cependant, que Salzbourg fournirait un anesthésiste qui arriverait à bord de l'avion. Tout cela avait été acté avant le décollage. Les services d'immigration et l'équipe d'accueil avaient été prévenus de ces changements.

L'arrivée s'était effectivement déroulée sans aucun contretemps. Les membres d'équipage, et leur passager de dernière minute, avaient été autorisés à entrer sur le territoire national. Mais maintenant qu'ils étaient prêts à redécoller pour quitter le pays du bonheur, l'un des responsables de l'aéroport, d'obédience militaire, avait décidé de contrecarrer leurs plans, rejetant les explications de cet ajout d'une personne sur la liste de l'équipage. Le responsable du protocole de la Marque Pays tenta en vain de lui faire remarquer que le passager en question avait été autorisé la veille à entrer au Nigéria. Non ! Les autorisations, insista le responsable, n'avaient été sollicitées et accordées que pour un équipage de quatre personnes – dans ce cas, comment se faisait-il que ces gens soient arrivés à cinq la veille et qu'ils tentent aujourd'hui de quitter le pays des gens heureux ? Cet individu supplémentaire était un immigré illégal. L'homme saisit même les passeports que tous avaient remis pour garantir leur départ à l'heure prévue ce matin-là. Les justifications qui avaient été acceptées comme rationnelles à l'arrivée étaient à présent considérées comme la preuve de quelque sinistre complot – contre qui, et dans quel but au juste, nul n'aurait su le dire. Après avoir confisqué tous les documents disponibles, cet intransigeant gardien du royaume disparut, sans que personne sache dans quel bureau. Non, on ne leur accorderait pas l'autorisation de quitter le pays.

Ce n'était pas le moment de prendre ombrage, mais Menka fit bien pire. Plus d'une fois, il avait plaint Duyole d'avoir hérité d'une fratrie aussi pitoyable, allant parfois jusqu'à se demander si le geste le plus précieux qu'il pouvait faire pour le remercier de son amitié n'aurait pas pu prendre la forme de l'élimination discrète de l'un d'entre eux, Teesane en particulier. Menka se sentait trahi. Son portable avait été en surchauffe pendant toute la soirée – au point de lui brûler littéralement les doigts –, essentiellement à cause d'appels liés aux missions de Teesane. Et le chirurgien n'était pas à l'origine de toutes ces communications – d'autres l'avaient appelé, lui, le lauréat médical de la nation, pour vérifier s'il était véritablement impliqué dans les demandes faites par le représentant de commerce, dont certaines n'avaient rien à voir avec l'évacuation sanitaire d'urgence du patient. Teesane n'était pas du genre à laisser passer une opportunité.

Le chirurgien avait passé en revue la check-list, encore et encore. L'avion était arrivé – ça, c'était coché. L'équipage avait franchi l'immigration ? Coché. S'était présenté à l'hôtel ? Coché. Ambulance – coché. Escorte – coché. Il avait exigé que les autres le préviennent si le moindre détail avait été négligé, en cas de problème de dernière minute ou de simple incertitude que lui, ou n'importe qui d'autre, serait susceptible de résoudre. Si l'on avait besoin qu'il demande de l'aide à qui que ce soit, à tous les niveaux de la hiérarchie, s'il vous plaît, avait imploré Menka, appelez-moi. Je serai disponible nuit et jour – faites-moi confiance, je peux me passer de sommeil pendant plusieurs jours. J'ai l'habitude d'être réveillé pour des urgences. Prévenez-moi juste. Mais l'omnicompétent Teesane ne s'était même pas contenté de lui répondre « Non, merci ». Il avait un impérieux besoin de faire savoir à tout un chacun qu'il avait quasiment pris le contrôle de tous les services de l'État, même lorsqu'il s'agissait d'accéder aux toilettes de l'aéroport.

Et maintenant, le Solutionneur manquait à l'appel et

personne ne semblait savoir où il se trouvait. Coincé dans les embouteillages notoires de Lagos ? Confortablement installé dans la tour de contrôle, à analyser le trafic aérien et les conditions météorologiques afin de déterminer l'heure de décollage idéale ? En train de passer un savon au chef de l'État pour avoir retardé le départ de son frère pour aller se faire opérer à l'étranger ? Tout ce qui avait filtré – grâce à quelques membres compatissants des autorités aéroportuaires –, c'était la nature du problème et la manière dont, peut-être, peut-être seulement, il pouvait être résolu.

Progressant sans trop de difficulté, l'ambulance en provenance de Badagry arriva à peu près à l'heure dite. Elle se précipita directement sur le tarmac dans un hurlement de sirènes, escortée par l'équivalent local du GIGN. Mais à la place du transfert instantané initialement prévu, les deux ambulances, la terrestre et l'aérienne, s'observaient à présent à une vingtaine de mètres de distance, faute de pouvoir débarquer cette cargaison sensible sur son brancard pour la transvaser à bord de l'avion. Menka ouvrit les portes du véhicule, à l'intérieur duquel Pitan-Payne était allongé, attaché sur le brancard, et poussa une exclamation. Il aurait dû s'en douter ! Bisoye se trouvait au chevet du patient. Non, ce n'était pas tout. Sa valise marquée par tant de voyages – il la reconnut aussitôt – était posée à ses pieds, prête à accompagner son homme jusqu'en Autriche. Il se frappa le crâne, fâché contre lui-même. Il aurait dû la mettre en garde. Il était parti du principe que le beau-frère de Bisoye, qui connaissait, et avait même validé, la capacité de l'avion, et s'était occupé de l'accompagnant supplémentaire de dernière minute, l'avait forcément prévenue. Lui-même avait envisagé un temps de décoller avec le patient, avant de comprendre que c'était perdu d'avance en découvrant l'avion sur le tarmac, la veille au soir – toutes ses questions sur le nombre de passagers qu'il pouvait transporter s'étaient heurtées à un mur. Menka avait trouvé cela fort déconcertant, comme s'il s'agissait d'un secret d'État. Il y avait de la place pour le personnel médical venu d'Autriche et une seule personne en plus – le neurochirurgien.

– Descendez, Bisoye, lui dit-il aussi gentiment que possible et il tendit le bras pour l'aider, empoignant d'abord sa valise. Vous le rejoindrez plus tard. Il n'y a qu'un siège de libre, et il est réservé à notre spécialiste de Lagos. Vous n'êtes même pas infirmière. Je me trompe ?

Elle secoua docilement la tête. Il vit qu'elle n'avait pas dormi de la nuit. Toute l'énergie des jours précédents semblait s'être évaporée. Bisoye donnait l'impression d'être sonnée, comme si elle venait à peine de saisir l'énormité du départ de Duyole, et le caractère incertain de cette entreprise. La raideur de son dos avait comme fondu, peut-être à cause de l'achèvement des tâches dont elle s'était chargée en vue du départ de l'époux, et de l'absence de tout autre nouveau défi. Menka sentit qu'elle avait certainement passé la nuit dans cet état, totalement vidée, uniquement capable de suivre Duyole, où qu'il parte.

Menka la conduisit à l'intérieur du terminal, lui trouva un siège libre.

– Vous devriez rentrer à la maison pour vous reposer. Je vais vous trouver un taxi. Je réserverai vos billets avant d'avoir quitté cet aéroport.

Elle releva brusquement la tête.

– Aujourd'hui ? Je pourrais encore partir ce soir.

– Bisoye, il faut récupérer des forces. L'opération n'aura pas lieu avant une semaine au moins – c'est notre projection la plus fiable. À moins, bien sûr, d'une évolution imprévue de son état. Sinon, une semaine au bas mot. Après le vol, il faudra le restabiliser. Vous aurez beaucoup à faire ici, avant de partir. Rentrez vous reposer. Réglez d'abord toutes les affaires de la maison. Passez au bureau pour avoir les dernières nouvelles, que vous pourrez lui apporter là-bas. C'est ce qu'aurait voulu Duyole – vous le savez très bien. Les dernières nouvelles, c'est de ça qu'il se nourrit. Pas vrai ?

Elle eut un sourire faible, acquiesça d'un hochement de tête.

C'est alors que Teesane réapparut, encore plus vidé que sa mère. Les documents de vol avaient été emportés chez le commandant de l'aéroport, dont les bureaux se trouvaient à l'autre bout – la partie domestique – de celui-ci. Teesane les avait chassés jusque là-bas, et il était maintenant de retour, l'air harassé, dérouté – du romsteck grésillant qui les avait quittés, il ne restait plus qu'un bout de gras congelé. Il balbutia son calvaire – le commandant l'avait quasiment mis à la porte de son bureau en le gratifiant d'une volée de bois vert pour être venu troubler sa tranquillité d'esprit au sujet de documents qui n'étaient clairement pas en règle. Il n'avait aucune intention de libérer un appareil qui avait traité les règles d'immigration de la nation avec un mépris caractérisé, et la connivence, cela était désormais évident, de « Nigérians antipatriotiques » ! Pour qui nous prennent-ils, ces étrangers ? Une république bananière ? L'éternel scénario de « foutus civils » collaborant avec les ennemis de l'extérieur.

– Qu'allons-nous faire, maintenant ? se lamenta Teesane.

– Commençons par le plus urgent. Il faut que Bisoye rentre à Badagry – elle est venue dans l'ambulance. Trouvons-lui un taxi.

Avec un empressement stupéfiant, Teesane proposa sa propre voiture.

– Mon chauffeur est ici. Il peut la ramener à la maison. Je rentrerai par mes propres moyens, pas de souci.

Menka n'en crut pas ses oreilles – Teesane, prêt à

se sacrifier ainsi ? Quelque chose d'absolument sans précédent avait dû le frapper dans le bureau du commandant. Ou bien juste en voyant ces plans si bien agencés s'effondrer tout autour de ses présomptions. Mais le chirurgien se contenta juste d'acquiescer sans mots, non sans remarquer le soulagement avec lequel Teesane empoignait la valise de Bisoye et l'escortait jusqu'à l'endroit où était garée sa voiture.

– Je reste près de l'ambulance, cria le docteur dans son dos. Retrouvons-nous là pour faire un brainstorming.

C'était, par chance, l'une de ces matinées de fraîcheur autour de l'aéroport, de sorte que Menka ordonna aux infirmières de descendre le brancard et de déposer Duyole à l'air libre. L'escorte policière s'était éloignée ; l'ambulance elle-même avait un emploi du temps à respecter, et devait repartir d'ici une demi-heure. Cela n'aurait pas eu de sens de retenir un véhicule dont l'hôpital pouvait avoir besoin pour d'autres patients. En aucun cas Duyole ne retournerait à Badagry – sur ce point, Menka ne transigerait pas. L'avion décollerait coûte que coûte avec son ami à bord, sous la surveillance de professionnels. Les mâchoires du fils de Gumchi étaient serrées tandis qu'il regardait les infirmières extraire le brancard et l'installer précautionneusement sur le tarmac. Ce fut sans doute cette action qui déclencha une nouvelle éruption. Une Jeep décapotée fonça en rugissant sur le groupe, déviant sa course au tout dernier instant pour venir se ranger parallèlement au brancard. Un soldat en uniforme bondit hors de son siège – armé, aucun moyen de savoir son grade. Mais quelle que soit la fulmination qu'il avait répétée *en route**, elle resta figée sur ses lèvres. À la place, il se mit au garde-à-vous et se fendit d'un salut militaire.

Menka lui épargna l'effort de poser des questions en désignant le patient alité.

– Mon ami a besoin d'air frais. Je n'aime pas l'idée de le laisser enfermé dans ce véhicule, surtout que nous ignorons combien de temps va s'écouler avant que notre avion soit autorisé à décoller.

– Oh, cette affaire vous concerne, sir ?

– J'en ai bien peur.

Les yeux du soldat s'écarquillèrent.

– L'avion a des ennuis, sir. De gros ennuis.

– C'est ce que j'ai cru comprendre. Dites-moi, franchement : votre commandant, qu'est-ce qu'il veut ? Nous sommes dans une impasse. Les papiers qu'ils demandent n'existent pas. Ils ne peuvent pas être présentés. Il n'y a rien, absolument rien que nous puissions faire. L'ambassade d'Autriche a été contactée, ils essaient de voir ce qu'ils peuvent faire de leur côté, mais chaque instant qui passe met en péril la vie de l'homme allongé sur ce brancard.

Le soldat se rapprocha, confidentiel.

– Cet homme, sir, celui qui est en charge de l'opération, a fait n'importe quoi. Celui avec la moustache. Au lieu de gérer la situation en douceur, il s'est mis à lancer des menaces. Alors le commandant a pris les papiers et il est parti avec.

– Je n'étais pas présent, mais je crois que je peux imaginer la scène. La question, maintenant, c'est qu'est-ce que vous me recommandez ? Vous connaissez votre commandant, moi pas.

Le militaire se rapprocha encore.

– Heureusement que vous êtes ici, sir. Si notre *oga* vous voit arriver, il rendra aussitôt les papiers. Ça, j'en suis sûr.

– Parfait. Je suis venu dire au revoir à mon ami, pas le voir mourir sur ce tarmac. Je ferai ce que vous me direz. Où se trouve son bureau ?

– Dans le terminal domestique, sir. Il faut ressortir…

Menka le coupa net.

– Sortir, s'insérer dans la circulation, sortir par les barrières de péage, s'insérer de nouveau dans la circulation. Et pendant ce temps... ?

Il montra du doigt le brancard.

– Il n'y a pas d'autre solution, sir.

– Comment ça, pas d'autre solution ?

Menka fit un geste vague en direction du terminal domestique.

– C'est le même aéroport. Les deux tarmacs communiquent entre eux – regardez ce véhicule de service, il vient de la partie domestique. Plein de gens circulent de l'un à l'autre. Donc, où est le problème ?

Les yeux du soldat s'écarquillèrent encore davantage.

– Vous voulez dire... ?

– Je veux dire, répondit Menka en tapotant le capot de la Jeep. C'est l'un de vos véhicules de patrouille, n'est-ce pas ? Vous faites des allers et retours sans arrêt. Même les foutus civils vous voient depuis leurs sièges, dans les avions. Vous avez vos voies réservées et vous êtes de service. Ce qui inclut les urgences.

Il désigna le brancard.

– Ça, c'est vraiment une urgence ! Une question de vie ou de mort.

La bouche du militaire s'ouvrit puis se referma. Il jeta un dernier coup d'œil au brancard et au fardeau qu'il transportait.

– Grimpez à bord, sir.

Ils foncèrent le long des voies périphériques, traversant les deux tarmacs, et atteignirent en un rien de temps un secteur opérationnel, tout au fond de la zone domestique. Comme il se rangeait devant le bureau de son commandant, l'officier implora :

– Mais s'il vous plaît, ne dites pas que je vous ai dit que le commandant était là, ni qu'il avait les papiers. Tout à l'heure, il a nié les avoir avec lui.

Menka le gratifia d'un clin d'œil.

– Vous me prenez pour qui ? Votre commandant sera content d'avoir accompli cette bonne action, je vous le garantis. Et si vous veniez à avoir des ennuis, ne vous inquiétez pas : je vous laisserai les numéros de tous mes contacts.

– Je vais me garer derrière ce bâtiment pour qu'il ne me voie pas quand il vous raccompagnera.

– Si vous préférez ne pas vous éterniser, je peux très bien me débrouiller, offrit Menka. Il transmettra ses ordres pendant que je me débats dans la circulation normale.

Le militaire sourit et lui adressa un salut.

– Je vais vous attendre ici, docteur.

En entrant, le Dr Menka fut confronté à des éclats de voix badins, hilares, séducteurs – tous ces sons coutumiers du bonheur qui n'étaient pas, en temps normal, associés au bureau du commandant d'un service lié à la sécurité nationale. Un caporal alerte tenait le guichet de la réception. Il releva la tête en l'entendant entrer. Reconnaissance, puis incrédulité s'emparèrent de ses traits. Il se dressa d'un bond, courtois et attentionné. Menka commença malgré lui à entrer, progressivement, dans ce rôle que d'instinct, on lui accordait. D'une voix désinvolte mais aussi professionnelle qu'il en était capable, il dit au caporal d'informer son chef que le Dr Menka demandait à le voir pour un problème d'une urgence absolue, une question de vie ou de mort, littéralement ! Le caporal se mit en branle sans perdre un instant. Il hésita brièvement devant la porte, puis frappa.

À l'intérieur, une voix tonna de rage.

– Bon Dieu, qui est-ce encore ? Je croyais vous avoir dit de ne me déranger sous aucun prétexte !

Le caporal se tourna vers Menka, avec un geste d'impuissance. Le chirurgien le poussa de côté pour entrer dans le bureau. Le commandant le contempla, prêt à exploser. L'instant d'après, la reconnaissance envahit également ses traits. Les pieds de sa chaise raclèrent le plancher, et il se mit au garde-à-vous.

– Docteur, vraiment désolé, docteur, personne ne m'avait dit que vous m'attendiez.

– Je viens vous voir au sujet de l'avion-ambulance immobilisé, annonça Menka.

– Quel avion ? Oh… l'av… cet avion-là. Asseyez-vous, docteur, je vous en prie.

Il se tourna vers ses invités, deux femmes et un homme.

– Hem… voulez-vous bien nous laisser ? Revenez plus tard, quand j'en aurai terminé avec le docteur.

Il poussa ses invités vers la porte, hurla après son assistant, puis se confondit de nouveau en excuses.

– J'ignorais totalement que vous étiez impliqué. Personne ne m'a informé que…

– Peu importe. Je vous en prie, quels que soient les raccourcis administratifs que vous pouvez prendre, je compte sur vous pour le faire. La vie de mon ami est en train de le quitter, là-bas, sur ce tarmac. Nous avons passé des nuits blanches à préparer tout ça, plus d'une semaine de planification pour finalement… qu'on essaie de le tuer dans l'enceinte de votre aéroport.

Le commandant se mit à pleurnicher :

– Ils auraient dû me prévenir. Personne ne m'a prévenu. Hé, vous, apportez-moi le dossier de l'avion immobilisé !

– Sir ?

– L'avion autrichien, vous êtes sourd ou quoi ? Quel autre avion avez-vous immobilisé ?

Dix minutes plus tard, le Dr Menka était de retour sur le tarmac, du côté international, avec toutes les autorisations nécessaires. Teesane l'attendait au pied de l'avion avec Bisoye. Elle s'empressa de s'expliquer :

– Oncle T m'a mise au courant, pour ce retard, alors j'ai supplié qu'on me laisse rester là jusqu'à ce que tout soit réglé. Au moins, je voudrais lui dire au revoir. Désolée d'avoir eu l'air aussi rincée tout à l'heure. Maintenant, je vais mieux.

Menka éclata de rire.

– Ah, oui, j'avais oublié. Les problèmes ont décidément un drôle d'effet sur vous : dès qu'il y en a un, vous trouvez des réserves insoupçonnées. Évidemment, nous le regarderons partir ensemble. Tout est en ordre, à présent. Nous avons reçu l'autorisation. Le commandant est en train de donner les instructions nécessaires.

Il tendit à Teesane les documents confisqués, et le représentant de commerce se lança dans un chant et une danse de louange, l'avers des malédictions que sa sœur avait fait pleuvoir tout à l'heure sur les bourreaux de Duyole, le tout entrecoupé de ses habituels reniflements.

– Hum, aah, Gumchiman – *reniflement reniflement* –, c'est Dieu qui vous a fait venir ici ce jour. – *Reniflement reniflement.* – Vous étiez le seul à pouvoir régler ça. – *Reniflement reniflement.* – Ce sont tous des salopards, ces soldats. Savez-vous qu'il a même menacé de m'abattre ? Puis de confisquer l'avion ! Comme si nous ne savions pas tous que ce qu'il voulait, c'était un bakchich. *Awon oloshi.*

Il ne restait plus à présent qu'à libérer les membres d'équipage de leur confinement informel, à démarrer les réacteurs pour que Duyole puisse être embarqué à bord d'un avion climatisé, puis à l'expédier dans la stratosphère. Le Dr Menka donna quelques instructions de dernière minute et s'éloigna du brancard pour que le couple puisse profiter d'un bref moment d'intimité. En outre, il éprouvait le besoin de savourer, seul, ce qu'il venait d'accomplir pour un ami – plaisir autrement plus délectable que de liquider l'un des frères de Duyole, plus facilement remplaçable –, pendant qu'il pouvait encore en goûter l'immédiateté, tout en se gardant de trop s'accoutumer à la commodité de ce statut.

Plus tard, Menka fut de retour dans son appartement, l'humeur lugubre. Il s'efforça à nouveau, de manière décousue, de mettre un peu d'ordre dans son bric-à-brac de Jos, abandonna bien vite. Au lieu de quoi, il se contenta de reremplir son sac de voyage, prêt à être convoqué en Autriche, où son ami allait subir cette opération à quitte ou double. Le moment, au moins, tombait bien, songea-t-il. Il était sans emploi. Il disposait de tout son temps, et il allait falloir en consacrer une partie à une réflexion en profondeur.

C'était une habitude qu'il ne contrôlait plus, totalement involontaire, mais enfin, elle ne lui semblait pas anormale, et même si elle l'était, alors c'était l'anormalité qui appelait l'anormal. Dès lors qu'une journée avait été marquée par n'importe quel événement en dehors de la norme, que pouvait-on attendre d'autre ? De sorte que, alors qu'il se laissait tomber avec lassitude dans un fauteuil, du moment où son esprit entreprit de passer en revue les offrandes de la journée, il sentit un autre minuscule événement, qu'il s'était forcé à mettre de côté, remonter à la surface.

Pourquoi un fils refuserait-il d'accomplir une tâche aussi simple ? Ton père veut sa mallette – eh bien, apporte-la-lui ! Même si c'est un détail sans la moindre importance qui a créé ce besoin de la récupérer, il a – nous avons – réclamé cette mallette, pas tel ou tel élément de son contenu. Alors pourquoi chercher un document à l'intérieur de ce foutu attaché-case au lieu, tout simplement, de l'apporter ? Pourquoi partir du principe que notre homme n'aura pas besoin d'autre chose demain, aujourd'hui, peut-être même avant ton retour avec ce document isolé ? Pourquoi ?

DEUXIÈME PARTIE

19
Les funérailles discrètes de la bourgeoisie

Et alors, comme cela finit toujours par arriver, tout fut terminé – espoirs, questions, incertitudes. Pitan-Payne arriva bien jusqu'à Salzbourg, mais pas au bout de son troisième jour dans cette ville de chansons.

Tout à coup, quasiment du jour au lendemain, les Pitan-Payne connurent une métamorphose déroutante. La mort d'un membre de la famille, surtout si celui-ci a fini par incarner la force vivante de cette famille – vivante, c'est-à-dire ne se nourrissant pas du seul passé, réel ou mythique, mais investie dans le présent, recréant et renforçant socialement l'héritage avéré ou simplement imaginaire –, une telle mort peut se révéler traumatisante à l'extrême pour l'estime de soi de cette famille. Et cela dépasse le fait que le disparu ait pu être celui qui gagnait le pain de tout le monde. Comme dans le proverbe de l'éléphant, cet événement n'est pas « quelque chose qui traverse juste le champ de vision – *fiiri !* », mais l'entonnoir d'une doline creusée au beau milieu d'une intersection très fréquentée ; la famille vacille soudain sur ce rebord instable, prête à basculer dans le vide ou à retrouver son équilibre. Comment l'expliquer sinon, demandait Menka aux murs de son appartement – comment ? Il n'était qu'un chirurgien, un manipulateur de pièces détachées qui n'impliquaient pas le cerveau. Si bien que le fils de Gumchi se sentait perdu et regrettait – comme cela lui était souvent arrivé, et pour des raisons différentes – de n'avoir pas choisi une autre spécialité médicale. Quand il tentait d'expliciter la nature de ce changement, il constatait que la formule la plus commode était d'accepter simplement que les Pitan-Payne avaient décidé de tous se catapulter du simple statut de famille, aussi notable fût-elle, avec un pedigree reconnu, à celui de *La Famille*. Avec des majuscules. Ou de Dynastie. Avec peut-être l'une de ces majuscules de début de paragraphe que l'on trouvait dans les vieux manuscrits enluminés.

En tout cas, quoi qu'il ait pu être jusqu'alors, le clan semblait s'être enfin trouvé, avoir dépoussiéré son pedigree et son destin longtemps négligés. Le commun des mortels pouvait bien subir l'indignité d'être enterré sur ses terres natales ; mais pas La Famille – avec des majuscules. Difficile de nier qu'une fois le souffle envolé, il ne reste que des sentiments. Néanmoins, la communauté tout entière qui s'était formée autour de ce seul individu – associés, amis, connaissances, débiteurs, créanciers – semblait unie dans la croyance qu'une Marque Pays, même si elle n'était pas reconnue au-delà des frontières, ne pouvait tout simplement pas être donnée à perpétuité à un autre pays, quand bien même son pourvoyeur serait mort totalement insolvable ou aurait fini par être tellement ostracisé que ses amis et associés n'avaient même pas le cœur à faire passer le chapeau pour financer son retour au pays. À moins, bien sûr, que les circonstances de son départ ne fussent à ce point innommables qu'elles faisaient de son retour sur ses terres une abomination. La Famille, elle, voyait les choses d'un tout autre œil. Si l'on faisait le bilan en toute objectivité, à la lumière de la façon dont ces événements s'étaient déroulés, La Famille semblait désormais se réduire à un simple quatuor – le patriarche, les deux frères et la sœur –, si bien que Menka se mit à les décrire comme l'« Otunba Quartet ». Lequel donnait l'impression de jouer avec des instruments mal accordés. Aussi impossible que cela pût paraître, le quatuor avait décrété que la vie et l'âme de cette famille, de Badagry et au-delà – Duyole Pitan-Payne, prototype originel de l'esprit du peuple le plus heureux du monde –, devait être enterré dans un pays lointain, pour la simple raison que c'était l'endroit où il se trouvait avoir rendu son dernier souffle. Mais ce n'était pas une « simple raison ». C'était bien davantage que cela, comme son inséparable ami des collines escarpées du Plateau allait bientôt le découvrir.

On pouvait s'y attendre : les protestations furent instantanées et lapidaires, venues de tous les cercles forgés autour de Duyole et même de vagues connaissances. Ses jeunes associés d'affaires, Runjaiye et Ekete, avaient pris la tête d'une délégation qui s'était rendue des Millennium Towers à la demeure de l'Otunba. Ils l'avaient trouvé, une fois n'est pas coutume, sans Mamma Kressy, orteils en paix au creux de ses chaussons. Ils avaient déjà protesté auprès de Teesane, qui avait retrouvé son sentiment d'omnipotence. Il les avait écoutés, avant de délivrer un message d'une grande brusquerie, on ne peut plus clair. Mr Teesane avait en effet signifié aux deux émissaires que les collègues de son père, même les plus proches, demeuraient des personnes extérieures. Ils n'avaient pas leur mot à dire dans les décisions concernant l'enterrement de Duyole. *Oui* – reniflement reniflement –, *vous êtes certes les collaborateurs d'affaires de Duyole* – reniflement reniflement –, *mais cette relation s'arrête aux Millennium Towers. Vous ne faites pas partie de La Famille, à laquelle revient la décision finale. Nous avons pris cette décision – l'enterrement se fera en Autriche.* Ekete, d'une voix projetée dans les hauteurs par l'incrédulité, avait réuni tout le personnel pour lui rapporter cet échange à sens unique, sa carcasse déjà frêle encore ratatinée, de manière alarmante, par cette rebuffade. Le lendemain, il avait posé un jour de repos.

C'était à présent le tour de Menka, et le docteur ne posa qu'une question au frère :

– Et la veuve, Bisoye, que veut-elle ?

Elle avait pris l'avion le lendemain pour être auprès de son mari – il avait été impossible de la retenir davantage – et se trouvait à l'hôpital, mais pas à son chevet, quand il avait rendu son dernier souffle. Était-il concevable qu'elle ait contribué à une telle décision ?

C'était difficile à croire, mais La Famille estimait que les souhaits de la jeune veuve n'avaient pas la moindre importance. La Famille, manifestement, ne s'étendait pas jusqu'à elle ; pas plus, à ce stade, qu'elle n'incluait les enfants. Ceux-ci s'étaient visiblement vu concéder leur propre catégorie spéciale, chacun étant courtisé indépendamment des autres, avec le calcul que le butin de cette mort allait briser leurs rangs et forger de nouvelles alliances. Le chirurgien de Gumchi pataugeait dans des eaux inconnues. Il avait bien sûr été confronté à des variantes de cette même « culture familiale », parfois même d'une nature plus terrifiante encore, qui avait toujours cours. Il connaissait des sociétés où la veuve devait subir des épreuves atroces afin de prouver qu'elle n'avait joué aucun rôle dans le décès de son époux. Dans certaines communautés, après avoir lavé le mort, la femme était soumise à la torture médiévale de l'ordalie. On la forçait à boire la mixture résiduelle du lavage rituel du cadavre. Si elle vomissait, c'est qu'elle était une assassine. Si elle parvenait à garder cette bouillie dans son estomac, eh bien, tant pis pour elle. Il lui fallait trouver un moyen de surmonter les nausées, voire l'empoisonnement. À ce stade, bien sûr, son crâne avait déjà été rasé, son corps exposé à des coups de fouet. On l'enfermait dans une pièce obscure et miteuse où elle mangeait, urinait et déféquait. À intervalles réguliers, on la faisait sortir et elle se retrouvait exposée à l'inquisition collective des femmes de la famille – qu'avait-elle cuisiné pour son homme qui l'avait envoyé rejoindre les ancêtres ? Ces sessions-là étaient en fait appréciées par la veuve, car c'était l'unique moment où elle pouvait jouir du luxe de la lumière et de l'air frais, sauf que, bien sûr, cet interrogatoire était mené à midi, en plein soleil, pour brûler sa culpabilité et la faire sortir de son âme. Si bien qu'elle se retrouvait assise sur le sable brûlant, dans la fournaise, pendant que ses inquisitrices l'assaillaient de questions et d'accusations depuis le confort d'une véranda ombragée. Après quoi, elle retrouvait sa cellule et son régime de fer, un sol de terre séchée ou de ciment sans même un lit de paille. Mais n'était-on pas censé être à Badagry, plus d'un siècle après les derniers convois d'esclaves ? Kighare Menka commençait à se demander quel endroit était le pire : ici, parmi l'aristocratie de Badagry, ou là-bas à Jos, où au moins les restes humains étaient traités avec un certain respect commercial.

Alors commença une saga de contusions émotionnelles, plongée dans des intrigues familiales qui le poussa à envisager sérieusement d'aller chercher la délivrance auprès de Papa Davina, ou du premier prédicateur qui lui tomberait sous la main. Il ne pouvait plus se défaire du fort soupçon que soit La Famille, soit lui, était possédé par un démon. Mais pour le moment, il se contenta de consulter un collègue médecin, qui mesura sa tension artérielle. Comme il le soupçonnait, tous les symptômes du stress surabondaient chez lui. L'éternelle mise en garde de Duyole lui parvint depuis le vide : *Médecin, soigne-toi toi-même.* Elle l'enjoignait d'étouffer les émotions qui l'embrasaient et d'en revenir à l'essentiel. Calmement, Menka se demanda ce que le code du Gong des Quatre exigeait de lui, dans une telle situation. La réponse était claire et nette : ramener Duyole à la maison. L'emmener à Gumchi, s'il le fallait, et l'enterrer là-haut. Cette résolution s'imposa tranquillement, sans tapage, avec la conviction que c'était ce que Duyole aurait fait si lui, Menka, avait été l'objet d'un bras de fer aussi morbide. *Vous ne voulez pas de lui ? Très bien, je le garde.*

Menka parcourut en voiture les cinquante kilomètres de route éventrée qui menaient à Lagos, indifférent aux cahots d'ornières qui, vingt-quatre heures plus tôt, n'existaient pas encore. Il trouva Teesane à son bureau, sa confiance visiblement restaurée par sa désignation de fait comme facilitateur principal et porte-parole de La Famille. Il se montrait fort expansif. La mort était une tunique plusieurs tailles trop grande pour notre pourvoyeur général, mais il s'évertuait vaillamment à la remplir. Il était au téléphone avec l'Autriche, dictant à l'entreprise de pompes funèbres autrichienne les dispositions à prendre pour les obsèques. Si Teesane éprouvait le moindre chagrin, il n'en montrait rien – mais enfin, devait reconnaître Menka, lui-même ne laissait pas filtrer ses propres émotions. Ce n'était pas le moment, et il n'y avait aucune raison immédiate de laisser de la place à la peine. C'était l'heure de mettre les gants, et l'outsider était prêt à affronter le clan tout entier des imposteurs Pitan-Payne, l'un après l'autre – ou tous ensemble.

– Teesane, tu sais ce qui m'amène. Donne-moi juste une réponse claire. Qui a pris la décision d'enterrer Duyole à l'étranger ?

Teesane respirait la confiance, pure, non diluée. C'était une décision de Pop Éternel, mais avec laquelle La Famille était totalement en accord.

– Je sais que vous avez vos raisons. Serait-il possible de les partager, afin que nous soyons tous sur la même longueur d'onde ?

Teesane se rassit au fond de son fauteuil.

– Ah, Gumchiman – *reniflement reniflement* –, vous connaissez nos gens, combien ils aiment le bruit. Ils adorent l'épate. Tout ce qu'ils veulent, c'est une opportunité de se donner en spectacle. Ils viendront de partout, tout le monde veut en être, mais – *reniflement reniflement* – hein, a-Gumchiman, lesquels d'entre eux souffrent vraiment ? Combien dans cette foule ne viennent que pour être vus ? Pour s'exhiber ? La vulgarité, c'est le problème avec nos gens – pas vrai ? Vous le savez bien, n'est-ce pas, hein, Gumchiman ? Les personnes telles que vous le comprendront. Vous êtes chirurgien ? Vous avez vécu planqué là-haut, dans l'arrière-pays, à vous occuper des victimes de Boko Haram. Jusqu'à ce récent prix, est-ce que quelqu'un vous connaissait ? Est-ce que ça vous gênait ? Non. Ça, c'est votre style. Vous détestez l'esbroufe, c'est pour ça que vous êtes différent. La plupart de ces gens, tout ce qui les intéresse, c'est la partie « Regardez, je suis là ». Combien d'entre eux se soucient vraiment de Duyole ?

Menka écoutait, incrédule. Il n'arrivait pas à saisir la pertinence de l'argument. En tout cas, il ne pouvait que s'émerveiller – était-il possible que cet homme ne se reconnaisse pas lui-même, et ses valeurs, dans ce type social qu'il était en train de dénoncer ? Non pas que cela eût apporté une quelconque validité rationnelle à son argument, mais pouvait-il vraiment avoir oublié que lui, monsieur le Pourvoyeur de tout et de rien pour la haute société, était la béquille du vide, de l'insipidité, de la fausseté des valeurs et de l'exhibitionnisme de cette société-*soufflé** qu'il décriait ? Menka sentit sa colère monter. Duyole avait été un homme à foule. Sélectif, oui, mais qui appréciait la compagnie. Adorait les gens, aimait juste être avec eux. Cet arnaqueur impertinent était-il en train de critiquer son ami ? De quel droit ? Les doigts de Menka le démangeaient. Il inspira puis expira. Mieux valait pour sa santé changer la direction de cette conversation, et il se prépara à prendre congé.

– J'en conclus, donc, que cette décision est définitive.

– Absolument. C'est la décision de La Famille. Et ce n'est pas comme si l'Autriche nous était étrangère – à vrai dire, nous considérons presque Salzbourg comme une extension de La Famille.

– Parce que Duyole a étudié là-bas ? Qu'il a eu son diplôme là-bas ?

– Plus que cela, Gumchiman, plus que cela. Pop Éternel – vous l'ignorez peut-être – entretient depuis fort longtemps des relations d'affaires avec les Autrichiens. Nous nous sommes fait des amis. Les gens de Lindtz nous connaissent. Nous les connaissons. Ils sont venus nous voir ici, vous savez. Je leur ai fait visiter le Nigéria. Ils connaissent bien le pays, peut-être même mieux que vous.

– Qu'est-ce que ça prouve, Teesane ? En quoi tout ça pourrait bien concerner la veuve, par exemple ? Et les enfants ?

– La Famille souscrit totalement.

– Cela inclut-il l'épouse, Bisoye ?

– Je lui ai parlé hier. Elle est tout à fait ouverte, oui, ouverte à cette idée, oui, elle y adhère.

C'était inattendu, et un revers. Le deuil avait-il donc également faussé les pensées de Bisoye ? Non, bien sûr, c'était impossible ! L'espace d'un instant, Menka se demanda si ce n'était pas sa propre sensibilité qui était tordue, avant de se rappeler que Runjaiye et les autres étaient venus avant lui déposer ces mêmes doléances.

– Vous en êtes bien sûr, Teesane ?

– Oh oui, je lui ai dit que c'était ce que voulait La Famille…

– Vous n'arrêtez pas de répéter *La Famille*, *La Famille*… Moi, je fais référence à celle de Duyole.

Pour la première fois, le Pourvoyeur apparut sur la défensive. Il se trémoussait sur son fauteuil, mal à l'aise.

– Eh bien, j'inclus les enfants. Ils sont d'accord.

– Les enfants ! Oh, bien sûr, oui, ça je n'ai aucun mal à le croire. J'avais mis en garde Duyo sur le fait qu'il fallait les faire revenir plus souvent au pays. Pas les laisser grandir en croyant que le monde se limitait à l'Europe et aux États-Unis.

– Au début, eux aussi, ils pensaient la même chose qu'Ekete et les autres, mais Damien m'a assuré qu'ils avaient tous changé d'avis.

Oh, Damien ? Damien était un cas spécial. Et qui l'avait fait revenir à la maison ? Lui, Menka. *Ça m'apprendra*, songea-t-il. Comment décrire ce que les enfants étaient devenus, comment ils se voyaient eux-mêmes ? Comme appartenant à la famille nigériane, yoruba ? Cette question, Duyole se la posait souvent. Mais alors, sa veuve ? Cette même Bisoye, une princesse à part entière, étant l'héritière d'une des familles régnantes d'Ondo. Maison qui était si proche du trône que la « cérémonie de demande » avait eu lieu dans le palais de l'Osemawe, premier de tous les rois. Ils s'étaient tous mobilisés, avaient accompagné Duyole à cette cérémonie, apportant les traditionnelles offrandes d'ignames, d'huile de palme, de noix de cola, les balles de coton tissé *aso oke*, que sais-je encore ? Arrivés au palais, ils avaient accompli les rituels solennels consistant à demander la main de Bisoye, à l'accueillir officiellement au nom de Duyole et à célébrer leurs fiançailles. Non, quelque chose clochait. Menka n'imaginait pas un seul instant Bisoye consentir à abandonner Duyole sur une terre étrangère, pas plus qu'il n'imaginait Duyole, s'il avait pu exercer sa volonté en cet instant, ne pas dénoncer – et même renier – les membres de sa famille pour ce qu'ils s'apprêtaient à faire. Malgré la confusion qui avait marqué certains aspects de la vie qu'il s'était choisie, le défunt s'était exprimé de manière trop fréquente, profonde et cohérente sur son mode d'existence pour permettre une telle parodie. Menka n'avait d'autre choix que de contester les affirmations de Teesane.

– Si Bisoye a dit que vous deviez enterrer son mari en Autriche, c'est qu'elle n'était pas elle-même. Elle était submergée par le chagrin – vous auriez dû le savoir. Dans un tel état émotionnel, elle aurait certainement accepté n'importe quoi, sans même comprendre les implications de ce qu'on lui disait. Je n'ai aucun mal à imaginer l'état dans lequel elle se trouve. À votre place, je ne considérerais pas son consentement comme concluant.

– Eh biiiien, a-Gumchiman, vous connaissez la tradition. Duyole appartient à La Famille, et les souhaits de la veuve dépendent en réalité de ce que dit La Famille.

– Ne racontez pas n'importe quoi, Teesane. Vous savez qu'on ne vous laissera jamais tranquille. Personne n'applaudira cette décision.

– Je sais, je sais. J'ai d'ores et déjà été bombardé de protestations, mais : vous voyez ? C'est typique des gens d'ici.

Et ce fut comme s'il avait compris par où l'esprit de Menka était passé l'instant d'avant.

– Ils savent oublier la tradition quand cela les arrange, mais ils sont toujours les premiers à invoquer la tradition, la tradition… Hein ? Tu parles d'une cohérence. Vous êtes un homme traditionnel, pas vrai, a-Gumchiman ? Vous savez que la coutume interdit à un père d'assister aux funérailles de son enfant.

Menka se demanda pourquoi un éclair de foudre commun envoyé par tous les gardiens divins de la tradition ne transperçait pas les murs de ce bureau pour faire voler Teesane hors de son fauteuil en le carbonisant au passage, pour avoir soumis ses oreilles si patientes à de tels non sequiturs, dignes d'un foutu analphabète. Son regard soudain dur demanda à Teesane s'il était en train de délirer. Peut-être Frère Teesane saisit-il cette interrogation, et décida-t-il de ne pas attendre sa formulation.

– Le ramener là où se trouve Pop Éternel – cela revient au même, si vous y réfléchissez bien.

– Attendez, Teesane, arrêtez-vous juste un instant. Quel genre de raisonnement tordu êtes-vous en train d'essayer de me refourguer ? Je ne suis pas yoruba, mais n'allez pas croire qu'on la fait aussi facilement au villageois de Gumchi pur jus qui est en face de vous ! Votre patriarche n'est pas obligé d'approcher à moins de cent kilomètres des funérailles. Qu'est-ce que vous racontez, bon Dieu ! Duyole aurait pu mourir ici, il aurait tout aussi bien pu mourir à l'hôpital de Badagry. Ou bien sur le tarmac de l'aéroport, dans les limites de cette même ville de Lagos où vous avez tous été élevés par le vieux. Et alors, quoi ? Auriez-vous donné l'ordre à l'avion-ambulance de décoller quand même pour l'Autriche avec son cadavre, pour être sûr que son père ne serait pas présent à l'enterrement ? Épargnez-moi ces âneries, Teesane, s'il vous plaît. Mon ami me manque cruellement et peut-être ne suis-je pas très cohérent dans mon expression. Mais j'ai les idées claires. Alors remettons un peu de logique dans tout ça !

– Ah, Gumchiman, vous ne comprenez pas. Il faut penser à Pop Éternel, l'Otunba. Laissez-moi vous répéter ce qu'il a dit, d'accord ? Alors vous comprendrez la vraie nature de cet homme. Je lui ai demandé : « Que veux-tu que nous fassions pour le rapatriement de son corps ? » Et vous savez ce qu'il a répondu, a-Gumchiman – oui, vous savez ce qu'il a déclaré ? Il a dit : « Cette idée de le ramener ici, c'est pour pouvoir le poser sur la table et me le servir pour le dîner ? » Vous voyez ? Voilà le genre d'homme qu'il est. Il voulait savoir quel était notre but en le rapatriant. À quoi bon ? Donc, ça revient au même. Il nous rappelait juste la tradition.

Menka voulut réécouter la tirade, mais c'était une réaction commune à bon nombre de gens. Cela semblait être devenu une habitude. Teesane faisait de telles déclarations que l'interlocuteur demandait à les entendre une nouvelle fois, juste pour s'assurer que son ouïe n'avait pas été faussée par l'impact des fameux reniflements de Teesane. Le représentant de commerce s'exécuta, ses yeux luisant d'une étrange fierté, quasi fanatique.

– Il est dur, l'Otunba, très dur. À quoi bon le ramener ici, voilà ce qu'il voulait nous faire comprendre. Vous saisissez ? « Cette idée de le ramener ici, c'est pour pouvoir le poser sur la table et me le servir pour le dîner ? »

Et Teesane secoua la tête de pur émerveillement devant l'incroyable sagacité de la déclaration du patriarche.

– Il n'y en a pas beaucoup, des hommes tels que Pop Éternel, je vous le dis. C'est un homme profond. Vraiiiiiment profond. Parfois trop profond même pour nous, ses enfants. Il est unique en son genre.

Teesane marcha sur un nuage pendant le reste de la journée et même les jours suivants, jusqu'aux funérailles. Lors d'une des sessions de planification de La Famille, il narra la manière dont il avait couché le chirurgien d'une riposte imparable.

– Laissez-moi vous dire une chose : ça l'a achevé. Le Gumchiman a eu du mal à se relever. Tellement sonné qu'il ne s'est même pas rendu compte qu'il marchait en arrière.

Le récit du représentant de commerce était fidèle à la réalité. Kighare Menka se releva effectivement tant bien que mal et recula pratiquement jusqu'à la porte en contemplant Teesane, le regard fou. Dans son esprit en surchauffe ne tournait que cette question alarmante : se pouvait-il qu'Otunba Pitan-Payne figure sur la liste de clients du Codex Seraphinianus ?

Un moindre réconfort encore attendait Kighare Menka en Autriche. Il y débarqua pourtant préparé à ce moment tant redouté. Voilà, c'était fini. Plus rien à dire, juste développer une stratégie pour réduire les contacts au minimum, dire adieu à son ami, aller se cacher dans un coin pour panser ses blessures, puis revenir et occuper ses jours avec cette affaire de Codex. Il s'en réjouissait. Celle-ci accaparerait son esprit et lui permettrait d'échapper aux cauchemars éveillés. La journée avait été intense, à réempaqueter son bric-à-brac de Jos si peu de temps après avoir commencé à vider ses cartons et à prendre ses marques dans un nouveau chez-lui, mais les augures étaient sans équivoque. Le Gong des Quatre avait retenti pour la dernière fois ; finalement, ce serait un retour à Gumchi. Apporter Gumchi à Lagos ? Quel rêve ! Le nouvel ordre requérait de lui qu'il se trouve un petit cottage à Abuja, ou peut-être Bida – oui, pourquoi pas Bida, la patrie des potiers ? De là, il pourrait faire des allers-retours quotidiens à Gumchi, construire sans hâte, progressivement, son centre de rééducation, mener à bien le projet dans lequel il s'était embarqué. Gumchi d'abord ? Non, Gumchi maintenant. Il avait eu raison depuis ce tout début où il avait résisté à toutes les cajoleries de Duyole pour qu'il vienne s'installer dans le Sud, afin que les amis puissent réaliser leurs rêves de jeunesse – Lagos n'était décidément pas le bon endroit pour accueillir l'usine à rêves de Gumchi. Il laisserait aux Pitan-Payne ce Lagos désormais privé de son unique âme nourricière, qu'il ne méritait pas. Cette âme qui avait véritablement compris la valeur du bonheur. Menka s'autorisa un sourire en coin de gratitude – on lui avait épargné de s'établir ici, avant d'être à nouveau déraciné. Quant aux tourments du deuil, tout cela viendrait plus tard. Pour le moment, le chagrin était relégué dans un nœud d'insensibilité. Il ne ressentait rien. Il allait devoir faire face à la jeune veuve – quels mots de consolation allait-il bien pouvoir articuler ?

Elle était dans sa chambre, avec Selina pour lui tenir compagnie. Au moins, elle disposait à présent d'une épaule féminine sur laquelle pleurer. Menka tenta d'imaginer ce qu'elle avait pu ressentir pendant les quelques jours qui avaient précédé l'arrivée de sa belle-sœur. Cela avait dû être un double supplice. Le deuil, bien sûr, mais aussi le fait que Duyole soit mort si loin de chez eux, ce qui la privait du réconfort des femmes de la maison. Elles se seraient relayées à ses côtés, ne la laissant jamais seule, dormant dans sa chambre et veillant sur elle jusqu'aux funérailles, et restant même ensuite avec elle pendant des jours, des semaines. Kikanmi, qui était arrivé avant tout le monde, avait tenté de remplir ce rôle, avec l'aide des deux filles de Duyole – il n'était pas très sûr du degré d'empathie qu'on pouvait attendre d'elles, étant donné leur ressentiment de longue date, tout à fait compréhensible d'ailleurs, à l'encontre de la « nouvelle femme ».

Le chirurgien avait anticipé l'effet qu'aurait son apparition, mais en avait sous-estimé l'intensité. En outre, il ignorait qu'il débarquait en plein champ de bataille. Il fut immédiatement submergé par cette décharge émotionnelle. Même Selina essuya une larme furtive. Peut-être le produit du soudain souvenir de tous ces moments partagés, désormais révolus, et d'un amour sincère pour celui qui les avait rendus possibles. L'esprit de Selina restait dans le même temps concentré sur sa tâche – empêcher la veuve de se blesser par excès de chagrin. Bisoye fut emportée par plusieurs vagues de sanglots successives, soudain inconsolable, et Selina s'occupait d'elle avec un efficace mélange de compassion, de rudesse et de colère feinte à l'encontre de sa patiente : *Allez ça suffit, maintenant. Oui, oui, ça fait mal, je sais que ça fait mal. C'est injuste. La vie est injuste. Oui, parfois on se demande pourquoi Dieu a la main si lourde avec certains, mais... Oui, oui, bien sûr, pleure. On ne peut pas retenir ses larmes. Mais ça suffit maintenant, assez. C'est bon. Il faut faire attention à ta santé, tu sais. Ça suffit, j'ai dit ! Tu veux que je m'en aille ? Très bien, je te laisse. Si tu crois que je n'ai que ça à penser, d'essuyer le plancher après, tu te fourres le doigt dans l'œil. Sommes-nous vraiment obligées d'en passer par là chaque fois qu'un ami ou un associé de Duyole se présente ? Voilà, voilà, c'est fini, allons. Reprends-toi... Oh, ne fais pas attention à moi. Non mais, regarde-moi un peu, toujours à essayer de sauver les apparences. Mais l'excès est mauvais, tu le sais, l'excès est toujours mauvais, ça devient de la complaisance. Voilà, voilà, reprends courage. Tatie Selina est là, nous surmonterons tout ça ensemble...*

Menka avait souvent été témoin de semblables scènes, le jaugeage instinctif des degrés et phases de la détresse, le pansage habile, renouvelé, d'une plaie au fur et à mesure qu'elle s'ouvre et se rouvre encore. Selina se révélait telle qu'elle était vraiment, faisant montre d'une expertise et d'une tendre inquiétude absolument inattendues. Sincèrement soulagé, Menka prit la résolution d'établir avec elle une relation plus empathique à compter de cet instant. Je me suis trompé sur son compte, décréta-t-il. L'affaire Damien n'était qu'une simple aberration.

L'orage finit par se calmer, et Menka aborda le sujet qui était dans tous les esprits.

– J'imagine, Selina, que La Famille n'a pas changé d'avis ? Que nous ne sommes pas ici pour accompagner au pays le corps de Duyole ?

– Oncle Kighare, c'était la meilleure décision que nous pouvions prendre. Nous n'avions pas d'autre choix. À vrai dire, d'une certaine manière, nous avons de la chance qu'il soit mort ici, c'est Dieu qui l'a voulu. Ce sont des professionnels ici, les pompes funèbres je veux dire, pas comme tous les gens bruyants et désordonnés auxquels nous aurions eu affaire à la maison. Ceux qui peuvent venir assisteront aux funérailles, les autres se souviendront de lui chacun à sa façon. Mais ils apprendront que nous lui avons offert les adieux d'un roi.

Le chirurgien se tourna vers la veuve.

– Vous êtes d'accord avec tout ça ?

Elle se tordit les mains.

– J'imagine que oui, doc. Je ne sais vraiment pas quoi faire.

– Teesane m'a dit que vous souscriviez totalement.

Selina intervint brusquement.

– Oh oui, nous n'avons parlé que de ça. Sentiments mis à part, docteur, quel autre choix avions-nous ? Vous savez, nous avons tellement de chance qu'il ait étudié ici, tant de gens le connaissaient. Nous sommes allés visiter le lieu, avons tout vérifié. C'est très classieux, vous verrez. Et la musique ! Des funérailles étaient en cours quand nous sommes arrivés – les employés des pompes funèbres nous ont permis de jeter un coup d'œil et de faire le tour des lieux. Vous ne trouverez jamais ce niveau de goût et de convenance, là-bas, avec les gens de chez nous.

Menka se leva.

– Bon, eh bien… Il n'y avait pas de mal à espérer. Tout semble déjà décidé. Alors, qu'il en soit ainsi.

Mais intérieurement, le chirurgien était bien décidé à ce que les choses n'en restent absolument pas là. Bisoye était à l'évidence sous une forme d'emprise émotionnelle, dont Selina était l'agent de transmission. En tout cas, Menka en avait assez entendu. Il se sentait nauséeux, en colère. Bisoye le raccompagna à la porte et lui demanda dans quelle chambre il se trouvait. Menka lui donna le numéro, ajoutant qu'il allait d'abord descendre au bar car il avait vraiment besoin d'un verre. Et alors, quelque chose dans l'expression de Bisoye – sans la moindre ambiguïté, l'appel d'une prisonnière implorant sa libération. Menka n'était pas surnommé pour rien Dr Attentionné, mais n'importe qui, même avec les antennes les plus insensibles du monde, aurait détecté cette supplication muette. Bisoye tournait le dos à Selina, de sorte que le message n'avait rien de subtil. Il disait, très distinctement, sans l'ombre d'un doute : *S'il vous plaît, sortez-moi d'ici !*

– Maintenant que j'y pense, dit le docteur d'une voix traînante, pourquoi ne venez-vous pas avec moi ? J'ai l'impression que tout ce que vous faites, c'est rester enfermée dans cette chambre à longueur de journée – n'ai-je pas raison, Selina ?

– Pas moyen de la faire bouger, docteur. J'ai essayé.

– Eh bien cette fois, elle bougera.

Menka prit Bisoye par l'épaule et la propulsa vers le couloir.

– Mais, Oncle K…

– Je vous la ramène dans une demi-heure, Selina. Elle va aller prendre un verre avec le docteur ici présent, même s'il doit la forcer à boire.

Il la poussa dehors, marchant d'un pas rapide, s'attendant presque à voir Selina se précipiter hors de la chambre avec la proposition indiscutable qu'elle aussi avait besoin d'un verre. Mais la porte demeura fermée, alors que les vannes des émotions de Bisoye s'ouvraient de nouveau en grand. Le déluge qui en résulta se poursuivit jusqu'au bar, ne s'arrêtant que lorsque Menka lui demanda :

– Où voulez-vous *vraiment* que Duyole soit enterré ?

– Où pourrions-nous l'enterrer, Doc, ailleurs qu'au Nigéria ? À Badagry. Je *sais* qu'il aurait voulu être enterré là, dans cet endroit où il a choisi de vivre. Pas même à Lagos, non : à Badagry, qu'il a marqué de son empreinte. Où il a donné cette tristement célèbre fête en pleine rue après s'être échappé de la cage du gouvernement. Je sais qu'il veut reposer à l'endroit où il a fait bâtir les Millennium Towers, le premier gratte-ciel de ce type à Badagry. Quels liens profonds a-t-il jamais prétendu avoir avec Salzbourg ? Il a étudié ici – et alors ? Tout le monde étudie quelque part.

– Laissez-moi vous reposer cette question : souhaitez-vous que l'on rapatrie le corps de Duyole ?

– Que pourrais-je vouloir d'autre ? Est-il seulement possible que quelqu'un envisage un autre endroit ? Je ne comprends pas ce qu'ils sont tous en train de faire. Tante Selina me donne des ordres et parle à ma place. Je n'ai pas le droit d'ouvrir la bouche. Tout ce que j'entends, c'est la famille ceci, la famille cela… Ils ont pris le contrôle de tout ce qui concerne Duyole. Je n'ai pas eu mon mot à dire.

– Vous voulez dire que vous n'avez jamais exprimé le souhait qu'il soit enterré ici, en Autriche ? À aucun moment ?

– Oncle Kighare, les deux premiers jours, est-ce que je savais seulement où j'étais ? Ce que je disais ? Ce que je faisais ? Quels vêtements je portais ? Vous croyez peut-être que je comprenais quoi que ce soit à ce que disaient les gens ? Il se peut que j'aie dit oui. C'est possible. C'est même probable. Mais était-ce ce que je voulais ? Quelqu'un m'a-t-il demandé ce que je voulais vraiment ? Quand Tante Selina est arrivée, elle n'a pas arrêté de marteler qu'il fallait qu'il soit enterré ici. Pourquoi ? Pour qui ? Personne ne m'a rien expliqué. Tout avait déjà été décidé – tout. On m'en a informée, c'est tout. Personne n'a pris la peine de me demander ce que je voulais. On me transmettait seulement les décisions de la famille. Jusqu'à ce que

Debbie arrive, puis Katia, et qu'elles commencent à protester toutes les deux, je ne savais même pas qui avait décidé quoi, ni comment. Je n'arrêtais pas de demander après vous – *Où est le doc ? Où est le doc ? Pourquoi le Dr Menka n'est pas encore là ? Quand arrive-t-il ?* Je vous ai appelé au téléphone, j'ai laissé des messages.

Le docteur secoua la tête.

– Je n'ai rien reçu. Rien du tout. Étiez-vous seulement en état de composer mon numéro ?

– Non. Tante Selina le faisait toujours pour moi. Je ne sais même pas où est mon téléphone.

– Évidemment. Logique.

– Je n'avais personne, juste ces gens qui me disaient quoi faire, ce qui était organisé. Personne ne m'a consultée pour la préparation des funérailles. Ils ont décidé du funérarium, du cimetière, ils ont choisi l'emplacement de la tombe, ont tout arrangé avec les pompes funèbres. Je ne sais même plus si c'est un événement organisé par Lindtz ou l'enterrement de Duyole Pitan-Payne. C'est une drôle de famille, doc. Ils sont tous étranges dans cette famille. Je crois que c'est pour ça que Duyole a déménagé. Il était différent. Chez tous les autres, il y a quelque chose de bizarre. Personne ne se comporte comme ils l'ont fait depuis l'attentat. Et il n'y a même pas une semaine que Duyole est mort…

Le bar était en grande partie désert. Comme Bisoye se calmait, Menka en profita pour la pousser délicatement à partager avec lui ce qu'il avait essayé en vain de se représenter tout seul – les ultimes instants de Duyole. Il n'était pas sûr que cela soit le bon moment, mais par qui d'autre, à part les médecins, aurait-il pu être éclairé sur ce moment unique, si décisif ? Il imaginait d'ici la version pathétique qu'en donnerait le Cerveau de Badagry, ponctuée sans doute de quelques commentaires grossiers que celui-ci penserait être l'expression de sa virilité. Quant à Damien, Menka préférait ne même pas penser à lui.

Menka aurait mieux fait de penser au fils de Duyole, car le peu de détails récoltés ne firent qu'introduire d'autres étrangetés encore dans le déroulé de la mort, même pour un vétéran tel que Menka. Le calendrier prévu s'était heurté à un contretemps inattendu. Une crise épileptique soudaine, puis le cerveau avait quasiment cessé de fonctionner, ses pulsations électriques se faisant de plus en plus faibles au fil des minutes. On l'avait placé sous respirateur artificiel, les signaux cérébraux s'estompant peu à peu. Des appels téléphoniques avaient été passés à destination du patriarche, à des milliers de kilomètres. Damien était sur place, il collectait les avis des médecins et les transmettait quand il l'estimait nécessaire. Le corps médical avait fait ses recommandations. Le fardeau de la décision était trop lourd pour l'épouse affligée – comment aurait-elle pu consentir à débrancher Duyole ? Elle qui avait toujours été capable d'affronter tous les défis directs, pratiques – comment aurait-elle pu évaluer celui-ci ?

Qui avait finalement déconnecté les appareils ? Damien. Il était resté au chevet de son père – une différence avec le scénario de Badagry – pendant l'essentiel de cette journée cruciale. Qui avait pris la décision finale ? Bisoye l'ignorait, seulement que Damien et son oncle Kikanmi, à Salzbourg, et l'autre oncle à Lagos, par téléphone, avaient eu de brefs échanges. Finalement, les médecins déclarèrent que les pulsations avaient cessé pour de bon. Éteindre les machines de maintien en vie n'était plus qu'une formalité. À partir de ce moment-là, Bisoye avait été trop bouleversée pour se remémorer l'enchaînement des événements. Un détail du récit que le fils avait fait de la mort de son mari était néanmoins resté gravé dans son esprit dévasté. Arrivée à ce point, l'attitude de la veuve changea. Ses larmes cessèrent d'un coup, et un éclat de dégoût, dur, quasi incandescent, s'alluma dans ses yeux. Il lui fallut un moment pour retrouver sa voix.

La Famille – incluant son dernier ajout en date, Damien – semblait dotée d'une capacité peu commune à se distinguer par des sentiments tordus, comme si ses membres s'affrontaient dans un concours secret pour déterminer qui allait faire la déclaration la plus déconcertante, prononcée d'une manière qu'eux-mêmes, mais personne d'autre, considéraient comme ayant atteint le fond limoneux même de l'océanique profondeur. Tel le *Vous voulez le ramener ici et me le servir pour le dîner ?* du patriarche, qui semblait avoir fait vibrer un secteur depuis longtemps rouillé des pulsations cérébrales de Teesane, car depuis, celui-ci se faisait un devoir de répéter ce mantra à tout bout de champ. À moins que ce ne soit la nature même de la perte, réelle ou projetée, qui avait permis au grotesque de prendre le dessus dans cette famille en proie au mal des faiseurs de phrases. Ce qui s'imposait de manière incontestable, en revanche, c'était la revendication compulsive d'une unicité, l'habit ouvertement révélateur enveloppant un autre énoncé désarmant, lequel rivalisait avec celui du patriarche en termes d'arrière-goût douteux.

Après que la décision avait été prise et dûment transmise à Damien, à qui cette tâche semblait avoir été confiée par La Famille, à moins qu'il ne se la soit appropriée comme il l'avait fait avec la mallette de son père, Damien était resté assis au chevet de Duyole tandis que la vie le quittait. Son ressenti de la mortalité et de la continuité avait été légué au monde en des mots dont il n'avait cessé depuis de faire étalage devant toutes sortes de publics, à commencer par la veuve, aussitôt après l'événement : *Je lui tenais la main, et j'ai senti sa force couler en moi quand il est mort. J'ai senti sa force se déverser en moi.*

Incapable d'absorber cette annonciation convaincue d'un héritage mystique, dont la formulation était probablement tirée d'un quelconque roman de gare, le masochiste en Menka décida qu'il n'aurait de cesse qu'il ne l'entende de la propre bouche de Damien. Il saisit la première occasion, ce soir-là, d'encourager Damien à le faire profiter de cette sublime expérience, que lui-même, pendant toutes ses années d'exercice de la médecine, n'avait jamais connue. Damien ne se fit pas prier, employant quasiment les mêmes mots que ceux utilisés pour communiquer la chose à la veuve, et à tous ceux qui avaient croisé son chemin à Salzbourg, puis pendant quelque temps encore, par la suite :

– Oui, Oncle, j'ai senti sa force s'écouler en moi, elle s'est déversée dans mon corps, passant de sa main à la mienne.

Menka était pris au piège dans le cercle dense du deuil, tout près du centre, mais selon toute apparence, il demeurait immunisé contre ses émanations paralysantes. Il s'en réjouissait, et son salut était rendu possible par le fait qu'il y avait par ailleurs des cercles de demande et de dépendance qui mettaient également ses forces à l'épreuve. La plupart de ceux qui avaient fait le déplacement à Salzbourg connaissaient Menka et savaient sa proximité avec le défunt, de sorte qu'ils se comportaient comme si le docteur avait été le centre de tous ces cercles, et qu'il détenait la clé de ce mystère qui déroutait tous ceux qui se retrouvaient à présent réunis, certains pour la première fois, cette humanité éparpillée qui avait toujours tourné, souvent sans se connaître, autour du disparu. Les uns après les autres, ils avaient foncé vers sa chambre ou l'avaient coincé au bar ou au détour d'un couloir. Le premier de leurs soucis était, invariablement, de trouver la clé de cette décision d'enterrer Duyole en Autriche ; le second, d'en connaître les raisons. Et, pour commencer, lui-même y avait-il contribué ?

Ils étaient venus du Nigéria, du Liban, du Royaume-Uni, de France, des États-Unis et d'Italie – c'était l'été, et les Nigérians, qu'ils soient aisés ou à peine solvables, étaient d'ores et déjà dispersés sur toute la surface du globe. Ces funérailles avaient quelque chose de précipité, comme si les partisans de son irrévérencieuse doctrine étaient mal à l'aise avec leur propre décision et voulaient limiter le nombre de témoins de ce moment de trahison. C'était un avertissement que le chirurgien aurait dû prendre à cœur. Pourtant, un nombre fort impressionnant de personnes avaient fait le voyage, tous ceux qui avaient pu en dépit de ces délais extrêmement inadéquats, certains arrivant même après la fin des funérailles. Le comportement d'une grande partie d'entre eux, allant du sombre au bouillonnant, était tel que Menka se demandait s'ils étaient venus pour les funérailles proprement dites ou simplement pour protester, faire entendre leur mécontentement ou juste exiger des explications pour cette anormalité. Se retrouver brusquement confronté à un espace vide dans son existence était une chose, mais se voir privé des rituels aidant à s'y accommoder, à négocier une paix avec ce vide soudain dans l'environnement physique d'un espace de vitalité partagé, c'était tout à fait différent. Peut-être que ce voyage faisait également office pour eux de thérapie, dans la mesure où il détournait leur esprit de la domination de ce qui aurait sinon été vécu comme un deuil par procuration. Une douleur inconsolable, mêlée de ressentiment, avait usurpé la province de la perte.

Pourquoi, pourquoi, pourquoi ? Mais pourquoi ? Pourquoi font-ils une chose pareille ? Vous le savez sûrement, docteur.

Je n'arrive pas à croire que la famille ait pu prendre

seule une telle décision. Il y a quelque chose derrière tout ça, une forme de pression quelque part. Ils vous ont forcément consulté, non ?

Non, ils ne l'avaient pas fait.

Le besoin de réponse était si désespéré que certains esprits se tournaient vers la politique. *Est-ce le gouvernement ? Duyole ou la famille se sont-ils disputés avec le Premier ministre ? Ou le président ? Mais Duyole s'est toujours tenu à l'écart de tous ces politiciens. Auraient-ils interdit le retour de son corps au Nigéria ?*

Non, ce n'est pas le gouvernement, leur assurait Menka. D'ailleurs, nous savons que le vieux est un copain du Premier ministre. C'est à La Famille qu'il faut demander des explications.

Le plus proche associé d'affaires de Duyole était sans doute le magnat du transport maritime Rimode Isame, originaire de Yenagoa mais basé à Londres. C'est l'organisation des funérailles qui le catapulta dans la chambre de Menka, comme tous les autres, dès qu'il eut déposé ses bagages dans la sienne.

– Quelles informations avez-vous, Kighare ? Pourquoi ont-ils décidé d'enterrer notre ami ici ?

Kighare laissa échapper son vingtième soupir de la journée.

– Ça, il faudra le demander à ses frères et sœurs.

– Est-il trop tard ? Je veux dire, pouvons-nous faire quelque chose ? Avez-vous parlé à leur père ? Nous devrions peut-être lui téléphoner ensemble. Nous ne pouvons pas laisser cette chose se faire. Comment allons-nous l'expliquer au pays ? Les gens, que vont-ils penser de nous ? Teesane est ici ? Kikanmi est mêlé à tout ça ?

– Complètement. Quant au vieux, il en est le promoteur en chef. Ils disent que c'est une affaire de famille, et La Famille – avec des majuscules – a parlé.

Isame libéra un long gémissement.

– Ce n'est pas une petite affaire, vous en avez conscience – c'est bien plus grave que nous ne l'imaginons. Nous parlons de Duyole Pitan-Payne, celui des Millennium Towers, là ! S'il avait voulu être enterré en dehors du Nigéria, il aurait bâti ses tours à l'étranger ! Les gens vont s'imaginer toutes sortes de choses. Vous verrez. Ils insinueront même… oh, je vois ça d'ici. Rumeurs dans les médias. Ragots. Ils diront qu'il a succombé à une mort honteuse ou je ne sais quoi, on peut compter sur notre peuple pour inventer toutes sortes d'histoires. Qu'allons-nous faire pour empêcher cela ?

– Il est trop tard, répondit Menka. Tout ce que nous pouvons faire maintenant, c'est planifier son exhumation.

– Quoi ? Qu'est-ce que vous dites ?

– Des vrais cols raides, ceux-là, pleins de fausses valeurs. Ils finiront par retrouver la raison – peut-être. Mais qu'ils la retrouvent ou pas, ça ne change rien. Vous croyez que les amis de Duyole, au pays, vont les laisser en paix ? Sa *vraie* famille ? Il y a la famille dans laquelle on naît, je le sais. Mais à l'approche de la soixantaine, je commence seulement à comprendre qu'il existe aussi une famille qu'on acquiert, qu'on construit autour de soi. Je viens de rencontrer plusieurs membres de cette famille. Il y en a évidemment des centaines d'autres. Donc oui, vous avez raison. Cette histoire va faire un grabuge de tous les diables.

– Mais nous devons quand même laisser ces funérailles se dérouler ?

– À moins que vous ne sachiez comment convaincre le patriarche de la famille qu'on ne va pas lui faire manger de force les restes de son fils, oui, j'en ai bien peur.

Isame fut naturellement déconcerté, et Menka entreprit de lui dresser un tableau complet de la situation.

Un coup à la porte. Menka alla ouvrir – cette fois, c'étaient les enfants. Les deux filles s'accrochèrent au cou de Menka, inondèrent sa chemise de leurs larmes et se jetèrent à plat ventre sur son lit. Puis elles aperçurent Isame et s'efforcèrent de faire preuve d'un peu de retenue.

Le magnat du transport maritime se leva.

– Ne faites pas attention à moi, dit-il en souriant. Kighare, si vous le permettez, je vais aller m'installer. Nous nous reparlerons plus tard.

Damien avait suivi les deux filles, un peu à contrecœur. Malgré son inquiétude pour les enfants, Menka se surprit à les étudier avec attention, individuellement. Il fut ému d'entendre Damien se préoccuper – d'un ton qui semblait tout à fait sincère – de savoir comment son oncle Kighare tenait le coup. Mais derrière sa sollicitude, Menka crut déceler une touche d'embarras. Il ne tarda pas à en saisir la cause.

L'effervescente Katia s'ouvrit à lui sans s'encombrer de préliminaires.

– Oncle Kighare, pourquoi enterre-t-on notre père ici ?

L'aînée, Debbie, ajouta aussitôt :

– Nous n'y comprenons rien. Pourquoi ne rentre-t-il pas à la maison ? Il n'aurait pas voulu qu'on l'abandonne ici, nous le savons tous. Le monde entier le sait.

Au ralenti, Menka se laissa tomber sur une chaise, accablé. Il avait manifestement été injuste avec eux.

– Mais on m'avait fait comprendre que c'était ce que vous vouliez tous.

– Pas du tout ! s'écrièrent les filles à l'unisson. C'est à Badagry qu'il doit être ! C'est sa ville. Quant au business, il n'y a que Grand-Père qui ait des liens avec Salzbourg. Papa venait ici essentiellement pour son check-up médical annuel, et c'était juste un prolongement de ses années étudiantes. Mais ça, ça l'embêtait – il en avait honte.

– Par contre, rectifia Katia, il aimait bien aller au festival de musique.

– Oui, oui, et faire un saut à Munich pour l'Oktoberfest. C'était son petit break annuel. Mais à part ça, dites-moi un peu ce qui le rattachait à Salzbourg !

– Mais votre oncle Teesane… il m'a dit clairement, sans équivoque, que c'était aussi votre souhait.

– Ne l'écoutez pas, Oncle. Tout ça, c'est la faute de Damien. Il est faible. Il a accepté tout ce que disait Oncle Teesane. Mais ça, c'était avant notre arrivée. Maintenant, on l'a recadré et il est de notre côté. Nous ne voulons pas que notre père soit abandonné ici.

Damien bafouillait, l'air toujours plus embarrassé. Après le savon sans doute corsé que lui avaient passé ses sœurs, il donnait l'image d'un vilain écolier surpris en train de faire une bêtise.

– Eh bien, Oncle, moi aussi je croyais qu'on allait le ramener au pays, mais quand j'ai téléphoné à Oncle Teesane, il m'a dit que c'était ce qu'avait décidé La Famille. Ce qu'a confirmé Oncle Kikanmi.

– Damien est une vraie chiffe molle entre leurs mains, réprimanda Debbie. Il les laisse l'enrouler comme ils veulent autour de leurs doigts. Il m'a appelée quand j'étais encore aux États-Unis et je lui ai dit que ça n'avait aucun sens. Et puis, ce n'était certainement pas à lui de parler en notre nom.

– Non, je n'ai pas fait ça, protesta Damien.

Jamais Kighare ne l'avait entendu si docile. Comme si on avait enlevé tout le rembourrage qu'il avait à l'intérieur. Menka eut l'impression que, puisqu'il était maintenant l'homme de la famille, il avait oublié qu'il avait une sœur aînée, et réalisé un peu tard qu'il s'était trop avancé, prenant des décisions à la place des autres. Celles-ci incluaient-elles l'arrêt du respirateur artificiel ? Non, ce n'était pas sa décision, mais il continuait de prétendre que si. Menka apprit ensuite que Damien était devenu un fervent converti à la position de La Famille et avait tenté de rallier ses deux sœurs à cette idée. Il n'avait abandonné qu'après qu'elles l'avaient ramené à la raison à force de cris via les lignes téléphoniques.

Menka inspira profondément. Sa chambre se fit encore plus surpeuplée avec l'arrivée de la mère des deux filles, la première épouse de Duyole. Elle frappa à la porte, et on la fit entrer à son tour. La chambre de Menka était en train de devenir le lieu de rassemblement de la famille – avec des minuscules – et de tous les dissidents. Alors même qu'ils s'enlaçaient, la *divorcée** à la voix douce plaidait déjà entre deux sanglots.

– Kighare, pourquoi faites-vous cela ? Vous êtes son ami. Ne les laissez pas s'en tirer comme ça. Pourquoi abandonneraient-ils Duyole ici ? Est-ce ce qu'il mérite qu'on le laisse seul parmi de parfaits inconnus ?

Menka l'invita à se calmer.

– J'ai parlé à Bisoye tout à l'heure. Tout ce que je peux dire, c'est que vos souhaits à tous semblent avoir été grossièrement déformés. Après avoir échappé aux griffes de Selina, Bisoye s'est lancée aussitôt dans les mêmes lamentations que vous, les mêmes protestations.

– Selina est une putain de manipulatrice mentale, déclara Katia. Je la connais.

Menka s'autorisa un sourire.

– Très bien. Serait-il exact de dire que vous semblez tous du même avis ? Vous voulez tous que Duyole rentre au pays, c'est bien ça ?

Ce qui déclencha un babil passionné de frustration, de colère et de peine trop longtemps refoulées.

Menka demanda le silence. Il se sentait fort calme, plein de confiance, alors qu'il donnait sa parole à cette autre famille, même s'il s'agissait avant tout d'une promesse réconfortante adressée à lui-même :

– Je ramènerai votre père chez lui.

Personne ne lui demanda comment il proposait de s'y prendre, et il n'en avait lui-même aucune idée. Pendant qu'il discutait avec Bisoye, son esprit avait commencé à explorer différents scénarios pour ce qui était déjà un engagement muet, rien de moins. Il envisageait d'ores et déjà des poursuites auprès des tribunaux nigérians et autrichiens, une campagne de mobilisation, une implication de l'Église, une offensive diplomatique, un appel au sentiment et à la fierté patriotiques, une campagne médiatique, tous ces moyens que les professionnels du trafic d'émotions se targuaient de maîtriser à la perfection. Il entrevoyait en outre la possibilité de provoquer des incidents à l'issue du premier enterrement, incidents que les médias nigérians pourraient ensuite monter en épingle jusqu'à ce que des appels au rapatriement du corps de Duyole à Badagry fassent voler en éclats le complot de La Famille – si complot il y avait. Tout ce qu'il *savait*, c'est que Duyole allait rentrer chez lui, et plus vite que La Famille ne l'imaginait. Jamais il n'en avait été convaincu à ce point.

– Parfait. En bon médecin que je suis, la première chose qui me vient à l'esprit est l'embaumement du corps. Il faut vous assurer que cela soit fait comme il faut.

Il se tourna vers Damien.

– Damien, penses-tu pouvoir te concentrer sur cet aspect-là ? Tu m'as l'air raisonnablement proche de tes oncles, donc mets-leur la pression. Je vais regarder ça de plus près, aussi, mais tâchez de vous rappeler une chose – et ça vaut pour chacun de vous : je ne fais pas partie de sa famille de sang. Je ne suis même pas votre médecin de famille. On me l'a déjà rappelé, et de manière pas très subtile.

– Je m'en occupe, Oncle. Je sais qu'Oncle Kikanmi doit voir les gens des pompes funèbres, demain.

Voilà, c'est reparti, songea Menka. *Cette impression de déjà vu me suivra donc tous les jours de ma vie...* Même scénario qu'à Badagry, quand ils s'étaient réparti les tâches pour évacuer Duyole vers l'Autriche

– et maintenant, cette saga recommençait à l'envers. Il tendit ses mains devant lui.

– Je vais être franc avec vous, les enfants. Je suis content que votre oncle Teesane ne soit pas impliqué, cette fois, dans le sens où je ne serai plus obligé de vérifier sans arrêt ce que font les uns et les autres. Je vais partir du principe que celui qui s'engage exécute. C'est une histoire de famille, donc il faudra que vous vous entraidiez et vous supervisiez les uns les autres. Ne laissez aucun répit à vos oncles et à Tante Selina. Mettez-leur une pression constante. Qui sait, il n'est peut-être pas trop tard pour arrêter tout ça – l'enterrement en lui-même. Avec une pression suffisante, même maintenant, ils pourraient se retrouver obligés de reconsidérer la chose. L'Otunba pourrait encore changer d'avis.

L'Otunba n'en fit rien. Il y eut un moment où le signe PAUSE apparut à l'horizon. Même le Cerveau de Badagry suspendit ses négociations autour du cercueil. Les invités se firent plus animés, quoique détendus. Le compromis était simple : une cérémonie commémorative, l'habituelle « célébration de la vie », à Salzbourg, puis les funérailles au pays. Kikanmi fit en sorte que la nouvelle se répande rapidement, et se promena soudain avec une gaieté qui était restée absente lorsqu'il endurait le plus gros de l'opprobre populaire. Teesane était arrivé de Badagry, et il s'avéra que c'était lui qui avait apporté la bonne nouvelle. En se déplaçant dans la foule ce soir-là, il avait l'air de qui aurait bénéficié d'une amnistie céleste, respirant la concorde avec le reste du monde. Même ses reniflements tenaient soudain plus d'une marque de soulagement que d'une affliction soigneusement cultivée. Le bar vibrait de l'exubérance qui sous-tendait la notion même d'une célébration de la vie.

Le lendemain matin, le patriarche était redevenu

lui-même, réduisant à l'état de ruines le succulent étalage du buffet de petit déjeuner autrichien. Cette annonce fut jugée étrange, très étrange. Incompréhensible, à vrai dire. Tous avaient considéré les assurances de l'heure du coucher comme la résolution la plus rationnelle, une conversion bienvenue, quoique tardive, à l'humanité de la compagne de vie d'un homme, et à une décision prise d'un commun accord, en toute maturité, par deux personnes saines d'esprit. Mais le décret patriarcal s'imposa finalement, sans égard pour les souhaits de la veuve – enterrement à Salzbourg ! Les invités assemblés ne firent aucun effort pour cacher leur déplaisir, et les trois aînés de La Famille présents sur place se retrouvèrent isolés. Ils étaient grincheux, sur la défensive et agressifs, conciliants et réfractaires – cela ne semblait pas humainement possible, mais c'était pourtant leur schéma comportemental –, tout cela sans le moindre geste, la moindre déclaration. Ce qui ne changea rien. Les reproches les plus humiliants vinrent des amis expatriés, qu'ils s'attendaient à voir applaudir le choix de l'Europe comme dernière demeure de Duyole.

L'hostilité la plus implacable se révéla être celle de l'Anglais. Assis dans le bar le lendemain après-midi, Menka dressa l'oreille en entendant Kikanmi, de plus en plus accablé par cet assaut en règle, concéder :

– Après tout, qui sait ce que nous réserve l'avenir, quand tout se sera calmé ? Il nous semblera peut-être approprié d'exhumer son corps et de le ramener au pays.

Réponse unanime :

– Alors pourquoi l'enterrer ici ?

L'*oyinbo* – le Blanc –, dont l'attitude était restée ouvertement dédaigneuse, de cette manière tempérée que son peuple cultive depuis des siècles, pivota sur son tabouret de bar et se joignit pour la première fois à la conversation.

– Quand *quoi* se sera calmé, Frère Payne ? J'ai parlé

à mes collègues de Lagos, et la réalité, c'est une absence totale de bruit. Rien ne bouillonne qu'il faudrait apaiser. Personne ne semble même savoir que Duyole ne se trouve plus au Nigéria. Personne n'imagine qu'une telle chose soit possible. Et puis, de toute façon, pourquoi l'enterrer ici pour l'exhumer plus tard ?

– Eh bien, il est trop tard pour changer de plan, répliqua sèchement Teesane. Tout est déjà organisé.

– Comment ça, trop tard ? insista l'Anglais. Qu'est-ce qui est trop tard dans tout ça ? Nous pourrions très bien organiser une cérémonie demain comme prévu, oui, mais qu'est-ce qui nous oblige à la faire suivre d'un enterrement ? Je me suis renseigné auprès des pompes funèbres : cela leur est égal. À vrai dire, ils adorent cette idée. Ils seront payés deux fois. Nous contribuerons. Pourquoi le propre peuple de Duyole serait-il privé d'une chance de lui rendre un dernier hommage ? Bien sûr qu'il n'est pas trop tard – je ne veux pas entendre ça. Il est tout sauf trop tard.

Et il tourna le dos à la salle du bar, pour mieux faire volte-face l'instant d'après.

– Et laissez-moi vous dire une bonne chose, au cas où qui que ce soit essaierait de vous faire croire le contraire. Duyole jouit toujours d'une grande admiration dans la communauté universitaire locale. Les gens se souviennent de lui, et ils ont suivi sa carrière, mais ils pensaient que vous étiez venus en Autriche pour le ramener chez lui, et ils déplorent votre décision de l'enterrer ici.

Il se retourna de nouveau pour avaler ce qui ressemblait à un petit verre d'aquavit, et quitta le bar.

– Vous allez demander conseil aux gens des pompes funèbres, hein ? intervint Menka, saisissant cette opportunité d'exprimer sa principale inquiétude. Étant donné que vous admettez la possibilité de le ramener au pays dans un avenir plus ou moins proche, vous vous assurerez qu'il est convenablement embaumé, n'est-ce pas ?

Sept ou huit auditeurs présents dans le bar se tournèrent fébrilement vers le Cerveau de Badagry, guettant sa réponse.

– Oh oui, promit-il. Je vais m'en assurer. Comme je l'ai déjà dit, tout cela peut changer du jour au lendemain. Pas besoin d'en faire une affaire d'État.

Un bus attendait les endeuillés pour les conduire de l'hôtel jusqu'au funérarium. Tous comprirent bientôt qu'ils approchaient de ce lieu d'adieux liturgiques. Aux abords de la chapelle, l'allée se fit de plus en plus florale, démarquée par des pelouses impeccablement entretenues. Même l'air se chargea de parfums régulés, comme si les roues du minibus elles-mêmes actionnaient des valves cachées relâchant des bouffées calculées de senteurs florales. Tout était éminemment précis, ordonné, prévisible.

Il y avait eu un léger contretemps à l'hôtel. Un autre ami encore était arrivé à l'aéroport le matin même, et tous l'avaient attendu le temps qu'il se débatte avec les formalités de la réception. Pendant que le bus patientait, l'unique élément qui semblait naturel dans cette situation contre-nature prit l'ascendant – une soudaine prise de conscience de la proximité de cet instant de vérité où l'on fait ses derniers adieux. Plus de récriminations, plus de ressentiment. Rien que l'envahissante consolidation du deuil. Le fardeau d'une absence définitive avait commencé à peser sur chacun d'entre eux. Plus de subterfuge. Plus de doute. Le silence était quantifiable.

Tout bas, Menka glissa à Damien :

– T'es-tu chargé de notre mission ?

– Oui, Oncle.

Le retardataire les rejoignit, confus et désolé. Le bus démarra, et le poids de l'absence imminente les accabla tous de plus belle. Soudain, Menka entendit quelqu'un avaler une longue bouffée d'air avant de la relâcher, chargée d'un éloge funèbre spontané.

– Regardez ces belles fleurs autrichiennes, oui, regardez-les. Chez nous, elles auraient été laissées à la merci des chèvres, qui en auraient fait leur repas.

C'était la voix de Selina, dégoulinante de mépris.

– Notre peuple n'a aucun sens de la beauté.

Le silence reprit ses droits, mais d'une texture autre, que Selina, sans doute, ne sut interpréter. Il ne fit qu'encourager sa langue à s'agiter. Jetant un bref regard à la jeune veuve, Bisoye, Menka vit ses yeux s'écarquiller de choc et d'incrédulité.

– Chez nous, poursuivit la sœur endeuillée, déposer des couronnes au cimetière est une perte de temps – ces mêmes chèvres vont dans les allées et les mâchouillent.

Puis elle secoua tristement la tête, écœurée, en crachant son dégoût, lèvres retroussées.

– Les gens de notre peuple se fichent bien des choses faites pour la beauté. Pour eux, c'est une perte de temps. Tout ce qu'ils ne peuvent pas manger n'a aucune valeur.

Le silence qui s'ensuivit n'était plus celui du chagrin qui s'installe. Un malaise se répandit dans l'habitacle, assortiment de nationalités – Libanais, Autrichiens, Britanniques, Allemands, un Américain, d'autres encore. Discrètement, Menka guettait leurs réactions. Il n'aperçut que confusion et visages détournés. Puis il songea : N'était-ce pas là la sœur de cet agent immobilier qui avait joué de son influence pour pousser un gouverneur à détruire des terrains de jeux, déterrer un cimetière ancien, ravager un espace vert ombragé par des anacardiers et des amandiers, afin d'encombrer la ville de Lagos d'un horrible complexe de bureaux et de commerces ? Celui-là même qui avait labouré les ceintures vertes déjà menacées de Lagos – le parc symbolique d'Onikan et la fameuse promenade du lagon de la marina léguée par les anciens maîtres coloniaux, entre autres ? Tout cela pour satisfaire les désirs de gratte-ciel suffocants des promoteurs ? Et voilà que dans ce Salzbourg « cultivé », son acolyte de sœur se répandait en louanges sur la préservation des espaces verts ?

Selina se fit plus extatique encore, et, proportionnellement, dénigra plus encore les représentants de son propre peuple. Sa voix habituellement fragile était devenue une poignée de sable raclant les vitres du bus, transformant tous les autres en un public captif et tremblant de colère. La sœur du défunt s'était donné pour mission d'instruire cette classe d'élèves attardés. Elle les gratifia tous d'un long exposé sur l'amour des Européens pour leurs campagnes, leurs jardins, la sensibilité sans pareille des professionnels en matière de deuil et de funérailles.

– Notre peuple comprend-il quoi que ce soit à ces cérémonies ? demanda-t-elle aux haies salzbourgeoises qui défilaient derrière la vitre. Ah oui, pour s'enivrer et se remplir la panse de nourriture gratuite, engager autant d'orchestres que possible pour chanter les louanges du défunt et faire couler le *miliki* toute la nuit – ça, on peut nous faire confiance, ah oui, nous savons comment extraire le lait des funérailles ! Nous n'avons jamais appris à honorer nos morts, si ce n'est avec du vacarme, des excès et une consommation ostentatoire. Regardez-moi tout ça, regardez ce bel environnement. Mon Dieu ! Quel contraste !

La musique soufflait déjà dans la chapelle quand ils débarquèrent du bus, unanimement reconnaissants que le torrent d'éloges déversé sur l'horticulture autrichienne soit, du moins pour le moment, jugulé. Le funérarium était séparé de la chapelle par une véranda de grande taille, où amis et connaissances firent la queue pour aller saluer le mort une dernière fois.

Ce jour-là, la crémation obtint l'approbation de Menka. Rien ne peut être fait pour un visage jadis si expressif dont la vitalité s'est échappée. Seul reste un masque mortuaire imitant ce qu'on a connu. Ces formes étaient censées être la chair même du mort – Menka tressaillit ; « chair du mort » n'était plus une expression neutre et innocente –, mais ce visage-là était l'usurpation d'une vitalité qui avait fini par devenir inséparable de son absolue conscience de soi. Il n'y avait rien, nulle ressemblance entre cette forme inerte et un compagnon avec lequel on avait dîné et bu, avec lequel on s'était amusé et querellé. L'occupant de ce cercueil capitonné, vêtu pour imiter la vie, avait eu droit à tout un luxe de détails – le mouchoir dans la poche du veston croisé, un œillet –, mais n'en demeurait pas moins une tromperie. Pourtant, c'était son ami, et maintenant son double, puisqu'il se voyait déjà à sa place. Il s'était substitué à lui et reposait maintenant, immobile, à jamais inconscient des visages, si d'aventure il y en avait, qui contemplaient le sien, éprouvant en secret cette même sensation d'avoir été spoliés de la réalité, puisque ceci n'était qu'une parodie plastifiée du visage qu'ils avaient jadis connu.

Ils remontèrent la trace de la musique jusque dans la chapelle, un air de Haendel qui s'écoulait sans heurts dans cette acoustique feutrée. Il semblait délivrer la parfaite mesure de solennité et de sédation, une neutralité apaisante qu'appréciaient tous les auditeurs. Quelques yeux luisaient déjà de larmes, les reniflements se faisaient plus sonores, plus fréquents, et le chirurgien se demanda combien de temps s'écoulerait avant qu'il ne succombe à son tour, ses yeux se joignant à ces sources qui crachaient leur eau çà et là sur les bancs. Il tint bon, grâce peut-être à l'exaspération du trajet dans le minibus. Et aussi à un intermède d'hommages, d'abord ceux de personnes présentes qui se levaient tour à tour, vidaient leur cœur et retournaient s'asseoir. Tous n'étaient pas larmoyants ; certains s'imposaient même comme des réminiscences joyeuses, rehaussées de ces traits d'esprit propres à leur peuple, d'une affection bourrue. Les témoignages de vive voix furent suivis de ceux transmis par fax, tout juste arrivés, et lus par nul autre que Teesane. L'un d'eux était signé du Premier ministre en personne, Sir Goddie. Ce qui fut plus que suffisant pour endiguer tout débordement furtif du canal lacrymal. À vrai dire, seul le passage de conclusion retint Menka – il exagérait – de profaner ces rituels sacrés d'un gros rire moqueur. Le message louait la « décision douloureuse mais pleine de courage, un geste éclatant de patriotisme », d'enterrer le héros du peuple à l'endroit exact où il était tombé. Ce qui déclencha des exclamations étranglées et des échanges de regards interloqués aux quatre coins de la chapelle. Quel était donc l'intérêt de Sir Goddie dans cet événement ouvertement honni ?

Mais l'oraison funèbre qui lui coupa définitivement le souffle, immédiatement après celle de Sir Goddie, lacérant violemment son masque de sang-froid déjà bien effiloché, vint du fondateur du seul et unique prophésite de la planète, Papa Davina ! Davina ? Que pouvait bien savoir cet homme de Duyole Pitan-Payne, pour se joindre ainsi à la cérémonie en lui adressant un dernier hommage sous forme de paroles creuses et moralisatrices ? Histoire de mieux frotter la plaie avec une poignée de sel et de poivre, Mr Teribogo se faisait l'écho du sentiment de Sir Goddie, louant pour sa part la « soumission pieuse et humble » dont avait fait preuve la famille en décidant d'inhumer sur ces lointaines terres autrichiennes où Dieu, dans son infinie sagesse, avait choisi de le rappeler auprès de lui. Le docteur reçut cela comme un affront personnel, et fut cette fois véritablement à deux doigts de bondir de son banc pour arracher la feuille de papier des mains de Teesane et la déchiqueter. Puis, tout aussi soudainement, sa colère retomba. Il se prescrivit le calme immédiat. L'oubli. Les morts sont un buffet à volonté dont se repaît le monde ; qu'il en soit ainsi. *Ne sommes-nous pas bel et bien sur le point d'enterrer un des nôtres dans leur lieu étranger, en accompagnant son départ de rituels relevant de leur monde spirituel à eux ? Et en l'ayant choisi nous-mêmes ? De notre plein gré ?* Sa colère se retourna contre le prêtre qui présidait cette cérémonie – *Oui, à commencer par vous, monsieur – qui êtes-vous bon Dieu, monsieur l'homme du clergé ? Qui sommes-nous pour vous ? Ou pour n'importe lequel de ces visages étrangers ? Quelle connaissance avez-vous, quelle relation avec ces terres pour et par lesquelles nous vivons et mourons, ces chèvres flasques qui dévoreraient toutes les haies, les fleurs et les couronnes laissées dans nos cimetières ? Pire et plus agaçant encore, que savez-vous au juste de Duyole Pitan-Payne, fondateur du Gong des Quatre ? Que savez-vous de ses lubies, de ses manies, de sa générosité, des trahisons qu'il a subies même de ses plus proches ? Que pouvez-vous sentir de cette toute dernière trahison ? Qui êtes-vous, bon sang, pour prononcer ces mots et ordonner que des hymnes accompagnent ce fils de Badagry à l'heure de franchir son point de non-retour ?*

La messe parut miséricordieusement brève. Un changement de musique accompagna les endeuillés tandis qu'ils défilaient devant le cercueil désormais fermé et sortaient dans l'allée où le corbillard attendait d'emporter Duyole vers le lieu de l'inhumation. Leur minibus précéda le corbillard ; celui-ci roula inexorablement jusqu'à la dernière demeure de Pitan-Payne. Kighare Menka savait déjà jusqu'où il accompagnerait son ami ou, plus précisément, à partir de quel moment il cesserait de l'accompagner, mais il ignorait à quel endroit précis il prendrait congé. Chaque instant se faisait plus long que le précédent. Une perte commune avait rassemblé tous ces gens venus de tous les recoins du monde, et la querelle avait eu pour effet de créer un sentiment de communauté, laquelle pouvait même se targuer d'avoir engendré ses parias, qui, ironie de l'histoire, formaient pourtant le noyau officiel de cette communauté, penauds, à peine tolérés et atrocement conscients de l'ambiguïté de leur présence. Sentant qu'il se devait d'être solidaire de cette communauté, Menka retardait le moment d'exprimer sa révolte. Il était déterminé à faire demi-tour, mais avait du mal à franchir le pas qui affaiblirait cette famille dévastée. La sortie de la chapelle aurait été le moment idéal, mais il sentit que cela était trop tôt, trop abrupt. Après son passage devant le cercueil, il aurait pu tout simplement continuer de marcher, quitter cette chapelle puis ce complexe de la mort et s'éloigner de cette profanation de l'existence de Duyole. Il avait raté cette occasion, et se sentait désormais pris au piège.

C'est le cimetière lui-même qui lui vint en aide. Celui-ci était clos, pas ouvert aux quatre vents. Un mur de pierre à hauteur de coude encerclait cette destination finale, laissant une ouverture dans laquelle s'engouffrèrent le corbillard et la procession qui le suivait. Menka comprit alors pourquoi le bus les avait précédés – pour permettre aux endeuillés d'en descendre et de marcher jusqu'à la tombe devant le corbillard. Personne ne pourrait nier l'état immaculé de cette enclave – un seul coup d'œil à travers le portail ouvert révélait une dernière demeure accueillant ceux dont l'ascendance remontait sans doute aux premières implantations pré-Habsbourg, reliques de longs siècles de guerres, de déracinements, de réinstallation et de consolidation des clans. Les pelouses, les stèles de marbre sur lesquelles étaient gravés les noms de ces dynasties, les allées au cordeau entre les sépultures, toutes témoignaient d'une extrême méticulosité. C'était donc là le lieu de repos éternel qu'on avait choisi pour Aduyole Pitan-Payne de Badagry, jadis le point de non-retour des esclaves transportés par lots entiers à travers l'Atlantique.

Et donc, au niveau de cette entrée où le bus s'arrêta et où les endeuillés entreprirent d'en descendre, Menka les suivit, à cette différence près qu'il fit un pas de côté tandis que la procession passait devant lui en file indienne, puis le corbillard, son fardeau recouvert de couronnes de fleurs, et adressa à son ami un *Au revoir* muet. Sa résolution allait désormais au-delà de la simple promesse ou de la conviction ; elle s'était solidifiée en un véritable devoir. Menka accepta l'idée qu'il avait déclaré la guerre à ce simulacre et, pour la première fois depuis son arrivée à Salzbourg, il sentit une extrême tranquillité l'envahir. Il marcha vers le bus comme si tout était à présent résolu et qu'il n'y avait là plus rien de nature à tourmenter l'âme.

Le groupe assemblé autour de la tombe revint une demi-heure plus tard, les joues striées de larmes et les yeux rougis. À l'instant décisif où l'abomination ultime avait été commise et le cercueil descendu dans la fosse, il y avait eu une soudaine explosion de lamentations, comme on n'en avait jamais entendu dans ce cimetière discret, détonation si frappante que le prêtre s'était arrêté net dans sa liturgie, effrayé, se demandant s'il s'agissait d'une protestation à l'encontre d'une chose qu'il avait dite ou faite, une offense culturelle peut-être en ces instants qu'il avait toujours connus comme ceux d'un recueillement silencieux. Isame, le magnat du transport maritime, fut le premier à craquer, donnant le signal de départ d'une contagion qui se propagea aussitôt. Un déluge, une cacophonie de hurlements s'ensuivit. Ces cris d'angoisse primaux venus du cœur d'un lointain continent se répercutèrent contre les pierres teutonnes immémoriales, et le prêtre resta pétrifié, incapable de continuer. Il ne pouvait que contempler, impuissant et déconcerté, ce spectacle auquel sa formation ecclésiastique ne l'avait pas préparé. Un choc culturel – oui, c'était bien cela, dans toute sa splendeur.

Mais au bout d'un moment, ce tumulte finit par retomber. Le prêtre déroula précipitamment le reste de la cérémonie, craignant, à n'en pas douter, de nouveaux éclats inconvenants, mais non, la crue avait reflué, et l'on n'entendait plus que des reniflements occasionnels. Laissant Duyole au milieu de sa famille et son clan nouvellement acquis, le reste des endeuillés regagnèrent le monde des vivants.

Cet accès de pleurs semblait avoir opéré une catharsis ; il avait en tout cas dissipé le nuage de silence qui les aurait sinon accompagnés pendant le trajet de retour à l'hôtel. À présent, tout n'était que plaisanteries et blâmes amicaux. Ils se querellaient sur la question de savoir quel cri en particulier avait terrifié ce malheureux prêtre et manqué lui faire lâcher son livre de prières. Quant à l'initiateur de cette épidémie, cela ne faisait aucun doute : tous s'accordaient à dire qu'il s'agissait d'Isame, et ils s'efforçaient maintenant d'identifier le second canal lacrymal à avoir attrapé et transmis ce mal. Isame interrompit ce débat-là et se fendit d'un hochement de tête moqueur en direction de Menka. Lui-même, Isame, était en tout cas plus courageux que certains, tel le soi-disant produit dur comme la roche de Gumchi, médecin par-dessus le marché. Non, pire encore, un chirurgien, habitué à découper les gens sans même sourciller. Pourtant, tout cela s'était écroulé au moment du dernier adieu ; Menka n'avait même pas eu le cran de franchir le portail du cimetière. Mais l'outsider de Gumchi n'était pas d'humeur charitable ; il refusa de laisser passer une interprétation fautive pour le bien de cet apaisement des tensions. Sans un sourire, et d'un ton monocorde, il rétorqua qu'il venait d'une culture qui ne supportait pas d'assister à des abominations, comme par exemple inhumer les gens de son sang en terre étrangère, sauf sous la contrainte.

Runjaiye, le jeune associé de Duyole, acquiesça du chef. Il s'était assis près de Menka et s'exprimait à présent dans son yoruba hésitant.

– Je n'ai pas pu me retenir. J'ai hurlé avec tous les autres – pour tout dire, j'ai même été l'un des premiers. Mais cela ne m'a pris qu'au moment où, soudain, j'ai pensé : *Est-ce bien réel ? Sommes-nous vraiment en train d'abandonner Duyole en ce lieu ?* C'est là que j'ai senti quelque chose se rompre à l'intérieur de moi. Je ne contrôlais plus rien.

Menka se tourna vers Kikanmi et le fixa droit dans les yeux.

– J'espère que vous parviendrez à convaincre l'armée autrichienne de monter la garde vingt-quatre heures sur vingt-quatre devant cette tombe. Car – je vous le dis tout net – je reviendrai pour ramener Duyole au pays.

Mais les pleurs de stentor n'étaient pas la seule chose qui allait se révéler contagieuse parmi l'assemblage hétéroclite des endeuillés. Peut-être y avait-il dans l'air un virus d'anthropophagie, importé de tout là-bas, à Badagry. Et puis, balloté entre les pères qui concevaient de manger leur fils pour le dîner – même par le biais d'une dénégation – et les fils qui se prenaient pour des vampires mystiques et aspiraient dans leur propre système sanguin la force vitale de leurs pères, Kighare Menka, temporairement soulagé d'un réseau de consommateurs de l'humain, fut soudain pris d'un irrésistible besoin d'avoir sa part, par procuration, avant de quitter Salzbourg. À moins qu'il ne s'agît simplement d'une stratégie de cautérisation, pour évacuer de son esprit cet autre genre de mangeurs d'hommes ?

En tout cas, son affliction prit la forme bénigne d'un repas partagé avec le défunt, *in absentia*, en installant peut-être une chaise vide réservée à l'absent, en vertu d'un rituel immémorial. Cela était peut-être né d'un sentiment d'inachèvement des rites d'adieux de tout à l'heure, puisqu'il s'était arrêté à l'entrée du cimetière, refusant catégoriquement toute participation supplémentaire à l'enterrement. Mais par-dessus tout, il s'agissait d'un besoin désespéré d'échapper à tout cela pour son dernier soir en Autriche, dans la mesure où il avait décidé de fuir Salzbourg le lendemain matin aux aurores. Il ne voulait pas rester à portée des représentants de La Famille, même s'ils avaient commencé à reconsidérer leur position et à planifier l'exhumation de Duyole. Tous dîneraient, Menka le savait, à l'hôtel. Il organiserait donc ce repas-là – son premier de la journée, ce qui le rapprocherait encore davantage d'un acte de communion – de son côté ; c'est-à-dire seul, mais pas tout à fait. Il n'existait pas un seul endroit dans toute la ville où Duyole s'était arrêté pour manger, fût-ce un simple sandwich, sans laisser le souvenir impérissable de son sensationnel goût pour la bonne chère. Tout ce que Menka avait à faire, c'était trouver l'un de ces endroits. Il commanderait exactement ce que Duyole avait pris lors de son dernier repas dans ce restaurant. Si les propriétaires ne s'en souvenaient plus précisément, il demanderait un plat, n'importe lequel, qu'ils se rappelleraient lui avoir servi un jour. Ce serait plus que suffisant. Duyole et lui n'étaient jamais allés ensemble à Salzbourg – Paris, Francfort, Rome, Milan, Cannes, Londres, etc., oui, mais jamais Salzbourg. Il éprouvait le désir impérieux de partager indirectement l'un des recoins manqués de la riche existence de l'ami. À bien y penser, cela ressemblait fort à un besoin spirituel de purification.

Tout aussi brusquement – comment diable avait-il pu

l'oublier ! –, Menka se rappela que Duyole avait souvent évoqué un restaurant situé dans les faubourgs de la ville, non loin de la fabrique de chocolat Lindtz, l'une de ces nombreuses découvertes qu'il avait marquées de son empreinte. Menka savait également auprès de qui se renseigner – dès son arrivée, l'un des amis que Duyole avait acquis à l'université était venu le trouver à l'hôtel pour offrir toute l'aide dont Menka pourrait avoir besoin pour alléger ce séjour qui s'annonçait si douloureux. L'homme avait souvent entendu parler du chirurgien, membre du fameux Gong des Quatre, que Duyole appelait son ami le « simple boucher de Gumchi », village dont la population n'atteignait même pas le dixième de celle de Salzbourg. Après les funérailles, en prévention peut-être des plaies psychologiques que Menka devait être en train de soigner, il s'était préoccupé des projets du visiteur pour le reste de son séjour, et avant tout dans l'immédiat, cette soirée post-enterrement. Dieu seul sait ce qui avait pu lui passer par la tête – toujours est-il que notre homme avait clairement décrété que Menka ne devait absolument pas être laissé à lui-même. Il avait fait preuve d'une grande insistance, sentant qu'il devait bien cela à Duyole, veiller sur son ami le chirurgien. Il lui avait remis sa carte.

Menka la chercha dans sa chambre, la retrouva et appela cet homme. Connaissait-il ce restaurant dans lequel Duyole avait certainement accru sa notoriété de mangeur ? L'homme éclata de rire : bien sûr ! Pouvait-il l'y accompagner ? Menka lui expliqua qu'il voulait y prendre un repas, et, si les serveurs se souvenaient encore de la dernière visite de Duyole, commander exactement ce que son ami avait pris pour son déjeuner ou son dîner.

La soirée s'avéra cruelle, d'une inoubliable grossièreté. Alors qu'il se mettait en route, pensant s'échapper avant que les autres ne se retrouvent pour dîner, il tomba sur eux ! Ils l'attendaient, en compagnie de son hôte volontaire. Cet homme bienveillant et serviable avait trouvé l'idée si appropriée qu'il avait décidé d'inviter la famille du défunt. Tout entière. La Famille, la famille, la famille élargie, la famille consentante et la famille dissidente. En son for intérieur, Menka tança le défunt, qu'il avait pensé féliciter pour son choix d'amis salzbourgeois. Comment l'homme avait-il pu ne pas sentir qu'il avait désespérément besoin d'être seul. Seul, seul, seul, seul ! Et si cela se révélait trop compliqué, alors éventuellement les enfants et la veuve. Mais certainement pas La Famille.

Impossible de s'échapper. Il envisagea un instant de battre en retraite dans sa chambre et de commander n'importe quel plat, mais le magnat du transport maritime, également présent, se réjouissait de passer la soirée avec lui. Menka se sentait pris au piège. Il s'en voulait. Si seulement son esprit n'avait pas été si accaparé par les événements de la journée et les épreuves qui l'y attendaient, ces simulacres d'adieux solennels, il aurait su prévoir la nature expansive de son généreux hôte. Il serra les dents, résigné à une soirée de pénitence. Ils s'entassèrent tous à bord du minibus, celui-là même qui lui avait servi de Purgatoire plus tôt dans la journée.

Le maître d'hôtel fit ses recommandations et prit les commandes. Oui, il se rappelait très précisément ce que Duyole avait commandé, et servirait au docteur ce même plat de pâtes au gibier. Menka avait anticipé la garniture extrinsèque du repas – pas celle qui venait des cuisines –, mais pas si lourdement dosée. Même lui avait sous-estimé la capacité de La Famille à toucher jusqu'aux sédiments du fond océanique dans sa quête de banalité.

Si seulement ils avaient pu se taire !

Étaient-ils sincèrement enamourés des événements de

la journée ? Ils se savaient forcément isolés par le choix qu'ils avaient infligé à tous les autres ! Ou bien l'évidente désapprobation qui les entourait leur inspirait-elle un tel ressentiment qu'ils se sentaient obligés de justifier leur acte par le biais d'une glorification sans fin des étrangers et de leur supériorité ? Menka doutait qu'ils sachent eux-mêmes la réponse à cette question ; ce qui était sûr, en tout cas, c'est que quelque chose les poussait à parler et parler, imposant à tous le bien-fondé de leur goût personnel. Quant au dîner lui-même, ils engloutirent leurs plats avec une délectation intacte, tandis que les autres, de plus en plus gênés et agacés, se tortillaient sur leurs chaises et échangeaient des regards en douce, réprimandant peut-être intérieurement Duyole pour sa seule et unique erreur impardonnable – être sorti d'un nid aussi fâcheux.

Ce cimetière, savez-vous combien de générations d'Autrichiens y ont été enterrées ? Obtenir une concession n'est pas facile, vous savez. Si nous n'avions pas eu de relations, enfin, je veux dire, la famille Pitan-Payne a une réputation, ici... Vous connaissez les Autrichiens, ils sont très stricts. Le cimetière ne peut accueillir qu'un certain nombre de personnes – la limite est décidée à l'avance.

Tu parles ! Au-delà d'un certain nombre, c'est terminé. Peu importe qui vous êtes. Et bien sûr, ils sont extrêmement sélectifs – pas comme chez nous, où t'aja-t'eran[1] *peuvent trouver un emplacement à tout moment...*

Et ces fleurs... belles, tellement belles.

La musique – n'avez-vous pas aimé la musique ? J'ai dit aux gens des pompes funèbres que mon frère adorait Mozart, et c'est ce qu'ils ont choisi de passer. Ils font

1. Les chiens et le bétail.

vraiment honneur à leur profession. Ils savent comment mettre les gens dans le bon état d'esprit.

L'atmosphère générale...

Oh non, ne me parlez même pas de l'atmosphère... tout simplement inégalable. Comment font-ils pour maintenir leur cimetière dans cet état, aussi impeccable qu'un jardin ?

Comme je le disais tout à l'heure, nos chèvres auraient dévoré toutes les fleurs. On aurait laissé les porcs retourner le sol à leur guise. Non, dites-moi juste, où diable au Nigéria pourrait-on trouver un jardin – un cimetière, je veux dire – aussi bien tenu ? Les gens de chez nous ont encore tant de chemin à parcourir. Oh oui, un sacré retard à rattraper.

Le savent-ils seulement ? Ont-ils conscience de ce gouffre béant ?

Eh bien, ils voyagent, pas vrai ? Ils voient tout ça. Je veux dire, ce n'est pas comme s'ils n'avaient pas des yeux dans la tête.

Mais ils n'impriment pas ces choses, non, pas du tout.

C'est triste. Boire et manger, c'est tout ce que nous comprenons. Leur idée des funérailles, c'est faire venir l'orchestre et bringuer toute la nuit. Des gens que vous n'avez jamais vus se pointeront. Ils coudront même leur aso ebi[1] *et paraderont dedans. Mon Dieu, quel contraste ! Tout est si posé ici, tellement convenable et de bon goût. Digne...*

Oh oui, digne. Voilà ce que j'appelle la dignité, et la respectabilité.

Bisoye se leva discrètement, s'excusa et se rendit aux toilettes. La moitié des convives la suivirent des yeux, anxieusement, mais le trio ne daigna même pas

1. Tenue uniforme portée par tout un groupe, pour les grandes occasions.

s'interrompre. Un serveur escorta Bisoye en direction des toilettes, lui montra la porte. Puis le maître d'hôtel réapparut dans sa veste blanche, et sa voix était un mélange de surprise et de déplaisir.

– Votre plat est en train de refroidir, Herr Doktor. Je l'ai préparé tout spécialement, comme votre ami l'aimait. Vous n'y avez pas touché.

– Oh, je suis vraiment désolé.

Et Menka s'empressa de planter sa fourchette dans les pâtes, tenta d'en enrouler quelques-unes autour.

– À moins qu'il ne vous plaise pas ? Vous pouvez commander autre chose.

– Non, non, je vous en prie. C'est délicieux.

Il ne mentait pas, et se hâta d'en enfourner une pleine fourchette dans sa bouche. Le maître d'hôtel rôda autour de lui pendant quelques instants encore, puis partit inspecter le reste de la tablée. Frères et sœur n'avaient aucune raison de craindre sa désapprobation. Menka commençait tout juste à embobiner la bouchée suivante quand leurs voix reprirent le fil de leurs provocations. Kikanmi en roue libre, de nouveau, et le chirurgien sut que le reste de ses pâtes était condamné à rester au fond de l'assiette, à coaguler lentement.

– Et puis vous savez, en plus de tout le reste, c'était écrit. Il existe un lien entre notre famille et l'Autriche. Nous avons perdu un frère ici, le saviez-vous ? Il est mort et a été enterré ici même.

– Votre frère est mort en Autriche ? s'étonna l'Anglais dont Menka avait entendu la voix pour la dernière fois au bar de l'hôtel.

– Oh oui, confirma Selina. C'était une sorte de, eh bien, vous savez… de vagabond. Comment il s'est retrouvé là, Dieu seul le sait, mais c'était après que Pop Éternel avait visité Vienne. Je crois qu'il a entendu parler de la ville, si bien qu'il a décidé d'y tenter sa chance. Tout ça, c'était entre l'Otunba et lui. Mais un jour, nous avons reçu la nouvelle de sa mort. La Famille a fait savoir qu'il fallait l'enterrer à Vienne. Qui aurait pu deviner à l'époque que nous allions tisser une relation si forte avec les gens de Lindtz ?

– Oui, tu as raison, acquiesça Kikanmi. La Famille semble aimantée par l'Autriche. Nos destins sont étrangement entremêlés. Cela remonte peut-être à une vie antérieure. Je finirai sans doute moi-même par être enterré ici.

Menka retrouva sa voix.

– Vous aimeriez vraiment être enterré ici ? Si vous aviez le choix ?

– Bien sûr. Quel que soit l'endroit où je tombe, creusez un trou et mettez-moi dedans. Une chose qu'on apprend en vendant des terrains, c'est qu'ils sont les mêmes partout.

Ce commentaire provoqua des hurlements instantanés autour de la table. Les convives, résidents comme gens de passage, entreprirent de vociférer leurs expériences concurrentes – ce qu'ils avaient été obligés de débourser de manière informelle, puis les formalités auxquelles ils avaient dû se soumettre, pour décrocher le bout de terrain spécifique dont ils avaient absolument besoin pour tel ou tel usage précis – sans même parler d'un simple domicile. D'autres voix hurlèrent des cas de privation de dernière minute de terres pourtant allouées – certificat d'occupation octroyé, sceau gouvernemental apposé, pour finalement, parmi un flot d'excuses, se voir proposer une parcelle équivalente, surtout dans le cas notoire des terrains riverains du lagon, assainis grâce aux frais du contribuable mais exclusivement répartis entre privilégiés. Les témoignages volaient telles des flèches enflammées, évoquant ces biens de substitution proposés d'une valeur si étrangement similaire qu'ils avaient refusé l'offre sans même visiter. Tel était le torrent de passion généré que le Cerveau de Badagry aurait pu affirmer à juste titre, s'il l'avait voulu, que c'était grâce à lui que la conversation avait fini par surmonter la noirceur de cette soirée, devenant vive et naturelle.

Vingt à vingt-cinq minutes après sa profonde déclaration, Kikanmi parut enfin avoir retrouvé le fil de ses pensées, en faisant remonter une autre révélation familiale.

– Vous savez, La Famille a une longue tradition militaire. Nous avons même un oncle – il vit encore – qui a combattu en Birmanie. Il faisait partie de la West African Frontier Force, sous commandement ghanéen. Il disait toujours, Une fois que tu t'engages, ton corps appartient à la reine. Bref, un bout de terrain est le même partout.

Cette tirade mit fin à la réticence prolongée du Dr Menka.

– Les cultures diffèrent, fit-il remarquer.

Il s'était juré de garder le silence, priant pour que Kikanmi fasse le même vœu trappiste, par égard pour les circonstances. Cela aurait été raccord, en tout cas, avec ses poussées spasmodiques de réflexions censément profondes. À présent, Menka se sentait personnellement attaqué.

– Non ! Parlez pour vous ou pour votre, hem, Famille. Mais ne vous avisez pas de suggérer qu'il s'agit d'un code militaire universel. Les Israéliens vont jusqu'à prendre le risque de perdre d'autres soldats pour ramener leurs morts chez eux. Et les États-Unis cherchent encore aujourd'hui les corps de leurs soldats disparus au Vietnam. Alors épargnez-nous cette histoire de tradition militaire.

– Tout à fait d'accord.

C'était l'Anglais, de nouveau.

– Je m'apprêtais à dire la même chose. Pour certaines armées, ramener leurs morts à la maison, sauf impossibilité totale, est considéré comme une question d'honneur.

– À l'époque où votre frère est mort en Autriche, poursuivit Menka, il était autrement plus compliqué de rapatrier un cadavre. Fastidieux, et cher. Ça remonte à loin, n'est-ce pas ? Le voyage devait encore se faire par bateau.

Teesane se leva pour défendre l'honneur familial.

– La Famille n'a jamais eu aucun problème pour veiller sur les siens, par tous les moyens. C'est juste une décision qui a été prise.

– Eh bien, soupira Menka, quand vous réaliserez enfin votre souhait d'être enterré en Autriche dans un cimetière exclusif, dynastique, rappelez-vous juste qu'un certain Adolf Hitler était autrichien. Et priez pour qu'un de ses héritiers ne devienne pas le maire, le bourgmestre ou je ne sais quoi de votre nouvelle commune. Il pourrait décréter que votre présence profane la mémoire de ses ancêtres, qu'un grand mâle nègre a jadis été enterré sur ses terres d'Aryen et qu'il est temps de restaurer la pureté raciale du cimetière. Essayez alors de lui faire comprendre que la destinée de Salzbourg est entrelacée avec celle de la famille Pitan-Payne…

C'est à ce moment-là, regrettant de ne pouvoir s'évaporer pour réapparaître sur le sol du Plateau, que Menka, regardant autour de lui, se rendit compte que Bisoye avait disparu depuis près d'une demi-heure. Alarmé, il fit un commentaire sur cette absence prolongée, repoussa sa chaise en arrière et partit à sa recherche. Selina fit un effort pour se lever, sans conviction, mais le chirurgien continua quand même d'avancer, en maugréant :

– Je vais juste m'assurer que tout va bien.

Il la trouva dans le vestibule du restaurant, en train de pleurer toute son âme. Il regrettait maintenant de ne pas avoir attendu Selina. Il tenta de la consoler, de la persuader de rejoindre la compagnie, mais c'était sans espoir.

– Ce n'est pas juste le chagrin, parvint-elle à bredouiller. C'est toutes ces horribles paroles qui sortent de la bouche de ses frères et de sa sœur. Je ne supportais plus de les entendre.

Selina arriva quelques instants plus tard. Menka confia la veuve à ses soins aimants, et regagna sans hâte la table. La voix du maître d'hôtel était caustique quand il proposa à Menka de réchauffer son assiette ou de lui préparer un nouveau plat. Le client grondé grimaça, le priant de ne pas se donner cette peine, présentant ses excuses et espérant qu'il comprendrait.

– Je suis venu ici pour une sorte de dernier souper. Mais je crois que je n'ai fait que trahir de nouveau votre Christ.

Évidemment, cela ne fit que plonger le maître d'hôtel dans un abîme de confusion. Ce fier professionnel renâcla, mais sans se démonter.

– Je vous ai gardé une part de notre fameux strudel – le préférez-vous froid ou légèrement réchauffé ? Votre ami ne terminait jamais un repas sans le déguster.

– Je veux bien le croire. Mais pas de dessert, s'il vous plaît, je n'ai pas son goût du sucré. Je n'en prends presque jamais.

L'homme était scandalisé. Il semblait sur le point de le jeter dehors.

– Le strudel aux pommes autrichien n'est pas un dessert, Herr Doktor. C'est une tradition.

– Je sais, merci. Vous auriez dû entendre notre ami en chanter les louanges. Mais vraiment, je vais me contenter du plat de résistance.

Menka se rassit avec précaution, tira son assiette vers lui en grommelant entre ses dents :

– Pénitence, Gumchipoteur – *un pour deux, gung-ho* –, mange !

Même s'il n'en prit pas aussitôt conscience, ses gestes se firent de plus en plus délibérés, surtout lorsqu'il eut rompu un bout de pain, bu une gorgée de son verre de vin longtemps négligé et recommencé à manger. Il se força à avaler des fourchettes de pâtes au gibier solidifiées – la viande saignante, quoique tranchée fin, dégoulinait encore pour tout dire d'un sang écarlate –, se remplissant la bouche et prenant soin de mastiquer au ralenti avec une conscience révérencieuse. Le maître d'hôtel restait planté derrière son épaule, implacable, impitoyable.

20

Retour au pays

Kighare Menka ne pleurait pas, ne pouvait pleurer son ami. Du moins, pour le moment. Dans son esprit en surchauffe, nulle place pour le chagrin. Certes, il pouvait compter sur la compagnie constante de la perte, mais sans le moindre sentiment d'abattement. Avec toute la férocité qui l'habitait, il n'y avait tout simplement plus d'espace pour le deuil, et le peu qu'il restait était occupé par un sentiment d'urgence.

Vous voulez ramener son corps à la maison – pour quoi faire ? Me le servir pour le dîner ?

Oui, monsieur le patriarche Pitan-Payne l'Otunba, très respecté Pop Éternel, si c'est effectivement ce que cela signifie pour vous, vous feriez bien de commencer à mettre le couvert, à sortir votre plus belle argenterie, à enfiler pour ce dîner la grande tenue de votre loge. Car c'est exactement ce que je compte faire !

Pour commencer, y avait-il un vol de jour pour Lagos ?

Il y en avait un. Via Francfort. Ce qui voulait dire la Lufthansa. Refusant de considérer qu'il se trouvait désormais enfermé dans la zone aveugle d'une pure obsession, le Dr Menka se leva de bonne heure – il avait à peine dormi –, avant que le reste de l'hôtel ne se mette en branle. Cette fois, il s'était préparé à croiser n'importe quel membre de La Famille, si celle-ci comptait des somnambules dans ses rangs. Il passerait devant eux sans s'arrêter et quitterait l'hôtel sans échanger un mot. S'il était malchanceux au point de se retrouver dans la même navette, à destination du même aéroport, il refuserait de prendre acte de leur existence. L'unique exception serait Damien, et seulement parce qu'il avait une question à lui poser. Menka l'avait personnellement chargé d'une mission de nature à affecter ses plans, et il avait besoin d'en connaître le résultat. Hier soir, pendant le dîner, il avait posé la question à celui qui était le principal dépositaire de la tâche concernée, Big Brother Kikanmi. Alors que tous jouaient aux chaises musicales autour de la vaste table – plusieurs tables, en fait, réunies –, en essayant de décider qui devait s'asseoir à côté, en face ou près de qui, Menka s'était approché de Kikanmi pour l'interroger, mais la réponse obtenue avait été vague, évasive, presque méprisante. Elle avait été délivrée avec une telle désinvolture que Menka avait eu toutes les peines du monde à ne pas la répéter bien haut pour que tout le monde en profite, afin de mettre Kikanmi dans l'embarras et d'arracher l'explication claire que son intuition proclamait déjà. Désormais, il ne pouvait plus compter que sur Damien pour lui fournir une réponse sincère. D'ailleurs, en y pensant… Menka empoigna le téléphone. Il hésita un instant, consulta sa montre, chassa d'un haussement d'épaules toute culpabilité et composa quand même le numéro de la chambre du fils.

La voix de Damien était lourde d'un sommeil interrompu :

– Qui est-ce ? Attendez un peu… quelle heure est-il ?

– Peu importe l'heure, Damien. Tu m'entends bien ?

– Oui, Oncle K. Il y a un problème ?

– Non. Je suis le point de partir, et je voulais savoir si tu avais transmis mon message à ton oncle.

– Message… Quel message ? Ah – oh oui, je le lui ai transmis. J'y suis allé avec lui.

– Et il a embaumé le corps ?

– Je suis sûr que oui. J'ai transmis le message en présence du directeur des pompes funèbres. Je les ai laissés tous les deux – il fallait que j'aille chez le fleuriste.

– Très bien. On se revoit au Nigéria.

– Vous partez ?

– Oui, tout de suite. Désolé de t'avoir réveillé. Rendors-toi.

Quatre heures plus tard, bagage enregistré et attendant l'avion qui devait le ramener chez lui, il téléphona à l'ambassadeur du Nigéria à Vienne. Ce diplomate avait assisté aux funérailles au nom du gouvernement et en était reparti aussi interloqué que tout le monde. Il avait prévu d'être présent de toute manière, mais avait confié à la famille que le Premier ministre en personne l'avait appelé pour lui ordonner d'y représenter les autorités. Le message du chef de l'État avait été lu peu après. Et puis – information strictement confidentielle – le ministre des Affaires étrangères l'avait de son côté chargé de s'enquérir discrètement des raisons pour lesquelles on enterrait ainsi en Autriche le célèbre ingénieur et consultant auprès des Nations unies. Le diplomate était rentré de Salzbourg plein de frustration.

– Quelle bande de cols raides ! grommela-t-il tout haut dans le combiné, depuis sa base viennoise.

On aurait dit qu'il attendait cette occasion pour se défouler.

– Docteur Menka, reprit-il, il n'y avait vraiment rien à faire avec ces gens-là. Je les ai implorés. Je les ai mis en garde. J'ai dit : « Écoutez, vous autres, vous savez bien que cela fait partie de nos devoirs. Chaque fois que l'un de nos concitoyens disparaît, nous intervenons. » Nous avons de l'expérience. Certaines personnes prennent ce genre de décision dans un état de confusion – ils veulent juste en finir au plus vite. Des funérailles, n'importe lesquelles. Et puis, bien sûr, ils pensent que c'est la solution la plus naturelle lorsqu'ils se trouvent résider à l'étranger au moment du décès. Mais au bout du compte, ils finissent par changer d'avis. Ils veulent rapatrier le corps, et viennent donc nous demander notre aide. Ils n'ont pas conscience qu'alors, tout devient plus compliqué. Il faut exhumer les restes. Donc pourquoi tant de précipitation ? Je leur ai conseillé de laisser le corps à la morgue et de se donner encore une semaine pour bien y réfléchir. En plus, dans ce cas précis, il se trouve que cette personne ne nous est pas étrangère. Je le connaissais personnellement. Ce n'est pas le genre d'homme qu'on abandonne dans la terre des autres.

Menka se sentit soudain plus léger.

– Merci, monsieur l'ambassadeur. Je vous recontacterai.

– Si je peux faire quoi que ce soit, n'hésitez pas. Vous verrez : la famille finira par changer d'avis. C'est ce qui se passe, généralement. Même si ceux-là, ils ne voulaient pas envisager la chose. À vrai dire, c'est tout juste s'ils ne nous ont pas dit de nous mêler de nos affaires. Comme si ce n'était justement pas pour ça que nous étions venus. Cela fait partie de nos attributions. Avant de repartir, je leur ai donné notre recommandation standard, plus particulièrement au frère aîné : embaumer. Faites embaumer le corps et choisissez un cercueil solide. C'est toujours le conseil que donne notre ambassade.

C'était comme si le diplomate avait eu connaissance de l'entêtant fil de pensée qui se débobinait sous le crâne de Menka.

– Vraiment ? Vous lui avez donné ce conseil ?

– Bien sûr. Que pouvions-nous faire d'autre ? Nous sommes impliqués depuis que Pitan-Payne a été évacué ici en vue de son opération. Et après son décès, nous avons déclenché notre protocole habituel pour faciliter le rapatriement du corps. Vous imaginez donc ma surprise quand ils ont annoncé qu'ils allaient l'inhumer ici. Je suis allé les trouver avec le prêtre de la paroisse. Nous avons prêché, prêché – en vain. Alors tout ce que je pouvais faire, c'était leur donner le conseil classique – embaumez, et prenez le cercueil le plus résistant que vous pourrez vous payer !

Le chirurgien le remercia.

Toutefois, il n'avait toujours pas la moindre idée de la manière dont il allait pouvoir exaucer son désir – non, celui de Duyole. Il n'avait pas besoin qu'on le lui dise – c'était cela que Duyole aurait souhaité, et rien d'autre ! Et donc, engager des poursuites en Autriche, peut-être, au nom de sa veuve et de ses enfants ? Non, mieux valait le faire au Nigéria, sans doute. Ou alors, lancer une opération secrète pour déterrer le corps et le ramener au pays ? Menka ne considérait pas du tout cela comme une idée farfelue – il était persuadé, aurait mis sa main au feu que les autorités salzbourgeoises, le bourgmestre ou que sais-je, coopéreraient totalement. Qu'était donc pour elles cet ingénieur nigérian ? Pourquoi auraient-elles voulu de son corps dans ce cimetière dédié à leurs familles, à leurs aïeux ? Au pire, elles feraient de toute manière plus grand cas de la volonté de l'épouse que de celle de cette étrange fratrie. Ou du père. Menka avait tout calculé : épouse plus ex-épouse, plus deux enfants et demi (cette moitié correspondant à Damien, pour intégrer le facteur doute) contre le père, les deux frères et la sœur. Même à elle seule, l'épouse l'aurait emporté sur tout le reste – n'importe quel juge sensé trancherait en sa faveur. Un procès ne serait même pas nécessaire. Une simple ordonnance suffirait, prononcée par le premier tribunal venu, à condition d'agir avant que l'ennemi n'ait vent de ce complot et ne prenne des mesures pour obtenir une injonction ou une décision de justice contraire – donc, oui, une simple ordonnance vaudrait mieux. Menka était prêt à tout, vraiment *tout*, pour obtenir la coopération officielle de la justice autrichienne. S'il fallait faire un faux, qu'à cela ne tienne : il s'en chargerait lui-même.

Il passa toutes ses heures d'éveil à bord de l'avion à élaborer son plan, à commencer par une petite liste de collègues formés en Autriche. Ou, d'ailleurs, dans n'importe quelle université germanophone. Utile, mais pas crucial, dans la mesure où l'anglais était pratiquement la deuxième langue officielle de l'Autriche. Son esprit recruteur isola aussitôt l'un de ces confrères : Ekundare, providentiellement à portée de la main, car ce jeune médecin travaillait pour l'hôpital universitaire de l'État de Lagos. Ekundare avait obtenu son diplôme à l'université de Francfort. Menka ne perdit pas de temps – il fonça directement de l'aéroport à l'hôpital. Le jeune pilleur de tombes – encore à son insu – était en train de faire sa tournée des patients. Menka s'assit pour l'attendre. Non sans ironie, il repensa aux visiteurs du fameux consortium qu'il avait trouvés en train de patienter devant sa porte, encore une entêtante sensation de déjà vu ! Quand le jeune praticien revint, il fut visiblement chamboulé de voir son célèbre aîné et le fit entrer dans son bureau en s'excusant de l'avoir fait attendre. Le Dr Menka s'excusa à son tour de s'être présenté ainsi sans rendez-vous, et c'en fut terminé des préliminaires.

– Combien de temps vous faudrait-il pour sauter dans un avion vers votre ancienne base – pas exactement l'Allemagne mais juste à côté, en Autriche ? l'interrogea Menka.

Son confrère le contempla, interloqué. Il ne s'était pas encore remis de la présence de son aîné, étoile s'il en était au firmament de la médecine, qui avait récemment fait honneur à la profession avec son travail auprès des victimes de Boko Haram, ce qui lui avait valu le prix de la Prééminence nationale. En quelques phrases, Menka traça les grandes lignes de la mission.

– Mais mes devoirs ici, sir…

– Je m'en occuperai. Je viens tout juste de me poser, et vous êtes ma première destination. Si vous en êtes d'accord, je parlerai au doyen de l'hôpital. J'ai déjà travaillé pour votre établissement – j'envisage même de reprendre cette collaboration. Faites-moi confiance, ils peuvent se passer de vous pendant une semaine. Si besoin, je me porterai même volontaire pour vous remplacer, mais je ne crois pas que ce sera nécessaire.

Ekundare bafouilla que oui, il était disposé à apporter son aide.

– Bien. Demain à la première heure, je prendrai vos billets et je vous remettrai un peu d'argent pour l'hôtel et les repas… Attendez. Vous disposez encore d'un visa valide, non ?

– Oh oui, mon épouse se trouve encore en Allemagne, à vrai dire.

– C'est parfait, alors. Vous pourrez faire escale là-bas et lui rendre visite une fois votre mission terminée. Je vais passer ma journée là-dessus, pour que vous puissiez prendre le vol de nuit, dès demain soir.

– Si vite, monsieur ?

– À votre avis ? Vous êtes médecin, je n'ai pas besoin de vous dire ce qui arrive à un cadavre sous terre. Ce qui, nous le savons vous et moi, est en train d'arriver à l'heure où nous parlons !

Menka ne fit aucun effort pour tenter d'échapper à l'image du corps en décomposition, étape par étape. Son instinct lui soufflait que Kikanmi n'avait pas fait embaumer le cadavre de son ami. Même sans tenir compte de la réponse évasive reçue lors du dîner, il avait compris en voyant son visage. La Famille et lui avaient décidé de faire par avance de ce rapatriement un *fait non accompli**, de mettre tous les obstacles possibles sur le chemin de quiconque tenterait de ramener leur frère au pays. C'était un étrange bras de fer, car Menka avait discerné d'autres nuances dans leur affirmation bornée du caractère définitif de cette décision – tapie derrière, on sentait l'acceptation de mauvaise grâce que ce rapatriement s'avérerait peut-être inévitable. L'effet, sans doute, de leur complet isolement. Leurs chances d'avoir le dernier mot, reconnaissaient-ils en secret, étaient faibles, et ils se sentaient ostracisés. Une partie de leur être estimait même objectivement qu'ils n'étaient pas de taille face aux droits combinés de la veuve, des enfants et de leur mère, ajoutés au poids moral des Nigérians et à l'obsession d'un fouineur nommé Kighare Menka. Toutefois, les perdants d'avance se révélaient souvent prêts à tous les désordres. Mais pourquoi, pourquoi, pourquoi ? Menka trouvait tout cela extrêmement frustrant.

Ensuite, le chirurgien était confronté à un problème pratique. Il était hébergé au domicile de Duyole, et son hôte était mort. Sa prochaine mission serait en son nom propre – trouver un nouveau lieu où prendre du repos, entreposer ses maigres biens et planifier son offensive avant que La Famille ne le jette à la rue. Gumchi à terme mais, pour le moment, des consultations à l'hôpital universitaire. Ils lui trouveraient un appartement temporaire. Sinon, l'un de leurs logements destinés aux patients en observation prolongée. Si nécessaire, il se paierait un petit hôtel jusqu'à ce qu'un endroit se libère. Cette pensée le refroidit soudain – il semblait condamné à devenir un éternel vagabond. Ses mâchoires se crispèrent – comme ça, ils seraient deux. L'un trouverait la paix quand l'autre aurait enfin rejoint sa dernière demeure.

Alors, très distinctement, la voix de Duyole résonna

d'outre-tombe. Une semaine après ses funérailles autrichiennes, la famille fut convoquée au domicile du défunt par les exécuteurs pour procéder à la lecture rituelle des dernières volontés et du testament. À la réflexion, le Dr Menka soupçonnait l'exécuteur Cardoso, ancien associé d'affaires de Duyole, d'avoir délibérément avancé cette lecture. Il connaissait le contenu des derniers souhaits du disparu : Duyole avait décrété qu'on devait l'enterrer sur son lieu de naissance, Badagry, et plus spécifiquement dans le cimetière de la chapelle des Apôtres, sur le campus de l'université.

L'intervention de cette seule voix suffit à combler le Dr Menka. La nouvelle lui fut joyeusement transmise par un jeune collaborateur du cabinet de l'exécuteur – il avait hâte de lui décrire les tics nerveux sur le visage de Teesane, surtout quand ce point précis avait été dévoilé. L'appel de Debbie suivit presque aussitôt. La fille de Duyole bouillonnait d'émotion – elle avait bien sûr fait un détour par le pays, pour quelque temps, avant de reprendre sa vie aux États-Unis. Tous ceux qui le pouvaient, et en avaient le droit, s'étaient arrangés pour assister à la lecture – La Famille au grand complet, à l'exception du patriarche. Menka se sentit revigoré, emporté dans une nouvelle avalanche d'activités frénétiques. S'il avait pu, il aurait accompagné à Salzbourg l'équipe de préparation solitaire, pour commencer à déterrer son ami de ce sol étranger, à mains nues s'il le fallait. Laisser La Famille organiser l'exhumation, c'était la garantie de longs délais. De délais délibérés. C'était logique, et Menka lisait en eux comme dans un livre ouvert, tous autant qu'ils étaient. Les actions cachées qui accusaient clairement de perfidie certains membres de La Famille ; le refus d'embaumer leur frère tout en disant, mensonge, que cela avait été fait. Évidemment qu'ils voudraient tous retarder le jour fatidique jusqu'au moment où tout cela n'aurait plus aucune importance. N'agir qu'une fois la violence du deuil retombée, quand tout le reste ne serait plus qu'un rituel impersonnel. L'équipe avancée avait besoin de renfort.

À regret, Menka vérifia ses ressources – oui, il avait les moyens de se payer un dernier billet d'avion. Et même deux. Si besoin, il emprunterait. Bisoye n'était bien sûr pas dans le coup – il fallait la laisser tranquille avec sa peine, avec les devoirs culturels liés à son statut de jeune veuve, aussi. Menka s'entretint avec elle, et elle n'était que trop heureuse de le laisser s'occuper de tout – *Je vous en prie, faites ce qu'il faut, tout ce que vous jugerez bon, mais ramenez-le.* Debbie était la suivante sur la liste. En tant que fille aînée, elle représenterait l'autorité de la famille et, avant même le soutien des dernières volontés, elle était déjà prête à en découdre. Fort de la validation officielle apportée par le testament de Duyole, le chirurgien se sentait de taille à affronter dix Familles ! Mais même dans sa hâte désormais galvanisée, il parvint à s'imposer un certain sens des convenances, toujours conscient de n'être à proprement parler qu'une personne extérieure, n'appartenant ni à La Famille, ni à la famille. *Au nom de Duyole, Gumchipoteur, OK ? Quatre pour un et un pour quatre-oh. Puise dans tes réserves de conciliation et n'explose que quand tout cela sera terminé. Gung-ho, gung-ho, respire un grand coup !*

Œuvrant dans un esprit de conciliation, en ayant recours à tous les trucs hérités de sa pratique de médecin, le Dr Menka rassembla tout son courage et s'attaqua à La Famille. Il rendit visite à Kikanmi, accompagné du jeune médecin réquisitionné, qu'il présenta comme sa contribution personnelle aux efforts de La Famille pour accomplir les dernières volontés de Duyole qui, il le savait, étaient désormais le premier de leurs soucis. Il expliqua que le docteur ne constituait qu'une équipe préparatoire, envoyée sur place pour faciliter ce qui était à présent un engagement contraignant. Lui-même, Menka, prévoyait de le rejoindre au plus vite, dès qu'il aurait mis en place un certain nombre d'offrandes logistiques pour le retour au pays. Il savait que La Famille devait ressentir la pression du temps – en tant qu'ami de la famille, il était là pour les soulager d'une partie de celle-ci. À vrai dire, il aurait dû voyager avec le jeune médecin, mais certaines choses avaient besoin d'être organisées de ce côté-ci. Après avoir opéré une rapide vérification, point par point, de son annonce, Menka eut la certitude que Duyole aurait applaudi des deux mains cet énoncé lénifiant. Il avait la ferme intention de maintenir la barre à cette hauteur.

Kikanmi parut enfin reconnaître que c'en était fini des tactiques dilatoires. Mais pas des objections. Si bien que Big Brother rappela à Menka qu'à Salzbourg, il avait lui-même ouvertement déclaré que cette affaire n'était pas encore terminée, que les restes de Duyole pourraient très bien être finalement ramenés au pays une fois que l'agitation autour de sa mort serait retombée. Il n'arrivait pas à comprendre comment un chirurgien aguerri pouvait s'imposer une telle précipitation – pourquoi n'adoptait-il pas juste le rythme qu'imposaient le sens commun et les modalités pratiques ? *Nous pouvons en toute confiance nous en remettre à Lindtz.* La machine Lindtz était en tout cas beaucoup plus efficace que tout ce que le Gumchiman lui-même, avec tout le respect qu'on devait au lauréat de la Prééminence nationale, pourrait mettre en branle, quels que soient les contacts dont il disposait. Lindtz pourrait peut-être même rapatrier le corps de Duyole à bord de ce même avion qui l'avait emporté là-bas, ce qui simplifierait énormément toute cette affaire. Après tout, ils ne les avaient pas laissés tomber au moment du premier rapatriement. Et La Famille dépêcherait volontiers l'un des enfants pour raccompagner le corps jusqu'au pays – Debbie, par exemple. *Quoi qu'il en soit, docteur Menka, les gens de Lindtz sont sur place, ils connaissent le terrain, ont des relations, de l'influence, de l'expérience et tout le reste.*

L'ayant écouté, Kighare Menka reconnut que tout ce que proposait La Famille lui paraissait sensé, et même attentionné. Tout ce qu'il voulait faire, c'était renforcer ces efforts évidents pour rapatrier leur frère. Il s'était contenté de recruter un peu d'expertise pour cette opération urgente, rien de plus. Car elle l'était, urgente. Déplacer un corps vivant était moins compliqué qu'exhumer, puis rapatrier, un cadavre. *Nous sommes face à une situation où le facteur crucial, c'est le temps* – n'était-il pas d'accord sur ce point ? Le plus tôt serait le mieux, et l'envoi du jeune médecin hâterait considérablement le processus. Fixant Kikanmi droit dans les yeux, Menka s'adressa à lui d'une voix calme, insistant bien sur chaque mot :

– Même avec les meilleures techniques d'embaumement, le corps aura besoin de quelques retouches cosmétiques avant d'être déplacé de là où on l'a enterré, vous ne croyez pas ? Si vous en êtes d'accord, alors à l'évidence, plus l'exhumation aura lieu vite, mieux ce sera. Le Dr Ekundare travaillera de concert avec les gens des pompes funèbres. Ses observations impacteront notre organisation de ce côté-ci – par exemple, sera-t-il encore possible d'exposer le corps de Duyole lorsqu'on lui rendra un tout dernier hommage ? Ou bien s'agira-t-il d'un voyage direct de la tombe à la tombe ? Comme vous pouvez le voir, dans ces deux cas, l'objectif ne serait plus le même. Maintenant que les dernières volontés de Duyole ont été dévoilées sans la moindre ambiguïté, chaque instant qui passe est vital. Ekundare est un cadeau du ciel, pratiquement un autochtone. Il connaît parfaitement l'Autriche, parle couramment l'allemand. Il se trouve même qu'il connaît

Salzbourg. Son séjour de repérage facilitera toutes les actions nécessaires qui seraient naturellement engagées depuis Badagry – ou plutôt depuis le siège de Lindtz.

Au bout du compte, le magnat de l'immobilier tenta de reprendre le contrôle et de dévoiler la position ferme de La Famille. Cette dernière se devait de défendre son honneur. Par conséquent, elle n'accepterait pas que d'autres dépensent leur propre argent en son nom. Cela n'était pas nécessaire, car les gens de Lindtz étaient plus que disposés à apporter leur aide. Ils faisaient quasiment partie de la famille, donc pourquoi Kighare n'attendait-il pas un ou deux jours de plus, le temps que l'entreprise organise le vol du jeune médecin ? Et même le sien, d'ailleurs – Lindtz prendrait en charge tous les frais, il suffisait juste de patienter un jour ou deux. Les choses se feraient alors de manière ordonnée – il trouvait la démarche du chirurgien trop précipitée, et bâclée.

Menka exprima son accord total avec la position de La Famille. Il n'avait nulle intention de nuire à son honneur. Si celui-ci se trouvait renforcé par le fait que leur partenaire commercial étranger, Lindtz, finance son billet d'avion, le rembourse ou que sais-je, cela serait à l'avantage de son propre solde bancaire, et il n'y voyait pas la moindre objection. Néanmoins, il se trouvait être médecin de profession, et savait que son rôle était de retourner immédiatement sur place pour apporter son aide. Ne pouvant le faire dans l'immédiat, son jeune confrère prendrait les devants et le remplacerait. Et oui, quelle idée formidable – Debbie l'accompagnerait là-bas, évidemment ! Il était persuadé qu'elle se tenait prête à partir à tout moment ! Bref, l'idée d'un relais ne lui posait aucun problème – le Dr Ekundare le soir même ; lui, Menka, le lendemain ; Debbie suivrait à son propre rythme. Impossible de prendre en défaut une telle organisation.

– La veuve a exprimé le souhait que nous menions à bien cette initiative. Donc, qu'en dites-vous ? Cela n'enlève rien à personne.

Kikanmi contempla le vide, expulsant des sons indistincts.

Alors qu'il raccompagnait le Dr Ekundare à la porte, Menka fut arrêté par le jeune homme.

– Docteur Menka, c'est un honneur pour moi de me voir confier cette mission. Mais puis-je vous poser une question ?

– Bien sûr. Je vous écoute.

Ekundare parut hésiter.

– N'importe qui aurait senti la tension qu'il y avait dans cette pièce – elle m'a mis fort mal à l'aise. Vous, un étranger, qui teniez absolument à ramener le corps ici – mais cet homme, le frère, on aurait dit qu'on le traînait à l'échafaud. Pourquoi ? À moins, bien sûr, que cela ne relève du secret médical ?

– Pas le moins du monde. Je veux juste faire l'inventaire, m'assurer qu'il ne manque aucune partie du corps.

Ekundare eut l'air abasourdi.

– Vous êtes sérieux, docteur ?

Menka secoua la tête.

– Non, bien sûr que je ne suis pas sérieux. Je répondrai à votre curiosité, mais plus tard. C'est une longue histoire. Pour l'instant, *bon voyage**. Tenez-moi informé, étape par étape.

Quasiment en simultané, chez lui, le patriarche Pop Éternel se débattait avec le même casse-tête, mais abordé depuis la position opposée. Il avait bien sûr été immédiatement prévenu de la teneur du testament et de l'imprudente précipitation de Menka, et même de la tentative effrontée de cet homme pour accaparer ce qui relevait clairement des responsabilités de La Famille. Il arracha son pied des doigts apaisants de Mamma Kressy, se releva distraitement et ne put contenir son irritation.

– Mais de quoi se mêle ce primitif – quelle que soit la brousse d'où il sort ? Qu'a-t-il à se mêler d'une affaire de famille ? J'espère juste que ces garçons savent qu'ils vont devoir agir pour défendre notre honneur !

Peut-être était-ce ce fameux sens de « l'honneur familial » qui commença alors à faire avancer les choses. Un revirement immédiat, extraordinaire, qui n'aurait cependant dû surprendre personne, étant donné l'importance que la famille du grand Otunba Pitan-Payne accordait à son image publique. La Famille renonça à toutes ses objections et fit savoir à un cercle public restreint qu'elle était heureuse de s'impliquer dans le rapatriement de son fils, et que la fille aînée de celui-ci accompagnerait un médecin, au nom de La Famille, pour une mission préliminaire à cette opération.

L'équipe avancée décolla comme prévu. Le Dr Ekundare se mit aussitôt au travail. À peine posé après son vol de nuit, avec le renfort d'un représentant aguerri de l'ambassade, il prit le train pour Salzbourg et se réunit avec le directeur des pompes funèbres qui, alerté de sa venue, avait même mené à bien la première étape, dès qu'il en avait reçu l'autorisation via l'ambassade : l'exhumation. Ekundare téléphona au Dr Menka pour lui dire qu'il n'avait pas besoin de se précipiter à Salzbourg, pour le moment ; il ne pourrait rien faire sur place tant que les pompes funèbres n'auraient pas achevé leur tâche. Il lui conseillait même de ne pas prendre l'avion tant qu'un travail de restauration n'aurait pas été effectué sur la dépouille du mort. Ekundare ne resterait qu'un jour de plus, ferait escale à Francfort pour rendre visite à sa famille, puis rentrerait presque aussitôt à Lagos reprendre son travail. Il lui remettrait un rapport détaillé, avec des photographies. Au téléphone, il en résuma les grandes lignes à Menka – aucune révélation, juste que le corps n'avait pas été embaumé.

Le responsable des pompes funèbres, lui confia Ekundare, se trouvait être un homme passablement troublé. Tous ceux qui avaient été impliqués dans le décès de l'ingénieur semblaient en être ressortis avec une angoisse trop lourde pour pouvoir s'en décharger. Dans ce cas précis, l'homme avait été soulagé de s'entretenir enfin avec une personne venant du même recoin du monde que le défunt, qui, pour changer, offrait l'avantage de parler sa langue, de comprendre sa culture et qui, en outre, était un confrère – enfin, dans le sens où tous deux travaillaient sur le même matériau : le corps humain.

Oui, bien sûr, il avait conseillé – avec insistance – que l'on embaume le corps, et avait prévenu le frère aîné, sur la base de son expérience, que les funérailles qui empruntaient un chemin aussi conflictuel ne débouchaient quasiment jamais sur un repos éternel en terre étrangère. Il n'était pas rare que la famille change d'avis par la suite. L'homme avait eu des échanges avec les gens de Lindtz. Tous avaient exprimé leur vive préoccupation. Absolument personne chez Lindtz, selon lui, n'était en faveur d'un enterrement de Duyole en Autriche. Leurs employés basés au Nigéria avaient d'ailleurs été choqués, et dépités ; ils avaient commencé à tout préparer pour jouer un rôle notable dans l'opération mise en place – pensaient-ils – pour recevoir l'héritier des Pitan-Payne et l'accompagner jusqu'à sa dernière demeure. Cynisme mis à part, avait déclaré l'entrepreneur de pompes funèbres, cela aurait été parfait pour l'image de la société Lindtz. Celle-ci était présente au Nigéria depuis des décennies, avant même que leur franchise nigériane soit officiellement attribuée au patriarche des Pitan-Payne. Ses dirigeants s'étaient intégrés à la culture locale, puisqu'ils se rendaient régulièrement dans les plantations de cacao pour y réaliser des contrôles de qualité et avaient participé à l'éradication de la pourriture brune des cabosses du cacaoyer en Afrique de l'Ouest, envoyant des experts sur place pour former les planteurs de cacao aux mesures préventives. Ils estimaient avoir joué un rôle dans le développement économique de la nation, bien avant la découverte des gisements de pétrole. Ils se réjouissaient d'avance de célébrer parmi leurs compatriotes d'adoption le passage dans leurs vies de cet individu.

La certitude qu'il avait de cette issue-là, se rappelait l'homme des pompes funèbres, l'avait en outre conduit à conseiller Kikanmi sur le choix du cercueil. Il avait pris la peine d'exposer tous les aspects techniques à l'agent immobilier : le sol était dense, l'avait-il informé, de sorte qu'il était préférable d'opter pour un modèle robuste qui ne céderait pas sous le poids de la terre. Mais le frère avait rejeté tous ses conseils d'un revers de main. Il préférait un cercueil taillé dans un bois bon marché, de faible densité – pour reprendre son expression –, mais avec une impressionnante couche de vernis. Quant à l'embaumement, il avait demandé un simple traitement cosmétique facial, rien de plus élaboré.

L'homme des pompes funèbres n'était qu'un maillon parmi d'autres dans la chaîne des mandatés, mais le mandat de Kighare était d'un autre genre. Malgré tous ses efforts pour chasser l'image indésirée, il avait suivi son ami au fond de ces ténèbres et assisté à la lente détérioration de son corps. Il voyait clairement son visage, l'avait vu se désintégrer peu à peu. Il avait l'impression de pouvoir toucher sa peau. Son ultime briefing – transmis à Ekundare par téléphone dans la salle d'embarquement – avait été sans ménagement : *D'abord, sortez le corps de terre aussi vite que possible. Immédiatement. Nous avons déjà perdu un temps précieux, mais laissez les gens des pompes funèbres voir ce qui peut être fait pour le visage. Une fois que nous l'aurons ramené ici, le cercueil demeurera scellé pendant sa cérémonie d'hommage. Une vitre teintée, et même dépolie, au-dessus de son visage, la plus sombre possible, pour qu'on puisse distinguer quelques contours, la forme générale du Duyole Pitan-Payne que nous avons tous connu. C'est le mieux que nous puissions espérer.*

Ekundare revint avec des photographies. Le visage avait bel et bien commencé à s'affaisser. Le directeur des pompes funèbres promettait de faire de son mieux mais avait averti que les proches devraient être tenus à l'écart, même du panneau de verre teinté. Seules les personnes dotées d'une solide constitution pourraient essayer de jeter un coup d'œil, et même elles, il faudrait leur dire de se préparer à un choc. Ekundare assura au chirurgien que tous les détails étaient entre des mains compétentes et même enthousiastes – le directeur, ses employés, la paroisse, l'entreprise partenaire, l'ambassade, tout le monde apportait sa pierre. Debbie était sur le terrain, au cœur de cette opération. Menka allait pouvoir se concentrer sur l'organisation de la réception du corps au pays, pour faire en sorte que Duyole ait enfin droit aux adieux mérités, adieux tout aussi désirés par ceux qui avaient croisé son orbite, fût-ce par accident et de manière fugace. Avec un certain soulagement, il annula donc la section du relais qu'il avait prévu d'assurer. L'ambassade jouerait ce rôle-là, s'occuperait d'acheminer le corps jusque dans l'avion. Lui-même resterait au pays pour le réceptionner.

Puis il reçut des nouvelles de Debbie : ses employeurs aux États-Unis lui ordonnaient de rentrer. Elle avait déjà dépassé sa date de retour, et son patron refusait toute extension supplémentaire. Lorsqu'elle était partie pour l'Autriche, c'était dans l'idée de poursuivre ensuite vers les États-Unis, une fois qu'elle aurait déposé son père dans l'avion, à Francfort. Le soulagement de tout à l'heure, quand Menka avait reçu l'assurance que l'ambassade remplirait le rôle qu'il s'était auparavant fixé, avait donc été de courte durée. Maintenant, il était de nouveau en proie à cette méfiance sous-jacente, incrustée au creux de ses os. Si un débat interne s'ensuivit – rester pour recevoir le corps ou se rendre sur place pour l'accompagner ? –, il fut de courte durée. Menka décida de sauter dans un avion pour l'Autriche et de ramener personnellement le corps à la maison. D'un côté, il y voyait – oui – la promesse d'un bonus thérapeutique. Mais en même temps – se demanda-t-il dans une tentative d'auto-analyse –, ne s'agissait-il pas d'une attaque de paranoïa ? Il admettait cette possibilité. Cela l'aurait aidé de pouvoir vaguement deviner, sans parler de comprendre, quelles étaient les motivations de La Famille. Mais enfin, de toutes les personnes qu'il avait rencontrées dans l'orbite de ce décès, pas une n'y parvenait. À ce stade, ses sombres projections refusaient d'écarter la possibilité que La Famille se procure le cadavre d'un quelconque immigré clandestin et le ramène au pays pour des funérailles nigérianes. Lequel cadavre finirait peut-être garni d'une de ces fameuses *Wiener Schnitzel*, pour servir de macabre dîner au patriarche.

Cette option semblait préférable à de nouvelles nuits sans sommeil. Menka revalida son billet et se prépara au départ. C'était donc reparti pour ce cycle ininterrompu ! – une répartition des tâches, avec l'assentiment plein de réticence, et même clairement à contrecœur, de La Famille. Sans surprise, la capitulation de celle-ci s'avéra n'être guère plus qu'une posture d'image. Le quatuor n'avait battu en retraite que pour mieux se regrouper, récupérer ses forces et lancer une offensive d'arrière-garde fondée sur des tactiques de sape. Menka comprit qu'il avait sous-estimé l'emprise tenace d'une sorte de conditionnement mental assez semblable au fanatisme religieux, et nécessitant peut-être, qui sait, un rituel d'exorcisme réalisé à distance ? Avait-il, peut-être, tronqué un rite familial ? Il repensa soudain à Selina, se vantant de cet autre frère enterré à l'étranger. Accident, ou machination ? Quoi qu'il en soit, cela en faisait deux. Il appartenait donc à La Famille d'accepter que lui aussi souffrait du même mal, sauf que le sien opérait depuis l'autre extrémité de l'axe démoniaque. Il s'autorisa une grimace, se souvenant de l'une de ses premières incursions dans le domaine scientifique, cet axiome dont la véracité avait maintes fois été mise en défaut, mais qui demeurait applicable comme principe directeur : action et réaction sont égales, mais opposées.

Dressant la liste des obligations liées au retour de Duyole, de tout ce qui devait être fait pendant que Dr Intrus serait en Autriche, La Famille feignit de se replier sur une position de partenaire mineur d'une opération conjointe, contente en apparence – non sans ce qu'on ne pouvait décrire que comme un mélange de mépris et de mauvaise grâce – de laisser les autres se tuer à la tâche pendant qu'ils observaient. Cela semblait non seulement convenir à Menka, mais agir comme un palliatif aux aspects négligés de son existence, en détournant son esprit de la cause originelle de son déménagement de Jos, même s'il téléphonait de temps à autre à Costello et Baftau – avaient-ils besoin d'une quelconque contribution de sa part ? Non, ils n'en avaient pas besoin. Ce qui lui allait à merveille. Un reporter de l'auguste quotidien *The Vanguard* (« L'Avant-garde ») l'avait longuement interviewé sur son travail auprès des victimes de la vague d'attentats orchestrée par Boko Haram, et sur le prix qu'il avait reçu ; Menka lui téléphona, le mit en contact avec Damien. Ensemble, les deux hommes travailleraient sur le peu de publicité qui serait nécessaire avant le retour de Duyole, pour permettre à ses amis de venir lui faire leurs derniers adieux. Le journaliste était tellement heureux de participer qu'il proposa à Damien de venir s'installer dans son propre bureau afin qu'il dispose de toutes les facilités. Vous pouvez me demander n'importe quoi, avait-il promis.

Comme Menka l'avait raisonnablement craint, la capitulation de La Famille n'était qu'à la fois partielle et fourbe. D'autres pouvaient bien travailler, eux, ils saboteraient. À chaque étape de l'opération, cette formule était devenue de plus en plus visible. Au fur et à mesure que l'équipe réunie en urgence par Menka s'activait pour mettre en œuvre les arrangements convenus, l'implacable, inexplicable mais néanmoins active hostilité de La Famille se débarrassait peu à peu de ses derniers vestiges de subtilité. Des ordres étaient donnés avec brusquerie, principalement depuis le bureau du sempiternel Big Brother – le retour de Duyole devait être gardé aussi secret que possible. Retour à la théologie salzbourgeoise. Déployant toutes les tactiques connues, La Famille résistait à toutes les tentatives de faire savoir aux gens jadis proches de Duyole, cette famille acquise, que leur être cher allait rentrer à la maison. Damien, Monsieur le Coordinateur Publicitaire, avait simplement été coopté pour être le bras armé de la tromperie et de la manipulation. Court-circuitant Bisoye comme cela était devenu la routine, et contre vents et marées, La Famille insista pour que le nouvel enterrement ait lieu en semaine, et pas le week-end. Mais pourquoi ? Qu'est-ce que ça pouvait bien leur faire ? Pourquoi un jour de semaine ? Avec Debbie repartie et la veuve aussi diminuée, Menka n'avait qu'une infime marge de manœuvre. Et sa principale responsabilité, avait-il tranché, était de rapatrier le corps. Même si le jour de semaine choisi était de ceux où tout déplacement humain devenait impossible, interdisant à quiconque d'accompagner le cercueil jusqu'au cimetière, le plus important était que Duyole repose enfin dans la terre de Badagry. Menka s'accommoda de cet enterrement en semaine, convaincu qu'un grand nombre de personnes auraient même été prêtes à sacrifier un mois de salaire pour rendre hommage à leur collègue, du moment qu'elles étaient prévenues longtemps à l'avance. La Famille chicanait sur la simple formulation d'un communiqué de presse, rejetait, refusait, acceptait, insistait pour se charger elle-même d'autres tâches, d'autres fonctions, dans le seul but de faire en sorte qu'elles ne soient jamais exécutées, sapait les autres en déclarant éhontément qu'elles étaient déjà accomplies. Menka haussait les épaules, n'insistant que sur une seule chose : il veillerait personnellement à ce que ce corps soit embarqué dans la soute de l'avion, et voyagerait à bord de ce même appareil. Il accompagnerait Duyole jusqu'au pays. Et il se chargerait lui-même de l'enterrer dans la dernière demeure qu'il s'était choisie !

Ce n'était pas tout à fait approprié, mais Menka disposa une ombre derrière chacune des tâches qu'avait accaparées La Famille, y compris les plus élémentaires, triviales et les moins qualifiées, tout à coup transformées en « responsabilités de La Famille », trop sacrées pour être confiées à des personnes extérieures. Heureusement, des contributions aussi cruciales que la sécurité s'avérèrent outrepasser leur domaine d'appropriation. Là, au moins, Menka parvint à affirmer son contrôle total, en apposant dessus une pancarte PAS TOUCHE aussi ferme qu'improvisée. Tout ce que le chirurgien avait eu à faire, c'était leur rappeler d'un ton sévère et irrité comment la mission d'évacuation avait failli s'achever en fiasco, grâce à la fameuse mainmise de Teesane sur l'ensemble des agences de sécurité de la nation.

– J'ai la ferme intention de m'en occuper moi-même, les avait calmement prévenus Menka.

Puis il avait entrepris de détailler méthodiquement, pas à pas, l'agenda des déplacements. Au moment de son départ, il rendrait personnellement visite à son nouvel ami, le commandant de l'aéroport. Nul besoin d'un psychiatre ni d'un devin pour prédire qu'un mélange de culpabilités venues de deux endroits – primo, sa conduite obstructionniste initiale et, deuxio, la nouvelle de la mort finale du patient au centre de toute cette histoire – disposerait ce gladiateur pourtant robuste à la compassion et à la compensation. Menka était résolu à exploiter cela au maximum, sans la moindre vergogne. Il insisterait pour qu'un détachement des soldats de l'armée de l'air affectés à l'aéroport, ainsi que l'escorte de la patrouille autoroutière qui avait facilité l'évacuation, viennent accueillir l'avion sur le tarmac, déchargent sa triste cargaison puis accompagnent le cortège jusqu'à la demeure familiale, à Badagry. Un convoi d'une douzaine de véhicules, pas plus, précisa Menka pour rassurer ce concile de sorcières soucieuses de la discrétion des funérailles. Une veillée serait organisée dans le séjour de Duyole, où le défunt serait présenté dans son cercueil. Sa veuve, les proches de celles-ci et les enfants de Duyole prendraient le relais pour cette étape. Le lendemain matin, Menka se chargerait en personne d'aller inhumer le corps à l'endroit désiré.

Chacun et chacune déclara que le chirurgien s'était approprié le rôle qui lui revenait de droit – quoi faire quand Duyole arriverait enfin au pays. Le cœur presque léger, Menka s'envola finalement pour Francfort, puis Salzbourg. L'attitude de La Famille demeurait un mystère, mais qu'il ne laisserait pas venir perturber sa nouvelle tranquillité d'esprit. Tranquille, oui, et pourtant ni l'avion ni le train ne semblèrent le conduire assez vite à destination. Son premier arrêt, avant même de passer à l'hôtel, fut l'entreprise de pompes funèbres. Il se réunit avec le directeur. L'exhumation avait été menée à bien sans encombre, lui assura de nouveau celui-ci. Il n'avait qu'un regret : il aurait préféré que le corps quitte son établissement d'une tout autre manière. Menka l'interrogea sur ses échanges avec les membres de La Famille, les conseils qu'il leur avait donnés au sujet de l'embaumement et du choix du cercueil. L'homme confirma point par point le rapport du Dr Ekundare. Il s'était retrouvé face à un chœur implacable – dans toute sa carrière, il n'avait jamais eu affaire à une attitude aussi perverse. Eh bien, conclut-il d'un geste, il avait fait ce qu'il pouvait. Menka désirait-il voir le corps ? Le chirurgien lui répondit qu'il avait déjà vu le corps. L'homme eut l'air stupéfait.

– Vous vous souvenez sûrement de moi ? Je suis celui qui a refusé d'entrer dans le cimetière, le jour de l'enterrement.

Oui, à présent, le directeur se rappelait.

– Eh bien, poursuivit Menka, je n'ai pas quitté mon ami un seul instant depuis ce jour, et je sais son état présent. Je sais exactement à quoi il ressemble. Je suis médecin – chirurgien. Je l'ai par ailleurs vu lorsqu'il a été présenté dans votre chapelle avant l'inhumation, mais j'ai d'ores et déjà décidé quelle serait la dernière image que je garderais de lui, et je ne vois aucune raison de l'effacer. Voulez-vous savoir de quelle image il s'agit ?

L'homme fit oui de la tête.

– Une chope de bière mousseuse durant l'Oktoberfest.

Dans sa course effrénée, Kighare eut soudain droit à un rappel à la réalité – celle des lois des autres pays. Non, il ne pourrait pas voyager de Salzbourg à Francfort en traversant la frontière austro-allemande, avec le cercueil de Duyole dans ses bagages ; les lois des deux nations voyaient manifestement d'un mauvais œil ce genre d'excentricité. Le transfert de la garde aurait lieu au funérarium et ne prendrait fin qu'une fois arrivé à Lagos. Scellé et livré, Duyole était désormais la responsabilité de la compagnie aérienne. De sorte que le docteur prit le train plus tôt pour l'aéroport de

Francfort afin d'y attendre son ami et de le suivre à la trace jusqu'à ce qu'il arrive à l'entrepôt des douanes. *Donc, mon ami Duyole, te voilà étiqueté comme une marchandise ? Cela t'aurait beaucoup fait rire.* Le fait de savoir que tout le monde terminait plus ou moins ainsi ne rendait pas la chose plus facile. Duyole, une *marchandise* ! Mais le chirurgien était désormais trop profondément immergé dans les procédures pour se permettre de s'attarder sur de telles absurdités. Il fonctionnait comme un automate. Sa tâche consistait à s'assurer que la marchandise en question ne se perdrait pas en chemin, pour une raison ou pour une autre. Menka suivit scrupuleusement toutes les exigences et les conseils bureaucratiques. Il se procura une copie de la feuille de route de la cargaison et, depuis sa base à l'hôtel Sheraton de l'aéroport de Francfort, en suivit la progression, vérifiant que le cercueil était bien chargé dans la soute de l'avion. Un vulgaire fret ferroviaire puis aérien, son vieil ami Duyole ? On ne l'avait même pas autorisé à entrer dans l'entrepôt pour en avoir le cœur net – il dut se contenter de l'identité alphanumérique qui s'était substituée à Duyole Pitan-Payne. Le document le rassura sur le fait que son ami n'avait pas été jeté pardessus bord pour faire de la place à une cargaison plus urgente, des meubles, par exemple, destinés à la villa flambant neuve d'un politicien ou d'un riche homme d'affaires. Tranquillement installé sur son siège, dans l'avion, Menka se dit qu'il aurait dû comprendre, sans doute, qu'il n'y avait aucune raison de s'inquiéter. Ce n'était pas le genre de marchandise que les compagnies aériennes aimaient avoir sur les bras plus longtemps que nécessaire, et puis, de toute manière, la légendaire efficacité germanique avait pris le contrôle.

Il faisait déjà noir, en début de soirée, quand l'avion se posa à Lagos. Tout le monde était sur le pied de guerre, le commandant de l'aéroport dans son élément. Il vint accueillir Kighare à la porte de l'avion, accompagné du chef des bagagistes et du plus aguerri des agents des douanes en service. Aucun accroc ne devait venir entraver ce retour de l'enfant du pays, ambassadeur non accrédité de son peuple auprès des Nations unies, accompagné par rien moins que le lauréat du prix de la Prééminence nationale. Ensemble, ils descendirent la passerelle pour aller réceptionner la cargaison dès qu'elle serait débarquée. Le corbillard cette fois, et pas une ambulance, attendait sur le tarmac. Il s'approcha de l'appareil pour recevoir son auguste occupant, recula jusqu'au bord de la rampe de déchargement. Légère impression de déjà vu, en rembobinage inversé. Tout se déroula sans heurt. L'agent des douanes avait déjà pris possession de la feuille de route. Il ne restait plus qu'à vérifier la correspondance entre numéro et colis. Ses hommes, prévenus de la nature du chargement, retournaient toutes les étiquettes, comparaient, passant en revue tous les objets dont la forme pouvait correspondre dans les entrailles de l'appareil. Gagné par l'impatience, le Dr Menka se joignit à eux, avec l'aide du commandant. Alors qu'il se redressait à nouveau pour regarder autour de lui, Menka aperçut un observateur imprévu de l'opération – le Cerveau de Badagry, Kikanmi, planté un peu à l'écart, les bras croisés, ses lèvres retroussées dans cette moue hautaine et détachée, méprisante même, désormais familière, sa posture démentant théâtralement toute implication dans les activités obscènes qui se déroulaient alentour. Menka eut soudain envie de se jeter sur lui. Pourquoi cette présence ? se demandait-il. Les missions assignées à Kikanmi n'incluaient pas sa venue à l'aéroport – d'ailleurs, il avait lui-même fait savoir qu'il préférait ne pas participer à l'accueil du cadavre de son frère. Pourquoi donc s'était-il déplacé, si tout ce qu'il avait prévu de faire était de rester planté là à observer la scène avec une attitude aussi évidemment condescendante ? S'agissait-il d'un jeu macabre dont la non-Famille ignorait la nature ?

Les minutes passaient. La soute se vida. Alors vint le moment de panique. Le cercueil demeurait introuvable parmi les articles éparpillés au pied de la rampe. Menka recula de quelques pas, jeta un regard autour de lui pour tenter d'attraper un agent au sol de la Lufthansa. C'est alors qu'il entendit une voix, teintée du plus profond dédain, derrière lui.

– Oui, que pouvait-on espérer d'autre ? Quand il y a trop de cuisiniers, la sauce est gâtée…

Menka se retourna. Il n'avait pas vu que le frère avait changé de position. L'agent immobilier ne regardait pas dans sa direction, mais il n'eut aucun mal à repérer l'indéchiffrable rictus qui déformait ses traits, tandis que Kikanmi se détournait pour observer des activités plus édifiantes ailleurs sur le tarmac.

Non sans mal, Menka réorienta sa préoccupation vers son objet initial – trouver le représentant officiel de la Lufthansa. Il vit l'agent des douanes marcher vers lui, la feuille de route à la main.

– Je crois qu'il y a eu une erreur, monsieur. Il y a un paquet là-bas qui porte le bon numéro, mais ce n'est pas ce que nous cherchons.

Le Dr Menka jeta un coup d'œil dans la direction indiquée, et, soudain, il comprit. Évidemment ! Il était bien là, posé en évidence sur le tarmac. Il leur avait tous demandé de chercher un cercueil, et tous s'étaient mis en quête d'un objet qui aurait cette forme, mais depuis la dernière fois qu'il l'avait aperçu à son arrivée de Salzbourg, alors qu'on le conduisait vers l'entrepôt de la compagnie aérienne, le cercueil avait été empaqueté dans un grand carton, déguisé pour ressembler à n'importe quel colis encombrant. Les passagers, se rappela Menka, n'aimaient pas voyager à bord d'un avion transportant un cadavre ; peut-être les membres d'équipage eux-mêmes rechignaient-ils à le faire, d'ailleurs. D'où ce camouflage avant l'embarquement. Comme il pointait du doigt, soulagé, le bon colis, un mouvement attira son regard, et il pivota juste à temps pour voir Big Brother faire volte-face et s'éloigner, illuminé par le projecteur qui éclairait ce carré d'agitation. Kikanmi remonta dans sa voiture et quitta les lieux.

Les véhicules cruciaux – corbillard, voiture-pilote, sécurité – attendaient en file indienne, mais où se trouvait le reste du comité d'accueil ? Au cours des deux frénétiques journées de planification, le nombre d'amis qui avaient annoncé leur intention de se rendre à l'aéroport pour accueillir Duyole avait dépassé la quarantaine. L'arrivée de Pitan-Payne avait été pensée comme un retour triomphal, mais pas carnavalesque – le convoi serait limité à une douzaine de véhicules. Mais Menka apercevait tout juste trois ou quatre voitures de particuliers. Il flottait dans l'air comme une odeur de sabotage. Néanmoins, il éprouva un élan de pitié pour les saboteurs de La Famille – l'insistance pour que le cortège se compose au *minimum* d'une douzaine de véhicules était venue des autres, en particulier les enfants. Pour une fois, Menka se surprit à ressentir une certaine compassion pour les membres de La Famille. Dans toutes les directions, depuis l'aéroport, la circulation demeurait un cauchemar, et moins de voitures, cela signifiait que ce convoi déjà problématique créerait moins de perturbation. Mais tout de même, il sautait aux yeux que quelque chose clochait. Il y avait des amis qui, s'ils avaient su que Duyole allait être enterré en Autriche, auraient pris l'avion pour venir – ils en avaient les moyens. D'autres ne les avaient pas, mais auraient quand même fait le voyage. Ils n'avaient tout simplement pas imaginé une telle possibilité, et tout était terminé sans qu'ils aient eu le temps d'improviser. Mais dès qu'ils avaient eu vent de ce retour au pays, ils s'étaient organisés pour venir à l'aéroport, jurant de rester aux côtés de Duyole jusqu'à son enterrement final. Mais alors, où étaient-ils ?

Le convoi se mit en route vers Badagry. Le Dr Ekundare s'était joint au médecin de l'entreprise et on avait fait venir un pathologiste de l'hôpital universitaire. Tous attendaient dans une pièce réservée à cet effet dans le sous-sol des Millennium Towers, l'ajout iconique de Duyole au paysage de Badagry. Kighare espérait – et mourait d'exprimer cet espoir – que le patriarche, dûment prévenu, s'était enfermé à double tour quelque part, loin. Lui, Menka, refuserait d'endosser toute responsabilité pour une rencontre accidentelle avec le cercueil, susceptible d'obliger Pop Éternel à dîner de son contenu. Il était entendu que les trois médecins inspecteraient le corps ; le responsable des pompes funèbres avait averti que le vol et tous ces déplacements déferaient à coup sûr une partie du travail de patchwork qu'il avait réalisé. Menka ne les accompagna pas dans cette morgue improvisée.

À l'issue de son inspection, le trio médical recommanda de recouvrir même le carré de verre teinté avec le cache en bois prévu à cet effet. Damien avait avidement tenu à être présent – ce qui était utile, considéra Menka. Il témoignerait ainsi devant la fratrie et la famille absente qu'il s'agissait bien du cadavre de leur père, pas d'un substitut. Et puis, en tant que récipiendaire privilégié de l'essence secrète de la vie, transmise par son père mourant, il serait aux premières loges pour recevoir, peut-être, quelque émanation résiduelle encore piégée dans le cercueil. Quelles que soient les pensées qui traversaient l'esprit du jeune lord, le trio médical accomplit sa tâche et le mit en garde : il n'était pas souhaitable de voir le corps. Ce choix lui appartenait, cependant, et on l'autorisa à descendre au sous-sol. Six paires d'yeux peut-être virent le corps dans cet état – les trois praticiens, Ekete, un membre du conseil de la Marque Pays, et bien sûr Damien – un nombre suffisant pour certifier qu'il s'agissait effectivement d'une approximation convaincante du Duyole Pitan-Payne que tous avaient connu. C'est alors, seulement, qu'ils l'emmenèrent jusqu'à sa maison, à quinze kilomètres de là. Ils l'installèrent sur un catafalque improvisé, deux tables recouvertes du fameux *aso oke*, le tissage traditionnel des Yoruba.

Menka s'empressa d'entraîner Damien dans un coin. *Où sont les amis de ton père ? Où sont tous ses amis et collègues qui n'ont pas arrêté de hurler leur frustration ? Où sont-ils ? Les as-tu avertis ?* Non, Damien ne les avait pas avertis. *La liste – qu'est-il arrivé à la liste, la liste absolument minimaliste de connaissances, concédée par La Famille à l'humanité inférieure ? Montre-la-moi. Qui l'a ? Ceux qui, comme l'ont reconnu même les plus insensibles, doivent être prévenus, coûte que coûte – savent-ils que la présentation du cercueil a lieu ce soir ?* Le regard de Damien se fit fuyant, et il frotta de sa semelle le tapis. C'étaient les oncles, encore. Les oncles avaient tout empêché. *Tout ?* Tout ! *Cela inclut-il les faire-part dans les journaux qui* – là encore, une concession aux sensibilités délicates de La Famille – *ne devaient être publiés que la veille de son arrivée afin de minimiser la cohue, de maintenir à l'écart les regards indiscrets, les fouinards, les moins-que-rien, les chèvres mangeuses de couronnes, les hordes vulgaires, le bas peuple et les ragots qui profaneraient le décorum de La Famille – où donc étaient les rares, très rares personnes jugées dignes de frotter leurs semelles crasseuses sur le seuil de la demeure familiale ? Des avis apparaissaient-ils comme convenu dans la presse de ce matin ? Cette annonce réduite au plus élémentaire, à savoir que Duyole rentrait au pays, les détails pratiques de sa promenade funéraire et de l'hommage qui suivrait, qu'une seule journée s'écoulerait entre la publication de ce faire-part et le jour de l'enterrement – en d'autres termes, que demain, le lendemain même, le sociable ingénieur serait inhumé dans la chapelle des Apôtres ? Et que d'autres cérémonies commémoratives auraient lieu plus tard, quand les portes du Purgatoire seraient enfin ouvertes en grand pour laisser les détenus sortir et chanter à tue-tête des chants du souvenir, roter d'avoir trop mangé et trop bu, et banaliser l'image raréfiée de La Famille ? Qu'était-il arrivé au juste à cette concession réduite jusqu'à l'absurde ?*

Bisoye resta dans sa chambre tout du long, accompagnée d'une tante venue de sa ville natale pour être à ses côtés. Celle-ci avait été dépêchée par le palais – tout cela faisait partie du système de soutien familial. Qu'on soit de sang royal ou prolétaire, la tradition était sacrosainte, et des plus efficaces pour aider les endeuillés. Mais Bisoye ne se rendait même pas compte de ce qui se passait autour d'elle. Elle ignorait totalement que les faire-part avaient été retirés, comme le marmonnait à présent Damien en jetant des regards d'animal pris au piège. Cela avait été une véritable offensive éclair. À peine le Dr Menka avait-il décollé du sol nigérian que le démantèlement avait commencé. Le curé de la paroisse, invité à présider une brève cérémonie autour du cercueil, avait été contacté par La Famille, qui lui avait demandé d'aller faire son office des morts ailleurs. Même ceux qui faisaient partie de la sélection la plus sélective jamais dressée pour la notification orale de l'enterrement d'un miséreux, dans une nation connue pour sa joyeuse célébration des morts et des vivants, avaient été démobilisés. Dix ou douze personnes tout au plus, venues pour l'essentiel des Millennium Towers, se présentèrent donc au domicile de Duyole ce soir-là. On découvrit alors, par le plus grand des hasards, que l'épouse d'Ekete officiait comme diacre dans leur église. Elle fut donc réquisitionnée pour diriger un bref service religieux devant le cercueil du défunt. Menka était de plus en plus perplexe. Tout cela allait bien au-delà du mystère. Il avait l'impression d'avoir atterri au beau milieu d'une féroce bataille dont les causes lui échappaient totalement. Et maintenant, par-dessus le marché, ses membres tremblaient. Il savait que ce n'était pas dû à la rage qu'il ressentait, mais purement physique – il avait faim. La journée avait été tendue, et il avait essentiellement tenu grâce au café et à ces alcools forts qui vous écorchent le gosier. Pendant le vol, il avait refusé jusqu'aux en-cas d'avant le déjeuner. Quand on avait servi celui-ci, il dormait à poings fermés, ne se réveillant que juste avant l'atterrissage – le vol de nuit de la veille, durant lequel il avait à peine fermé l'œil, avait laissé des traces. Cela faisait un moment que son ventre criait famine, mais à présent, il vociférait. Cela tombait à pic. Il avait besoin de s'éloigner de la maison pour pouvoir réfléchir, et quitta donc ce lieu d'abandon tard dans la soirée pour se mettre en quête de nourriture. Il aurait pu se contenter de s'adresser à l'intendant, Godsown, mais il ne voulait pas dîner entre ces murs-là, et, dans son souvenir, il n'y avait rien à manger dans son appartement – il s'était abstenu de faire des provisions, ayant prévu d'effacer les dernières traces de sa brève occupation au lendemain de la seconde inhumation. Il ne connaissait qu'un seul endroit où, à cette heure, il trouverait de quoi contenter son estomac avant de se retirer : un restaurant libanais assez proche, où il était sûr qu'on se souviendrait de lui comme d'un faire-valoir des gourmandises de Duyole. Il s'y rendit en voiture, priant pour que la cuisine soit encore ouverte. Elle l'était. Il engloutit son repas pendant que les propriétaires chantaient des louanges, ravis d'apprendre que Duyole était de retour à Badagry.

Il n'était pas encore onze heures quand il rentra. Il ralentit en passant devant la maison principale. L'intérieur était plongé dans l'obscurité, avec çà et là quelques halos de lumière pâle. Tout semblait immobile, paisible et silencieux. C'était étrange. Une veillée, où l'on était censé chanter les vigiles des morts, était prévue cette nuit-là, et ne devait normalement s'achever que vers deux heures du matin. Hommages, souvenirs, plaisanteries, solistes, lectures de poésie, hymnes, récitation lyrique d'histoires ancestrales, alcools sédatifs, et même l'occasionnel accès de colère… Menka enclencha la marche arrière, se gara et poussa la porte de la maison. Tout le monde avait disparu ; la petite troupe des gens venus de l'extérieur avait regagné ses quartiers. Même La Famille manquait à l'appel. Menka entra dans le séjour où reposait Duyole, invisible dans son cercueil. Il aperçut aussitôt une silhouette solitaire penchée sur un livre, assise à côté du cercueil. Il n'y avait personne d'autre, pas une âme. Pas un représentant des Millennium Towers. Ni la petite famille qui habitait bien sûr dans la maison de Pitan, ni les proches. Pas une seule connaissance. Rien que la veuve. Il était parti depuis moins d'une heure, et il n'était même pas minuit. Il s'attendait à les trouver groupés autour, assis en rangs bien ordonnés ou disposés n'importe comment, se prêtant au jeu de cette cérémonie de la veillée que les Irlandais, aimait faire remarquer Duyole, avaient dérobée en Afrique.

La question était superflue, mais il la posa tout de même :

– Où sont-ils tous passés ?

– Rentrés chez eux.

– Et Katia ? Damien ?

– Montés dans leur chambre. Je crois que tout le monde est épuisé.

– Mais la veillée – sur le programme, il était prévu de chanter les vigiles des morts, non ?

Elle le contempla sans rien dire. Puis se replongea dans la lecture de son missel – du moins, c'était l'hypothèse de Menka.

– Vous voulez dire que vous êtes assise là toute seule depuis tout ce temps ?

– Ma tante, qui est venue de chez moi, est là-haut. Je lui ai dit de monter quand les autres sont partis – elle n'a pas tellement eu l'occasion de dormir. Mais Mrs Ekete va bientôt revenir. Elle était venue directement du travail, alors elle est rentrée chez elle se changer quand Frère K a renvoyé tout le monde. Elle va revenir.

Le silence était inquiétant. Ce genre de veillée se prolongeait parfois tard dans la nuit et même, pour les plus extrêmes, jusqu'au matin, où l'on servait un petit déjeuner. Cette maison était célèbre pour son hospitalité ; des inimitiés permanentes y étaient nées entre deux amis du fait que l'un avait eu droit à une invitation à l'une des fameuses noubas de Duyole, et l'autre pas. La maison d'un homme qui s'emparait parfois des joies et des tristesses d'autrui et les faisait siennes. Duyole avait parcouru la moitié du globe dans un cercueil, pour se retrouver ainsi abandonné dans un monde où les veillées funèbres étaient un mode de vie – et de mort. Où diable était ce pays du bonheur, même dans la mort ?

Menka n'était guère friand de ces rituels, mais cela le frappa comme une accusation. Il avait ramené Duyole chez lui, à Badagry, et cette unique nuit qui restait avant son enterrement avait été spécifiquement prévue pour accueillir une veillée, l'une des thérapies que la société avait inventées pour gérer la perte. L'ironie de la situation ne lui échappait pas – il était indifférent, voire hostile, aux veillées funèbres. Si Gumchi n'avait pas été si distant, il aurait été heureux d'y emmener le corps et de dormir profondément pendant que Duyole gisait en paix dans son séjour jusqu'au lendemain matin, avant de le ramener chez lui pour l'inhumation. Il se sentait trahi. Il avait livré son ami à ceux pour lesquels ces choses-là comptaient, et voilà qu'on l'abandonnait ? Tout avait été organisé en vue de cette veillée, y compris le choix d'un vol de jour, pour permettre l'arrivée du corps juste à temps pour celle-ci. L'idée n'était sûrement pas de le laisser seul dans sa propre maison, délaissé par haine d'un côté, et bien involontairement par ceux que cette haine avait tenus à l'écart.

Il entendit des bruits de pas. C'était la diacre Ekete qui revenait, fidèle à sa parole. Menka tira une chaise pour elle, et tous trois restèrent assis devant le catafalque. Les deux femmes lurent la Bible à tour de rôle, puis psalmodièrent des prières. Il resta assis avec elles, puis nota la tension, la lassitude extrême sur le visage de la veuve. Soudain, de nouveaux sanglots agitèrent Bisoye. Les deux autres l'enjoignirent d'aller se reposer, mais elle résista – *Pardon, pardon, ça va aller, ça va aller.* Cela allait au-delà du chagrin ; les aberrations qui entouraient cette mort avaient fini par lui saper le moral. Menka parvint finalement à convaincre la diacre d'escorter Bisoye jusqu'à son lit, puis de rentrer chez elle. Après un semblant de dispute, Bisoye accepta de monter à l'étage, où Mrs Ekete prit congé d'elle. Personne d'autre ne vint, pas même la petite sœur, Selina, qui s'était effondrée sur le lit de malade de son frère, à l'hôpital, l'aspergeant d'eau bénite et couvrant d'imprécations les responsables de cette attaque. Menka ne put s'empêcher de penser que cette maisonnée aurait bien eu besoin d'être aspergée d'eau bénite, d'une séance d'exorcisme en bonne et due forme pour la débarrasser des démons dont elle était infestée.

Ils entendirent une voiture se garer.

– C'est sûrement mon mari, déclara Ekete. Il devait venir me récupérer au bout de deux heures.

Bisoye n'opposa plus aucune résistance. Menka les regarda grimper l'escalier, puis entendit quelqu'un les rejoindre sur le premier palier – c'était la tante, qui prit le relais. La diacre redescendit quelques instants plus tard et se dirigea vers la porte d'entrée. Menka resta planté là un long moment, à contempler le vide. Puis il marcha d'un pas lent vers le catafalque, posa la main sur le cercueil.

– Ceci est ma deuxième veillée à ton chevet, Duyole, annonça-t-il. Mais cette fois, je n'ai pas besoin de m'inquiéter si je m'endors, et je n'ai pas l'intention de tomber de ma chaise. Donc, si tu n'y vois pas d'inconvénient…

Il prit un coussin sur une chaise, l'installa sur le tapis en guise d'oreiller et s'étendit au pied du catafalque, un grand bâillement se formant déjà sur ses lèvres. Il sombra aussitôt dans son sommeil le plus profond depuis des jours. Il fut réveillé par le soleil qui s'engouffrait dans le séjour, ses rayons s'abattant directement sur son visage et illuminant le cercueil. Duyole et lui étaient toujours les uniques occupants de cette pièce. Aucun mouvement dans la maison.

Se frottant les yeux pour en chasser le sommeil, Menka gagna la salle de bains pour s'asperger le visage. Puis il s'approcha de la porte-fenêtre et ouvrit les rideaux pour laisser entrer plus de lumière encore. Percevant un mouvement dehors, Menka réalisa qu'en fait, il n'avait pas été le seul à tenir compagnie à Duyole. Assise sur la pelouse, adossée à la porte vitrée, il reconnut la silhouette de Godsown. À l'évidence, lui aussi avait veillé toute la nuit. Menka était bouleversé. Comme ses yeux parcouraient la pelouse déserte avec sa piscine, ses plants de coton impeccablement taillés et ses grappes jaunes et rouges de bougainvillées, sans aucun autre signe de vie, une appréhension soudaine s'empara de lui.

Était-il possible qu'un même scénario de désertion ait été organisé pour le réenterrement physique de Duyole ? La Famille avait-elle œuvré pour le priver de compagnie jusqu'à l'ultime instant de son inhumation ? Cela semblait non seulement possible, mais hautement probable. Peut-être verraient-ils cela comme une sorte de triomphe personnel dont ils avaient besoin, d'avoir fait en sorte que bien que Duyole fût rentré au pays pour y reposer, cela avait été un non-événement, une victoire creuse. Personne n'en saurait rien, au point qu'ils pourraient même nier qu'on l'avait ramené chez lui. Que voulaient-ils ou, plus exactement peut-être, que *craignaient*-ils d'un dernier hommage impliquant la présence de son corps ? D'un dernier hommage tout court, à vrai dire ? Une cérémonie commémorative, plus tard – oh oui, cela aussi avait été convenu, mais ça ne les engageait à rien. La nation savait que Duyole avait déjà été enterré en Autriche, et la majorité des gens avaliseraient sans peine le caractère définitif de cette situation.

Menka monta à l'étage et réveilla Damien sans ménagement. Jusqu'où cela était-il allé, l'interrogea-t-il, ce black-out autour du retour de Duyole ? Dans quels autres domaines cette censure rampante s'était-elle exercée ? Damien semblait destiné à servir de substitut à son oncle, et Menka lui arracha la vérité. Oui, effectivement, Oncle Kikanmi l'avait appelé au bureau qu'on lui avait attribué au siège du *Vanguard*, où il accomplissait les tâches qu'on lui avait confiées. Cet appel n'avait pas pour but de vérifier la formulation des faire-part, ni les détails ou d'éventuels changements du programme. Il visait à faire cesser toute nouvelle activité dans les médias. D'autres arrangements, avait-on informé le journaliste et son squatteur, étaient en train d'être pris pour transmettre la nouvelle à ceux dont la présence était souhaitée. L'arrangement avec le journal n'était donc plus requis.

Maintenant, la situation était claire, au-delà de tout subterfuge. Menka se précipita sur le téléphone et composa les numéros privés des rédacteurs en chef d'un quotidien local de Badagry, puis deux autres à Lagos et à Ibadan. Leur réaction fut, sans surprise, incrédule. Duyole Pitan-Payne, l'ingénieur assassiné, Mr Marque Pays, avait été rapatrié au Nigéria ? Où se trouvait-il donc ? Ils n'étaient au courant de rien. Personne ne les avait contactés. Et il serait inhumé aujourd'hui, ce matin même ? Oui, confirma Menka. *Je vous appelle de sa maison, et nous avons prévu de franchir son portail d'ici une heure. Nous nous rendrons en convoi jusqu'au cimetière de la chapelle universitaire, conformément à ses dernières volontés.* Après une messe ? Non, pas de messe, les informa Menka, juste des prières et quelques hymnes au bord de la tombe. Ce n'était pas une heure où l'on pouvait trouver les journalistes dans leurs bureaux, mais les rédacteurs promirent de tout faire pour les trouver et de les envoyer à la maison des Pitan-Payne ou au cimetière. *Je veux des photographes*, ajouta Menka – *surtout, envoyez des photographes !*

La bataille de la restriction battait maintenant son plein, et tous les masques étaient peu à peu arrachés. Il n'y avait plus de zones grises, rien que du blanc et du noir, clairement délimités. Les employés de Duyole aux Millennium Towers avaient reçu de La Famille l'assurance que les restes de leur leader seraient acheminés dans cette maison que Duyole avait construite, le Miracle de Badagry, la Marque Pays, et que le cercueil y resterait quinze minutes, une demi-heure peut-être, le temps que tous lui rendent hommage. Ils étaient venus au travail dans la tenue sombre de rigueur et, assis dans leurs bureaux, attendaient d'être appelés. Il avait fallu des heures d'une négociation tendue à Runjaiye et Ekete pour arracher cette concession à La Famille, mais Kikanmi avait fini par leur garantir solennellement ces derniers adieux. Mais lorsque Runjaiye s'était présenté à la maison du deuil, juste pour s'enquérir de l'heure à laquelle le cortège se mettrait en route, il se retrouva confronté à un refus. Kikanmi, qui semblait s'être autoproclamé maître des cérémonies, organisateur des funérailles et endeuillé en chef, était arrivé en avance. Il l'informa que le cortège risquait de trop attirer l'attention. Ils se rendraient donc directement au cimetière.

Le malheureux représentant du personnel n'en crut pas ses oreilles. Trop attirer l'attention ? De son point de vue, leur patron et ami en attirait bien trop peu. Que pouvaient bien offrir les salariés à leur ancien employeur, interrogea-t-il, pour le remercier de tout ce qu'il avait fait pour eux, si ce n'était lui rendre ces quelques minutes d'hommage ? Non, ce n'était pas l'hommage du personnel qui préoccupait Big Brother ; c'était celui, bruyant et vulgaire, de la foule, de tous ces gens qui fouinaient autour des Millennium Towers et qui n'avaient jamais appris à se mêler de leurs affaires. Pas moyen de leur échapper, se lamentait-il.

Menka était retourné dans le séjour lorsqu'il entendit leur conversation. Il écouta un moment, se demandant de nouveau s'il ne s'était pas égaré dans un autre cauchemar encore, dont les personnages venus de l'espace s'étaient emparés des corps d'un étrange clan se faisant appeler La Famille. Il n'y avait pas de problème pour emporter en douce le corps de Duyole dans une morgue de fortune au milieu de la nuit, dans le sous-sol de cette grande maison qu'il avait bâtie de ses mains, mais on jugeait maintenant inconvenant de faire défiler son cercueil à travers ce bâtiment, pour que ses collègues, ses employés, oui, et même ses maîtresses, puissent le saluer une dernière fois ? Dans quel genre de brèche spatiotemporelle avait-il dérivé depuis Salzbourg avec le corps de son ami, lui-même étant devenu une entité aussi peu substantielle qu'un fantôme ? Était-il piégé là ? Eh bien, peut-être, mais il possédait aussi les moyens concrets d'arrêter pour de bon ce torrent d'insanités et de redonner au présent un semblant de réalité. Il sentit bouillonner en lui son sang de fils de Gumchi. Tout devenait de plus en plus bizarre. Il manquait quelque chose, une chose qui, si seulement il parvenait à la mettre au jour, ferait comprendre aux participants de cet événement irréel que le monde que l'on projetait sur le cercueil de Duyole était fictif, ses acteurs dérangés. Leur ferait savoir qu'il suffisait d'un mot, d'un geste, d'un regard ou d'un contact de sa part pour qu'ils réalisent tout à coup qu'ils étaient victimes de forces qui les dépassaient et que leur salut dépendait de leur capacité à se mettre au diapason de la réalité du monde de Duyole Pitan-Payne. Cherchant un code limpide, un code instantané qui leur donnerait accès à ce monde-là, une clé magique, il perdit un peu les pédales.

De manière tout à fait fortuite, mais sans doute chanceuse pour tout un chacun, le médecin récemment réquisitionné, Ekundare, se gara à ce moment-là devant la maison. Sa mission s'était achevée la veille au soir, mais il avait enfilé une tenue de cérémonie et revenait prendre sa place à l'arrière du cortège pour la procession prévue jusqu'au cimetière. Ce fut la voix du jeune praticien qui ramena soudain Menka des confins de la folie, coupant sa propre voix stridente, qui tailladait et lacérait à présent l'air de ce quartier guindé. Menka entendit le jeune Ekundare lui dire :

– Non, vous avez raison, docteur Menka. Ce sont ceux qui s'opposent à tout ça qui ont quelque chose à cacher. Ce sont eux qui devraient avoir honte.

Alors, seulement, Menka se rendit compte qu'il était

en train de hurler, et il entendit ses cris résonner encore et encore dans sa tête, tel un carillon fou se répercutant contre les parois de son crâne, les murs de la pièce, l'acier du portail, les graviers des allées qui s'entrecroisaient au pied de la maison de Duyole, et tout ce que cela déclamait, c'était qu'il en avait assez des obstructionnistes de La Famille.

Le haïssez-vous donc à ce point ? Y a-t-il quelque chose que j'ignore ? Un horrible secret de famille que je ne connais pas ? Mon ami a-t-il commis une abomination, un acte innommable qui pousserait la terre de Badagry à le recracher si nous tentions de l'enterrer en son sein ? Les gens de Badagry auront-ils des haut-le-cœur, cracheront-ils sur le cercueil s'ils apprennent qu'il est enterré là ? S'est-il rendu coupable d'un crime si impardonnable que sa procession funéraire ne pourra pas remonter en paix les rues de Badagry, passant devant les anciens barracoons où l'on enfermait les esclaves en partance, devant les cahutes et les demeures coloniales ? Comment les restes de Duyole pourraient-ils ne pas faire un détour par la maison qu'il a construite, ce symbole de sa réussite – comment tous les gens que j'ai connus, et qui le vénèrent, qui se sont moqués de lui et ont ri de ses plaisanteries, même ceux qui enviaient son succès, qui applaudissaient ses accomplissements, qui ne juraient que par sa générosité, que sa compagnie enchantait, qui toléraient ou se laissaient distraire par ses excentricités et ses excès, qui cherchaient toujours à l'égaler ou à se distancier de ses extravagances, tous ceux qui connaissaient toutes les faiblesses qui le rendaient humain et pourtant plus grand que vous tous – comment tous ceux-là ont-ils pu soudain devenir des « fouinards » qui doivent être exclus de l'ultime rite de passage de leur... oui, ami, mentor et bienfaiteur, dans les rues de leur ville ? Si vous autres, les Pitan-Payne, possédez un sinistre secret de famille, révélez-le au grand jour afin que nous puissions tous rentrer chez nous et vous laisser, alors, prendre son corps et le jeter dans la brousse maléfique ou en faire votre dîner si vous préférez. Mais en attendant, tant que vous n'aurez pas dévoilé ce qui vous ennuie tant, je suis responsable de cette dépouille. Nous n'avons rencontré qu'obstruction, hostilité, manipulations ! À chaque détour du chemin, des sabotages ! Dans quel but ? Par fidélité à quelle coutume, quel usage, quelle tradition ? Quels dieux servez-vous donc, si vous en servez un ? Quel crime Duyole a-t-il commis, je veux le savoir, maintenant ! Quel est cet inavouable secret ? En tout cas, peu importe : le corps qui se trouve dans ce cercueil m'appartient. Je l'ai ramené au pays et me suis occupé de lui. Duyole se rendra aux Millennium Towers, et personne ne se mettra en travers de notre chemin !

Damien était sorti de la maison, alerté par les divagations de Menka. Il restait planté là, l'air un peu effrayé, aux côtés d'un Cardoso abasourdi – l'exécuteur du testament et des dernières volontés de Duyole. Menka ignorait qu'ils avaient engagé des pourparlers avec Kikanmi, Cardoso jouant le rôle de négociateur entre ceux qui réclamaient cet hommage à Duyole, et ceux qui étaient résolus à le refuser. Après la voix d'Ekundare, Menka entendit celle de Damien, ce ton apaisant qu'il savait adopter parfois :

– C'est bon, Oncle, tout est réglé. Oncle Kikanmi a accepté. Tout est réglé maintenant.

Mais Menka avait atteint un stade où tout apaisement était devenu impossible. La véritable cible de sa rage n'était pas ceux qui disaient non à tout, mais lui-même. Il avait l'impression d'avoir en quelque sorte trahi son ami en se retrouvant dans une situation où tout le monde se croyait en droit de marchander avec son corps. Il avait toutes les cartes en main. Le détachement de protection était sous ses ordres, et n'obéirait qu'à lui. Il était en train de s'infliger une blessure évitable qu'on appelait un compromis, et elle commençait à suppurer. Il déversa sa férocité sur Damien, et un Ekundare qui n'en revenait pas.

– Avec ou sans leur accord, Duyole fera un détour par les Millennium Towers. Le contenu de ce cercueil m'appartient. Ceux qui ont abandonné leur bien à Salzbourg devraient retourner là-bas le chercher. Mais le corps dans ce cercueil est à moi. Il ira où je l'enverrai, et en empruntant la route que je choisirai. Je veux bien renoncer au cercueil. Celui qui pense qu'il lui appartient, libre à lui de l'ouvrir, de le vider et de l'emporter dès maintenant. Mais ce corps reste avec moi !

Damien assura à Menka que Runjaiye, Ekete et d'autres étaient en train de peaufiner les derniers détails et que le passage par les Millennium Towers était d'ores et déjà concédé. Ça, au moins, c'était réglé. Il ne restait plus qu'à décider quelle route emprunterait le cortège pour se rendre au lieu d'inhumation. Menka éclata d'un grand rire, un son incongru qui fit tressaillir le petit attroupement. Il avait l'impression d'avoir oublié comment rire, et voilà qu'un enterrement lui réapprenait soudain à être humain. Qu'est-ce qui avait donc été réglé ? interrogea-t-il à nouveau. Et par qui ? Personne n'avait le choix, répéta-t-il, et les chauffeurs de la voiture-pilote et du corbillard s'en tiendraient scrupuleusement à ses instructions. Il n'y avait plus rien à décider.

Une fois de plus, la capitulation semblait partielle, et le camp des concédants cherchait constamment à arracher d'autres concessions en retour ou à rogner les bords de celles qu'il avait lui-même faites. Confronté à l'inévitable, même en cet instant, Big Brother rechignait encore à se retirer avec grâce. Il semblait tout à coup y avoir deux mondes – Lagos et Badagry – et, comme si souvent par le passé, Menka reconnut une différence entre les deux villes, ou du moins le fait qu'elles déterminaient deux constitutions antagonistes, même au sein d'une même famille. La Famille possédait certes des racines à Badagry, réalisa-t-il, et même une maison de famille immémoriale, mais ses membres vivaient à Lagos, avaient été élevés à Lagos. Ils mangeaient, buvaient et respiraient Lagos. Le patriarche, quant à lui, était un Lagosien pur jus, sa confiserie se trouvait à Lagos, l'essentiel de son orbite sociale se déployait dans cette métropole, ses manières étaient éminemment lagosiennes, et même sa perception du monde au-dehors. Il avait créé ce quartet mais échoué à le faire grandir pour qu'il intègre le plus humain, le plus talentueux et le plus couronné de succès de ses fils. Eh bien, décréta Menka, il leur ferait au moins comprendre à tous que ce jour-là, à Badagry, Duyole était à présent la mort de ses collègues, la mort de sa famille de Badagry, pas de La Famille de Lagos, qu'il avait eu, cela sautait maintenant aux yeux, de bonnes raisons de fuir, même s'il n'était pas allé assez loin. Mais il avait pris ses distances, par choix. Il aurait pu construire les Millennium Towers à Lagos, établir la Marque Pays à Lagos, mais il avait choisi Badagry. Il avait cessé d'être l'un d'entre eux dès l'instant où il avait pris la décision de déménager à Badagry, d'y chercher son identité personnelle et de tracer lui-même son avenir.

Après quelques négociations avec le chef du personnel des Millennium Towers devant la maison, pendant que Menka arpentait nerveusement le séjour, un compromis fut finalement trouvé. Le cercueil de Duyole ne serait pas présenté aux Millennium Towers. Sur ordre de Lagos ? Ou à cause de son allergie réductionniste à lui, Kikanmi ? Le cortège de Duyole entrerait par le portail de derrière, donnant sur l'un des niveaux inférieurs, puis remonterait vers l'allée qui reliait l'arrière et l'avant du bâtiment, au niveau de la rue. Les employés formeraient une haie d'honneur le long de cette allée et lui diraient adieu tandis qu'il franchirait lentement le portail de devant et s'engagerait dans la rue animée. Celle-ci les conduirait droit vers le cœur de Badagry, qu'ils traverseraient à une heure où travailleurs et commerçants prenaient possession des lieux, retournant au travail, installant leurs étals. Menka en fut réduit à se demander ce que le Cerveau de Badagry pouvait bien avoir l'impression d'avoir fait gagner au quartet en négociant cette carence, cette excision des quinze minutes que Duyole aurait passées sur un catafalque improvisé dans la salle de réunion des Millennium Towers, honoré par son personnel.

Malgré tout, Menka eut toutes les peines du monde à se retenir de hurler son véto astringent à un tel accord. Cela n'aurait posé aucun problème. Les escortes étaient sous ses ordres. Il avait pris la précaution de s'assurer que même le corbillard soit apporté par la non-famille. Et bien sûr, toutes les personnes présentes dans le cortège, hormis les membres de La Famille, étaient des alliés. Au bout du compte, les gens de Badagry, ceux qui peuplaient les environs des Millennium Towers, étaient les renégats de la non-famille. Il suffirait d'un mot et, dans la minute, ils bloqueraient toutes les déviations qu'on leur indiquerait, prendraient le contrôle des rues et feraient en sorte que Duyole reste dans les limites de leur territoire aussi longtemps que cela leur chanterait.

Mais d'autres personnes les attendaient au cimetière, les amis qu'on avait réussi à joindre en contournant les barricades de La Famille. Il fallait en outre prendre en compte le sentiment de profanation qui était déjà bien réel et qu'une querelle autour du corps de Duyole ne ferait qu'aggraver. Cela aurait été une bonne leçon pour La Famille, mais après ? En tout cas, il s'était considérablement calmé à présent. Il était très reconnaissant au jeune médecin, qui l'avait quasiment pris sous son aile – il sourit – à son âge ! La tranquillité d'Ekundare avait étouffé le brasier qui s'était allumé sous son crâne. Ses pensées étaient retombées et avaient repris un fonctionnement semi-détaché, égrenant des ordres en mode automatique. Tous auraient été affectés par la moindre altercation, mais il s'agissait avant tout de son ami, déjà privé d'un repos légitime par l'enchaînement honteux d'un enterrement lointain, d'une exhumation, du refus sournois de le faire embaumer, de l'achat d'un cercueil en carton, puis d'une réception orpheline à l'aéroport… La liste des dommages était sans fin. Il ne pouvait pas en ajouter encore. C'était son ami, à propos duquel un frère avait prononcé des paroles sur le tarmac, paroles que Menka avait cherché en vain à expurger de son esprit – « Regardez-le allongé là, impuissant, où est passé tout son *gra-gra* maintenant ? » – pendant que l'autre observait d'un œil dédaigneux l'instant où Duyole retrouvait sa terre natale. Oui, tout délai supplémentaire sur le chemin de sa dernière demeure était un nouvel acte de profanation, que Duyole ne méritait pas et qui les déprécierait tous, sans exception.

N'empêche, ça faisait mal. Tout au fond de lui, Menka était forcé de le reconnaître. Et il mourait d'envie de s'abattre sur eux tel un spectre vengeur et de lâcher les chèvres de Selina sur la paille de leurs masques de prétention, d'hypocrisie et de fausseté, au point que leur patriarche se languirait de sa place légitime, usurpée par le fils. Le chirurgien désirait plus que tout leur montrer qu'il connaissait leur fils mieux qu'ils n'auraient pu en rêver, que c'était ce fils qui avait transformé un gong edo en une marque mondiale avec son humour sans limites, à la va-vite, un peu tordu même – de montrer aux infidèles que le cortège de Duyole passait, comme en vertu de son choix à lui, devant ses débuts, à l'endroit où il avait d'abord bricolé une cabane temporaire, ouvrant la voie à ses constructions plus élaborées. Pour la première fois, Menka aurait voulu apaiser la douleur du deuil par leur humiliation, mais il articula alors en silence le mantra du Gong des Quatre. Pas question de transformer en mélodrame le retour de Duyole sur sa terre d'élection ; il y avait eu bien assez de désenchantement comme ça.

Duyole n'avait pas vraiment eu le temps de se soucier de la religion, même s'il tendait à osciller entre croyance et scepticisme. Il n'était certes pas pratiquant. Mais contrairement à Badetona, il n'avait rien d'un Railleur. Il préférait simplement laisser la religion tranquille, exigeant la même chose en retour. Il n'avait jamais été question de funérailles chrétiennes, pour lui. Cette non-adhésion à une religion avait fourni l'excuse parfaite à La Famille, comme si l'absence de services funèbres chrétiens signifiait que le défunt devait être enterré comme un miséreux – non, pire, comme un vagabond dénué d'identité, ou comme la branche honnie d'un arbre familial douteux. Pourtant, un prêtre chrétien avait été engagé par La Famille pour diriger un office des morts tronqué devant la tombe, avec le soutien d'un modeste chœur. Menka s'était arrangé pour faire venir deux groupes, une chorale traditionnelle et une troupe de danseurs. Il les avait envoyées se produire autour de la tombe avant l'arrivée du cortège. Frère Kikanmi avait lui aussi précédé ce dernier, sans doute pour s'assurer que tout était bien prêt et que les chèvres n'avaient pas dévoré toutes les fleurs alentour. Prendre place dans la procession, très peu pour lui – cela était contraire à sa sobriété de patricien.

Les choristes traditionnels de Menka étaient déjà assemblés devant la tombe, les Zangbeto de Badagry. La Famille n'avait pas prévu un tel ajout. En arrivant, Kikanmi n'avait pas reconnu ces chanteurs comme des artistes, car ils n'étaient pas en costume, au contraire des danseurs, aisément identifiables dans leurs tenues voyantes. De sorte que l'agent immobilier avait chassé ces derniers bien avant l'arrivée du cortège. En apercevant celui-ci, les chanteurs donnèrent de la voix, et Kikanmi fut pris d'un accès d'exaspération contrôlé. Menka l'observait à distance, sans cesser ses exhortations – *Calme, calme, Gong des Quatre – calme-toi, c'est bientôt terminé.* Il regarda le frère haranguer le leader du groupe, qui avait eu la sagesse de s'écarter un peu de ses chanteurs. Kighare ne s'alarma pas outre mesure ; sa mission était presque accomplie, Duyole tout proche de sa destination finale. Mais le chef de la chorale vint le trouver pour se plaindre qu'un homme n'arrêtait pas de leur dire de se disperser et d'oublier les chants – il promettait de les payer tout autant.

– Prenez son argent et arrêtez. Quand je vous donnerai le signal, reprenez. A-t-il fait le geste d'étrangler vos chanteurs ?

Non, reconnut le chef.

– Dans ce cas, cet endroit étant un campus universitaire, nous sommes libres de faire les choses à notre manière, ici – il ne le sait pas. C'est un agent immobilier, et il croit qu'il possède la terre. Commencez par les chants solennels – je ne suis pas yoruba, mais je suis sûr que vous en avez certains qu'il serait sacrilège d'interrompre – pas vrai ?

L'homme sourit, et hocha la tête.

– Parfait, alors commencez par l'un de ces chants, et quand il viendra vous trouver, repoussez-le juste d'un geste dissuasif, avec un seul doigt, comme ça. Il battra en retraite, je vous le garantis. Des chants rituels, vous passerez aux incantations, beuglez-moi l'*ewi* et l'*ijala* – ce sont les deux seuls noms que je connaisse. Vous savez honorer les vôtres, n'est-ce pas ?

Le chef acquiesça, rejoignit sa chorale.

L'université vaquait à ses affaires courantes, ignorant

qu'à quelques mètres des amphithéâtres, en direction du Club des employés, où Duyole avait régalé ses auditoires des improvisations de sa voix de baryton, leur collègue et ami était en train d'être inhumé. Des étudiants qui avaient participé à l'excentricité de la tristement célèbre fête donnée en pleine rue par Duyole raconteraient par la suite qu'ils étaient passés devant, loin de se douter que c'était leur *agent provocateur** que l'on enterrait là. Idem pour un chef d'orchestre qui s'était produit avec une religieuse régularité lors des fameuses soirées du Nouvel An de Duyole Pitan-Payne. En apprenant que cet enterrement avait eu lieu, il éclata en sanglots et brailla comme un enfant. Les premiers instruments de musique qu'il avait jamais possédés lui avaient été offerts par Duyole Pitan-Payne – ceux-ci lui avaient permis de créer son propre orchestre, devenu célèbre sous le nom de The Benders (« Les beuveries »). Il n'arrivait pas à croire qu'on ait pu lui faire une chose pareille, qu'il s'était trouvé à quelques mètres à peine de la tombe béante de Duyole, à ne se soucier que de ses tâches quotidiennes, pendant que l'on mettait en terre son ami et bienfaiteur. D'autres furent juste stupéfaits, sans voix et confus. Bon nombre d'entre eux poussèrent des jurons. Plus d'un s'efforça de trouver une explication et, n'y parvenant pas, se raccrocha à la conviction que ce n'était pas le corps de Duyole qui avait été rapatrié mais celui d'un autre, ou aucun corps du tout. Un cercueil vide. La rumeur se propagea, s'installa et ne put être délogée qu'il existait une maladie inconnue jusqu'ici, un mal si dévastateur qu'il n'avait pas laissé le moindre fragment de Duyole à confier à la terre. Tout cela avait été un simulacre sophistiqué et ruineux auquel son meilleur ami, le lauréat du prix de la Prééminence nationale, par loyauté, avait participé.

Le prêtre prononça ses dernières oraisons. Le groupe restreint mais rancunier rendit de brefs hommages, déposa des couronnes de fleurs et jeta des poignées de terre sur le cercueil descendu dans la fosse. Menka chercha des yeux la troupe de danse qui, apprendrait-il ensuite, avait été poussée à l'écart par les agents de La Famille juste avant l'arrivée du cortège, décontenancée par les contre-activités frénétiques du gardien de la tombe, censé être l'un des endeuillés et le frère du défunt. Menka les gratifia d'un petit hochement de tête et les danseurs entamèrent leurs girations disparates. Une fois de plus, le chirurgien fut abasourdi par l'attitude du frère, tandis qu'une agitation jusqu'alors inaperçue gagnait peu à peu les membres indignés de celui-ci, l'exact opposé de la léthargie narquoise qui l'avait enveloppé à l'aéroport, pendant que les « cuisiniers trop nombreux » cherchaient la caisse contenant les restes de son frère. Kikanmi se précipita vers les danseurs et tenta à nouveau de les chasser. Ils résistèrent, ayant vu les deux chorales, la chrétienne et celle des Zangbeto, livrer leur marchandise. Les endeuillés manifestèrent leur désapprobation, et le Cerveau de Badagry dut se replier. Les danseurs de la troupe déployèrent leurs membres en une nouvelle danse, chorégraphie lente et sinueuse qui égrenait le chant funèbre de l'irrévocable, scellant le départ de Duyole.

La brève cérémonie était terminée. Aux yeux de Kikanmi, les fossoyeurs en stand-by n'auraient pu se mettre en branle assez vite pour clore la fosse avec une couche de béton. C'était une précaution coutumière, visant à déjouer les activités nocturnes des pilleurs de tombes. Mais dans l'état d'esprit accusateur où se trouvait Menka, cet empressement ne pouvait être interprété que comme la continuation d'une impatience à emmurer son frère à l'abri des regards, à recouvrir son existence de plusieurs dalles de nullité. Toutefois, Menka lui-même devait bien reconnaître que ce n'était pas là une tâche qu'on pouvait remettre à plus tard, et il savait que Damien, que l'on avait chargé de la supervision, exigerait que l'on rebouche jusqu'à la plus étroite fissure laissant entrer le moindre filet de lumière dans la tombe. Pour une fois, le contentement était partagé, sauf que celui de Menka, alors qu'il regardait les fossoyeurs cimenter hermétiquement les dalles de béton, tenait au fait de savoir que cette fois, Duyole trouverait vraiment le repos, et dormirait profondément, libéré des intrigues et de la mesquinerie. Il resta assez longtemps pour voir la truelle creuser les premières incisions et tapoter la première bouillie de ciment pour l'aplanir. Alors, il pivota sur ses talons et s'en alla.

Voilà qu'il était revenu parmi ses biens de bric et de broc, éparpillés dans le même désordre que lorsqu'ils avaient été déchargés là à peine quelques semaines plus tôt. Menka avait l'étrange impression qu'il n'était pas nécessaire, finalement, d'arriver si tôt pour des funérailles, puisqu'il se rendait compte à présent que c'était la seule chose qu'il était venu faire à Badagry – enterrer son ami. Il aurait dû se sentir soulagé, songea-t-il. Il s'était enfin débarrassé d'un fardeau qui l'aurait accablé, sinon, pour le restant de ses jours. Cet enterrement définitif aurait dû constituer la décharge officielle lui permettant de reprendre le cours de sa vie. Certes, il avait échoué à garder le cœur en vie, mais au moins, son enveloppe se trouvait enfin là où elle devait être, à l'endroit où Duyole avait souhaité qu'elle repose et se change en poussière. Cela aurait dû marquer le début du sevrage, d'une page qui se tourne, peut-être même le commencement du deuil. Mais ce n'était rien de tout cela. Le deuil n'était toujours pas une dimension de l'absence de Duyole, telle qu'il la ressentait, et la cause en était, sans aucun doute, les conduites contre-nature qui avaient suivi la disparition de son ami. Celui-ci avait en fait été abandonné dans les limbes, comme dans ces légendes d'esprits inquiets dont la mort demeure inapaisée.

Le retour de Menka dans cet appartement encombré aurait dû être le commencement d'une réconciliation avec la perte, mais non, ce n'était toujours pas le cas. Il y avait déjà des signes que l'on ne pouvait ignorer. La conduite de La Famille autour du second enterrement de Duyole laissait en effet augurer d'une tempête à venir, féroce et vengeresse. La capitulation élégante, même devant les dernières volontés d'un esprit libre, ne faisait pas partie du vocabulaire de ces gens. Ils allaient se sentir, non pas soulagés, mais humiliés. *Vous voulez le ramener ici ? Me le servir pour le dîner ?* Et puis un outsider avait fait exactement cela, leur ramenant un dîner totalement indigeste. Menka s'attendait à une tempête qui apporterait enfin le soulagement tant désiré, car elle noierait le peu de courtoisie de façade qu'il restait encore entre La Famille et la famille, ces « parvenus présomptueux ». Elle réussirait presque à noyer la paix de tous ceux qui avaient profité de l'amitié de Duyole et réagi avec loyauté, mais non, elle n'y parviendrait pas.

Ce serait une tempête purificatrice – de cela, il était certain. Elle débarrasserait la terre de Duyole de l'infamie qui avait accompagné son retour au pays. Au bout du compte, lui-même, Kighare Menka, connaîtrait la paix et serait de nouveau complet.

21

Ziggourat ou la mort

La tempête des funérailles semblait bel et bien retombée. Mamma Kressy ouvrit comme d'habitude la confiserie de l'Otunba, et s'installa derrière la caisse. C'était le point de vente du patriarche, son lieu de repos modestement rémunéré, situé dans le quartier ancien de Lagos Island, Onikan. Jadis exclusivement résidentiel, celui-ci était désormais grêlé de supermarchés, de bureaux, de salles de remise en forme et même d'un parking à étages. La boutique elle-même contrastait par son architecture avec le reste de l'immeuble, sa devanture moderniste donnant sur un intérieur dont le raffinement sentait le renfermé, avec des photos fanées, lourdement encadrées, accrochées à tous les murs et posées sur les étroits présentoirs et la table ronde centrale, écritoire importé aux encriers jumeaux, rouge et noir, depuis longtemps séchés faute d'usage, les stylos à plume d'acier encore plantés dans leurs couvercles, près d'un tampon-buvard en cuir. Les têtières protégeant les fauteuils évoquaient un temps révolu, et l'épaisse moquette recouvrant tout le sol conservait encore sa pleine efficacité d'absorption. Dans cette pièce, l'Otunba recevait ses amis et relations mondaines, il y organisait à l'occasion des réunions d'affaires. Mais le plus souvent, isolés du reste du monde, ses visiteurs et lui disséquaient les nouvelles du jour, débattaient des derniers ragots, comparaient les cotations boursières et tentaient de se montrer plus malins que les experts à propos des nominations aux YoY. La principale attraction, la boutique proprement dite, faisait figure d'étude ultramoderne par comparaison avec le salon intérieur – désignation que l'Otunba et sa maisonnée apposaient encore sur la salle de séjour. Combinant le verre et le chrome, les présentoirs étaient tout aussi élégants que leur contenu – sucreries design, chocolats de toutes les nations, extravagants coffrets-cadeaux thématiques, bocaux aux formes variées, caramels mous et délices turcs exotiques, cubiques, aux emballages brillants et richement décorés. Une section était dévolue aux cigares et aux accessoires. Tout cet aménagement était un cadeau de son défunt fils, qui l'avait dessiné, fabriqué et, de temps à autre, réapprovisionné. La touche finale était une variation filiale, copyrightée, sur son propre label de qualité, une pancarte suspendue à un cordon doré devant le rideau en velours de l'entrée du sanctuaire intérieur : *MARQUE PATRIARCHE*.

Lequel patriarche était assis sur le tabouret haut qu'il occupait parfois, tout près de la porte intérieure lui permettant d'échapper aux clients indésirables. Il tenait dans ses mains un dossier juridique dont il tournait méthodiquement les pages, plissant les yeux pour en scruter le contenu à travers ses lunettes à montures d'acier. De temps à autre, il plissait le front, reposait le dossier sur le comptoir et griffonnait au crayon des notes dans la marge. Le document qu'il consultait était le testament et les dernières volontés du fils, à présent disparu.

Depuis la caisse où elle était assise, Mamma Kressy lançait des regards de plus en plus embarrassés à son compagnon. Dans une rupture sismique avec la norme de son intégration vieille de quatre ans à la famille élargie des Pitan-Payne, Kressy brisa calmement le silence matinal, demandant d'une voix forte :

– Papa – c'était la seule manière dont elle s'adressait à l'Otunba –, ne s'agit-il pas là du testament de votre fils ?

– *Eh hen*… et alors ?

– Je crois que ça porte malheur.

S'ensuivit une pause de sincère perplexité.

– Qu'est-ce qui porte malheur ?

– De lire le testament de son propre *pickin*. Ça porte malheur.

Le patriarche la dévisagea avec une légère curiosité. Cet accroc à la routine n'était pas encore assimilé.

– Où as-tu ramassé cette superstition ridicule ?

– Chez nous, on pense que ça porte malheur.

– Tu penses que ça porte malheur d'essayer de trouver qui a tué mon fils ? siffla l'Otunba.

La femme mit un moment à digérer cela.

– Papa, vous croyez que le testament vous dira qui a tué votre *pickin* ?

– Je sais qui l'a tué. Je veux juste confirmer ce que je sais. Ce testament contient peut-être la réponse.

– Papa, dit-elle du même ton monocorde. Pourquoi croyez-vous que son ami l'a tué ?

Le dossier faillit tomber des mains du patriarche. Il n'avait toujours pas tout à fait intégré la perturbation de la norme, incrustée dans l'identité même de l'inquisitrice.

– Mais de quoi parle cette femme ?

– Vous pensez que son ami l'a tué. Le docteur.

Alors, enfin, le patriarche percuta. Bien plus que ce qu'elle disait, c'était le simple fait que Mamma Kressy parle qui était déstabilisant. Au-delà des obligations de dialogue pesant sur tous ceux qui tiennent boutique, et doivent donc parler aux clients – corvée qu'elle confiait le plus souvent à une assistante, qui devait reprendre le travail d'ici une heure –, et de ses questions de routine sur les envies quotidiennes de Papa pour le déjeuner ou le dîner – à quelle heure, auraient-ils de la compagnie, etc. –, Mamma Kressy ne se joignait quasiment jamais aux conversations, sans parler d'en initier une. Toute son appréhension du monde se concentrait dans sa faculté d'écoute, et sans jamais donner l'impression de se livrer, même vaguement, à une occupation aussi éprouvante.

L'Otunba était à présent captivé.

– Depuis quand t'impliques-tu dans les affaires de la famille ?

Elle haussa les épaules.

– Je suis pas impliquée, Papa. Mais les gens disent des choses à portée de mon oreille. J'y peux rien si je les entends.

– Eh bien, parmi les choses que tu entends, m'as-tu jamais entendu dire que quelqu'un avait tué mon fils ?

– Non. Mais vous pensez qu'il l'a tué, Papa.

– Qu'est-ce qui te passe par la tête, femme ? Bonté divine. Essaierais-tu de jouer les sorcières dans ma maison ?

– Chaque fois que le nom du docteur est prononcé, Papa, poursuivit-elle, il vous arrive quelque chose. Je le sens, surtout quand je suis en train de vous masser les orteils. C'est comme un fourmillement qui vous traverse les pieds. Ce fourmillement, il me fait une décharge électrique.

– Eh bien, tu devrais peut-être travailler pour le réseau national. Comme ça, nous serions sûrs de recevoir de l'électricité à la place de l'obscurité. Il suffirait de te connecter à tous les appareils. L'homme dont tu parles a ramené Duyole. Contre le souhait de La Famille. C'est suffisant pour que je décharge toute l'électricité du monde quand j'entends prononcer son nom. Qu'il s'agisse d'un vrai coup de jus ou d'une folie dans ta tête, ça, c'est ton affaire. Il est allé à l'encontre des souhaits de La Famille.

– Oui, acquiesça Mamma Kressy en hochant tristement la tête. C'est comme ça que je sais que vous croyez qu'il l'a tué. Parce qu'il a ramené le corps.

L'Otunba abattit ses deux paumes ouvertes sur ses tempes.

– Dieu me vienne en aide avec cette femme ! Deux plus deux font-ils cinq dans ton recoin du monde ? Très bien, je t'écoute. Explique-moi comment une chose en suit une autre dans cette cocotte qui te sert d'esprit…

– Vous m'avez raconté une histoire un jour, sur Badagry. Vous vous rappelez, juste après que notre église nous a présentés l'un à l'autre et que nous avons commencé à nous fréquenter ? Quelque chose sur le temps où les gens de chez nous se capturaient les uns les autres et vendaient des esclaves aux Blancs. Comme quoi on faisait marcher jusqu'à la côte les personnes capturées, et qu'on leur faisait boire l'eau d'un puits…

Le puits de l'Atténuation, ainsi qu'on l'appelait, était creusé dans le sol à trois kilomètres environ du lieu d'embarquement. C'était une étape routinière pour se reposer, et les esclaves y étanchaient leur soif. Tous buvaient sans hésitation ; pas besoin de les persuader – comme à toutes les escales ponctuant la longue marche depuis l'arrière-pays. Le bruit courait que l'on mélangeait à cette eau une herbe hallucinogène, car ceux qui buvaient à ce puits perdaient la mémoire – du moins, c'était là l'intention. Ils oubliaient leur chez-eux, leur terre, leurs ravisseurs, jusqu'aux assassins de leurs proches. Leurs souvenirs s'évaporaient totalement. Nul désir de vengeance ne les accompagnait dans les navires, nulle volonté de rébellion. Et quand ils mouraient sur les plantations par-delà l'océan, leurs fantômes conservaient le même vide mémoriel. Ils n'éprouvaient jamais le besoin de retourner hanter ceux qui les avaient violemment arrachés à leur terre natale. Leurs esprits inquiets demeuraient à l'endroit où ils avaient rendu leur dernier souffle, parmi leurs maîtres étrangers.

L'Otunba eut l'air sidéré. Il se rappelait l'avoir divertie avec des histoires héritées de la participation familiale à ce négoce ; celle-ci en faisait partie. Il lança un regard dédaigneux à la femme.

– C'est cette histoire qui te turlupine, maintenant ? Comment a-t-elle pu te brouiller le cerveau ? Es-tu encore capable d'utiliser ta tête ? Le docteur a ramené le corps. Si je pensais qu'il avait tué Duyole, pourquoi me serais-je opposé à ce qu'on rapatrie sa victime ? N'aurais-je pas voulu que son assassin soit hanté pour le restant de ses jours ? Je l'aurais enterré moi-même dans son village de Gumchi, devant sa maison familiale !

– Donc, Papa, vous êtes en train de dire que vous ne croyez pas que le docteur l'a tué ?

– Je ne te dis rien au sujet de mon fils, femme stupide. Depuis quand ai-je l'habitude de discuter de mes fils avec toi ? Qui t'a invitée à fourrer ton nez dans mes affaires de famille ?

– Vous, Papa.

– Moi ? Otunba Pitan-Payne ? Femme, aurais-tu repris la boisson ? Il est trop tôt dans la journée pour des bêtises pareilles.

La voix de l'Otunba se faisait cri :

– Tu as recommencé à boire en secret. Où est-il ? Où caches-tu ton *ogogoro* ?

Il bondit de son tabouret, ses yeux guettant de possibles cachettes dans le magasin.

– Papa, c'est ce que je vous entends dire. Vous téléphoniez à quelqu'un. Vous avez dit que le Dr Menka avait mis quelque chose dans le corps d'Oncle Duyole pendant l'opération ici. Vous dites qu'il doit le retirer de lui après sa mort, parce que c'est tout comme ces esclaves, mais à l'envers. Le docteur croyait qu'il allait mourir là. D'abord il a essayé de le tuer avec la bombe, Puis il a mis cette chose dans son corps pendant l'opération, mais le fils est mort derrière la mer. C'est pour ça qu'il devait rapporter le corps. Il doit retirer quelque chose et s'en servir encore ici. Je voulais pas écouter, mais j'étais là avec vous et vous parliez fort. Vous avez dit que c'est pour ça que vous ne voulez pas qu'on ramène le corps, qu'il devrait rester là-bas. Est-ce que je mens ?

L'Otunba crachotait comme un dément, proche de l'incohérence.

– De toutes les dangereuses sorcières que j'ai rencontrées dans ma vie... ! Tu veux dire que je ne peux pas discuter avec mon fils de ce que j'entends autour de moi ?

Kressy hocha lentement la tête.

– C'est ce que je pensais. Donc c'était avec votre fils que vous parliez.

– Oui, mon fils, espèce de sorcière qui écoute aux portes ! Voilà ce qui arrive quand on essaie de faire entrer un peu de savoir dans une tête creuse. Tu te mets à mélanger ensemble les faits et les histoires. Mamma Kressy, j'espère que tu n'as jamais ouvert la bouche pour raconter ces âneries à je ne sais qui. De toutes mes quatre-vingts années, jamais je n'ai entendu de telles bêtises sortir de la bouche d'une femme ! Va donc la laver. Va me laver cette bouche. Elle est sale. Va la laver avec un puissant détergent. Tout de suite !

Mamma Kressy se leva calmement. Mais en contournant le comptoir, elle se pencha pour ramasser un objet un peu lourd. Lorsqu'elle repassa de l'autre côté, l'Otunba vit ce que c'était : une valise.

Il s'étrangla.

– Qu'est-ce-que-c'est-que-ça ? Où crois-tu aller avec ça ?

– C’est tout ce que j’avais en venant, Papa. Je vous attendais juste avant de m’en aller.

– T’en aller où, espèce d’ivrogne ? Je t’ai ramassée dans le caniveau, je t’ai nettoyée et je t’ai fait entrer dans une maison respectable. Sais-tu seulement où tu te trouves ? Tu veux retrouver ton bidonville ?

– J’ai peur de rester ici. Toute cette affaire de dire que le docteur va vous ramener votre fils pour dîner, et tout ça tout ça. Ça me fait peur. J’ai jamais entendu ce genre de parler dans ma vie. Peut-être que chez moi, on prend trop d’*ogogoro* mais nous, on mange pas nos *pickin*. Laissez-moi juste prendre ma route.

Incrédule, Otunba Pitan-Payne regarda Mamma Kressy franchir le seuil, marchant de ce pas voluptueux qui l’avait séduit dès leur première rencontre et l’avait poussé à demander au prêtre de les présenter. Il la suivit des yeux tandis qu’elle s’éloignait lentement dans la rue, traînant sa valise derrière elle, la pochette à tout faire qui lui tenait lieu de sac à main pendue à son épaule. Au coin de la rue, elle s’arrêta, se retourna et salua le patriarche de la plus amicale des manières, puis disparut.

L’Otunba resta enraciné sur place. Il ne fut ramené à la réalité présente que par le son d’une voix timide qui répétait, pour la sixième fois peut-être : « Bonjour, sir. » L’assistante, tout juste arrivée.

Ce soir-là, à l’autre bout de Lagos Island, dans une extension récente mais déjà délabrée du quartier nommée Lekki Gardens Phase 4, où une seule chambre était parfois partagée par une famille de sept ou huit, avec un cabinet de toilette pour six ou sept de ces chambres, un innombrable chœur de cris et de jurons, de gémissements de souffrance longtemps endurée, de résignation, de frustration et de rage déchira soudain le ciel au-dessus des taudis. Godsown n’en était qu’à mi-chemin d'un long récit quand la gigantesque main gantée s'abattit pour le faire taire, et occulter tout le quartier. Immense, noire comme le charbon, elle recouvrit soudain toutes les choses visibles d'un bout à l'autre de la terre. Encore une panne de courant ! C'était toujours comme ça, songea Godsown ; on pouvait presque sentir l'empreinte de cette paume diabolique sur son front. Ou céleste ? Tout dépendait de la – il hésita –, oui, de la perspective de chacun. Cette pensée lui tira un sourire. À défaut d'autre chose, la théologie de la « perspective » de son prédicateur avait clairement déteint sur lui, et il était très impressionné de se voir ainsi, de son propre chef, l'invoquer presque sans réfléchir. De la même manière que le prédicateur massait avec douceur le front du croyant avant de le frapper sèchement du bas de sa main, avec une force qui rejetait vers l'arrière la tête prosternée et propulsait son propriétaire dans un paroxysme de possession, d'autorépudiation, d'abjuration et/ou de témoignage, cette invisible main caressait ses victimes terrestres, dont les plaintes n'exprimaient pas, cependant, une reddition spirituelle mais une furieuse impuissance. Personne n'était jamais prévenu de son approche mais tout à coup, elle était là, forçant tout un chacun à adopter d'instinct le tâtonnement de l'aveugle et les gestes d'ajustement à l'imposition de ces ténèbres universelles.

Pour ceux qu'elle surprenait dehors – comme c'était le cas de Godsown et de son visiteur, le Dr Kighare Menka –, une fine bande de lumière résiduelle persistait encore au-dessus d'un lointain horizon de toits, d'arbres et de collines, ces dernières étant parfois en fait des monticules de déchets multitexturés déguisés jaillis d'entre les doigts écartés du gant, de son suintement inaperçu. L'espace alloué à la populace affectée était circonscrit par cet impénétrable voile qui l'enserrait jusqu'à empêcher la reconnaissance des points de repère familiers, domestiques, conviviaux, des transactions humaines. Quant aux sons, ce pot-pourri assourdissant de rap *fuji*, de néo-*juju*, d'afro-reggae, de harangues revivalistes, de tubes internationaux sans âge et des soi-disant dernières révolutions musicales de la nouvelle génération, entre rythmes métis et sonorités exotiques – tout cela fut brusquement réduit au silence. Mais celui-ci ne dura guère, bientôt remplacé par l'orchestration progressive des crachotements de groupes électrogènes se mettant en branle pour un bon moment. Ils couvrirent les cris aussi déchirants qu'enragés visant sans doute à rassurer les citoyens frustrés sur le fait qu'il y avait encore de la vie sous cette soudaine éclipse. D'une certaine manière, cette chape de plomb correspondait à ce que Menka avait ressenti en écoutant Godsown déverser son message longtemps refoulé dans un flot quasiment ininterrompu – du moins, jusqu'au black-out. L'enregistreur, relié au cordon d'alimentation d'une ampoule, à travers la fenêtre de la chambre que Godsown louait depuis peu dans le couloir d'un de ces immeubles suroccupés qu'on appelle à Lagos des *face-me-I-face-you* (« Tu es en face, je suis en face »), hoqueta, puis ralentit peu à peu avant de s'éteindre.

Menka soupira, se lamentant d'avoir ainsi perdu la fluidité qui s'était imposée dans le récit de Godsown, au fur et à mesure que son âme révélatrice s'échauffait. Il regarda autour de lui, plissant les yeux pour tenter de distinguer les contours de son environnement, tout en méditant ce qu'il avait entendu jusqu'alors. Godsown était aussi frustré que lui, désireux de poursuivre et de conclure. Après tout, il lui avait fallu du temps pour localiser le Dr Menka dans son nouveau domicile temporaire, et il avait été très agréablement surpris et reconnaissant que le docteur propose de se retrouver à Lekki, ce qui lui avait épargné le long voyage à travers Lagos Island puis jusqu'à Badagry.

– Y a un p'tit stand dans la rue d'après, proposa Godsown. Sûr, la dame elle a des piles dans tout son *wosi-wosi*.

Menka hocha la tête, plongea la main dans sa poche et tendit l'argent à Godsown. Celui-ci partit en se dandinant sur ses jambes mal coordonnées, dont l'une, avait cruellement fait remarquer Duyole – mais toujours hors de portée de voix de l'intendant –, pointait vers Maiduguri, l'autre vers Sokoto. C'était l'un des rares traits de caractère de son « jumeau » que Menka avait toujours trouvé embarrassant – les taquineries de Duyole frappaient trop souvent là où ça faisait mal, surtout lorsqu'il se mettait en tête de commenter le paysage anatomique. Incorrigible, il n'avait jamais pu s'empêcher de célébrer le « pont arrière » généreux d'une passante, ses deux « loupiottes » pointant sous le tissu. Menka sourit – il aurait bien eu besoin d'une loupiotte en cet instant, ou simplement de sa source d'énergie.

Le chœur de protestations du voisinage se poursuivit encore, ponctué d'imprécations sonores et disparates contre cette violation coutumière, avant de retomber peu à peu. Tout cela n'était que trop familier. Menka décida de faire basculer l'alimentation du Walkman sur ses piles, se félicitant d'avoir testé l'appareil avant de venir. Nul n'utilisait plus ces trucs-là, mais son aisance avec les gadgets s'était arrêtée au fax et au Walkman. Il s'était toujours appuyé sur Duyole, et sur les employés polyvalents de son usine, pour résoudre tous ses problèmes techniques, sauf bien sûr dans son propre domaine – la médecine. L'enregistreur se remit à tourner, le jaune pâle du témoin des piles indiquant qu'il restait encore un peu de vie à l'intérieur, mais pas beaucoup. Il se maudit. Il avait prévu de s'arrêter en chemin pour en acheter de rechange, mais... Ce n'était pas sans raison que Duyole l'avait surnommé BTA – le Boucher Tête en l'Air –, jurant que jamais il ne confierait son corps au scalpel de Menka, car celui-ci trancherait sûrement le mauvais organe, oublierait les forceps dans son abdomen. Par une étrange tournure des événements, ces railleries avaient pris une résonance, littéralement, de vie ou de mort, maintenant qu'on allait jusqu'à l'accuser d'homicide délibéré ! Comment les deux amis auraient-ils pu se douter que ces instants frivoles se changeraient un jour en indices d'une sinistre intention ? Et puis, ce pacte troublant – fallait-il le qualifier de prescient ? – entre eux, vieux d'au moins sept années !

Ce souvenir s'accompagna d'un nouveau frisson jusqu'aux tréfonds de son être, tandis qu'il attendait Godsown dans cette obscurité tenace, soudain assailli par un violent vertige. C'était comme si le monde se dissolvait autour de lui, sensation quasi identique à celle qu'il avait éprouvée un jour dans l'atelier de Duyole. À l'époque, Menka était moins pressé par le temps – nul n'avait encore jamais entendu parler de Boko Haram, alors –, il se rendait parfois à Badagry sur un coup de tête pour aller observer son ami au travail, curieux de voir quel nouveau gadget accaparait son attention. Ce jour-là, il s'était passé quelque chose : la tête de Menka s'était mise à tourner, peut-être d'avoir inhalé trop d'émanations. Il s'était assis sur un coin du plan de travail pour ne pas s'évanouir dans ce garage reconverti, jonché de moteurs de voiture encrassés, de joints carbonisés, de ressorts et de tubes, déchets ordinaires qui pour les doigts mécaniques en ébullition de Duyole devenaient autant un défi personnel. Un rideau de gaze vaporeux émergea soudain du noir absolu, où se superposait un Duyole ensanglanté sur la table d'opération, avec tout un assortiment d'ustensiles en acier sur un plateau chirurgical, des mains gantées sondant son corps en quête d'éclats métalliques étrangers menaçant de stopper le fonctionnement sans à-coups d'un moteur détraqué. Perché sur son recoin d'établi parmi les outils et les pièces détachées, toutes ces années en arrière, Menka avait donc senti un léger vertige le gagner. Il avait secoué la tête et s'était approché d'une bouche d'aération ménagée dans les hauteurs du mur. Menka entendait encore cette voix, l'irrépressible gloussement de son ami – *Ça t'apprendra, toi qui passes ton temps à assommer tes patients avec des produits anesthésiants, et voilà que tu ne supportes même pas une petite bouffée de mon équivalent, version mécanicien*... Alors, Duyole s'était brusquement tu. Il avait cessé de parler pendant si longtemps que Menka se sentit obligé de lui demander ce qui le tourmentait soudain.

– Je viens de repenser à un truc. J'ai vu un documentaire hier qui ne m'a vraiment pas plu.

– Ah bon ?

– Pas plu du tout. Donc voici un nouveau pacte.

Kighare avait laissé échapper un soupir.

– Vas-y, balance.

Des pactes, ils en avaient beaucoup, la plupart ridicules, nés d'avoir négocié les dernières gouttes d'une bouteille de vin. Mais certains étaient tout sauf triviaux, notamment ceux qui concernaient les affaires ou la famille, à la fois proche et au sens large. Rien n'était fixé par écrit, mais une fois tombés d'accord, ils ne perdaient jamais une occasion de s'en rappeler les détails, chaque fois que le thème réapparaissait par hasard ou que les personnes concernées traversaient leur champ de vision, fût-ce de manière fugace. Menka tressaillit. S'il s'était trouvé à Salzbourg ! La voix de Duyole revint le tourmenter :

– Non. Ça ne m'a vraiment pas plu. Je veux dire, de finir comme cet homme, en faisant durer si longtemps... À quoi bon ?

Menka avait patiemment attendu la suite.

– C'est quand tu veux, hein...

– Ah, pardon. Rien de très compliqué. Voilà ce que nous allons faire : si on en arrive un jour à une situation où quelqu'un doit me débrancher, je veux que ce soit toi. D'accord ? C'est toi, et personne d'autre, qui prendras cette décision.

– Aucun problème, avait acquiescé Menka. Nous encourageons ça, dans notre profession. Ça nous libère et nous pouvons nous concentrer sur ce qui compte vraiment.

– J'imagine que ce pacte-là, je ferais mieux de le coucher par écrit, et devant notaire. De t'en remettre un exemplaire. Ce documentaire, je n'ai pas aimé la tournure qu'il prenait. Ça m'a ouvert les yeux. La querelle, au sein de cette famille ? Je n'ai jamais rien vu de pareil.

Menka avait hoché la tête.

– Comme tu voudras. Et bien sûr, tu feras la même chose pour moi si je pars en premier.

Le refus de Duyole avait été véhément.

– Moi ? Tu plaisantes, ou quoi ? Ça ne marche pas dans les deux sens – pas dans ce cas précis. Tu es médecin, pas juste un copain. Tu as l'habitude de ces choses-là. Pas moi.

– Arrête d'essayer de tricher, l'avait grondé Menka.

– Non, je n'essaie pas de tricher. Dans ce cas précis, la réciprocité est impossible. C'est pourtant évident.

Menka secoua la tête pour chasser le brouillard de cette apparition et avala une grande bouffée d'air nocturne, parfumé à présent par les gaz d'échappement de cent générateurs.

Il recentra ses pensées sur les décisions pratiques. La réapparition soudaine de Godsown l'avait pris par surprise et, pourtant, qu'aurait-il pu attendre d'autre ? Les appels téléphoniques, commençant dès après l'enterrement ; l'insistance, quasi désespérée. Il l'imaginait sans peine avec sa moustache hirsute, cet intendant d'une fidélité éternelle, à l'esprit de loyauté sans faille, en train de le chercher partout après avoir quitté sans prévenir la maisonnée dévastée. Il avait simplement fait ses bagages et démissionné, non sans avoir demandé au *megadi* – le gardien à l'entrée – de passer au peigne fin la valise brillante, cirée même, qui contenait ses maigres biens. Et il s'était arrangé pour que le reste du personnel de maison soit présent – cuisinier, jardinier, blanchisseur et même les agents de sécurité d'à côté, basculant comme toujours entre eux sur leur version fragmentée de la langue du Blanc.

– Mon papier de démissionner, c'est là-bas qu'il est sur la table à dîner, avait annoncé un Godsown grandiloquent.

Il avait attendu que la maison soit presque vide, regrettant seulement d'être obligé de faire une chose pareille à la veuve, quitter les lieux en son absence, à son moment de plus grande vulnérabilité.

– Trouvé l'autre job mais moi, les problèmes, je veux pas. Partir dans la paix seulement. Que personne vient courir après moi pour des choses qui manquent. Devant Dieu et les hommes : comme j'suis venu, je repars. Ça que j'ai quand je rentre, c'est ça que j'ai quand je sors.

Et il avait offert de payer le voyage retour en taxi du jardinier si celui-ci acceptait de le suivre jusqu'à la maison de son nouvel employeur, pour pouvoir témoigner de son nouveau travail, ses nouvelles possessions.

Menka se demandait si, en dépit de ses protestations, Godsown avait vraiment quitté ses anciens patrons sans emporter au moins un objet, ne serait-ce qu'un petit souvenir qui n'avait pour lui qu'une valeur sentimentale. C'était une pensée injuste et il se la reprocha, l'orientant vers la signification suivante : Godsown regretterait-il la clochette de verre taillé que lui, Menka, avait trouvée si gênante ? Elle avait constitué l'une des irritations mineures qu'il s'était efforcé de supporter dans ce nouveau chez-lui. Jolie cloche au tintement perçant, certaine de provoquer une indignation idéologique standard, avec de menues variantes, en fonction de leur degré de lubrification. Cet objet lui avait toujours semblé incongru entre les doigts charnus de Duyole, mais c'était ainsi qu'il avait choisi d'appeler à sa table le personnel de cuisine, Godsown le plus souvent puisqu'il se chargeait généralement du service. La musique de cette clochette en verre, pour dire la vérité, était agréable à l'oreille – Duyole l'avait trouvée à Salzbourg dans un magasin de souvenirs. Mais Menka ne s'était jamais fait à cet objet, et trouvait féodal que l'on puisse encore s'en servir pour convoquer un être humain. « Pourquoi ne l'appelles-tu pas, tout simplement ? avait-il demandé un jour, d'un ton brusque. Sers-toi de ton fichu beuglement de baryton ! » La riposte de Duyole avait été instantanée – « Je préfère les sopranos, Camarade Aristocrate » –, certaine de faire basculer la soirée dans ces sempiternelles eaux rebelles et entêtées – la clochette en cristal était un attribut bourgeois, le rugissement humain un niveleur social ; n'empêche, ils échouaient l'un comme l'autre à sortir de la relation maître-esclave, à laquelle Menka n'avait toujours pas réussi à trouver une issue. Et la seule épineuse question qu'ils avaient encore à résoudre, c'était lequel des deux champions serait jeté en premier dans le fourneau révolutionnaire lorsque celui-ci serait finalement allumé et attisé. Ou bien encore, celle de l'opéra – reconnaissaient-ils une certaine culpabilité de s'adonner à ce passe-temps des classes moyennes et aisées, signe de décadence ? Quel pur produit de la négritude senghorienne irait assister à un opéra ? Tous deux le faisaient, y compris Menka, pourtant dénué d'oreille musicale. Donc autant être damné jusqu'au bout, grommelait l'un, tandis que l'autre acquiesçait du chef – *Passe-moi le single malt,* *espèce d'ogre capitaliste. Honte à toi, boucher du prolétariat, tu ne devrais boire que de l'*ogogoro, *si possible aromatisé à l'acide de batterie.* Duyole poussait vers lui la carafe en cristal… et ainsi de suite. À présent, Menka interrogeait les ténèbres : Était-ce cet ami-là qu'il était censé avoir assassiné, ou aidé à assassiner ? Damien avait bien mentionné en passant le fait que son père l'avait envoyé, tard le soir, chercher un paquet destiné au Dr Menka, arrivé le jour même. Il ne l'avait pas trouvé, bien que son père fût persuadé de l'avoir laissé sur son plan de travail. Damien ne se souvenait plus de tous les détails, mais cela était devenu un ingrédient central du déjeuner qui avait suivi la lecture du testament. La police devait encore déterminer la localisation et la nature exactes de l'explosion, mais cette histoire de paquet avait donné lieu à des échanges de regards graves – entre autres sinistres conclusions.

Au début, Menka pensait simplement écouter Godsown, rédiger un résumé et le lui faire signer. Au tout dernier moment, juste avant de quitter sa nouvelle résidence, il s'était rappelé avoir aperçu le vieux Walkman au milieu de son bric-à-brac. Il l'avait testé, l'appareil fonctionnait toujours – et bien sûr, il s'était promis d'acheter des piles neuves sur le chemin de Lekki, où ils s'étaient donné rendez-vous dans une station-service, d'où Godsown l'emmènerait chez lui. Instinctivement, son doigt se posa sur le bouton Rewind. La bande défila dans un sifflement, puis il appuya sur Play afin de réécouter l'enregistrement. Les piles semblaient devoir tenir encore un peu. Sa voix fut la première à résonner :

– Eh bien, Godsown, il faut qu'on fasse ça bien. D'abord, tu te présentes. D'où tu viens, tout ça – les policiers vont vouloir tout savoir sur toi, là où tu travaillais avant de rejoindre la maisonnée des Pitan-Payne, ton emploi actuel. Ensuite, ils en viendront à l'essentiel, Godsown : ce qui t'a poussé à quitter les Pitan-Payne, etc. Avec tes propres mots, pour que ça ne donne pas l'impression que je te dicte ce que tu dois dire, ou je ne sais quoi. Juste dans tes mots à toi, pourquoi tu as décidé de me contacter pour demander ce rendez-vous. Tu comprends pourquoi tout ça est si important ?

Godsown était pressé de se lancer.

– *Oga*, c'est tout entre moi et ma conscience. C'est ziggourat ou la mort.

– Pardon, qu'est-ce que tu as dit ?

– Ah, faut pas s'en faire, sir, vous allez savoir ça c'est quoi quand je vous dis l'histoire de ma vie. D'abord, faut me laisser finir ce déjeuner quand ils discutent l'affaire.

– Très bien, fais comme tu l'entends. À toi, maintenant. L'enregistreur tourne déjà.

– Mon nom, c'est Godsown Porkari. J'ai atteint quarante-six ans et je travaillais avant pour l'ingénieur Mr Duyole Pitan-Payne, bénie soit sa mémoire, il a construit les Millennium Towers. Je veux dire ce que je sais de ces gens dans la famille de l'ingénieur, et ce qu'ils racontent sur qui a tué mon maître. J'ai pas d'enfants encore, mais c'est pas pour rien que mes parents m'ont appelé Godsown, ça veut dire « celui-là même de Dieu », parce que Dieu oublie jamais les siens, et on sait tous que le bon moment, c'est celui quand Dieu décide.

« Avant, j'ai été dans le Nord à Kabba. Comment j'ai fini dans ce Nord, c'est pas important, mais voilà comment j'ai rencontré mon épouse, la fille d'un marchand de noix de cola. Je vais dire juste qu'elle était comme le méli-mélo des noix dans le plateau qu'elle portait sur sa tête. Je veux dire, monsieur Menka, sir, comme elle marche, avec ce plateau joli balancé sur sa tête, et cette tête balancée sur son cou bien délicat. Je vois cette peau-là, et c'est tout comme si Dieu prend la cola rouge et la mélange un peu avec la noix blanc-jaune, et ça vous donne une peau que même un ange, pour l'avoir, il vendrait une aile, je le jure. Mon pasteur, un jour, il me prévient que c'était le Diable mis dans ma bouche qui parlait ces blasphèmes-là, mais je peux pas m'empêcher. Enfin, c'était rien à côté du juron qu'est sorti de sa bouche quand j'ai dit que ce sein-là qui marche, couleur méli-mélo de cola, celui où je veux coucher ma tête, était musulman ! Le pasteur, il me maudit, alors je quitte son église et je marie cette femme dans son village à elle, où les gens me prennent comme leur fils. Je déménage à Kabba avec le maître que j'avais, parce qu'on l'a transféré de Yenagoa pour qu'il devienne le chef de la gare de train. Je suis jamais allé dans le Nord avant, mais je sais bien que c'est la Destinée qui m'a porté là-bas, pour rencontrer Zainab, qui vend les colas de son père en criant, à la gare de train. Ça, c'est pour ma famille. Zainab reste encore avec son père, elle vient me visiter de temps en temps à la maison de maître Pitan-Payne, mais maintenant, je la fais venir à Lagos avec ce nouveau job.

« Maintenant, cette affaire-là de mon maître et son ami, le docteur. Ça arrive au déjeuner que la famille prend après qu'on lit le testament de Mr Pitan. C'était dans le salon de la maison de mon maître. C'est moi qui m'occupe de tous les gens qui viennent écouter lire, et après je leur porte les plats à table. Les deux frères et la sœur, ils sont là, et d'autres gens de la famille. Après quand ils ont lu le testament, ils disent une petite prière. Plusieurs de la famille quittent, mais eux les deux frères et la sœur, ils restent. Faut dire, les deux frères vivent plus ou moins dans la maison après les funérailles. C'est moi qui les sers encore. Le fils aussi, Damien, et une des filles, Katia, et je crois trois personnes encore. Je connais un des autres, parce que les deux frères, c'est leur avocat, et il vient encore plus à la maison maintenant qu'avant. Mais c'est pas l'avocat de mon *oga*. L'avocat de mon *oga*, c'est Cardoso, et lui, il part de suite après lire le testament. Donc, ce jour-là, pendant qu'ils parlent, le petit frère sort même un journal et le montre aux autres. C'était un vieux journal, pas tout le journal mais juste deux pages qu'il garde de côté, et dessus, c'était une histoire de mon maître et du docteur, le Dr Menka. Je vois les mots en gros pendant que je sers ces gens, et ça dit : LA RIVALITÉ DES INSÉPARABLES. C'était une histoire spéciale. Y avait leurs photos dedans, et je sais que ça écrivait des choses comme quoi c'est des rivaux depuis gamins, même là-bas l'autre côté de la mer, après ils rentrent ici et commencent à gagner des médailles. Je me rappelle très bien ça, parce que le journal les appelle même *korikosun* – ça veut dire : s'ils se voient pas tous les deux, alors ils dorment plus. Et maintenant ces gens-là, ils commencent à rire. Ils disent que tout le temps, le Dr Menka c'était un faux ami parce qu'il est trop jaloux de son ami. Ils disent qu'il savait pour la bombe. Et comme ça marche pas, il met quelque chose dedans mon maître quand ils font l'opération sur lui à l'hôpital-université, à Badagry.

« Faut que je dise, ça me fait trop la peine. Les gens, ils riaient et ils disaient des choses bien mauvaises, et je sais que tout ça, c'est à cause que l'ami ramène son frère à Badagry – ça, ça ennuie beaucoup-beaucoup le père. Faut dire, pendant qu'ils mangeaient, le père les appelle. J'entends pas ce que le vieux il dit, mais sûr c'était sur cette affaire de mettre quelque chose dedans le corps du maître, ça se voit à comment le frère Kikanmi répond et dit des choses aux autres qui sont à table. Il donne même le téléphone au petit frère, Teesane, et la même chose se passe encore. Moi, ça me fait bien triste, tout ça après seulement une semaine qu'ils ont enterré l'ingénieur. Comme si c'est un crime, alors que c'est ce que tout le monde veut depuis que lui, il est mort là-bas, de l'autre côté de la mer. Une chose que je me souviens très bien, c'est après que Mr Teesane finit de parler avec l'Otunba, il se tourne vers les autres et il dit une chose comme : *Vous voyez, je vous dis toujours ça, Pop Éternel est profond, juste profond. Il voit plus loin que nous autres.* Une chose comme ça.

« Merci Bondié, depuis le jour que mon maître meurt, je décide je dois partir de cette maison, alors je commence à regarder un nouveau job. J'ai des amis de Mr Pitan qui m'offrent. Je leur dis la vérité, pourquoi je veux partir, et après ce déjeuner-là, je crois que la goutte c'est trop. Je le sais bien qu'il faut choisir. Bon, c'est pas vraiment comme un choix. C'est terrible le sentiment, sir, ce moment qu'un homme regarde à droite à gauche, en haut en bas, dedans dehors, et il sait qu'on a qu'un chemin où aller. Ça, c'est comme dire qu'on a pas le choix du tout, parce que si on a qu'un choix seulement, alors qu'est-ce qu'on choisit ? Je veux dire, quoi à la place de quoi ? Si on est jamais passé par là, on peut pas comprendre. Les gens de mon maître peuvent parler tout le beau parler qu'ils veulent – leur mission dans la vie, on dirait que c'est toujours discuter sur tout, et après, tout est pareil comme avant, mais je crois pas qu'ils sont déjà tombés face à face avec ce moment où ils savent qu'il faut choisir, choisir pour de vrai. Ou bien peut-être ils ont fait ça après toute la discussion, sans dire ça à personne. Ce moment que je dis, je peux juste comparer ça avec être assis sur une grande fourmilière pendant la crue. Je dirai pas je parle de moi, disons juste comme quoi ça arrive dans le village près de Kabba quand la petite rivière qui coule dans le Niger déborde pendant la nuit et y avait plus rien de sec sur quoi s'asseoir. Même les baobabs et les margousiers de là-bas, pas beaucoup, sont cachés, on voit plus que les branches du haut, celles qui peuvent pas porter le poids d'un poulet né d'hier. Tout le monde avait laissé leurs cases. Emportées, les échelles des silos, alors pas moyen de grimper pour se sauver. La seule place qui reste jusqu'à ce que les eaux sèchent, c'était dessus les grandes fourmilières, et espérer que ces collines en boue vont pas fondre dans l'eau qui monte et t'aspirer dessous. Mais alors toutes les fourmis – les fourmis soldats, les ouvrières, les cueilleuses, toutes celles-là qui sont restées dans leur abri toutes ces années et ces années, et on croit que ça fait longtemps qu'elles ont abandonné leurs étages, si vous voulez, eh bien elles aussi, elles commencent à laisser leurs chambres sous la terre et à grimper plus haut quand les eaux remplissent les tunnels secrets qu'elles ont. Les eaux, elles ont pas refroidi leur appétit de vous faire des morsures et des piqûres terribles, alors faut faire son choix : supporter les piqûres, ou bien risquer de patauger dans l'eau qui monte jusqu'à par-dessus les épaules maintenant, et espérer qu'on trouve quelque chose plus haut et plus gentil avant que ça vous emporte. Votre pensée se tourne vers une tour d'église ou une mosquée avec son minaret, des ziggourats ou je sais quoi – y en avait une de chaque dans le village d'après, qu'est beaucoup plus vieux que notre village à nous. Pour une fois, elles ont fait ça pour quoi on les a construites – sauver des âmes. Mais bien sûr, faut d'abord aller jusqu'à là-bas. Ça vraiment, c'est ce que j'appelle une mauvaise affaire de choix – on peut abandonner les fourmis qui brûlent et aller prendre la sécurité sur le toit de l'église ou la mosquée, ou on peut partager leur maison avec elles et elles vous piquent à mort. Alors j'en étais là : mes pensées sont sur une de mes ziggourats préférées – personne appelait ça comme ça dans le village, bien sûr, et moi non plus dans ce temps-là. Mais quand je commence mon job avec la famille Pitan-Payne, et je me relaxe avec les gros livres d'images lourds dans leur salon, je vois le nom et je dis, *Ah, donc celle-là c'est une ziggourat*. Et chaque fois que je tombe sur un moment de danger ou tous les problèmes où je dois choisir, je me disais dans ma tête : *Godsown, c'est ziggourat ou la mort.* C'était ça que je dis au début que je commence, l'affaire de ziggourat.

« Voyez, vous êtes assis dessus cette colline en boue, et elles vous colonisent partout, elles rampent, elles filent, elles font la course, plein de colonnes et de colonnes, elles sont de plus en plus dérangées. Quand on les dérange, elles commencent à piquer. On monte plus haut et plus haut, et après y a plus nulle part qu'on peut monter. Et elles, si elles savaient piquer ! Les fourmis soldats, et celles qu'on les appelle fourmis de feu, qui piquent pas seulement et qui mordent, mais elles laissent une bosse rouge qui fait mal – là, elles commencent leur travail. Tout ce fameux courage d'homme, y en a plus. Les fourmis de feu, vous saviez pas encore, elles avaient remonté déjà toutes les jambes de votre pantalon…

« Alors quel choix on a ? Rien de rien du tout. D'abord t'enlèves ton pantalon, mais c'est trop tard. Les fourmis soldats, elles sont déjà emmêlées dans les poils de tes *blockos* ! Faut juste enlever le pantalon, et puis la culotte. C'est pas un recoin où on peut se cacher, c'est en public devant les autres, des hommes et des femmes, même des enfants. Mais faut l'enlever ce pantalon et tous ces gens vous regardent depuis leur côté à eux dans la crue, y en a en haut des arbres, alors tu commences à cueillir ces fourmis de feu qui sont logées déjà dedans ce buisson qu'on cache à la voisine. Dommage, cette voisine que t'as tapée un jour parce qu'elle met son nez dans tes affaires de famille ! La voilà en train de regarder tes vraies affaires de famille, et toi tu peux rien faire contre. Sauf si tu sautes dedans l'eau et nager jusqu'à l'arbre d'après, ou bien la fourmilière ou la tour d'église qui sont encore par-dessus l'eau. Ou ziggourat.

« Donc, sir, voilà comme c'est. Rester dans cette maison un jour de plus, c'était tout juste pas une affaire de choix. Ces gens-là, c'est comme des fourmis de feu. Ils entrent dans votre nombril et votre bouche, ils vous piquent les *blockos*. Si t'es pas pour leur côté, te voilà qui deviens leur ennemi. Un ami me trouve ce job-là vite fait, parce que je lui dis c'est urgent. Je peux pas rester pour cette maison un jour en plus…

Le bruissement régulier de la bande se changea en un gémissement anémique, puis, finalement, un râle lugubre. Fin des piles. Le retour de Godsown fut une prouesse de timing parfait, mais cela n'importait plus guère. Ce que Menka avait entendu était plus que suffisant. Décision prise, son esprit ne s'attachait plus qu'aux trivialités procédurales. Une fois qu'il aurait enregistré toute l'histoire, posé quelques questions, son premier devoir – non pas qu'il considérât cela comme un devoir, loin s'en faut, simplement comme la première action à entreprendre, même s'il ne s'agissait que d'une étape préliminaire – était une visite au commissariat de police. Cette notion même semblait bizarre ; mais enfin, tout à fait logique. Personne n'irait prétendre que sa pénible situation était sans précédent. Mais tout de même, ce n'était pas tous les jours qu'un docteur, un chirurgien très réputé, se retrouvait associé à un crime. La victime de ce crime n'étant autre que son ami, personnalité éminente s'apprêtant à pénétrer dans les zones raréfiées de l'influence mondiale. Duyole savourait d'avance cette perspective de se délester du fardeau des intérêts personnels, en passant du statut de chercheur privé – pour reprendre le trait d'esprit qu'il ne cessait de répéter – à celui d'homme d'État scientifique. « Dorénavant, fanfaronnait-il, je n'aurai plus besoin de passeport. J'ai rejoint les rangs des apatrides. »

Comme c'était vrai. Duyole avait bel et bien accompli sa prédiction intemporelle, et rejoint les rangs des apatrides. Définitivement. De nouveau ces images tapageuses – le seul homme de sa connaissance qui, même engoncé dans un costume trois-pièces constrictif, était capable de briser le moule robotique et d'accomplir des prouesses jamais égalées par les plus gros mangeurs de l'histoire, célébrant sans effort chaque nouvelle découverte culinaire d'un minichant de louange à la manière de Mohamed Ali. Des inconnus devenaient ses élèves, répétant après lui ses refrains préférés – *gang et gosier, langue et gosier, laissez parler langue et gosier* – en roulant de gros yeux comme si chaque plat était un corps planétaire nouvellement découvert en cours d'exploration, ajustant ce palais sagace mais accommodant qui provoquait chez de parfaits inconnus une émulation futile. C'était unique, que quelqu'un puisse ainsi élever au rang d'art cette activité commune à toute l'humanité connue sous le nom de repas, créant autour de lui une zone d'isolement révérencieux – une pancarte invisible où l'on pouvait lire *Ne pas déranger* – tout en arborant une allure qui prêchait : *C'est le temps de la communion, entrez, approchez-vous et faites de même.* C'était un mystère, mais qui produisait un riche album d'images ressouvenues, cette sempiternelle succession intrusive de diapositives festives où fusionnaient travail et jeu. Menka avait vu maintes fois Duyole mettre en pièces une machine complexe, obsolète ou simplement remisée dans un coin. Une fois, il s'agissait d'une turbine récupérée dans l'entrepôt d'un panier percé de gouverneur. Ce pouvait être un « izophone » – appareil de son invention, qu'il avait breveté mais jamais expliqué à personne, pas même Menka, grognant qu'il ne donnait pas de conférences pendant qu'il maniait la clé dynamométrique. Le grognement se faisait plus prononcé s'il travaillait dans son atelier en sous-sol et que des fumets de cuisine dérivaient jusqu'à lui. C'était le seul moment où ses mains bougeaient un peu plus vite – graisser, détacher, limer, huiler, réajuster, dévisser, réassembler. Pourtant, ces gestes ne manquaient jamais de recevoir la même attention exclusive, et ceux qui l'avaient vu travailler juraient qu'il maniait les pièces des machines avec la même sollicitude que celle dont il faisait preuve en nettoyant et en préparant un cuissot de gibier – faire macérer puis mijoter, légère pression, puis retourner et glisser au four, pour le ressortir en temps voulu, ressuscité, changé en teintes, en textures et en fonctions.

La décimation participait de la même esthétique. Cette mastication pensive, chaque bouchée roulant et roulant encore sur les nodules secrets, dans le ballet synchronisé des mains et de leurs complices métalliques qui transféraient dans sa bouche les morceaux de choix pour une interaction interne prolongée de saveurs, comme s'il possédait un périscope secret à travers lequel il scrutait l'écoulement interne des condiments dans la chair et le sang. S'agissait-il de quelqu'un d'autre, ou bien était-ce vraiment ce showman compulsif que Godsown continuait d'évoquer, ce jumeau adopté de Menka, au dire même des familles, des amis et des connaissances ? Pourtant, le récit de Godsown, interrompu par le Poing de l'Obscurité, affirmait bel et bien que lui, Kighare Menka, était accusé d'avoir rendu possible et même facilité cette tentative d'ôter la vie à son jumeau, Duyole, puis d'avoir achevé cette tâche inachevée sous le couvert de ses bons soins de médecin.

Il tressaillit de plus belle. Comme s'il visait implacablement à lui compliquer l'existence, le testament de Duyole avait fait de lui son principal bénéficiaire, après sa veuve et ses enfants – et non seulement de manière substantielle, mais en hommage au serment de Gumchi ! Pas étonnant que Cardoso ait pris la peine de l'inviter à la lecture. L'effort le plus voué à l'échec de toute sa vie – hors de question pour Menka de poser son regard fût-ce sur le plus innocent des Pitan-Payne encore en vie. Mais que Duyole se soit souvenu et qu'il ait gardé foi en ce serment de jeunesse, vivant ou mort, Menka trouvait cela bouleversant, ce qui le fit flotter dans un état d'exaltation suprême d'avoir, de son côté, ramené le corps de son ami à la maison, accomplissant ainsi un serment inexistant. *Pour une fois je t'ai surpassé, mon ami, reconnais-le !* Il restait juste cette pensée troublante : et s'il s'était trouvé à son chevet, là-bas, à Salzbourg ? Et si les médecins, même sans connaître le pacte qui les unissait, avaient insisté pour qu'en sa double qualité de confrère et d'ami du patient il prenne la décision du moment où tout débrancher ? Il refusa de dérouler la conclusion.

Un pour quatre et quatre pour un, gung-ho ? Anticipant les forces qui, sûrement, se mobilisaient déjà pour déjouer le rêve de Gumchi, il s'autorisa un bref élan de pitié pour la Famille du mort.

22

Le Conseil du bonheur

Il s'avéra que les interventions du regretté ingénieur dans cette existence sans joie n'étaient aucunement terminées. Au contraire, il continua de dominer l'environnement, même si ce n'était pas d'une manière qu'il aurait choisie durant son précédent mode d'existence. Son testament, désormais doué d'une vie propre, concourait à rendre éternel le festin de la vie. Au vu des efforts consentis par le groupe de travail du Premier ministre, en partenariat avec l'organisation Oromotaya National Inquest, la fête du Choix du Peuple, rebaptisée « Festival Marquer le Pays » en hommage à l'ingénieur assassiné, n'étonnerait personne en s'imposant au bout du compte comme l'une des plus marquantes de l'Histoire, quasi impossible à égaler et encore plus à surpasser au cours de ce siècle ou du prochain. Et pourtant, elle faillit ne pas avoir lieu. Et comme toujours, les coulisses de sa montée en puissance furent autrement plus instructives – et, disons-le, excitantes – que cet événement grandiloquent en soi.

La réunion préfestival du Conseil national du bonheur, convoquée par l'actionnaire majoritaire, Sir Godfrey Danfere, rassembla un panel éminemment éclectique, fruit d'un complexe quadrillage représentatif prétendant couvrir tous les groupes d'intérêt, goûts et sensibilités sociales – syndicats, magistrats érudits, personnel de maison, monde universitaire, etc., sans oublier… la religion ! Papa Davina honora l'assemblée de sa splendide présence, tandis que l'État de Zamfara s'enorgueillissait d'une sélection presque exclusivement puisée dans les rangs de Yantulai al-Yarimeh, cette secte musulmane aussi dynamique que progressiste. C'est ce groupe qui allait faire peser la plus puissante menace sur cet événement censé créer un lien harmonieux dans une nation remarquable de diversité. Avant même le début des délibérations, les Yantulai avaient tenté d'organiser un boycott. Quand on leur fit remarquer que la réunion n'avait pas encore commencé et qu'il n'y avait donc rien à boycotter, ils décidèrent, raisonnablement, de se livrer à un djihad de prières jusqu'au lancement officiel des débats, de prendre place dans la salle et de rester assis pendant l'hymne national, de psalmodier tout haut pendant d'éventuelles prières d'ouverture, d'attendre le discours de bienvenue et d'inauguration du Premier ministre, puis de quitter les lieux pour se réfugier dans les bras grands ouverts des journalistes couvrant l'actualité de la Villa Potencia.

Leurs leaders avaient feuilleté le préprogramme luxueusement imprimé et distribué à tous les participants dès leur arrivée dans l'antichambre. Leurs yeux aiguisés avaient aussitôt repéré un point de répulsion qui avait à l'évidence été introduit pour offenser leur sensibilité religieuse. La proposition en question était un… *concours de beauté* ! Rien, déclarèrent-ils, ne pourrait les convaincre de participer à un festival comportant un tel exercice, qui faisait la promotion de la prostitution des femmes. C'était pire encore que de servir de l'alcool pendant cette fête, ou rôtir un cochon à la broche, comme cela, tenaient-ils de source sûre, avait bel et bien été envisagé par Chief Oromotaya et ses fanatiques religieux, en l'occurrence Papa Davina. Chief Oromotaya bondit de sa chaise comme s'il avait été piqué par toute une troupe de scorpions, nia vigoureusement et exigea une rétractation de leur part. Enchâssé au milieu d'un petit groupe de disciples dans un autre recoin de l'antichambre, Teribogo ignorait tout de l'orage qui couvait à quelques mètres à peine. L'information avait été corroborée, insistèrent les Yantulai. D'après leurs sources, la raison l'avait finalement emporté et l'offensive porcine avait été éliminée. Toutefois, ils avaient de fortes raisons de croire que de l'alcool avait été introduit en douce par un chemin éminemment détourné – et par nul autre que celui qui se disait homme de Dieu et partisan du pluralisme religieux. Qu'il vienne donc nier qu'il avait tenté d'immiscer un événement saturé d'alcool dans ce festival, au nom de valeurs œcuméniques. Par chance, ils étaient bien renseignés et savaient de quoi ils parlaient. Ils allaient faire savoir au monde qu'ils représentaient une nouvelle espèce de croyants, à ne surtout pas confondre avec de simples agitateurs fanatiques. Ils étaient scientifiques dans leur approche, et ne se laisseraient pas aisément manipuler par les chrétiens et autres islamophobes inavoués.

Les regards pivotèrent alors vers l'endroit où Papa Davina distillait des paroles de sagesse urbaine à son cercle de fervents délégués. D'autres représentants convergèrent vers l'accusé, curieux mais par ailleurs soucieux de préserver la paix.

Teribogo fut quelque peu déconcerté, car cette histoire avait été évoquée au tout premier stade de la planification : l'appel national annuel à des propositions d'événements, auquel artistes relevant de tous les genres, cinéastes, universités, associations de vétérans de guerre, clubs sociaux, vendeuses du marché et toutes les institutions et chasseurs de contrat possibles et imaginables répondaient en envoyant des idées, des offres de services et même des vidéos de démonstration. Tout cela avait été résolu à l'amiable. S'agissait-il d'une nouvelle offensive lancée par une ramification agressive de ces écoles de persuasion religieuse à la Boko Haram ? Il fit signe à Chief Oromotaya de les rejoindre et de corroborer sa version des faits, le premier grain de sable ayant été glissé, révéla-t-il, par des protestataires d'un tout autre genre : ni plus ni moins que le mouvement écologiste de plus en plus puissant dans cette nation, avide protecteur de l'écosystème mondial. En envisageant l'esprit de la Fiesta du Peuple depuis sa perspective œcuménique mondialement reconnue, expliqua Papa Davina, il s'était en effet senti obligé de proposer une contribution religieuse unique – Un Temple du Feu zoroastrien qui serait érigé sur le site du festival.

– D'après les calculs de notre ministère Eukuménika, détailla alors Teribogo, la date du festival tombe la veille de l'anniversaire de Zoroastre. Cela nous est donc évidemment apparu comme une occasion divinement ordonnée de faire d'une pierre deux coups – introduire une présence zoroastrienne dans la famille œcuménique tout en offrant au festival un temple du feu. La seule question était la suivante : où ? Il n'y a pas de montagne à Lagos. Nous avons scruté les environs, et nos regards ont été divinement guidés vers la capitale de la nation, qui s'enorgueillit de posséder ce grand monument qu'est notre rocher de Zuma. Toutefois, il existe d'autres promontoires rocheux moins connus dans cette région, notamment ceux de Gumchi, proches du centre exact de la nation et point culminant de la région d'Abuja – plus élevés même, bon nombre de nos concitoyens l'ignorent, que le rocher de Zuma.

Aussitôt, les écologistes s'étaient alarmés publiquement. Ils craignaient une pollution de l'air – ce qui s'était bien sûr révélé totalement infondé d'un point de vue scientifique.

Oromotaya compléta le récit. Son imagination, reconnut-il, s'était bel et bien enflammée en recevant l'ardente proposition de Teribogo. C'était l'occasion de propulser le festival, littéralement, vers de nouveaux sommets. Gumchi était réapparu dans les actualités depuis l'assassinat du fameux produit d'exportation national vers les Nations unies. Ce village perché totalement anonyme avait d'abord été porté à l'attention du grand public quand son chirurgien de fils, un certain Dr Kighare Menka, avait été couronné du prestigieux prix de la Prééminence nationale. Puis, avant que le lauréat ait eu le temps de se fondre à nouveau dans son obscurité coutumière, voilà que son ami de toujours, le célèbre ingénieur Duyole, avait connu une mort tragique. Le testament du défunt avait été dévoilé et, surprise, Pitan-Payne avait légué à ce même enfant du pays une vaste portion de sa richesse afin qu'il bâtisse une clinique de rééducation dernier cri dans ce même village de Gumchi. Et ce, pour accomplir un serment remontant à leurs années d'études. Les médias avaient fait leurs choux gras de cet énième épisode de la longue saga qu'était la rivalité de cette inséparable paire.

Merutali s'était joint à lui, donnant l'impulsion politique. Le Premier ministre, en politicien avisé, avait immédiatement engagé son gouvernement à égaler ce don et à s'associer pleinement au projet – envoi de personnel, gestion, équipements, etc. – afin de faire en sorte que ce centre devienne une Mecque médicale à la fois pour ses concitoyens et pour le flot mondial des touristes médicaux. Il porterait le nom du regretté ingénieur. La pose de la première pierre avait été intégrée au programme du festival. La nation pouvait donc s'attendre à une édition unique, pluridisciplinaire. Comment aurait-il pu en être autrement ? Le monde était témoin de ce triomphe du partenariat créatif entre le gouvernement et le secteur privé. Nouvelle démonstration de l'implication du POMP dans les initiatives citoyennes, pierre angulaire de la politique du parti depuis l'entrée en fonction de cette administration, conformément à ses engagements solennels de campagne.

Oromotaya prit de nouveau le relais. Il rappela à tout un chacun que la fête du Choix du Peuple était depuis toujours un festival ambulant. La déplacer à Abuja cimenterait encore davantage le sentiment d'unité et d'appartenance qui était au cœur des politiques gouvernementales depuis que la capitale de la nation avait déménagé de la ville côtière et marginale de Lagos vers le centre géographique du territoire national. La fiesta de cette année était désormais conçue pour exploser dans l'enceinte de l'ultramoderne National Stadium et ses alentours, pas dans celle, décrépite, du National Theatre, qui s'enfonçait peu à peu dans les marécages d'Iganmu, ce faubourg en déliquescence de Lagos.

Il appartenait maintenant aux membres du groupe de travail de répandre la bonne parole et d'y joindre les actes, chacun ou chacune dans sa propre zone d'influence et d'activité. La disparition d'un grand homme rapprocherait les gens, renforçant encore la popularité de cette fête visionnaire qui avait fait ses preuves. Cela avait déjà inspiré l'introduction de nouvelles variantes des homélies hebdomadaires de Teribogo à Eukuménika, en lui permettant d'invoquer le message universel d'un feu immémorial bien différent des flammes du Purgatoire, en ce qu'il purifiait au lieu de brûler, vision d'un voyant des temps anciens nommé Zoroastre. Oromotaya se montra encore plus animé et innovant, tout à fait dans son élément. Un soudain flash de la torche olympique descendant des cieux l'avait propulsé en direction de l'ambassade de Suisse. Pouvait-elle recommander une société de professionnels du rappel ? Oui, absolument, des vétérans des Alpes dont l'expérience s'étendait de l'Everest au Kilimandjaro. Accord conclu. Papa D avait obtenu la franchise pour construire son Temple du Feu sur la corniche du mont Gumchi, à l'abri de rochers sans âge. La Torche du Festival serait allumée dans ce temple zoroastrien. Les alpinistes – tout ce spectacle étant filmé et retransmis dans tout le pays par des drones équipés de caméras – l'enflammeraient au sommet du mont Gumchi, jouant d'abord à descendre et à remonter avec la torche, se la passant de main en main jusqu'à ce que l'ultime porteur pose le pied au bas de la montagne. Des coureurs poursuivraient alors dans la plaine jusqu'au National Stadium, où ils allumeraient la Flamme Éternelle, laquelle brûlerait pendant toute la durée de ce qui s'appelait désormais le Festival Marquer le Pays. Tout ce concept provoqua chez Oromotaya un vertige d'extase, qui n'avait d'égal que la hâte de Teribogo de poser enfin, après une si cruelle attente, un pied à Gumchi. La rocaille de ce village oublié par le temps restait dans une bienheureuse ignorance de son statut à venir, celui de site historique futuriste de la nation.

Tout cela avait paru spectaculairement inspiré, jusqu'à ce que les objections fusent. Les éco-guerriers opposèrent aussitôt une résistance stridente, exigeant qu'un contrôle de la qualité de l'ozone soit réalisé autour du mont Gumchi pour s'assurer qu'aucun dégât ne serait causé par un feu allumé si près du ciel, sur ce promontoire rocheux notoirement connu pour disparaître pendant des semaines d'affilée, totalement englouti par les nuages. Des négociations s'ensuivirent. Leur conclusion fut favorable au projet – quelques bouts de bois aspergés de pétrole pour s'embraser instantanément au moment crucial n'endommageraient pas la couche d'ozone. Et bien sûr, aucun risque d'incendie de forêt sur ces rochers nus. L'intervention des écolos avait cependant donné lieu à un débat houleux qui avait consommé des journées et des rames entières de papier journal. Les préparatifs du festival monopolisaient quasiment, désormais, le discours national. Bouts de bois, allumette et pétrole à lampe semblaient avoir résolu le problème, et l'attention des médias était accaparée par des aspects plus triviaux de l'organisation, quand le débat fut ravivé par la plus inattendue des voix.

La provocation avait juste fait l'objet d'un transfert de propriété, fournissant aux objecteurs de conscience de la secte Yantulai al-Yarimeh leur tout premier cheval de bataille. Qu'il soit bien clair pour tout le monde, tonnaient-ils, que cette nation n'avait plus affaire à je ne sais quels *almajiri* sans instruction. Eux représentaient la nouvelle vague de musulmans, tout aussi éduqués que n'importe quelle autre frange de la population. Ils comptaient dans leurs rangs des ingénieurs aérospatiaux, les auteurs d'une multitude d'ouvrages portant sur tous les phénomènes terrestres. Ils avaient fait leurs recherches : le pétrole à lampe était à base d'alcool et donc inacceptable en tant que liquide incendiaire. Ils entreprirent de mobiliser leurs troupes en vue d'un gigantesque boycott. Sir Goddie dépêcha aussitôt son ministre des Sciences et Technologies pour qu'il délivre des réfutations et assure ses concitoyens que le pétrole à lampe était extrait de la résine des arbres et ne contenait donc pas d'alcool. Chief Benzy et Papa Davina intervinrent à leur tour, publiant des communiqués séparés et conjoints pour affirmer qu'indépendamment de toute démystification scientifique, ils n'avaient pas besoin de pétrole à lampe et éviteraient rigoureusement d'y avoir recours tout au long du festival, ne serait-ce que par respect pour les sensibilités religieuses. Ils utiliseraient du kérosène ou même du simple pétrole, ce qui démontrerait par ailleurs leur volonté de s'appuyer sur les produits autochtones, puisque la nation devait importer son pétrole à lampe, alors que l'abondance locale de pétrole véritable aurait suffi à asperger tous les pics rocheux de Gumchi et à les faire flamber aussi longtemps que le festival l'exigerait. Ce fut cet ultime rappel qui fit mouche. Ne voulant surtout pas être dénoncés comme des non-patriotes préférant les produits importés aux locaux, les musulmans avaient quelque peu assoupli leur position. Le boycott fut suspendu, même s'ils se réservaient le droit de réexaminer la question.

Rassemblés dans un coin et agitant devant les autres, avec irritation, le préprogramme du festival, les délégués de Yantulai al-Yarimeh annoncèrent soudain ce qu'ils venaient de comprendre : tout ce débat autour de l'alcool n'avait été qu'une mystification. Une ruse. Cette histoire de pétrole à lampe était un écran de fumée. Il s'agissait d'un gigantesque complot ourdi par ces trois entités – le temple d'Eukuménika, Oromotaya et son *National Inquest*, les écolos, le POMP de Sir Goddie tirant peut-être les ficelles en coulisse –, tous joignant leurs forces pour détourner le regard du public de leur véritable objectif. Pendant qu'eux-mêmes, les Yantulai, étaient occupés à dénoncer l'outrage, la vraie affaire était en train de s'organiser, prête à recevoir l'approbation attendue du groupe de travail du Premier ministre qui en ferait un *fait accompli** : un Concours de Beauté ! La délégation de Yantulai al-Yarimeh se rabattit alors sur sa stratégie d'obstruction désormais brevetée – ses membres déclarèrent un djihad de prières, se réfugiant derrière un cercle de chariots virtuel dressé devant les autres occupants de l'antichambre. Impossible de briser leurs défenses. Depuis ce sanctuaire, ils exigèrent ni plus ni moins que le retrait de l'événement – faute de quoi, le boycott suspendu serait réactivé. Ils se retireraient de toute participation ultérieure, eux et les États sympathisant avec leur cause. Le Premier ministre comprenait bien, espéraient-ils, ce que cela signifierait concernant les votes si convoités de ces circonscriptions. La Villa Potencia fut noyée sous la cadence de ces prières qui s'élevaient et retombaient, fruit d'une longue pratique, passant d'un chantre à l'autre, nouvelle arme de résistance qui était devenue la marque de fabrique des Yantulai et se répandait assez considérablement dans les régions septentrionales du pays.

Émergeant à bout de souffle de l'escalier qui montait jusqu'aux quartiers résidentiels de la Villa, Shekere Garuba interrompit Sir Goddie en plein petit déjeuner. Il lui expliqua la situation. Goddie réfléchit quelques instants.

– De quel État dites-vous qu'il s'agit ?

– Zamfara. C'est la secte Yantulai al-Yarimeh. Je les connais fort bien.

– Bon. Laissez-moi juste terminer cet *akamu* pendant qu'il est encore chaud. Je vais parler au gouverneur – non, encore mieux, à Papa Davina. En attendant, retournez donc dans la salle de conférence. Enfermez-les dedans. Qu'ils ne quittent la Villa sous aucun prétexte.

– Rien à craindre de ce point de vue-là, IP, le rassura le conseiller. Une fois qu'ils ont déclaré un djihad de prières, ils ne bougeront pas d'un pouce tant qu'une contre-fatwa ne sera pas récitée. Cela prend au moins une demi-heure du début à la fin. Exactement comme le djihad de prières originel – il se déroule par cycles de trente minutes et ne doit pas être interrompu. Donc nous disposons encore au moins d'une demi-heure pour prendre des mesures.

– Parfait. Je peux donc finir mon petit déjeuner en paix. Attendez dehors le temps que je réfléchisse.

L'Intendant du Peuple poursuivit son repas en maugréant :

– Fâcheuse manière de débuter la journée, bon sang. Que nous réserve-t-elle encore ? Je me le demande…

Un rot discret, compatissant, suivi d'une caresse pensive sur son estomac, signala la fin du petit déjeuner. Sir Goddie empoigna son portable et en poignarda le clavier. La voix à l'autre bout du fil roucoula :

– Paix d'Ahura Mazda, Lumière qui vient, fuite de Druj – Père Davina, du ministère d'Eukuménika, je vous écoute…

Sir Goddie le coupa sèchement.

– Épargnez-moi ça. J'apprends que vous vous retrouvez au beau milieu d'une crise – est-ce vraiment le moment de sortir les tapis de prière ?

– Il y a un temps pour tout, Sir Goddie. Laissez-moi vous donner ce conseil, chapitre et verset de la Bible…

– Non merci. Teribogo, concentrons-nous sur le chapitre et le verset business. La dernière affaire dont vous m'avez parlé, c'est que vous aviez obtenu des Yantulai un partenariat total.

– C'est bien le cas. Deux de leurs membres siègent au Conseil des gouverneurs.

– Et… les versements. Sont-ils réguliers ?

– Payés d'avance. Les Ressources humaines en gardent jalousement les preuves – vous le savez mieux que personne, Votre Excellence.

– Dans ce cas, pourquoi causent-ils tous ces problèmes ?

– L'avidité, quoi d'autre ? Cette faiblesse humaine qu'on appelle l'avarice. J'ai ignoré ces gens jusqu'ici. Je vous recommande de faire de même.

– Facile à dire pour vous. Ce n'est pas vous qui vous présentez aux élections.

– Ils finiront par se raviser. C'est du marchandage, tout ça. Résister pour obtenir plus.

– Dans ce cas, pourquoi ne pas augmenter leurs parts…

Le ton de Papa Davina se fit ferme et dédaigneux :

– Ce n'est pas la bonne méthode, Sir Goddie. Quel Pierre déshabillerons-nous pour habiller Paul ? Vous ? Ou moi ? Nous ne pouvons pas fonder une entreprise sur ce genre d'extorsion. C'est contraire à l'éthique.

Sir Goddie referma brusquement son portable.

– Hypocrite !

Il resta assis sans bouger pendant un moment, contemplant le vide devant lui. Il se tamponna soigneusement les lèvres avec une serviette, entreprit de se curer les dents. C'était pendant ce rituel que Sir Goddie avait parfois ses pensées les plus inspirées. Soudain il s'arrêta, reposa doucement le cure-dents, et éleva la voix :

– Vous, là-bas. Revenez ici !

Shekere s'exécuta.

– Allez expliquer à la délégation que l'âge maximum des participantes sera de treize ans. De sorte que cet événement qui les contrarie tant ne rassemblera que des beautés de trois à treize ans. Pas une ne sera plus âgée. Et il y aura toujours la possibilité d'emporter celles de leur choix. Allez, filez !

Shekere marcha vers la porte, puis s'arrêta. Il se retourna lentement.

– Qu'avez-vous oublié ? grogna Sir Goddie. Vous n'avez pas compris mes ordres ?

Shekera bafouilla nerveusement :

– Je voulais juste être sûr, IP, sir. Vous avez dit trente ? Ou bien treize ?

– Cet imbécile est sourd, en plus ! Treize ! Treize ! Allez, ouste !

– Oui, Intendant du Peuple. Dans combien de temps devons-nous vous attendre, sir ?

– Quelle heure avions-nous fixée ?

– Dix heures, IP.

Goddie consulta sa montre.

– Eh bien, nous y sommes presque. Allez donc faire cette annonce et les remettre à leur place. Et je ne veux plus entendre la moindre objection à quoi que ce soit. Agissez toujours avec une certaine sensibilité culturelle et tout se passera bien.

Sir Goddie avait vu juste. Le Festival du Peuple du Bonheur pouvait à présent aller de l'avant. Quand un

Garuba essoufflé entra de nouveau dans la salle de réunion, frappa sur une table pour obtenir l'attention et fit son annonce, le relais chanté des Yantulai al-Yarimeh cessa brusquement. La pause ne dura que quelques secondes, avant qu'ils reprennent. Même le cafre le moins mélomane pouvait percevoir un clair changement de tonalité qui respirait l'extase spirituelle pure, non diluée.

Shekere libéra un soupir de soulagement et leur accorda quelques minutes encore de ravissement. Sentant venir la fin du cycle de ce contre-récital, il entreprit de rameuter les invités.

– Vénérables délégués, je vous en prie, prenez place. Tout est réglé. L'Intendant du Peuple sera parmi vous d'ici peu et la cérémonie d'inauguration pourra débuter.

Les représentants, aux visages tantôt familiers, tantôt nouveaux, localisèrent leurs sièges grâce aux petites pancartes déposées sur le long bureau ovale légèrement scindé qui occupait le centre de la salle du Cabinet de la Villa Potencia. C'était là que se tenaient en temps normal les réunions mensuelles du Conseil exécutif. Les nouveaux membres de l'assemblée avaient déjà prêté serment. C'est alors seulement que Son Excellence l'Intendant du Peuple Sir Godfrey pénétra dans la salle. Tous se levèrent. Dès que le fauteuil de l'Intendant du Peuple fut tiré en arrière et qu'il s'inséra dans l'espace ainsi créé, l'hymne national résonna – le premier couplet seulement. Il resta debout, comme tous les autres.

Ses yeux repérèrent aussitôt Papa Davina et il se tourna vers lui.

– Père Davina, peut-être pourriez-vous nous assister de vos prières pour des délibérations fructueuses ?

Papa Davina, vêtu comme une version postmoderne de Zoroastre en personne, se fendit d'une révérence. Les bras liturgiquement collés à ses flancs des épaules jusqu'aux coudes, et ses avant-bras légèrement inclinés vers le haut, les deux paumes tournées vers le ciel, il prononça son attestation divine, tout spécialement préparée pour l'occasion et déposée à l'avance devant chaque participant.

À toi Tout-Puissant DieuAllah, connu sous d'autres cieux sous le nom d'Ahura Mazda, Géniteur de l'Univers et Bienveillant Maître de Sagesse, Dispensateur de Bonheur, nous adressons nos louanges et nos remerciements, et sollicitons ta bénédiction. Préside nos délibérations en ce lieu. Donne-nous la force créative qui permet à l'esprit et à l'imagination de se concentrer, afin que nous puissions exaucer tous les désirs de notre peuple lors du festival à venir. Qu'Asha le Bon l'emporte sur Druj, l'Esclave du Mal. Que le Bien et l'Harmonie règnent entre nous. Amen. O-o-o-om. Allahu akbar. Shanti. A-a-a-shè. Que ta volonté soit faite.

Sir Goddie prit place sur sa chaise, et les autres l'imitèrent. Un dossier attendait sur la table, devant lui. L'Intendant du Peuple l'ouvrit et passa aussitôt à l'affaire du jour – l'inauguration du Conseil du bonheur, dixième édition.

– Une fois de plus, mesdames et messieurs, il est temps d'entamer les préparatifs en vue du grand jour. Comme certains d'entre vous l'auront forcément remarqué, nous comptons parmi nous plus d'un nouveau visage. Au fil de nos travaux, vous apprendrez à vous connaître. Mais déjà, j'aimerais vous souhaiter à tous la bienvenue. Nous sommes une nation d'une grande diversité et c'est là que réside notre force. Efforçons-nous donc de nous montrer à la hauteur de cette diversité, qui est une richesse, en faisant en sorte que chaque secteur de la nation, chaque groupe d'intérêt, chaque domaine professionnel ait son mot à dire dans cette lourde tâche consistant à maintenir notre nation dans un état de bonheur durable. Voilà ce qui sous-tend l'engagement de ce gouvernement dans la fête du Choix du Peuple. Pour ceux qui l'ignoreraient, ce lieu même où nous sommes réunis aujourd'hui est la salle du pouvoir. Celle-là même où se tiennent les réunions du Conseil exécutif. Qu'est-ce que cela signifie ? Laissez-moi vous le dire : cela signifie que pour les trois ou quatre semaines à venir, c'est-à-dire durant le compte à rebours de la Fiesta du Peuple, vous êtes le gouvernement. Votre parole fait loi !

Sur le compte-rendu officiel, à cet endroit, on peut lire : *Applaudissements spontanés*.

– Je ne voudrais pas brosser un tableau sombre, mais je me dois d'être franc. L'année écoulée s'est révélée particulièrement problématique. Crise après crise. Terrorisme. Incendies criminels. Assassinats. La fierté de notre nation, de notre race même, cette icône planétaire, a succombé sous nos yeux à un attentat. Je reviendrai plus en détail sur ce tragique événement d'ici la fin de nos sessions. En attendant, permettez-moi de souhaiter une bienvenue spéciale, du fond du cœur, à la sœur de ce martyr, Selina Pitan-Payne. Malheureusement, la veuve de notre concitoyen assassiné n'a pu se joindre à nous car elle porte toujours le deuil, et notre culture n'autorise pas sa participation. La dame que vous voyez là, la sœur du défunt, s'est portée volontaire pour la remplacer, et sa présence ici, cooptée comme membre du Conseil du bonheur, n'est pas sans rapport, vous l'aurez sûrement deviné, avec ce douloureux événement et peut être lue comme l'affirmation de la solidarité de notre gouvernement.

« Permettez-moi de le répéter ici, sans craindre d'être contredit : tout ce qui était imaginable, et dépassait même parfois l'imagination, a joué en la défaveur de cette célébration pacifique et joyeuse qu'est la Fiesta du Peuple. Au point qu'à certains moments, il y a eu des débats au sein de mon gouvernement pour savoir s'il fallait ou non que cette fête ait lieu. Des voix se sont élevées pour défendre l'idée de la remplacer par une semaine de deuil national, plus appropriée selon elles. Heureusement, cela posait un problème de copyright, puisqu'il existe déjà un mouvement baptisé *La Nation en deuil*, qui prend chaque année le sac et la cendre durant toute une semaine. Il est toujours préférable de se montrer original dans ces affaires, pour éviter de marcher sur les traces des autres. De sorte qu'au bout du compte, le bon sens et la fierté patriotique ont triomphé du pessimisme. La fiesta est devenue une tradition. Je n'ai pas besoin de vous rappeler que nous avons déjà déposé une demande auprès de l'UNESCO pour qu'elle figure sur son calendrier annuel, ce qui en ferait une destination pour le tourisme planétaire. Annuler fût-ce une seule édition, cela enverrait au monde le message que nous ne sommes pas des gens sérieux. Donc tout aura bien lieu comme prévu. Et s'il faut rien moins qu'un miracle pour y parvenir, alors nous devons accomplir un miracle. Après tout, nous avons parmi nous Papa Davina, cet homme de Dieu – vous venez d'entendre son invocation œcuménique, même s'il n'a plus besoin d'être présenté.

Légers applaudissements.

– Cependant, on dit aussi souvent : Aide-toi et le ciel t'aidera… Or, nous disposons de mains aussi aguerries, et dotées d'un grand sens civique, que celles de Chief Modu Oromotaya, ici présent.

Légers applaudissements.

– Notre inarrêtable gouverneur, Chief Akpanga, a également rejoint le conseil. Un homme dont la seule présence ajoute du piment et de la couleur en toutes circonstances. Comme vous pouvez le constater, nous injectons sans cesse du sang neuf, synonyme d'énergie nouvelle, de nouvelles idées…

L'Intendant du Peuple se tut brusquement, sa tête pivotant vers la droite. Avec irritation, il cracha :

– Oui ?

La porte latérale qui menait directement aux bureaux de l'Intendant s'était ouverte furtivement, et la tête aisément reconnaissable du conseiller à l'Énergie, Shekere Garuba, s'était glissée dans l'entrebâillement. Elle fut alors suivie du reste de son corps, penaud.

– Oui, qu'y a-t-il ?

Shekere entra dans la salle, parcourut en trottinant à pas feutrés les quelques mètres qui le séparaient de Sir Goddie et déposa une note devant lui, sur la table. Sir Goddie la parcourut du regard, et sa contenance changea visiblement. On pouvait y lire : *Mayday ! Mayday ! Arrêtez tout, sir, Arrêtez tout ! Abandonnez ce discours, sir.*

Sir Goddie chassa le conseiller d'un revers de main et se tourna vers l'auditoire.

– Vous allez devoir m'excuser. De quoi étais-je en train de me plaindre ? D'une saison de crises. À peine en avons-nous résolu une qu'une autre surgit.

Il se tourna vers son faiseur-d'image-en-chef.

– Docteur Merutali, prenez la suite, s'il vous plaît. Cela risque de prendre un moment. Docteur Merutali, je suggère que vous commenciez tout simplement par un brainstorming général, un grand échange d'idées. Chief Oromotaya pourra briefer tout le monde sur la manière dont il a conçu les choses, dresser l'état des lieux, etc. C'est son bébé, après tout.

Il se leva, arrêtant d'un geste l'assemblée qui se dressait déjà en signe de respect.

– Non, non, trêve d'interruptions. Merutali, ils sont à vous.

Un Goddie agité se rua hors de la salle, suivi de son assistant dévoué qui portait son dossier.

Le chef de cabinet l'attendait dans son bureau, visiblement désolé.

– J'ai jugé sage de vous interrompre, Votre Intendance,

eu égard aux points cruciaux figurant dans le discours que j'avais préparé. La situation était critique.

Sir Goddie agita la note sous le nez de son chef de cabinet.

– *Mayday ! Mayday !* Vous êtes pilote d'avion ? Quel appareil est sur le point de se crasher ?

– Je n'ai fait que citer notre homme, sir. Il était paniqué – et moi aussi, Votre Intendance. Cela concernait justement la réunion de ce conseil. Et je me suis rappelé ce que vous aviez dit : qu'il faudrait lui accorder un accès prioritaire à son retour.

– J'ai dit ça, moi ? De qui parlez-vous ?

– L'homme qui est allé à Zamfara, Votre Intendance.

– Zamfara ? Qu'ai-je à faire de Zamfara ? Vous voulez dire que vous ne lui avez pas demandé de quoi il retournait ?

– C'est la première chose que j'ai faite, sir, mais je crois que vous feriez mieux de l'entendre de sa bouche, Votre Intendance. Si je me rappelle bien, vos instructions étaient…

– D'accord, d'accord. Faites-le venir.

– Très bien, sir.

– Attendez une seconde. Ah, oui. Je veux juste m'assurer que nous parlons bien du même homme – s'agit-il de l'Indien ? Le géologue ? Il est déjà revenu ?

– Lui-même, Votre Intendance.

– Vous feriez bien de m'apporter la presse de ce matin.

– Vous l'avez devant vous, IP. Lisez-la, s'il vous plaît. C'est ce qui l'a poussé à accourir ici.

Sir Goddie baissa les yeux sur son bureau et constata que, oui, effectivement, les coupures de presse du jour étaient disposées devant lui, clouées sous son bol de noix de cola et compagnie, pour qu'il ne puisse pas les rater. Ses yeux parcoururent férocement les nouvelles importantes. Il vida ses poumons.

– Il ne s'agit que de pures spéculations, Dieu merci. Mais le fakir semble sûr de ce qu'il raconte.

– Je pense qu'il est sage de le supposer, IP.

– Très bien. Amenez-le-moi. Si tout ça est bidon, il prendra le prochain avion vers son curry et son chapati !

Sir Goddie se cala au fond de son fauteuil, et s'efforça de se calmer. Quelques instants plus tard, la cause de cette interruption fut amenée par le chef de cabinet, qui s'éclipsa aussitôt. L'Intendant du Peuple se retrouva seul avec son visiteur, le Dr Mukarjee, géologue. Sir Goddie cligna des paupières.

– Vos nouvelles doivent être vraiment désespérées…

Baissant les yeux, le visiteur aperçut les extraits de presse.

– Je vois que vous avez notre affaire sous les yeux. C'est pour cela qu'il fallait vous interrompre.

– Oui, je me souviens. Vous êtes venu me voir juste avant votre départ.

– Oui, je suis celui-là même qui s'est enfui de Zamfara la queue entre les jambes. Mais notre entrevue d'aujourd'hui est tout à fait différente, Votre Excellence. Très, très différente. La dernière fois, c'était vraiment stressant. Mais vous aviez dit à votre chef de cabinet de m'accorder un accès immédiat quand je reviendrais. Vous avez décidément fait preuve de prescience… Je ne sais pas quelle foi vous professez, mais il s'agissait sûrement d'une suggestion divine.

– Asseyez-vous, je vous en prie. Je ne vous attendais pas si vite, et en personne. Nous recevons tant de fausses alertes. Une chance que vous ayez eu mon chef de cabinet avec vous. C'est un défenseur acharné de vos entreprises.

– Ça oui, Votre Excellence. Je suis revenu de Delhi il y a deux jours à peine. Je n'aurais jamais imaginé me retrouver dans une telle situation d'urgence. Et voilà que ce matin, dans les journaux, j'apprends la nouvelle, l'inauguration du conseil, et alors, Sir Goddie, j'ai manqué m'étouffer avec mon petit déjeuner. La nouvelle de la construction d'une clinique dédiée à la mémoire du défunt fils de la nation, dans le village de Gumchi, qui ferait partie d'un festival à venir… Dès que je m'en suis remis, sir, c'est là que j'ai appelé votre chef de cabinet. Il faut me pardonner, mais je lui ai dit qu'il s'agissait d'une question de vie ou de mort – et j'ai précisé que c'était vous qui couriez ce danger mortel. J'espère que vous ne m'en voudrez pas. Il était crucial que vous n'évoquiez pas ce testament en public.

– C'est déjà fait, répliqua Sir Goddie.

– Mais s'agissait-il d'un communiqué officiel, sir ? Dans les journaux, l'information n'émanait pas directement de vous.

– Qu'elle vienne de moi ou pas, monsieur…

– Mukarjee, Votre Excellence. Mukarjee.

– Oui, que cela vienne de moi ou pas, les dernières volontés d'un mort sont une chose sacrosainte. À moins, bien sûr, d'être invalidées par les tribunaux.

– Si vous me permettez ce jeu de mots, sir, il y a volontés au pluriel et volonté au singulier. On ne peut pas négliger la volonté d'un peuple

Sir Goddie se rassit au fond de son fauteuil, un large sourire se déployant sur son visage, qui s'acheva en gloussement.

– Voyez-vous, docteur Mukarjee, vous n'allez sans doute pas le croire, mais j'ai toujours affirmé que nous avions beaucoup à apprendre de l'Inde, au-delà des leçons que nous donnent vos petites industries artisanales. Effectivement, les volontés – testamentaires – sont une chose, et la volonté de l'État en est une autre. Ici, cette dernière a un nom : Doctrine de la Nécessité. Ce recours-là ne nous est pas étranger, même dans l'histoire récente, je peux vous l'assurer !

Goddie se redressa, les doigts entrelacés.

– Bref, je crois comprendre que vous mourez de m'éclairer sur les raisons qui pourraient nous pousser à invoquer cette doctrine – n'est-ce pas ?

– Je ne me trompais donc pas, répondit le Dr Mukarjee, manifestement soulagé. Mais je voulais éviter tout tracas inutile. Je viens d'Inde et, comme vous le savez certainement, les politiques de nos deux pays sont très semblables. À tel point qu'en arrivant ici pour la première fois, il y a quinze ans, je me suis senti chez moi. Donc, je vous en prie, comprenez ma panique.

Sir Goddie s'efforça de le mettre à l'aise.

– Détendez-vous, mon cher compatriote indien. Je n'en étais pas encore arrivé à l'inauguration officielle de ce conseil donc, par chance, il n'y a pas eu d'engagement public de ma part. Je n'avais même pas achevé mon discours de bienvenue. Vous savez bien comme les médias aiment spéculer. C'est leur boulot, toujours devancer la concurrence. Oui, nous avons évoqué le fait que les dernières volontés de l'ingénieur figureraient à l'ordre du jour, et que certaines clauses de son testament seraient intégrées à la fête du Choix du Peuple. D'autres prix posthumes ont été proposés, mais rien n'a encore été annoncé. Il est tout à fait normal qu'il y ait des spéculations. Quoi qu'il en soit, un gouvernement est libre de faire machine arrière.

L'Indien sourit, hochant la tête.

– Certes, certes. Pardonnez ma nervosité. Mais j'ai remarqué que votre peuple avait tendance à prendre pour argent comptant les annonces du gouvernement. Et ensuite, les médias s'en mêlent.

Goddie s'esclaffa.

– Le public est le même partout. Comme l'humanité. Et alors ? Soyez de nouveau le bienvenu. Et maintenant, passons à cette bonne nouvelle que, d'après mon chef de cabinet, vous nous apportez.

Le Dr Mukarjee se détendit pour de bon, soudain plus expansif.

– La tradition, Votre Excellence, est une force puissante. Bénie soit la tradition familiale dans laquelle on m'a élevé. Oui, Sir Goddie, comme je le sous-entendais prudemment dans mon message, vous êtes assis sur de l'or.

Goddie ajusta mélodramatiquement sa posture.

– Comme vous pouvez le voir, je suis bien installé dans ce fauteuil.

– J'en étais déjà convaincu mais bien sûr, comme je vous l'avais laissé entendre, je voulais d'abord rentrer chez moi pour mener à bien d'autres analyses.

– Pour être franc, je vous croyais fou. Vous étiez allé à Zamfara et aviez eu de la chance d'en revenir en un seul morceau, et pourtant vous me parliez d'or.

– Ce gouverneur nous a fait vivre un enfer. À mon équipe et à mon humble personne. Quand il nous a invités à venir prospecter, il s'est bien gardé de nous parler de ces bandits religieux. Nous y sommes allés les yeux fermés.

– Vous vous en êtes sorti vivant, Dieu merci. Tout le monde n'a pas eu cette chance.

– Et je suis aussitôt venu me plaindre auprès de vous, Sir Goddie. Déposer une plainte officielle avant d'aller parler à mon gouvernement. Si l'on cherche sérieusement des partenaires étrangers, ce n'est pas une manière de les traiter. Les gens devraient toujours jouer cartes sur table – alors, il y a de la confiance. Dans les affaires, tout repose sur la confiance.

L'Intendant du Peuple commençait à montrer des signes d'impatience. Le Dr Mukarjee aggrava encore son cas en désignant le bol de cristal.

– Cela vous concerne aussi, Votre Excellence.

À présent, l'irritation de Sir Goddie refusait tout déguisement.

– Expliquez-vous.

Mais le sourire complaisant du géologue ne fit que s'agrandir.

– Avant de partir, j'avais envoyé un message. Votre chef de cabinet m'a assuré qu'il avait bien été transmis. Mais nous n'avons pas reçu de réponse.

– Quel genre de réponse attendiez-vous ? Une audience vous a été accordée. Vous m'avez quitté encore tremblant de votre expérience à Zamfara. Je pensais ne plus jamais entendre parler de vous. Et puis, quelques jours plus tard, voilà que vous sollicitez un permis de prospection dans un endroit où, de votre propre aveu, vous n'avez jamais mis les pieds. La question était la suivante : qu'aviez-vous donc soudainement découvert depuis tout là-bas, en Inde ?

Aussi impossible que cela pût paraître, le sourire de Mukarjee s'épanouit encore.

– Que de mystères nous réserve le monde, Votre Excellence, que de mystères… Et de surprises ! Voilà que j'étais rentré chez moi, tout heureux encore de m'en être tiré vivant. J'avais répondu à l'appel d'un de vos gouverneurs. Cette visite s'était achevée dans la perte et les lamentations. J'avais quitté Zamfara et j'étais rentré au pays pour panser mes plaies. Par chance, nos partenaires nigérians m'ont convaincu de faire un détour par la Villa pour déposer formellement plainte. Ce que j'ai fait. Vous êtes un homme très occupé, Sir Goddie, mais vous avez réussi à dégager une ou deux minutes pour me recevoir. Vous vous êtes excusé, et vous m'avez renvoyé chez moi.

Sir Goddie tenta d'apaiser le géologue qui, à l'évidence, souffrait toujours des effets de ce traumatisme.

– Vous savez, dans les affaires, il est normal de faire un flop de temps en temps.

Mukarjee secoua vigoureusement la tête.

– Non, Sir Goddie, au final, c'était tout sauf un

flop. Laissez-moi vous expliquer, Votre Excellence. Voyez-vous, il existe de grandes familles d'orfèvres, de sublimes artisans, un peu partout en Inde. Mais dans ma région, non loin du Kerala, dans une petite ville qui s'appelle Kochi, il y a quelques dynasties non pas seulement d'orfèvres, mais de dégustateurs. Comme pour le thé, vous comprenez ? Ou le café. Et même le vin, l'alcool et les liqueurs. J'ai bien dit *goûter*, pas tester. Je vous parle d'endroits où la tradition est de battre l'or si fin qu'il faut des doigts très sensibles pour en ramasser une feuille. On a même besoin d'une pince à épiler. Et pour cela, il faut choisir une certaine qualité d'or. Fin, très fin. Plus fin que le plus fin tissu. Pensez aux ailes poudreuses d'un papillon, non pas l'aile proprement dite mais la poudre qu'il y a dessus, puis imaginez une feuille composée de cette poudre. C'est ce que nous faisons. Nous battons l'or si finement qu'on ne peut pas le tenir dans sa main. Vous me suivez toujours, Sir Goddie ?

– Vous avez toute mon attention.

– Il fallait vous resituer le contexte. Prenez les mariages, par exemple. Normalement, ce que l'on voit, ce sont des bracelets, des boucles d'oreilles, des chaînettes et des colliers en or, etc. Mais quand une jeune fille se marie, cela fait partie de son festin de noces. Ces feuilles d'or pratiquement intangibles sont placées sur sa nourriture. La signification de cette garniture est la suivante : quel que soit ce qui pourra lui arriver dans la vie, elle aura goûté à l'or. Aux richesses. La richesse sera devenue une partie de son corps et de son esprit, et personne ne pourra plus jamais la lui retirer. Elle mange cet or au soir de ses noces.

Goddie écarquilla les yeux.

– Manger… de l'or ? C'est un métal !

– Pas une fois que nous l'avons tellement battu qu'il n'a presque plus de substance. Le repas de la mariée est recouvert de ces feuilles. Oui, Votre Excellence. Et donc, nous qui appartenons à cette lignée d'orfèvres, notre palais est entraîné depuis l'enfance à goûter de minuscules écailles d'or fin, et même parfois une simple poudre. Nous ramassons du bout de notre langue les éclats minuscules qui restent sur le plan de travail, recouvert d'un matériau spécial, des fragments si petits qu'ils sont presque invisibles. C'est ainsi qu'en grandissant, nous sommes capables de détecter la présence d'or dans à peu près n'importe quoi. Sir Goddie, la majorité de l'humanité l'ignore, mais l'or a un goût, une saveur. Pour les plus doués d'entre nous, l'or a même une odeur. Les vrais magiciens de l'or sont capables de le sentir à l'autre bout d'une pièce. Mais la plupart d'entre nous, ceux qui possèdent un talent moyen, en sentent juste le goût. Ce qui, pour notre profession, suffit amplement.

Sir Goddie était captivé.

– Poursuivez, je vous prie.

– Ma précédente visite a malheureusement été brève – une journée très chargée pour vous. Mais vous vous êtes montré fort compatissant. Bienveillant. Au moment de partir, vous m'avez offert l'une des noix de cola du bol posé sur votre bureau – oui, ce bol-là. Je vois qu'il vous en reste encore.

Un gloussement gêné jaillit de sa gorge.

– Je dois avouer que je ne partage pas vraiment votre goût de ce rafraîchissement – je crois que c'est une question d'habitude. Toutefois, en rentrant dans ma chambre d'hôtel, j'en ai croqué un morceau…

Le corps de l'Intendant du Peuple se raidit brusquement.

– Vous voulez dire… ?

– Oui : de l'or, Sir Goddie. Votre noix de cola avait goût d'or.

– Vous plaisantez !

– Non, pas du tout. Je crois qu'il s'agit de la même veine géologique que le gisement de Zamfara, éparpillée à cause d'un lointain épisode sismique. Et dans ce cas précis, Sir Goddie, elle est plus en surface que souterraine. Ce qui explique ces formations rocheuses inhabituelles que bien des spécialistes ont remarquées, notamment sur la chaîne Discovery. Les promontoires rocheux de Gumchi sont gorgés d'or. Je parierais volontiers la réputation de ma famille là-dessus.

L'Intendant du Peuple se rassit au fond de son fauteuil. Inspira profondément.

– Sauvé par le gong, souffla-t-il.

Il tourna les pages de son discours interrompu, en poignarda de l'index une section :

– Lisez donc ça !

Mukarjee lut le passage indiqué.

Quand le testament du regretté ingénieur a été lu, la famille a découvert que celui-ci avait destiné une partie de sa fortune à la construction d'un centre de rééducation modèle dans le village de son ami de toute une vie, non loin de l'endroit où nous sommes réunis. Le gouvernement de notre grand parti, le POMP, y voit l'occasion de s'associer avec ce legs et s'engage, dès sa réélection, à faire de la construction de cette clinique sa première réalisation majeure. Il s'agira d'un centre de rééducation de classe mondiale pour les victimes de Boko Haram et d'un centre de diagnostic pour les autres victimes de traumatismes. À l'issue de ce discours, vous serez tous témoins de la signature officielle, par votre serviteur, du certificat d'occupation, qui sera remis à l'ami en question, le Dr Kighare Menka, en présence de la représentante de la famille.

Le géologue laissa échapper un sifflement sonore.

– Sir Goddie, vous l'avez effectivement échappé belle.

Sir Goddie hocha la tête.

– Comme notre bon prêcheur aime à le répéter, il s'agit bel et bien de la main de Dieu. Il n'y a rien d'inhabituel à voir un gouvernement faire machine arrière. Nous pourrions toujours trouver un terrain de substitution à proximité, voire ici même à Abuja, mais ça ne serait pas une partie de plaisir. Ces médias nauséabonds ne lâcheraient jamais l'affaire. Quant au bénéficiaire lui-même, le chirurgien – quel emmerdeur, lui aussi !

Mr Mukarjee frétilla de la tête, satisfait, puis se leva.

– Je sais que c'est une matinée chargée pour vous, Votre Excellence. Permettez-moi de prendre congé.

– Mais certainement, certainement, monsieur Mukarjee. Vous aurez bientôt de mes nouvelles. Vous faites partie intégrante de cette affaire – soyez-en assuré.

– Votre Excellence, je m'en remets totalement à vous.

– Vous avez donné un début prometteur au festival de cette année.

Le Premier ministre avait déjà appuyé sur sa clochette, et l'Équivalent apparut à point nommé pour raccompagner le visiteur. Sir Goddie se rassit sur son fauteuil, pensif, tendit instinctivement la main vers son bol de friandises, attrapa une noix de cola, en sépara les lobes et jeta un morceau d'un geste distrait dans sa bouche. Comme il se mettait à mâcher, son expression changea et tout son corps fut galvanisé. Rapidement, il tira à lui le bol de cristal d'une main, et ouvrit de l'autre le tiroir de son bureau. Il poussa de côté les caramels mous, les bonbons et autres cookies, ramassa une à une les noix de cola restantes et les posa avec délicatesse dans le tiroir. Il ferma celui-ci et enleva la clé, qu'il glissa dans la poche de poitrine de son *agbada*. Il reprit contenance et appuya sur un bouton. Peu après, le chef de cabinet se présenta.

– Apportez-moi ce certificat d'occupation. Donnez-moi dix minutes puis faites venir Teribogo depuis la salle du Conseil exécutif.

– Oui, Votre Intendance.

Comme la porte se refermait derrière son chef de cabinet, Sir Goddie mordit sauvagement dans la noix de cola toujours coincée entre ses dents.

– Ce foutu ingénieur ! Il continue de me fabriquer des problèmes depuis l'au-delà. Mais cette fois... Attendons de voir.

Père Davina fut introduit dans le bureau un peu plus tard, son moi habituellement si posé semblant quelque peu de guingois. À l'occasion de cette inauguration, il était costumé comme il seyait à un prêtre de Zoroastre, ayant calculé que l'anniversaire de son autorévélation à la face de l'humanité – baptisée jour de l'Illumination par Papa Davina – avait lieu cette semaine-là. Les célébrations avaient déjà commencé dans l'enceinte de son prophésite, présidées par ses aides-de-culte, tout là-bas à Lagos et non pas à la confluence de Lokoja, plus près d'Abuja. Il avait déjà organisé une petite cérémonie à – comme par hasard – Gumchi ! Tout était en place pour un divin rituel de la purification des âmes dans un Temple du Feu improvisé, qui serait enflammé à l'heure dite, en présence de rien moins que Chief Modu Oromotaya. Lequel avait été à la fois ravi et décontenancé par cette invitation, mais pas le moins du monde surpris. Il n'était pas très fan de Davina et de son ministère, le considérant comme un charlatan doublé d'un hypocrite. Néanmoins, le professionnalisme appelait le professionnalisme, et il ne pouvait nier son admiration secrète pour les nombreux dons de Davina et son talent pour mobiliser les foules. L'attribution d'un YoY était déjà dans les tuyaux, à l'initiative de notre ingénieux entrepreneur – *Formez des alliances avec vos concurrents si vous ne pouvez pas les battre.* L'Intendant du Peuple était pressenti comme invité d'honneur, mais n'avait pas encore formellement accepté. Sir Goddie était un homme pragmatique. Le nombre d'électeurs de Gumchi, au dernier décompte, ne dépassait pas trente-trois mille. Même dans la plus désespérée des situations, difficile de gonfler ce chiffre en le multipliant par plus de deux. Gumchi était non seulement faiblement peuplé, mais géographiquement limité. En grimpant sur l'un de ces rochers, n'importe qui aurait pu physiquement compter la population, s'il était assez patient pour y passer quelques heures à partir de l'aube. Tôt ou tard, tous les habitants se montreraient ; il ne resterait plus alors qu'à estimer le nombre de personnes alitées ou grabataires, et à faire le calcul.

Mais quand même, cette innovation du Festival du Feu ? Ce serait le prélude parfait à la Fiesta du Choix du Peuple. Pitan-Payne l'Ancien ne s'était pas beaucoup trompé dans sa description du village, mais il ignorait la présence d'une remarquable corniche au cœur des falaises, juste en dessous du bloc rocheux le plus élevé, comme si une roche avait changé d'avis au beau milieu de sa genèse et s'était aplatie au lieu de s'arrondir. Elle était surtout visible depuis le bas, car ce site était en permanence coiffé par les nuages. Comme il était situé sur le flanc est des collines, le soleil y déversait ses rayons dès son émergence. Gumchi regorgeait de légendes totalement disproportionnées par rapport à sa taille et sa population, toujours bien vivaces parmi les villageois, notamment depuis leur conversion en nombre au christianisme. On racontait ainsi que cette corniche avait jadis été un lieu de culte accueillant des sacrifices humains, les victimes étant attachées au centre de cette plateforme – par quels moyens, nul n'aurait su le dire, car la roche à cet endroit était uniformément lisse, sans trace du moindre trou où fixer un poteau, sans la moindre marque ni aucune inscription. Mais la corniche n'était pas tout à fait plane. Au milieu, mathématiquement centrée ou presque, se trouvait une large cuvette, une douzaine de mètres de diamètre, d'une soyeuse symétrie, telle une antenne parabolique incrustée dans la roche. Elle n'excédait pas, en son centre, un mètre vingt de profondeur.

D'après la légende, chaque victime était placée là au lever du jour et avait disparu au crépuscule, aspirée, sans doute, par quelque conduit invisible émanant du soleil. Ce sacrifice était une garantie de pluies. Pendant l'équivalent de l'été, plusieurs éléments attestaient qu'un feu était allumé dans cette cuvette visiblement taillée par la main de l'homme. À la fin de la saison sèche, celle-ci était rituellement lavée par les prêtres afin de la préparer en vue des pluies. Lesquelles, remplissant la cuvette, alimentaient les villageois en eau potable pendant toute une année. Ils montaient en pèlerinage jusqu'à ces hauteurs, chaque maisonnée puisant révérencieusement l'eau dont elle avait besoin pour boire – tout autre usage était strictement prohibé. Un cours d'eau au pied des falaises traversait la plantation de noix de cola, dont la valeur était sur le point de croître astronomiquement, mettant en danger le caractère même du village. Ce ruisseau avait d'autres fonctions : cuisine, lessive, toilette, ménage, etc. Mais l'eau de la corniche était réservée à la consommation humaine. Elle avait la réputation de prévenir ou de guérir toutes les maladies. C'était un sacrilège d'en utiliser ne serait-ce qu'une goutte pour autre chose.

Conversion au christianisme ou pas, la quasi-totalité des gens de Gumchi étaient convaincus que la plateforme servait de demeure aux divinités et de lieu de réunion pour les ancêtres. Ceux-ci descendaient chaque année des cieux pour observer les fortunes respectives de leurs descendants, intervenir aussi dans leurs activités et leur bien-être. C'était un lieu sacré où aucun étranger n'était jamais admis – du moins, jusqu'à l'arrivée des missionnaires chrétiens. Les gens de Gumchi ne pouvaient venir puiser l'eau que certains jours de l'année, où les divinités étaient censées être présentes. Elles bivouaquaient sur la corniche au milieu de leur descente vers l'humanité, puis repartaient. C'étaient elles, apparemment, qui allumaient le feu dans la cuvette, chaque année, festoyaient, descendaient dans le reste du monde, faisaient leur inspection, revenaient, escaladaient la montagne, profitaient d'un dernier banquet, puis se faisaient aspirer dans le ciel par les premiers téléporteurs, bien avant *Star Trek*.

Cette légende se prêtait à merveille à une conversion biblique, faisant d'elle l'échelle de Jacob originelle ; c'est ainsi que les missionnaires, à leur grand regret ultérieur, avaient encore renforcé l'emprise mystique qu'elle exerçait sur les villageois. Avant même ses nombreux repérages en quête d'un lieu susceptible d'accueillir de manière permanente le premier prophésitc au monde, Papa Davina avait eu vent de la légende. Il avait conquis les vallées, les rivières et leurs confluences, les ghettos et autres habitats marginaux de l'humanité. Déjà à l'époque où il était enchâssé dans la confluence des fleuves à Lokoja, Papa Divina avait jeté son dévolu sur les promontoires de Gumchi, étreints par les nuages, comme réserve spirituelle, élévation physique de la longue marche de colonisation divine d'Eukuménika. Maintenant, à l'approche du festival, le business reprenait ses droits. Les collines de Gumchi avaient acquis un potentiel multifonctionnel.

Teribogo se retrouva en présence de Sir Goddie, et s'assit. Il fut décontenancé de trouver un Intendant du Peuple au visage grave et impassible, spectaculaire transformation de l'être débonnaire qui s'était adressé aux nouveaux membres du conseil dans la salle du Conseil exécutif à peine une demi-heure plus tôt. Sans un mot, Sir Goddie poussa les formulaires vers lui. Sur la première page du certificat d'occupation, deux épaisses lignes rouges tracées en diagonale encadraient le mot *ANNULÉ*.

Davina leva les yeux sur l'Intendant et demanda :

– Qu'est-ce que c'est que ça ?

– J'ai décidé que nous devions respecter les termes du testament, annonça Sir Goddie. C'est mieux ainsi. Plus habile, et plus sûr. Certaines complications sont apparues, et ce n'est pas le moment de créer des controverses. Ce projet n'est pas sûr.

Teribogo secoua son crâne zoroastrien, incrédule.

– Vous vous inquiétez de la sécurité ? L'entreprise Julius Berger a conçu un système de classe mondiale pour l'ascension jusqu'à la plateforme, avec des stations intermédiaires pour se reposer. Tout a été testé.

– Je ne parle pas de sécurité physique. Et puis, de toute manière, rien n'empêche votre procession et votre… messe de purification – je ne sais plus comment vous l'appelez. Mais à compter de maintenant tout cela se limitera à votre Temple du Feu. Le festival s'ouvrira sur cet événement – rien n'a changé. Ce sera comme la flamme olympique – pour lancer officiellement cette semaine de festivités. Une première. Vous avez tous de quoi être fiers. Je pense, même si je ne suis pas le mieux placé pour le dire, que c'est un formidable ajustement.

Teribogo, à son tour, était en train de subir une transformation. Sa voix se fit plus dure.

– Et que devient le siège mondial de l'Eukuménika de Dieu ?

– J'ai commencé à y réfléchir. Nous vous trouverons un nouvel endroit où bâtir votre siège.

– À la même altitude ? Avec les nuages mêmes des cieux qui viennent se blottir contre ces rochers arrondis ? Vous êtes en mesure de proposer un équivalent viable aux gratte-ciel – littéralement – de Gumchi, que Dieu a taillés dans la roche ? Sir Goddie, ce projet avait été signé et scellé à Lokoja. Ce sera Gumchi ou rien. La vue constitue à elle seule les neuf dixièmes du capital spirituel !

– Je vois que vous êtes choqué. Les aléas de la politique ont le chic pour interférer avec les plans les mieux conçus. C'est la vie, que voulez-vous… Mon boulot, c'est d'anticiper et de gérer l'inattendu. C'est justement l'une de ces situations.

– Nous avons fait imprimer des milliers de brochures, investi dans des points de vente annexes. Sir Goddie, vous et moi avons épluché ensemble les études de faisabilité – c'est une véritable poule aux œufs d'or, le summum du tourisme spirituel. Il y a les produits dérivés, des perspectives infinies. Vous ne pouvez pas laisser passer une opportunité pareille.

L'Intendant du Peuple haussa les épaules.

– Ce n'est pas à moi qu'il faut vous en prendre. Vous avez tué un innocent. Il a laissé un testament. Je vous l'ai dit et répété : vos méthodes ne me plaisent pas. Je les trouve répugnantes. Abjectes. Et dangereuses. Pour moi. Elles menacent de saper tout ce que j'ai si méticuleusement bâti. Là, c'est autre chose que ce voyou d'Ikorodu. Celui-là aurait dû terminer au bout d'une corde, de toute manière. Plus d'une fois. Je reconnais que vous avez épargné une sacrée migraine à la nation. Mais ça !

– Personne n'avait l'intention de le tuer, protesta calmement Teribogo. C'était un accident. L'opération visait juste à détruire des éléments dangereux dans son atelier.

– Au nom de quoi, Teribogo ? C'est peut-être le moment de cracher le morceau. Vous n'arrêtez pas de me cacher des choses – je n'aime pas les surprises. À partir de maintenant, plus d'agenda caché !

Teribogo respira profondément, puis jeta un regard nerveux autour de lui. Sir Goddie le rassura.

– Ce bureau est sûr. Je le fais constamment passer au peigne fin, tous les matins. L'ironie vous semblera dure à croire, mais l'homme qui est au cœur de tout ce problème… c'est son entreprise qui a installé le système.

– La Marque Pays ?

Le sourire de Sir Goddie était torve.

– Elle-même. Son entreprise a fait du consulting pour nous, vous vous rappelez ? Au sujet de la crise énergétique. Eh bien, pendant qu'il était ici, je lui ai demandé de nous équiper, avec ses partenaires autrichiens. Je n'ai pas fait appel à leurs spécialistes locaux – ça, pas question ! Mais il a facilité le processus. Les experts autrichiens sont venus et ont mis en place ce système de blocage. Au moindre dispositif d'écoute, il se met à beugler.

Il pressa le bouton de l'interphone, sur son bureau. Un voyant rouge s'alluma, et une voix éraillée répondit.

– Oui, Intendant du Peuple ?

– Dites à Merutali qu'ils peuvent faire une pause-déjeuner dès qu'ils le souhaiteront. Que Shekere s'en occupe, et s'assure qu'ils sont à leur aise.

– Oui, IP.

– Et je ne veux pas être dérangé jusqu'à ce que je vous fasse signe.

– Très bien, sir.

Sir Goddie se leva, se défit de sa volumineuse *agbada*, ne gardant que sa tunique à longues manches, moins encombrante. Il roula des épaules et du cou tel un gladiateur au moment d'entrer dans le ring, rejoignit son fauteuil et s'assit, fixant Teribogo droit dans les yeux.

– Bon. Je vous écoute.

Teribogo se leva, entreprit de soulever son turban, de défaire le châle lâche enroulé autour de sa mâchoire, et posa le tout avec précaution au coin du bureau. Son expression se détendit.

– Très bien, Sir Goddie. Allons-y.

– Laissez tomber le *Sir*. Nous sommes seuls. Faites comme si nous étions à la loge.

Teribogo haussa les épaules.

– Je vais vous mettre au parfum de toute l'opération. Mais n'oubliez pas ceci : nous sommes dans le même bateau.

– Mais pas tous ensemble. Gardez bien cela à l'esprit.

– Ça, ce sont des subtilités. Soit nous nageons ensemble, soit nous coulons ensemble.

– À ce stade, je n'ai plus besoin qu'on me le rappelle, répliqua l'Intendant du Peuple. Ce sont les deux faces d'une même pièce. Vous, c'est la face spirituelle ; moi, la politique. Le point de rencontre, c'est le business. Mais vous avez un avantage sur moi : ma face est limitée dans le temps. Plus que quatre ans – en partant du principe que nous allons gagner, ce qui n'est pas une hypothèse ou alors, je ne m'appelle pas Godfrey Danfere. Alors que la vôtre est assurée de durer encore et encore et encore. Nous, on nous mettra au rancart, pendant que vous peaufinerez votre alliance avec le nouveau venu. Ne l'oubliez pas, Teribogo. Ça veut dire que je serai sans doute de plus en plus prêt à tout. Et jusqu'à nouvel ordre, c'est moi qui détiens le pouvoir. Compris ?

Teribogo fit oui de la tête.

– Il est temps de jouer cartes sur table. Nous ne devrions pas travailler chacun dans notre coin, sans cohérence – les enjeux sont bien trop élevés. Ce n'est pas bon pour les affaires.

– C'est exactement le genre de son que j'aime entendre.

– Très bien, je vais tout vous expliquer, en commençant par la nuit qui a précédé l'explosion. J'ai reçu un appel, à Eukuménika. Il m'est parvenu via un numéro spécial, qui n'est connu que d'une douzaine d'adhérents.

Il n'est utilisé qu'en cas de force majeure – notre règle cardinale, comme je n'arrête pas de vous le répéter, c'est de toujours tenir la chair éloignée du royaume de l'esprit. Ainsi, chacun est protégé contre d'éventuelles faiblesses des autres. Si bien qu'en recevant un appel à ce numéro, j'ai su que cela ne pouvait présager qu'une catastrophe, ou peu s'en faut.

« La voix était celle d'un jeune homme affolé, que j'avais personnellement recruté et formé pour ce travail. Tout ce qu'il a dit, c'est : "La médina est tombée."

23

Le choc des Titans

Passé le temps des études, suivi de l'inévitable dispersion, les membres de l'ancien Gong des Quatre gardèrent un contact lâche les uns avec les autres – du moins, au début. Farodion fut le premier à disparaître. Il avait toujours été l'outsider le plus visible – badge qu'il arborait avec fierté, fanfaronnant souvent qu'il aurait été un outsider même dans un groupe de deux. Sauf avec la gent féminine, domaine dans lequel il ne manquait jamais de compagnie ; pourtant, même dans ces relations-là, il demeurait l'outsider, de sorte que l'attachement ne prenait jamais racine, ni ne durait. Le plus proche de lui, côté tempérament, était Badetona, mais son détachement était d'une autre nature – simplement, ses seuls vrais amis et amants étaient les chiffres. Il n'avait pas le temps pour grand-chose d'autre. Duyole, de l'avis général, était le pôle sociable de la bande, la mine d'idées à partager, pas à thésauriser. Pas étonnant qu'ils aient tous gravité autour de ce noyau, même si, bien sûr, le lien qui l'unissait à Kighare était spécial. Quand celui qui était alors étudiant en ingénierie s'était retrouvé père désigné, le gang s'était mobilisé – *Quatre pour un, un pour quatre, gong-ho !* Ils se partageaient les tâches et les retombées, des plus triviales aux plus sensibles, comme lorsqu'il avait fallu annoncer à Pop Éternel qu'il était de nouveau Grand-Pop Éternel, bon gré mal gré. Il prit la chose de très bon gré – une Autrichienne ? Une pure Autrichienne, bien vivante et reproductrice, dans la famille ? Il avait toujours su que la classe appelait la classe, que le pedigree appelait le pedigree. Il avait hâte de venir rencontrer sa belle-famille nouvellement acquise et n'avait jamais compris pourquoi aucune invitation ne lui était parvenue par la poste, ni n'avait été transmise par son fils. Il envoya des chocolats ; ils lui envoyèrent en retour cette eau-de-vie locale appelée Korn. Mais cela s'arrêta là.

Il y avait des tâches moins pesantes, comme la quête d'un immigré versé dans la tradition yoruba. Duyole en avait désespérément besoin pour la cérémonie du nom ; dans l'idéal, un qui saurait où trouver les articles sacrés – huile de palme, noix de cola, *orogbo*, Baphia nitida, etc. – nécessaires à l'admission du nouveau venu. En fin de compte, ils avaient improvisé. Un étudiant avait récité une liturgie citée dans une thèse de doctorat en anthropologie qui contenait l'*odu* de la divination Ifá. Et ils avaient déniché une employée de bonne volonté de l'ambassade, à Vienne, qui savait cuisiner les plats du pays, si bien qu'un authentique festin nigérian avait accompagné la venue au monde du nouveau-né. Chacun à sa manière avait fait en sorte que la mère sente qu'elle faisait partie de cette famille de quatre, unie. Ils accompagnaient Duyole quand celui-ci promenait l'enfant dans les parcs, montaient sur les ânes avec lui, venaient le chercher chez lui pour l'emmener voir un cirque de passage ou lui faisaient simplement don d'après-midi entiers hors de la ville. Le divorce avait suivi peu après. La mère de l'enfant s'était vite remariée. Pour eux, cela n'avait fait qu'ajouter une tâche supplémentaire – faire en sorte que l'enfant ne se sente pas isolé ni indésiré dans sa nouvelle maison. Ils le regardèrent grandir, scrutant les premiers signes d'un caractère en formation, notamment le regard qu'il portait sur sa situation personnelle.

Il fallait peut-être s'y attendre : le jeune Damien ne tarda guère à accuser son père de l'avoir abandonné, à cause de l'indifférence de celui-ci à sa modeste réussite dans ses études. Cela les alarma. Duyole restait en contact avec son ex-épouse, autant que la nouvelle relation de celle-ci le permettait. L'éducation était primordiale pour lui ; il assura le confort financier du jeune homme, à tel point qu'on pouvait y voir une gâterie compensatrice, pendant toutes les années d'école et d'université, jusqu'à ce que Damien décide de passer le diplôme de décrocheur avéré. En grandissant, le jeune héritier laissa deviner qu'il s'attendait à ce qu'on lui assure le niveau de vie auquel, pensait-il, son père était habitué.

Le père en question déchanta. Il avait donc affaire à un adulte parasite qui, bien qu'étant désormais marié et lui-même père de deux enfants en très peu de temps, comptait être entretenu à vie. L'ingénieur coupa les ponts. Le collectif paternel autoproclamé se retira progressivement, mais pas totalement. L'un d'eux continua d'étudier le jeune homme, de prendre de ses nouvelles jusqu'à ce que lui-même disparaisse pour de bon. C'était Farodion. Il étudiait tout le monde, y compris lui-même – mais sans beaucoup de précision. Comme les autres, il avait identifié un caractère faible, aisément manipulable. Il garda le contact avec Damien, lui sauva même la mise une ou deux fois après avoir reçu un mot expliquant qu'il se trouvait dans une situation délicate – cette zone mouvante qui était également la seconde patrie du gourou du marketing en herbe, et homme aux multiples talents. C'est l'oncle Farodion qui avait tâté le terrain avant la délicate intervention de Menka, celle qui avait finalement mené à la réconciliation avec le père. Damien avait reçu une invitation permanente à essayer la maison paternelle comme une résidence alternative, la chance d'avoir une carrière stable. Alors, le fils prodigue était rentré au bercail avec femme et enfants. Outre ce nuage d'hostilité implacable et à peine déguisée qu'était sa belle-tante Selina, et sa maîtrise approximative de l'anglais, ce fut pour l'épouse un choc culturel dans tous les domaines. Elle ne tarda pas à abandonner cet environnement inclément pour aller retrouver sa carrière prospère à Graz, dans une région italophone d'Autriche. Damien resta au Nigéria, lui rendant visite de temps en temps et faisant venir sa famille pour Noël et le jour de l'An.

Mais l'environnement convivial de l'entreprise de son père n'était pas sans nourrir une forte dose de ressentiment. Le jeune héritier pensait qu'on l'avait fait revenir pour être le successeur présumé, en qualité de fils aîné et, de fait, unique. Il avait eu de la peine à s'adapter à l'éthique de carrière professée par Duyole. L'ingénieur l'avait fait débuter tout en bas, comme n'importe quel nouvel employé. Damien bouillonnait chaque fois qu'on lui donnait des ordres et que ses supérieurs lui adressaient des requêtes formelles. Alors il avait observé les alentours, déterminé à voler de ses propres ailes. Il fraya avec la communauté des expatriés et se sentit bientôt tout à fait chez lui dans la vie locale. Son recrutement par les chasseurs de talents de telle ou telle entreprise d'élite n'était limité que par son propre choix – le jeune Damien Pitan-Payne était très demandé.

L'ingénieur Duyole avait un caractère tenace. Il continuait de s'inquiéter du code, malgré sa concession du fait que celui-ci outrepassait ses compétences – rien n'était plus éloigné de la vérité. Ce code tourmentait son esprit, et devint un défi. Être un acharné de l'électronique et de la micro-ingénierie ne lui suffisait pas.

L'un de ses hobbys était les mots croisés. Étudiant, Duyole avait également été champion de Scrabble dans les deux langues qu'il pratiquait, l'allemand et l'anglais. Même quand ses doigts étaient en train de faire joujou avec les câbles ultrasensibles d'une carte modulaire, son esprit était toujours en train d'imaginer des acronymes et des jeux de mots. *Marque Pays* était sa trouvaille ; de même que *Gong des Quatre*, sans oublier des inventions aussi mineures que les chansonnettes dont il ponctuait déjeuners et dîners – *Gang et gosier, langue et gosier, laissez parler langue et gosier* – entre autres fulgurances poétiques à la Mohamed Ali. De sorte que durant les deux ou trois nuits qui avaient suivi la visite de Baba Baftau et Costello, les petites grappes de lettres qu'il était parvenu à déchiffrer sur les pages calcinées du carnet continuèrent de se défaire et de se reformer dans sa tête, fusionnant les unes avec les autres. Finalement, un bloc cohérent se dégagea. Comme à son habitude, il fit part de cette coïncidence à son épouse Bisoye – c'était une chose qu'il faisait souvent, testant sur elle ses idées, ses projets en gestation. Il n'arrêtait pas de faire tourner le mot en question sous son crâne : *médian*. Laisse reposer un peu, lui conseilla Bisoye. Tu sais bien que tout se mettra en place naturellement.

À une heure inhabituellement matinale, le lendemain, Duyole se redressa brusquement sur son lit, les yeux exorbités. Il se glissa hors des draps, se précipita vers son atelier en sous-sol et fila droit vers les étagères où étaient posés les lourds volumes de ses bibles d'ingénierie. Il en empoigna un et se rua sur son bureau. Duyole était comme possédé. Il rassembla les bouts de papier sur lesquels il avait griffonné des combinaisons de mots et gribouillé les images associées. Il reprit – ses doigts s'agitant cette fois frénétiquement – ses arrangements de bribes de mots sur des grilles croisées verticales, horizontales, thématiques, aléatoires. Il ouvrit le gros volume d'un livre de cuisine technique allemand, depuis longtemps oublié, intitulé *Medina* et entreprit de réorganiser les lettres de manière plus méthodique sur le tableau magnétique récupéré dans le fouillis de ses placards depuis qu'il avait pris possession du carnet calciné.

Médian, médiane : frontière – séparation et connexion. Le Medina était une invention allemande. Duyole tourna les lourdes pages. La description correspondait à son souvenir : « pré- et post-processeur… analyse des éléments… » Les indices lui sautèrent soudain aux yeux ! Et l'effrayèrent. L'ingénieur calcula les probabilités qu'un industriel local soit en possession d'un ouvrage que lui-même s'était procuré pendant ses études, plus de trente ans auparavant, un exemplaire de la première édition – indisponible dans le commerce –, datant de l'époque où Daimler-Benz avait fait breveter ce système. De nouveau, son cerveau tenta d'évaluer les probabilités qu'une autre entreprise possède dans sa bibliothèque une telle rareté. En tournant les pages lourdement plastifiées aux intitulés multicolores, il découvrit des passages soulignés, des annotations, des cercles tracés autour de certains diagrammes et autres photographies de pièces détachées automobiles et aéronautiques. Une note dans la marge l'arrêta – *CS*, suivi d'un chiffre ; la référence d'une page, à n'en pas douter. « Si CS ne correspond pas à Codex Seraphinianus, marmonna-t-il, alors mon nom n'est pas Aduyole Pitan-Payne ! » *Medina* et *Médian* étaient tous deux – l'évidence s'imposa d'elle-même – des acronymes du même prénom : Damien ! Les deux volumes, pris ensemble, contenaient le secret du code, aisément accessible en croisant ces deux sources : il suffisait de mettre en correspondance les images du Codex avec les pièces détachées mécaniques. C'était ingénieux, sophistiqué – mais aussi, présomptueux.

À présent bien plus calme, en pleine possession de ses facultés, Duyole se rassit au fond de son fauteuil et fit un effort de mémoire. Il commença par ces absences répétées, inhabituelles, ces étranges appels reçus par Damien, ces colis apportés et emportés par des services de livraison express. Le jeune homme avait un jour demandé un autre bureau que celui qu'on lui avait d'abord alloué – très peu de temps après avoir rejoint la Marque Pays. En tant que fils de la maison, sa requête avait été discrètement exaucée – en tout état de cause, il n'y avait rien de surprenant à ce qu'un jeune expatrié ait besoin d'un endroit à lui, isolé des autres. Il avait opté pour un espace de stockage inutilisé, avec d'épais barreaux aux fenêtres, censément adaptés aux exigences de la mission spéciale qu'on lui avait confiée. Après tout, on l'avait fait revenir à Badagry dans le cadre d'un projet ultraconfidentiel développé en association avec des partenaires étrangers, une invention qui était déjà la cible d'un intense espionnage industriel de la part d'entreprises concurrentes, des grandes puissances occidentales à la Corée du Nord – comment ses collègues auraient-ils pu s'en offusquer ?

Les activités de Damien s'étaient notablement intensifiées pendant le séjour prolongé de son père à Abuja, durant lequel le PDG de la Marque Pays s'était pleinement consacré à la mission confiée par le gouvernement. Damien avait créé autour de lui une aura d'opération top-secrète ne tolérant aucun intrus. Cet espace, d'abord interdit à tous, s'ouvrit peu à peu pour accueillir de rares élus, qui prirent à leur tour les airs d'une cabale d'élite, privilégiée. Le patron, lui, demeurait totalement absorbé par les défis de la production d'électricité. Son unique ordre avait déjà été donné : il fallait traiter la nouvelle recrue comme un jeune cadre lambda. Les rares congés que l'ingénieur s'octroyait pour reprendre possession de Badagry, il les passait dans son bureau avec terrasse du dernier étage, à prendre des décisions cruciales pour la Marque Pays. L'augmentation spectaculaire de la circulation des colis – reçus et expédiés – échappa à sa vigilance. Il ne manqua pas de remarquer, en revanche, la multiplication des signes extérieurs de richesse – un SUV Mazda flambant neuf, assurément au-dessus des moyens et des revenus de Damien. Celui-ci expliqua que c'était un cadeau de son épouse de Graz, pour ses trente-cinq ans. Le père choisit de ne pas intervenir. Il y avait des soirées en ville, la compagnie d'enfants de milliardaires, des croisières et des week-ends de fête sur des yachts privés ; seuls les sommets sociaux les plus exclusifs semblaient acceptables aux yeux du jeune cadre méticuleux. Mais surtout, il y avait l'aise et la rapidité avec lesquelles le nouvel arrivant s'était fait sa place dans la crème de la société. On aurait dit qu'il avait débarqué avec un passe-partout ouvrant toutes les portes, ou un chaperon mondain qui s'en était chargé pour lui, bien au-delà de ce que même la famille Pitan-Payne avait jamais connu… Ce livre sous les yeux de Duyole était un impitoyable réquisitoire – les Millennium Towers comme épicentre des transactions du Codex ! Un vulgaire magasin de viande destiné à une clientèle en constante expansion.

Plus que cinq jours avant son départ, et l'ingénieur passait de plus en plus de temps dans son atelier, à transcrire fébrilement. Ce qu'il découvrit n'était rien moins qu'une liste de noms, et de sociétaires du sanctuaire d'Okija, dans l'État d'Anambra, à l'est du Nigéria, tristement célèbre pour ses pratiques nécrophiles dont la saga avait captivé la nation dix ou vingt ans plus tôt. L'aspect le plus frappant de la secte d'Okija était que ses membres étaient obligés, en vertu d'effrayants serments, de faire don de leur dépouille au sanctuaire après leur mort. Un engagement apparemment indéfectible, aussi irrévocable que ceux imposés à certaines prostituées au moment de leur recrutement, de manière particulièrement notable dans l'État d'Edo voisin. Ces recrues, jeunes et vulnérables pour la plupart, juraient de satisfaire aux besoins d'exotisme de l'Europe et d'autres destinations. Serment si contraignant que ces jeunes filles, une fois prises au piège de la traite, craignaient non seulement pour leur vie et leur santé mentale, mais pour celles de leurs proches si l'idée leur venait de violer les termes de leur contrat. Il avait fallu la tout aussi vénérable autorité de l'Oba du Bénin, chef traditionnel de la culture Edo, pour remettre en cause cet état de servitude. L'Oba avait présidé un rituel d'exorcisme public de masse où il avait tenté de libérer les filles de leur serment, avant de gratifier leurs « managers » et leurs mères maquerelles d'une malédiction offerte par la maison.

Trait distinctif le plus macabre du sanctuaire d'Okija : les cadavres n'étaient jamais enterrés mais condamnés à rester exposés à l'air libre, certains dans un cercueil – les classes supérieures, peut-être ? – mais toujours exposés jusqu'à ce qu'ils se décomposent, se dessèchent et alors – quoi ? En retour, les adhérents pouvaient demander tout ce que leur dictaient leurs désirs les plus intimes – richesse, enfants, gloire, pouvoir, postes, gros lot de la loterie américaine, femmes, ou quoi que ce soit d'autre. À en croire certaines sources, cette liste de noms incluait un ou deux anciens chefs d'État. Il ne s'agissait pas d'une de ces sectes avec baragouin à la mumbo-jumbo, plumes de cacatoès, lanières de cuir séché, cauries et écailles de tortue, non – c'était une entreprise sophistiquée et bureaucratisée, tout aussi méthodique que le réseau de vente des chocolats Lindtz mis en place par l'Otunba. Elle tenait des registres, où paiements et sommes dues pour les cotisations étaient soigneusement consignés, avec noms, adresses, signatures – et empreintes digitales. Mais sa carapace de secret s'était fissurée quand le gouvernorat de l'État d'Anambra avait fait l'objet d'une dispute – non pas avant ni pendant les élections mais après, avec un vainqueur déjà déclaré. Le candidat victorieux avait été kidnappé puis enfermé dans des toilettes jusqu'à ce qu'il accepte les conditions imposées par le sanctuaire d'Okija pour qu'il puisse prendre les rênes du gouvernement.

Cet infortuné technocrate avait été sauvé par la compassion d'un sergent de police transformé en geôlier, dont le serment professionnel s'était retrouvé bombardé par les intolérables cris de sa conscience. Il avait aidé le gouverneur à s'évader. Dans l'intérêt de sa propre sécurité, le fonctionnaire en péril laissa échapper un braillement qui fut entendu jusque dans l'Oural, et courut se réfugier sous la protection d'une contre-force du royaume spirituel – son église –, cracha le morceau et fut soumis à des rites de purification. Le chef de la police, estimant apparemment que cela relevait juste de son devoir – il y avait eu, à l'évidence, une rupture dans la chaîne de communication –, prit d'assaut le domaine et en éparpilla le contenu sacré plus loin que le roi Penthée les plumes de corbeau et autres accessoires divins du sanctuaire de Tirésias dans les *Bacchantes*.

À son grand chagrin, monsieur le chef de la police avait été rappelé à l'ordre par des autorités dépassant son entendement. Trop tard, l'innocent en maraude ayant déjà révélé publiquement qu'il avait pris possession du registre des membres de la secte d'Okija, et que la nation serait ébranlée par les noms de ses adhérents. À la suite de quoi, un cocon de silence s'était abattu sur ladite nation. Le chef de la police, qui n'avait lui-même rien d'un enragé de l'innocence, s'était à son tour retrouvé suspendu à la corde de l'inculpation – des milliards avaient été versés sur ses comptes personnels, fort nombreux. Ces comptes, auxquels il n'avait lui-même jamais touché, étaient administrés par des signataires fantomatiques, et servaient à alimenter d'autres mystérieux comptes, qui se démultipliaient et s'épuisaient peu à peu comme des ruisselets aux confins d'insatiables champs d'irrigation. Il fut mis en examen, reconnu coupable et condamné à une peine d'emprisonnement dérisoire. Pour faire bonne mesure, une amende lui fut également infligée, dont le montant aurait à peine suffi à couvrir le coût d'une calebasse de vin de palme éventé.

Cette histoire, depuis longtemps oubliée, accéléra l'entreprise de décryptage de Duyole. Au fur et à mesure qu'il déchiffrait des noms, des lieux, des sommes, des types d'articles, tout devint clair ; le manifeste pionnier des Ressources humaines venait à peine d'entrer dans l'ère des feuilles de calcul ultramodernes. Il aurait pu lire le reste les yeux fermés, et en dormant.

Dans la demeure des Pitan-Payne, où Damien s'était mué en gardien guettant d'éventuelles actions ennemies venues de toutes les directions, il ne fut pas difficile de déterminer l'heure où l'ingénieur parvint à déchiffrer le code, presque à la minute près. À peine douze heures plus tard, alors qu'il était courbé au-dessus des transcriptions éparpillées, fruit de son labeur victorieux, le plafond parut se soulever puis redescendre, dans un enchaînement quasi simultané. Le bruit lui broya les tympans et souffla sa conscience. Tout le monde fut réveillé par ce vacarme, sauf Damien. Ce dernier n'avait pas fermé les yeux depuis qu'il avait téléphoné à l'apôtre d'Eukuménika, Teribogo.

– Il m'a appelé tard le soir, la veille de l'explosion, reconnut Teribogo. « La médina est tombée », c'est tout ce qu'il a dit.

– Mais pourquoi vous ?

– Qui d'autre, Goddie ? J'étais son référent. Il était placé sous mon autorité immédiate. Et c'était dans cette planque on ne peut plus sûre et respectable qu'il était le plus efficace. On aurait dit qu'il avait trouvé sa véritable vocation. Le jeune Damien s'épanouissait vraiment dans cette activité. Nul n'aurait jamais pu soupçonner les prestigieuses Millennium Towers d'être au centre des… Ressources humaines.

– J'en conclus donc que Damien connaissait le code…

– Le connaissait ? Il l'a créé pour notre entreprise ! C'était sa première mission. Oui, mais la vanité. Vanité des vanités, tout est vanité… L'éternelle chute de l'homme depuis la création. Ce trait de caractère-là, il ne l'a clairement pas hérité de son père. Cet imbécile a utilisé son propre prénom comme point de départ de ce système de cryptage – un système à trois couches. Une fois que vous avez percé la première… Je dois reconnaître cela à son père : il n'aurait jamais fait une chose pareille. Il aurait forcément cherché à s'éloigner de sa propre personne. Mais alors, qu'étais-je censé faire ? Toute l'opération était compromise. Il fallait s'occuper de cet atelier, ne serait-ce que pour gagner du temps.

– Comme avec la Hilltop Mansion ?

Teribogo se laissa aller à un sourire pudique.

– Nous n'avons jamais prétendu être originaux, Sir Goddie. Combien d'édifices gouvernementaux ont-ils été dévorés par les flammes au beau milieu d'un audit ? Nous n'avons fait que suivre la tradition.

– N'essayez pas de distraire mon attention du présent, Votre Éminence.

– Ce n'est pas mon but. Pas le moins du monde. Il me semble juste charitable de rendre à César ce qui lui appartient.

Il se leva, regarda autour de lui.

– Puisqu'il semble que je sois condamné à rater le déjeuner, au moins…

Goddie désigna d'un geste, par-dessus son épaule, un endroit derrière lui.

– Je vous en prie, servez-vous.

– Merci.

Le bar, un meuble d'importation ciselé et chatoyant, était recouvert d'un fin voilage. Teribogo le poussa de côté, appuya sur un bouton et ses portes pivotèrent sans à-coups, le chœur d'enfants emprisonné à l'intérieur entonnant alors une version de « Jingle Bells ». Teribogo empoigna une lourde carafe et un verre, se versa une sérieuse dose, en vida la moitié d'un trait puis revint sur ses pas.

– Oui, tout à fait. Comme avec la Hilltop Mansion. Avec une évacuation aussi sensible à mener, il nous fallait absolument faire diversion. Vous croyez que nous allions prendre le risque d'un autre Okija ? Kighare Menka était une erreur. Pourquoi un chirurgien devrait-il se soucier de parties du corps, du moment qu'elles n'ont pas été créées délibérément ? En plus, il y avait son propre parcours – cette amputation réalisée sur le vendeur de *kilishi*. On aurait pu s'attendre à ce qu'une chose pareille anéantisse tous les scrupules, une bonne fois pour toutes. Mais regardez la manière dont il a réagi ! Il aurait pu se contenter d'un simple non. Oh, ce n'était pas le genre de notre croisé des montagnes… Il s'est lancé sur le sentier de la guerre à notre encontre. Je regrette de devoir dire ça, mais parfois, on ne peut même pas faire confiance aux humains les plus accomplis pour se comporter de manière rationnelle !

Sir Goddie bascula sa tête en arrière et s'autorisa un long rugissement.

– Ça me plaît, ça, Teri. En fait, vous devenez presque humain quand vous dites ce genre de choses. Il y a tant d'honnêteté dans votre déception – je trouve cela rafraîchissant. Ça me donne presque l'impression d'être moi-même un hypocrite.

– Vous pouvez rire tant que vous voulez, Goddie, il s'agissait bel et bien d'une opération très complexe. Évacuer et tout installer ailleurs en une nuit…

– Incendier un monument historique, aussi.

– Un monument anachronique. Un détritus bon à jeter. À qui manque-t-il, hormis quelques *touranchi* noirs ? Et c'était commode : tout le monde a mis ça sur le dos d'infiltrés de Boko Haram.

S'ensuivit un long silence. Les deux hommes semblaient perdus dans leurs pensées. Lesquelles consistaient essentiellement à se jauger l'un l'autre, mais sans réelle confrontation, rien qu'en contemplant le vide, des visions de pouvoir, de récompenses, de domination et d'intrigues. Ce fut finalement Teribogo qui brisa le silence.

– Nous devons nous retirer des Millennium Towers.

– Sommes-nous vraiment obligés ? interrogea Goddie. L'endroit est encore plutôt sûr. Votre Médian est toujours là-bas – très efficace. Il occupe un poste influent. Pourquoi évacuer encore ? Ne changez rien.

Revenu de son côté, Teribogo posa ses lunettes sur le bureau et, calant ses mains à plat sur la surface, se pencha au-dessus de l'Intendant du Peuple.

– Goddie, mon cher ami, avez-vous fréquenté la famille ? Le frère ? Vous avez maintenant rencontré la sœur, mais la connaissez-vous vraiment ? Et même notre compagnon de loge, l'Otunba ? Il dort avec une copie du testament. Il est capable d'en réciter les clauses de mémoire !

– Les testaments, c'est toujours compliqué. Avez-vous envisagé de tout transférer dans votre paroisse – Oke Konran ? La religion est le camouflage parfait, pour tout.

Teribogo leva la main devant lui.

– Je vous en prie, Goddie, nous en avons déjà parlé. Rendre à César…

– N'est-il pas un peu tard pour les cas de conscience ?

– Qui parle de conscience ? C'est de sécurité qu'il est question. On ne peut pas marchander la chair et s'occuper de l'âme – pas dans un même espace. Les deux ne se mélangent pas. Traitez-moi de superstitieux si ça vous chante, mais regardez Zamfara. L'or et le fanatisme religieux – c'est un mélange toxique. Ce Dieu jaloux ne le tolèrera jamais. Demandez à nos partenaires, au sein des Yantulah. Ils sont les premiers à encaisser leurs dividendes mais, non – ils refusent de nous allouer des espaces de stockage dans leurs minarets.

– Et cette histoire de Zoroastre ?

– La couverture idéale. Qui a jamais entendu parler du Voyant ? Il est censé servir de thème au festival, puis restera pour servir de couverture. Combien de convertis pensez-vous qu'il ratissera ? Ils se compteront sur les doigts d'une main. Mais ce temple – quel outil !

– Je suppose que Lokoja…

– Pas pratique. Ni sûr. Comme Oke Konran, l'endroit est trop ouvert. Là-haut sur la colline, c'est impossible. Monter et descendre à travers ce dépotoir – utiliserons-nous des ânes ? En revanche, Gumchi est parfait. Tout aussi protégé que les Millennium Towers et, là aussi, au-dessus de tout soupçon. Un endroit bien circonscrit, presque une enclave indépendante. Un petit détachement des forces spéciales suffirait pour y assurer l'ordre. Écoutez, Goddie, Gumchi est dans mon collimateur depuis des années, et pas forcément pour le ministère. Oui, figurez-vous que j'y avais pensé pour servir de lieu de tournage – les méchants qui tombent du haut des falaises, dégringolant vers l'enfer en hurlant. Vous devriez visiter cet endroit. J'ai beaucoup aimé ce que j'ai vu. Une seule visite et j'y ai posé mon sac pour de bon – mentalement.

Goddie ne souriait pas.

– Alors vous auriez mieux fait de le reprendre aussitôt. Le testament de l'homme assassiné l'a écarté d'un coup de pied, grâce à personne d'autre que vous-même, Votre Zoroastrienne Éminence. Et notre chirurgien tenace ne me semble pas du genre à renoncer à sa vision.

Teribogo perdait patience.

– Allons, Goddie. Nous avons géré des situations beaucoup plus épineuses que celle-ci, par le passé. Et nous vous avons facilité les choses. Il va être tellement occupé qu'il ne se souviendra même plus de son vieux projet.

– Qu'est-ce qui vous fait dire ça ?

– Toutes sortes de choses. Pour commencer, c'est un suspect évident dans cette affaire d'assassinat. Le suspect numéro un. Je ne crois pas du tout au mobile de l'Otunba – la jalousie. Peu crédible. Ni aux bruits sinistres que fait courir la sœur, au sujet d'une supposée liaison avec l'épouse.

– Quoi ?

– Vous n'êtes pas au courant ? Vous devriez être plus à l'écoute des choses qui se disent. Comme nous le sommes.

– Dommage que je ne l'aie pas su. Je ne l'aurais jamais laissée s'approcher.

– C'est là que nous sommes différents. Elle a le profil idéal pour représenter la famille aux YoY. Mais le mobile est sans importance. Il avait les moyens. Il avait l'opportunité. Ça coule de source. Qui a apporté le *kilishi* ?

Sir Goddie avait l'air perdu.

– Le *kilishi* ? Qu'est-ce que le *kilishi* vient faire là-dedans ?

Ce fut au tour de Teribogo de feindre l'incrédulité. Il se rassit sur sa chaise.

– N'avez-vous donc pas lu le rapport de police ? Je pensais que vous seriez le premier à être prévenu par le chef du département. Vous ne savez pas comment la bombe a été dissimulée ?

– Non. J'essaie de déléguer au maximum, quand c'est possible. Et puis, il s'agit d'une affaire très médiatisée, la communauté internationale tourne au-dessus comme une nuée de faucons. Je laisse les policiers faire leur travail, avant de m'envoyer leur rapport. L'enquête est toujours en cours.

– Bien sûr qu'elle est toujours en cours. Mais le rapport est déjà prêt. C'est la procédure habituelle – je ne vous l'apprends certainement pas, Goddie. Vous voulez appeler votre chef de la police ?

Goddie soupira.

– Non, non, dites-moi juste ce que vous savez. Que contient ce rapport ?

– Eh bien, c'est très simple. Kighare Menka a reçu la visite de deux hommes – l'un était un étranger, l'autre un retraité du nom d'Alhaji Baftau, alias le Vieil Homme du Désert. Et ils ont apporté avec eux un paquet de *kilishi*, un cadeau pour leur ami, l'éminent chirurgien. Du moins, c'est ce qu'ils prétendaient. Le chirurgien l'a transmis à Duyole, et le paquet est resté dans l'atelier. À l'heure prévue, on l'a fait exploser – à distance, manifestement. Il y avait deux paquets, en réalité. Les démineurs ont trouvé celui contenant le *kilishi* dans l'atelier, intact. Tout à fait inoffensif. Mais celui que le Dr Menka avait apporté… c'était le paquet mortel.

Goddie dévisagea son informateur, émerveillé.

– Je suis censé être le Premier ministre.

– Et vous l'êtes, monsieur le Premier ministre. Mais vous ne pouvez pas tout superviser. Nous sommes là pour vous faciliter la tâche. Contentez-vous de gouverner, nous nous occuperons du reste – y compris votre réélection. Mon cher ami, comme vous l'avez vous-même fait remarquer, vous n'êtes ici que pour… huit ans maximum ? Nous, nous sommes là pour toujours. C'est la réalité. Les enjeux sont bien plus grands pour nous que pour vous. En vous protégeant, nous nous protégeons nous-mêmes.

Sir Goddie hocha gravement la tête. Il continua à étudier le prêtre de Zoroastre – du moins, le temps de la fête des YoY.

Teribogo se pencha vers lui.

– Bien sûr, il existe aussi une théorie alternative. Souhaitez-vous la connaître ?

– Je suis curieux de l'entendre.

– Revenez un peu en arrière. Souvenez-vous, j'étais ici, en train d'attendre, quand notre regretté ingénieur vous a fait une visite de courtoisie.

– Oui ?

– Vous avez pris congé de lui. Ce jeune type, l'un de vos assistants – nous le surnommons le Cerveau de Potencia –, était censé le renvoyer chez lui avec un paquet-cadeau offert par le gouvernement.

– Euh, oui ? Je m'en souviens. Cet imbécile n'avait pas fini de le préparer quand Pitan a dû repartir.

– C'est exact. Et vous lui avez ordonné de prendre l'adresse de cet homme à Badagry et de lui faire expédier le paquet. Pas vrai ?

Goddie se redressa sur son fauteuil et contempla son visiteur avec perplexité, l'esprit déjà en surrégime. Il resta sans voix.

Les lèvres de Teribogo se retroussèrent de contentement.

– Je me réjouis que vous entraperceviez la possibilité. Il n'est pas nécessaire de prouver quoi que ce soit. Simplement, nous sommes en période électorale. Le festival des YoY est sur le point de commencer. La moindre spéculation, même la plus triviale, pourrait faire basculer l'électorat.

Pendant un moment, l'Intendant du Peuple ne cligna même pas d'un œil. Puis, brusquement, son attitude bascula. Il tira de sa poche la clé du tiroir, l'ouvrit et en sortit une noix de cola. Il la soupesa dans sa main, la fit décoller de quelques centimètres à peine, puis la rattrapa. Il la fit rouler dans sa paume, la déposa sur le bureau. Puis il se leva, empoigna l'*agbada* abandonnée sur son porte-manteau, glissa sa tête dans l'ouverture et la cala sur ses épaules, ajustant les manches avec un soin extrême.

– Et si nous rejoignions les autres ? Il ne s'agirait pas qu'ils pensent que nous sommes en train de leur concocter un agenda secret. Je vous ai gardé trop longtemps.

Teribogo ne bougea pas.

– Et la procession, alors ? Est-elle maintenue ?

Goddie se fendit d'un large sourire.

– J'y participerai moi-même. Tous les leaders du parti seront là. Plus les membres du cabinet. Nous assisterons tous à l'embrasement de la torche olympique zoroastrienne. Il y a des surprises dont vous ignorez tout. Notre ami Benzy s'est vraiment surpassé pour cette édition – elle restera dans les annales. Il vous briefera lui-même. Permettez-moi juste de vous donner un avant-goût : il fait venir des alpinistes de Suisse, spécialistes du rappel. L'un d'eux allumera la torche au-dessus de votre Temple du Feu, puis la fera passer jusqu'au bas de la falaise. Alors commencera le relais terrestre jusqu'au National Stadium d'Abuja, pour allumer la flamme éternelle des YoY. Vous aurez votre jour de gloire lors de la fête du Choix du Peuple, mais vous savez quoi ?

– Dites toujours…

– Essayez Lokoja. Ou n'importe où ailleurs. Mais ne me parlez plus jamais de cette installation à Gumchi.

– Vous allez vraiment respecter les termes du testament ?

– Eh bien, Teri, disons que cette décision d'en appliquer les clauses se trouve coïncider avec les intérêts du POMP.

Goddie se saisit alors de la noix de cola posée sur son bureau.

– Dois-je vous rappeler que Gumchi abrite la petite plantation où cette noix a été récoltée ?

Teribogo jeta ses mains au ciel, de dégoût.

– Bon Dieu, qu'est-ce qu'elles ont donc de si spécial, ces foutues noix ? Je les ai goûtées. Allez-vous sacrifier tous ces investissements pour une malheureuse noix de cola ? Les Ressources humaines doivent être déplacées !

– Oui, Teribogo. Voyez-vous, vous vous targuez peut-être d'avoir jusqu'à mon chef de la police sous votre emprise, ou dans votre poche, ou les deux, mais même vous, vous ne savez pas tout sur ce stimulant.

– Qu'y a-t-il donc à savoir sur les noix de cola ?

– Tout.

Sir Goddie enfonça son ongle dans la fissure de la coquille, sépara les lobes et en écrasa un morceau dans la main de Teribogo.

– Goûtez-moi ça. Elle arrive directement de cette réserve spéciale. Ici, nous appelons ça les cosses du Premier ministre.

Un Teribogo estomaqué releva la tête et se dressa lentement, ses yeux perforant le visage de Sir Goddie.

– Vous me cachez quelque chose, n'est-ce pas ?

Le Premier ministre haussa les épaules.

– Nous n'avons signé aucun accord de divulgation réciproque, à ce que je sache. Et vous ? Êtes-vous sûr que vous ne me cachez rien ?

Teribogo le fusilla du regard.

– Très bien. Allons-y.

Il suivit Goddie vers la porte.

Goddie s'arrêta, l'examina de haut en bas, puis tendit le bras vers son bureau.

– N'oubliez pas votre costume.

Teribogo eut toutes les peines du monde à reprendre contenance. Il fit volte-face, de nouveau maître de ses moyens, et remit en place son turban, enroula la bandelette sous son menton en la faisant passer par-dessus son oreille. Goddie l'attendait devant la porte, main sur la poignée.

Comme il tapotait sa tenue, Teribogo, de son ton le plus factuel, lui lança :

– Oh, j'espère que vous ne verrez aucune objection à ce que la police déporte le jeune Damien…

– Pour quel motif ? Je n'ai pas d'objection, non, simple curiosité.

– C'est aux policiers d'en décider. Je vous ai dit qu'il existait plusieurs scénarios, donc – le scénario Damien. Il pourrait avoir installé et/ou fait exploser la bombe. Heure, endroit, mobiles – tout colle. Ce qui fait de lui un suspect de choix. Confronté à ça, il s'en ira sans faire de vagues.

– Et il aura bien raison. Ce jeune homme représente désormais un encombrement pour tout le monde, y compris lui-même.

– Absolument. Sa présence prolongée ici est une bombe à retardement – c'est le cas de le dire. Le plus tôt sera le mieux. Peut-être dès ce soir. On ne devrait pas lui laisser le temps de se préparer – de prendre quoi que ce soit avec lui, hormis son passeport, et même celui-ci lui sera remis une fois installé à bord de l'avion.

Teribogo jeta la dernière longueur du châle par-dessus son épaule : il était prêt. Sir Goddie ouvrit la porte, lui fit signe de passer devant, et à voix basse, mais absolument claire, lui glissa :

– Après vous, *Fa-ro-dion*.

Le prêtre de Zoroastre se figea net, comme pétrifié. Il resta planté là, raide, pendant près d'une minute. Enfin, ses épaules se relâchèrent et il eut un sourire un peu honteux.

– Eh bien, vous alliez forcément finir par faire le rapprochement, tôt ou tard. Même si les autres – le Gong des Quatre – n'y sont pas parvenus, du moins jusqu'à présent.

– Je n'en serais pas si sûr, à votre place. Vous avez laissé des traces. En tout cas, Menka le fera, d'ici ce soir. D'après mes sources, il a fait ses recherches, comme le chirurgien qu'il est, il sonde, il tâtonne. Compulsivement. Ce qui est sûr, c'est qu'il se rapproche. Il a reçu une invitation, et nous avons eu de ses nouvelles ce matin – il arrivera juste à temps pour la session de cet après-midi. Hormis ses autres… avantages secondaires, avez-vous idée du nombre de votes que peut rapporter son projet – potentiellement ? Cet endroit s'appelle la Villa Potencia – nous nous efforçons d'être à la hauteur de ce nom.

– Nous aussi, nous avons essayé – nous, la Marque Pays. Chacun dans son domaine.

L'expression de Teribogo, impassible tout à l'heure, se fendit de son sourire apostolique – l'insipide – préféré, efficace en toutes circonstances.

– Nous avons fait un pari – du moins, je l'ai interprété comme ça – sur lequel d'entre nous deviendrait un jour la marque prééminente de la nation. Êtes-vous… remonté aussi loin dans vos recherches ?

– Je suis remonté assez loin, répliqua Sir Goddie. Il faut bien se protéger.

– Bien sûr. À votre place, je creuserais jusqu'au fond, et même dans l'utérus.

Sir Goddie se balança sur ses talons, et fixa intensément Farodion.

– Je dois reconnaître que là, vous me surpassez. Je veux dire, recruter le fils et héritier du Gong Leader dans cette opération. Et vous approprier le siège de son entreprise !

– Pourquoi pas ? C'est ça, le business.

– Ça, c'est le bon état d'esprit.

Goddie ouvrit la porte en grand, rayonnant comme jamais.

– Comme vos amis le déclament à Broadway : *Show Time, Baby !*

Remerciements

Pour l'isolement créatif dont j'avais grandement besoin, pour l'émergence de ces Chroniques, j'ai une dette de gratitude envers Manthia Diawara, mon jeune collègue de New York University, dont la petite maison à Yenne, au Sénégal, ne tolérait d'autre intrusion que celle des rugissements des vagues.

L'ancien président de la République du Ghana John Agyekum Kufuor, avec l'aide et les encouragements de son fils Chief Addo Kufuor, a élevé cet isolement à des hauteurs aristocratiques dans les collines d'Aburi, assorti d'une extravagante hospitalité.

À tous et toutes, plus les « explorateurs de l'espace » volontaires Alessandra Di Maio, David Awam Amkpa et Ivor Agyeman-Duah : merci !

DU MÊME AUTEUR

THÉÂTRE

Le Lion et la Perle
Éditions C.L.E., 1968

Les Gens des marais
suivi de Un sang fort et Tribulations de frère Jéro
P.J. Oswald, 1971
L'Harmattan, 1979

La Danse de la forêt
P.J. Oswald, 1971
retraduit sous le titre La Ronde dans la forêt
Presses universitaires de Nancy, 1991

La Métamorphose de frère Jéro
Présence africaine, 1984

La Mort et l'Écuyer du roi
Hatier, 1986 et 2002

La Route
Hatier, 1988

La Récolte de Kongi
Silex, 1988

Les Bacchantes d'Euripide
Silex, 1989

Du rouge de cam sur les feuilles
Éditions Nouvelles du Sud, 1993

Fous et spécialistes
Éditions Nouvelles du Sud, 1993

Requiem pour un futurologue
Éditions Nouvelles du Sud, 1993

Baabou roi
Actes Sud, 2005

Opéra Wonyosi
Présence Africaine, 2014

Poésie

Idanre
Nouvelles Éditions africaines du Sénégal, 1982

Cycles sombres
Silex, 1987

La Terre de Mandela
Belfond, 1989
et *« Points Poésie », n° P6117*

Ode humaniste pour Chibok, pour Leah
Présence africaine, 2022

Récits autobiographiques

Aké, les années d'enfance
Belfond, 1984
et *« Points », n° P5967*

Cet homme est mort
Belfond, 1986
et *« Points », n° P6178*

Isara : périple autour de mon père
Belfond, 1993
et *« Points », n° P6254*

Ibadan, les années pagaille. Mémoires (1946-1965)
Actes Sud, 1997

Il te faut partir à l'aube
Actes Sud, 2007

Romans

Une saison d'anomie
Belfond, 1987

Les Interprètes
Présence africaine, 1991 et 2014

Climat de peur
Actes Sud, 2005

De l'Afrique et autres essais
L'Harmattan, 2018

Livret d'opéra

Le Maléfice des jacinthes
Zoé, 1999

Les Éditions Points s'engagent pour la protection de l'environnement et une production française responsable

Ce livre a été imprimé en France, sur un papier certifié issu de forêts gérées durablement, chez un imprimeur labellisé Imprim'Vert, marque créée en partenariat avec l'Agence de l'eau, l'ADEME (Agence de l'environnement et de la maîtrise de l'énergie) et l'UNIIC (Union nationale des industries de l'impression et de la communication).

La marque Imprim'Vert apporte trois garanties essentielles :

- La suppression totale de l'utilisation de produits toxiques
- La sécurisation des stockages de produits et de déchets dangereux
- La collecte et le traitement de produits dangereux

RÉALISATION : NORD COMPO À VILLENEUVE-D'ASCQ
IMPRESSION : CPI FRANCE
DÉPÔT LÉGAL : SEPTEMBRE 2024. N° 154993 (3057316)
IMPRIMÉ EN FRANCE